La parole perdue

Frédéric Lenoir Violette Cabesos

La parole perdue

ROMAN

Albin Michel

Prologue

« Et ils s'en allèrent chacun chez soi.

Quant à Jésus, il alla au mont des Oliviers.

Mais, dès l'aurore, de nouveau il fut là dans le Temple, et tout le peuple venait à lui, et s'étant assis il les enseignait. Or les scribes et les Pharisiens amènent une femme surprise en adultère et, la plaçant au milieu, ils disent à Jésus : "Maître, cette femme a été surprise en flagrant délit d'adultère. Or, dans la Loi, Moïse nous a prescrit de lapider ces femmes-là. Toi donc, que dis-tu ?" Ils disaient cela pour le mettre à l'épreuve, afin d'avoir matière à l'accuser. Mais Jésus, se baissant, se mit à écrire avec son doigt sur le sol. Comme ils persistaient à l'interroger, il se redressa et leur dit : "Que celui d'entre vous qui est sans péché lui jette le premier une pierre !" Et se baissant de nouveau, il écrivait sur le sol. Mais eux, entendant cela, s'en allèrent un à un, à commencer par les plus vieux ; et il fut laissé seul, avec la femme toujours là au milieu. Alors, se redressant, Jésus lui dit : "Femme, où sont-ils ? Personne ne t'a condamnée ?" Elle dit : "Personne, Seigneur." Alors Jésus dit : "Moi non plus, je ne te condamne pas. Va, désormais ne pèche plus." »

Évangile selon saint Jean, chapitre 8, versets 1 à 11.

1

LA NUIT était du bleu violacé dont se parent les gros hortensias dans les jardins anglais. De-ci de-là s'étiraient les taches sombres des arbres disséminés dans la ville. Au nord, derrière les palmiers et les pins parasols, la masse noire d'une montagne se dressait, muette et endormie comme la cité gisant à ses pieds.

Pas un souffle dans l'air chaud iodé et parfumé d'essences méditerranéennes. Aucune fraîcheur n'était à espérer de la nuit.

Pas de trace de vie dans les rues pavées.

Pas de bruit nocturne. Aucun ronflement échappé de la bouche d'un dormeur, ni de soupir de lèvres embrassées.

Rien que le vide d'une ville abandonnée. Une cité fantôme sans sable, au beau milieu de l'Italie.

Les habitants étaient partis il y a si longtemps que leurs demeures n'avaient plus de toit.

À un carrefour du champ de ruines, sculptée sur une fontaine, une tête de pierre surveillait le néant : le casque piqué de deux ailes, Mercure, messager des dieux, divinité des morts et des voyageurs, guettait la moindre présence.

Des spectres nés du cataclysme erraient peut-être dans les ruelles, mais la seule empreinte humaine était visible sur les fresques et dans les temples, où trônaient les représentations en bronze ou en mosaïque de dieux éteints. Jadis honorées, les statues avaient le regard roide et l'éternelle posture de cadavres momifiés.

Dans les maisons, poutres de soutènement et travaux de restauration empêchaient la disparition. La nature et les hommes avaient mis en scène la cité tel un théâtre en plein air : le disque blond de la lune éclairait les cannelures des colonnes corinthiennes du Forum. Une partie du temple d'Isis était protégée par un toit en plexiglas, sur un grand panneau étaient reproduites les antiques peintures. Le nom des rues était apposé sur de modernes plaques blanches, et chaque maison mise au jour avait été baptisée d'une appellation anecdotique. Le site était divisé en un savant quadrillage de régions, îlots et numéros ; aucune villa, aucune boutique, nul graffiti ou édifice n'échappait à la curiosité des archéologues et à la fascination des millions de touristes qui foulaient ces pavés depuis que la ville avait été découverte, il y a plus de deux cent soixante ans.

Deux silhouettes se faufilèrent dans la rue, à la frontière entre les régions V et VI de la ville.

– Il n'y a pas de vigile ? chuchota une voix masculine dans un italien teinté d'accent allemand.

– C'est Naples, ici, pas Zurich ! répondit la femme en souriant. On ne va pas payer quelqu'un pour surveiller des ruines ! Si jamais un toqué de l'administration n'a rien de mieux à faire que se balader ici la nuit, je saurai quoi lui donner pour qu'il nous laisse tranquilles, ajouta-t-elle en mettant la main sur son sac.

– Il fait si sombre... Qu'est-ce que c'est que ça ? demanda-t-il en pointant la lampe torche sur d'immenses surfaces planes, d'où émergeaient piquets et végétation se balançant sous le vent.

– Ça, c'est les champs loués par mon frère, expliqua l'Italienne. C'est grâce à lui que j'ai les clefs... Les touristes ne s'aventurent jamais jusque-là mais faut savoir que tout n'a pas été dégagé ! Ils gardent des hectares entiers pour « les générations futures », comme ils disent... Alors, en attendant les générations futures, nous, on cultive la terre qu'il y a dessus... et quelle terre, mes aïeux ! Y a pas plus riche. On y planterait un caillou qu'un figuier en sortirait. Des fois, je me dis que tout ça pousse sur des squelettes et que les racines sont nourries par des os humains, mais bon... Au moins ceux-là, on les laisse dormir. Paix à leur âme. Venez, c'est pas loin.

Le docteur Ziegemacher, cardiologue réputé de Zurich, talonna Gina le long des champs puis des vestiges de pierre. Avec le temps, l'Italienne avait appris à être moins effrayée par l'endroit, qu'elle tentait de ne considérer que comme un lieu de travail. Certes, cela n'avait rien à voir avec les chambres d'hôtel dans lesquelles elle exerçait le plus souvent, c'était moins confortable, mais plus exotique et surtout mieux payé. Elle avait eu cette idée deux ans auparavant, pour faire face à la concurrence venue d'Europe de l'Est. Si elle voulait lutter contre ces lianes juvéniles et blondes, la rondouillarde Gina, qui allait sur ses trente-six ans, devait proposer du neuf à ses clients, des touristes en villégiature dans les environs. Le neuf, elle l'avait trouvé dans des ruines vieilles d'au moins deux mille ans. En voyant les fresques explicites et les banquettes de pierre du fameux lupanar, qui n'avait pas rêvé de s'y adonner à quelques exercices ? Eh bien, ces exercices, Gina les offrait sur place et nuitamment, moyennant un supplément. Pour l'instant, elle était la seule à fournir cette prestation, les autres filles ayant trop peur de déambuler dans Pompéi la nuit. Au début, Gina avait eu l'impression d'être épiée par une sentinelle invisible qui surveillait chacun de ses gestes. Elle se disait que les fantômes n'existaient pas mais elle songeait à tous ces hommes, femmes et surtout aux bébés asphyxiés dans les caves, brûlés vifs dans la rue, à l'endroit même où elle marchait, et même si l'éruption du Vésuve s'était produite il y a presque deux millénaires, il était impossible que toute cette souffrance n'eût pas laissé de traces encore tangibles dans l'atmosphère de la ville, dans les murs de la cité martyre. D'ailleurs, que venaient chercher les deux millions de touristes annuels, sinon les marques morbides de la vie brutalement interrompue ? Débarqueraient-ils du monde entier si Pompéi avait été victime de l'exode rural, comme beaucoup de villages du sud de l'Italie, et non brutalement rayée de la carte un matin d'été ?

Peu à peu Gina s'était habituée à l'étrangeté du lieu. Certains clients étaient saisis d'effroi dans les ruelles inquiétantes mais cette montée d'adrénaline était plutôt propice à ses activités.

– Vous n'avez jamais rencontré personne ici ? s'enquit le Suisse, le regard anxieux derrière les lunettes.

Comme les autres il s'était fait entreprendre au bar de l'hôtel. Quand Gina l'avait gentiment alpagué, il était triste. Lorsqu'elle lui avait proposé son service spécial, la froideur teintée de mépris qu'il lui avait montrée jusqu'alors s'était transformée en curiosité, puis en excitation. Pompéi la nuit ! Il n'y était jamais allé, bien sûr. Pompéi en visiteur clandestin, Pompéi pour lui tout seul ! Pompéi avec une prostituée, dans le lupanar antique ! Physiquement, la fille ne lui plaisait guère, mais il s'était levé pour la suivre.

– Si, une fois j'ai croisé un énergumène organisateur de messes noires et une autre fois un voleur de squelettes pétrifiés, répondit Gina, non sans malice.

– Ah… murmura le médecin, blême et transpirant.

En lui se mêlaient la peur et la fièvre, qui contrastaient avec le calme qu'il avait l'habitude de ressentir, dès qu'il n'était pas question de sa femme actuelle, de ses deux ex et de ses quatre enfants.

– Attention au matelas ! Ne le laissez pas tomber !

Elle avait fait coudre un grabat aux dimensions exactes des couchettes de pierre, très petites et étroites en vérité. Galamment, le docteur Ziegemacher s'était offert de porter l'outil de travail. Il se sentait moins émoustillé et de plus en plus mal à l'aise dans la ville morte. Le grand bonhomme mince et musclé malgré sa soixantaine recala le matelas sous son bras. Dans le halo de la lune et le lourd silence des pierres, il avait l'impression de profaner un tombeau.

Enfin, sans avoir croisé âme qui vive, ils s'engagèrent dans une ruelle et stoppèrent devant l'ancien lupanar, le seul ouvert aux touristes sur les quelque trente-quatre maisons closes que comptait Pompéi. Bâtiment le plus visité le jour, assailli en permanence par des foules de curieux jetant un œil torve sur les fresques érotiques, l'édifice était désert et fermé à clef. Gina grimpa l'escalier, sortit son trousseau et déverrouilla la porte.

– Vous savez pourquoi ça s'appelle un « lupanar » ? demanda-t-elle. Un client me l'a expliqué l'autre jour : ça vient du mot latin « loup », et du hurlement de louve que poussaient les filles à la nuit tombée pour attirer les hommes...

– Oui, « *lupus* », je sais, répondit-il avec un léger agacement.

Le docteur Ziegemacher regarda les cinq boxes individuels où s'étendait une couchette de pierre longue d'environ un mètre soixante-dix, bombée à l'emplacement de la tête. Gina lui fit signe de choisir. Il s'empara de la lampe et avança dans le couloir dont les peintures suggestives étaient protégées par des plaques de verre transparent.

Deux chambres à gauche, trois à droite. Hésitant, le médecin lâcha le matelas, s'essuya le front et balaya du faisceau de sa torche chaque petite pièce, comme pour en chasser les fantômes. Soudain, à l'orée de la dernière cellule de droite, il sursauta. Son teint vira à l'endive et il ne put réprimer un mouvement de recul.

– Qu'avez-vous ? demanda Gina. On dirait que vous avez vu le spectre d'un ancien client !

Comme le Suisse ne répondait pas et restait figé à l'entrée de la stalle, elle s'approcha et lâcha un cri.

La torche éclairait une paire de godillots de cuir, ainsi que deux jambes, un torse, deux bras, et une tête reposant sur la couche. Il s'agissait d'un corps humain. Un corps inerte.

– Qu'est-ce qu'il fabrique ici, celui-là ? demanda Gina, qui se félicitait d'être avec un client baraqué. Comment il est entré ? C'est un clochard qu'est venu cuver son vin ?

Toujours muet, le docteur remontait la lueur de la lampe sur les grosses chaussures, le jean râpé, la chemisette de cotonnade blanche de l'homme.

– C'est plutôt un archéologue qu'est venu faire un somme, abruti par la chaleur ou une fête trop arrosée ! rectifia Gina.

Le rayon de la lanterne parvint jusqu'à la tête. Gina poussa un nouveau cri. Le crâne était enfoncé, noir de sang.

– Il est, vous croyez qu'il est... balbutia Gina, tremblante de frayeur.

Sans émotion, ayant renoué avec son flegme et son sérieux de professionnel, le médecin s'agenouilla et avec des gestes précis chercha le pouls, écouta le cœur, examina les plaies du crâne.

– Oui, répondit-il enfin. Il est mort. Et il y a moins d'une heure.

Ayant froidement constaté le décès, le cardiologue continuait son inspection du cadavre, comme un légiste rompu à son art.

– C'est affreux, intervint Gina, moins d'une heure, ça veut dire que celui qui l'a tué rôde près de nous ? Il est peut-être caché tout près, il nous surveille pour nous faire la peau, à nous aussi ! Y a un dingue dans ces murs ! Il faut partir tout de suite !

Lentement, Ziegemacher se leva et balaya les alentours avec la torche. Paniquée, Gina lui empoigna le bras. Il n'y avait personne dans le lupanar, ainsi qu'il l'avait constaté en arrivant, personne à part eux deux, et le corps sans vie d'un inconnu. Le docteur ne put empêcher une angoisse sourde de lui effleurer le cœur et il se raisonna pour garder son air blasé et son sang-froid. Après tout, il n'avait pas l'expérience d'une telle situation, il était cardiologue, pas légiste.

– Calmez-vous, vous voyez, il n'y a personne, affirma-t-il d'un ton qu'il voulait assuré. Après leur forfait, même les plus fous des criminels s'enfuient sans demander leur reste...

– Qu'est-ce que vous en savez, vous ? répondit-elle avec une inflexion de voix que la situation rendait agressive. Vous m'avez dit être médecin, pas flic ! D'ailleurs, comment on va faire avec les carabiniers ? Qui va les prévenir ? *Madonna*, je suis dans une de ces panades... moi qui avais réussi à me faire oublier...

Elle prit sa tête dans ses mains et se mit à sangloter comme une gosse. Gêné, le docteur scrutait à nouveau la dépouille et ses environs avec le halo de la lampe.

Soudain, il découvrit une inscription. Sur le mur, au-dessus du visage ensanglanté, une craie blanche avait écrit : « *Giovanni, 8, 1-11.* »

– Regardez, enjoignit-il doucement à Gina.

– Qu'est-ce que c'est ? demanda-t-elle entre deux sanglots. Qui c'est ? C'est lui, Giovanni ? C'est son nom ? Ou c'est le nom de... de son... de son assassin, qu'il a écrit juste avant de mourir ?

Le médecin fronça les sourcils avant de répondre :

– Je pense que c'est tout autre chose. Vous n'auriez pas une Bible, par hasard ?

Cessant de pleurer, Gina le regarda, médusée. En vingt ans de métier, c'était la première fois qu'un client lui posait une telle question.

2

– TU ES SÛRE que tu n'as pas froid, Romane ? Je peux retourner à la maison chercher ton manteau !

– Maman, c'est pas encore l'hiver, je n'ai pas besoin de mon gros manteau...

– Ce ne sont pas les grands frimas, je te l'accorde, mais le fond de l'air est déjà frais.

– Qu'est-ce que c'est les « frimas », maman ?

– C'est le nom d'un brouillard tellement épais et froid qu'il se congèle en tombant ; alors par extension on appelle « frimas » la saison d'hiver.

– Maman, tu en sais, des choses ! Jamais je ne pourrai avoir tout ça dans ma tête, comme toi..

La mère sourit.

– Bien sûr que si ! Et beaucoup plus, même ! Mais pour ça, tu sais ce qu'il faut faire ?

– Oui, ne pas bavarder en classe avec Chloé. Bien écouter ce que dit la maîtresse. Et lui obéir.

Main dans la main, la mère et la fille avançaient dans les ruelles du village. Leur seul trait de ressemblance était la couleur de leurs cheveux, un brun foncé tirant sur le noir, que la mère arborait en carré court, à la garçonne, et la fille en longues tresses enroulées et fixées au-dessus des oreilles. Romane avait la peau mate, presque olivâtre, des Méditerranéennes, tandis que Johanna était pâle, avec des taches de rousseur. Les yeux de la fillette étaient vert foncé, d'un bel émeraude piqué d'éclats dorés, entourés de petites lunettes rondes à monture rouge, tandis que la mère avait un regard bleu nordique, très clair, cerclé de gris, avec, sur l'iris, le reflet bombé caractéristique de ceux qui ont troqué leurs verres contre des lentilles.

La silhouette de la mère, grande, élancée sans être grêle, était sabrée par un léger boitement. Cette claudication presque imperceptible, Johanna l'avait héritée de l'accident d'auto qui l'avait clouée plusieurs mois sur un lit d'hôpital, six ans plus tôt, alors qu'elle était enceinte de Romane et qu'elle l'ignorait.

– Maman, tu viendras me chercher ce soir ?

– T'ai-je déjà oubliée, ma chérie ?

– Non.

Johanna s'agenouilla devant sa fille et l'enserra dans ses bras.

– Romane, lui chuchota-t-elle à l'oreille, je t'aime tu sais, je t'aime le plus.

– Plus que mamie, plus que papy ? Plus que Hildebert ? Plus que Isabelle ? Plus que Luca ?

– Plus que tout le monde, plus que moi-même. À tout à l'heure. Sois sage et travaille bien...

Elle embrassa tendrement la fillette, lui caressa encore la joue et les cheveux, se releva et la regarda entrer dans la cour de l'école avec un mélange de fierté et de crainte. Romane lui rappelait l'enfant qu'elle avait été. Johanna refusait que sa fille subisse les angoisses qu'elle avait endurées, d'autant plus que Romane n'avait pas de père. Pour Johanna, ce n'était pas un problème, elle s'était tout de suite sentie capable d'assumer le rôle des deux parents. Mais cette absence pouvait avoir de fâcheuses conséquences sur le développement de Romane. Aussi sa mère la couvait-elle deux fois plus, tout en restant attentive à ne pas faire d'elle une enfant trop gâtée, impolie et réfractaire à l'autorité.

En fait, sa fille était comme une part d'elle-même, sa meilleure part, assurément. Cette enfant non désirée, inattendue, était devenue le centre de son existence, le sens d'une vie qu'elle avait failli perdre il y a six ans. Elle avait passé sa grossesse alitée et avait été contrainte à la césarienne, à cause des broches qu'elle portait désormais dans les hanches.

Le 31 décembre prochain, Romane aurait six ans. En remontant la rue des Écoles vers l'ancien couvent des Ursulines, Johanna admira le brouillard d'automne qui inondait la vallée, en contrebas : des vapeurs blêmes émergeaient les chemins de crête et le son des cloches de l'église d'Asquins, auxquelles répondaient celles de Saint-Père, de l'autre côté de la colline dont elle ralliait le sommet ancré sur les cimes, clair pinacle flottant au-dessus des brumes. Elle se félicita d'avoir obtenu un poste ici. Nul doute qu'à Paris, à cause de sa naissance en fin d'année, Romane aurait été placée sur liste d'attente et aurait probablement dû effectuer une année supplémentaire de maternelle avant d'intégrer le cours préparatoire. Au moins ici ne perdait-elle pas de temps dans sa scolarité, les classes n'étaient pas bondées et dans un village d'à peine cinq cents habitants, sa fille était à l'abri de la violence inhérente aux métropoles. « Ma fille est en sécurité, se disait Johanna en arrivant sur le parvis. Elle a l'air épanoui, même si elle ne voit presque plus ses anciennes copines. D'ailleurs, elle n'en parle plus, de Paris, depuis qu'elle a la petite Chloé pour amie. Puis maintenant, elle a de l'espace et de l'oxygène, un jardin pour elle seule ! Oui, elle est heureuse… j'ai bien fait d'accepter ce poste. De toute manière, ce n'est que pour un an… »

Elle s'arrêta, écouta le chant des freux et des hirondelles, contempla leur ballet puis posa les yeux sur la basilique.

Le centre gothique de la façade, détonnant au milieu de l'ensemble roman, attira son regard. Dans l'arc brisé du monument percé d'une énorme fenêtre se dressaient les sculptures de saints, d'anges, de la Vierge, de sainte Marie-Madeleine et de Jésus. De chaque côté de ce cœur du XIIIe siècle, les éléments romans étaient dissymétriques et mutilés. Sur la gauche, la foudre avait amputé la tour nord, qu'Eugène Viollet-le-Duc, au XIXe siècle, avait couronnée d'une toiture pyramidale. Côté sud, la tour Saint-Michel culminait à 38 mètres, alternant baies en plein cintre et arcades aveugles jusqu'à la balustrade finale que l'architecte avait posée à la cime du beffroi pour remplacer la flèche octogonale en bois démolie par le grand incendie de 1819.

Johanna considéra le grand tympan extérieur avec un mélange de tristesse, d'admiration et de résignation. Les sculptures romanes avaient d'abord été martelées par les huguenots au moment des guerres de religion, puis par les révolutionnaires au XVIIIe siècle. Au lieu de les reconstituer, Viollet-le-Duc, dont c'était le premier chantier, avait choisi d'en inventer de nouvelles, en imitant le style médiéval. Le résultat était un linteau représentant des épisodes de la vie de Marie-Madeleine et une scène du Jugement dernier. Les réprouvés tombaient dans la gueule de l'Enfer à gauche, les bons s'acheminaient vers le Paradis à droite. Au centre, un Christ en gloire, d'une blancheur qui tranchait avec les tons verdâtres du vieux calcaire qui constituait le reste de la façade.

Une fois de plus, Johanna soupira devant cette devanture falsifiée et se laissa prendre par le charme qui, malgré tout, se dégageait de l'église bourguignonne.

Était-ce dû à l'histoire tourmentée de cette ancienne abbaye, jadis gouvernée par les bénédictins ? Au fait qu'elle soit perchée sur une colline traversée de courants telluriques, soumise aux tempêtes, à la foudre, aux grandes passions humaines, et que les Romains appelaient le mont Scorpion ? Peut-être était-ce simplement la magie des pierres qui opérait à nouveau, cet enchantement qui avait forgé l'âme de la jeune femme et qui, il y a six ans, s'était tu.

Elle s'était réveillée après une semaine de coma, alors que ses parents venaient de la faire transférer de l'hôpital d'Avranches à Cochin, pour qu'elle y soit opérée. Elle avait encore du mal à se rappeler ce qui l'avait le plus surprise : le fait d'être vivante, ou celui d'avoir un enfant dans le ventre. Mais dès cet instant, les vieilles pierres étaient passées à l'arrière-plan. Elle avait choisi de se battre pour le bébé. À la première seconde elle avait su le prénom de l'enfant. À la deuxième elle avait réalisé que, désormais, cet être qui grandissait en son sein serait tout pour elle, comme elle-même était déjà tout pour lui.

Comme chaque jour, Johanna écouta l'allègre musique des cloches de la Madeleine qui répliquaient à celles de la vallée et adressa un signe à un personnage de calcaire et de lichen scellé là-haut, au flanc de la tour Saint-Michel.

– Gloire au protecteur des âmes ! dit une voix derrière elle.

Elle sourit, se retourna et se retrouva face à une bure brune élimée à capuchon rond, maintenue à la taille par une corde, d'où sortaient des sandales grossières couvrant des pieds nus, des mains parcheminées tachées de son et une tête chauve, glabre et ridée, au nez d'aigle, au grand front, aux joues creuses et aux yeux gris étonnamment doux, vifs et profonds malgré l'âge avancé du moine franciscain. Le vieillard ployait sous un gros sac de jute.

– Bonjour, mon père. Que transportez-vous là ? C'est trop lourd pour vous, donnez-moi ça !

– Pas question, mon enfant, que vous me priviez de cet exercice physique, le seul qu'il me reste ! C'est du petit bois pour le poêle, qui ne pèse pas tant. Accompagnez-moi jusqu'au presbytère, que je vous offre un café.

Johanna ne put qu'obéir.

Elle avait rencontré le moine quelques jours après son installation à Vézelay, alors qu'elle visitait la crypte de la basilique. Dans l'obscurité de la chapelle, la médiéviste avait confondu la bure du religieux prosterné avec le froc noir de l'habit bénédictin et, un instant, elle avait cru à un mirage de l'Histoire. Elle avait sympathisé avec le clerc qui, pour n'être pas membre de l'ordre de saint Benoît, n'en était pas moins ouvert et très érudit. En hommage au premier frère mendiant qui, sur injonction de François d'Assise, avait implanté une mission de franciscains à Vézelay, en 1217, le cordelier s'était baptisé « frère Pacifique ». Outre la poésie décalée de ce nom qui rassurait Johanna, elle y décelait une parenté de caractère avec un autre vieux moine qu'elle avait connu naguère, le père Placide, décédé depuis plus de cinq ans. Elle appréciait la douceur apaisante, la jovialité simple et l'immense culture de frère Pacifique.

Il la précéda dans une pièce poussiéreuse et chichement meublée, aux murs couverts de livres. Il laissa choir son fardeau sur le sol et posa la cafetière de zinc sur le poêle qui servait aussi de cuisinière. À quatre-vingt-cinq ans, le frère mineur vivait dans un état de dénuement propre au vœu de pauvreté absolue des membres de son ordre, mais qui chagrinait Johanna. À chaque visite elle cherchait à lui rendre service, elle apportait ustensiles et victuailles susceptibles d'améliorer son ordinaire, mais le vieillard préférait questionner la spécialiste du Moyen Âge sur son travail, ses études, ou l'entretenir du passé de Vézelay : les relations des habitants de La Cordelle, le petit couvent fondé au XIIIe siècle au pied de la colline, à l'extérieur des remparts, avec les bénédictins de l'abbaye de la Madeleine avaient été houleuses et parfois violentes, l'ascétisme des franciscains s'accordant mal avec l'opulence et le goût du pouvoir des moines noirs. Frère Pacifique et Johanna se piquaient de rejouer ces épisodes médiévaux, et ils riaient beaucoup.

– Tout va bien à La Cordelle ? demanda-t-elle.

– Ils tiennent toujours, répondit-il en sortant les tasses et la boîte à sucre. Deux jeunots de cinquante ans viennent d'arriver, c'est bien.

Frère Pacifique s'était installé à La Cordelle en 1950, à vingt-cinq ans. Pendant quarante ans, les cordeliers avaient administré douze paroisses de la vallée de la Cure, et surtout la grande église. Le vieux moine adorait narrer cette période, la plus faste de sa vie, avec des frères au grand esprit, aux excentricités charmantes, amoureux des pierres de l'édifice, qu'ils choyaient comme une sainte ou une amante.

Il regrettait son compagnon d'alors, un mainate noir, à qui il avait non seulement appris à parler mais qui récitait le « Notre Père » en latin. L'oiseau était subitement mort en 1993, lorsque les franciscains avaient laissé la basilique à un ordre plus jeune. Les survivants étaient partis sur les routes ou retournés à La Cordelle. Frère Pacifique avait enterré le merle savant au chevet du sanctuaire, sous un grand arbre. Incapable de se résoudre à quitter Marie-Madeleine et le sommet de la colline, il avait obtenu d'occuper une pièce du gigantesque presbytère, à côté de l'église, où logeaient aussi les nouveaux maîtres de la basilique. Chaque jour il se rendait à La Cordelle mais revenait toujours prier dans la crypte et se tapir sur le flanc de la Madeleine.

– Comment se porte ma chère petite Romane ? s'enquit-il.

Ils conversèrent du quotidien, du village, des travaux de Johanna. Au moment où la jeune femme se levait pour partir, elle remarqua un énorme livre posé sur un tabouret. En s'approchant, elle constata que l'ouvrage était rédigé en grec.

– J'ignorais que vous entendiez aussi le grec ! s'exclama-t-elle.

– Ce sont les *Ennéades* de Plotin. Une merveille… « L'âme est et devient ce qu'elle contemple », cita-t-il. Porter du bois est bon pour le corps mais lire le latin, le grec et l'hébreu entretient l'esprit !

Quelques minutes plus tard, Johanna entra dans la basilique de Vézelay. Apercevant à peine le grand tympan intérieur du narthex – contrairement au tympan extérieur, celui-là était authentiquement médiéval et purement roman – qui, à lui seul, attirait par sa beauté des milliers de touristes et de pèlerins, elle contourna la petite échoppe de cartes postales, grimpa l'escalier, sortit une clef, ouvrit une porte de bois et monta jusqu'à une tribune fermée au public, qui surplombait la nef de l'église.

Elle se pencha dans le vide et jeta un coup d'œil au vaisseau de pierre roman terminé par un chœur gothique, chef-d'œuvre de volume, de paix et de lumière savamment mis en scène par les artisans du Moyen Âge et les restaurateurs du XIXe. Elle posa la main sur le chapiteau d'une colonne qui ornait la tribune. Avec tendresse, elle caressa la tête de la figure de pierre. Le personnage portait une toge plissée et un manteau. Il tenait une lance qu'il enfonçait dans la gueule d'une créature fantastique, tandis que du pied il maintenait le monstre à terre. En silence, Johanna adressa quelques mots au vainqueur du dragon, ange chrétien de la guerre et des morts, peseur et conducteur de l'âme des défunts dans l'au-delà. La jeune femme n'était pas croyante. Mais pour rien au monde elle n'aurait manqué de prier ce jour-là, 29 septembre, fête de saint Michel. Pour Johanna, saint Michel n'était pas une représentation religieuse ou mythique. Désincarné par nature et par fonction, l'Archange était un pur esprit, mais pour elle, il avait plus de chair que le Christ lui-même, pourtant symbole de l'incarnation. Contrairement à Jésus, il n'était pas un personnage historique. Cependant, dans le cœur de Johanna il existait réellement car il faisait partie de son histoire personnelle. Il habitait une montagne magique, là-bas, de l'autre côté du pays, en Normandie, que les anciens appelaient le mont Tombe. Sur ce « Mont-Saint-Michel au péril de la mer », Johanna avait vécu, travaillé, aimé, elle s'était battue et il y a six ans, elle avait failli perdre la vie. Mais le seigneur des lieux n'avait cessé de veiller sur elle. Il l'avait guidée et sauvée. Johanna n'aurait raconté à personne qu'au fond, elle considérait saint Michel comme l'ami le plus intime et le plus fiable qu'elle ait jamais eu.

Elle décida de rebrousser chemin jusqu'à l'extérieur de l'édifice. Elle aurait pu gagner son lieu de travail par le transept et la salle capitulaire mais elle ne voulait pas déranger l'office qui n'allait pas tarder à débuter. « On peut parler à un Archange, ne croire ni en Dieu ni en Diable mais respecter les rituels », se disait-elle en observant les personnages en aube claire qui glissaient dans la nef.

Elle avait été étonnée lorsque, en s'installant sur la colline de l'Yonne en août dernier, elle avait constaté que, comme au Mont-Saint-Michel, c'étaient désormais les Fraternités de Jérusalem, avec leur jeunesse, la pureté de leur robe blanche et de leurs psaumes byzantins, qui maintenaient une présence religieuse dans la basilique. Les similitudes avec la montagne normande ne s'arrêtaient pas là et, l'espace d'un instant, elle avait pensé que c'était saint Michel lui-même qui l'avait appelée à Vézelay. Puis elle avait souri. « Allons, Jo, ne recommence pas comme il y a six ans, tu sais où cela t'a menée ! N'oublions pas que l'esprit de cette montagne n'est pas un ange mais une femme, une pécheresse et une sainte, et qu'elle ne se nomme pas Michèle, mais Marie-Madeleine. »

3

À TRAVERS les volets clos perce le juron d'un muletier dont le chariot s'est embourbé dans la fange de la venelle. Les insultes à l'animal sabrent la nuit opaque de la cité qu'un chétif rayon de lune ne parvient pas à sourdre. Les rues sans nom, sans pavés, sans trottoirs, dénuées d'éclairage, forment un écheveau propice aux détrousseurs et aux assassins. Nulle âme honnête ne s'y aventure à cette heure, à part les bêtes de somme et leurs maîtres, qui apportent au cœur de la métropole les denrées de tout l'Empire et à qui la loi romaine interdit de circuler en plein jour. L'âne lâche un cri de douleur et le charroi reprend sa route.

À l'intérieur, tous sont cabrés dans le silence. Suspendus à leur crainte d'un autre bruit que celui de la carriole, ils attendent. Mais le pas martial et le son de ferraille de la cohorte ne viennent pas. Alors, leur souffle se libère et chacun reprend sa place. Des lampes à huile dispensent un clair-obscur jaunâtre et enfumé dans la pièce tout en longueur. Les lits à trois places sur lesquels se couchent les convives pour manger ont été poussés le long des murs, loin de la table carrée. Sur celle-ci brûle un petit chandelier d'argent à sept branches. La ménorah distille un halo frissonnant sur le visage d'une dizaine d'hommes agenouillés. L'étoffe de leur tunique et de leur manteau, leurs joues rasées ou barbues, la couleur de leur peau témoignent d'origines et de castes différentes, esclaves, affranchis, pérégrins, plèbe, bourgeois, mais nul n'arbore la toge de laine immaculée, l'insigne de la magistrature, le costume officiel de la classe dirigeante.

Derrière les hommes se tiennent une dizaine de femmes, les cheveux couverts d'un foulard de coton ou de lin. Enfin, près des cloisons du *triclinium*, la salle à manger, quelques enfants assis sur des escabeaux assistent à la réunion clandestine.

Seul près du chandelier juif, un vieillard saisit une miche de pain et la sépare en deux.

– Le Seigneur Jésus, la nuit où il fut livré, prit du pain et, après avoir rendu grâce, le rompit et dit : « Ceci est mon corps, qui est pour vous ; prenez et mangez. Faites cela en mémoire de moi. »

L'Ancien prend une fraction de pain, la mange, transmet une moitié de la miche à droite, l'autre moitié à gauche, afin que chacun en absorbe un morceau. Ensuite, il verse du vin rouge dans une grande coupe de grès et dit :

– De même, après le repas, Jésus prit la coupe en disant : « Cette coupe est la nouvelle Alliance en mon sang ; chaque fois que vous en boirez, faites-le en mémoire de moi. »

Il a à peine achevé sa phrase que des coups furtifs résonnent contre la porte. Aussitôt le calice, le pain et le chandelier disparaissent, et la peur fige l'assemblée. Personne n'ose respirer. Les coups reprennent, plus forts. Alors Magia, l'esclave de la maison, court et dispose des victuailles sur la table, tandis que tous reprennent les places dues à leur statut. Les hommes et les femmes libres s'allongent sur leur coude gauche et font mine de dîner, les esclaves se postent debout, au service. D'un regard l'Ancien s'assure que tout est en ordre et il fait signe au maître de maison d'aller ouvrir. Au lieu d'une cohorte de la garde prétorienne, Sextus Livius Aelius découvre un homme seul, en tenue de voyage imprégnée de poussière, brun et barbu, les cheveux longs serrés en queue-de-cheval.

– Suis-je bien dans la demeure de Sextus Livius Aelius, le marchand de vin ? demande l'inconnu à voix basse.

Méfiant, le négociant opine du chef.

– Frère, répond l'homme, je viens de la part de Siméon Galva Thalvus, l'armateur.

À ces mots, Sextus Livius Aelius sourit, ouvre la porte et propulse l'inconnu à l'intérieur.

– Mes frères, mes sœurs, dit-il à ses hôtes, ne craignez rien, nous avons la visite d'un frère. Quant à toi, sois le bienvenu, nous nous sommes réunis pour prendre le repas du Seigneur…

Intrigués, les membres de l'assemblée se lèvent et observent l'individu crotté, éreinté, dont le regard noir brille de fièvre.

– Je m'appelle Raphaël, dit-il en ôtant son long manteau, et je viens de très loin. J'arrive des côtes de Provence, en Gaule.

Sextus Livius le prend par l'épaule et l'entraîne vers le vieillard.

– Voici Antonius, notre Ancien. Il a été désigné par Pierre en personne.

Raphaël s'incline, embrasse la main de l'Ancien et lui demande sa bénédiction. Antonius impose ses deux mains sur la tête de l'étranger et murmure :

– Au nom de notre Seigneur Jésus, le Christ.

Puis le maître de maison sert à boire et à manger au voyageur.

– C'est justement l'apôtre Pierre que je dois voir, dit Raphaël. J'ai un message de la plus haute importance à lui délivrer. Siméon Galva Thalvus espérait qu'il fût ici.

Un bruissement parcourt l'assistance.

– Hélas, répond Sextus Livius. Pierre a été arrêté ce matin, à la deuxième heure.

– Arrêté ? répète Raphaël, stupéfait. Mais par qui ? Pourquoi ?

– Il nous a été enlevé sur ordre de Néron en personne, explique un homme. J'ai vu de mes yeux les soldats de l'Empereur, les gardes prétoriens, emmener Pierre.

– Frère, tu viens des confins de l'Empire, intervient l'Ancien, et sembles tout ignorer de ce qui se passe à Rome !

– Je… je ne suis qu'un humble messager, s'excuse Raphaël, et c'est la première fois que mes pieds foulent le sol de la cité d'Auguste…

– N'as-tu point entendu parler de l'incendie qui a ravagé notre ville cet été ? intervient une femme. N'as-tu pas vu les ruines du grand désastre, partout autour de toi ?

– Le feu a pris près du Circus Maximus, la nuit, explique un gros commerçant. Six jours et sept nuits il a dévoré notre ville*, attisé par le vent. Il a tué des milliers d'habitants, détruit nos maisons, nos boutiques, nos réserves…

– Ce que les flammes épargnaient, les pillards le prenaient, ajoute une femme. Certains affirmèrent qu'ils obéissaient à des ordres venus d'en haut, on en a même vu qui allumaient d'autres incendies et propageaient volontairement le feu.

– Pendant ce temps, précise Domitilla Calba, la maîtresse de maison, l'Empereur Néron jouait de la lyre au sommet du Quirinal et chantait *La Chute de Troie* en contemplant le sinistre. À peine

* Du 19 juillet au 24 juillet de l'an 64 après J.-C.

l'incendie éteint, il entreprenait de reconstruire la ville selon ses plans. L'édification de son nouveau palais, la *Domus aurea*, la « Maison dorée », est déjà en cours, elle va déborder la colline du Palatin pour rejoindre celle du Caelius, le prince va faire ériger une statue gigantesque à son image et on dit même qu'il veut donner son nom à la nouvelle Rome : Neropolis !

Raphaël fronce les sourcils en observant ses interlocuteurs.

– Mes frères, mes sœurs, vous semblez dire que l'incendie est d'origine criminelle et que l'Empereur lui-même a ordonné de l'allumer et de l'attiser pour satisfaire ses ambitions architecturales ?

– C'est faux ! s'exclame un esclave. Néron a recueilli les habitants sans abri dans ses monuments du Champ de Mars, il les a gratuitement nourris et a baissé le prix du blé !

– Frère, intervient un porteur d'eau. Regarde comment nous, les plus humbles, nous vivons relégués dans les derniers étages d'immeubles trop hauts, grêles et mal bâtis, sans eau courante. Les détritus s'accumulent dans la pièce et nous faisons la cuisine sur des braseros de fortune. Il ne se passe pas une nuit sans qu'un incendie se déclare, par accident, dans l'une de nos mansardes.

– Cette ville est un lieu de débauche et de luxure, déclare un affranchi aux joues rouges, une nouvelle Babylone, c'est Dieu lui-même qui l'a châtiée !

– Allons, mes enfants, du calme, coupe doucement l'Ancien. Quelle que soit son origine, cette catastrophe retombe sur notre communauté. Le soupçon que tu as émis contre l'Empereur, Raphaël, tous les habitants de Rome l'ont proféré à la suite de l'incendie. Pour calmer la colère des Romains, pour se défendre de l'accusation portée par certains membres de l'aristocratie et du Sénat, Néron a décidé que les fautifs sont les disciples de Jésus. Nous avons l'habitude de cacher notre foi mais désormais, nous vivons dans la peur.

– Qu'est-il advenu de Pierre ? s'enquiert Raphaël avec inquiétude.

– Hélas, nous l'ignorons, répond Antonius. Il a été emprisonné et sans doute soumis à la question. Nos prières l'accompagnent… nous prions nuit et jour pour lui et pour nos autres frères jetés dans la sordide cellule du *Tullianum*…

– Mais aucun d'entre vous ne pourra avouer avoir mis le feu à Rome, puisque ce n'est que mensonge et calomnie ! s'insurge le messager.

– Mon garçon, dit Antonius en posant sa vieille main tachée sur l'avant-bras de Raphaël, tu sous-estimes les talents de persuasion des bourreaux de l'Empereur… mais d'après ce que j'ai ouï dire d'un frère esclave au palais du souverain, les autorités se contentent de demander à leurs prisonniers s'ils sont chrétiens. S'ils répondent par la négative, ils sont aussitôt libérés. Sinon, ils sont mis en prison… À aucun moment on ne les force à admettre qu'ils ont mis le feu à la ville… et jusqu'à présent, aucun d'entre eux n'a été exécuté. Je crois donc que le dessein de Néron est moins de nous éliminer que de nous montrer du doigt, de se servir de nous comme boucs émissaires, afin de se dédouaner lui-même et de calmer les habitants de cette ville… J'ai bon espoir qu'une fois les esprits apaisés, notre prince fera relâcher l'apôtre Pierre, ainsi que nos frères et nos sœurs injustement capturés. Peut-être alors serons-nous expulsés de la ville, comme l'Empereur Claude a jadis chassé une partie des Juifs…

– Puissiez-vous avoir raison, cher Antonius, dit Sextus Livius Aelius. En attendant, nous nous terrons comme des bêtes insalubres, craignant l'Empereur et les lois romaines auxquelles pourtant nous nous soumettons depuis toujours, sans jamais les contester, ainsi que nous l'ont demandé Pierre et Paul. Nous tremblons devant les Romains dont nous faisons partie intégrante, nous qui sommes des citoyens offerts en pâture…

– Sextus Livius Aelius, mes frères, mes sœurs, répond Antonius, je ne peux que reprendre les mots de notre cher Pierre pour apaiser votre âme, les phrases que le compagnon du Sauveur vient de nous laisser avant de partir en prison et d'être, j'en suis certain, bientôt libéré : « Ne jugez pas étrange l'incendie qui sévit au milieu de vous pour vous éprouver, comme s'il vous survenait quelque chose d'étrange. Mais dans la mesure où vous participez aux souffrances du Christ, réjouissez-vous ! »

– Amen, murmure l'assistance en guise de conclusion.

4

ALORS que les psaumes des Fraternités de Jérusalem résonnaient dans la basilique, Johanna longea le flanc sud de l'église et déboucha sur un terre-plein bordant le cloître. Au centre, sur ce qui était auparavant un terrain herbeux, le sol était creusé de rectangles numérotés et abrités des intempéries par un auvent de fortune en tôle ondulée. Dans un coin, une cabane de chantier contenait outils et vêtements. Devant, un grillage posé à la hâte portait le panneau « Interdit au public ».

Johanna se dirigea vers l'Algeco blanc. Au même instant, la porte s'ouvrit et une femme blonde d'une vingtaine d'années apparut sur le seuil, une cigarette aux lèvres.

– Pas possible, il y a encore des gens qui fument sur cette planète ! constata Johanna d'un ton théâtral.

– Quelques entêtés épris de liberté, inconscients ou suicidaires, oui ! répondit Audrey dans un grand sourire. Demain j'arrête.

Depuis quinze jours que les travaux avaient commencé, l'antienne était rodée. Chaque matin, la directrice du chantier semonçait gentiment la stagiaire, qui remettait invariablement au lendemain son sevrage tabagique. Moins qu'un reproche, la remarque de Johanna était un moyen de créer une connivence avec cette jeune femme. Pendant qu'Audrey faisait des ronds de fumée, Johanna pénétra dans la caravane où régnait une délicieuse odeur de café et où se trouvaient déjà les deux hommes de l'équipe.

– Bonjour, dit-elle. Petite réunion pour voir où nous en sommes ? Ici ou dans la salle capitulaire ?

– Ici ! répondirent en chœur Werner et Christophe.

– L'humidité est telle dans la salle du chapitre qu'on serait bon pour le rhume ou la pneumonie, ajouta Christophe. Là au moins on se tient chaud…

Johanna se servit une tasse de café et attendit qu'Audrey revienne. Comme on était lundi, ils passèrent quelques instants à revoir le quadrillage du secteur et les attributions de chacun pour la semaine.

Accroupie sur le bout de terre qui lui était dévolu, Johanna remonta la fermeture éclair de sa veste en laine polaire. Après la passion obsessionnelle des fouilles qui avait failli la conduire à la mort six ans plus tôt, après le néant des mois d'hôpital puis l'apathie qui s'était emparée d'elle dans son laboratoire parisien du CNRS, elle fut submergée d'une vague de tendresse. Désormais elle ne regardait plus les pierres ancestrales comme des coffres à violer et des secrets à percer, mais comme de vieilles amies, des complices de toujours. Johanna avait mûri. Dorénavant, elle n'avait plus à choisir entre son amour pour l'art roman et les relations affectives avec les vivants : grâce à sa fille et peut-être grâce à son accident, elle découvrait qu'elle pouvait concilier les deux. Le mois dernier elle avait eu quarante ans. L'âge n'était sans doute pas étranger à ce changement.

Si Johanna avait gaiement renoué avec les pierres des édifices sacrés, elle redoutait les tombes et les squelettes. Les ossements médiévaux ne représentaient plus à ses yeux la trace d'une vie, le témoignage d'un passé à réécrire, mais la matérialité de la mort. L'ancienneté du trépas n'enlevait rien à sa charge émotionnelle. Néanmoins, Johanna ne pourrait laisser ses collègues inspecter sans elle l'ancien cimetière des moines, qui se trouvait à proximité. « Qui sait, se disait-elle, ces cadavres recèlent peut-être des trésors… »

À 16 h 15, elle partit chercher sa fille à l'école. C'était son moment préféré de la journée. Elle ne pouvait déjouer une certaine fébrilité lorsqu'elle attendait Romane, un mélange d'inquiétude et d'impatience qui ne se calmait que lorsqu'elle reconnaissait la tête chérie parmi ses camarades.

Courant et hurlant comme les autres enfants, Romane se précipita vers sa mère avec Chloé. Johanna se pencha vers les deux fillettes, les embrassa, mit leurs cartables sur son dos et les prit chacune par une main.

– Alors les filles, comment ça s'est passé aujourd'hui ? demanda-t-elle.

– Mademoiselle Jaffret est méchante ! s'exclama Chloé, une charmante petite peste aux couettes poil de carotte et au regard noisette, vive et maligne comme un écureuil.

– Ah, pourquoi ça ?

– Elle nous a envoyées au piquet, Romane et moi !

– Tiens donc... et qu'aviez-vous fait pour mériter cette punition ?

– Mais rien ! s'offusqua la rouquine. Rien de rien !

Johanna se tourna discrètement vers Romane. Sa fille rougit, mit sa main devant sa bouche, lança un coup d'œil à Chloé dans le dos de sa mère et éclata de rire. Son amie l'imita et bientôt, les deux fillettes furent prises d'un fou rire.

– Pauvre mademoiselle Jaffret, répliqua Johanna. Avec des chipies pareilles, elle va finir l'année avec des cheveux blancs !

Dans une petite rue perpendiculaire à la rue Saint-Étienne, le trio entra dans une boulangerie-pâtisserie jaune et rose, à l'odeur écœurante de beurre fondu. Johanna rendit Chloé à sa mère, qui trônait derrière le comptoir. En échange, la boulangère remit à Romane un énorme pain au chocolat. Parfois, elle donnait aussi à l'archéologue quelques gâteaux invendus de la veille, pour son équipe.

Les deux gamines se firent des adieux déchirants puis Johanna et Romane rallièrent la rue principale pour monter jusqu'au sommet de la colline.

– Salut ma grande ! Viens donc me faire un baiser au chocolat !

Romane se jeta dans les bras de Christophe. Depuis le début du chantier, il était son préféré dans l'équipe. Lorsqu'elle le voyait, elle minaudait et lui faisait un numéro de charme qui ahurissait Johanna. Fidèle à son habitude, la petite fille demeura auprès de lui. Il lui avait acheté une chaise de camping à sa taille et il l'installa dedans, couverte d'un plaid. Puis il se remit à la tâche, conversant gaiement avec Romane qui de temps à autre sautait de son fauteuil pour poser sa main minuscule sur l'énorme épaule de l'archéologue et lui demander des explications sur son travail. De loin, Johanna observait la scène. Elle se disait que malgré ses efforts elle ne réussirait pas à pallier l'absence de père et que même si sa fille respirait la joie de vivre, au fond elle souffrait sans doute. Alors, Johanna se sentait coupable de ne pas savoir ou de ne pas pouvoir donner un père à sa fille.

À 18 heures, chacun rangea ses outils dans la cabane de chantier.

Romane et Johanna longèrent l'église, passèrent devant la tour Saint-Michel et obliquèrent à gauche dans la rue du Chevalier-Guérin, venelle médiévale étroite et charmante qui les conduisit rue de l'Hôpital. Johanna aurait préféré demeurer dans un lieu qui portât un autre nom, mais elle avait été séduite par la maison.

– Bonsoir, mes jolies poupées ! s'exclama une voix claire et féminine.

L'archéologue salua la propriétaire de son logis, qui repiquait des géraniums sur la petite terrasse de sa demeure aux rideaux de cretonne. Romane s'échappa pour embrasser la vieille femme.

Madame Bornel possédait trois maisons mitoyennes. Elle louait celle du centre, pour une somme dérisoire, à une fondation d'entraide aux artistes : à l'heure actuelle, la bâtisse était occupée par un vieux poète, un sculpteur sur bois et un jeune aquarelliste. Louise Bornel disait qu'ainsi, elle perpétuait la vocation artistique de Vézelay en même temps qu'elle accomplissait un geste de charité chrétienne. Elle louait la demeure de droite à Johanna, à un prix normal, néanmoins infime par rapport aux loyers de la capitale. Quant à la maison de gauche, sertie de fenêtres à meneaux, elle l'habitait mais l'avait vendue en viager à la mort de son mari, vingt ans auparavant. Comme elle était une originale quelque peu alcoolique, elle avait exigé que sa rente lui soit versée en eau-de-vie. Les acquéreurs devaient lui fournir, chaque année, cent bouteilles du meilleur marc de Bourgogne, dont elle précisait elle-même la marque. Vingt ans plus tard, ils étaient au bord de la crise de nerfs et à quatre-vingt-dix ans, madame Bornel se portait comme un charme.

– Un petit barbotin, ma fille ?

– Non merci, Louise, il est trop tôt.

Johanna détestait ce breuvage à la fois puissant et sucré à base de marc et de ratafia, qui vous grisait aussi vite qu'un coup de vent au sommet de la colline. Mais elle adorait madame Bornel. Jamais la vieille femme ne semblait ivre, jamais un cheveu blanc ne dépassait de son chignon et son regard était invariablement d'un bleu franc et pur.

Son logis n'était pas immense, mais comparé au deux-pièces de la rue Henri-Barbusse, c'était un palais : une grande cuisine-salle à manger ouverte sur un salon, à l'étage une salle de bains et trois petites chambres mansardées. Les meubles étaient rustiques et généreux, l'atmosphère saine des vieilles maisons de campagne.

– Hildebert ! Où es-tu ? Hildebert ! cria Romane en posant son blouson dans l'entrée et en se lavant les mains à l'évier de la cuisine.

– Il doit être en maraude, ne t'inquiète pas, il va rentrer bientôt pour manger…

Hildebert était un matou sans race dont s'était entichée la petite à la SPA de Seine-et-Marne, alors que ses grands-parents l'y avaient emmenée pour qu'elle choisisse un jeune chien. La gosse – de quatre ans à l'époque – était tombée amoureuse de ce vieux bâtard. En voyant sa robe noire, son regard clair et avisé de patriarche, son embonpoint, Johanna avait songé à un père abbé bénédictin du XIe siècle nommé Hildebert. Altier, indépendant et peu porté sur les caresses, le chat faisait néanmoins une exception pour Romane, allant jusqu'à dormir tous les soirs avec elle, allongé contre son flanc.

Mais depuis qu'elles vivaient à la campagne, Hildebert avait changé de comportement : d'ordinaire vissé à un fauteuil ou à un radiateur dans une posture olympienne, il avait découvert la nature et s'y consacrait tout entier. Chaque matin il disparaissait, revenait en fin de journée, parfois couvert de feuilles ou de terre, dévorait quelques croquettes puis repartait on ne sait où, pour reparaître à l'aube. La plus affligée par la conduite d'Hildebert était Romane, qui avait perdu son compagnon de jeux favori et son doudou nocturne.

Une fois de plus contrariée par l'absence du chat, la petite monta dans sa chambre. Elle déposa son cartable sur le vieux pupitre de bois que ses grands-parents lui avaient offert : le bureau de Johanna enfant. Elle s'installa sur le banc couvert de coussins, tandis que sa mère s'asseyait sur un fauteuil de jardin en osier. Commença la cérémonie des devoirs, puis vint le rituel du bain.

Romane aimait plus encore ce moment depuis qu'elles vivaient ici car, par souci d'économie et pour se débarrasser au plus vite de l'humidité qui vous transperçait après une journée dans la terre, Johanna partageait la baignoire avec sa fille. Après le sérieux de l'étude teintée de légendes et de mythes, l'intermède aquatique était le moment où Romane épanchait ses problèmes, ses exaltations et ses peines. Ce soir-là, elle avait quelque chose à demander à sa mère :

– Maman, ma copine Agathe elle fête ses six ans samedi, je pourrai y aller avec Chloé ?

– Où habite Agathe ? questionna Johanna en shampouinant les longs cheveux de sa fille.

– Vers les bois de la Madeleine, dans la campagne, ses parents font du vin.

– Je suppose que je dois vous emmener et aller vous chercher en auto, Chloé et toi ?

– Ben la maman de Chloé elle dit qu'elle peut pas fermer la boutique un samedi.

– D'accord. Réfléchis donc à un joli cadeau que tu voudrais faire à ton amie pour son anniversaire…

– Je sais, un œil de chauve-souris ! Agathe le mettra dans sa poche et grâce à son pouvoir magique elle deviendra invisible. Comme ça, à l'école, les garçons ne pourront plus l'embêter.

– Je pense que ton amie devra se défendre autrement, Romane. Songe à la pauvre chauve-souris. Au Moyen Âge, on croyait que ses yeux rendaient les humains invisibles mais je te rappelle qu'on la tuait pour s'emparer de ce pouvoir…

– Ah non alors ! C'est gentil, une chauve-souris, je veux pas qu'on lui fasse du mal ! Bon. Je change. Une licorne.

Johanna sourit et continua à frotter le crâne de sa fille.

– Oui, tu vas lui faire un beau dessin représentant une licorne.

– Pas un dessin, maman, je vais lui apporter une licorne en vrai et pas tuée ! Je sais la licorne est sauvage et ne peut vivre qu'en liberté dans la forêt mais tu m'as dit qu'il y avait une exception et qu'elle pouvait être apprivoisée par les petites filles sages donc je vais aller dans les bois avec Hildebert et ramener à Agathe qui est très très sage une belle licorne vivante !

Dans ces moments-là, Johanna regrettait de ne pas être épicière.

Après le bain, Johanna fit dîner sa fille. À 20 h 45, Romane observa, triste, qu'Hildebert n'était toujours pas rentré et elle monta dans son lit. Johanna lui lut quelques pages du *Roman de Renart*, la petite rit de la farce que le goupil jouait au loup Ysengrin puis elle s'abandonna à ses rêves.

L'archéologue poussa doucement la porte de la troisième chambre, la plus petite, qui servait à la fois de chambre d'amis et de bureau. Sans allumer, elle se dirigea vers ce qui ressemblait à une grande boîte sombre. Elle s'agenouilla, à peine éclairée par un rayon de lune montante, tourna plusieurs fois un gros bouton et le caisson s'ouvrit.

Elle sortit du coffre-fort un objet de la taille d'un poupon. Elle le posa délicatement sur la table devant la fenêtre. À cet instant elle sursauta. Elle était épiée par deux yeux phosphorescents.

Elle alluma la lampe de chevet. Juché sur le bureau, Hildebert l'observait comme un père abbé considère ses moines à la réunion du chapitre.

– Quand et comment es-tu entré ici, toi ? lui demanda-t-elle. Qu'importe, mais je te signale que Romane t'a cherché tantôt… elle a du mal à s'endormir sans toi. Je sais. À ton âge, tu découvres enfin les joies de la campagne, mais on verra quand il gèlera, si tu ne préfères pas le poêle ! Tu n'es qu'un ingrat. Quand je pense que je t'ai baptisé du prénom de l'un des abbés les plus saints d'Occident, le maître d'ouvrage de l'abbatiale romane du Mont-Saint-Michel…

Mécontent, le chat émit un miaulement aigu et s'enfuit. Johanna sourit puis approcha la lampe de l'objet extrait de son écrin d'acier. Haut d'une cinquantaine de centimètres, il était fait de chêne sombre, patiné par les siècles et par endroits noirci de fumée. Johanna le tendit devant elle. L'astragale du vieux chapiteau d'église était à peine visible, effacé par le visage que l'artiste anonyme avait façonné dans le bois : au milieu d'une effigie médiévale à la pureté virginale irradiaient des yeux en amande, aveugles comme sur un tableau de Modigliani et pourtant scintillants d'une étrange tristesse. Les lèvres et le cou étaient fins, le haut des épaules dénudé, les motifs du chapiteau carolingien tenaient lieu de robe ou d'étole sylvestre : des feuilles, ramures et d'étranges oiseaux, tête à l'envers, griffes dressées, faisaient penser à des hiboux ou des bêtes de proie. Ce qui frappait, d'emblée, dans la statue, étaient les cheveux : ils s'écartaient de la face tels des flambeaux, pour couler sur les épaules en onde agitée. La « *Sancta Maria Magdalena* » touchait par son expression de clarté tourmentée, de nitescence contrariée par un drame intime et absolu. Les spécialistes y voyaient la Marie-Madeleine marquée par la tragédie de la crucifixion de Jésus, une figure de la sainte accablée, avant qu'elle découvre que son maître était ressuscité. C'était le seul point sur lequel ils étaient d'accord.

Sans contester cette interprétation de « pietà magdalénienne », Johanna décelait autre chose dans ce visage. Elle ignorait d'où venait cette sensation mais elle avait l'impression de connaître le personnage représenté. Au départ, elle s'était dit que son sentiment de déjà-vu – subjectif – émanait du caractère objectivement universel de l'œuvre du Moyen Âge. Puis elle s'était rendu compte qu'elle était fascinée par la sculpture, comme happée par elle, et que la figure de bois semblait vouloir éveiller en son âme quelque souvenir perdu. Incapable de demeurer éloignée de cette étrangeté, l'archéologue avait obtenu de garder près d'elle, pour pouvoir l'étudier, cette statue qui était à l'origine des fouilles dans le cloître.

Quant au vieux coffre-fort, elle l'avait aperçu dans la demeure de madame Bornel – le mari de Louise était bijoutier – et avait résolu non seulement de choisir cette maison mais d'y entreposer la statue. Chaque soir elle l'examinait, espérant découvrir ce que la sculpture cherchait à réveiller en elle. Mais Marie-Madeleine se bornait à attiser cette impression insolite, qui finissait par troubler Johanna.

Une fois encore elle la remit dans le coffre sans avoir trouvé à qui elle ressemblait. Elle vérifia que sa fille dormait et descendit à la cuisine. Elle regarda sa montre : 21 h 30. Luca devait dîner au restaurant avec des amis. Puis il rentrerait chez lui, rue Séguier, dans le 6e arrondissement, pour faire ses bagages. Il avait une telle habitude des voyages que sa valise pouvait être prête en cinq minutes. De toute façon, à part son frac de concert, le reste n'avait que peu d'importance : ce qui comptait était son violoncelle.

Morose à l'idée de ne pas voir son compagnon pendant quinze jours, Johanna alla jusqu'au réfrigérateur et sortit une bouteille de vézelay blanc. Elle avait adopté cet élixir ancestral aux arômes minéraux et se plaisait à songer qu'elle buvait les pierres de l'abbaye. Elle se versa un verre et sourit en songeant que, dans le village, le vin était plus commun que l'eau, au point que naguère les habitants avaient parfois éteint les incendies en puisant dans les tonneaux plutôt que dans les puits. Cette pensée effaça sa mélancolie. Tant pis, elle n'attendrait pas que Luca soit rentré chez lui pour l'appeler.

Au moment où elle saisissait son téléphone portable, il sonna. Son interlocuteur avait un accent étranger, mais ce n'était pas la musique italienne de Luca.

– Comment ? J'entends très mal, je ne comprends rien à ce que vous dites… Qui êtes-vous ?

Soudain, ses traits se détendirent.

– Tom ? C'est toi ?

L'accent était si particulier qu'elle aurait dû le reconnaître immédiatement. Tom était néo-zélandais. Cet archéologue fou de son métier, Johanna l'avait rencontré trois ans plus tôt au mariage de Florence, son ancienne collègue sur le chantier du Mont-Saint-Michel. Elle avait tout de suite sympathisé avec ce grand gaillard aux allures de surfeur qui était l'un des plus brillants spécialistes de l'Antiquité romaine de sa génération. Ce soir, il semblait en proie à un état de panique inhabituel.

– Tom, écoute, parle lentement, ce que tu dis est incompréhensible... Veux-tu répéter calmement ?

– Jo ! C'est affreux. Inimaginable. La nuit dernière, en plein Pompéi, l'un de mes archéologues a été assassiné. Oui, Johanna. Ici ! Assassiné !

5

APRÈS LES PAROLES apaisantes de l'Ancien, chacun prend congé de Sextus Livius Aelius et de sa femme Domitilla Calba. Seul Raphaël, le messager, demeure chez le marchand de vin pour y passer la nuit.

– Grâce à Dieu, dit le maître de maison à son hôte, ma famille et moi vivons dignement, mais je ne suis pas assez riche pour t'offrir une salle de bains. Malgré ton long voyage, tu devras te contenter de quelques ablutions dans la cuisine de Magia… Demain, je t'accompagnerai aux thermes.

– Cher frère, répond Raphaël, jamais je n'avais pénétré dans une demeure romaine et ta maison recèle pour moi, pauvre Provençal missionnaire à demi vagabond, des trésors de confort et de beauté que je ne pensais pas concevables…

Sextus Livius Aelius sourit avant de répondre.

– Les vrais trésors de cette maison, les voici. Tu connais déjà mon épouse, Domitilla Calba, laisse-moi te présenter mon fils aîné, Sextus Livius, mon fils cadet, Gaius Livius, et ma fille, Livia.

Respectivement âgés de quinze, douze et neuf ans, les trois enfants s'avancent pour saluer l'étranger. L'aîné et la cadette ont la peau dorée, les cheveux noirs et ondulés de leur mère crétoise. Domitilla vient d'ôter son foulard de prière et des mèches couleur d'ébène, assorties à ses yeux, s'échappent d'un grand chignon. Gaius Livius ressemble à son père, un petit homme aux cheveux châtains coupés très court, au regard bleu et à l'embonpoint naissant. Ce qui frappe Raphaël, comme la plupart des personnes qui voient pour la première fois Livia, sont les yeux de la fillette, d'un violet profond et peu commun.

– Mon enfant, lui dit-il, tes prunelles ont la teinte du lilas qui pousse sur les collines de Provence au printemps !

– Pas du tout, s'exclame la petite Livia, maman dit que mes yeux ont la couleur du vin que produit sa famille à Délos…

– À part les Allobroges de Gaule transalpine, ajoute le père, seuls les Grecs savent faire de bons vins rouges ; nous autres en Italie ne sommes doués que pour les blancs. Mais moi, j'ai réussi à engendrer une fille dont les yeux reflètent non seulement l'amour entre ses parents, mais notre amour commun pour le vin. J'en suis très fier !

– Tu as raison, convient Raphaël en souriant.

– Magia ! appelle le *vinarius*. Apporte-nous une aiguière de cécube, une autre de falerne et une troisième d'albain, afin que notre frère reprenne des forces et dorme sans mauvais rêves.

– Tes affaires ont-elles souffert de l'incendie, Sextus Livius ? s'enquiert le messager.

– Mon entrepôt a brûlé. C'est une grosse perte mais j'échapperai à la ruine. Ma boutique, qui est ici, à côté, dans le prolongement du rez-de-chaussée, n'a pas été touchée, notre maison non plus, et surtout, les miens sont indemnes.

L'esclave apporte des figues, des raisins, les calices, le vin, l'eau pour le couper, et, tandis que Domitilla accompagne les trois enfants jusqu'à leur chambre, les deux hommes s'étendent chacun sur un divan. Magia lave les mains de son maître et de Raphaël avec une cruche d'eau parfumée puis les essuie avec une serviette. Enfin, les deux hommes goûtent au nectar blanc. L'albain, cultivé près de Rome, plaît beaucoup à Raphaël.

– Ainsi que l'affirme le vieux Pline, dit le *vinarius*, il y a deux liqueurs très agréables au corps humain : l'huile au-dehors, le vin audedans. D'ailleurs, c'est un peu grâce au vin que j'ai rencontré Jésus… Oui, grâce au vin et à ma deuxième passion : les livres et la poésie.

– Raconte-moi, mon frère, demande Raphaël.

– Vois-tu, pour mon commerce, je fréquente beaucoup les négociants juifs, pérégrins ou citoyens, et en particulier ceux qui exercent la profession d'armateur. C'est ainsi que je travaille avec Siméon Galva Thalvus depuis plusieurs décennies. Il y a une dizaine d'années, j'ai osé m'intéresser aux livres qui rythment la vie de ceux que j'appelais alors « les Judéens excentriques ». Siméon Galva m'a prêté une Bible traduite en grec à Alexandrie.

– La Septante, dit Raphaël. Je suis juif, je la connais.

– Ce livre a été pour moi une véritable révélation, mon frère. Un bouleversement intérieur. Un sens, un chemin de vie que nos dieux et innombrables héros, dans leurs aventures hasardeuses, n'ont jamais réussi à donner aux humains ; pas plus que les poètes grecs et romains n'ont atteint la simplicité intransigeante du Décalogue.

– Les dix commandements donnés par Dieu à Moïse sur le mont Sinaï ne sont pas si simples à pénétrer et à respecter, mon frère, fait observer Raphaël. Même pour un Juif, dont ils constituent pourtant le cœur de la Loi.

– Sans doute. Mais ils m'ont saisi. C'était comme si la foudre divine était tombée sur ma tête dure de païen… Cela faisait rire Siméon ! Il n'empêche que peu à peu, je ne me suis plus contenté de relations d'affaires avec lui et ses coreligionnaires, une amitié s'est installée entre nous, une amitié, et des livres. Je suis alors devenu ce que nous, les Romains, appelons un « craignant-Dieu », c'est-à-dire un non-circoncis qui partage certaines idées religieuses des Juifs, sans aller jusqu'à la conversion. Il y a six ans, Siméon Galva Thalvus a mis dans mes mains la copie d'un texte encore plus singulier que la Septante. Il s'agissait d'une lettre adressée au peuple de Rome, écrite par un Juif citoyen romain résidant à l'étranger, qui se nommait lui-même « Paul, serviteur du Christ Jésus, apôtre par vocation, mis à part pour annoncer l'Évangile de Dieu ».

– L'Épître aux Romains…

– Exactement. Cette lettre m'a beaucoup troublé, mais différemment. Tu comprends, dans le Décalogue, Dieu ne s'adresse qu'à Moïse et à son peuple. Même si j'étais en accord avec ces préceptes, je demeurais, en tant qu'incirconcis, extérieur aux injonctions divines. Paul, lui, dit que tous sont soumis au péché et au possible salut, les Juifs certes, mais aussi les Grecs, les Romains et les barbares.

– J'imagine ta stupeur de païen, sourit Raphaël. Là est la force de Paul : avoir osé affirmer que la Loi de Dieu et la parole de Jésus ne sont pas réservées au peuple élu, que Dieu n'est pas seulement le Dieu des Juifs mais le Dieu de toutes les nations…

– « La Loi ne fait que donner la connaissance du péché », cite Sextus Livius. Cette seule phrase m'a empêché de dormir durant plusieurs nuits... puis je me suis posé beaucoup de questions sur ce Jésus, un prophète que Paul disait ressuscité d'entre les morts. Revenir de l'Hadès ! Une telle chose était inconcevable. Pour moi comme pour tous les Romains, à part les héros et les fantômes, personne ne sort du monde souterrain...

– Seule la foi, la perception de la lumière, permet de croire en la vie éternelle, la vie de l'esprit... « Et si l'Esprit de Celui qui a ressuscité le Christ Jésus d'entre les morts habite en vous, Celui qui a ressuscité le Christ Jésus d'entre les morts donnera aussi la vie à vos corps mortels par son Esprit qui habite en vous », dit encore l'apôtre...

– J'ai lu et relu ce passage, avoue le négociant en remplissant les coupes de vin et d'eau, celui-là et toute la lettre des milliers de fois. Puis j'ai commencé à attendre Paul, qui écrivait à la fin de sa missive qu'il viendrait bientôt à Rome, lorsqu'il se rendrait en Espagne... Je voulais parler à cet homme dont Siméon me prêtait les copies d'écrits adressés à d'autres peuples. L'auteur me fascinait autant que ses mots. Siméon me parlait de fraternité, de charité, de pardon, des miracles opérés par le Christ et ensuite par Pierre et les apôtres, guérissant les malades, ressuscitant des morts... Je l'ignorais mais il m'instruisait, me préparant peu à peu au baptême... Quant à Paul, je l'attendais. Les années passaient, mais sa mission l'éloignait toujours de Rome. Et puis un jour, il y a quatre ans, Siméon vint m'avertir que Paul arrivait enfin. Mais c'est prisonnier qu'il parvenait à la capitale de l'Empire, afin d'être jugé par l'Empereur en personne...

– Pour quelle raison ? demande Raphaël.

– C'est une longue histoire, qu'il m'a souvent racontée par la suite... Paul avait été arrêté à Jérusalem, sur l'esplanade du Temple, où des Juifs tentaient de le mettre à mort, l'accusant d'avoir profané le lieu saint en y ayant fait pénétrer un païen. La garde romaine l'arrêta. Pour échapper au fouet du centurion, Paul argua de sa citoyenneté romaine et le tribun lui permit de s'expliquer devant ses frères juifs. Mais ces derniers l'accusèrent de trahir la Loi et voulurent le lyncher. Prévenu d'un complot que certains d'entre eux avaient fomenté pour le tuer, le tribun l'envoya, sous bonne garde, à Césarée Maritime afin d'y comparaître devant le tribunal du procurateur. Paul en appela à César et réclama d'être jugé par Néron lui-même, à Rome. Deux ans plus tard, le gouverneur Festus accéda à sa requête et Paul embarqua pour l'*Urbs*. Mais une tempête éclata en mer et le bateau fit naufrage sur l'île de Malte. Paul, les autres prisonniers et la garde romaine y demeurèrent plusieurs mois, avant de pouvoir reprendre leur voyage. Sur l'île, Paul avait soigné et guéri de nombreux malades… Quand il parvint jusqu'à nous, il fut assigné à résidence. On lui permit de louer une maison convenable, où il était gardé par un soldat.

– Tu lui as souvent rendu visite ? s'enquiert Raphaël.

– Chaque jour pendant les deux années qu'a duré son séjour parmi nous. À tous sa porte était ouverte. De l'aube jusqu'au crépuscule il recevait Juifs, païens, hommes et femmes de toutes conditions et de religions diverses. À tous il parlait de Jésus et du royaume de Dieu. De mes yeux je l'ai vu, en un instant, guérir les plaies d'un enfant voué à la mort… Il a appliqué sur le petit agonisant un mouchoir qui avait touché son corps, et les esprits mauvais, et le trépas, ont déserté l'enfant. Certains repartaient transformés, d'autres demeuraient incrédules. Mais aucune violence n'a été exercée contre lui à Rome.

– Et son procès devant l'Empereur ?

– Néron l'a déclaré innocent et a prononcé un non-lieu. Avant de quitter Rome, il y a de cela un an déjà, Paul nous a baptisés, ma femme, mes enfants, mon esclave et moi-même, dans une source qui alimente le Tibre. Cet homme est un saint et il a bouleversé ma vie. J'ignore où il se trouve aujourd'hui, peut-être en Espagne, ou dans ses communautés de Grèce, de Macédoine ou de Mysie, qu'il aimait tant…

Un silence recueilli s'installe. Deux aiguières sont vides, la troisième est pleine à moitié. Sextus Livius sert son hôte.

– Quel est donc ce message que tu dois délivrer à Pierre ?

– Pardonne-moi, mon frère, mais j'ai promis de ne le révéler qu'au premier des apôtres. Je l'ai juré à Marie de Béthanie, l'auteur du message.

– Marie de Béthanie ? répète le marchand de vin, abasourdi par ce nom. Marie de Béthanie, la sœur de Lazare ? La femme qui a oint Jésus de parfum ?

– Elle-même. Elle a refusé d'écrire sa missive, je l'ai apprise par cœur. Celle-ci est de nature à ébranler toutes nos communautés…

– Il nous faut absolument parvenir jusqu'à Pierre… Demain j'irai à la prison. On ne me laissera pas le voir mais j'essaierai d'obtenir des renseignements. Toi, tu resteras ici, c'est plus prudent.

– Que penses-tu de ces arrestations, Sextus Livius ? Si Néron a innocenté et relâché Paul, j'ai peine à croire qu'aujourd'hui, il choisisse de nous punir !

– N'oublie pas ce que Néron a été capable de faire aux siens. Il a empoisonné son frère Britannicus, il a fait larder de coups de poignard le ventre de sa propre mère, Agrippine, il a répudié Octavie, sa femme, qui a eu les veines tranchées avant d'être ébouillantée par ses sbires. Il vit dans la luxure et la débauche, et Poppée, son ancienne maîtresse et sa nouvelle épouse, est une créature diabolique qui a une influence très néfaste… En tant que citoyen, je respecte César et je lui obéis… mais comment ne pas craindre le pire d'un assassin, le meurtrier de sa propre famille ? Crois-tu qu'un tel homme conçoive quelque scrupule à se débarrasser des membres sans influence d'une secte illégale, abhorrée par toute la ville et accusée d'avoir volontairement brûlé la capitale de l'Empire ?

– Tu penses donc que nous devons craindre pour la vie de Pierre et de nos frères et sœurs emprisonnés ? insiste Raphaël.

– J'ignore quelle intrigue va souffler Poppée à Néron et quelle stratégie politique va suivre l'Empereur, répond Sextus Livius Aelius en soupirant. Je tremble pour ma famille. Demain j'irai à la prison et je t'accompagnerai aux thermes. Mais à la nuit tombée j'emmènerai les miens loin de Rome. Siméon Galva m'a procuré un bateau. Nous allons nous réfugier à Délos, chez les parents de Domitilla, en attendant que le calme revienne. Tu pourras demeurer ici si tu le souhaites, ma maison est la tienne, cher frère… à moins que tu préfères nous suivre en Crète.

– Merci, mon frère. Merci infiniment. Mais je ne peux quitter Rome tant que je n'ai pas parlé à Pierre. Je dois absolument trouver un moyen de l'approcher, dussé-je pour cela être moi-même mis aux fers…

Des flammes rouges s'élèvent comme des langues de diables géants. Les murs de la chambre dansent sous les colonnes de fumée sombre et âcre. Le plafond craque et tombe en pluie de cendres multicolores, qui volent dans la pièce comme des myriades d'oiseaux affolés. Les cloisons deviennent noires, se fendent puis s'écroulent. La chaleur forge un écran transparent, qui fait trembler les couches de Sextus et Gaius.

Le feu se transforme en rivière ardente, coule tel un serpent sur le pavement de la pièce et lèche les pieds du lit de Livia. La fillette se met à tousser. Elle transpire et peine à respirer. Lorsque le torrent en fusion monte en bouillonnant, elle pousse un cri et s'éveille brusquement.

Son frère aîné se tourne en bougonnant. Gaius ronfle. Dans l'obscurité de la chambre, la fillette hume l'air à la recherche de fumée, mais ne sent rien de suspect. Elle se frotte les paupières et les tempes pour oublier son cauchemar. Depuis l'incendie de la ville, il y a deux mois et demi, elle fait souvent ce rêve, qui la laisse angoissée et épuisée. Ensuite, elle est incapable de se rendormir, tant les images effrayantes continuent de danser devant ses yeux. Alors, discrètement pour ne pas éveiller ses frères, elle se lève et se réfugie dans le lit de Magia. Cette dernière, esclave mais membre de la famille à part entière, la prend dans ses bras et la petite fille retrouve enfin le sommeil.

Livia repousse doucement la couverture et le dessus-de-lit damassé, et ses pieds nus atteignent le *toral*, la descente de lit. Elle ne prend pas la peine d'enfiler ses sandales ni de rassembler ses longs cheveux noirs. Vêtue du pagne et de la tunique qu'elle porte nuit et jour, elle sort de la chambre et se précipite dans la cuisine où, dans une alcôve fermée par une tenture, repose Magia.

Livia tire lentement le rideau et manque de pousser un nouveau cri. Sur la couche de l'esclave gît l'homme barbu qui est venu de très loin pour voir Pierre. Où dort Magia ? Sans doute dans la chambre de ses parents. Livia soupire, ne sachant où trouver un peu de réconfort. Puis elle sourit, sort de la maison par la porte de derrière qu'elle laisse entrouverte et se retrouve dans la grande cour carrée de l'immeuble de quatre étages.

Au rez-de-chaussée, perpendiculaire à leur appartement se trouve la boutique de son père, faisant face au magasin de Calpurnius Grattius Flaccus, qui vend des tapis et des étoffes précieuses importés des provinces romaines d'Asie. De l'autre côté de la cour s'étend l'appartement du marchand de tissus et, devant le logis, sommeille le compagnon de jeux préféré de Livia : le chien de Calpurnius Grattius Flaccus, un énorme bâtard beige.

L'animal en éveil a déjà reconnu la fillette et, tirant sur sa chaîne, il remue la queue et gratte le sol en la sentant approcher. À la lueur de la lune, Livia l'entoure de ses bras tandis que le chien lèche son visage. Il pousse des glapissements et saisit dans sa gueule une balle de cuir.

– Non, chuchote-t-elle, si nous jouons maintenant, nous risquons d'éveiller tout le monde... Je te détache mais tu restes tranquille, voilà, bien, couche-toi près de moi...

Le chien obéit, docile. Pieds nus, frissonnante de froid, la petite fille s'allonge contre le grand corps chaud, puis raconte son cauchemar à l'oreille de la bête.

Soudain, le chien se dresse et se met à grogner. Un bruit sourd résonne de l'autre côté de la cour, qui semble provenir de la maison. Livia s'assoit par terre. Elle a à peine le temps de se demander ce qui se passe que le chien bondit et se rue vers la demeure de l'enfant. Elle entend ses aboiements furieux, des cris, des sons de fer, une plainte aiguë et elle discerne une forme claire qui se traîne sur le sol. Livia traverse le patio en courant et découvre le cadavre ensanglanté du chien. Par l'entrebâillement de la porte, elle aperçoit une multitude de jambes et reconnaît le bas de l'uniforme de la garde prétorienne.

Terrifiée, elle reflue dans la cour et, d'instinct, se cache derrière une armée d'amphores piquées dans la terre, dans lesquelles vieillit le vin de son père. À genoux, les mains plaquées sur la bouche, les yeux écarquillés, transpirant de peur, elle entend les cavalcades des soldats, elle reconnaît la voix de son père, il lui semble percevoir les pleurs de sa mère et de Magia, encore des cris, les sanglots de ses frères, des ordres, des bruits d'épée et puis plus rien.

Le silence est revenu, aussi tonitruant qu'un cataclysme. Livia n'ose pas bouger. Son beau regard violet est rivé sur la dépouille du chien. Dans les étages, les voisins semblent n'avoir rien remarqué, personne ne vient, pas même Calpurnius Grattius Flaccus. Alors, tremblante, elle se résout à se mettre debout et à pénétrer dans la maison.

D'un pas lent et mal assuré, elle se rend jusqu'à sa chambre. Les couvertures des lits de ses frères sont à terre mais la pièce est vide. Sur la pointe des pieds, elle entre dans le *cubiculum* de ses parents et découvre un corps allongé sur le sol, près d'une couche de fortune en foin. Elle s'approche et reconnaît Magia. L'esclave ne bouge plus. Ses mains sont posées sur sa gorge tranchée, d'où a coulé un flot brunâtre. Livia est pétrifiée et ne peut la toucher. Les coffres à habits de son père et de sa mère sont ouverts, leur contenu éparpillé, le vase de nuit est renversé. Le matelas et le traversin de ses parents sont éventrés, et la laine qui les remplissait est éparpillée sur le *toral* du lit conjugal ouvragé. Aucune trace de son père ni de sa mère. Livia reste là, prostrée devant le corps de Magia qui aurait dû la réchauffer et qui devient de plus en plus froid.

Un gémissement la fait sursauter. Elle sort du *cubiculum* et, hésitante, entre dans la salle à manger. Personne. Où sont ses parents et ses frères ? Les gardes les ont-ils emmenés ? Où ? À nouveau, elle perçoit une plainte, assez proche. Elle quitte le *triclinium* et s'aventure à l'office. Là, gît Raphaël le messager. Son ventre est rouge de sang mais il est vivant. Il se tord de douleur.

– Li... Livia, c'est toi ? geint-il en apercevant la fillette. Tu es sauve, merci Seigneur ! De l'eau, je t'en prie, donne-moi de l'eau !

La petite saisit une cruche, fait boire le blessé à grand-peine et lui passe un linge mouillé sur le visage.

– Il faut..., reprend le Gaulois entre deux quintes de toux. Il faut t'échapper d'ici, fillette... il faut te cacher.

– Mais c'est impossible ! s'exclame-t-elle. Où sont mes parents ? Qu'en ont-ils fait ? Sont-ils blessés ?

– Non, je ne crois pas... Ils doivent être en prison, à l'heure qu'il est...

– Mais... et mes frères ?

– Je l'ignore, Livia. Ils les ont emmenés tous les quatre, c'est tout ce que j'ai vu. J'ai tenté de m'interposer et l'un des gardes m'a perforé le ventre... Je pense que je vais bientôt rejoindre notre Seigneur...

– Non, non ! Tu ne peux pas me laisser toute seule ! dit-elle en sanglotant. Magia est morte ! Tu dois m'aider à retrouver mes parents !

La petite crie de douleur et de désespoir. Raphaël lui saisit une main avec ses doigts ensanglantés.

– Calme-toi, murmure-t-il. On ne doit pas nous entendre, s'il te plaît... Sinon, ils risquent de revenir...

À ces mots, la fillette saisie de frayeur cesse de pleurer.

– Écoute-moi attentivement, Livia...

Raphaël a de plus en plus de mal à parler.

– Écoute, répète-t-il. Tu dois te cacher, mais surtout pas chez les disciples de Jésus... Tes parents doivent encore avoir des amis qui ne sont pas chrétiens ? De la famille, peut-être ?

– Père a rompu avec son frère quand ce dernier a voulu lui faire manger un veau qui avait été sacrifié dans le temple de Vénus... Son autre frère, qui était chef militaire, a été tué pendant la révolte des Bretons... La famille de ma mère est en Crète... À Rome, nos meilleurs amis sont juifs ou chrétiens...

– Non... Tu dois trouver refuge chez des païens, Livia... et ne surtout pas dire que tu fais partie de la Voie... Tu comprends ?

– Oui… non… je veux ma mère…

Elle recommence à pleurer.

– Livia, je t'en supplie, tu dois t'enfuir chez des citoyens romains au-dessus de tout soupçon… Je ne peux pas t'aider… Écoute, écoute-moi encore… Te souviens-tu pourquoi je suis venu ici, à Rome ?

– Pour voir Pierre, le premier des apôtres.

– Exact. Pour lui transmettre un message. Hélas, je suis arrivé trop tard… Mais peut-être que toi, tu parviendras jusqu'à Pierre.

– Ils l'ont arrêté aussi ! répond Livia en sanglotant.

– Je sais, petite… Mais Dieu lui permettra peut-être de s'échapper, comme un ange l'a jadis délivré des geôles du roi Hérode… S'il te plaît, va chercher de quoi écrire… vite… dépêche-toi… pas de tablette de cire… du papyrus…

Livia hésite, en larmes, mais le regard suppliant de Raphaël la conduit dans le bureau de son père. Elle empoigne une tige de roseau, de l'encre, mais dans sa panique ne trouve pas de feuille vierge. Des tablettes sont remplies des comptes de Sextus Livius Aelius. Dans les coffres reposent les trésors vénérés par son père : des rouleaux de papyrus, les *volumina*, en latin, en grec, des papyrus égyptiens couverts d'étranges dessins. Les pleurs obstruent la vue de la fillette qui ne sait plus ce qu'elle fait, seule, loin des bras et de la protection des siens.

Perdue, elle passe un long moment debout devant les caissons de bois sculpté. Puis elle ouvre un coffre et saisit un ouvrage au hasard. Elle déplie le rouleau de papyrus et en arrache un morceau avant de le jeter à terre.

Lorsqu'elle revient vers Raphaël, ce dernier a de longs sillons noirs qui barrent la peau jaunâtre de son visage. Dans un râle il lui dit qu'il a froid et elle le couvre avec la courtepointe de Magia. Il tremble et ne peut plus parler. Mais il fait signe à Livia de l'aider à se redresser et il s'adosse au mur. Sans un mot, dans un souffle haché il saisit la page, le roseau, et se met à tracer des signes que Livia ne comprend pas.

À neuf ans, la fillette fréquente l'école primaire publique depuis deux ans, elle sait lire et écrire en latin et a déjà de solides notions de grec grâce à sa mère. Elle ne reconnaît pas ces langues dans les mots bizarres que dessine Raphaël. Ni latin, ni grec… seraient-ce des hiéroglyphes égyptiens ? du gaulois ? L'alphabet ne ressemble à rien qu'elle ait vu…

– C'est de l'araméen, lâche le Provençal dans un suprême effort. La langue de notre Seigneur Jésus. Ces mots sont sa parole secrète, son message caché. Prends, et ne dévoile ce message qu'à Pierre. Tu promets ? À Pierre… ou à l'apôtre Paul. À personne d'autre… Pierre… ou Paul… eux seuls sont capables d'entendre cette révélation… et de répondre à Marie de Béthanie… Maintenant, va, laisse-moi… sauve-toi, Livia, sauve-toi… Jésus… Jésus Sauveur !

Elle reste plantée là, incapable de se détacher de cet homme à l'agonie qu'hier encore elle ne connaissait pas et qui demeure la dernière personne à avoir vu son monde qui vient de s'écrouler. Elle songe à Magia, inerte dans la pièce d'à côté, à la maison déserte, au chien, elle pense que lorsque Raphaël aura lui aussi cessé de respirer, elle sera toute seule pour la première fois de son existence. Seule, menacée, sans savoir où aller, ignorant comment faire pour être à nouveau avec sa famille.

Les yeux noirs du Gaulois se voilent du même écran transparent que dans son cauchemar. Il ouvre les lèvres pour parler, sans doute va-t-il encore appeler Jésus. Mais aucun son ne sort de sa gorge. Il ne bouge plus, yeux et bouche grands ouverts.

Livia regarde le feuillet qui s'enroule naturellement sur lui-même. Les mots cachés du Christ lui sont totalement incompréhensibles. La voilà messagère à son tour, mais messagère d'un mystère dont Raphaël ne lui a pas dévoilé le sens. Comment atteindre Pierre en prison ? Où est Paul, l'apôtre qui l'a baptisée ? Il ne demeure plus dans la cité, il est sans doute très loin ! Elle n'est qu'une petite fille égarée et abandonnée, jamais elle ne pourra accomplir une telle mission ! Les larmes, un instant taries, lui montent à nouveau aux yeux. Le message lui brûle les mains. Raphaël y a laissé une trace de sang. Elle essaiera de transmettre le billet. Mais avant tout, elle doit retrouver les siens.

Elle retourne la page.

Livia reconnaît immédiatement le poème auquel elle l'a sans vergogne arrachée. C'est l'un des ouvrages préférés de son père : l'*Énéide*, de Virgile. Il lui semble entendre sa voix familière déclamer les vers.

6

Sur sa portion de terre, Johanna sentit un frisson monter dans son dos. Ce n'était pas la première fois depuis le début des fouilles. Il ne s'agissait pas de peur véritable, plutôt d'une appréhension vague et sans fondement, si ce n'est la réminiscence de sa précédente campagne, au Mont-Saint-Michel. Elle avait beau se dire qu'elle ne craignait rien hormis de n'être pas à la hauteur, c'était plus fort qu'elle, cette mémoire du corps qui n'en faisait qu'à sa tête et qui se souvenait, dans ses cellules, sur sa peau, du danger.

Le coup de téléphone de Tom avait renforcé cette impression jusqu'alors confuse. Telle une évidence mathématique, la collision des mots « archéologue » et « assassiné » avait ravivé d'atroces images : plusieurs fois par jour, chaque nuit, Johanna était assaillie de visions cauchemardesques dont les couleurs crues ressuscitaient un effroi que le deuil n'avait pas atténué.

Elle avait parlé de la tragédie de Pompéi au frère Pacifique, qui avait vainement tenté d'apaiser son angoisse en disant qu'il prierait pour l'âme de ces deux malheureux, la victime et son bourreau.

Malgré les questions de Johanna, Tom était resté évasif. Personne ne savait rien de toute façon. Personne, sauf le meurtrier. Pour l'heure, on n'avait aucune idée de son identité, encore moins des motifs de son acte. Face au désarroi de son ami et mue par une curiosité aussi intense que morbide, Johanna lui avait proposé de venir se reposer quelques jours à Vézelay. Il avait accepté. Bloqué par l'enquête de police et les devoirs dus au mort, il ne pensait pas pouvoir se libérer avant plusieurs jours. L'avant-veille, il l'avait rappelée pour lui annoncer son arrivée, le soir même, jeudi 9 octobre. Johanna lui avait proposé de rester jusqu'au dimanche, certaine de ne pas revoir Luca avant la semaine suivante. Elle préférait être seule avec l'archéologue. Malgré son attachement pour Luca, un obscur instinct la poussait à le tenir à l'écart de Tom et du drame de Pompéi. C'était comme si elle lui refusait une part d'elle-même, la plus funeste, liée à un passé dont son corps à chaque pas exhibait la douleur.

Elle posa ses outils, quitta le sous-sol et, boitant plus que de coutume, se réfugia dans l'Algeco. Elle brancha la bouilloire. Au moment où elle dépliait un sachet de thé, apparut sur la cloison une forme nue et horriblement maigre, hâve, immobile, flottant au milieu de résidus de mousse dans une vieille baignoire en fonte. Des notes d'accordéon argentin sifflèrent. Johanna ferma les yeux mais un regard fixe et atterré surgit dans le noir. Sur un air de tango, la mort observait l'archéologue, bien en face.

Johanna se rua dehors. Peinant à retrouver son souffle, elle ne prêta pas attention à Werner.

– Ça va ? Tu n'as pas l'air dans ton assiette, constata-t-il en effleurant le bras de Johanna.

– Ah, c'est toi... Ne t'inquiète pas, ce n'est rien, un début de migraine...

– Que dirais-tu d'une pause ? J'appelle les autres et je nous prépare du café ?

– Bonne idée, merci, répondit-elle en se forçant à sourire.

Elle attendit ses collègues pour pénétrer avec eux dans l'abri. Christophe s'affala sur un siège en soupirant. Elle sauta sur l'occasion d'avoir autre chose en tête qu'un cadavre.

– Que signifie ce soupir, Christophe ? lui demanda-t-elle avec une pointe d'animosité. Tu baisses déjà les bras ?

– Je n'abandonne pas, je m'interroge, répondit-il fermement. Je réfléchis, je fouille, je me pose des questions, et une fois de plus, je persiste à dire qu'on ne trouvera rien ici.

L'effet escompté par Johanna fut atteint. Cette réponse ralluma le sempiternel débat des archéologues en même temps que l'objet de leurs recherches : la datation du début du culte de Marie-Madeleine à Vézelay.

Selon la tradition, la rumeur de la présence des reliques de la sainte dans la crypte s'était propagée au XIe siècle, provoquant un afflux de pèlerins, des guérisons miraculeuses et la soudaine prospérité de l'abbaye. Un certain Geoffroi, le père abbé de l'époque, avait eu l'idée de promouvoir en Bourgogne le culte de la pécheresse amie de Jésus. Une bulle papale de l'an 1050 indiquait que le monastère était notamment dévolu à la vénération de sainte Marie-Madeleine, et une autre, datée de 1058, attestait l'existence des ossements sacrés à Vézelay. La nature et la provenance de ces reliques étaient une controverse qui divisait les historiens et certains membres de l'Église, mais rien, jusqu'à une date récente, ne permettait de mettre en doute le fait que l'adoration de la sainte n'existait pas à Vézelay avant le XIe siècle.

Or, cinq ans plus tôt, un jeune historien préparant une thèse sur Viollet-le-Duc à Vézelay s'était égaré dans les réserves du musée de l'Œuvre. Le matériel architectural exhumé entre 1840 et 1859 par l'architecte, soigneusement inventorié et étiqueté par l'équipe de l'époque, y était entreposé. Le minuscule muséum n'avait pas la place de l'exposer. Plusieurs malles portaient la mention « sous-sol cloître ». Dans ce qu'il restait des éléments anciens mis au jour par Viollet-le-Duc lors de la reconstruction du cloître, l'historien fouineur avait découvert une curieuse statue, perdue au milieu de débris sans intérêt : en bois, préromane car taillée dans un chapiteau typiquement carolingien, elle représentait le buste d'une femme à la chevelure longue et abondante, les épaules dénudées, le visage à la fois pur et tourmenté. Sous le tailloir du vieux chapiteau qui servait de socle, l'artiste avait gravé une inscription à moitié effacée mais néanmoins lisible : « *Sancta Maria Magdalena* ».

Une sculpture de la sainte dans le sous-sol d'une église qui lui était dédiée pouvait paraître normal. Sauf que la statue était antérieure à l'apparition du culte magdalénien à Vézelay. D'après la facture caractéristique du chapiteau et le style de l'image elle-même, l'objet datait du IXe siècle, soit deux cents ans avant l'apparition officielle de Marie-Madeleine en Bourgogne. Les experts avaient relevé des traces de calcination sur le bois ; il pouvait s'agir du premier incendie de l'abbaye, qui avait eu lieu dans le premier tiers des années 900 et qui avait ravagé une partie de l'église.

Comme d'habitude, s'était ensuivie une querelle de spécialistes, aussi virulente que sérieuse : pour certains, cette sculpture était un faux, modelé au XIIIe siècle dans un chêne des années 800 et dans une manière imitant la façon carolingienne, pour laisser croire que la sainte était adorée à Vézelay avant Verdun, Bayeux, Reims, Le Mans et Besançon, premiers sanctuaires français consacrés à Marie-Madeleine et apparus au début du XIe siècle.

Selon cette thèse, il s'agissait d'une mystification des moines bénédictins, qui avaient l'habitude d'arranger la réalité à leur convenance et poursuivaient le but de relancer un pèlerinage concurrencé par le sanctuaire magdalénien de Saint-Maximin-la-Sainte-Baume, en Provence, où l'on prétendait détenir les seules vraies reliques de la sainte. Pour d'autres, l'énigmatique sculpture était authentique et plaçait Vézelay comme le premier lieu de culte magdalénien d'Occident. L'unique question était de savoir pourquoi les inestimables ossements n'avaient été exposés à la ferveur des fidèles que deux siècles plus tard.

– Je n'ai pas votre expérience ni vos connaissances, dit Audrey, mais je ne parviens pas à comprendre pourquoi la fameuse statue ne pourrait pas dater du IXe siècle et venir d'ailleurs, d'un endroit où on adorait déjà la sainte, donc pas en Occident mais en Orient. Un pèlerin ou un croisé l'aurait ramenée et en aurait fait cadeau au père abbé Geoffroi au XIe, ce qui lui aurait donné l'idée d'inventer le culte pour attirer les clients !

– C'est une troisième hypothèse, admit Johanna en souriant, peut-être un pèlerin de retour de Terre sainte, mais pas un croisé puisque la première croisade date de 1096, alors que « l'arrivée officielle » de Marie-Madeleine à Vézelay se situe aux alentours de 1037-1040. Quoi qu'il en soit, notre seule certitude est que l'objet a été déterré ici et qu'il avait une raison de s'y trouver puisque rien, au Moyen Âge, n'était le fruit du hasard. Tout avait une logique spirituelle, un sens symbolique, un lien avec Dieu. Il faut retrouver ce sens, remonter le temps avec les strates de terre jusqu'au cloître roman, puis jusqu'à la première église du IXe siècle, et après on verra ce que les pierres racontent sur les hommes, les femmes et leurs croyances…

– Tu sais bien qu'il ne reste rien de l'église carolingienne, à part une infime partie de la crypte ! intervint Christophe.

– On trouvera forcément des traces… et peut-être plus, répondit la directrice du chantier. Oui, peut-être plus… d'autres sculptures, ou des écrits, pourquoi pas ?

– Tu rêves, Johanna, objecta Christophe. Moi, je pense que ce qu'il fallait dénicher, en l'occurrence la fameuse statue qui pose plus de questions qu'elle n'en résout, eh bien, Viollet-le-Duc l'a trouvé.

– Si je peux me permettre, intervint Werner, sans être ni rêveur ni pessimiste, pour ma part je penche pour des os… S'il est historiquement indéniable que les reliques attribuées, à tort ou à raison, à

Marie-Madeleine ont été détruites par les protestants en 1569, on n'a jamais su ce qu'il était advenu des ossements sacrés liés à la fondation du monastère par Girart de Roussillon au IXe siècle, et dont la présence à Vézelay dès cette époque est attestée par plusieurs documents : où sont les reliques de saint Eusèbe, saint Pontien, saint Andéol et saint Ostien ? Peut-être là-dessous ? On les oublie, ces os originels, et pourtant ce serait formidable de les retrouver, ça prouverait que Marie-Madeleine est arrivée après !

– Je ne crois pas, répondit Johanna. Il faut séparer le culte et les os...

– Mais le culte le plus fervent naît de la présence physique des os ! insista Werner. C'est d'ailleurs pour cette raison qu'au Moyen Âge le commerce et le vol de reliques étaient si florissants !

Johanna réfléchit quelques instants.

– Oui, bien sûr, finit-elle par concéder. Tu as raison... Cependant... tu dois admettre que le culte magdalénien en Europe occidentale est purement médiéval. À notre connaissance, Marie-Madeleine n'était pas vénérée durant l'Antiquité. Le personnage est d'abord apparu dans les livres de liturgie, avant de naître matériellement dans des sanctuaires spécialement dédiés où l'on affirmait posséder des morceaux de son corps.

– D'accord, approuva Werner. Cela, je ne le conteste pas !

– Eh bien, poursuivit Johanna, et si ses restes physiques étaient nés des pensées, des prières et de la foi ?

Malgré l'ardeur de la discussion, Johanna ne se départait pas de son calme. Ni de son hypothèse, d'ailleurs. Du haut de ses vingt ans, Audrey finit par conclure que leur histoire de culte et d'os ressemblait à celle de la poule et de l'œuf, et que jamais ils ne sauraient lequel des deux avait précédé l'autre. Les archéologues se rangèrent à cette voix du bon sens, ainsi fut provisoirement clos le débat.

Comme il était déjà midi et qu'il commençait à pleuvoir, ils décidèrent de ne recommencer à fouiller qu'après le déjeuner. Le plus expérimenté des quatre, en l'occurrence Werner, avait réussi à imposer que, hormis découverte exceptionnelle, l'archéologie demeurât sur le seuil du restaurant lorsqu'ils déjeunaient ensemble.

La première fois, un mois plus tôt, Johanna avait été terrorisée par cette règle qu'elle avait pourtant acceptée. De quoi allaient-ils parler, si ce n'était de leur métier ? De leur vie privée ? Cela, l'archéologue s'y refusait. Tous connaissaient et appréciaient Romane mais elle n'avait aucune envie d'être interrogée sur l'absence de père de la petite, sur l'existence ou non d'un homme dans sa vie, pis, sur son accident. À sa grande surprise, ses collègues avaient fait preuve d'une discrétion et d'une délicatesse dont elle n'avait pas eu l'habitude dans ses précédents chantiers.

À partir de la deuxième semaine, Johanna avait constaté un périlleux glissement vers les sujets qu'elle craignait. Werner s'était mis à parler de sa femme et de ses enfants demeurés à Vienne, Christophe de sa compagne médecin urgentiste coincée à Paris, Audrey du poids de son célibat. Tout en demeurant muette sur sa propre vie, elle avait mis cette intimité sur le compte de la petite communauté que formaient ses trois collègues du lundi au jeudi puisque, sans vivre ensemble, ils habitaient la même maison quatre jours par semaine.

En cette quatrième semaine de chantier, Johanna entra dans la petite auberge de la rue Saint Étienne avec une légère appréhension.

Au fond de la salle, un homme dont le visage était caché par un grand chapeau noir mangeait seul. Au galure, Johanna reconnut l'un de ses voisins, le sculpteur qui logeait dans la maison mitoyenne avec deux autres artistes. Il avait ses habitudes dans ce restaurant, il y déjeunait tous les jours. Mais jamais il n'avait montré ses traits ni échangé la moindre parole avec les archéologues.

– Johanna ? Alors ? Le bœuf bourguignon ou l'andouillette à la ficelle ? demandait Christophe.

– Ni l'un ni l'autre, pour moi une salade suffira.

– Une salade ? Vous voulez tomber malade ? s'offusqua l'aubergiste. Quand on travaille dehors, faut manger, et chaud encore !

– Une salade mixte, s'il vous plaît, persista Johanna. Après, je prendrai une faisselle de fromage blanc, je vous remercie.

La quadragénaire n'avait plus l'âme d'une division Panzer mais elle était restée têtue. Sa grossesse et ses mois d'immobilité forcée l'avaient lestée de kilos qu'elle n'était jamais parvenue à perdre. Au contraire, avec les années, son corps avait tendance à stocker ce qu'il ingérait, comme s'il se préparait à une disette. Lorsqu'elle se rappelait qu'avant son accident elle pouvait avaler n'importe quoi sans prendre un gramme, elle réalisait qu'elle vieillissait et que son amie Isabelle, naguère si jalouse de sa ligne, était enfin vengée.

– Je n'ai pas envie de rentrer à Lyon ce soir ou demain matin, disait Audrey à Christophe. J'en ai marre, à vingt ans, de vivre encore chez mes parents. Ils sont adorables, ils me donnent de l'argent, me laissent faire ce que je veux, mais…

– C'est drôle, la coupa Werner avec un sourire en coin, je croyais que les jeunes de maintenant restaient accrochés à leur famille le plus longtemps possible. En tout cas en Autriche, c'est comme ça…

– Eh bien tu vois, répondit Audrey, il y a des exceptions. Des jeunes filles qui aspirent à sortir du cocon et à vivre leurs propres expériences…

– Tu ne te débrouilles pas mal, ton stage ici est un début ! dit Werner en piquant du nez sur son verre de rouge.

Étudiante à la fac de Lyon, Audrey avait reporté d'un an son entrée en licence d'histoire de l'art et archéologie pour s'initier aux fouilles sur le terrain. À la bibliothèque universitaire, elle avait vu une affiche où l'on réclamait des bénévoles pour divers chantiers. Enthousiasmée, elle avait postulé pour l'Italie et la Grèce, l'Antiquité étant sa période favorite. Elle avait obtenu Vézelay et le Moyen Âge. À seulement 272 kilomètres et une dizaine de siècles de chez elle. Dépitée, elle avait fait une tentative pour l'Égypte des pharaons, mais ces places-là étaient pourvues depuis la première lune. « Va pour une ancienne abbaye et les ténèbres des temps féodaux, avait-elle abdiqué. Ça me donnera toujours une idée de l'archéologie, pour savoir si j'ai vraiment envie de me lancer là-dedans. Et ça fera bien sur mon CV, quoi que je fasse plus tard. Même si je suis trop près de Lyon, je serai hors de chez moi quatre jours par semaine. Puis, qui sait, le Moyen Âge attire peut-être de beaux et jeunes célibataires ? »

Dès la première minute, la déception s'était lue dans ses yeux sombres. À vingt ans, elle s'était enterrée pour pas un sou loin de ses parents, loin de ses amis, avec trois vieux complètement siphonnés, dans un climat plus propice aux escargots qu'à l'huile d'olive, afin de savoir si une statue était vraie ou fausse, et depuis quand sur ce monticule on adorait une sainte dont elle se fichait comme de tout ce qui avait trait à la religion catholique !

C'est ce qu'elle avait pensé au début.

Très vite, en écoutant les trois vieillards – âgés de trente-sept ans pour Christophe, quarante pour Johanna, quarante-huit pour Werner – elle avait saisi que le Moyen Âge était autre chose que le cliché forgé par l'ignorance et que l'archéologie était une vraie science, exigeant à la fois connaissances théoriques, méthode empirique et intuition. Plus une solide condition physique et un grain de folie qui s'appelait la passion et permettait de supporter l'indigence matérielle de la recherche et le côté ingrat du métier. Peu à peu Audrey avait compris que ces gens tissaient un lien vital entre passé et présent, comme un cordon ombilical entre les générations. Elle avait réalisé combien la quête des traces d'un château fort ou la datation du culte d'une sainte pouvait non seulement remplir une existence mais la rendre heureuse. Deux semaines après son arrivée à Vézelay, elle était mordue par le virus des fouilles. Et elle ne trouvait plus ses collègues si vieux.

Johanna écoutait d'une oreille distraite la conversation lorsque soudain, au milieu de la laitue, apparut un visage, ou plutôt l'image d'un individu qui n'avait plus de visage : une bouillie sombre l'avait entièrement recouvert, un magma d'os, de sang, de viande hachée, un maquillage atroce qui avait écrasé son nez, ses yeux, sa bouche. Précipitamment, Johanna se leva et se réfugia aux toilettes. Comme à l'époque, elle sentit la nausée l'envahir. Elle se passa de l'eau glacée sur le front, les tempes et les lèvres. Un vertige, le même qu'il y a six ans, s'empara de sa tête, tandis qu'elle voyait une grosse silhouette grise allongée sur une civière et enveloppée dans une couverture. Elle se rappela le pauvre cadavre qu'avaient laissé tomber les brancardiers. Elle se souvint des membres disloqués et, à nouveau, du visage défiguré de cet homme qu'elle voyait tous les jours et qu'elle ne reconnaissait pas. Encore le sang, la chair écrasée comme un fruit... Elle s'agrippa au lavabo et se força à penser à Luca pour retrouver prise avec le réel.

Luca... Luca... Où était-il en ce moment ? À Oslo ou Stockholm, elle ne savait plus. En tout cas, la tournée nordique du philharmonique se terminait dimanche. Lundi soir Luca serait de retour à Paris, et mardi ou mercredi il la rejoindrait à Vézelay. Malheureusement, il devait repartir vendredi à Rome pour des raisons familiales. Leurs retrouvailles seraient brèves.

La tristesse et un sentiment de frustration succédèrent à l'angoisse. Avec l'âge, elle supportait moins la discontinuité des relations humaines et les pointillés de sa liaison avec Luca. Pour autant, elle n'envisageait pas de vivre avec lui en permanence : ce serait lui demander d'être un père pour Romane, ce que Johanna ne désirait pas. Dans les faits, il remplissait parfois ce rôle, mais officieusement et momentanément. La mère en était satisfaite mais la femme avait du mal à gérer l'intermittence de sa présence. Elle l'aimait avec douceur et calme, sans passion suffocante. Elle lui faisait confiance et ne craignait pas d'éventuelles infidélités durant ses absences. Mais le soir, lorsque Romane était couchée et qu'elle n'avait pour compagnie que le silence, elle se disait qu'elle avait un don pour choisir des hommes qui n'étaient presque jamais là. Par phobie de l'engagement, sans doute. Pourtant, elle en avait assez des fantômes qui peuplaient sa vie.

– Mais non, la queue de bœuf en hochepot se fait avec des pieds et des oreilles de cochon. Ma mère vient des Ardennes, alors je connais !

De retour à table, Johanna observa Christophe. Ses cheveux châtain clair étaient épais et beaux mais sa coupe au bol renforçait le côté empâté de son visage et la corpulence de son torse. Petit, massif, il donnait l'impression d'une grande force physique. Ce côté bûcheron était balancé par le pétillement de ses yeux d'un subtil gris-vert, qui dégageaient une vive intelligence, de la gentillesse et un sens de l'humour aussi solide que ses biceps.

– Eh bien, je ne sais pas comment on dit en français, et en italien non plus, répondit Werner. Tout ce que je me rappelle, c'est que c'était dans un petit restaurant pas loin du Colisée, que la queue de bœuf était accompagnée de céleri et d'une sauce tomate fabuleuse... un ragoût fantastique...

Physiquement, l'Autrichien était l'inverse de Christophe : très grand, si mince qu'il en paraissait anguleux, avec des cheveux gris presque blancs et de profonds yeux noirs. Quoique parfait, son français était teinté d'un accent germanique dénué des aspérités sur lesquelles butaient habituellement les habitants de l'Hexagone. Il roulait les *r* et enrobait ses syllabes d'une note suave : peut-être celle de la crème fouettée des cafés viennois. Le mot qui venait à la bouche lorsqu'on considérait Werner était « élégance » et, à y regarder de plus près, Johanna remarqua que la jeune Audrey semblait sensible à son charme.

– « *Coda alla vaccinara* », lança la directrice du chantier. Il s'agit de morceaux de queue de bœuf saisis à l'huile, auxquels on ajoute vin blanc, cœurs de céleri, muscade, tomates concassées, et qu'on fait mijoter des heures. C'est un plat typiquement romain.

Werner ne put s'empêcher d'émettre un sifflement admiratif.

– Dis-moi, j'ignorais que tu t'intéressais à la gastronomie, et de surcroît à l'art culinaire italien ! dit-il. Ta morne salade ne le laissait pas présager...

Johanna sourit.

– C'est que… Luca, mon ami, est romain. Et il adore cuisiner. Alors quand il est là, j'abandonne la salade.

Tant pis, elle avait mangé le morceau. Après tout, ce n'était pas une affaire d'État. Ainsi, ses collègues ne la prendraient pas pour l'une de ces mères célibataires uniquement préoccupées de leur progéniture.

– Merveilleux ! répondit l'Autrichien. Il est cuisinier ?

– Non, il est violoncelliste à l'orchestre philharmonique de Radio-France et membre d'un quatuor à cordes.

– Vouah ! s'exclama Christophe. Il faut qu'il vienne jouer dans la basilique !

C'était l'un des fantasmes de Luca, en effet. Quand Johanna lui avait annoncé sa nomination à Vézelay, il n'avait pas répliqué « art roman », « bénédictins », « chemin de Saint-Jacques de Compostelle » ou « patrimoine mondial de l'Unesco », comme l'aurait fait l'archéologue. Il n'avait pas plus pensé à Marie-Madeleine qu'à Saint Louis, ardent défenseur de l'abbaye, encore moins à Bernard de Clairvaux venu y prêcher la deuxième croisade en 1146, ni aux incessantes luttes de pouvoir entre l'abbaye, les bourgeois du village, les évêques d'Autun et les comtes de Nevers, avant les protestants et les révolutionnaires. Il n'était pas historien. Pour Luca, Vézelay évoquait un seul homme : Mistlav Rostropovitch, qui, après avoir cherché pendant dix ans le lieu idéal pour jouer l'intégrale des *Suites pour violoncelle seul* de Bach, l'avait enfin trouvé, l'hiver 1990-1991, dans la basilique. Reproduire la prouesse du maître était une tentation. Mais Luca se contentait de fredonner les notes en couvant du regard la place, dans l'église, où le violoncelliste s'était assis chaque nuit durant six semaines pour enregistrer les suites.

– Maintenant, je comprends pourquoi ta fille s'appelle Romane, murmura Audrey.

– Ça n'a rien à voir, Luca n'est pas son père, trancha Johanna avec une véhémence qu'elle n'avait pas éprouvée depuis longtemps.

Aussitôt, elle pria la jeune femme d'excuser sa brutalité et regretta d'avoir parlé de Luca. Au moins sa réaction avait-elle tari la curiosité de ses collègues mais elle avait encore des progrès à faire dans la communication non violente. Elle se vengea sur une mousse au chocolat géante et des tuiles aux amandes. Pas rancunière et sans problème de poids, Audrey l'accompagna. Puis la petite équipe regagna le chantier.

À mesure que l'après-midi avançait, Johanna était de plus en plus nerveuse. Tom avait dû arriver à Paris à cette heure-ci ; il prévoyait de louer une voiture à l'aéroport et de filer directement à Vézelay. Elle regarda encore une fois sa montre : si l'avion n'avait pas de retard, il était probablement sur la route...

7

MALGRÉ L'INJONCTION émise par Raphaël de ne pas chercher refuge parmi les disciples de Jésus, à l'aube Livia se rend chez Siméon Galva Thalvus, le meilleur ami de son père. En l'absence d'endroit sûr où aller, le besoin de voir un visage familier, de retrouver un peu de chaleur, est plus fort que le danger. Sitôt le soleil levé, les marchands ouvrent leurs échoppes, les Romains vaquent à leurs occupations et les rues se peuplent de leur vacarme habituel, piétons, mules, litières soutenues par des esclaves, charrettes à bras, chaises à porteurs, cavaliers, toute une vie grouillante et affairée que la fillette connaît. Il lui semble que ce chaos débordant d'énergie écarte sa terreur et les morts de la nuit. Les éventaires s'étirent sur la chaussée. Un *tonsor* rase la barbe de ses clients dehors, devant sa porte, et applique sur leur peau saignante, pour juguler l'hémorragie, un paquet de toiles d'araignées trempées dans de l'huile et du vinaigre. Au coin de la rue, un charmeur de vipères attire les curieux. Les maîtres d'école et leurs élèves psalmodient la leçon sous un auvent de toile. Livia s'arrête, songeant qu'elle aussi devrait, à cette heure, compter sur ses doigts avec ses camarades, sous le regard du pédagogue. Confusément, elle sent que jamais plus elle ne retournera à l'école. Tout à ses pensées, elle a juste le temps de s'écarter devant une cohorte à cheval qui passe au galop sans se préoccuper de la piétaille. La fillette se plaque contre un mur, puis reprend son chemin jusqu'aux docks de la ville. Les marteaux des chaudronniers égrènent le temps qui la sépare du moment où elle reverra le visage amical de Siméon. Le murmure suppliant des mendiants lui fait presser le pas, pendant qu'elle tente d'ignorer la voix enrouée des gargotiers haranguant les passants avec pains chauds et saucisses fumantes, qui lui font penser qu'elle a faim et soif.

Parvenue aux abords du Tibre et de l'Aventin, Livia se perd dans la masse laborieuse des débardeurs et des portefaix, qui déchargent et entreposent dans des hangars les marchandises en provenance de tout l'Empire : primeurs et vins d'Italie, blé d'Égypte et d'Afrique, huile d'Espagne, vins grecs, lainages, bois et venaisons de Gaule, dattes des oasis, marbres de Toscane et de Grèce, porphyres d'Arabie, plomb, argent et cuivre de la Péninsule ibérique, ivoire de Mauritanie, or de Dalmatie, ambre de la Baltique, rouleaux de papyrus de la vallée du Nil, verreries de Syrie, étoffes d'Orient, encens d'Arabie, épices, coraux et gemmes d'Inde, soieries d'Extrême-Orient. Accolés aux entrepôts, des boutiquiers vendent poissons, cuirs, salaisons, fruits et légumes, essences parfumées. Les odeurs qui se dégagent des denrées se mélangent dans l'air et montent à la tête de Livia. Dans un vertige, elle se fraie un chemin parmi la foule et parvient, sans savoir comment, devant la maison de l'armateur, qui jouxte ses propres hangars.

Elle frappe. Pas de réponse. Elle insiste.

– Inutile, donzelle va-nu-pieds, dit une voix derrière elle.

La fillette se retourne et se retrouve face à un géant noir qui va pieds nus, comme elle. Il s'agit sans doute d'un Éthiopien, qui porte sur la tête un énorme panier bourré de cotonnades blanches et bleues.

– Sont partis hier soir, à la tombée de la nuit, explique le colosse d'ébène.

– Partis ? demande Livia.

– Enfin, partis… entre les gardes de l'Empereur.

– Siméon Galva a été arrêté ?

– Oui, mon maître et sa famille. Je sais pas pourquoi. Je sais pas où ils sont…

À ces mots, le regard lie-de-vin de la petite s'embue. Le géant fait un pas vers elle mais, paniquée, elle s'enfuit.

À nouveau elle se perd dans la cohue des dockers et des marchands, et l'exhalaison saumâtre de leurs corps lui comprime la poitrine. Siméon Galva arrêté… que faire ? Où aller ? Nul ne prend garde à elle et, de retour dans le centre, serrant machinalement la page qu'elle a cachée sous sa tunique, ses pieds douloureux prennent le chemin de l'*Argiletum*. Ce trajet, elle l'a souvent effectué avec son père et, à mesure qu'elle avance, l'espoir illumine ses yeux mauves.

« Numerius Popidius Sabinus n'a pas pu être arrêté, se dit-elle. Il est un citoyen romain connu, respecté et influent, il n'est pas juif comme Siméon Galva, et surtout il est très prudent, trop peut-être, l'Ancien Antonius lui reproche souvent de vouloir garder la parole de Jésus pour lui-même et de renâcler à diffuser l'esprit saint parmi les païens... Oui, Numerius Popidius est sauf, et il va me protéger... »

La fillette parvient aux abords de la *taberna* du *librarius*, au rez-de-chaussée d'un immeuble de trois étages. Cette boutique est l'échoppe préférée de son père : que de livres il a achetés ici, copiés par les esclaves que Numerius Popidius Sabinus a spécialement formés et qui ont assuré la renommée du libraire-éditeur non seulement dans l'*Urbs*, mais dans toutes les provinces de l'Empire, où le libraire envoie ses ouvrages ! Sextus Livius Aelius a maintes fois raconté à sa fille que, grâce à son ami Numerius Popidius et à ses confrères, le centurion en garnison dans les confins des Gaules ou de l'Asie pouvait retrouver la terre natale en psalmodiant les vers d'Horace, de Stace, Ovide et Virgile... Dans sa passion pour les livres, Sextus Livius a négligé d'expliquer à Livia que de telles copies coûtent très cher, que les auteurs ne sont jamais rétribués par les éditeurs et que, loin des bibliothèques municipales et des lectures publiques de Rome, le petit militaire sans le sou n'a guère de chances de fredonner la poésie gréco-latine. Qu'importe à Livia, qui songe à la page de l'*Enéide* qu'elle serre sur son cœur, à son père, à son ami libraire, et qui déboule devant l'échoppe, sourire aux lèvres.

Elle éteint aussitôt son sourire et se mord les lèvres. Les éventaires remplis de livres qui rognent la chaussée ne sont pas sortis, et la *taberna* de Numerius Popidius semble fermée. Livia se fige de surprise. « C'est impossible, pense-t-elle, pas lui, pas Numerius Popidius. Il est malade, oui, c'est cela, il est souffrant ou grâce à ses puissantes relations il s'est enfui loin d'ici ! » Dans son fol espoir, la fillette oublie qu'hier soir – il y a une éternité – à la réunion clandestine dans sa maison, le libraire était bien portant et qu'il figurait parmi les plus pessimistes, persuadé que l'Empereur ne saurait tolérer davantage la présence de chrétiens dans l'*Urbs.*

Désemparée, la petite tourne la tête à droite, à gauche, et aperçoit l'un des voisins du *librarius*, un changeur de monnaie, qui, juché sur un escabeau, fait sonner sur une table crasseuse sa provision de pièces à l'effigie de Néron. Livia respire profondément et s'avance vers le gros bonhomme.

– Pardon, citoyen, murmure-t-elle d'une voix à peine audible, je cherche Numerius Popidius Sabinus.

– Qu'est-ce que tu lui veux, au libraire ? marmonne le changeur.

– Je... un livre, je viens chercher un *volumen*, ment-elle.

L'homme lâche les deniers qui coulent dans sa main et examine la fillette de haut en bas. À cet instant, Livia réalise que sa mise ressemble plus à celle d'une esclave ou d'une enfant des rues qu'à celle d'une fille de bonne famille : ses longs cheveux noirs non brossés tombent en masse informe sur ses épaules, elle est toujours vêtue de sa tunique et de son pagne nocturnes qui sont tachés de sueur, ses jambes et ses pieds sans sandales sont crottés de boue.

– En fait, il s'agit d'un recueil de poésies que mon maître a commandé et qu'il m'a ordonné de venir quérir... rectifie-t-elle en baissant les yeux.

– Eh bien, ton maître n'aura pas son *volumen* aujourd'hui, répond le changeur. Ni demain, je crois.

– Pourquoi ? Je... mon maître est très sévère, vous savez, si je ne lui ramène pas son livre, je vais être battue...

– Pas si tu lui dis que sous les traits apparemment honnêtes de ce marchand se cachait la pire infamie, répond l'homme avec colère, un pervers dévoreur de chair humaine, l'adulateur d'un monstre à tête d'âne qui, non content de se livrer à son odieuse superstition sous le masque d'un bon citoyen de la cité, a mis le feu à la ville avec ses sbires !

Incrédule, hésitante, Livia se tait. Face à son silence, le changeur de monnaie se lève.

– Comprends-tu ce que je dis ? tonitrue le bonhomme. Tu échapperas aux verges si tu rapportes à ton maître que Numerius Popidius Sabinus était un cannibale, un fou, un incendiaire, qui faisait partie de cette secte de fanatiques assassins nommés « Nazaréens » et qu'il a eu ce qu'il méritait.

– Que s'est-il passé ? ne peut s'empêcher de demander Livia.

– Il a été emmené cette nuit, sous bonne garde, tiens ! Et maintenant, j'espère que lui et les siens vont payer pour leurs crimes...

– Que va-t-il lui arriver ? Comment a-t-on su qu'il faisait partie de la Voie ?

Aussitôt, Livia regrette ses paroles. Le changeur de monnaie se rapproche de la fillette, soupçonneux.

– Comment ? Mais parce que les membres de cette secte sont aussi déments que lâches, et il suffit d'en attraper un pour qu'il dénonce tous les autres... Le libraire a été vendu par l'un de ses soi-disant frères, pff ! éructe-t-il en crachant par terre. Dis-moi, je te trouve bien curieuse... Comment appelles-tu cette coterie séditieuse ? La « voie » ? Qu'est-ce que c'est que ce mot ? Et pourquoi te préoccupes-tu du sort de ce traître à la patrie ? Tu ne ferais pas partie de cette ligue criminelle, par hasard ?

Livia devient rouge garance et recule d'un pas.

– Non, crie-t-elle, non, je ne suis pas chrétienne !

Elle tourne les talons et s'enfuit à toutes jambes. Pendant un temps qui lui paraît infini, elle court sans se retourner, hébétée, affolée, avant de s'écrouler au fond d'une ruelle noircie par les flammes du grand incendie, où le soleil ne pénètre pas. « J'ai osé affirmer que je n'étais pas chrétienne. J'ai menti, s'accuse-t-elle en sanglotant, la tête dans les jambes repliées. J'ai renié ma foi, j'ai renié le Christ, l'apôtre Paul, mon père, ma mère, mes frères, tous les miens ! J'ai désavoué Dieu ! »

Longtemps les larmes l'empêchent de penser. Puis elle se rappelle que Pierre lui-même a renié Jésus, par trois fois, lorsque ce dernier était arrêté par la cohorte, le tribun et les gardes des Juifs, puis jugé chez le grand prêtre de Jérusalem. Elle a entendu cette histoire de la bouche même de Pierre et se souvient qu'à l'époque, elle ne l'avait pas comprise. À une servante, puis aux gardes, enfin à l'un des serviteurs du grand prêtre Caïphe qui lui demandaient s'il faisait partie des disciples de Jésus, Pierre avait répondu par la négative. Le Seigneur était lié et entravé, mais Pierre était libre. Maintenant Livia saisit les mots du premier des apôtres, l'éternel compagnon du Seigneur. Maintenant elle entend que Judas a livré Jésus, comme aujourd'hui les chrétiens semblent se dénoncer les uns les autres. « Nous, les partisans de la Voie, tentons de nous rendre meilleurs, songe-t-elle, mais au fond nous ne sommes que des pécheurs, de pauvres humains faibles et couards. » Ses larmes cessent. Elle tente de réfléchir. Comment être digne de cette lumière qu'elle a reçue ? Doit-elle se rendre aux autorités afin de retrouver les siens et laver la faute qu'elle vient de commettre ? Cette solution ultime la séduit. Ce serait la fin de la fuite, de la quête d'une protection introuvable, de la terreur d'être prise. Elle se lève et décide de se livrer au premier vigile qu'elle croisera.

Soudain, elle sent un poids peser sur sa poitrine : la lettre en araméen qu'a écrite Raphaël avant de mourir, le message caché de Jésus qu'elle a promis de remettre à Pierre ou à Paul. Livia s'adosse à un mur noir à demi écroulé qui sent encore la fumée. Elle ferme les yeux. Si elle se rend à la garde prétorienne, elle pourra peut-être parvenir jusqu'à Pierre, en prison. Mais rien n'est moins sûr, la *carcer* construite par le roi Ancus Marcius est immense et s'étend jusque sur les pentes du Capitole. Elle ne peut pas être certaine d'être enfermée avec ses parents… alors, avec l'apôtre Pierre ! Puis ce message ne serait d'aucun secours à un homme coincé entre les murs d'une geôle. Elle soupire. Le fait que Pierre, sa famille, Siméon Galva, Numerius Popidius et tous les chrétiens arrêtés soient actuellement dans le *Tullianum* n'est d'ailleurs qu'une supposition, Néron a pu choisir de les incarcérer ailleurs, hors de l'enceinte de l'*Urbs*, ou de les exiler loin de Rome, ainsi qu'il le fait pour certains proches tombés en disgrâce… Les chrétiens seraient alors sur un bateau, au milieu de la Méditerranée…

Livia ouvre les yeux. Elle renonce à se dénoncer. Elle ne sait pas que ce sentiment primitif qui point en elle, cette volonté farouche d'échapper au danger, s'appelle l'instinct de survie. Elle se remémore les conseils du messager, à l'heure de son trépas : ne pas chercher à rejoindre d'autres chrétiens ni même des Juifs, s'enfuir, se cacher chez des païens au-dessus de tout soupçon. Jusqu'alors, elle a fait le contraire, en pure perte. Désormais, elle sait que Raphaël avait raison.

Livia rajuste ses pauvres vêtements, s'assure que le papyrus roulé ne peut tomber de sa tunique et elle reprend sa route avec prudence, rasant les murailles, se cachant dans un coin dès qu'une cohorte apparaît. Elle se sent pleine d'une détermination nouvelle, qui a succédé au désespoir et à la course éperdue. Elle avance lentement, épiant la foule non comme une bête traquée mais comme une personne qui n'a plus le choix. La soif et la faim lui vrillent l'estomac. La fatigue la fait frissonner.

Aux carrefours les Romains se réunissent devant des affiches toutes fraîches qu'elle ne lit pas, pressée de fuir les attroupements périlleux.

Enfin elle parvient devant une *insula*, un immeuble doté de quatre étages et décrépi par le feu. Au rez-de-chaussée sont installés un miroitier, un marchand de lupins et un fleuriste. Livia reconnaît immédiatement les lieux, bien qu'elle ne soit pas venue ici depuis plus d'un an Les bouquets de roses et de violettes exhalent un parfum sucré. Les couronnes mortuaires, savant enchevêtrement de jasmin, lys, roses et immortelles, ont des couleurs qui claquent dans la lumière. Elle contourne l'échoppe et gravit un escalier de pierre qui débute sur la chaussée, à l'angle des boutiques. Au premier étage, raidie par l'appréhension, elle frappe à une porte.

Une femme encore jeune, propre mais mal fagotée et au maquillage maladroit, ouvre prudemment. Muette, elle observe la fillette en fronçant les sourcils. Elle ouvre la bouche pour renvoyer l'intruse lorsque ses yeux s'écarquillent de surprise.

– Livia Aelia, c'est toi ?

– C'est bien moi, ma tante.

– Comme tu as grandi ! Que fais-tu là ? Dans quel état es-tu ! Entre, entre donc !

Livia pénètre dans l'appartement.

– Qu'est-il arrivé ? demande la tante en observant la fillette avec dégoût et pitié.

– Un grand malheur. Mon oncle est-il rentré ?

– Pas encore. Il sera là dans un moment.

– J'ai besoin de lui parler d'abord, pardon, ma tante… C'est que… je crains qu'il me mette à la porte et…

– Tu apprendras, ma nièce, qu'ici on ne renvoie pas un membre de la famille qui a besoin d'aide. Ne confonds pas : c'est ton père qui est parti de chez nous, son frère ne l'a pas chassé. Depuis, Sextus Livius n'a plus donné de nouvelles, ni de lui, ni de vous…

– Oui, ma tante.

– Par Vénus, tu ressembles à une mendiante ! Que la foudre de Jupiter s'abatte sur cette maison si ton oncle te voit ainsi ! Viens par ici…

Livia laisse Tullia Flacca apaiser sa soif, sa faim, lui donner un linge humide pour nettoyer son corps, un pagne de lin neuf à nouer autour de la taille, une tunique longue, des sandales, des peignes de corne pour démêler et attacher ses cheveux. Tullia Flacca la questionne mais la petite élude, prétextant être trop faible pour raconter deux fois les événements. Enfin, peu après midi, à la sixième heure, à la fermeture des magasins et des bureaux – les Romains travaillent de l'aube à la méridienne et consacrent l'après-midi aux loisirs – le frère cadet de son père arrive, les bras chargés de paquets.

C'est un petit fonctionnaire comme Rome en compte des milliers dans l'enceinte de la ville, fidèle à l'Empereur, dévoué au peuple, mais qui ne voit jamais le premier hormis de loin, aux jeux du cirque ou à l'amphithéâtre, et qui, au fond, n'aspire qu'à s'éloigner du second. Titulaire d'une rente à vie, il effectue son service sans se poser de questions, rouage infime d'un système tentaculaire qui régit le monde. Citoyen modèle mais dénué du sens des affaires, Tiberius Livius Aelius a toujours jalousé la relative aisance financière de son frère commerçant, renforcée par son mariage avec Domitilla la Crétoise. Depuis la mort du troisième frère, qui apaisait les disputes mais avait choisi la voie militaire et a été tué lors du soulèvement des Bretons, l'animosité entre Tiberius et Sextus a grandi. Naturellement, Sextus a toujours caché à son cadet sa conversion à la parole de Jésus. Mais il y a un peu plus d'un an, aux ides de septembre, au cours d'un banquet donné par Tiberius, Sextus a refusé de toucher à un veau rôti qui avait préalablement été immolé dans le temple de Vénus, et a interdit à son épouse et ses enfants d'en manger, suivant ainsi les préceptes de Pierre et de Paul. Par prudence, il est resté muet sur la raison pour laquelle il délaissait la pièce maîtresse du repas, offerte avec force mise en scène et prières aux dieux. Tiberius a pris ce rejet silencieux pour du mépris et l'affaire s'est envenimée. Sextus a donc décidé que mieux valait rompre avec son frère de sang et ne partager les agapes qu'avec ses frères de foi.

– Livia ? s'étonne Tiberius en apercevant la fillette. Il est arrivé quelque chose à mon frère ?

– Mon père, ma mère et mes deux frères ont été arrêtés la nuit dernière par la garde prétorienne, répond-elle d'une voix tremblante.

Tullia invoque aussitôt les dieux en portant les mains à sa tête, mais l'oncle Tiberius encaisse le choc. Physiquement, il ressemble à son frère, l'embonpoint en moins, car chaque après-midi il fréquente la palestre et les salles de gymnastique des thermes, auxquelles a renoncé son aîné au profit du seul bain. Sextus Livius a en effet déclaré, à l'instar des chrétiens, que le sport, en favorisant l'exhibition et le culte des corps nus, était un ferment de la luxure.

– Comment as-tu réussi à leur échapper ? demande Tiberius.

Pour la première fois, Livia raconte les événements de la nuit passée, en pleurant, mais en ayant soin de ne pas évoquer la présence de Raphaël.

Tullia la prend dans ses bras, tente de la consoler, et ce geste apporte un infini soulagement à l'enfant. Tiberius, en revanche, ne laisse pas paraître son émotion.

– Qu'as-tu fait depuis cette nuit ? interroge-t-il.

– Je… j'ai tenté de me réfugier chez des amis, mais tous avaient été arrêtés…

– On t'a vue ? Quelqu'un t'a reconnue ? insiste-t-il.

– Non… je… je ne crois pas, à personne je n'ai dit qui j'étais.

Tiberius pousse un énorme soupir, dont Livia ne sait s'il est de déception, de soulagement ou de douleur contenue.

– Je le savais, chuchote-t-il. Je m'en doutais… Il s'est toujours cru meilleur que nous autres, plus fort, plus instruit, plus rusé, et il a fallu qu'il rejoigne cette secte de dépravés qui se prennent pour des prophètes et des visionnaires !

– Mon oncle, supplie la fillette, tu travailles au palais de l'Empereur, tu vas les faire libérer, dis, tu vas les sauver !

Tiberius s'affale sur l'un des lits du *triclinium* et pousse un nouveau soupir, qui ressemble à de l'impuissance ou à du désespoir.

– Où est Lepida ? tonitrue-t-il en réclamant l'esclave de la maison. Qu'elle m'apporte immédiatement du vin !

– Je l'ai envoyée aux thermes lorsque Livia est arrivée, répond Tullia. Je vais servir moi-même…

Tullia sort de la pièce. Tiberius lève les yeux vers sa nièce.

– Hélas, dit-il. Si je le pouvais, Livia… Mais je ne suis qu'un scribe parmi des milliers au palais de l'Empereur, et les esclaves de Néron ont plus de pouvoir que moi…

– C'est ton frère ! s'insurge Livia. Le seul qu'il te reste !

– Il n'est pas nécessaire que tu me le rappelles, fillette. Je ne le sais que trop.

– Vos querelles n'ont plus d'importance, désormais, ajoute Livia.

– Querelles ? Tu te trompes, ma nièce. Cette fois il ne s'agit pas d'une dispute familiale… car sa famille, ton père l'a reniée, Livia. En adhérant à cette secte d'antisociaux, il a non seulement renié les dieux de Rome, mais Rome, l'Empire et l'Empereur lui-même. Il a renié notre histoire et nos coutumes communes, tout son passé, ses parents, ses ancêtres. Et ses poètes, même ses chers poètes grecs et latins, il les a sacrifiés, eux aussi, sur l'autel d'un mentor illuminé.

– C'est faux ! rétorque Livia avec aplomb. Nous sommes des citoyens romains comme vous !

– En apparence, oui, répond calmement Tiberius. Mais vous portez un masque de théâtre… et sous le masque, vous n'avez que haine et dédain pour nos institutions… Vous vomissez notre antique panthéon en prétendant n'adorer qu'un seul dieu, que vous brandissez comme s'il était supérieur à nos douze dieux… mais en agissant avec une telle arrogance vous vous prenez vous-mêmes pour des dieux ! Vous nous accusez d'intolérance à votre égard quand vous êtes des fanatiques intransigeants ! Vois-tu, Livia, la vérité est que nous sommes incompatibles, vous et nous...

La fillette ne sait que répondre. Elle voudrait répliquer à son oncle mais quelque chose l'en empêche, certains mots que Tiberius a prononcés et qui, elle le sent confusément du haut de ses neuf ans, sonnent juste. À ce moment Tullia entre avec un plateau chargé de vin, d'eau, de fruits et de pain, pour la collation du déjeuner, le *prandium*.

– Toutefois, conclut Tiberius avec douceur, je retournerai au palais impérial sitôt ces quelques bouchées avalées. Malgré tout, je ne puis abandonner mon frère, comme lui m'a abandonné... Je dois m'enquérir de son sort. Toi, tu restes ici, enjoint-il à sa nièce. Et toi Tullia, tu demeures avec elle. Surtout, ne laisse entrer personne.

Vers 15 heures, à la neuvième heure, Tiberius est de retour. Sa face est sombre. Il n'ose pas regarder sa nièce. Livia tourne autour de lui comme une mouche, Tullia plante son regard châtaigne dans les yeux de son mari.

– Mieux vaut que nous cessions d'espérer, lâche-t-il enfin. Il n'y a rien que nous puissions faire.

– Mon oncle, où sont-ils ? demande Livia.

– Je l'ignore... Ils étaient à la prison jusqu'à... jusqu'à la méridienne, puis on les a sortis de leurs geôles...

– Sont-ils condamnés à l'exil ? interroge la tante. On les a embarqués au port ?

– Je n'en sais rien, répond Tiberius. J'ai tenté de soudoyer un affranchi, mais il a gardé l'argent et n'a rien voulu me dire. Livia, tu vas rester avec nous. N'aie crainte, Tullia et moi te protégerons comme si tu étais notre propre enfant, l'enfant que nous n'avons pas... Personne ne te fera de mal... Tullia, où est Lepida ?

– J'ai... j'ai dit que tu étais malade et contagieux... que je voulais m'occuper de toi toute seule... Malgré ses cris, je l'ai envoyée à la campagne, chez mon amie Aquilia Severa...

– Tu as bien fait. Nous la ferons revenir dans quelques jours, quand tout sera fini. Nous dirons que Livia est une cousine éloignée qui nous arrive de Crète...

Livia blêmit. Son oncle est plus informé qu'il veut le dire, elle en est certaine. Quelque chose se trame dans son dos, et elle ignore quoi.

– Mon oncle, dit-elle d'une voix blanche, je te remercie, toi et ma tante, pour votre hospitalité et votre générosité…

– Nous ne faisons qu'obéir à notre cœur et aux coutumes romaines qui ne négligent point les liens du sang, répond-il non sans ironie. Cette maison est désormais la tienne.

Livia baisse la tête avec contrition. Elle imagine ce que sa vie sera dorénavant, avec son oncle et sa tante. Ils l'ont accueillie et sauvée, ces païens contre lesquels son père s'était érigé. Son père… une bouffée de colère d'une violence inouïe la submerge soudain.

– Où est mon père ? hurle-t-elle. Où est ma mère ? Où sont mes frères ? Tu le sais, mon oncle, je suis persuadée que tu le sais, que tu connais leur sort, et tu me mens ! Dis-moi la vérité, je ne suis plus une enfant, non, depuis la nuit dernière je ne suis plus une fillette ! Les gens ne disparaissent pas ainsi, pas à Rome, la capitale du monde, ce n'est pas vrai ! Où sont-ils ? Va-t-on les juger, eux, Sextus Livius, Domitilla Calba, mes deux frères Sextus et Gaius, Siméon Galva Thalvus, Numerius Popidius Sabinus et tous les autres disciples de Jésus, qui sont ma seule et vraie famille ?

Un tel courroux laisse Tiberius muet. Puis il lève un regard métallique et cruel sur Livia.

– Sais-tu en quoi a consisté mon travail de ce matin, ma nièce ? demande-t-il avec fiel. Depuis l'aube jusqu'à la sixième heure, j'ai rédigé des affiches conviant le peuple de Rome à des jeux du cirque, ce soir même, dans les jardins de Néron. Naturellement, ce cadeau de l'Empereur au peuple a un caractère impromptu et exceptionnel. Un instant je me suis demandé de quel divertissement inédit le prince allait nous régaler, puis j'ai copié et copié, en me disant que, ce soir, ma curiosité serait satisfaite. Elle l'a été tout à l'heure, lorsque je me suis enquis du sort des membres de la secte qu'on avait arrêtés ces derniers jours…

Le sang de Livia semble déserter son corps. La tante se fige dans une posture de statue.

– Tu veux dire que…, balbutie la fillette. Que… sans même bénéficier d'un procès, ils… ils…

– Je ne fais que répondre à ta question, ma nièce, puisque tu exiges en braillant « la vérité ». Au lieu d'être en sécurité dans cette maison qui t'accueillait après un an de silence et d'égarements criminels, tu préfères, à la suite de ton père, nous cracher à la face et rester fidèle à cette troupe de fanatiques...

Livia ouvre la bouche mais aucun son n'en sort. Elle jette un regard furtif à sa tante qui se tord les mains. Puis elle fait volte-face et s'enfuit, avant que la subite nausée qui s'empare de son estomac ne déborde de ses lèvres.

Elle se précipite vers la porte, dévale les escaliers et se met à courir dans les ruelles en heurtant les passants jusqu'à ce que ses jambes ne puissent plus la porter. Épuisée, elle se réfugie au fond d'une cour sombre où, dans une odeur de viande putréfiée, pendues à des crochets, sèchent les peaux de la tannerie du rez-de-chaussée.

Au-delà du Tibre, à l'extrême nord-ouest de l'*Urbs*, entre le fleuve et les pentes du *mons Vaticanus*, s'étend une plaine qui appartient à l'Empereur Néron. Hérités d'une tante paternelle, ces jardins privés sont aussi splendides que vastes. À l'extrémité de ce parc se dresse un cirque orné d'un obélisque. À l'intérieur du cirque, sur invitation de Néron, les Romains se réunissent parfois pour assister à des courses de chars, des démonstrations de lutte, d'athlétisme, des représentations de théâtre, des combats de boxe ou de gladiateurs. Féru de disciplines artistiques et persuadé qu'il possède un exceptionnel talent lyrique, quelquefois c'est Néron lui-même qui déclame des vers, joue la comédie ou chante en s'accompagnant d'une lyre. Le peuple n'apprécie guère de voir un César transformé en pitre ou en saltimbanque et l'avilissante attirance de l'Empereur pour la scène, ajoutée à ses meurtres et aux rumeurs sur ses responsabilités dans le grand incendie, ont généré une profonde animosité des citoyens envers leur souverain. Cependant, en ce dimanche d'octobre de la neuvième année du règne de Néron*, presque toute la ville est réunie sur les gradins des arènes. Certes, il est déconseillé d'ignorer une convocation de l'Empereur, même si elle est collective. Mais c'est moins la peur ou la contrainte qui ont attiré aujourd'hui les Romains dans le cirque de Néron que la curiosité, la passion pour les jeux et le pressentiment d'un spectacle inhabituel.

L'année précédente, au cirque Flaminius du Champ de Mars,

* Soit octobre 64.

l'Empereur a inventé un jeu délectable, dont chaque Romain se souvient : le combat d'hommes contre des crocodiles. Cela changeait des lions, des sangliers et des ours ! Les *bestarii*, gladiateurs spécialisés dans la joute avec les fauves, étaient obligés de guerroyer à même le sol, dans un corps à corps délicieusement périlleux où leurs mains glissaient sur la peau de l'animal, où leur lame ne parvenait pas à percer la dure carapace. L'unique moyen d'avoir raison de la bête était de la retourner malgré son poids, en évitant le battoir de la queue et l'étau de la mâchoire aux dents redoutables, pour perforer le ventre du reptile. Beaucoup de *bestarii* avaient succombé aux morsures de l'animal. Mais les Romains, cette fois-là, avaient apprécié la créativité de leur Empereur.

Aujourd'hui, lorsqu'ils observent le centre de l'amphithéâtre du haut des gradins, ils croient d'abord à la présence de bêtes exotiques sur le sable de l'arène. Ce ne sont pas des crocodiles mais d'étranges animaux à fourrure, tête grimaçante et longue queue, assis sur leur séant ou postés sur leurs quatre pattes, que des prétoriens maintiennent en respect du bout de leurs épées. Les citoyens s'attendent à une *venatio*, un combat de l'homme contre les fauves. Puis, observant les bêtes, ils réalisent qu'il s'agit d'êtres humains. Vêtus de peaux, le visage grimé, l'allure farouche, ces sauvages doivent sans doute être issus d'une peuplade africaine, gauloise ou asiatique des confins de l'Empire. Chacun se demande de quels tours sont capables ces barbares lorsque l'Empereur apparaît, jeune et gras, la tignasse rousse huilée et ondulée, juché sur un char tiré par des chevaux blancs.

– Peuple de Rome ! hurle-t-il face aux acclamations. Si je vous ai tous conviés aujourd'hui, c'est pour vous offrir le juste châtiment des auteurs de l'incendie qui a failli détruire notre auguste Cité ! Jouissez de la sanction que Rome inflige à ses ennemis, voyez la sentence que nous réservons, nous, peuple de Rome, aux sectateurs pyromanes et coupables de magie illégale ! Romains ! Citoyens ! J'ai ajouté quelques amusements au supplice, afin de mieux vous divertir... Voici la première partie de notre vengeance !

D'un geste, Néron congédie les soldats qui quittent l'amphithéâtre. D'un autre, il fait ouvrir des portes d'où surgissent des chiens énormes, des molosses spécialement dressés pour faire subir la peine capitale aux condamnés. Les Romains applaudissent et le spectacle commence.

Affamés à dessein, habitués à la chair humaine, les chiens fondent sur les chrétiens déguisés en bêtes. Ces derniers se regroupent, tentent d'échapper à leurs gueules voraces, de les écarter à mains nues. Il semble que les fourrures dont on les a affublés excitent davantage les molosses. Les premiers corps déchirés jonchent le sable. Les bêtes s'acharnent sur les cadavres, arrachent les peaux, éviscèrent les dépouilles. À mesure que les humains tombent, d'autres sont jetés dans l'arène, toujours grimés et habillés en animaux, ce qui constitue l'un des amusements supplémentaires inventés par Néron.

Dans les gradins, on sort les brûle-parfum d'où s'échappe une fumée d'encens. Les esclaves aspergent leurs maîtres et maîtresses de doux effluves, afin qu'ils ne soient pas incommodés par l'odeur du sang. Haïssant les chrétiens plus encore que leur Empereur, les Romains s'enthousiasment d'abord du spectacle. Mais très vite, un éclair de pitié passe dans certains regards.

– Ces gens sont des criminels, chuchote l'épouse d'un marchand d'huile à son mari, et ils méritent la mort. Mais pourquoi les avoir maquillés et travestis de la sorte ?

– En effet c'est infamant, répond à voix basse le négociant. À quoi bon couvrir les suppliciés de ridicule ? Cela gâche la lutte contre le fauve, sans compter que parfois, on ne distingue plus lequel des deux est l'homme et lequel est la bête ! Mais mieux vaut se taire et applaudir.

Dans un coin, une fillette aux yeux lie-de-vin leur jette un coup d'œil, puis retourne au spectacle. Livia s'efforce de ne pas pleurer, de ne pas hurler de douleur, pour ne pas se trahir. En vain elle cherche à reconnaître quelqu'un parmi les condamnés, mais le barbouillage noir dont on leur a couvert la face, les pelages dont on les a vêtus, ainsi que la distance empêchent d'identifier qui que ce soit au sein de la sauvagerie infecte qui se déroule en bas. C'est la première fois qu'elle assiste à une telle scène car les chrétiens se défendent de pénétrer dans les cirques, amphithéâtres, arènes, théâtres et autres lieux de spectacles dégradants et ignobles. Depuis la nuit dernière, c'est la deuxième fois qu'elle est le témoin direct de la mort et elle pense que Magia et Raphaël, en périssant d'un coup d'épée, ont échappé aux souffrances terribles de ces malheureux qui, en vain, luttent sur le sable de l'arène. Malgré son écœurement et son dégoût face au sang, malgré les grognements des bêtes, la puanteur des chairs torturées, les cris des suppliciés auxquels répondent ceux des spectateurs, quelque chose, au fond de son âme, l'empêche de céder au désespoir. En effet, elle a la certitude que ses parents et ses frères ne sont pas dans le cirque. Né libre, son père est non seulement un ingénu et un citoyen romain, mais il appartient à la caste des *honestiores*, la classe supérieure dont les membres possèdent au moins 5 000 sesterces de capital et que l'on condamne très rarement à mort. Dans le pire des cas, à l'instar de ce qu'a affirmé sa tante Tullia quelques heures auparavant, son père, sa mère et ses frères verront leurs biens confisqués et seront bannis à vie. En dernier ressort, les parricides ou les ennemis de Rome peuvent être étranglés dans la prison ou décapités, mais rien ne justifie un tel châtiment pour Sextus Livius Aelius et les siens. Seuls les esclaves, les non-citoyens et les membres de la caste des *humiliores*, la plèbe de petites gens sans fortune, peuvent être condamnés aux travaux forcés dans les mines, à la mort par les bêtes, le bûcher ou la croix.

Livia ne peut soutenir l'effroyable spectacle, ni l'épouvante qui peu à peu s'immisce en elle et lui souffle que peut-être l'Empereur a choisi d'ignorer les classes sociales et d'anéantir tous les chrétiens, quel que soit leur rang. Pour faire taire ses craintes, elle ferme les yeux et se force à rêver : un navire aux voiles blanches quitte la ville et s'éloigne de la terre hostile. À bord, Sextus Livius observe la mer, Domitilla serre ses fils dans ses bras. Près d'elle, Numerius Popidius Sabinus et Siméon Galva Thalvus la rassurent en lui disant que dès qu'ils auront touché un pays ami, ils feront signe à Livia et elle les rejoindra. Ils sont tous saufs. Bientôt, elle les reverra… oui, très bientôt…

Un pincement au cœur éveille la fillette. Le jour qui tombe la fait tressaillir. Sur sa poitrine, la page de l'*Énéide* lui fait mal. Elle regarde en bas, dans le cirque. Des montagnes de cadavres déchiquetés jonchent le sol rouge.

Les chiens achèvent de dévorer ce qui ressemble à un enfant. Livia se penche et vomit près du marchand d'huile et de sa femme, qui couve la petite d'un regard compatissant.

– C'est terminé, lui murmure-t-elle. Jamais je n'avais vu spectacle plus décevant !

Livia n'ose pas répondre. Les gradins sont muets. Les molosses sont chassés de l'arène, et l'Empereur sur son char fait son apparition.

– Peuple de Rome ! Citoyens ! harangue-t-il. J'espère que vous avez apprécié ce divertissement… je vous convie maintenant dans mes jardins, où d'autres surprises vous attendent…

Néron a prononcé ces mots comme une maîtresse de maison presse ses invités de passer à table. Affamés car l'heure de la *cena* a sonné, les spectateurs quittent l'arène et se dirigent vers l'immense parc. Le crépuscule ombre les tuniques claires et les toges blanches. À l'entrée des jardins, un festin les attend : aux monticules de corps succèdent des montagnes d'olives, d'œufs durs, de fruits, pains et pâtisseries de toutes les couleurs, et aux bêtes féroces, des bœufs rôtis, porcs entiers, pyramides d'huîtres, vulves de truie, chevreaux, oiseaux grillés, loirs, langoustes, poissons en sauce, poulardes farcies, lièvres, veaux bouillis, saucisses et boudins ; enfin, le sang est remplacé par le vin miellé et le contenu de milliers d'amphores de falerne, que les esclaves répandent dans les fontaines d'eau pure.

Honestiores et *humiliores* prennent une coupe et puisent le breuvage à volonté. Des joueurs de lyre accompagnent la ripaille, et les Romains constatent avec plaisir que leur Empereur ne figure pas parmi les musiciens. La nuit tombe tout à fait et les convives ne distinguent plus le morceau de viande qu'ils tiennent à la main. Les flambeaux tardent à venir. L'assistance murmure, les esclaves ne bougent pas et les musiciens arrêtent de jouer. Soudain, au loin, on aperçoit une lueur vacillante et verticale, puis deux, puis cinq, puis plusieurs dizaines. Des hurlements humains couvrent les conversations des citoyens. Ces derniers s'enfoncent dans les jardins, se dirigent vers les cris et les lumières. Stupéfaits, ils découvrent que le parc est peuplé de créatures : cloués à des arbres, potences ou croix de « l'arbre de malheur », l'*arbor infelix*, ils sont plusieurs milliers au pilori. Certains sont revêtus d'une tunique imprégnée de poix, un tas de branchages à leurs pieds, et des gardes allument le bûcher. Les condamnés au feu s'embrasent dans des hurlements de cochon égorgé et une odeur de chair grillée. Les autres, les crucifiés, pleurent et gémissent, les membres en sang. Un homme ne cesse de répéter les mots de Pierre : « Heureux, si vous êtes outragés par le nom du Christ car l'Esprit de gloire, l'Esprit de Dieu, repose sur vous. » Les gardes lui ordonnent de se taire mais l'homme prie et hurle les mots de l'apôtre comme une exhortation au courage.

Atterrée, Livia s'éloigne. Des larmes amères coulent de ses yeux violets. Où est sa famille ? Là-bas, sur la Méditerranée ? Elle avance dans le bois des martyrs, accompagnée par les habitants de Rome qui se réjouissent de la promenade digestive éclairée par les bûchers. Un instant, elle craint de croiser son oncle et sa tante, puis elle oublie, fascinée par un attroupement au centre du parc. Elle se dirige vers le rassemblement, se faufile parmi les Romains et découvre, face à elle, un spectacle qui fait sourire ses voisins : un individu à barbe blanche est crucifié la tête en bas. Les yeux clos, sans aucune marque de souffrance, ses lèvres semblent murmurer quelque chose d'inaudible. Livia le reconnaît aussitôt. Elle blêmit et plaque ses mains sur sa bouche.

– Par Hercule, c'est donc lui le meneur, le chef de cette bande de scélérats ? demande à sa droite une dame tellement fardée qu'on pourrait la confondre avec une rescapée des bêtes de l'arène. Mais pourquoi l'avoir mis à l'envers ? Une idée de notre divin Empereur ?

– Non pas, répond un décurion. Il paraît que c'est lui qui a réclamé à César d'être fixé de la sorte... par respect pour son maître, un certain Jésus, a-t-il dit, qui, sous Tibère, a été crucifié...

– Quelle étrange façon d'honorer son maître ! intervient un sénateur en toge immaculée. À sa place, je me serais suicidé pour sauvegarder l'honneur et n'aurais pas demandé à mourir dans cette posture grotesque ! Décidément, ces Nazaréens sont des barbares rétifs à toute civilisation...

Comme pour entériner la conclusion du sénateur, un prétorien avance vers l'apôtre Pierre et enveloppe son corps dénudé dans une étoffe qu'il badigeonne ensuite d'un produit noir et gluant. Livia juge plus prudent de déserter le groupe. « Pierre, songe-t-elle. Pierre fait partie des condamnés ! » Elle pose la main sur le message caché sous sa tunique. Son impuissance lui donne le vertige. Dans la nuit, elle erre parmi les bûchers et les croix, forêt fantastique plantée de milliers d'humains en feu ou voués à une mort plus lente. Elle ne remarque pas les gardes qui, après avoir allumé les bûchers, enduisent les crucifiés de poix.

La fillette sent un regard posé sur elle. Elle lève les yeux et refrène à grand-peine ses cris. Là, ceinturé à un arbre qu'éclairent les langues du feu où brûle, à deux mètres, un condamné au bûcher, les mains et les pieds cloués au tronc dont l'écorce est teintée de rouge, se dresse Siméon Galva Thalvus, l'armateur juif converti par Paul, l'initiateur de son père, son meilleur ami. Il fixe Livia mais il ne pleure pas, il observe la petite fille et ses yeux semblent vides, résignés. Elle ouvre la bouche mais, d'un signe de tête à peine perceptible, il fait « non ». Puis il rugit une phrase de Paul :

– Bénissez ceux qui vous persécutent ; bénissez, ne maudissez pas !

Interdite, Livia demande où sont ses parents et ses frères, pourquoi Siméon n'est pas avec eux sur le grand navire qui s'échappe de la ville, il lui semble qu'elle crie, qu'elle invective l'Empereur, les gardes, les citoyens, mais elle s'aperçoit qu'aucun son n'est sorti d'elle-même. Siméon est toujours là, à hurler « Bénissez ceux qui vous persécutent ». Il regarde les étoiles et ne prend plus garde à elle. Lentement, la fillette poursuit son chemin. En tremblant, elle dévisage chaque martyr, homme, femme, enfant. Quelques instants après, elle aperçoit Numerius Popidius Sabinus, sommairement cloué à une potence. Le *librarius* s'est évanoui de douleur et sa tête pend sur sa poitrine.

« C'est inconcevable, cet homme est un citoyen romain ! » pense-t-elle. Terrassée, elle observe le libraire inconscient, dont le visage blême et figé semble indiquer que son âme s'est déjà enfuie au royaume de Jésus. La souffrance qui a creusé ses traits pénètre Livia. En état de choc, la fillette est incapable de bouger.

Soudain, dans son dos fusent des rires, des éclats de voix. Elle se retourne et aperçoit un cocher, ou plutôt un homme déguisé en cocher, qui jette ses oripeaux à terre en souriant : l'Empereur Néron en personne ne parvient pas à passer incognito malgré son camouflage.

– Alors, citoyens, clame-t-il, ma petite soirée vous plaît-elle ? Ne trouvez-vous pas qu'il fait un peu sombre, dans ce parc ? J'ai préparé pour vous un spectacle nocturne susceptible d'y remédier…

Il lève la main et, aussitôt, ses gardes mettent le feu aux crucifiés préalablement enduits de poix. Bientôt, tous les chrétiens sont transformés en torches vivantes. Dans la nuit noire, les jardins de l'Empereur sont illuminés par les flammes des martyrs brûlés vifs.

Un instant surpris par le caractère inédit du supplice – jamais aucun prince ne s'est servi d'humains comme moyen d'éclairage – le peuple recule de quelques pas, effrayé par l'ampleur de l'incendie. Puis, grisés par le vin et la tuerie, les Romains applaudissent. Ils déambulent dans les jardins en une gigantesque et originale promenade.

Comme dans son cauchemar de la nuit précédente, Livia regarde les flammes rouges s'élever telles des langues de diables géants. Les arbres dansent sous les colonnes de fumée sombre et âcre. Il n'y a pas d'oiseaux, mais la plainte de milliers de suppliciés. L'existence de la fillette s'écroule. Sa famille… Où est sa famille ? Sextus, Domitilla, Sextus Junior, Gaius… Elle les cherche encore, mais la chaleur forge un écran transparent, qui l'empêche de voir les corps des chrétiens fondre et devenir cendres. « Le bateau, songe-t-elle. Ils sont sur le bateau qui quitte la terre… » La fillette se met à tousser. Elle transpire et peine à respirer. Elle repasse devant Numerius Popidius et Siméon

Galva qu'elle ne reconnaît plus. Ils ne sont que flambeaux. Partout le crépitement dévastateur grignote les chairs et ronge les os.

Lorsque les hurlements se taisent parce que le feu a tout dévoré, Livia tente de crier, de parler, mais les sons restent bloqués dans sa gorge.

8

MUETTE, Romane ouvrit la bouche de surprise. Elle avait en face d'elle un géant échappé de l'un des livres de contes que lui lisait sa mère. La seule question était de savoir s'il s'agissait d'un gentil glouton ou d'un ogre dévoreur de femmes et d'enfants.

– Bonjour, mademoiselle, dit le colosse avec un accent étranger. Je suppose que vous êtes Romane.

– Euh… voui, répondit la gamine en se tordant les mains. Et toi, tu es Gargantua ou l'ogre du Petit Poucet ?

– Voyons voir, répondit sérieusement le titan. Je ne porte pas de bottes de sept lieues. Donc tu n'as rien à craindre, je n'avalerai que cinquante œufs d'autruche, trois jambons de dinosaure, dix tonneaux d'eau-de-vie et quinze camemberts…

– J'ai bien peur d'être en rupture de stock pour les camemberts, intervint Johanna, nous sommes en Bourgogne, pas en Normandie. Mais pour l'eau-de-vie, ça ira, la proprio a des réserves. Entre, Tom. Sois le bienvenu.

Gauchement il tendit à Johanna un bouquet de tulipes.

– Je suis désolé, j'avais pris des douceurs d'Italie, du vin du Vésuve, tu sais le fameux *lacryma-christi*, mais je suis tellement perturbé que j'ai tout oublié chez moi à Naples ; je m'en suis rendu compte dans l'avion.

– Ce n'est pas grave, la prochaine fois ! Tu sais, on ne manque pas de vin ici, dit-elle avec malice. Viens voir…

Elle entraîna son ami vers la fenêtre arrière du salon, plein sud, qui offrait une vue panoramique sur les vignes et la vallée du Morvan. Face à la vision apaisante, Tom sourit.

– Maintenant, quitte ta veste et assieds-toi, ordonna la maîtresse de maison. Tu vas goûter le blanc de Vézelay pendant que je barbote avec ma fille. Ce ne sera pas long. Ensuite, on prendra l'apéritif quand Romane mangera. Puis elle ira se coucher et on aura tout notre temps pour dîner et discuter tranquillement...

– J'ai pas sommeil ! objecta la fillette. Je veux pas aller au lit, je veux rester avec Gargantua !

– Tu me trouves si gros, dis ?

Romane observa le bon géant, qu'elle estima, à vue de nez, être un peu plus âgé que sa mère : il était immense, mais en effet il manquait de gras. Il n'était pas maigre non plus, plutôt épais, mais de muscles. Ses cheveux blonds étaient coupés très court et le bleu clair de son regard paraissait blanc tant sa peau était bronzée. Ça lui donnait un air étrange, comme s'il n'avait pas d'iris, seulement deux pupilles noires au milieu d'yeux opalins. Proportionnelles au reste du corps, ses mains ressemblaient à la grosse planche sur laquelle Johanna découpait la viande. Quant à ses pieds, Romane se demanda si madame Bornel ne pourrait pas planter des fleurs dans ses chaussures aussi grandes que des jardinières.

– Tu sais, Romane, dans mon pays on est presque tous grands comme ça...

– C'est quoi, ton pays ?

– La Nouvelle-Zélande, ce sont des îles dont les deux principales s'appellent l'île Fumante au nord, parce qu'elle est pleine de volcans, et l'île de Jade au sud, où s'étendent de vertes forêts tropicales, des montagnes et des pâturages... C'est très loin, à l'autre bout du monde...

– Ah, ça a l'air beau, dit-elle, fascinée. Pourquoi tu es parti de tes îles ?

– Eh bien, parce que je fais le même métier que ta maman, dans un secteur qui n'existe pas en Nouvelle-Zélande.

– Comment ça ? Dans ton pays y a pas de vieux cimetières ni d'églises en latin ? Vous n'avez pas les morts avec leurs os ?

Johanna revint avec une bouteille de blanc et jugea opportun d'interrompre la conversation.

– Romane, c'est l'heure du bain. Sois gentille, monte avec moi sans regimber et après tu retrouveras Tom.

Romane jeta à sa mère un regard navré mais la suivit à l'étage. En chemin, elle se retourna pour observer le géant.

– Tu sais, maman, chuchota-t-elle, il est gentil mais il est bizarre...

– Au plaisir de te revoir, Johanna ! trinqua Tom. J'aurais aimé que... Enfin, je suis très heureux d'être ici avec toi, avec vous, rectifia-t-il en regardant Romane qui renâclait à avaler ses coquillettes. Merci de m'avoir invité.

– À la tienne, Tom ! Moi aussi je suis très contente. Quand nous sommes-nous vus la dernière fois ? Ça fait un bail, non ?

– À l'anniversaire de Florence, en février dernier... ça fait huit mois... Je venais d'être nommé directeur de chantier et toi tu t'ennuyais ferme dans ton labo... Comme vous êtes bien, ici ! J'adore cette maison. Il faudra que tu me montres la basilique et tes fouilles.

– Naturellement.

– Et je suis très fier de rencontrer enfin cette charmante demoiselle, dit-il en saluant Romane. On m'avait tellement parlé de toi...

– Ah, répondit-elle, fourchette en l'air. Tu n'as pas de petite fille, toi ?

– Romane, intervint sa mère, je t'ai déjà expliqué qu'on ne demandait pas aux grandes personnes si elles ont des enfants, ou un mari, ou une femme. Ce n'est pas poli.

– Laisse, Jo, ce n'est rien ! Tu vois, à quarante-cinq ans je n'ai ni petite fille ni petit garçon. Ni femme, ni copine, d'ailleurs. Je vis pour mon travail, en fait. J'adore mon métier.

– Celui que tu peux pas faire dans tes îles ?

– C'est cela. D'ailleurs, j'ai un cadeau pour toi, dit-il en sortant son portefeuille de la poche de son jean. Je l'ai trouvée lors de ma première campagne là-bas, il y a longtemps. Je suis tombé sur un tel stock que j'ai obtenu d'en garder une... C'est mon porte-bonheur... je te l'offre !

Il tendait une pièce de monnaie à l'enfant. Elle se leva, la prit, remercia, observa. La chose était tellement cabossée qu'elle n'était plus très ronde.

– C'est un denier d'argent, ajouta Tom. Très ancien... juin de l'an 79 après Jésus-Christ. À l'époque de l'éruption, cette monnaie venait juste d'être frappée.

Romane continuait d'examiner l'objet. Au centre de la pièce, en relief, trônait un visage de profil, celui d'un homme replet, au nez pointu, au menton proéminent et au cou de taureau. Le buste était auréolé d'une inscription.

– Lui, il est très gras, remarqua-t-elle, gras et gros comme un vrai ogre ! Qui c'est ?

– Imperator Titus Caesar Vespasianus Augustus Pontifex Maximus, répondit Tom. L'Empereur Titus César Vespasien Auguste grand pontife, traduisit-il. Pour faire simple, c'est l'Empereur Titus…

La petite fille éclata de rire.

– Ha, ha, ha ! Titus ? C'est pas possible, Titus, c'est pas un nom de roi, mais un nom de chien !

– Pourtant, je t'assure qu'il a été un grand Empereur, très aimé par son peuple, surnommé « les délices du genre humain » par Suétone, même s'il n'a régné que deux ans… Avant, il s'était distingué en écrasant la première révolte des Juifs, détruisant Jérusalem et le Temple bâti par Hérode. En Judée, il est tombé éperdument amoureux de Bérénice, la reine des Juifs, et…

– Comment il est mort ? le coupa la fillette.

– Officiellement, de la peste, mais aujourd'hui on penche plutôt pour la malaria aiguë, après s'être longtemps demandé si son frère Domitien n'aurait pas un peu hâté son trépas, pour accéder au trône…

– Tu veux dire que son frère l'a assassiné ?

– Romane, veux-tu que ce soit Tom qui te lise un conte, ce soir, dans ta chambre ? jugea bon d'intervenir Johanna.

– Oh oui, oh oui !

– Alors, retourne t'asseoir et finis ton assiette, ensuite tu auras un fromage.

– Je pourrai dormir avec Titus, cette nuit, maman ?

Johanna ne voyait pas comment un Empereur romain en argent pouvait remplacer un père abbé médiéval et félin, néanmoins elle accepta.

– À condition que tu ne portes pas la pièce à ta bouche. Quelle histoire veux-tu que Tom te raconte ?

– Barbe-Bleue !

– Elle ne va pas tarder à s'endormir, chuchota Tom en sortant de la chambre. J'avais oublié à quel point cette vieille histoire était sanglante…

– Comme tous les mythes, répondit Johanna. Suis-moi, je vais te montrer quelque chose.

Elle entraîna Tom dans la petite chambre d'amis.

– Vu ta taille, je te laisse mon lit pour ce week-end, tu seras plus à l'aise, dit-elle en s'agenouillant devant le coffre. Moi, je dormirai ici.

– Johanna, tu me gênes !

– Chut ! l'interrompit-elle en composant le code.

Le coffre-fort s'ouvrit et elle en sortit la statue.

– Regarde ça et dis-moi ce que tu en penses, ordonna-t-elle en tendant l'objet à l'archéologue.

Tom prit la sculpture, l'observa, la retourna, passa ses grands doigts sur le bois en une caresse infiniment délicate.

– Elle est splendide, murmura-t-il. Très émouvante... L'artiste aimait Marie-Madeleine... Il l'aimait... presque charnellement, c'est plus que de la dévotion religieuse, c'est une adoration inconditionnelle et passionnelle... la vénération d'une icône, mais aussi l'amour d'un homme pour une femme...

– Exactement, acquiesça Johanna en souriant.

– Ce n'est pas du tout mon domaine mais je dirais époque carolingienne... C'est cela ?

– C'est toute la question, justement. L'affaire est complexe...

– Ah bon. Quoi qu'il en soit, Marie-Madeleine est un personnage attachant. Laquelle des trois est représentée dans cette sculpture, à ton avis ?

– Toutes, je pense, dit la médiéviste, puisque dès Grégoire le Grand, fin VIe, l'Église catholique romaine opère une fusion entre les trois personnages. Elle évoque à la fois Marie de Magdala, la femme que Jésus a libérée de sept démons et qui a témoigné, la première, du Christ ressuscité ; Marie de Béthanie, la sœur de Lazare et de Marthe, qui a oint Jésus avec un nard précieux, suscitant l'indignation des disciples ; et enfin une pécheresse anonyme mentionnée par Luc, peut-être une prostituée, qui verse également un vase de parfum sur les pieds de Jésus et les essuie avec ses cheveux... D'où l'abondante chevelure qu'on prête toujours à Marie-Madeleine et les nombreuses représentations de la Madeleine « myrophore », c'est-à-dire portant un vase de parfum. Parfois, cette sculpture m'évoque aussi une quatrième personne, ajouta-t-elle, songeuse.

– Qui ?

– Je ne sais pas vraiment, répondit-elle en rougissant. C'est flou...

une représentation plus personnelle, comme le souvenir de quelqu'un que j'aurais bien connu, puis oublié... C'est dingue, j'ai honte de te parler de ça !

– Pourquoi ? s'insurgea-t-il. Ce n'est pas fou du tout, dans la mesure où Marie-Madeleine est un archétype ! Elle est l'ancienne catin devenue sainte, l'amante divine, l'héritière d'Ève, l'opposé parfait de la Vierge Marie, la déesse mère qui n'a jamais connu la chair... Marie-Madeleine est tellement « humaine », jusque dans ses extrêmes de débauche voluptueuse, puis de grâce, de fidélité et d'abandon ! Elle symbolise ce que nous sommes, de pauvres pécheurs en quête d'absolu et de perfection, elle réalise ce à quoi nous aspirons : se relever de la souillure, transformer l'amour terrestre en idéal immanent, pur et néanmoins sensuel... l'extase de l'âme et du corps, la passion infinie et sans tache !

Johanna observa les yeux presque blancs de Tom, qui scintillaient comme deux faisceaux dans le halo de la petite lampe.

– Non, moi je ne recherche plus cela, dit-elle doucement. Ces ardeurs-là mènent à l'érémitisme contemplatif ou à l'incendie. Je n'ai pas envie de vivre au fond d'une grotte, et j'ai eu mon lot de flammes et de brûlures...

– C'est peut-être l'ancienne Johanna que te rappelle cette effigie, celle d'avant l'accident ! Je ne t'ai pas connue à l'époque mais, à y regarder de près, elle ressemble aux photos de toi que j'ai vues chez Florence et Matthieu, tu avais les cheveux longs et...

– Cesse de plaisanter, Tom. Viens, descendons. Je meurs de faim.

– Pardon, si je t'ai blessée.

– Mais non, pas du tout.

Johanna termina la bouteille de blanc dans le verre de Tom et en ouvrit une deuxième. Maintenant que Romane dormait profondément, sa curiosité à l'égard des événements de Pompéi était à son comble.

– Tom, je...

– C'est quand même étrange, la coupa le Néo-Zélandais qui commençait à sentir une légère ivresse. Tu veux fuir ton passé. Soit. Mais ton passé te poursuit ! Flo m'a raconté que l'abbaye de Vézelay était fortement liée à Cluny, et même au Mont-Saint-Michel.

Johanna posa le verre qu'elle venait de porter à ses lèvres et soupira.

– Avec le Mont, c'était juste une relation de prières, au XIIe siècle.

Quant à Cluny, c'était plus… politique. Elle n'a eu de cesse que de soumettre Vézelay à son hégémonie… Elle y est parvenue en 1096 : Vézelay est devenue une tête de pont de Cluny, jusqu'en 1162. Les quatre pères abbés de Vézelay qui ont construit l'abbaye romane étaient d'anciens moines de Cluny. L'une de leurs œuvres, le grand tympan du narthex, est une pure splendeur, tu verras.

En prononçant ces mots, son esprit se dirigea vers un être vêtu d'une bure noire et auquel elle pensait chaque fois qu'elle contemplait les éléments romans de Vézelay. Cet homme avait vécu au Mont-Saint-Michel et à Cluny, mais n'était sans doute jamais venu ici. Qu'importe, elle avait l'impression de respirer son ombre dans l'ombre de la crypte, de reconnaître ses plans dans les proportions de l'église et de sentir son regard gris posé sur elle, lorsqu'elle scrutait, dans la nef, le chapiteau représentant la lutte de Jacob contre l'ange. Le bienveillant mirage avait peut-être contribué à ranimer son amour des pierres. Ce moine bénédictin du Moyen Âge l'avait habitée depuis l'enfance. En son honneur elle avait baptisé sa fille « Romane ».

– En tout cas, je me réjouis de te voir à nouveau heureuse dans ton métier, constata Tom.

Le travail, les pierres, les morts… c'était l'occasion. En allumant le gaz sous la cocotte, Johanna s'apprêtait à interroger Tom lorsqu'il la devança :

– Qu'est-ce que tu nous as fait de bon ?

– En matière culinaire je n'ai pas changé, je suis toujours une piètre cuisinière, donc j'ai décongelé l'une des œuvres de Luca. Lapin au lard, à l'ail et au romarin…

– Mmm… Comment va-t-il ?

– Ça va. Il est en tournée en Scandinavie. J'espère qu'il n'est pas congelé.

– Je ne l'ai vu qu'une fois, mais il m'a plu. Surtout, cette relation te fait du bien.

– C'est vrai, admit Johanna en touillant le ragoût avec une cuiller de bois. Franchement, Luca m'a surprise… je pensais ne plus vouloir d'homme dans ma vie… ne plus pouvoir supporter un lien amoureux… mais la vie en a décidé autrement…

– Comment vous êtes-vous rencontrés ?

Johanna fixa, devant elle, un petit tableau représentant un paysage d'été.

– C'était à la fête de la musique, il y a maintenant… un an et…

quatre mois. À Fontainebleau. J'étais avec mes parents et ma fille. Il jouait, dans la cour du château. Les *Suites pour violoncelle seul* de Benjamin Britten. On s'est regardés. Le lendemain, je l'ai croisé à la librairie du coin. Il m'a abordée. Le charme italien a fait le reste. Et voilà... ce n'est pas très original...

– Pas de problème avec ses enfants ?

– Oh non ! ils sont charmants ! Puis tu sais, je ne les vois pas souvent, c'est son ex-femme qui a la garde, à Rome. Luca ne les prend que quelques week-ends et pendant les vacances scolaires, lorsque son travail le lui permet. Alors, en général il loue une maison à la campagne et on part tous les cinq. Je les aime bien, à dix et huit ans ils sont encore obéissants. Quant à Romane, elle les adore ! Paolo et Silvia ne parlent pas français mais ils se comprennent quand même, ils passent leur temps à jouer... Tout serait parfait si le violoncelle n'accaparait pas tant Luca... C'est d'ailleurs à cause de son métier que sa femme a demandé le divorce... il n'était jamais là...

Tom observa son amie : elle avait raison quand elle disait qu'elle avait changé. La femme qu'il avait devant lui était différente de celle qu'il avait vue dans un album de Florence, qui datait de la période Mont-Saint-Michel : sur les clichés Johanna était un peu maigre, d'allure masculine malgré ses longs cheveux, le regard dénué de tout fard dégageait une puissance et une détermination aussi attirantes qu'effrayantes. La Johanna d'aujourd'hui avait tenté de cacher ses petites rondeurs dans une robe ample et longue, ceinturée à la taille, qui ne camouflait rien de sa féminité nouvelle. Taillés en un carré net et soigné, probablement teints pour masquer les fils blancs, ses cheveux brun foncé rebiquaient en deux accroche-cœurs sur ses joues pleines de taches de rousseur. Légèrement maquillés, ses yeux clairs avaient perdu leur éclat inquiétant. Un rien mélancoliques, ils semblaient attendre quelque chose ou quelqu'un, sans véhémence mais avec une pointe d'anxiété qui n'échappa pas à Tom.

– Dis-moi... tenta-t-elle à nouveau.

– Et François, il ne te harcèle plus ? la coupa-t-il.

Décidément, c'était à croire que le pompéianiste était venu pour la questionner sur sa vie sentimentale !

– Non, même s'il me tient sans doute pour responsable de sa « chute », après les événements du Mont. Aux dernières nouvelles, il s'est fait muter dans le Sud, comme directeur d'un obscur musée, en attendant la retraite. Il n'a pas supporté d'avoir été écarté du ministère de la Culture et envoyé d'office en Guadeloupe… Et il a toujours cru que c'était ma faute, si sa femme l'avait quitté… Tu parles, quand je suis sortie du coma, sur mon lit d'hôpital, enceinte de deux mois, j'avais autre chose à penser qu'à ses démêlés conjugaux ! Enfin, maintenant c'est terminé… il me laisse tranquille.

– Il n'a pas pensé être le père de l'enfant ?

Johanna posa doucement la cuiller et éteignit le feu sous la cocotte. Une douleur fulgurante lui comprima les côtes.

– Si. C'est bien à cause de cela qu'il m'a importunée si longtemps. Il était persuadé que Romane était de lui. J'avais beau lui dire que non, il voulait la reconnaître, l'élever, même sans moi…

– Romane sait la vérité ?

– En partie. Quand elle est née, pour la protéger j'ai jugé préférable de la déclarer de père inconnu. Aujourd'hui, je me demande si je n'ai pas eu tort. Je lui ai parlé de Simon, je lui ai expliqué que nous nous étions follement aimés lui et moi, et qu'il était mort avant sa naissance.

– Tu ne lui as pas dit comment il est décédé ?

– Non. Elle est trop petite. C'est trop horrible. Peut-être plus tard…

Lentement Tom s'approcha de son amie, saisit le lourd faitout en fonte et le porta à table. Au bord des larmes, Johanna le rejoignit et s'assit en face de lui.

– C'est justement parce que tu as été directement confrontée à la mort violente… à… l'homicide, dit enfin Tom, que j'ai voulu te voir. Toi seule peux comprendre ce que je vis depuis… depuis les faits.

Muette, Johanna leva les yeux vers l'archéologue. Enfin, il allait parler.

– Tu sais bien, en tant que directeur de chantier, donc « patron » de la victime, c'est moi qu'on a appelé pour identifier le corps… C'était comme dans un cauchemar, les carabiniers partout, les lumières, les gyrophares, les archéologues affolés des autres équipes, le cadavre allongé sur la couche de pierre, la tête défoncée… J'ai mis plusieurs minutes à réaliser que c'était James… un Américain très doué, ça faisait seulement trois mois qu'il était arrivé… Qu'est-ce qu'il est venu faire dans le lupanar en pleine nuit ? J'avais envie de vomir, je ne pouvais pas, je… Puis les deux, là, la grosse prostituée et son client, qui avaient découvert James… Elle, elle tremblait, elle sanglotait, elle hurlait, une vraie hystérique, et lui, froid et sec comme un squelette… et les flics qui n'arrêtaient pas de me poser des questions auxquelles je n'entendais rien… Les mots n'avaient plus de sens…

– Je comprends.

– Mais le pire, le pire, c'est quand le grand sec, le client, a baragouiné un truc sur l'inscription.

– Quelle inscription ? demanda Johanna, dont le regard brillant avait perdu toute trace de tristesse.

– Au-dessus du pauvre crâne de James, sur le mur, on avait tracé à la craie : « *Giovanni, 8, 1-11.* »

– « Jean, 8, 1-11 », traduisit Johanna, songeuse. Bien sûr ! Attends un instant. Je reviens tout de suite.

Elle se leva d'un bond et partit chercher quelque chose à l'étage. Lorsqu'elle revint, Tom fixait avec dégoût une forme noire juchée sur la table. Le chat Hildebert était placidement assis sur la nappe rayée. Remuant la queue, il scrutait le cadeau qu'il venait de faire à Tom : dans l'assiette de l'archéologue, un passereau moribond se débattait faiblement.

– Hildebert ! Tom, je te jure que jamais auparavant il n'avait fait une chose pareille, décidément le comportement de ce chat est un mystère !

Johanna s'empara prestement de l'assiette et jeta dehors la petite dépouille. Elle renvoya le félin à la nuit et revint vers son ami avec un gros livre. Puis elle versa un verre de vin à Tom, se rassit et lut.

– Désolée, Tom. Donc. Évangile selon saint Jean. Chapitre 8, versets 1 à 11. C'est l'épisode célèbre de la femme adultère… Jésus est sur le parvis du Temple, les Pharisiens lui amènent une femme surprise en flagrant délit d'adultère et lui demandent si, comme le prescrit la Loi juive, il condamne la fautive à la lapidation. Au lieu de répondre, Jésus se baisse et écrit quelque chose sur le sol avec son doigt. Les hommes insistent et Jésus lance le fameux « Que celui qui n'a jamais péché lui jette la première pierre », puis il écrit à nouveau quelque chose sur le sol ; alors les Pharisiens s'en vont, il reste seul avec la femme et lui accorde le pardon.

Tom avait vidé son verre d'un trait et repris des couleurs.

– C'est cela, conclut-il. C'est la référence biblique que l'assassin a tracée sur le mur. Notre seul indice… On sait que James a été frappé avec un instrument contondant – probablement une pierre – assené avec une grande force physique, donc on pense que l'assassin est un homme ; mais on n'a pas retrouvé l'arme du crime. Cette inscription est l'unique piste… Que signifie-t-elle, d'après toi ?

Johanna resservit son ami et termina la bouteille de vin dans son propre verre. Ils avaient déjà bu deux flacons de vézelay, sans avoir dîné. Le lapin achevait de refroidir dans la cocotte et les archéologues ressentaient à présent une ivresse discursive, celle qui tient la peur à distance mais décuple la propension à refaire le monde.

– C'est étrange, murmura Johanna, la main du meurtrier qui note sur le mur le passage de l'Évangile où Jésus écrit avec son doigt sur le sol… C'est cela, j'ai une idée ! s'exclama-t-elle, les joues rougies par le vin blanc ou par sa découverte. C'est un symbole, une métaphore ! Tu sais que ce passage de saint Jean est le seul – dans tous les Évangiles – où l'on parle de Jésus en train d'écrire. Tu sais aussi, bien sûr, que le message du Christ a été transmis oralement par les apôtres, puis transcrit par les évangélistes, mais que nous n'avons rien de la main même du Christ. Or Jean – le seul apôtre qui ait signé un Évangile – n'a pas rapporté ce que le Seigneur avait écrit ce jour-là, sur le sable, donc ces mots, les seuls mots écrits par Jésus, ne sont jamais parvenus jusqu'à nous. Maintenant, imagine, Tom… Imagine que tes fouilles aient un lien avec ces phrases perdues… Si là où vous travaillez se cachait le message de Jésus, ou la clef pour parvenir jusqu'au message… tu te rends compte, quelle invention ce serait ! Les seuls mots écrits par le Christ… Cela bouleverserait toute la chrétienté, la chrétienté, que dis-je… le monde entier ! Quelqu'un a assassiné ton archéologue pour faire arrêter les fouilles et vous empêcher de les trouver. Le message sur la pierre est à la fois la clef et une mise en garde…

Tom secouait la tête en souriant.

– Johanna, tu déraisonnes ! C'est absurde, totalement absurde ! Pardon, mais tu projettes sur moi ce que tu as vécu au Mont… C'est naturel, mais en l'occurrence la situation est complètement différente. Réfléchis : quel rapport entre Jésus et Pompéi ? Entre le sol du parvis du Temple de Jérusalem et les murs du lupanar d'une cité dévolue aux dieux et déesses antiques, romains et orientaux ?

– Certes, à première vue, mais la géographie n'est pas un argument…

– Enfin, Jo ! Il ne s'agit pas d'une question de géographie ! Non. Personnellement je penche pour une explication beaucoup plus terre à terre, si je puis dire…

– Dis toujours, soupira Johanna.

– Eh bien, c'est tout simple : en citant ce passage, l'assassin a voulu faire référence à l'adultère. Le mobile du meurtre est l'adultère, le sentiment déclencheur est la jalousie.

– Pourquoi convoquer l'Évangile, dans ce cas ? interrogea Johanna avec une pointe de dédain. L'adultère est un mobile si courant !

– Justement ! Parce que le meurtrier, selon moi, est très orgueilleux… Cet orgueil démesuré est à la fois la cause et la conséquence de son acte… il ne supporte pas d'avoir été trahi… Il ne souffre pas une tromperie si « banale » tant il se croit supérieur. Il est juge, et bourreau suprême. Il attire James dans le lupanar, symbole de la débauche et de la dépravation, l'assomme avec une pierre, à défaut de pouvoir le lapider… et il trace cette référence pour dénoncer la trahison de sa victime, infidélité que lui, contrairement à Jésus, ne pardonne pas.

Dubitative, Johanna scrutait une rayure rouge de la nappe de coton.

– James était-il marié ? s'enquit-elle. Était-il l'amant d'une femme mariée ? d'un homme qui l'aurait trompé ?

– Franchement, je n'en sais rien du tout ! Je ne le connaissais pas bien… nos relations sont toujours restées sur le terrain professionnel. En tout cas, la police fouille sa vie privée… en Italie et surtout aux États-Unis. Les flics américains s'agitent beaucoup, là-bas… Il était issu, paraît-il, d'une famille huppée de San Francisco…

Dans le petit bureau, Johanna se retourna sur le lit de fortune. Elle ne parvenait pas à dormir. Le lapin – qu'ils avaient fini par dévorer – pesait sur son estomac. Elle avait trop bu, les murs sombres n'étaient pas droits. L'angoisse qui l'avait poursuivie ces derniers jours revenait au galop, nullement calmée par le récit de Tom. Au contraire, la machine qui vivait dans sa tête fonctionnait à plein régime et lui envoyait de nouvelles images, aussi sanglantes que les précédentes, qui se superposaient aux anciens meurtres dans un kaléidoscope barbare et terrifiant. Le péril indistinct qu'elle sentait peser sur elle se changeait en menace transcendante, une ombre spectrale s'approchait furtivement le long de la cloison…

– Hildebert, c'est toi ! chuchota-t-elle. Sale chat… tu tombes bien. Je sais que tu n'aimes pas ça, mais… pour une fois, viens dormir avec moi… s'il te plaît.

Le vieux gouttière s'assit sur son séant, se lécha une patte, considéra un instant sa maîtresse d'un regard immobile et pénétrant qui semblait sonder son âme. Puis il sauta sur le lit avec une vélocité de fantôme. Johanna le caressa et il ronronna gaiement. Elle sourit. Les yeux jaunes du félin luisaient.

– Créature du diable, dit-elle, protège-moi des démons de la nuit !

Le bruit de moteur se fit plus puissant. Elle ferma les yeux. Elle vit un ciel noir, une mer haute, une île sous la tempête avec, au sommet de la montagne, une église de pierre d'où sortaient des chants en latin.

– Roman, murmura-t-elle. Frère Roman, protège-moi de mes vieux démons...

9

F*ratres, sobrii estote, et vigilate : quia adversarius vester diabolus, tanquam leo rugien, circuit, quaerens quem* – « *devorent : cui resistite fortes in fide. Tu autem Domine miserere nobis.* » [Frères, soyez sobres et veillez, car votre adversaire, le diable, comme un lion rugissant, tourne tout autour de vous, cherchant qui dévorer. Résistez-lui dans la force que donne la foi. Et vous Seigneur ayez pitié de nous.] (Première épître de saint Pierre, 5, 8-9.)

– *Deo gratias...*

Des deux colonnes de moines s'éleva la louange divine et la crainte du démon. La nuit était le domaine de Satan et elle n'allait pas tarder à s'abattre. Déjà, elle pénétrait dans l'église et teignait d'un noir uniforme les bures inégalement foncées. Insidieusement le crépuscule s'immisçait, grisâtre, humide et glacé, attisant la lueur des cierges et la ferveur du chant *recto tono*, précis et direct tel une lame, sans antienne ni modulation de voix.

– « *A sagitta volante in die, a negotio perambulante in tenebris : ab incursu et daemonio meridiano.* » [De la flèche qui vole pendant le jour, du complot qui s'ourdit dans les ténèbres : de l'assaut que livrera le démon du plein jour.] (Psaume 90.)

La nuit était l'empire de l'ambiguïté et des faux-semblants : territoire du Malin mais aussi de Dieu, il était parfois impossible de distinguer les deux. La nuit les anges réclamaient des cathédrales à des prélats qui au matin se croyaient fous. La nuit le Diable se déguisait en saint pour abuser les dormeurs et voler leur âme ; alors, aux changements de lune, les assoupis se transformaient en loups.

– « *Super aspidem et basiliscum ambulabis et conculcabis leonem et draconem.* » [Tu marcheras sur l'aspic et sur le basilic et tu fouleras aux pieds le lion et le dragon.] (Psaume 90.)

Le tentateur, le plus souvent, apparaissait dans toute sa laideur : monstre animal né du serpent ou phénomène humain à figure hideuse. Un moine de l'abbaye racontait que lorsqu'il vivait à Saint-Bénigne-de-Dijon, entre les années 1025 et 1030, un petit homme au cou fluet, au visage maigre, le front plissé, les narines collées, le menton pointu, la barbe d'une chèvre, le dos voûté et couvert d'oripeaux, s'était si fort agrippé à sa paillasse et l'avait si violemment secouée que le pauvre frère n'avait plus osé s'endormir pendant des semaines. Encore s'estima-t-il chanceux d'avoir croisé Satan lui-même et de n'avoir point eu affaire à certaines de ses créatures, les succubes, diablesses magnifiques qui nuitamment s'unissent aux hommes.

– « *Procul recedant somnia, et noctium phantasmata : hostemque nostrum comprime, ne polluantur corpora.* » [Loin de nous les songes funestes et les fantômes nocturnes ; réprimez notre ennemi pour que nos corps ne souffrent pas de souillure.] (Hymne « Te lucis ».)

Évanoui au chant du coq, dans l'ombre galopait un étrange cortège : celui des revenants, des récents disparus, défunts sans sépulture et âmes des mauvais morts. Chevauchant dans l'obscur, menée par un géant, l'armée des trépassés appelée « maisnie Hellequin » terrifiait les vivants qu'elle harcelait de cauchemars et d'apparitions en forme de fantômes évanescents ou de revenants corporels.

– « *Kyrie Eleison...* » [Seigneur, prends pitié...]

Plus problématiques étaient les âmes errantes égarées entre les deux mondes, qui surgissaient auprès des vivants afin de quérir leur aide. Le commun des mortels était impuissant à les secourir.

– « *Kyrie Eleison...* »

Les membres de la maisnie Hellequin et en particulier les morts en détresse étaient, en revanche, la grande affaire de ce monastère, véritable maison de prière pour les défunts dont les moines étaient les intercesseurs. Ici la psalmodie avait remplacé le travail des mains cher à saint Benoît, réservé désormais aux serfs et aux frères convers ; ici la liturgie n'était pas un moyen mais un but. Le bénédictin de cette abbaye était un moine orant. Chaque jour il récitait l'office des morts dans son entier ; chaque jour il disait le psautier alors que les autres monastères le récitaient en une semaine. Il psalmodiait en se rasant, en effectuant son service à la cuisine, sans inflexion de voix, toujours sur la même note. Aux psaumes s'ajoutaient les lectures de la Bible, de la règle de saint Benoît, des Pères de l'Église et des maîtres du monachisme, les chants, méditations, prières récurrentes, le tout réparti au long des huit offices rythmant la journée et la nuit, plus les messes publiques et privées. Pour un frère décédé, neuf cents messes étaient célébrées sur une période de trente jours ; ce service spirituel était accompli pour chaque défunt, religieux ou laïc, dont la famille en faisait la demande, moyennant quelques dons matériels qui servaient à l'entretien du monastère et à l'assistance rituelle aux pauvres. La mémoire des morts nourrissait ainsi quelque 18 250 nécessiteux par an. Ce culte avait dépassé les frontières de l'abbaye et de ses dépendances puisque sept ans auparavant, en l'an de l'Incarnation 1030, le père abbé Odilon avait institué, le lendemain de la Toussaint, un jour destiné à la commémoration de tous les morts.

– « *Rerum creator, regnans per omne saeculum. Amen.* » [Créateur des choses, qui régnez de siècle en siècle. Ainsi soit-il.]

La nuit était tombée avec la fin de l'office de complies. Un à un, les moines du chœur s'inclinèrent devant l'autel, furent aspergés d'eau bénite puis se préparèrent à quitter l'église Saint-Pierre-le-Vieil afin de se reposer quelques heures, jusqu'aux vigiles, vers minuit, où ils se lèveraient pour prier au milieu des ténèbres. La fin du jour marquait l'avènement du grand silence et, muets, les moines passèrent devant le prieur claustral debout à la porte, avant de retrouver l'air libre puis le dortoir.

Le ciel de carême était noir, piqué d'étoiles radieuses qui rendaient inutiles les lanternes. Longeant le cloître, les moines respiraient à pleins poumons, malgré le froid toujours présent en ce mitan du mois de mars. Nulle montagne à l'horizon clair, pas de tempête, encore moins de mer. Un grand calme se dégageait du paysage étale et boisé de la plaine du Mâconnais.

Le grand prieur se posta devant un moine et par signes lui signifia que le père abbé le requérait. Surpris, le moine fit comprendre qu'il avait saisi et se hâta vers un petit bâtiment de pierre qui jouxtait l'oratoire Sainte-Marie et la salle capitulaire. Il ignorait que son père abbé était rentré de l'un de ses fréquents voyages. Le frère frappa. Une voix sonore et grave lui dit d'entrer. Il obéit et se trouva dans une pièce de dimensions moyennes, de plain-pied, sommairement meublée d'une lourde table en chêne où brûlaient des chandelles, de trois chaises et du même grabat que celui sur lequel le moine aurait dû s'allonger à l'instant. La seule différence avec les communs résidait dans une imposante cheminée dont les flammes vives éclairaient la silhouette d'un homme écrivant derrière le bureau : petit, maigre, très vieux, il paraissait néanmoins robuste. Pâle, grave et recueilli, Odilon de Mercœur, cinquième père abbé de Cluny, surnommé « l'Archange des moines » par ses fils, leva ses yeux bleu vif du parchemin qu'il était en train d'annoter.

– Vous voilà, mon fils. Asseyez-vous.

Sans un mot, le moine s'exécuta. Il lui était interdit de s'asseoir en la présence de son abbé ou de s'adresser à lui sans que ce dernier le lui ait demandé, encore moins après complies, période où toute parole était bannie. Comme à chaque fois que le frère était en présence du saint homme, un immense respect teinté de crainte se mêlait à un élan d'amour si grand que, s'il ne s'était point contenu, il se serait jeté aux pieds d'Odilon. Âgé de soixante-seize ans à une époque où l'espérance de vie moyenne atteignait à peine vingt-cinq ans, le vieillard qui s'appelait lui-même « le dernier et le plus méprisable des frères de Cluny » avait accompli de nombreux miracles. Au doyenné voisin de Bésornay, il avait guéri la cécité d'un enfant de serf en traçant le signe de la croix sur les yeux du petit aveugle ; au monastère de Nantua, il avait tari la folie d'un jeune soldat avec des litanies et de l'eau bénite. Mais tout cela n'était rien face à ce qu'il avait accompli à Cluny même, et bien au-delà du royaume de Bourgogne.

– Cher fils, me voilà enfin de retour de l'abbaye de Farfa, dans la lointaine Italie, et je réalise que je ne me suis point enquis de vous depuis longtemps, bien avant mon départ... Parlez, comment vous portez-vous ?

Frère Jean de Marbourg baissa la tête et regarda ses mains, qu'il avait longues et très fines. Quelques traces d'encre noire accentuaient la pâleur de ses doigts.

– Fort bien, mon père, fort bien, répondit-il. Ce matin, profitant du sommeil de mes frères, entre laudes et la première heure j'ai copié au propre les mesures de notre église Saint-Pierre-le-Vieil et...

– Cher fils, l'interrompit l'abbé, je vous ai confié ce travail parce que vous me semblez le mieux qualifié pour le mener à bien, eu égard à vos fonctions passées de maître d'œuvre. En aucun cas je ne voulais réveiller en vous une passion.

– Mon ancienne passion pour les pierres est morte, mon père, dit le moine d'une voix blanche. Elle l'était déjà lorsque vous m'avez admis au sein de cette communauté, voilà maintenant quatorze années. Tout autre amour que celui de Dieu s'est enfui de mon âme égarée, lorsque vous l'avez recueillie, dans votre immense mansuétude et votre grande miséricorde. Il ne se passe pas un jour sans que je remercie notre Seigneur d'avoir éteint, grâce à votre intercession, l'attachement mortel qui ardait mon cœur et mon esprit...

Frère Jean de Marbourg leva les yeux vers l'abbé et osa affronter son jugement : tous deux savaient que l'ancien maître d'œuvre ne parlait ni de pierres ni d'architecture lorsqu'il évoquait une passion funeste.

Odilon observa le visage creux et ridé de cet homme qui devait avoir quarante-cinq ans ; le front était haut, le nez aquilin, les lèvres minces et blêmes, comme vidées de leur sang. La tonsure était d'un gris plus clair que les yeux dont la teinte anthracite évoquait le granite. Odilon fixa leur éclat étrange, afin d'en déterminer la nature : était-ce la trace d'une ardeur suspecte, de vieilles souffrances ou simplement le sceau d'une vie consacrée désormais à la prière, au repentir et à la componction ?

Il y a quatorze ans, cet homme avait commis des fautes si lourdes, dans son froc de bénédictin ! Odilon songeait que quelques mois plus tôt il avait expulsé un moine de Cluny parce que ce dernier avait mangé un morceau de viande ; or ce moine-ci avait fait bien pire, et il l'avait accueilli non seulement dans son abbaye, mais dans ses bras. La confession qu'Odilon avait reçue de ce frère, en l'an 1023, n'était pas celle d'un mauvais moine mais d'un être déchiré entre le ciel et la terre, qui avait perdu le chemin de lui-même. Assurément frère Jean de Marbourg méritait, sinon la clémence, que lui soit offerte la chance de recouvrer la paix afin qu'il redevienne, comme tout bon moine, un chemin entre la terre et le ciel, un pont entre les vivants et les morts. Le pardon, Odilon ne le lui avait point accordé, mais il avait voulu lui offrir la possibilité de l'obtenir de Dieu.

– Soit, conclut le père abbé. Et que pense l'ancien maître d'œuvre de nos édifices ?

Odilon observa la silhouette grande et maigre de Jean de Marbourg. Avec l'âge et l'oraison permanente, elle s'était légèrement voûtée et il paraissait plus vieux qu'il ne l'était réellement. Assurément, Jean de Marbourg n'était pas en paix, mais toujours la proie de tourments intérieurs que quatorze années de prière n'avaient pas guéris. À cet instant, le frère sut que l'abbé l'avait deviné.

– Mon père, dit-il d'un ton qu'il voulait calme et assuré, il n'est point besoin d'être maître d'œuvre pour réaliser que nos bâtiments conventuels sont devenus trop étroits face à l'accroissement de la communauté. Si vous me permettez de reprendre les mots de mon frère Jotsald, il a coutume de dire qu'« il est si doux de vivre sous le joug paternel d'Odilon, qu'une foule d'âmes chrétiennes viennent demander à Cluny la paix que leur refuse le siècle ». Cela est si juste qu'il y a quatorze années nous étions quatre-vingts, et qu'aujourd'hui nous sommes le double... Il conviendrait donc d'agrandir la salle du chapitre, le dortoir et...

– Il est vrai que ce siècle est cruel et qu'il n'épargne aucune âme, fût-elle chrétienne, coupa Odilon. La paix est le bien le plus précieux et le seul refuge, puisqu'il permet d'accéder à l'amour divin. Hélas, les hommes sont plus enclins à s'entre-dévorer qu'à rechercher la paix. Le démon les commande. Nous, pauvres moines, devons être exemplaires et leur montrer la voie. Mais n'oubliez jamais, mon fils : nul n'obtient la paix s'il ne la désire.

Frère Jean de Marbourg regarda son abbé : les yeux du vieillard brillaient d'intelligence et de malice. Le moine comprit que ce sermon s'adressait directement à lui. Dans son infinie bonté, Odilon ne lui faisait aucun reproche. Pourtant, frère Jean savait qu'il ne méritait pas cette indulgence.

– Oui, mon père, répondit-il en inclinant très bas la tête.

Comme souvent, il se sentait indigne d'être ici, à Cluny, l'abbaye la plus prestigieuse, la plus puissante de tout l'Occident, lui, si coupable, si incapable de ressembler à cette communauté d'anges gouvernée par un saint.

– D'ailleurs, reprit Odilon, j'ai une autre charge à vous confier qui, cette fois, ne concerne pas les pierres. Il s'agit d'une tâche délicate, de la plus extrême importance... et justement, c'est une mission de paix.

Étonné, Jean de Marbourg releva la tête.

– Connaissez-vous ce parchemin ? demanda l'abbé en pointant du doigt le document qu'il avait devant lui, qui ressemblait à un grand rouleau déplié.

– C'est un *rotulifer**, mon père.

---

* Parchemin servant de faire-part pour annoncer la mort d'un membre éminent de l'ordre. Le document était porté par un moine de monastère en monastère – tous faisant partie du même ordre, en l'occurrence l'ordre bénédictin – et chaque maison y inscrivait ses condoléances. Collées les unes aux autres, elles finissaient par former un rouleau, dit « rouleau des morts », qui pouvait mesurer plus de vingt mètres de long.

– Certes, il annonce le décès d'Erman, père abbé de Vézelay.

Frère Jean était perplexe. Il n'avait jamais vu cet abbé Erman, pas plus qu'il n'était un jour allé à Vézelay. Il savait que c'était une modeste abbaye bénédictine perchée sur une colline, aux confins du royaume de Bourgogne, dans le diocèse d'Autun. C'était tout. Dans quel but le père abbé l'avait-il convoqué ?

– Ne remarquez-vous rien de particulier dans ce *rotulifer*, mon fils ?

Couvert d'écritures différentes, le parchemin déroulé coulait de la table sur les genoux d'Odilon et se répandait sur le sol.

– Il est long... il semble mesurer entre dix et quinze pieds...

– C'est exact. Quinze pieds précisément.

Le moine continuait à regarder le rouleau où s'étalaient condoléances et louanges diverses au défunt. Brusquement, il comprit.

– Père ! Ce parchemin a fait le tour de la Bourgogne et du royaume de France avant que de vous être adressé ! Il est passé par les plus petits prieurés avant la grande abbaye de Cluny !

Derrière le bureau, Odilon souriait.

– Notre maison est même la dernière sur la liste, mon fils, je serai donc l'ultime être vivant à regretter ce cher Erman ; il va me falloir beaucoup d'imagination pour inventer de nouvelles louanges...

– Sacrilège, murmura frère Jean.

– Non, manœuvre stratégique...

Le père abbé semblait rire de l'outrage.

– Le message est manifeste : le successeur d'Erman perpétue les errements de son prédécesseur en privant son abbaye de notre réforme et de notre protection. Vous souvient-il de frère Eudes, qui dirige aujourd'hui le monastère de Sauxillanges ?

Frère Jean ne pouvait ignorer l'existence de Sauxillanges, que l'on surnommait « l'une des cinq filles de Cluny » et qui se trouvait en Auvergne, pays de naissance d'Odilon, mais il ne connaissait pas plus frère Eudes que l'abbé Erman.

– Voilà maintenant dix ans, poursuivit le père abbé, atterré par la façon dont Erman dirigeait – devrais-je dire ne dirigeait pas – Vézelay, j'ai chargé frère Eudes et quelques moines de ramener l'ordre dans cette abbaye. J'avais l'appui de Landry, comte de Nevers, lui-même révolté par l'incurie qui régnait là-bas, sur ses terres. Eudes et ses frères avaient à peine pris en main le cloître, y restaurant discipline et observance, que l'évêque d'Autun, au mépris de l'autorité de Rome et de la règle monastique, estima que Vézelay relevait de sa tutelle et menaça mes moines d'excommunication s'ils ne se retiraient pas de « son » abbaye.

L'éternelle lutte de pouvoir entre clergé séculier et régulier, évêques et pères abbés, curés et moines, avait donc trouvé un terrain d'expression à Vézelay, dès le XIe siècle.

– Eudes jugea de façon légitime qu'il n'avait point d'injonctions à recevoir d'un évêque. De même, le comte de Nevers vit rouge et voulut attaquer l'évêché avec son armée. Le différend s'envenima. Heureusement, notre cher Guillaume de Volpiano s'en mêla.

Ce personnage-là, frère Jean l'avait croisé, quinze ans plus tôt, lorsqu'il exerçait son métier de maître d'œuvre. Odilon évoquait les jours anciens, la jeunesse de Jean, et surtout des êtres liés à un passé que le moine avait volontairement détruit avant de se retirer à Cluny, où le père abbé lui avait permis de changer de nom afin de n'être point reconnu. À nouveau il se demanda avec une inquiétude grandissante ce qu'Odilon voulait lui confier. Confusément il sentait que cette tâche serait liée à cette histoire d'antan que non seulement il ne parvenait pas à oublier, mais qui jour et nuit taraudait son âme.

– Guillaume était des nôtres, mais assez diplomate pour apaiser tout le monde, continuait Odilon. Cependant, Eudes et ses frères durent quitter Vézelay, et Erman réintégra l'abbaye avec sa meute de dépravés. Je pensais la paix revenue entre nos deux maisons, surtout après la mort d'Erman, mais ce *rotulifer* prouve qu'il n'en est rien.

Frère Jean attendait, muet, qu'Odilon dise enfin ce qu'il voulait de lui.

– Ce matin, j'ai renvoyé à Vézelay frère Dalmace, le porteur du rouleau, dit-il après un silence. Donc si vous partez demain après prime avec le *rotulifer* d'Erman, vous n'aurez qu'un jour de retard sur Dalmace.

Le moine blêmit.

– Père ! Je... je ne puis ! Je ne puis quitter Cluny, je ne puis sortir de la clôture, vous le savez bien !

– Calmez-vous, mon fils. N'ayez crainte, le grand âge n'a pas encore eu raison de mon esprit, je sais parfaitement ce que je fais en vous envoyant là-bas. Il s'agit de profiter du trépas d'Erman pour réconcilier nos deux maisons. J'avoue qu'il y a quelque temps, ce n'est pas vous que j'aurais choisi pour porter ce message de paix. Vous êtes même le dernier fils que j'aurais désigné pour cette mission... Mais une information capitale m'a fait changer d'avis.

– Laquelle, père ?

– Le nom du nouvel abbé de Vézelay.

Frère Jean ferma les yeux pour encaisser le coup.

– Il s'appelle Geoffroi, lâcha Odilon d'un ton placide. Geoffroi de Kerlouan.

Le moine rouvrit les paupières. Geoffroi de Kerlouan ! Il n'avait pas entendu ce nom depuis quatorze ans, depuis qu'il avait quitté le monde des vivants pour se terrer à Cluny, parmi les ombres murmurantes des frères qui priaient pour les morts. Soudain il vit un ciel noir, une mer haute, une île sous la tempête avec, au sommet de la montagne, une petite église de granite d'où sortaient des chants. Sur les pierres tombales du chœur brillaient des genêts. La chapelle Saint-Martin disparut dans une brume opaque et il aperçut le visage de Geoffroi tel qu'il était lorsque le jeune Breton était venu en Normandie afin de s'initier à l'art de la copie de manuscrits : cheveux blonds, yeux brun clair, l'homme était petit et trapu, sans paraître lourd. Au contraire, une grande vivacité se dégageait de frère Geoffroi, que Jean de Marbourg avait souvent côtoyé sans qu'ils deviennent amis intimes. C'était naturel puisque frère Jean, en ce temps-là, ne se souciait guère du scriptorium, trop occupé à édifier, avec son maître Pierre de Nevers, la grande abbatiale du Mont-Saint-Michel.

– Contrairement à Erman, expliquait Odilon, Geoffroi a la réputation d'être un homme droit, humble, dévoué à Dieu, aux mœurs irréprochables et aux vertus insignes. Est-ce ainsi que vous l'avez connu naguère ?

– D'autant que je me souvienne, il était obéissant, volontaire, énergique.

– Mm… avec le temps il est devenu ambitieux. Il voudra faire de Vézelay une grande abbaye, murmura Odilon.

– Père, Geoffroi est intelligent. Malgré mon changement de nom, il se peut qu'il me reconnaisse…

– Ne comprenez-vous pas que je veux qu'il vous reconnaisse ? C'est vous que j'envoie là-bas, justement parce qu'il verra en vous un ami ! N'entendez-vous pas qu'il est plus aisé de pactiser avec une vieille connaissance qu'avec un parfait inconnu ? Il sera ému de vous retrouver, il vous fera confiance, il oubliera ses injustes préjugés contre notre maison, il aura honte de ses perfidies – comme par exemple cette affaire de *rotulifer* – et daignera, enfin, saisir la main que nous tendons depuis si longtemps... Allez, mon fils, allez reposer. Demain, après prime, vous viendrez quérir le rouleau et ma bénédiction.

Le lendemain, peu après le lever du soleil, frère Jean de Marbourg quittait à cheval l'enceinte de Cluny pour la première fois depuis quatorze ans. Hors du giron d'Odilon et de son abbaye, il se sentait vulnérable. Pis, malgré le temps sec et calme, il lui semblait qu'un phénomène céleste allait s'abattre sur sa tête : pluie de feu, éclair sidérant, averse de grêlons gros comme des choux, toutes choses envoyées par Dieu ou Diable en guise de mauvais présage.

Sur sa coule et son froc à la coupe typique de Cluny il avait revêtu la chape, manteau de voyage fourré, et avait ceint ses jambes des hauts-de-chausse réglementaires, les fémoraux. Malgré la chaleur de son habit, malgré la moiteur du cheval, il avait froid. La nuit précédente, il avait été incapable de fermer l'œil. Vézelay étant distante de plus de cinquante lieues de Cluny*, il avait calculé qu'il lui faudrait environ cinq jours pour parvenir à destination. Il allait au pas, partagé entre deux sentiments contradictoires : arriver au plus vite afin de trouver un refuge sûr, loin des périls qui le guettaient dans la nature et parmi les laïcs, ou avancer le plus lentement possible et retarder la confrontation avec cet être surgi d'un passé douloureux. Il devait avouer qu'il était terrorisé par l'idée de revoir Geoffroi ; il craignait les vivants bien plus que les défunts.

À Cluny, il avait appris à vivre avec les fantômes, même si les spectres le dévoraient, petit à petit, dans une souffrance qui ne lui laissait aucun répit. Mais personne ne lui avait enseigné comment affronter un homme qui le croyait décédé.

---

* Environ 200 km.

10

HAGARDE, incapable de la plus infime parole, Livia a suivi la foule qui, tard dans la nuit, a quitté les jardins de Néron. Les torches humaines se sont éteintes d'elles-mêmes, découvrant les os noirs des milliers de corps calcinés. Étrangère au monde et à ses propres pensées, la fillette s'est mise à marcher dans les ténèbres romaines, sans peur, sans volonté, sans but.

Au petit jour, alors que les habitants de l'*Urbs*, l'esprit encore agité par le vin de falerne et le spectacle offert par l'Empereur, s'éveillent et vaquent à leurs occupations, Livia se glisse dans l'arrière-cour d'un confiseur et se cache parmi les sacs de fruits, chipant au passage une poignée de dattes et d'amandes. L'odeur qui s'échappe de la boutique, un délicieux parfum de miel bouillant où l'artisan confit bergamotes et agrumes, ne parvient pas à effacer l'atroce relent du sang et de la chair humaine en train de rôtir. Allongée sur le flanc, jambes repliées entre les gros sacs de jute, Livia garde les yeux ouverts, la tête et l'âme vides. Enfin, elle tombe dans le sommeil comme dans un précipice, un abîme sombre, froid et sec tel le néant.

– Réveille-toi, je te dis !

Une main d'homme la secoue brutalement. Livia ouvre les paupières, entend le confiseur lui demander qui elle est et ce qu'elle fait là, mais elle ne peut répondre. Péniblement, sans un mot, elle soulève son corps gourd comme celui d'un vieillard, se libère de la patte du commerçant et s'enfuit dans la rue.

Des jours et des nuits elle erre dans ce qui fut sa ville, vagabonde silencieuse et indifférente, petit spectre quasi invisible, insensible aux gens et à la vie trépidante de la cité. La nuit, elle trouve refuge dans le renfoncement d'une *insula* ou parmi les ruines des immeubles détruits par l'incendie, ayant pour l'heure échappé aux entrepreneurs de Néron. Chaque matin elle rejoint le port et observe les navires en partance, guettant les éventuels passagers. Puis, dépitée, elle ramasse un poisson fumé tombé du panier d'un portefaix ou vole une orange à l'étalage d'un marchand. Une fois elle s'est fait pincer par un boulanger à qui elle avait dérobé une miche, et elle a reçu dix coups de verge avant de parvenir à filer. Son dos en porte la trace sanglante, mais les badines n'ont pas réussi à la faire crier, ni même gémir. Depuis son altercation avec son oncle Tiberius, aucun son n'est sorti de sa bouche.

Mais Livia n'a que faire d'être devenue muette. Son sort ne lui importe guère. Elle ignore la crasse de son corps et de ses vêtements, le désordre pouilleux de sa chevelure, le regard fuyant ou navré des passants. Elle ne sent presque pas la faim ni la soif. Si l'image de l'apôtre Pierre, crucifié tête en bas avant d'être brûlé, ne lui apparaissait pas régulièrement, au détour d'une ruelle ou d'un cauchemar nocturne, elle aurait même oublié le message qu'elle porte sur la poitrine : son unique obsession reste de retrouver ses parents et ses frères. Le lendemain de l'assassinat des chrétiens, elle est retournée dans les jardins de Néron pour chercher trace des siens. Mais les gardes l'ont empêchée d'entrer. À l'intérieur on déblayait les infâmes restes, cendres, ossements et dépouilles égorgées par les bêtes.

Un matin, au port, elle entend un armateur déclarer qu'un bateau grec chargé de vin de Délos va bientôt appareiller. « Délos, la Crète, la famille de ma mère, le meilleur vin rouge du monde, la couleur de mes yeux ! songe-t-elle. Peut-être mon père, réfugié là-bas, est-il sur ce navire qui vient me chercher, ou bien mes parents et mes frères, échappés de la prison ou libérés par l'Empereur, se terrent-ils là, tout près, à Rome, cachés par des amis dans l'un de ces hangars depuis des jours et des nuits, alors ils vont tout à coup surgir et embarquer sur ce bateau affrété par la famille de maman ! »

Semblant revenir à la vie pour la première fois depuis le massacre, Livia fait les cent pas sur le quai, scrute tantôt le Tibre, tantôt les entrepôts, les *horrea*. Lorsque arrive le navire à voiles, elle sent des larmes nettoyer la salissure de ses joues et de ses journées d'errance. Elle reconnaît immédiatement l'étiquette des amphores cachetées que débarquent les dockers. Jusqu'au soir, elle attend, poussière insignifiante parmi la foule des débardeurs qui la bousculent sans qu'elle y prenne garde. Elle attend, mais en vain. Alors, elle se dit que par prudence, sa famille ne se montrera pas avant la nuit. Dès que pointe le crépuscule, elle se dissimule derrière un chargement de bois qui lui permet de faire le guet sans être vue. Elle n'a rien avalé depuis la veille mais son ventre se tait. Son cœur, en revanche, bat très fort. Elle est épuisée mais pas une fois elle ne ferme les yeux.

Hélas, au lever du soleil, elle doit convenir qu'elle n'a aperçu aucune ombre chérie. Perdue, abattue, elle erre dans le port quand, soudain, une idée fulgurante balaie son désespoir. « Bien sûr ! songe-t-elle, le regard brillant. Suis-je donc si bête pour n'y avoir pas pensé plus tôt ? »

Cela fait deux jours qu'elle n'a rien mangé et pourtant elle court dans le dédale des rues de Rome que bordent les *insulae* dont les contours grisonnent avec le déclin du soleil.

À bout de souffle, elle parvient enfin devant un immeuble qui lui semble appartenir à un passé lointain, un temps heureux et léger rempli de couleurs, de tendresse et des odeurs suaves d'une enfance révolue, achevée dans le sang, le feu et la violence de l'absence, celle d'une famille et celle de mots qui restent bloqués dans son corps.

La boutique de Sextus Livius Aelius est close et sombre mais elle a l'air intacte. Prudemment, Livia la contourne et se dirige vers l'appartement qui jouxte le magasin du *vinarius*. Sa maison, celle de ses parents, est le premier endroit où se rendra un émissaire, c'est le point de ralliement, le lieu où le messager grec viendra cacher une lettre à l'intention de Livia ! Forte de cette certitude, la fillette gagne discrètement l'arrière-cour de l'immeuble, jette des yeux effrayés aux amphores derrière lesquelles elle s'était dissimulée cette fameuse nuit, au seuil où gisait la dépouille du chien, et à travers la porte fermée elle entend à nouveau le bruit de ferraille des soldats, leurs ordres, les cris de l'esclave Magia, les protestations de son père, la plainte de Raphaël, les voix suppliantes de sa mère et de ses frères.

Livia est figée à l'orée de sa maison. Elle ne rêve pas, elle n'est pas la proie des souvenirs, elle est muette mais pas sourde, et elle perçoit distinctement des sons qui proviennent de l'intérieur ! Serait-ce l'envoyé de Délos qui parle à quelqu'un ? Mais à qui ? Se peut-il que son père soit de retour ?

Lentement pour éviter les grincements du bois, Livia tire le volet de la cuisine et glisse un regard plein d'espoir dans la maison. Aussitôt, à la lueur des lampes à huile, elle reconnaît la silhouette d'athlète de son oncle Tiberius et le visage mal fardé de sa tante Tullia, accompagnés de deux inconnus : une femme aux allures d'esclave qui doit être leur servante Lepida et un homme petit et corpulent, que Livia n'a jamais vu.

– Maîtresse, dit Lepida, cette demeure est bien plus vaste que notre appartement ; je ne parviendrai pas à la tenir toute seule…

– Nous prendrons une autre esclave pour te seconder, répond la tante. N'est-ce pas, Tiberius Livius ? Et puisque ici nous avons l'eau courante, que penses-tu de mon projet d'installer une baignoire dans l'ancienne chambre des enfants ?

– D'accord pour l'esclave, Tullia Flacca, dit Tiberius. Mais pour la salle de bains, nous verrons. C'est un privilège réservé aux riches, qui dépendra des affaires de ce citoyen…

– Avant de m'engager définitivement sur la location de l'échoppe, intervient l'homme, je dois encore inspecter les réserves de votre défunt frère. Sa réputation était excellente, mais je préfère m'assurer moi-même de la qualité du vin qui vieillit dans la cour. Il convient aussi de régler la question des esclaves qui servaient à la boutique, ils doivent figurer dans les actes. Quand pensez-vous que l'héritage de Sextus Livius Aelius sera réglé ?

Tout en devisant, Tiberius et le futur locataire du magasin se dirigent vers la porte qui donne sur le patio. Livia hésite : une part d'elle-même voudrait surgir face à son oncle et sa tante pour leur prouver qu'elle existe encore et exiger de savoir ce qu'il est advenu de ses parents, mais une autre la pousse à se cacher, à se souvenir de la violente scène avec Tiberius. La terreur que son oncle la livre à Néron s'empare d'elle. La peur est la plus forte et Livia s'enfuit par où elle est venue.

Ce soir-là, Livia se terre en bordure de la ville, au fond d'une ruine du grand incendie. Couchée le long d'un pan de mur écroulé, elle grelotte de froid et de faim. Une pensée sournoise s'insinue en elle : s'endormir et ne pas se réveiller. Mourir de faim et de soif serait la meilleure solution. Que peut-elle attendre de l'existence, dorénavant ? Que sera sa vie si elle doit abandonner l'espérance que sa famille est vivante ? Celle d'une enfant des rues, une vagabonde sans toit ni attaches, miséreuse et repoussante, un fantôme sans nom, une clandestine sans citoyenneté, hors la loi par sa religion, condamnée à se dissimuler comme une bête funeste et à survivre de vols ? Non. Livia refuse de continuer ainsi. En finir. Paul dit que la mort n'est pas une fin, mais un commencement. Rejoindre les siens au royaume du Seigneur, s'ils y sont. Elle n'est rien, elle ne vaut plus rien, sans sa famille elle est encore moins que le dernier des esclaves. Dormir. Et s'éveiller dans les bras du Christ vivant.

À l'aube, Livia est encore en vie. Elle tremble de fièvre et a l'impression que son estomac est la cible de coups de poing furieux mais elle respire encore. Elle se lève et se tient au mur pour ne pas tomber.

Manger. Sucer une grenade, avaler une figue, un morceau de pain dur, un œuf, n'importe quoi, mais manger. Cette injonction physique est plus forte que son désir de se laisser périr. Elle fait quelques pas, rêve d'un porc entier qui rôtit à la broche et aussitôt s'immisce l'image du festin offert par Néron dans ses jardins. Elle revoit les montagnes d'animaux sacrifiés, les tas de cadavres déchirés par les chiens, les brasiers des chrétiens transformés en viande fumée. Le dégoût la submerge malgré la faim. Elle avance lentement, pense au confiseur et à ses fruits confits. Son ventre gémit, sa gorge est en feu.

Dans la rue déjà fréquentée par une foule de Romains affairés, elle aperçoit l'échoppe d'un pâtissier. Irrésistiblement attirée, elle contemple, bouche ouverte, les gâteaux d'épeautre qu'un employé arrose de vin miellé, les pièces montées de pâtisseries et de fruits qui ornent l'entrée de la boutique : véritables sculptures comestibles, elles accueillent le visiteur comme les colonnes d'un temple. Livide, la petite fille regarde autour d'elle, fond sur une pièce montée, arrache une grosse brioche dégoulinante de miel et tourne les talons. Affaiblie par le manque de nourriture, elle n'est pas assez rapide. Au moment où elle se retourne pour s'enfuir, une énorme main s'abat sur son épaule. Elle lève les yeux et se trouve face à un cyclope.

– Alors, sale voleuse, tu ne veux pas parler ?

Muette et indifférente, Livia observe le colosse borgne. Le monstre l'a entraînée dans l'arrière-salle d'une *caupona*, une auberge qui le soir se transforme en tripot clandestin, les jeux de hasard étant interdits à Rome en dehors de la grande fête des Saturnales. En ce matin de la fin octobre, la petite pièce est vide, les joueurs de dés et d'osselets ne prendront pas le risque d'y pénétrer avant la tombée de la nuit. Assise sur le sol de terre battue, Livia regrette que le géant ait rendu la brioche au pâtissier. Son estomac la fait tant souffrir ! Elle tente d'oublier le gâteau, soupire et contemple avec intérêt le trou garni de peaux mortes qui a pris la place de l'œil droit du titan.

– Toi aussi il te fascine, mon œil ! rugit-il. Je l'ai perdu à cause de ces saletés de Bretons, ils me l'ont crevé d'un coup de poignard ! Sacrés gaillards, ces Bretons... Tu comprends, fillette, je n'ai rien contre toi... tu chipes des choses de-ci, de-là, après tout, cela ne me regarde pas, tant que ce n'est pas moi que tu voles. Je ne fais pas partie de la garde romaine, je ne suis qu'un pauvre soldat en permission, qui a déjà bu toute sa solde. Moi, ce qui m'intéresse, c'est que tu m'aides à me refaire. Hé, je vous connais, vous autres professionnels de la rapine, vous vivez très bien en mendiant, en volant, vous avez toujours un petit magot planqué quelque part pour les coups durs ! Je ne te demande pas d'or, mais quelques deniers d'argent, ou des sesterces en laiton. Ta monnaie de cuivre fera aussi mon affaire, si tu en as beaucoup... Allez, dis-moi où tu dissimules ton butin de guerre et je te relâche... Par le dieu Mars, tu causes, et on se quitte bons amis !

Pour toute réponse, Livia sourit. Elle n'a pas peur du tout. Au contraire, le soldat en civil lui fait penser au cyclope Polyphème, qui s'est nourri des compagnons d'Ulysse mais que ce dernier a réussi à affaiblir en lui enfonçant un pieu incandescent dans l'œil, avant de s'échapper de la caverne en se cachant sous le ventre d'une brebis. Elle se dit que ce monstre-là paraît plus inoffensif que Polyphème et qu'il ne la dévorera pas. Dévorer... elle avalerait n'importe quoi, pour calmer sa faim...

– Tu es muette ou tu te paies ma tête ? demande le soldat.

D'un bond, il avance vers elle et lui ouvre la bouche.

– Ta langue n'est pas coupée, constate-t-il. Donc tu dois parler ! Allez, je t'écoute. Je te préviens que je te battrai jusqu'à ce que tu craches le morceau !

Pour illustrer ses dires, le Romain ôte la ceinture de sa tunique et la fait claquer comme un fouet à quelques centimètres de Livia. Effrayée, la fillette fait des gestes dans tous les sens pour signifier qu'elle n'a pas d'argent et qu'elle crève de faim. Le géant rit sans comprendre et brandit à nouveau la ceinture. Livia se protège la tête avec les bras et tente de se lever pour essayer de s'enfuir. Mais un vertige dû à l'inanition la saisit et elle tombe, inconsciente, aux pieds du colosse.

Lorsqu'elle revient à elle, elle trouve le soldat borgne en train d'ingurgiter une poule bouillie. Sur la petite table trônent aussi des œufs durs, des fruits, du pain et du vin coupé d'eau.

– Tiens, mange ! lui ordonne-t-il en lui tendant un morceau de viande.

Livia ne se fait pas prier et engloutit tout ce qu'elle peut. Une fois repue, elle tend les mains vers son commensal et lui fait signe qu'elle le remercie.

– Vouais, mugit-il. J'ai fait une mauvaise affaire avec toi, tu devais me donner ton pécule et c'est moi qui t'offre la pitance ! Tu sais, je t'ai examinée de près pendant que tu étais évanouie…

Livia blêmit et porte aussitôt la main à sa poitrine pour vérifier que le papyrus est toujours là. Le soldat se méprend sur son geste.

– T'inquiète pas, j'ai pas regardé ton intimité, t'es même pas une femme ! Mais en voyant tes mains, ta peau, je me suis rendu compte que je m'étais trompé sur ton compte… Tu n'es pas une vraie vagabonde, n'est-ce pas ?

Livia fait « non » de la tête et se fige face au soldat.

– Tu ne viendrais pas d'une bonne et honnête famille, par hasard ? Dans ce cas, ta capture pourrait me rapporter bien plus qu'un butin de petite voleuse ! Je pourrais retrouver ton père et te rendre contre une conséquente récompense !

L'œil valide de l'homme brille ; sa face est rougie par le vin et Livia a soudain très peur. Comment se sortir des pattes de cet homme ? S'il apprend son nom, nul doute qu'il la dénoncera à son oncle et à sa tante… ou pire, aux autorités, et elle sera arrêtée ! Il lui faut à tout prix persuader le géant qu'elle n'a plus de famille et qu'il ne tirera rien d'elle. Livia tente à nouveau de parler avec les mains et fait des gestes frénétiques dans l'air confiné de l'arrière-salle.

– Oh là, du calme, commençons par le début, reprend le soldat. Où est ta famille, petite ?

Livia se met à pleurer et, d'un signe, indique que les siens sont morts. Le colosse n'en croit rien, s'absente un instant et revient avec une tablette de cire et un stylet. La petite fille écrit : « Famille en Crète. Malades. Épidémie. Tous morts. »

Une heure durant, par gestes et par mots de cire, la fillette tente de convaincre le géant que personne ne paiera pour elle. C'est la première fois qu'elle fait entrer les siens dans le royaume des défunts, mais comme elle ment sur ses origines et sur la cause de leur mort, elle n'y prête pas attention. Le soldat désargenté tient à son idée de rançon mais enfin, las de l'obstination de Livia, il abdique.

– D'accord, dit-il. Je te crois. Viens avec moi, nous partons.
Le bras maintenu par la poigne du géant, elle ne peut que le suivre.

Entièrement nue, Livia est debout sur une estrade. La pancarte qu'elle arbore autour du cou indique son prix. Il est modique. Une muette, de surcroît chétive, ne vaut pas cher. Cela fait plusieurs jours que Calpurnius Tadius Paullus essaie en vain de la vendre. Cela fait plusieurs jours que le soldat borgne, jugeant le corps de Livia trop enfantin pour la céder à un proxénète, l'a vendue au marchand d'esclaves pour une somme dérisoire. Livia a froid mais Calpurnius Tadius la nourrit bien. Il l'encourage même à grossir, pensant ainsi en tirer un meilleur prix. Mais si les autres spécimens de bétail humain se négocient âprement, malgré les harangues personne ne lève les yeux sur cette fillette aux mains trop fines, à l'apparence trop délicate pour que lui soit confiée l'exécution des lourdes charges domestiques d'une maison romaine.

Un matin, avant de monter sur la scène de son ultime déchéance, Livia a discrètement brûlé le message confié par Raphaël dans le brasero du marchand. La nuit précédente, elle l'a appris par cœur, mémorisant chaque signe, chaque idéogramme araméen de la phrase. Obsédée par le sort de sa famille, elle avait presque oublié qu'elle portait cette lettre. Mais la fouille du géant lorsqu'elle était inconsciente, l'obligation de se dévêtir chaque jour et de laisser ses oripeaux sans surveillance pendant qu'elle est sur l'estrade lui ont fait craindre de perdre la précieuse missive ou de se la faire dérober. Soudain, elle a réalisé que cette parole secrète de Jésus, recueillie par Marie de Béthanie, est désormais son unique lien avec sa famille, avec son passé, avec la foi que Paul et ses parents lui ont donnée et pour laquelle tant de membres de la Voie ont disparu. Ce soir-là, elle a compris que sa famille était morte et que le bateau voguant sur la Méditerranée avec ses parents et ses frères n'était qu'un mirage. À tout prix elle doit préserver et transmettre ce message, par fidélité à sa foi mais surtout aux siens. L'endroit le plus sûr pour le cacher est sa propre mémoire. Alors, elle l'a enfoui en elle, doucement, obstinément, comme un fossoyeur creuse une tombe dans une terre souple et protectrice.

Sur l'estrade, Livia prie. Elle loue en cachette le Seigneur ; elle lui demande la paix éternelle pour les siens qui demeurent près de lui et elle quémande de faire venir l'apôtre Paul à Rome, pour que lui soit délivrée sa parole. Parfois, à bout de forces et d'espérance, elle supplie le Christ de la rappeler à lui et de faire cesser cette vie où tout n'est que douleur.

Un après-midi, alors que Livia a l'esprit et l'âme dans la prière, détachée du monde qui l'entoure, un homme s'approche d'elle. Il observe attentivement ses yeux, ses mains, puis la tâte, lui fait ouvrir la bouche, examine ses dents, son cuir chevelu, ses jarrets, ses ongles. Ramenée au réel, Livia tremble d'être inspectée comme un bœuf de labour. Lorsque l'homme a examiné tous les plis de son corps, chaque aspérité de son visage, il se tourne vers un Calpurnius Tadius Paullus ravi que quelqu'un s'intéresse enfin à sa muette. La négociation commence.

Revêtue de ses haillons, Livia suit l'homme dans les rues de Rome. Il reste aussi mutique qu'elle. De biais, elle l'observe à son tour : âgé d'une trentaine d'années, sa mise soignée ne parvient pas à cacher la puissance d'un corps habitué à l'effort depuis l'enfance. L'air supérieur qu'il affiche indique qu'il est sans doute un ancien esclave affranchi par ses maîtres. Les semaines d'errance de Livia ont aiguisé son sens de l'observation et elle penche pour un homme né à la campagne, un esclave soumis aux rudes travaux des champs et qui, une fois libéré, est venu dans l'*Urbs* quérir un emploi moins usant.

Un rictus barre le visage de la fillette lorsqu'elle réalise que désormais, elle devra servir des maîtres. De ce jour, elle n'est plus libre de ses actes ni de son corps, uniquement de son âme : la République romaine, un siècle plus tôt, a reconnu que les esclaves en possédaient une. Tout son être appartient à une personne qu'elle ne connaît pas encore, qui pourra exiger n'importe quoi et, par colère ou caprice, sera autorisée à lui donner les étrivières et le nerf de bœuf jusqu'à la mort si le cœur lui en dit. Soudain, Livia regrette son ancienne condition de vagabonde. Un instant, elle en veut à son père d'avoir lu les livres des Judéens, d'avoir écouté Siméon Galva Thalvus et d'être allé à la rencontre de l'apôtre Paul. Sans l'armateur juif, rien ne serait arrivé ! Sans la passion de son père pour les écrits, les siens seraient demeurés fidèles aux dieux de Rome et à la religion d'État ; ils seraient, à cette heure, ensemble, heureux et vivants !

Aussitôt, Livia regrette sa pensée. Pour la deuxième fois en quelques semaines elle a renié sa foi. Marchant à côté de l'affranchi, elle baisse le regard. Voilà ce que ses futurs maîtres ne pourront jamais posséder d'elle : sa foi. C'est la seule chose qui lui reste. Elle a reçu le baptême des mains de l'apôtre Paul à cause du choix délibéré de son père. Mais cet héritage doit devenir son choix à elle, son seul espace de liberté. Désormais, sa croyance en Jésus sera son ultime rempart, sa joie secrète, et sa révolte intime contre les chaînes.

Livia et l'affranchi sont parvenus jusqu'à une grosse maison mais l'homme entre seul. Un portier servile surveille Livia du coin de l'œil. Très vite, deux femmes sortent de la bâtisse et entraînent la fillette jusqu'aux thermes publics pour la décrasser et l'habiller de neuf. Les deux esclaves la considèrent avec un mélange de connivence de caste et de méfiance. Le silence de Livia les met mal à l'aise. Elles modèrent leur bavardage habituel. La fillette voudrait leur poser une foule de questions sur la maison, les maîtres, le nombre d'esclaves, et surtout sur ce que l'on attend d'elle. Mais les mots restent dans sa tête. On la frotte comme un torchon, on la sèche, on l'enfourne dans un *subligaculum*, pagne de lin, puis dans une longue tunique de coton égyptien ceinturée à la taille. On lui extirpe des gémissements de bête en démêlant ses longs cheveux que l'on rassemble sur sa tête avec peignes et épingles en bois, puis on l'affuble d'un manteau, de moufles et de chaussures d'hiver.

Ainsi parée, Livia et les deux esclaves prennent le chemin du retour. Entre ses gardes du corps, la fillette observe l'hôtel particulier dans lequel elle va vivre désormais : assurément, les patrons de cette maison sont bien plus riches que son père ; ils font certainement partie de l'aristocratie et des plus hautes sphères de la société. Ceint d'un jardin privé mais bâti au milieu d'un quartier populaire, ainsi qu'il est d'usage à cette époque où pauvres et fortunés cohabitent géographiquement, muni d'un étage et demi, le palais de marbre s'étend horizontalement au milieu des immeubles de rapport. Le concierge les fait pénétrer à l'intérieur. Aussitôt paraît l'affranchi qui a acheté Livia à Calpurnius Tadius Paullus. Il congédie les deux femmes et entraîne la fillette dans une sommaire visite des lieux. Le rez-de-chaussée haut de plafond est dévolu aux maîtres et aux réceptions mondaines : les salles à manger succèdent aux salons et aux salles de repos. Comme dans toutes les maisons romaines, le mobilier est rare. Mais ici, il est doré à la feuille d'or, les tapis sont épais et les étoffes des lits sont en soie. Un patio arboré semé de fontaines rafraîchit les jours d'été. Seules d'imposantes cuisines et des latrines échappent au devoir d'apparat. L'étage, en soupente, est réservé aux esclaves – ils sont une trentaine d'après ce que dit l'homme – et le grenier accessible par une échelle sert au stockage des marchandises. En entraînant la fillette dans une vaste pièce du rez-de-chaussée, l'affranchi dit qu'il s'appelle Parthenius, qu'il a l'honneur de servir depuis dix ans son patron Larcius Clodius Antyllus, éminent membre du Sénat, et sa patronne Faustina Pulchra, son épouse. Au moment où Parthenius frappe à une lourde porte ouvragée, Livia sent une boule se former dans sa gorge.

Allongée sur un coude, picorant des fruits posés sur un plateau d'or, une femme replète tourne son visage abondamment fardé vers la fillette. Ses cheveux roux sont coiffés à la mode de l'époque, en chignon haut, ses bras, sa poitrine et ses chevilles sont couverts de bijoux. Livia estime qu'elle doit avoir une petite cinquantaine d'années, mais ne parvient pas à lire précisément les rides cachées sous une épaisse couche de céruse blanche. L'air est saturé d'un parfum lourd et complexe que la fillette n'a jamais senti auparavant.

Outre les dimensions de la chambre, la salle de bains privée que l'on devine derrière une tenture et la coquetterie de la dame à laquelle sa mère ne l'a pas habituée, Livia est frappée par la couleur des vêtements de Faustina Pulchra : ils sont d'un beau lie-de-vin aux reflets mauves, qui chatoient à chaque mouvement.

– Avance, ordonne la maîtresse d'une voix ample et douce.

Livia obéit. Faustina s'assoit et plante ses yeux noisette dans le regard de l'enfant.

– Voyez, *patrona*, dit l'affranchi, ils sont violets, votre teinte préférée...

– En effet, constate Faustina. Assortis à ma tunique... Montre-moi tes mains.

Livia tend ses paumes. Sans la toucher, Faustina examine chacun de ses doigts.

– Fins, délicats, et sans doute habiles ! s'exclame Parthenius.

– Certes, convient la maîtresse. Mais elle devra apprendre le métier, et rapidement encore ! Je ne pourrai souffrir un jour de plus la maladresse de Crispina. Ce matin, cette idiote a failli m'arracher la peau du crâne ! Dis-moi, celle-ci est-elle vraiment privée de la parole ? On ne connaît pas son nom ? Elle n'est pas stupide, au moins ?

– Elle entend parfaitement, *patrona*, et elle comprend les ordres, ainsi que vous venez de le vérifier… Elle paraît en bonne santé, si ce n'est qu'elle est muette. D'après le marchand d'esclaves, qui le tient de l'homme qui la lui a amenée, elle saurait lire et écrire, et proviendrait d'une honnête famille dévastée par une épidémie. Mais le marchand avait oublié son nom…

– Pauvre petite, répond Faustina. Si jeune, orpheline, et incapable de parler… Tant mieux, dans un sens, elle ne m'encombrera pas de ses commentaires sur la vie des autres esclaves ni sur son ascendance… Quant à moi, pour une fois, je n'aurai pas à craindre que soient répétés les propos qu'elle entendra… Enfin une esclave réservée et discrète ! Parthenius, je te félicite. Elle me plaît, et elle ne m'a pas coûté cher.

– Merci, *patrona*.

– Quant à toi, poursuit-elle en s'adressant à Livia, puisque tu ne sais pas dire ton nom et que personne ne s'en souvient, nous t'appellerons « *Serva* », « esclave ». Serva, j'ai pour toi une tâche des plus sérieuses et capitales. Si tu t'en acquittes convenablement, tu deviendras une personne essentielle à cette maison et je saurai te montrer ma gratitude. Sinon, tu seras confinée au ménage et aux travaux ingrats. Ou bien je te revendrai.

Livia est effrayée. Qu'est-ce que cette femme attend d'elle ? À part accompagner Magia chez les commerçants et l'aider, par jeu, à la confection de gâteaux, la fillette n'a jamais participé aux besognes domestiques et elle ne sait rien faire de ses mains.

– Vois-tu, poursuit Faustina, cette chère Alypia, qui était à mon service depuis si longtemps, la meilleure *ornatrix* de tout l'Empire, est morte, et, jusqu'à présent, personne n'a été capable de la remplacer. Toi, Serva aux yeux violines, si tu es adroite et maligne, tu pourras lui succéder.

La fillette blêmit. *Ornatrix !* Préposée à la toilette et aux ornements ! Elle ignore tout de ce métier délicat et compliqué, qui n'existe pas dans la petite-bourgeoisie dont elle est issue. De surcroît, les chrétiennes accordent une attention minimale aux soins de base en matière d'hygiène et méprisent les païennes riches et vulgaires qui consacrent la majeure partie de leur journée à se parer et se parfumer. Livia réalise que jamais elle ne pourra répondre aux attentes de sa maîtresse. Elle va sans doute être battue, avant de retourner sur l'estrade du marchand d'esclaves. Elle clôt les paupières et pâlit de plus belle.

– Serva, qu'as-tu ? demande Faustina. Tu es aussi blême qu'une statue de marbre ! Cette fillette est trop frêle, il faut la consolider… Parthenius, emmène-la à la cuisine et donne-lui à manger. Surtout, abreuve-la de vin au miel, donne-lui tout le vin miellé qu'elle pourra ingurgiter !

11

ALORS, que penses-tu de notre philtre local ? demanda Johanna.

– Le plus grand bien ! répondit Isabelle. Le vin de la colline est fort agréable… Belle couleur jaune pâle, notes fleuries et miellées, nez d'aubépine, fond minéral… J'ignorais l'existence de ce « bourgogne vézelay », et c'était un tort.

– Pourtant, il date des Romains, expliqua Johanna. On raconte qu'à la fin du Ier siècle après Jésus-Christ, l'administrateur impérial venait de Campanie, région italienne très renommée pour sa viticulture ; c'est lui qui aurait fait planter les vignes ici. Je t'emmènerai visiter quelques producteurs.

– Avec joie ! Allez, Jo, un autre verre.

Isabelle fit signe au serveur du petit café de la rue Saint-Pierre.

– Je ne voudrais pas être rabat-joie, mais il n'est que 10 heures et demie du matin ! s'insurgea l'archéologue.

– Certes, mais ma journée a débuté à 5 heures du mat'. Il a fallu que je me lève en trombe pour calmer Ambre qui hurlait à cause de ses dents et l'empêcher de réveiller les deux grands, me préparer, filer et faire 220 bornes jusqu'ici. Et puis il fait froid, ça réchauffe.

– Tu as raison, Isa. Je t'accompagne.

Même si elles se téléphonaient souvent, les quadragénaires – qui se connaissaient depuis le lycée – ne s'étaient pas vues depuis que Johanna vivait à Vézelay. Se plaisant au village, l'archéologue retournait peu à Paris. De son côté, Isabelle y menait une vie intense : journaliste dans un mensuel féminin, il y a trois ans elle avait été promue rédactrice en chef; à ce métier prenant s'ajoutaient un mari, deux bambins de huit et dix ans, Jules et Tara, plus une surprise âgée de deux ans, Ambre. En ce samedi de novembre, elle découvrait Vézelay pour la première fois. En raison de la passion de son amie pour la gastronomie, Johanna avait résolu de commencer la visite par le patrimoine viticole.

– C'est fabuleux, j'ai l'impression d'être en vacances…, murmura Isabelle alors qu'on leur apportait la deuxième tournée. À Vézelay et à notre vieille amitié, Jo, trinqua-t-elle. Ça fait si longtemps que nous ne sommes pas parties ensemble ! Tu te souviens de notre voyage en Italie ? La Puglia, le talon de la botte ? Les salades de poulpe, les pâtes en forme d'oreilles, les gambas et fruits de mer, l'agneau rôti, le vin rouge à quatorze degrés et les glaces à la crème ?

Johanna sourit.

– Oui, je me rappelle aussi le village d'Alberobello, le port de Trani, la cité médiévale d'Ostuni, sans parler d'un certain Monte Sant'Angelo…

– Ah non, pitié, je ne veux plus jamais entendre parler de l'Archange Michel, de moines noirs médiévaux et des fantômes décapités de tes cauchemars !

– Navrée de te décevoir mais tu verras, la basilique possède une tour Saint-Michel, Isa. Quant aux bénédictins, je te rassure : il n'y en a plus ici depuis la sécularisation de l'abbaye, leur remplacement par un collège de chanoines et un abbé choisi par le roi, en 1537… Il reste bien quelques franciscains, notamment un que j'apprécie particulièrement, mais malgré son âge il a toute sa tête. Et mes cauchemars sont désormais inoffensifs, merci. Cependant… si les miens sont anodins, ceux de ma fille sont violents… À vrai dire, Isa, je n'ai pas voulu t'en parler avant mais je suis très inquiète pour Romane.

Isabelle posa son verre de vin.

– Romane ? Que veux-tu dire ? Elle fait des rêves étranges ?

Johanna resta silencieuse un instant, le regard vague. Ses traits étaient tirés, ses yeux clairs soulignés de cernes sombres et elle semblait aussi lasse que tendue. Isabelle l'avait remarqué, mais avait préféré attendre que son amie lui révèle la cause de son harassement.

– Cela a commencé il y a un mois, reprit Johanna, pendant le séjour de mon ami Tom, je t'ai parlé de lui au téléphone…

– Tom, l'archéologue australien qui fouille à Louxor ? Celui dont un collègue a été trucidé ?

– Oui, mais il est néo-zélandais et il fouille à Pompéi, il est antiquaire et non égyptologue.

– Antiquaire ? interrogea Isabelle. Il vend ses trouvailles ?

– Non, Isa ! Dans notre jargon, un antiquaire est un archéologue spécialiste de l'Antiquité.

– O.K. ! j'ai compris.

– Bref, un matin Romane se lève toute pâle, elle refuse son petit déjeuner, a des nausées. Le généraliste du village diagnostique une gastro. On a attendu que ça passe, elle s'est reposée, Tom et moi nous sommes occupés d'elle, puis il est rentré à Naples.

– Oui, et ensuite ?

– Ensuite, en plus des vomissements, Romane a eu des poussées de fièvre, jusqu'à 40 °C. Là, j'ai foncé aux urgences pédiatriques de l'hôpital d'Auxerre, à 50 kilomètres.

– Évidemment. Et alors ?

– Je craignais une méningite, même si Romane disait qu'elle n'avait pas mal à la tête… L'équipe d'Auxerre, elle, pensait à une crise d'appendicite.

– Quel fut le diagnostic ?

– Gastro-entérite aiguë. Ils lui ont donné un traitement et nous ont renvoyées le soir même à la maison.

– Le traitement n'a pas été efficace ?

– Si, sur les nausées. Romane a cessé de vomir, mais elle s'est mise à tousser. Uniquement la nuit. Le jour elle est normale, nonobstant sa fatigue. Mais ses nuits sont terribles : elle a des quintes de toux atroces, de la fièvre, un sommeil très agité, elle peine à respirer, elle se retourne sans cesse, en proie aux pires cauchemars…

– Johanna, les cauchemars ne sont que la conséquence de la fièvre !

– Peut-être. En tout cas, au petit matin la fièvre tombe aussi subitement qu'elle est apparue. À son réveil, Romane est physiquement éreintée, et elle ignore pourquoi. Elle ne se souvient de rien, ni de ses songes, ni de la toux.

– C'est très bizarre, en effet. Ses crises nocturnes ne la réveillent pas ?

– Jamais, et je n'ose l'éveiller de force. Elle dort profondément malgré la fièvre et les quintes. C'est comme si son esprit sombrait dans une sorte de coma peuplé de rêves féroces, pendant que son corps suffoque.

Isabelle était abasourdie.

– C'est terrifiant, Johanna ! Je comprends ton angoisse ! Tu l'as ramenée à l'hôpital ?

– Non, j'ai consulté le docteur Servais. Tu t'en souviens ? C'est le pédiatre qui la suivait quand on habitait Paris.

– Bien sûr, c'est l'un des plus réputés du Ve arrondissement.

– Réputé, tu parles ! Il est incompétent ! Tout ce qu'il a fait, c'est lui coller des antibiotiques !

Cela faisait des années qu'Isabelle n'avait vu son amie dans une telle colère. En tant que mère, elle partageait son anxiété, même si elle lui en voulait un peu de ne pas lui avoir confié plus tôt ses inquiétudes au sujet de sa fille.

– C'est sans doute que Romane en avait besoin, Jo... Quel a été son diagnostic ?

– « Infection ORL ou pulmonaire. » D'abord, il a pensé à des crises d'asthme. Il a ausculté Romane dans tous les sens, l'a fait tousser, souffler dans une machine et a conclu qu'il ne s'agissait sans doute pas de cela. Ensuite, j'ai eu beau lui dire que ma fille n'avait aucun bouton ni autre éruption cutanée, ce qu'il a d'ailleurs constaté lui-même, il voulait absolument qu'elle ait un début de scarlatine. En fait, il ignore ce qu'elle a, et, comme chaque fois en pareil cas, il s'est borné à prescrire du paracétamol, des antibios, plus une batterie d'examens et de prélèvements.

– Johanna, je ne suis pas médecin mais tout de même mère de trois mouflets, et donc habituée aux maladies infantiles. Pourtant, ce que tu viens de me raconter est pour moi inédit... Écoute, la fièvre est toujours signe d'une infection, quelle qu'en soit la cause ; donc, en attendant d'en découvrir l'origine, le docteur a prescrit des antibiotiques pour éviter que l'infection s'aggrave, c'est un réflexe, certes, mais un bon réflexe, tu ne trouves pas ?

La colère de Johanna s'apaisa. Elle était abattue et répondit d'un ton morne :

– Je ne sais pas, Isa. Je suis épuisée. Je passe mes nuits à regarder, impuissante, ma fille étouffer dans son sommeil. Je t'avoue que je ne sais plus ce qui pourrait la soulager. En tout cas, les médicaments n'ont rien changé.

– Naturellement, les examens ont été faits ?

– Oui, j'ai obtenu de Servais qu'il nous décroche un rendez-vous à l'hôpital Necker, avec le chef de service en pédiatrie générale. Monsieur le grand ponte n'était pas disponible, et tout ce que s'est borné à faire le médecin qu'on a vu, c'est prescrire encore plus d'examens. La pauvre... ils ne lui ont rien épargné... Prise de sang, analyse d'urine, radio thoracique, ponction lombaire et pleurale, scanner cérébral, IRM, tests épidermiques de réaction aux allergènes... Elle a été d'une patience et d'un courage, tu ne peux pas imaginer ! J'avais mal pour elle, mais elle, elle trouvait tout cela amusant, c'était presque comme un jeu...

– À Necker ils ont l'habitude, ils savent s'y prendre... Ils ont été formidables quand Jules a eu sa bronchiolite. Quand as-tu les résultats ?

– Après-demain, lundi. On a rendez-vous à 16 heures avec le chef de service. On partira le matin pour être sûres de ne pas être en retard.

– Jo, veux-tu que je vous accompagne ? Peut-être Luca va-t-il avec toi...

– Non merci, Isa, ni Luca ni toi. Pardon, mais je préfère qu'on soit toutes les deux.

– D'accord. En attendant, ça tombe très bien que je sois venue ce week-end... Écoute, ta vieille copine te propose un pacte : jusqu'à lundi, tu cesses de te tourmenter au sujet de ta fille et, en échange, je m'engage à faire mon possible pour te distraire. Pour commencer, on va prendre un autre verre.

– Non, Isa, je suis déjà grise, avec la fatigue je ne tiens plus l'alcool...

– Eh bien tant pis, tu seras complètement saoule, ce qui te fera oublier tes soucis. Allez, un autre verre, une assiette de saucisson du Morvan, et ensuite j'exige une visite guidée de la basilique. Je te préviens, je veux que tu me racontes chaque pierre, avec un panorama complet sur Marie-Madeleine, ton chantier, la symbolique médiévale, la politique des bénédictins et tout ce qu'ont bien pu faire ici ces sacrés moines noirs, entourloupes incluses...

Jamais Johanna n'oublierait la tête d'Isabelle lorsqu'elle lui avait annoncé, sur son lit d'hôpital, qu'elle était enceinte. Jamais elle n'effacerait de sa mémoire la réaction de son amie, qui l'avait assurée de sa présence et de son soutien lors de l'IVG. Isabelle avait refusé de croire qu'elle voulait garder l'enfant. Johanna, cependant, n'en ressentait aucune rancune. À cette époque elle avait non seulement le corps brisé mais le cœur perdu et l'esprit totalement embrumé. Elle avait choisi la vie mais son âme flottait encore entre les deux mondes.

Comment en vouloir à Isabelle, qui était l'incarnation du réalisme et du sens pratique ? « Terre à terre », avait autrefois pensé Johanna, avec une pointe de mépris. Pourtant, pendant et après sa grossesse, sa vieille amie de lycée lui avait apporté un réconfort qui ne se limitait pas à la sphère matérielle. Cette petite femme blonde et replète, toujours tirée à quatre épingles, plus encline à disserter sur la mode, le prix du kilo de jambon Serrano ou la dernière dent de sa fille que sur l'art roman et la datation de squelettes médiévaux, lui offrait une chaleur simple, solide et constante, dont Johanna se savait dépourvue. Elle avait pris conscience que jusqu'à présent elle s'était plus préoccupée des morts que des vivants, des pierres que des humains, et qu'elle était passée à côté de sa propre existence.

– C'est extraordinaire, s'extasia Isabelle devant le gigantesque portail du narthex. Celui-là est authentiquement médiéval, n'est-ce pas ? Qui l'a sculpté ? Quand ?

– Qui, on ne sait pas exactement... En tout cas, pas Michel Pascal, le sculpteur de Viollet-le-Duc au XIXe ! Quand, entre 1125 et 1130.

– Au centre, évidemment c'est Jésus, un Jésus en gloire, si je me souviens bien de mon catéchisme, avec une auréole de pierre autour de la tête, dit Isabelle.

– Cette auréole s'appelle une mandorle, expliqua Johanna, elle symbolise la divinité et vient simplement du mot « amande ».

– Ah bon. J'imagine que les gens à la droite et à la gauche de Jésus, avec un livre à la main, sont les apôtres... En revanche, qui sont tous ces personnages sculptés en plus petit tout autour de la scène principale ? Certains ont l'air si étrange, on dirait des monstres !

– C'est le reste du monde, Isa, le monde profane que les apôtres doivent convertir à la parole de Jésus. Regarde bien ce défilé de peuples, c'est très intéressant, cela nous raconte comment les hommes du XIIe siècle voyaient le monde antique de l'époque du Christ : en bas à gauche, tu as le monde connu, c'est-à-dire les Romains et les Scythes ; ici figurent les peuples d'Europe ; en bas à droite, le monde inconnu et mystérieux : les *Macrobii*, des géants qu'on s'imaginait vivre aux Indes, le tout petit qui grimpe sur son cheval avec une échelle est un Pygmée d'Afrique et là, les personnages avec les oreilles énormes sont les préférés de Romane, les *Panotii* qui, la nuit venue, s'enveloppent dans leurs oreilles comme dans une couverture, pour dormir…

– Ce sculpteur ne manquait pas d'imagination… et là-haut, qui sont-ils ?

– Les Juifs, les Capadocciens qui sont siamois, les Arabes (figurés par un médecin et son malade), un peuple à tête de chien vivant dans la vallée du Gange, ceux dont le nez est plat sont les Éthiopiens, puis les Phrygiens, les Barbares, les Byzantins et enfin les Arméniens. Autour d'eux sont les signes du zodiaque avec les travaux associés à chaque période de l'année.

– Et là, au-dessus du pilier, la grande sculpture mutilée, qui est-ce ?

– Saint Jean-Baptiste, il est devant la porte car c'est lui, celui qui a baptisé Jésus, qui est la clef d'accès des pénitents et des catéchumènes – ceux qui aspirent au baptême – à l'Église des fidèles.

– Je comprends mieux quand tu dis qu'au Moyen Âge tout est symbole… Mais dis-moi, Johanna, tout est aussi prosélytisme !

– Je parlerais plutôt de ferveur, si tu veux bien. Mais tu n'as pas tort. Viens, entrons.

Le grand vaisseau roman de la nef impressionna Isabelle, en particulier la bichromie des arcs en plein cintre du plafond et l'abondance des décorations sculptées.

– Oui, l'alternance des pierres blanches et brunes sur les arcs doubleaux est chaleureuse et magnifique, convint Johanna. Ce sont des pierres calcaires de villages voisins, le ton brun résulte de la coloration naturelle par l'oxyde de fer ; celles-là sont d'origine, tu vois. Malheureusement, au temps de la restauration, Viollet-le-Duc n'a plus retrouvé cette couleur brun-gris dans les carrières locales et donc les claveaux refaits sont peints. Mais c'est admirablement reconstitué… Viollet-le-Duc n'avait que vingt-six ans lorsqu'il a débarqué ici et il est tombé amoureux de cet endroit, comme d'une femme. À son épouse, il a souvent écrit que les pierres de l'abbaye étaient ses amies, et ses amantes…

– C'est étonnant cette sensation de paix que l'on a ici, cette lumière douce…

– C'est l'une des vertus de l'art roman, ma chère. Au XIIe siècle, cette nef était l'une des plus vastes de toute la chrétienté occidentale, 62 mètres ! Seule celle de Cluny était plus grande… La lumière a été utilisée comme un matériau à part entière, au même titre que la pierre. Tu devras revenir au solstice d'été, admirer « le chemin de lumière ».

– Qu'est-ce que c'est ?

– À midi pile, le soleil trace un chemin sur l'axe médian du sol de la nef : des taches de lumière à la géométrie parfaite apparaissent soudain, comme par magie, conduisant au chœur, symbolisant le lien de cette église avec le cosmos et donc des hommes avec Dieu.

– Qui était le maître d'œuvre de l'église romane ?

– Hélas, on l'ignore. Cela fait des siècles que toutes les archives de l'abbaye ont été détruites, lors de pillages et d'incendies. Il n'en reste rien, comme il ne reste rien des bâtiments conventuels et du château vendus comme biens nationaux à la Révolution et démantibulés pierre par pierre, telle Cluny. L'unique vestige de la grande abbaye est cette église.

– Dommage. Et sait-on quel père abbé a fait bâtir tout cela ?

– Ils sont plusieurs. Cinq maîtres d'ouvrage, dont quatre étaient des moines originaires de Cluny, car la grande majorité des travaux a été réalisée quand Vézelay était sous tutelle de l'abbaye de Cluny. L'abbé Artaud, le premier clunisien de Vézelay, a décidé de la construction, fait édifier le chœur et le transept romans à la toute fin du XIe siècle. Le pauvre, il l'a payé cher…

– Que veux-tu dire ?

– Il a levé des taxes si lourdes pour financer ses travaux, que les habitants du village se sont révoltés et, en 1106, ils l'ont décapité. Une légende raconte qu'ils ont enterré les moines vivants, seules leurs têtes dépassaient du sol, et ils se servaient du crâne de l'abbé Artaud comme boule de pétanque…

– C'est fou !

– Oui, le massacre d'un personnage sacré sur une terre sacrée a soulevé une très vive émotion, en Bourgogne et au-delà… les Vézéliens étaient sacrément en colère… et surtout écrasés par les charges ; n'oublie pas que les habitants étaient les serfs de l'abbaye. En sus des impôts habituels, ils étaient assujettis à la mainmorte, qui voulait que s'ils mouraient sans enfant, c'est l'abbaye qui héritait de leurs biens. Pour couronner le tout, s'il y avait le moindre litige, c'était le père abbé qui exerçait la justice. Il avait pouvoir de vie et de mort sur ses sujets qu'il n'hésitait pas à faire pendre, à l'un de ses douze gibets…

– Fichtre !

– Jusqu'à la Révolution, les veuves de Vézelay ne pouvaient se remarier sans le consentement de l'abbé… Sans prétendre expliquer la ferveur révolutionnaire, tu comprends mieux, dans ces conditions, la rage des habitants de Vézelay, de Cluny et de tant d'autres villages vassaux d'une abbaye à s'en libérer et à tout détruire. Cependant, dans l'affaire du meurtre de l'abbé Artaud, l'exaspération des habitants avait été attisée par le comte de Nevers, Guillaume II, qui convoitait les richesses du monastère et ne supportait pas la puissance de ce rival. À la mort d'Artaud, Renaud de Semur fut élu. Le 21 juillet 1120, veille de la fête de la Madeleine, le feu prit dans la charpente en bois de la nef carolingienne alors que l'église était remplie de pèlerins. La charpente et la toiture s'effondrèrent. Il y eut plus de mille morts. Alors Renaud de Semur entreprit la construction de la nouvelle nef, en style roman, avec, pour y accéder, des tympans sculptés dont le fabuleux Jésus en gloire. Cette nef est celle dans laquelle nous nous trouvons aujourd'hui. C'est l'abbé Albéric qui la termina, vers 1140. Le narthex roman, avec les deux tours, dont la tour Saint-Michel, est l'œuvre du dernier abbé clunisien de Vézelay : Ponce de Montboissier, qui n'est autre que le frère de Pierre le Vénérable, abbé de Cluny. C'est sous son abbatiat que les bourgeois de Vézelay, encouragés à la révolte par les comtes de Nevers, ne cessent de contester le pouvoir de l'abbaye, allant jusqu'à s'ériger en « commune » autonome du monastère…

– Cet abbé a également été assassiné ?

– Il s'en est fallu de peu. En 1155, les Vézéliens assiègent l'abbaye, la pillent et tuent plusieurs moines, mais l'abbé Ponce réussit à s'enfuir et à se réfugier auprès du roi de France Louis VII, qui intervient.

– La paix revient-elle ? demanda Isabelle.

– Provisoirement. Dix ans plus tard, le comte de Nevers Guillaume IV, mécontent de l'élection du nouvel abbé, Guillaume de Mello, organise le blocus de la colline, pénètre de force dans l'abbaye avec ses hommes en armes et somme les moines de déposer leur abbé. Ces derniers, une fois encore, s'exilent et trouvent refuge auprès du roi Louis VII, qui fait s'incliner le comte de Nevers et se rend en personne à Vézelay pour réinstaller les religieux dans leur monastère. Le comte Guillaume IV part pour les croisades et meurt peu après, à Saint-Jean-d'Acre.

– Johanna, je constate que l'histoire troublée de cette colline n'a rien à envier à celle du Mont-Saint-Michel, promets-moi de rester tranquille et de laisser les fantômes de ce lieu là où ils sont…

– Je te le promets, Isabelle, répondit l'archéologue en souriant. D'ailleurs, pour l'instant je n'en en ai aperçu aucun.

Johanna fixait un point précis dans l'église, sur leur gauche, derrière une colonne. Puis elle balaya toute la nef d'un regard anxieux.

– Jo ? Que se passe-t-il ? l'interrogea son amie. Tu as vu un revenant ? Un moine bénédictin sans doute ? Avec ou sans tête ?

Johanna restait muette.

– Ce n'est rien, répondit-elle finalement. Rien du tout.

Malgré ses dénégations, elle continuait à observer les alentours avec inquiétude, à la recherche d'une mystérieuse silhouette.

12

À L'HEURE DE TIERCE, le moine Jean de Marbourg descendit de cheval, ôta ses gants, se mit à genoux, fit le signe de la croix et amende honorable. Puis il remonta sur sa monture et poursuivit sa route vers Vézelay en récitant l'office, uni avec ses frères par la prière. Il fit ainsi à chaque heure divine, psalmodiant sur la bête, ne rompant pas le jeûne du carême, s'autorisant quelques lieues au trot, jamais de galop, cette allure étant proscrite sauf en cas de danger de mort.

Pourtant, il se sentait en danger de mort. Il lui semblait que la forêt l'épiait, que les animaux sauvages le jugeaient. Il s'imaginait que des fées et des créatures fantastiques l'observaient et le condamnaient.

Juste avant complies, il parvint à Tournus et demanda l'hospitalité au monastère bénédictin Saint-Philibert. Là, parmi ses frères noirs, il trouva un soulagement moral et physique : il prit son unique repas de la journée, assista à l'office et tomba d'épuisement sur le grabat qu'on lui prêta. Il n'avait plus l'habitude de chevaucher et avait mal comme si son corps avait été flagellé.

Le lendemain, la sensation n'avait pas disparu ; au contraire, les courbatures et les crampes l'obligeaient à marcher ployé tel un vieillard bossu. De retour en selle, il se promit d'être plus raisonnable que la veille et de ne pas dépasser dix lieues par jour. C'est ainsi qu'il passa la nuit dans une chapelle isolée, à l'orée d'un bois, seul avec son cheval, mais protégé par un énorme crucifix dressé dans le petit chœur.

Le troisième jour, il arriva à Autun et trouva asile à l'abbaye bénédictine de Saint-Martin. Avant cela, il avait tenu à se rendre à la cathédrale Saint-Nazaire, afin de se recueillir sur les reliques de saint

Lazare, rapatriées de Marseille au IXe siècle, pour éviter que les barbares vikings ne s'en emparent.

Le quatrième jour, frère Jean se trouva dans l'épaisse forêt du Morvan et fit halte dans une clairière. N'ayant d'autre possibilité que de passer la nuit à la belle étoile, il s'allongea sous un chêne en serrant sa chape contre lui, tremblant aux cris des bêtes nocturnes, le ventre frémissant de la crainte des créatures surnaturelles et des brigands.

Enfin, le cinquième jour, remontant la rivière Cure, traversant des tertres verdoyants, des champs gras et des vignes en vallons, il fut en vue de la colline de Vézelay. Elle émergeait d'une mer d'arbres embrumés qui se balançaient sous le vent comme des vagues roulées par la houle. Au sommet de coteaux couverts de vignes et au-delà d'épais remparts de pierre s'élevait l'abbaye ceinturée d'un village. Une beauté majestueuse se dégageait de l'éperon clair jaillissant du brouillard, une grande richesse émanait de cette terre humide, dense et fertile. En s'approchant, frère Jean ne put réprimer un réflexe de maître d'œuvre lorsqu'il constata que l'édifice religieux, fort simple, était de style carolingien, et en piteux état. « Assurément Dieu a résolu de choyer cette abbaye, mais les hommes qui y vivent ne lui en sont guère reconnaissants, pensa-t-il. Cette vieille église délabrée est un bien piètre écrin pour lui rendre grâce. »

Plus tard, il put observer que les bâtiments conventuels, comme l'église, portaient la trace d'un incendie et qu'ils n'étaient pas plus entretenus que le sanctuaire. Seule la cellule du père abbé, à l'écart du dortoir des frères, paraissait avoir bénéficié de soins attentifs : quoiqu'elle fût en bois, elle était solidement bâtie, vaste et sans marques de feu. Sans doute un vestige de l'abbé Erman…

Le prieur annonça frère Jean au nouveau père abbé. En pénétrant dans la cabane, le moine sentit une sueur mauvaise descendre le long de son échine et une boule d'épines lui serrer la gorge.

Il reconnut immédiatement Geoffroi de Kerlouan. Ce dernier avait grossi, ses cheveux avaient blanchi, son visage était rougeâtre et marqué de rides. Cependant, bien que l'abbé de Vézelay n'eût pas levé la tête de sa table de travail lorsque Jean de Marbourg était entré, le moine de Cluny ne put s'empêcher de sourire lorsqu'il vit, assis face à lui, écrivant avec une dextérité de professionnel, l'ancien copiste du Mont-Saint-Michel.

Il éteignit son sourire afin que Geoffroi ne le prenne pas pour une marque de condescendance. Debout face à l'abbé qui le laissait attendre à dessein, il attendit, patient, figé, le *rotulifer* à la main, au bord de la cheminée éteinte.

– Prenez un siège, je vous prie, finit par prononcer Geoffroi sans le regarder et d'une voix qui, elle, n'avait pas changé.

En silence, frère Jean saisit un tabouret et s'y installa, posant délicatement le rouleau des morts sur ses genoux.

– Frère Dalmace vient à peine d'arriver, je ne vous attendais donc pas si tôt... reprit Geoffroi en jetant un regard intense sur frère Jean.

– Mon abbé a jugé que les condoléances à l'abbé Erman devaient rejoindre leur destinataire sans délai, répondit le moine de Cluny.

– Et que, revêtu de l'écriture sainte d'Odilon, le parchemin ne pouvait plus être transporté par un modeste frère de Vézelay ?

– Point du tout. Disons plutôt que... à l'aller, votre moine a éprouvé tant de difficultés à trouver le chemin de Cluny, que mon abbé, par précaution, a préféré que j'assure au rouleau le chemin du retour.

Geoffroi observait son interlocuteur avec animosité.

– Quelle charge avez-vous à Cluny, frère Jean de Marbourg ? demanda-t-il.

– Je n'ai d'autres charges que celles prévues par la Règle dans la vie conventuelle. Je suis un simple moine et n'ai jamais brigué quelconque dignité au sein de la hiérarchie de mon abbaye.

– Ainsi, Odilon m'envoie un sans-grade...

– N'y voyez point d'offense. Si un modeste frère de Vézelay est digne d'acheminer le rouleau dans un sens, un simple frère de Cluny peut bien l'acheminer dans l'autre, répondit Jean non sans ironie.

Geoffroi se tut un instant, fixa les longues mains blanches de frère Jean, puis son visage qui ne lui semblait pas inconnu. Mais non, c'était impossible...

– Odilon ne vous a-t-il point chargé d'une autre mission, en plus de convoyer ses fausses louanges à Erman ? demanda-t-il.

– Il m'a également chargé de vous féliciter pour votre élection. Il vous tient en haute estime, bien plus, il est vrai, que votre prédécesseur.

Ces paroles flatteuses mais fondées semblèrent apaiser l'acrimonie de Geoffroi.

– Erman – dont j'ai été le prieur pendant plusieurs années – était un homme bon, mais un mauvais abbé, convint-il. Je dois bien, sur sa tombe, le concéder à Odilon qui, depuis plus de quarante ans, préside de main de maître aux destinées de son abbaye. Puisse le Seigneur me prêter une once de son génie et de sa longévité ! Toutefois, son talent et sa propension à gouverner ne sauraient l'autoriser à intervenir, de quelque manière que ce soit, dans les affaires d'une autre abbaye.

– Je présume que vous faites allusion à ce qui s'est passé ici il y a dix ans ?

– Je songe à ce qui se passe ici depuis l'origine de cette maison ! Voyez-vous, notre fondateur, le comte Girart de Roussillon, a si bien doté ce monastère et les legs sont si nombreux que le patrimoine de Vézelay suscite la convoitise… à commencer par celle de la grande abbaye de Cluny.

À cet instant, Jean eut envie d'avouer qui il était à Geoffroi et de lui donner l'accolade, afin que cesse le conflit. Dans le même temps, il devait admettre qu'il prenait plaisir à cette petite joute.

– Les interventions de Cluny à Vézelay, répondit-il, n'ont jamais eu d'autre fin que de restaurer l'ordre, la discipline et la stricte observance de la Règle dans une abbaye décadente dont le relâchement la souille elle-même, mais infecte aussi, tel un poison, l'ensemble de la communauté monastique.

– Je ne puis être en désaccord avec vous sur ce dernier point, concéda l'abbé. D'ailleurs, je m'emploie, depuis mon élection, à rétablir l'ordre dans cette maison. Cependant, je vous trouve bien naïf de croire que l'ingérence de votre abbaye dans les vicissitudes d'autres monastères ne vise qu'au respect universel de la Règle et au développement des coutumes et de la liturgie clunisiennes. Frère Jean, avez-vous la moindre idée du nombre de monastères « dépendants » de Cluny, et de la manière dont ceux-ci sont administrés ?

– Je suis un simple moine, je vous l'ai dit. Un moine priant jour et nuit pour les morts. Je ne m'occupe pas des entreprises des vivants.

Frère Jean avait dit cela d'un ton si sincère que Geoffroi fronça les sourcils, dubitatif quant au dessein réel de ce moine. Une fois encore il posa son regard sur les mains de Jean de Marbourg, puis il observa le visage de son interlocuteur.

– Si vous êtes ce que vous dites, pourquoi Odilon vous a-t-il envoyé ici ? Pense-t-il me circonvenir par l'image édifiante d'un petit prêtre ? Non, décidément, vous ne m'ôterez pas de l'esprit que vous cachez le véritable projet de votre abbé, qui est de soumettre Vézelay à Cluny, d'assujettir mon abbaye comme les soixante-cinq autres qui vivent sous votre joug, de vous emparer des richesses de Vézelay qui rejoindront l'empire dont Odilon est le suzerain et « ses maisons » ses vassales, privées de toute liberté dans le choix de leur abbé, soumises au serment d'obédience, au cens et à la domination sans partage de Cluny…

– Odilon m'a dépêché pour faire la paix.

– La paix de Cluny n'est qu'hégémonie.

Jean de Marbourg garda le silence. Une grande lassitude s'empara de lui. Les attaques de Geoffroi contre l'homme qui lui avait sauvé la vie le mortifiaient. Que serait-il devenu si Odilon lui avait refusé son aide ? Il rechignait encore à se dévoiler, mais ce duel avec Geoffroi lui était désormais intolérable. Il brûlait de retrouver son ancien ami.

– L'intention sournoise que vous me prêtez n'est que calomnie, dit-il. En revanche, vous ne vous trompez point quand vous devinez que je cache quelque chose. Mais je puis vous assurer qu'il ne s'agit pas de politique.

Il se leva et déposa doucement sur le bureau, devant l'abbé, le *rotulifer* d'Erman.

– Je suis un humble moine de Cluny, poursuivit-il, qui a rompu avec le monde des vivants voilà quatorze ans, en l'an de l'Incarnation 1023…

Il resta debout face à Geoffroi et osa, pour la première fois, le regarder en face. Il lui semblait que son corps tremblait, que ses yeux se remplissaient de larmes et que d'un moment à l'autre il allait tomber. Geoffroi, quant à lui, ne bougeait pas d'un pouce. Yeux froncés, il scrutait Jean comme on examine un cheval à la foire, sans néanmoins le toucher.

– J'avoue que, depuis l'instant où vous êtes entré dans cette cellule, dit l'abbé, je suis mal à l'aise. Vous me rappelez confusément quelqu'un, sans que je parvienne à déterminer qui… Vos traits, votre silhouette, vos mains surtout ne me sont pas étrangers. Ces mains si longues et si fines – des mains de copiste – je les ai déjà vues, j'en suis certain. Cependant, votre nom m'est totalement inconnu. Avant que mon prieur ne le prononce tout à l'heure, je ne l'avais jamais entendu…

Frère Jean se jeta à l'eau.

– Mon père était un grand seigneur bavarois, il s'appelait Siegfried de Marbourg ; Jean de Marbourg est mon nom de baptême que j'ai repris il y a quatorze ans, en accord avec Odilon, lorsque j'ai intégré Cluny. Mais quand j'ai prononcé mes vœux au monastère bénédictin de Cologne, à l'âge de dix-neuf ans, j'avais choisi en religion un autre nom. C'est celui-là que vous connaissez. C'est ce nom-là qui devait disparaître, comme j'avais moi-même disparu.

Geoffroi écarquilla les yeux dans une vision d'horreur. Brusquement il se leva et s'éloigna de la table, s'appuyant au mur de la cabane.

– Non, murmura-t-il avec effroi. Je vous en prie… laissez-moi… vous êtes un fantôme ! Un revenant venu me hanter ! Mais pourquoi ? Pourquoi après tant d'années ? Je ne suis pas responsable de ce qui est arrivé !

Frère Jean parla tranquillement.

– Geoffroi, n'aie pas peur. J'ai quitté le monde des vivants mais je ne suis pas mort. Je ne suis pas un revenant. Rends-toi compte par toi-même.

Le plus lentement qu'il put, il s'approcha de Geoffroi. Timidement, l'abbé effleura la manche sombre de la chape, posa le doigt sur la main de Jean et constata que ce moine était bien de chair et de sang.

– C'est impossible ! murmura-t-il. J'ai assisté à ta mort !

– Geoffroi, tu n'as pas vu mon cadavre. On vous a raconté mon trépas, mais personne n'a vu ma dépouille. Je vais t'expliquer, je vais tout t'expliquer, mon ami…

Geoffroi le considéra avec une tendresse teintée de reproche.

– Tu nous as bien roulés, fourbe, menteur, félon ! J'exige de tout savoir, au moindre détail près, et immédiatement ! Attends…

L'abbé se dirigea vers la porte, l'ouvrit avec véhémence et hurla :

– Béraud ! Béraud ! Du vin ! Apportez-moi mon vin, celui de la colline, que j'en régale mon ami… prestement !

Il referma la porte.

– Tu vas goûter au vézelay, un nectar blanc que n'aura jamais Odilon. Ah, si je m'attendais… Roman, mon frère… frère Roman !

13

SEMPRONIA ORBIANA ! Je ne m'attendais pas à te trouver ici, aux thermes d'Agrippa !

– Faustina Pulchra, moi non plus ! Quel plaisir de te voir ! À dire vrai, j'ai craint que les dieux ne frappent les thermes bâtis par Néron ; mon mari aurait préféré que je demeure à la maison mais je ne vais tout de même pas me passer de ma partie d'haltères et de jeu de paume parce que le Sénat a déclaré Néron ennemi public, l'a condamné à mort et a choisi Galba comme nouvel Empereur !

– Sage décision, Sempronia Orbiana… Viens, entrons dans le *sudatorium* pour éliminer l'atmosphère atroce de cette ville…

Ayant déjà ôté leurs principaux effets à l'*apodyterium*, le vestiaire où un esclave qui leur appartient surveille vêtements et bijoux, les deux femmes dodues ôtent leur pagne, le confient à une autre esclave de leur maison et, nues, pénètrent dans le bain de vapeur où elles suent de concert, tout en conversant sur les récents événements.

La veille, après quatorze ans de règne*, Néron, trente ans, a enfin été démis et remplacé par Galba, âgé de soixante-douze ans, gouverneur de l'Hispanie et général rebelle jouissant d'un immense prestige dans l'armée. Menée par des généraux, la révolte a été attisée par les sénateurs aux abois, surveillés et persécutés par Néron, qui les avait privés d'une partie de leur pouvoir. La plèbe elle-même, jadis dévouée à son Empereur, est lasse des meurtres, des intrigues, des impôts supplémentaires, des excentricités dégradantes de son souverain dont les

* La veille était le 9 juin de l'an 68 après J.-C.

vanités architecturales et artistiques, les dépenses somptuaires et les délires pervers concourent à la ruine de Rome et de son Empire. Quelques mois auparavant, Néron est rentré d'un voyage de plus d'un an en Grèce et en Égypte où il s'est donné en spectacle comme mime, chanteur, aurige, n'a cessé de ripailler, de gaspiller l'argent public et la sueur des légionnaires dans les travaux pharaoniques du percement de l'isthme de Corinthe, d'accomplir des actes scandaleux comme celui d'épouser Doryphore, un autre homme, et Sporus, un eunuque qui ressemblait à feu sa femme Poppée.

Pendant ce temps, à Rome qu'il avait laissée sous la garde d'Helius, un vulgaire affranchi, la reconstruction après le grand incendie n'a pas été achevée, le peuple délaissé souffrait de pénurie et, chez les préteurs et les sénateurs, s'organisait la chute de l'Empereur. La sédition a débuté il y a trois mois en Gaule lyonnaise, dont le gouverneur, Caius Julius Vindex, s'est soulevé et a adressé une lettre d'insultes à Néron où il remettait en cause non seulement sa capacité à gouverner, mais, suprême injure, ses talents artistiques. Peu après, Galba, gouverneur de l'Espagne, s'est insurgé, suivi par Othon, ancien intime de Néron et premier époux de Poppée, dont l'Empereur, sur injonction de sa maîtresse Poppée, s'était débarrassé en le nommant gouverneur de Lusitanie. N'ayant plus confiance dans ses légions, Néron a levé une armée constituée d'esclaves à qui il a promis la liberté si elle le défendait de ses ennemis. Il a confisqué tous les pouvoirs institutionnels. Cette tyrannie absolue a achevé de le priver de l'appui des rares sénateurs qui lui étaient demeurés fidèles. Galba, le général d'Espagne, a juré fidélité au peuple de Rome et au Sénat, dont il a obtenu le soutien. Les légions espagnoles et lusitaniennes ont commencé à marcher vers l'*Urbs*. L'entourage de Néron lui a fait croire que l'armée de tout l'Empire s'était révoltée. L'opposition a grandi dans toutes les castes, y compris dans la garde prétorienne, et le peuple affamé a menacé de s'insurger à son tour. Néron était perdu. Un instant, il a songé à se réfugier en Égypte, sa patrie de cœur. Mais il y a quelques jours, il a abandonné sa Maison dorée et, affublé de l'un de ses déguisements, il s'est caché dans la banlieue de Rome, chez Phaon, l'un de ses affranchis. Depuis, malgré son éviction officielle par le Sénat qui l'a déclaré hors la loi, chaque Romain retient son souffle : tant que Néron n'aura pas expiré, tant que son corps ne sera pas brûlé, son poison continuera de couler dans le sang de chaque membre de l'Empire.

– Je ne comprends pas pourquoi il tarde tant à se suicider, murmure

Sempronia Orbiana en épongeant son maquillage qui coule. C'est à croire qu'il préfère l'ignominie d'être promené nu en public, la tête prise dans une fourche puis flagellé à mort...

– Je crois plutôt que sa lâcheté et ses déviances mentales lui ôtent tout sens de l'honneur et du bien public, répond Faustina Pulchra. Il a toujours préféré donner la mort aux autres ! Tuer pour régner ! Quand je songe à tous ceux qu'il a acculés au suicide, fait occire ou exiler...

– La terreur est terminée, Faustina Pulchra... Tu peux être fière de notre armée, de ton mari sénateur et de notre peuple. Aujourd'hui, c'est Néron qui a peur. Pense à tous ceux et toutes celles qui l'attendent chez Hadès, dans le royaume souterrain ! Entrevois leur vengeance !

Faustina sourit.

– Nul doute que Rhadamanthe, Eaque et Minos, les juges des ombres, le condamneront aux tourments éternels, chuchote-t-elle. Et il me plaît d'imaginer leur sentence...

Sempronia Orbiana réfléchit dans la touffeur du hammam.

– Depuis quatre années, dit-elle d'un ton grave, il m'arrive parfois de revoir en cauchemar la figure hideuse de tous ces gens grimés en bêtes et déchiquetés par les chiens, ou les flammes de leurs corps transformés en lampes torches dans les jardins...

– Les incendiaires ? Les membres de la secte criminelle ? s'étonne Faustina.

– Oui... Je sais que leurs croyances étaient dangereuses et ineptes, mais je doute qu'ils aient réellement mis le feu à la ville.

– Quoi qu'il en soit, ils ont tous été exterminés et s'il en demeure quelques-uns, je gage qu'ils ont quitté la capitale de l'Empire et rejoint la Judée... Probablement ont-ils encouragé les Judéens à l'insurrection contre Rome, là-bas. En tout cas, c'est ce que dit mon mari Larcius Clodius Antyllus. Et aussi que Vespasien, à la tête de l'armée d'Orient, saura remettre de l'ordre dans cette province et écraser tous les nationalistes.

Sempronia bâille. Assurément, la révolte des Juifs du parti des Zélotes et leur prise de la forteresse de Massada à Jérusalem l'intéressent moins que la future torture de l'âme de Néron dans l'Hadès.

– Sais-tu que les dieux ont envoyé des signes de la perte de Néron et de l'extinction de sa dynastie, trois *omina* de disparition ? demande-t-elle à son amie.

– Non ! Raconte !

– Il y a quelque temps, dans la maison de campagne des Césars, sur le Tibre, à neuf milles de la ville, un bois de lauriers a subitement séché, en une nuit, sans raison apparente...

– Par Perséphone !

– Le lendemain, poursuit Sempronia Orbiana, dans cette même demeure, toutes les poules blanches dévolues aux sacrifices sont mortes, d'un coup... et aujourd'hui, les portes du mausolée d'Auguste se sont ouvertes d'elles-mêmes, comme pour accueillir un nouveau mort !

Faustina en a le souffle coupé.

– Je suffoque, conclut-elle. Sortons de cette étuve...

D'ordinaire, dans l'attente de leur maîtresse et à l'image de celle-ci, les préposées à la toilette et aux ornements conversent et colportent tous les ragots de la ville. Mais depuis quatre ans, l'*ornatrix* de Faustina Pulchra patiente toujours seule, à l'écart des autres. Au début, elle a été chahutée par ses comparses qui ne croyaient pas qu'elle fût muette. Puis les ministres des ablutions se sont désintéressées de cette collègue taciturne, qui ne leur servait à rien puisqu'elle ne pouvait rapporter la vie intime de sa maîtresse et de sa maison. Cet ostracisme ne déplaît pas à Livia et souvent elle remercie le Seigneur qui, en la privant de la parole, a instauré un mur protecteur entre elle et le monde.

Apercevant Faustina Pulchra, l'esclave de treize ans se penche vers deux malles pourvues de courroies de cuir, qui ne la quittent presque jamais. L'une contient ses outils : miroirs d'argent poli, patères, peignes de bois, épingles à cheveux d'ivoire, strigiles, pinces à épiler, pierres ponces, éponges, cure-dents, cure-oreilles, coquillages et divers récipients à mélanges, tandis que l'autre renferme ses précieux produits : fards, teintures, onguents, pommades, lotions, cheveux postiches, liniments, cataplasmes et huiles parfumées.

Elle s'agenouille, saisit la patère, grande louche plate en argent, et asperge la peau suante de Faustina. Puis elle empoigne le strigile d'argent doré dont le manche est gravé d'une scène de Vénus au bain et, délicatement, se met à lui racler le dos. Ceux qui ne possèdent pas d'esclave paient un employé des thermes pour cette opération. Les moins fortunés se frottent mutuellement ou se grattent le dos contre le marbre des murs. Livia rince le corps de Faustina avec l'eau chaude du *labrum* avant d'extraire d'une pyxide d'étain une pâte à base de graisse de chèvre et de cendres de saponaire, qu'utilisaient déjà les Celtes et les Germains, et qu'elle fait mousser sur l'épiderme de sa maîtresse à l'aide d'une éponge. Enfin, elle arrose à nouveau le volumineux corps de Faustina.

Tandis que les deux femmes font quelques mouvements dans la piscine, le *natatio*, avant de passer au bain tiède, le *tepidarium*, et au bain froid, le *frigidarium*, Livia rejoint une petite pièce latérale pavée de mosaïque et plaquée de marbre, au centre de laquelle trône un banc de massage. Elle ouvre la malle à trésors en argent massif, l'alabastrothèque, celle qui contient les onguents et les fards, et pose divers pyxides, flacons de verre opaque et linges fins sur un tabouret de bois. Puis, comme à son habitude, elle attend sa maîtresse debout, mains croisées dans le dos, yeux mi-clos. La fillette a grandi, a pris du poids, des forces et des formes féminines. Peu à peu, sa prime terreur s'est estompée et elle s'est habituée à sa nouvelle vie. Bien que ses maîtres et les autres domestiques s'obstinent à l'appeler « Serva », elle n'a pas oublié son nom, ni son passé. Mais avec le temps, les visages de ses parents et de ses frères défunts tendent à s'estomper. Les païens conjurent l'oubli en ornant des autels domestiques de masques funéraires, portraits peints, bustes, médaillons de métal ou de marbre représentant leurs ancêtres, qui rappellent la lignée familiale et rendent hommage aux ascendants. Livia, elle, n'a d'autre ressource que de prier.

Dans le secret de son âme aussi diserte que sa bouche est muette, elle parle à sa mère, à son père, à Dieu, à Jésus. Plusieurs fois par jour, telle une formule magique, elle visualise les signes araméens du message confié par Marie de Béthanie à Raphaël, qu'elle a appris par cœur et qu'elle doit transmettre à Paul. Malheureusement, elle n'a plus entendu parler de l'apôtre des païens et sa nouvelle existence ne lui a pas permis de rencontrer un membre de la Voie. Parfois elle se demande si Néron les a tous tués et si elle demeure l'unique survivante non seulement de sa famille de sang mais aussi des chrétiens de Rome. Souvent elle pense que les disciples de Jésus se cachent si profondément qu'ils sont impossibles à reconnaître, ou bien qu'ils ont tous quitté l'*Urbs*. Aujourd'hui, puisque Néron est hors d'état de nuire, peut-être vont-ils revenir dans la capitale de l'Empire.

– C'est insensé, s'insurge Faustina. Pourquoi la garde prétorienne reste-t-elle retranchée dans ses casernes et n'assiège-t-elle pas la maison de Phaon ? Si je le pouvais, je lui planterais moi-même une lame dans le cœur, à ce couard sanguinaire… Où sont les armées de Galba et d'Othon ? Quand vont-elles enfin arriver à Rome et écraser ces bandes d'esclaves et de mercenaires à la solde de Néron, qui hantent les rues et ne songent qu'à piller, détrousser, écorcher, comme leur infâme maître ? La terreur et l'anarchie n'auront donc jamais de fin ! Cette attente devient intolérable… Serva, as-tu entendu quelque chose qui m'aurait échappé ?

L'esclave fait signe que non. Faustina soupire, tandis que Livia se précipite pour la sécher avec des serviettes de laine douce. Elle frictionne sa maîtresse de haut en bas, puis cette dernière s'affale sur le lit de massage, sur le dos. Livia ne se sépare jamais de sa tablette de cire et de son stylet. Parfois, elle s'en sert pour apprendre une nouvelle à Faustina, une information attrapée dans la rue où rien ne lui échappe, un bruit, un murmure que son ouïe aiguë a capté dans la maison, au marché ou aux thermes. Faustina, quant à elle, raconte à peu près tout à son *ornatrix* et Livia n'ignore rien des secrets des grandes familles de Rome. Depuis quatre années, Faustina se félicite d'avoir acheté ce réceptacle à confidences et à émotions, discret comme un tombeau, loyal, probe, et qui de surcroît nettoie la peau, parfume, maquille, tresse et pare avec talent, s'adaptant à tous les mouvements de mode. Certes, Serva ne possède pas encore l'art d'Alypia, sa précédente *ornatrix*, mais avec l'âge et l'expérience, Faustina ne doute pas que la jeune femme deviendra la meilleure de sa profession. Il faut que Serva se dépêche car Faustina a déjà cinquante-cinq ans.

Livia s'empare d'un linge fin comme une gaze, l'imprègne de lotion et démaquille délicatement le visage de Faustina. Puis elle applique un masque dont la recette a été élaborée par le poète Ovide pour affermir les chairs flasques, à base de nitre, oliban, myrrhe, gomme adragante, rose, fenouil, miel et crème d'orge. À Rome, la lutte contre les rides est une obsession, le goût pour les cosmétiques et les fragrances luxueuses est partagé par l'ensemble de la population, à l'exception de quelques philosophes, des partisans de l'ancienne République, des Juifs et des chrétiens. De temps à autre, Livia se souvient des paroles de Pierre, que citait son père lorsqu'ils apercevaient dans la rue ces coquettes dont le parfum les précédait et les suivait longtemps après qu'elles avaient disparu : « Que votre parure ne soit pas extérieure, faite de cheveux tressés, de cercles d'or et de toilettes bien ajustées, mais à l'intérieur de votre cœur dans l'incorruptibilité d'une âme douce et calme. » Néanmoins, Pierre et Paul ont aussi prescrit aux esclaves d'obéir à leurs maîtres, comme s'ils obéissaient au Christ lui-même. Alors, tout en préservant une mise simple, en s'abstenant des viandes épicées ou immolées, en respectant le jeûne du mercredi et du vendredi, en allant la peau nue, dénuée de parfum ou de fard, Livia a obtempéré du mieux qu'elle pouvait aux désirs de Faustina, s'obstinant à apprendre l'art du faux-semblant et de la fioriture, puisque Dieu en a décidé ainsi.

Pendant que le cataplasme repose sur le visage de sa maîtresse et que cette dernière se détend, elle verse sur ses mains le précieux *mendesion* égyptien constitué d'huile de ben, de myrrhe, de la très recherchée cannelle et de résine odoriférante. Puis elle commence à masser le corps de Faustina. Ses bras autrefois si maigres sont désormais musclés et, bien traitée, bien nourrie, elle est devenue une jeune femme aux contours harmonieux. À son âge, la plupart des filles sont déjà mariées et à quatorze ans, les hommes sont majeurs. Livia est pourtant demeurée une enfant.

Maîtresse et esclave se sont tant habituées l'une à l'autre qu'une subtile forme de connivence s'est instaurée entre elles. À la position de sa maîtresse dans le lit le matin, Livia sait de quelle humeur elle sera au réveil, et il suffit à Faustina de sentir un instant les mains de son esclave sur sa peau pour deviner que Serva est la proie de tourments qu'elle refuse de lui confier sur sa tablette de cire. À la différence de Livia qui connaît l'intimité de sa maîtresse, Faustina ignore la foi secrète de son *ornatrix*.

Lentement, Livia ôte le masque du visage de Faustina avec des linges imprégnés d'eau de rose, l'aide à se retourner et lui masse longuement le cou, les épaules, le dos, les jambes, les pieds. Lorsqu'elle utilise ces huiles de prix aux ingrédients exotiques, notamment l'essence de nard la plus pure et la plus onéreuse, Livia songe à Marie de Béthanie qui en a oint Jésus. Alors ses gestes se font d'une douceur extrême et elle imagine qu'elle reproduit l'acte de la sainte, dont le mystérieux message résonne en elle. Elle oublie la contrainte, l'avilissement de sa condition, la honte de son métier que ses parents auraient jugé déshonorant, eux qui considéraient le luxe comme une corruption et réservaient l'usage des parfums et des aromates au seul culte de Dieu.

Faustina se remet sur le dos et Livia enduit son visage d'une crème grasse et collante. Jusqu'à l'assassinat de Poppée par Néron, « la pommade Poppée » était en vogue, mais depuis la disparition de la muse du tyran, les Romaines préfèrent les préparations recommandées par Hippocrate, Théophraste disciple d'Aristote, Pline, Celse ou Dioscoride d'Anazarba. C'est ainsi qu'une fois par mois, Livia badigeonne la figure de sa maîtresse de foie de taureau ou de bouse de veau. Aujourd'hui elle se contente d'y appliquer une crème au chou, censée donner un teint uni et frais. Puis elle passe au maquillage. Comme toute femme du monde, Faustina ne saurait s'exhiber en public la face nue. Le blanc de céruse, à base de carbonate de plomb, a piqué les doigts de Livia de taches indélébiles et nombre de ses utilisatrices ont le visage irrémédiablement abîmé. Même si nul n'ignore qu'il est toxique, personne ne songe à s'en passer et l'esclave l'étale généreusement sur les traits de sa maîtresse. L'épais mélange couvre instantanément rides, tavelles, boutons et expression, transformant Faustina en statue lisse et blafarde, à l'aspect de cadavre. Dans le creux d'un coquillage, Livia verse un peu de pigment rose et quelques traces de garance sauvage rouge qu'elle mélange avec une petite spatule d'argent. Alors, tel un peintre, elle pose et fond la couleur sur les joues, le front et le menton de son modèle, dont la face prend vie. Sans trembler, elle dessine les sourcils et charbonne les yeux au noir de galène. Puis elle les souligne de glauconite verte, qui s'accorde au roux foncé de la chevelure de sa maîtresse, dont elle arrache les cheveux blancs et qu'elle teint toutes les deux semaines avec une pâte de safran et de henné. Elle termine en enluminant les lèvres d'orcanette, un pourpre vif et chaud, qui achève de métamorphoser Faustina en un tableau dense et sophistiqué, que l'esclave devra retoucher jusqu'au coucher de sa maîtresse, moment où elle l'effacera pour le recommencer le lendemain matin.

Le maquillage terminé, Livia s'attaque à la coiffure. Avec précaution, elle libère la masse rousse retenue par un grand chignon, la démêle et l'enduit d'huile d'iris. Lorsqu'elle respire certains parfums, lorsqu'elle lisse les cheveux de Faustina ou enduit sa peau d'huile de cannelle ou d'essence de nard, Livia éprouve un plaisir qui est autre chose que la joie d'obéir au Christ ou le dévouement forcé à la matrone. Bien que son corps soit celui d'une femme, l'esprit de Livia est trop immature pour identifier la vraie nature de ce ravissement des sens. Elle ne se sent pas coupable de cette volupté causée par la magie des riches et païennes essences. Elle n'a pas conscience qu'au fond elle adore ce métier qui rend ses mains douces comme une soie d'Orient, pénètre son âme d'odeurs suaves et langoureuses et éveille des instincts que l'apôtre Paul aurait qualifiés de concupiscence. Séparée de l'assemblée des chrétiens depuis quatre années, sa foi est demeurée la croyance sincère mais naïve d'une enfant, une prière clandestine et muette attachée au passé, coupée du monde et privée de rituels. Son credo n'a pu grandir avec le développement de sa chair, il est demeuré tapi en son sein, méconnaissant le péché mais aussi l'épanouissement, comme un arbrisseau sans soleil et sans eau condamné à une terre d'exil.

– On ne lui demande pas d'avoir la sagesse et le courage surhumains de Sénèque, dit Faustina en s'asseyant sur la couche. Condamné au suicide par Néron, le philosophe n'a pas hésité à se taillader les veines des bras et, devant le faible écoulement de sang, il s'est aussi tranché les jarrets et les cuisses, tout en disant calmement adieu à sa femme et à ses amis. Nul doute que de cette force-là, Néron en soit totalement dépourvu…

Livia prend une mèche de devant, mi-longue, et la boucle consciencieusement.

– Mais s'il n'a pas le cran de s'ouvrir les veines, reprend Faustina, il pourrait avaler le breuvage mortel qu'il a servi à son frère !

L'esclave boucle d'autres cheveux de devant et ramasse la chevelure des deux côtés du crâne en gros rouleaux. Puis elle en extirpe quelques mèches qu'elle fait onduler et retomber dans le cou, se place derrière sa maîtresse et tresse les longs cheveux de la nuque en nattes fines et serrées. Ensuite, elle les coiffe en un gros catogan, qu'elle maintient avec quelques tresses nouées autour de la queue-de-cheval. Livia examine la coiffure et juge ses bouclettes trop maigres, d'autant que, ce soir, sa maîtresse et son mari se rendent à un grand dîner chez Nymphidius Sabinus, le préfet du Prétoire, chef de la garde prétorienne, l'homme fort du moment. Faustina doit être parfaite. Alors, elle extirpe du coffre quelques boucles postiches qu'elle a préalablement teintes de la couleur des cheveux de sa maîtresse et qu'elle fixe sur le devant du crâne avec des épingles d'os et d'ivoire, afin qu'elles forment un diadème. Elle tend un miroir d'argent et attend le verdict.

– C'est bien, Serva, dit Faustina. Écoute, avant de rentrer, nous nous rendrons au temple. Je dois invoquer la déesse Isis afin qu'elle mette un terme à la vie de Néron. Qu'elle lui donne le courage d'en finir, d'accélérer le voyage des troupes de Galba et d'Othon, et qu'elle nous apporte la paix. Allons, ma petite.

Parée d'une longue tunique blanche, d'une *stola*, robe à manches courtes couleur lilas, et d'une *palla*, un long châle de même teinte, les bras, le cou et les chevilles ornés de gros bijoux d'or, Faustina est assise dans une chaise portée par son affranchi Parthenius et un esclave de la maison, près de laquelle une suivante maintient une ombrelle au-dessus de sa tête, suivie de Livia charriant son attirail, de deux autres servantes et de quatre esclaves larges et forts chargés de défendre l'équipage en cas d'attaque dans les rues encore moins sûres que d'ordinaire, à cause des bandes de Néron. Elle se dirige vers le temple d'Isis construit par Caligula et qui se trouve, comme les thermes d'Agrippa, sur le Champ de Mars. Malgré la douceur de l'air printanier, l'atmosphère de la ville est celle d'un cloaque, conséquence de plusieurs mois d'état de siège et de la terreur sauvage instillée par un Empereur déchu. La peur, la colère et la disette qui sévissent dans l'*Urbs* sont lisibles sur le visage des passants. Comme la plupart des Romains, Faustina pense que seul le sang de Néron et de ses partisans pourra apaiser la ville. Alors, elle s'apprête à verser le sang d'un animal, afin d'appeler celui des coupables.

Situé près du temple de Minerve, l'*Iseum* forme un rectangle dont l'entrée est ornée d'obélisques en granite rose de Syène sculptés d'inscriptions en hiéroglyphes, de statues de la déesse, d'Osiris, de Sérapis, Anubis et Horus, vêtues chaque matin de vêtements et de bijoux lors d'une cérémonie présidée par les prêtres et prêtresses d'Isis. La matrone descend de la chaise à porteurs, revêt un grand voile de lin blanc qui couvre tête et vêtements et laisse son escorte afin de pénétrer dans le temple. Livia pose à terre les deux malles et attend sur le parvis. Seuls les prêtres, les initiés et les dévots ont le droit d'entrer dans le sanctuaire. Les cultes égyptiens et orientaux sont très en vogue à Rome, depuis qu'ils ont été intégrés au panthéon romain. Larcius Clodius Antyllus, le mari de Faustina, est un adepte de Mithra, religion à mystères dont les disciples, exclusivement masculins, s'élèvent au sein d'une hiérarchie à sept grades et selon une conception cosmogonique du monde.

Faustina, elle, a été « appelée » par la déesse lors d'un songe, ainsi que l'exige l'initiation isiaque. Sa préparation, encouragée par plusieurs de ses amies, a constitué en jeûnes et enseignements divers, dont le mythe d'Isis est le plus important. Si Faustina, comme tous les dévots et les initiés, reste discrète sur le culte lui-même, elle explique à Livia que le temple d'Isis possède une hydrie, qui contient l'eau sacrée du Nil, qu'Osiris est une promesse d'immortalité, qu'Isis est le symbole de l'amour, une déesse secourable et puissante qui fait des miracles et donne à chaque adepte une vie dans l'au-delà, une existence éternelle.

Naturellement, Livia ne peut pas protester, le souvenir des persécutions l'empêcherait de le faire. Pourtant, elle aimerait crier à sa maîtresse que le salut après la mort ne saurait provenir d'aberrations astrologiques, de sacrifices sanglants ou d'idoles burlesques nées de l'imagination humaine, mais d'un seul rédempteur, le fils de Dieu, qui est réellement venu sur terre, il y a quelques dizaines d'années, pour les sauver en leur assurant la résurrection individuelle. Elle aimerait lui parler de Pierre, le compagnon de Jésus, de Paul, de la Bonne Nouvelle de Dieu qui répond si bien aux angoisses et aux attentes de Faustina sur l'au-delà. Hélas, loin de toute tentative d'évangélisation, elle se borne à trouver mille astuces pour ne pas se laisser corrompre : lors des repas, elle cache sous sa tunique les morceaux de viande immolée et les donne ensuite aux chiens, elle n'accompagne jamais ses semblables au temple de Vesta ou de Jupiter et affirme qu'elle préfère se rendre seule au temple de Mercure, le dieu de l'éloquence, afin qu'il la guérisse. Elle ne joint les mains pour sa prière muette que la nuit, lorsque toutes les femmes sont endormies.

Faustina sort du temple d'Isis et, sans un mot, s'installe sur la chaise. Lorsqu'elle ôte son ample voile blanc, Livia remarque qu'il porte d'infimes taches de sang et elle s'interroge sur la soudaine absence d'un lourd bracelet d'or au poignet de sa maîtresse.

– Serva, lui dit la matrone en guise de réponse, dépose tes coffres à mes pieds, je m'en chargerai jusqu'à la maison. Tu dois aller chez Haparonius, l'*unguentarius*, je veux porter ce soir le parfum que je lui ai commandé. Il doit être prêt. Va le chercher, puis rentre immédiatement me préparer pour le banquet chez le préfet du Prétoire. Parthenius, accompagne-la et protège-la. Quant à nous, allons-y !

Les esclaves soulèvent la chaise, l'ombrelle s'ouvre et l'équipage s'éloigne du Champ de Mars. Livia et Parthenius demeurent seuls. Côte à côte, ils prennent le chemin de la *taberna* d'Haparonius, un affranchi ayant fait fortune dans le commerce des parfums, onguents et médicaments. L'*ornatrix* est rassurée par la présence du robuste intendant. Les boutiques des parfumeurs ont la réputation d'abriter les rendez-vous des courtisanes, de la jeunesse débauchée et des gens de petite vertu. Même si Livia s'est déjà rendue chez Haparonius avec sa maîtresse et qu'elle n'y a rien noté de suspect, elle aurait tremblé à l'idée d'y aller seule.

Parthenius entre le premier dans le magasin. La jeune femme le suit et oublie son appréhension, tant son nez et ses yeux sont submergés : des myriades de flacons d'albâtre, d'argent, d'or, de verre opaque en provenance de Syrie ou de Phénicie, de toutes les formes et de teintes diverses chatoient sous le soleil de l'après-midi de juin. Pyxides, coffrets, amphorisques de terre en forme d'amande sont alignés dans toute la boutique, libérant un cortège d'odeurs qui se mêlent dans l'air saturé. Livia reconnaît les jus floraux portés par les hommes, le rhodinon de roses sauvages, la marjolaine, le nard de lavande ou de citronnelle, le lys. Les femmes préfèrent la senteur capiteuse du styrax et du benjoin. Les prostituées et les pauvres s'arrosent d'essences de jonc, de genêt ou de roseau odorant, qui révulsent Faustina et les femmes de son rang, dont la rareté du parfum est signe de richesse. Une dame de la haute société ne saurait s'abaisser à porter un jus élaboré à partir d'ingrédients produits en Italie : la coupure est nette entre les parfums de luxe à la composition orientale et les copies, falsifications ou parfums bon marché aux ingrédients locaux. Même si Livia se défend de se parfumer, ses mains et ses bras embaument les essences hors de prix dont elle enduit plusieurs fois par jour sa maîtresse.

Elle déambule dans l'officine, émerveillée devant tant de rêve. Elle s'attarde sur les pots d'onguent et de crème, les huiles essentielles de plantes, les épices et les quelque soixante aromates qui sèchent dans une pièce annexe, à côté des pressoirs de bois, et qui, macérés dans l'huile de ben, d'olives sauvages ou d'amandes amères, serviront à confectionner les précieux effluves.

Parthenius, quant à lui, semble perdre patience, ignore les esclaves servant dans la boutique et s'adresse directement à Haparonius, un petit homme brun au visage soigneusement épilé. Le commerçant incline obséquieusement la tête et se dirige vers l'*ornatrix* de l'une de ses meilleures clientes.

– Mademoiselle – il est le seul à ne pas l'appeler « Serva » – comment allez-vous ? Je ne voulais pas déranger votre promenade, apparemment agréable, dans ma modeste boutique... Vous avez noté les nouveautés ? L'intendant de la *domina* Faustina Pulchra semble pressé aujourd'hui... La commande est prête... veuillez me suivre, je vous prie.

La jeune femme aux yeux violets emboîte le pas du parfumeur. Parthenius patiente dans la boutique, le nez plongé dans une fiole d'essence de cardamome. Haparonius entraîne Livia dans une sorte de bureau où, autour d'une table jonchée de papyrus et de tablettes de cire, trônent, sur des tapis orientaux, des coffres de bois précieux.

– Voyons... où l'ai-je mis ? dit-il. Au fait, votre maîtresse est-elle satisfaite du *mendesion* égyptien ?

Livia fait signe que oui, tandis que l'*unguentarius* soulève le couvercle des diverses malles en poursuivant son monologue.

– Vous comprenez, là-dedans mes chères mixtures sont à l'abri de la lumière et de l'humidité. Il faudra qu'elle teste mon *kyphi* : aux ingrédients de base égyptiens, j'ajoute les deux cannelles d'Arabie et de Ceylan, du gingembre de Malabar, du nard, du safran, et un condiment des Alpes de Ligurie, le séséli... c'est un vrai délice ! De surcroît, mon *kyphi*, lorsqu'il est bu, guérit les maladies des poumons, du foie et des entrailles... Je vais vous en donner quelques drachmes, que vous offrirez de ma part à la *domina* Faustina Pulchra.

Livia sourit dans le dos du commerçant toujours ployé sur ses coffres à trésors.

– Ah ! s'exclame-t-il en exhibant une fiole ronde faite d'argent ciselé. Voilà le suprême bonheur de l'esprit et des sens, le comble des délices, la fragrance du roi des Parthes, le *parfum royal* !

Avec beaucoup de précautions, Haparonius porte l'élixir derrière le bureau et entreprend de l'emballer dans une soierie violine, la couleur préférée de sa cliente.

– Et à vous, chère demoiselle, quel cadeau pourrais-je faire ? Malgré vos yeux splendides vous allez sans fard, sans parfum hormis celui qui reste sur votre peau après votre difficile labeur...

Par signes, Livia fait comprendre qu'elle ne désire rien d'autre que sentir les délicieuses odeurs, mais qu'elle ne saurait les porter.

– C'est inhabituel, vous en conviendrez, un tel manque de coquetterie ! remarque le parfumeur.

La jeune femme fait un signe d'impuissance en souriant.

– D'après votre maîtresse, qui est venue ici avec quelques amies il y a plusieurs jours, vous n'avez aucun goût non plus pour les courses de chars, la pantomime ou les combats des arènes... Une esclave de votre maison, dont j'ai oublié le nom, lui a rapporté qu'elle vous avait vue escamoter une portion de bœuf qui vous était servie, que vous auriez ensuite enterrée dans le jardin... Il s'agissait pourtant d'un morceau de choix, provenant d'une bête immolée dans le temple de Jupiter... temple dans lequel, paraît-il, vous n'entrez jamais, Parthenius vous a suivie et vous a vue contourner l'édifice... Cela, ajouté au fait que vous soyez muette, sans raison apparente... aussi, Faustina Pulchra se pose des questions sur vous... elle se demande si vous ne pratiquez pas une religion occulte et interdite... si vous ne seriez pas l'une de ces femmes qui se transforment la nuit en sorcières à tête de hibou et qui dévorent les humains, une stryge...

De stupeur, Livia blêmit et se raidit. Elle s'avance vers la table et tente de s'emparer du flacon, afin de s'enfuir de la pièce. Au moment où elle tend la main vers le paquet violet, l'*unguentarius* lui saisit l'avant-bras.

– Ne craignez rien, dit-il sur un ton totalement différent. Attendez un instant, ne partez pas... Je ne vous veux aucun mal...

Il la lâche, prend un stylet, une tablette de cire et y trace quelque chose. Puis il le montre à Livia.

Dès qu'elle voit le signe, la jeune femme sent une boule de feu monter dans son ventre. Depuis quatre ans, toutes les larmes ont déserté ses yeux mais, soudain, elles réapparaissent dans ses pupilles mauves. En deux coups de crayon, le commerçant a ressuscité une existence disparue. En effet, ce symbole, le père de Livia l'a tracé la veille du drame et en a donné l'explication à ses enfants. Dans un état second, elle s'empare du stylet et à son tour dessine un poisson sur la cire tendre. Haparonius sourit et prend la main de Livia.

– Viens avec moi, ma sœur, murmure-t-il.

Le parfumeur déplace un coffre, soulève l'épais tapis et ouvre une trappe cachée dans le plancher. Saisissant une lampe à huile, il s'avance vers une volée de marches de pierre, suivi par Livia.

« Le poisson, songe la jeune fille. Le symbole du ralliement... car en grec, poisson se dit Ichtus, et Ichtus est formé des premières lettres des cinq mots de la phrase "Iesous CHristos Theou HUos Soter", qui signifie "Jésus-Christ, fils de Dieu, sauveur"... Cet homme est un disciple de la Voie, je ne suis plus seule ! »

Au bout de l'escalier apparaît une cave voûtée au sol de terre battue, ronde et tiède comme un ventre de femme. Contre le mur, se dresse un petit autel surmonté de bougies et d'encens, le même que celui ornant les maisons romaines. Toutefois, celui-ci est dénué d'images de dieux ou d'ancêtres. À l'instar des pratiques juives et en opposition à celles des païens, Dieu, Jésus et les saints ne sont jamais représentés en images. Pour toute parure, l'autel porte un coffre de bois identique à ceux du bureau de l'*unguentarius*. Ce dernier allume l'encens et les cierges puis s'exclame, en réponse au regard interrogateur de Livia :

– Ne t'inquiète pas, ma sœur. Je ne vénère pas mes parfums ! Comme dit le psaume 141 de David, ancêtre de Jésus : « Seigneur... que monte ma prière en encens devant ta face... que l'huile de l'impie jamais n'orne ma tête. » Ce coffre contient les saints restes de martyrs soustraits à leur bourreau après le grand massacre, il y a quatre années... Ils ressusciteront bientôt, lors du Jugement dernier... mais dès aujourd'hui ils nous protègent et nous aident, nous insufflent leur force et leur paix... et font des miracles, puisque tu es là !

Lentement, Livia pose la main sur le coffret et ferme les yeux. Son père, sa mère, ses frères reposent peut-être dans ce caveau.

– Ma chère sœur... Prions le Seigneur !

Les deux chrétiens s'agenouillent devant l'autel. Livia saisit l'extrémité de sa *palla* et se couvre la tête avec le châle. Au moment où elle joint les mains en tremblant, Haparonius s'en empare et les garde dans les siennes.

– Prononçons la prière que Jésus a offerte aux apôtres, dit-il.

Il clôt les paupières. Livia aussi.

– *Pater noster, qui es in caelis, sanctificetur nomen tuum...*

Paupières fermées, Livia sent la chaleur des mains du frère retrouvé, la brûlure des mots du « Notre Père » irradier tout son corps. Cette prière, Paul la leur a enseignée, et ils l'ont souvent prononcée avec Pierre.

– *Adveniat regnum tuum...*

Tous les membres de la Voie ne sont donc pas morts... elle n'est plus seule... elle n'est plus orpheline...

– *Fiat voluntas tua... sicut in caelo et in terra.*

Une famille... elle a à nouveau une famille...

– *Panem nostrum quotidianum, da nobis hodie...*

Le feu qui embrase son âme n'est plus celui du sacrifice ou de la colère, c'est un feu de joie...

– *Et dimitte nobis debita nostra.*

Jamais elle n'a ressenti bonheur si immense et si profond qu'en ce moment. Elle a retrouvé l'amour, et son identité. L'allégresse coule en elle comme un enchantement divin.

– *Sicut et nos dimittimus... debitoribus nostris...*

Les mots de la prière deviennent son sang… Pardonner à ceux qui nous ont offensés… pardonner la mort des siens… en finir avec la culpabilité d'avoir survécu, la fureur contre les bourreaux, le remords…

– *Et ne nos inducas in tentationem…*

Pas de tentation du mal… pardonner… pardonner…

– *Sed libera nos a malo.*

– *Libera me* !

Les deux mots sont sortis de la bouche de Livia.

Interloqué, Haparonius la contemple et sourit. La jeune femme serre le plus fort qu'elle peut les mains de son frère, jusqu'à la douleur.

– *Libera me*, répète-t-elle.

Et elle éclate en sanglots.

14

DEBOUT dans la nef de Vézelay, Johanna peinait à cacher son trouble, autant qu'à renouer avec le fil des explications historiques qu'elle dispensait à Isabelle. Cette silhouette aperçue derrière un pilier… mieux valait l'oublier. D'un pas rapide elle entraîna son amie. Fronçant les sourcils, Isabelle suivit l'archéologue sous le chœur de l'église. De dimensions modestes, sombre, couverte de voûtes d'arêtes supportées par des colonnes aux chapiteaux dénués de sculptures, la crypte d'origine carolingienne était creusée à même le roc calcaire, dont le sol inégal brillait des pas des fidèles qui s'étaient succédé au long des siècles. Comme dans un ventre, il faisait chaud dans le sous-sol. Isabelle nota les bancs de bois, l'autel contemporain fait de moellons, la chape moderne de ciment où s'agenouillaient les frères et les sœurs blancs des Fraternités de Jérusalem. Elle se retourna et, entre deux rangées de cierges, derrière un portail de fer forgé noir, aperçut le saint des saints : un reliquaire de verre et de bronze doré richement ouvragé abritait ce que Paul Claudel nommait « les débris sacrés », les fameuses reliques de Marie-Madeleine, du moins ce qu'il en restait : un os unique de couleur noire, un fragment de côte. Mis à part le morceau de sainte, les deux femmes étaient seules dans l'oratoire souterrain.

– Dis donc, Jo, chuchota Isabelle, j'aimerais bien que tu m'expliques ce que tu as vu là-haut. Tu avais l'air apeuré, ne mens pas, je te connais.

– Non, je n'ai pas vraiment peur. Je suis troublée. C'est difficile à expliquer, je… je me sens épiée, voilà. C'est récent, ça date de… tiens, je n'avais pas fait le rapprochement… ça a commencé en même temps que la maladie de Romane. Quelqu'un m'espionne, c'est sûr, je le sens, je le sais… C'est un homme, j'en suis quasiment certaine… Je n'ai vu que sa silhouette, mais c'est l'ombre d'un homme… Parfois il est tapi dans un coin, près du chantier, quand je m'approche il n'y a personne, d'autres fois il me suit dans les ruelles du village ; l'autre soir, lorsque je fermais les volets de la chambre de Romane, il m'a semblé le voir en bas, dans les champs de vignes, qui se cachait pour observer les fenêtres de la maison… À l'instant j'ai senti sa présence dans la nef, planqué derrière une colonne… J'ignore qui il est et ce qu'il me veut mais je finirai bien par le débusquer…

Isabelle observait son amie d'un air atterré. Puis elle éclata de rire. Les éclats sonores résonnaient dans la crypte comme de tranchantes antiennes.

– Jo, tu es incroyable, question imagination je t'assure que tu peux rivaliser avec les sculpteurs médiévaux !

– Merci, ironisa l'archéologue. Je savais que je pouvais me confier à toi sans essuyer tes sarcasmes…

– Sois un peu réaliste et utilise ta prodigieuse intelligence à autre chose qu'à inventer des mystères et des espions !

– Tu me traites de parano, c'est ça ?

– Pas du tout. Plutôt de rêveuse qui ne regarde pas au bon endroit.

– Je ne comprends pas.

Isabelle soupira avant de s'expliquer :

– Viens, asseyons-nous sur un banc. Écoute, ce n'est pas parce que j'ai confondu Louxor et Pompéi, Antiquité et égyptologie, que je ne me rappelle pas ce que tu m'as dit au téléphone au sujet de Tom, ou plutôt ce qui était arrivé à l'un de ses archéologues.

– Je ne vois pas le rapport…

– C'est cela, le problème, Jo, tu n'établis pas le bon lien ! Réfléchis : l'un de tes amis débarque et te raconte avec tous les détails qu'un archéologue a été assassiné dans la ville où il fouillait ; au même moment, comme par hasard, tu te mets à voir autour de ton chantier une ombre qui te suit partout… Tu m'as avoué que Tom s'était confié à toi justement parce que tu avais vécu la même chose, il y a six ans, sur ton chantier, lorsque deux de tes collègues ont été tués et que toi-même as failli y laisser ta peau. Ensuite, tu n'envisages pas que Tom ait pu réveiller en toi une terreur liée à ces sales souvenirs. Ce soi-disant espion n'existe pas, Johanna, il n'est que la mémoire de ce qui s'est passé au Mont-Saint-Michel ; il est un fantasme, une représentation mentale des événements traumatisants que tu as vécus là-bas, et qui ont été ravivés par le récit de Tom… Personne ne te surveille, personne ne te veut de mal, aucun assassin ne rôde ici, et même si ce Tom a des raisons légitimes d'être choqué, je lui en veux d'être venu te polluer avec cette violence qui ne te concerne pas…

Johanna baissa la tête et se frotta le front. Les accroche-cœurs de sa coupe au carré glissèrent sur ses joues et cachèrent son visage.

– Tu as peut-être raison, Isa. Pourtant je jurerais qu'il y a quelqu'un, en chair et en os, qui n'est pas l'incarnation imaginaire de mes vieilles angoisses. Remarque, je suis tellement épuisée que je ne sais plus.

– Oui, ton inquiétude pour ta fille n'y est sans doute pas pour rien. D'ailleurs, à propos de Romane, mère indigne, il ne s'agit pas de l'oublier à l'école !

Johanna jeta un coup d'œil à sa montre.

– Elle sort dans un quart d'heure ! Dépêchons-nous, je dois te montrer le chantier, ça ira vite, pour l'instant il n'y a pas grand-chose à voir et mes collègues sont partis en week-end…

À part des tranchées numérotées qui faisaient penser à des tombes vides, Isabelle ne distingua rien d'intéressant sur le terrain de fouilles, mais elle se passionna pour Marie-Madeleine et la mystérieuse apparition de son culte et de ses os sur la colline. Elle souhaita admirer la fameuse sculpture et l'archéologue le lui promit. Puis elle demanda si au sommet de ce promontoire, comme au Mont-Saint-Michel, étaient célébrées, aux temps celtiques, des cérémonies druidiques.

– Probablement, répondit Johanna, même si nous n'en avons aucune preuve. En revanche, on a découvert non loin d'ici, sur un lieu qu'on appelle « les Fontaines salées », les vestiges d'un sanctuaire à Taranis, le dieu celte de la foudre et des eaux, ainsi qu'une nécropole d'urnes cinéraires. Sur ce site bouillonnaient des sources souterraines aux vertus magiques que les Celtes savaient déjà capter. À la période gallo-romaine, cet endroit devint un établissement thermal renommé. Quant à ces eaux minérales guérisseuses, on sait aujourd'hui qu'elles sont radioactives et ont une réelle action thérapeutique sur les brûlures…

– Diantre ! Pourquoi la colline s'appelait-elle le mont Scorpion ?

– C'est Tite-Live, le fameux historien antique, qui l'a baptisée ainsi dans son *Histoire de Rome*, à cause de la configuration du site. Certains disent que sous la colline coule son venin, sous forme de courants telluriques. En tout cas, en parcourant l'histoire de Vézelay, on ne peut nier que ses protagonistes semblent parfois mordus par un poison très toxique...

Tandis qu'elles descendaient en hâte la petite rue menant à l'école primaire, les deux femmes croisèrent frère Pacifique, qui cheminait en disant son chapelet. Sans s'interrompre, le vieux moine adressa un large sourire à l'archéologue et fit un petit signe de tête à Isabelle.

– Il s'agit du franciscain dont je t'ai parlé, chuchota Johanna.

– Il faut croire que la religion conserve, il a l'air en forme pour son âge, et il dégage une telle bienveillance !

– Oui. J'ignore si c'est l'effet de son amour pour Marie-Madeleine, de la pauvreté matérielle ou de l'étude de la philosophie...

– Et Luca, ça va ? demanda brutalement Isabelle.

Johanna se rembrunit et se mit à boiter.

– Je présume, répondit-elle. Cela fait dix jours que nous ne nous sommes pas vus. Il devait arriver cette nuit, après son concert à Pleyel, mais son fils Paolo s'est cassé la jambe donc il file à Rome. Avec un peu de chance je l'apercevrai peut-être à la fin de la semaine prochaine, si son violoncelle et sa petite famille le permettent. En attendant, on enrichit les opérateurs de téléphone...

– Quelle amertume, Jo ! Où est passée la femme hyper-indépendante, qui n'a jamais supporté une relation « ordinaire » avec un homme ?

– Eh bien, en vieillissant on change, chère Isa ! En ce moment j'aimerais bien une relation ordinaire avec quelqu'un d'ordinaire qui m'entoure et me soutienne. Je commence à en avoir marre des courants d'air. C'est usant.

– Au moins Luca est divorcé, donc libre, ce qui représente un sérieux progrès...

– Par rapport à François que tu détestais parce qu'il était marié, compléta Johanna.

– Je n'appréciais guère François pour des raisons qui n'avaient rien à voir avec son état civil ! objecta Isabelle.

– Si tu veux... mais les choses ne sont pas si simples... Luca n'est pas libre... il est amoureux d'une femme d'un mètre soixante-huit aux formes girondes, faite d'érable rare, qui possède des ouïes, quatre cordes, une pique et de splendides chevilles d'ébène... Je te jure, il y a des moments où j'ai envie d'imiter son ex-épouse ; il m'a raconté qu'une fois, elle avait tenté de jeter son violoncelle au feu...

– Rassure-moi, Jo, tu ne vas pas être jalouse d'un instrument de musique ?

– Non. J'ai mieux à faire... dit-elle, le regard rivé au portail de l'école, au moment où retentissait la sonnerie.

Aussitôt, on entendit les cavalcades et cris habituels. Les premiers enfants déboulèrent. Comme de coutume, Johanna trépignait, dans un mélange d'anxiété et de joie. Enfin, sous le porche, elle vit apparaître la doudoune vert pomme de Chloé à côté du gros manteau bleu marine de sa fille, dont elle avait fini par l'équiper quinze jours auparavant.

– La voilà !

Isabelle tendit le cou mais ne vit pas la petite fille dont elle était la marraine. Quand Johanna s'élança vers deux gamines, Isabelle les scruta et, de stupeur, mit sa main devant sa bouche. Elle n'avait pas vu Romane depuis presque trois mois, certes, mais ce n'est pas cela qui l'aurait empêchée de reconnaître sa filleule. Elle ne l'identifia que grâce à son écharpe et son bonnet rouges assortis à ses lunettes, qu'elle-même lui avait offerts. Le visage qu'il y avait entre les deux faisait si peine à voir qu'elle retint à grand-peine les larmes qui lui montaient aux yeux : le teint mat de la petite avait viré au jaunâtre, son regard vert émeraude était si terne qu'on aurait dit celui d'un vieillard moulu par la vie. Isabelle nota que la lourde pelure de laine flottait autour de la taille de Romane : la fillette avait maigri. Dans ce tableau affligeant, la seule note de gaieté était les deux couettes brunes qui s'échappaient de part et d'autre du bonnet. Cependant, comparé à la fraîcheur espiègle que dégageait son amie la rouquine, cet élément semblait factice et renforçait l'air malingre de Romane.

– Bonjour, ma petite chérie, lui dit Isabelle en s'efforçant de ne pas laisser paraître son chagrin. Je suis si heureuse de te voir, ça fait longtemps ! Viens m'embrasser...

Lorsqu'elle aperçut sa marraine, le visage atone de Romane s'illumina. Elle lui sauta au cou en riant et l'étouffa de baisers.

– J'imagine que cette jeune personne est celle dont tu m'as parlé au téléphone, c'est-à-dire mademoiselle Chloé ? demanda Isabelle en se tournant vers la petite rousse.

– Voui madame ! s'exclama l'amie de Romane. Et toi, t'es qui ?

Comme de coutume, le petit groupe raccompagna Chloé à la boulangerie. Sa mère avait mis de côté une tarte aux pommes pour les adultes et un petit cochon en pâte d'amande pour Romane. Cette dernière jubilait de passer deux jours en compagnie d'Isabelle qui lui tenait lieu de tante, Johanna étant fille unique. Pour la première fois depuis trois semaines, le trajet jusqu'à la maison fut animé. À son tour Romane se transforma en guide touristique, vantant à Isabelle la citronnade de madame Bornel, leur jardin où Luca avait fabriqué une balançoire avec un pneu de camion, sa nouvelle chambre bien plus grande que celle de Paris, le vide-greniers où sa mère lui avait acheté une lampe de bureau qui était une vraie ancienne.

À midi, elles débouchèrent rue de l'Hôpital par la venelle du Chevalier-Guérin et furent surprises d'apercevoir, sur le seuil de leur demeure, Hildebert qui semblait les attendre. Placidement assis, le gros félin noir émit un miaulement en apercevant ses maîtresses. Romane courut jusqu'à lui. Sans bouger, le vieux matou se laissa emprisonner dans les bras de la petite fille.

– C'est inhabituel, constata Johanna, d'ordinaire sire Hildebert ne nous honore de sa visite qu'à la tombée de la nuit, pour engloutir quelques croquettes avant de repartir au diable…

– Il doit avoir faim, conclut Isabelle. Avec l'arrivée de l'hiver il regrette aussi son radiateur !

– De toute manière, je renonce à comprendre cette bête : depuis que nous vivons ici, il est si bizarre !

– On dit que les chats sont psychopompes, chuchota Isabelle pour que Romane ne l'entende pas, que leur esprit est relié avec ceux de l'au-delà, connecté aux âmes invisibles… S'ils peuvent communiquer avec les morts, ils sont forcément capables de sentir les problèmes des vivants, donc je crois qu'Hildebert sait que la petite n'est pas bien, simplement.

– Peut-être. Mais dans ce cas il dormirait avec Romane, comme avant, au lieu de passer ses nuits dehors. Il ne nous laisserait pas seules avec cette maladie.

– Johanna, je serai là ce soir. Je resterai avec elle, tu pourras dormir.

– Je sais, Isa. Je te remercie. Mais je ne crois pas que j'aurai envie de me reposer tant qu'elle n'ira pas mieux.

Le petit monde pénétra dans la maison qui sentait le feu de bois. Johanna ranima les flammes du gros poêle en fonte, tandis que Romane ôtait son paletot sous le regard jaune du chat.

– Donne-le-moi, dit Isabelle, je vais le pendre au portemanteau.

– Attends, l'Empereur est dans la poche !

– Qui ?

– Lui ! clama la fillette en exhibant le denier d'argent antique. C'est Titus, le roi de Rome !

– Excuse-moi de te dire cela mais je trouve que ton roi aurait besoin d'un régime… C'est Luca qui te l'a donné ?

– Non, c'est Gargantua qui peut pas travailler dans son île qui fume très loin parce que là-bas y a pas de morts ni de latin.

– Pardon ?

– C'est Tom, expliqua Johanna en souriant. C'est un beau cadeau, la pièce date de l'an 79 après Jésus-Christ et elle vient de Pompéi.

– Oh, elle doit avoir beaucoup de valeur, répondit Isabelle. C'est un présent très précieux, Romane…

– Oui, c'est un porte-bonheur. Je l'aime beaucoup, je l'ai tout le temps avec moi, même quand je dors.

– Tu as raison, dit Isabelle en lançant un coup d'œil navré à Johanna. Il faut un porte-bonheur, la nuit…

Le lundi après-midi, Johanna et Romane arrivèrent à l'hôpital Necker avec une heure d'avance et la fillette se mit à jouer avec les autres enfants qui patientaient dans la salle d'attente. Mère et fille étaient pareillement éreintées. La nuit du samedi au dimanche Isabelle avait assisté, impuissante, aux manifestations effroyables décrites par son amie : de minuit à 4 h 30 du matin, Romane avait toussé, gémi, crié, tourné la tête en tous sens, sans jamais se réveiller malgré la fièvre qui était montée jusqu'à 39,5 °C. Suant à cause de la température, son petit corps était soulevé par des quintes sèches qui lui hachaient la poitrine.

De chaque côté du lit, telles des fées ayant perdu leurs pouvoirs, les deux femmes observaient le phénomène, stupéfaites et accablées, posant un linge humide sur le front de Romane, lui prenant la main, tentant en vain de lui parler et d'abattre le mur derrière lequel la fillette était retranchée, isolée du reste du monde, seule et en souffrance.

Enfin, peu après 4 h 30 son souffle se fit plus régulier, ses gémissements et ses plaintes se tarirent, la toux cessa et peu à peu la fièvre tomba. Isabelle s'effondra sur le lit de Johanna, et la mère alla se reposer sur le matelas du bureau-chambre d'amis qu'elle avait transféré près de la couche de Romane.

Deux heures plus tard, la fillette s'éveilla. Johanna bondit au premier frôlement de draps. Dans un geste désormais quotidien, elle posa sa main sur le front de sa fille et constata que toute trace de fièvre avait disparu.

« Maman, pourquoi tu dors dans ma chambre ? avait demandé Romane. Je ne suis plus un bébé...

– Tu ne te souviens pas que tu as été malade, cette nuit ?

– Non maman, tu dis ça tous les matins mais c'est pas vrai, je suis pas malade, j'ai juste dormi !

– D'accord. Descendons. Doucement, il ne faut pas réveiller Isabelle. Je vais préparer ton petit déjeuner.

– Je n'ai pas faim, maman... »

– Vous pouvez entrer, le professeur Bloch-Perrin vous attend.

Johanna et sa fille pénétrèrent dans un bureau en désordre. Derrière la table se tenait un homme en blouse blanche siglée du logo de l'Assistance publique-hôpitaux de Paris, assez jeune pour un chef de service. Sur la table s'empilaient les caractéristiques enveloppes de kraft brun, étiquetées et numérotées, qui contenaient le dossier des patients. Cette vision rappela à Johanna de mauvais souvenirs.

– Asseyez-vous, madame, je vous en prie. Je vais examiner votre fille. Tu viens avec moi, Romane ?

Avec des gestes doux et sûrs, l'homme ausculta la fillette, l'interrogea sur l'école, ses amis, des symptômes dont Romane ne se souvenait pas, à deux mètres de Johanna mais sans faire intervenir la mère. Enfin, le professeur et l'enfant revinrent vers le bureau et Johanna aida sa fille à enfiler son gros pull rose.

– Vous ne devez pas vous inquiéter, dit le chef de service à Johanna. Tout va bien.

– Qu'entendez-vous par là ?

– Je pense que c'est clair, répondit-il en regardant un tas de feuilles qu'il avait sorties de l'enveloppe. Les résultats des examens sont très bons. Votre fille est en parfaite santé. À part une légère déshydratation due à la fièvre que nous allons traiter avec des sachets de sel spécial, nous n'avons décelé aucune infection virale ou bactérienne.

– Docteur, je suis tellement soulagée ! Merci ! Mais alors...

Johanna rechignait à parler devant sa fille qui, sagement installée à côté d'elle, tournait les pages d'un livre de contes de Grimm. Johanna baissa la voix et tendit le cou vers le médecin.

– Professeur, dans ce cas... d'où viennent ses crises nocturnes ? D'une malformation ? d'un problème au cerveau ?

– Madame, je viens de vous le dire, votre fille va très bien. Tous les tests, explorations et analyses ont été effectués et je puis vous assurer qu'elle n'a aucune pathologie connue, rien, au niveau physique, qui puisse expliquer les manifestations que vous avez décrites.

– Vous voulez dire que vous ne savez pas ce qu'elle a ? Ou bien est-elle atteinte d'une maladie rare ? Elle a une maladie orpheline incurable, c'est cela ?

– Madame... je vous le répète, les symptômes que vous nous avez décrits ne correspondent à aucun tableau clinique connu. Physiquement, votre fille ne présente ni anomalie ni carence susceptible d'expliquer...

– Mais je n'ai pas rêvé ! l'interrompit Johanna, que ce médecin mettait en rage. Venez donc en pleine nuit et vous verrez !

– Maman, intervint doucement Romane, le docteur il dit juste que j'ai rien qui cloche. De toute façon je te l'avais dit : je suis pas malade.

– Je ne saurais résumer mieux la situation, admit le médecin. Toutefois... Romane, viens, je vais te montrer quelque chose...

Il entraîna la petite fille dans un coin de la pièce, où il mit en marche une grosse télévision qui crachait des dessins animés. La petite se planta devant l'écran. Le médecin revint derrière sa table.

– Sachez que je ne mets pas en doute le fait que votre fille présente des symptômes inquiétants et en aucun cas je ne nie votre souffrance, à toutes les deux. Contrairement à l'adulte qui dispose d'une capacité de mentalisation de ses malaises, l'enfant se sert de son corps comme terrain d'expression de troubles psychologiques.

– Si je décode votre jargon, répondit Johanna avec ironie, vous êtes en train de m'expliquer que la maladie de ma fille est d'ordre psychosomatique ?

– Étant donné que toutes les causes organiques ont été éliminées et que l'expression somatique est dominée par des troubles du sommeil et alimentaires, je penche, il est vrai, pour un trouble somatique psychogène lié à des facteurs environnementaux ou à un problème relationnel avec la mère. Le mieux est de prendre rendez-vous avec un spécialiste. Nous avons d'excellents pédopsychiatres, ici. Je vous recommande le docteur Marquel, je lui ai parlé et elle pourrait vous recevoir, vous et votre fille, dès demain matin...

Dans l'autobus qui les ramenait vers Montparnasse, Johanna tenait, serrée contre elle, l'enveloppe kraft contenant les copies des résultats des analyses. Elle se dit qu'elle demanderait un second avis, voire un troisième, à l'hôpital d'enfants Trousseau par exemple, et à Port-Royal, où le service pédiatrique était réputé, de plus il était à quelques mètres de son appartement de la rue Henri-Barbusse. Ils avaient pu se tromper, à Necker, ou passer à côté d'un virus ! Elle ne pouvait se contenter du diagnostic du professeur Bloch-Perrin, dont certains mots la transperçaient : « psychosomatique », « problème relationnel avec la mère ». Était-elle responsable de la maladie de sa fille ? Qu'a-vait-elle raté ou mal fait ? Même si, en surface, elle mettait en cause le verdict du médecin, au fond elle se sentait coupable.

Elle ne ralluma pas son téléphone portable, dont elle savait qu'il contenait déjà un message d'Isabelle et plusieurs appels de ses parents, qu'elle avait pris garde de ne pas alarmer mais qui paniquaient dès qu'il s'agissait de leur petite-fille. Johanna ne leur avait rien confié des symptômes de Romane et avait trouvé mille prétextes pour les empêcher de la voir. Pourtant, il faudrait qu'elle les appelle. Qu'allait-elle leur dire ? Que le lendemain matin elle emmenait sa fille de cinq ans consulter un psychiatre ? Jamais ils ne comprendraient...

À cet instant, elle songea qu'elle devait prévenir son équipe de son absence sur le chantier. Et à eux, qu'allait-elle leur raconter ? Bien qu'elle se servît de l'hiver et du froid comme prétexte pour emmener le moins possible Romane sur le terrain, Christophe, le grand ami de sa fille, et Werner, qui avait trois enfants, avaient probablement noté que quelque chose n'allait pas...

Johanna et Romane descendirent du bus au carrefour Vavin. Elles poursuivirent à pied et en silence. Il était 18 heures. L'obscurité était tombée et les lumières jaunes des brasseries créaient déjà un avant-goût de Noël. Johanna se sentit boiter plus que de coutume. Elle appréhendait la nuit avec sa fille dans son minuscule deux-pièces.

Lorsqu'elle était rentrée de convalescence et avait récupéré Romane, âgée d'un an et demi, auprès de ses parents qui l'avaient élevée jusque-là, il avait fallu admettre qu'un bébé et les jambes fragiles de Johanna ne parviendraient pas à grimper quotidiennement les quatre étages menant à son appartement. Par chance, un logement était vacant au rez-de-chaussée du même immeuble et Johanna avait persuadé le propriétaire, un vieil homme vivant au deuxième, de le lui louer. Malheureusement, l'appartement était plus petit que celui du quatrième et il donnait sur une cour sombre. Avec l'aide d'Isabelle et de ses parents, Johanna l'aménagea du mieux qu'elle put mais dut laisser l'unique chambre à Romane et se résoudre à dormir dans le salon.

En débouchant dans la rue Henri-Barbusse, Johanna calcula que le plus simple serait de pousser le canapé convertible le plus près possible de la chambre, afin qu'elle puisse veiller sur sa fille durant la nuit. Les mots « problème relationnel avec la mère » lui revinrent en mémoire, en même temps qu'un début de colère.

– Maman, regarde qui est là ! cria la fillette en sortant de sa torpeur.

Johanna émergea de ses pensées et vit un homme de taille moyenne enveloppé dans un manteau noir, le visage rehaussé d'élégantes lunettes en écaille, les cheveux bruns taillés court. Un énorme bouquet de roses à la main, il faisait les cent pas sur le trottoir. Johanna était stupéfaite.

– Luca ? Je te croyais à Rome…

– Paolo va bien, répondit-il avec un fort accent italien. Il a la jambe dans le plâtre, mais aucune complication. Je me suis dit que cela te ferait peut-être plaisir de me voir, j'ai pensé que vous passeriez toutes les deux par ici avant de reprendre la route pour Vézelay… J'ai bien fait ?

– Mais oui ! Oh oui ! Tu ne peux pas savoir à quel point !

Jamais la présence de Luca n'avait apporté un tel soulagement à Johanna. Elle avait l'impression de le voir pour la première fois et une émotion extrême monta en elle. Les larmes aux yeux, elle lâcha la main de sa fille et se jeta dans ses bras.

15

– TRINQUONS à ton retour parmi les vivants. Et à ta bienvenue au mont Scorpion !

Le père abbé Geoffroi heurta violemment son gobelet d'étain contre celui de frère Roman.

– Alors, comment trouves-tu mon vin ?

– Fort bon… excellent, même…

– J'escompte bien envoyer mon vézelay dans tout le royaume de Bourgogne et au-delà, jusqu'à Paris !

– Geoffroi, voudrais-tu concurrencer le vin de Cluny ?

Les deux moines rirent de bon cœur.

– À présent, Roman, parle, ordonna l'ancien copiste en reprenant son sérieux. Raconte-moi comment tu as échappé à la mort et surtout à l'emprise de la créature du Diable.

Roman posa doucement son verre. Geoffroi le remplit aussitôt.

Au bout de son récit, Roman se tut. C'était la première fois depuis quatorze années, depuis sa confession à Odilon, qu'il se livrait et la destinée avait voulu que ce fût à un autre père abbé. Le pichet de vin était vide. Geoffroi restait muet de stupeur.

– Ton âme a-t-elle trouvé la paix à Cluny, mon frère ? demanda-t-il enfin.

– Malgré toute la gratitude que je dois à l'abbé Odilon, à toi je peux avouer que non. Ma foi est sauve mais elle n'est que repentance, ma prière est une plainte et l'office funèbre résonne comme le fruit de mon impuissance… Nuit après jour j'implore le ciel pour elle, pour qu'elle y trouve un refuge… Quant à la terre, j'y erre comme un aveugle, j'ai perdu la lumière que je vois en mon père, en mes frères, en toi ; elle m'a déserté, je n'attends plus que trépas et châtiment pour mes crimes.

– Roman, tu devances le jugement céleste, tu te châties déjà !

– Mais comment pourrais-je oublier, Geoffroi ? Elle est morte… dans la douleur la plus atroce… et sans sépulture… C'est comme si je l'avais tuée de ma main…

Le père abbé posa ses doigts sur l'avant-bras de l'ancien maître d'œuvre. La souffrance de cet homme était si profonde qu'elle se lisait dans son corps reclus et ployé, dans ses yeux d'un gris plus sombre que celui dont Geoffroi gardait le souvenir. Tout son être semblait empoisonné par le venin du remords.

– Hélas, cher Roman… la mémoire est parfois notre pire ennemie… Tu as survécu à la lame de brigands sanguinaires, à la passion, au doute, au blasphème, à la morsure du Malin, au poison des herbes, à l'abandon de ce que tu avais de plus cher, aux famines les plus âpres, et te voilà prisonnier de toi-même, d'un passé que tu as fui, d'un nom que tu as effacé, d'une femme trépassée… Malheureusement, je ne peux rien pour toi, sinon te promettre que je garderai le silence sur tout ce que tu viens de me raconter, et t'adjurer de t'en remettre au Très-Haut… Je ne puis t'enjoindre à oublier, juste te mettre en garde : contrairement à ce que tu prétends, ton esprit et ton corps sont toujours infectés par elle ; elle n'a pas de tombe mais son sépulcre est ton âme, Roman. Elle te dévore comme les mauvais morts mangent leur suaire… Tu dois la chasser de toi, mon ami. L'oraison perpétuelle et la liturgie de Cluny ont échoué à purifier ton âme, mais j'ai peut-être une idée pour te venir en aide…

Frère Roman fixa Geoffroi. L'épais visage de l'abbé était rouge et ses prunelles châtain brillaient d'un feu que l'ancien maître d'œuvre connaissait bien : c'était celui du dévouement total à une tâche accomplie en l'honneur de Dieu ; jadis Roman avait entretenu cette flamme pour son métier, avant que cette femme ne bouleverse sa vie… cette femme dont il était tombé amoureux, qui était morte, suppliciée, sous ses yeux, et dont il n'avait pu sauver le secret qu'en s'enfuyant du monde des vivants.

– Viens, l'heure de sexte a sonné, ordonna le père abbé en se levant. Allons quérir le secours du Tout-Puissant, ensuite je t'expliquerai tout…

Les deux hommes déambulaient dans la longue nef nue de l'église carolingienne de Vézelay. Dénuée d'ornements, pourvue d'un simple narthex et d'une abside à chaque extrémité, de dimensions modestes, la bâtisse semblait rongée par un mal qui avait noirci certains murs de pierre et par endroits calciné la charpente en bois.

– Regarde, Roman, dit Geoffroi en désignant un point sur leur droite.

– Ne t'en déplaise, chuchota le moine, mais j'aimerais que tu n'emploies ce nom que lorsque nous sommes seuls... Ici, l'un de tes fils peut nous entendre.

– Tu as raison. Roman est mort et le restera... mais je voudrais savoir ce que pense l'élève de Pierre de Nevers de ma misérable église.

Il n'avait fallu que quelques minutes à l'ancien maître d'œuvre pour jauger les dégâts et estimer les maigres restaurations entreprises.

– L'incendie est très ancien, estima-t-il. Quand a-t-il eu lieu ?

– Il y a un siècle, sous le gouvernement d'Aimon, qui fut père abbé de 907 à 940. Le sinistre a détruit une partie de l'église, mais heureusement la charpente a tenu bon, et la crypte est intacte. Aimon et ses successeurs ont réparé comme ils ont pu. Le résultat est grossier et sommaire... Le monastère souffrait déjà, à l'époque, d'un certain « relâchement ».

– La foudre, en tombant, a déclenché le feu ?

– Mon pauvre Ro... Jean ! J'aurais préféré qu'il en fût ainsi. Mais la réalité est tout autre : c'est un moine aux mœurs douteuses qui, en sortant un ornement illicite de son coffre à effets, a, par inadvertance, allumé le feu avec la chandelle qu'il tenait à la main. Seigneur, accordez-moi que de telles infamies ne se reproduisent plus... Suis-moi dans le sanctuaire.

Dans la crypte, au centre de la « confession », ouverture rectangulaire permettant aux fidèles d'apercevoir les reliques depuis l'abside du niveau supérieur, Roman nota la présence de plusieurs reliquaires ceints de cierges. À côté du chœur, trônait un sarcophage.

– Voici notre trésor, annonça Geoffroi en désignant les reliques. Ce sont les saints Eusèbe et Pontien, chrétiens martyrs de Rome, saint Andéol, martyr de la région lyonnaise du IIIe siècle dont les restes nous ont été offerts par l'archevêque d'Arles, et saint Ostien, cousin de saint Sigismond, roi des Burgondes.

– Je présume que la sépulture est celle de votre fondateur, le comte Girart de Roussillon ?

– Non. Il s'agit de la tombe de sa fille, Ava. Le comte et son épouse Berthe sont inhumés au monastère de Pothières, avec leurs fils Odorie et Thierry. On prétend que les infirmes et les victimes de la fièvre qui se couchent et s'endorment sur leurs tombeaux se réveillent guéris...

– J'ai ouï dire de ce vieux rituel païen de l'« incubation », qui consiste à s'assoupir sur les pierres tombales. Je le tiens pour superstition. Mais dis-moi, Geoffroi, pourquoi Ava ne repose-t-elle pas avec sa famille ?

L'abbé soupira. Il posa la main sur la sépulture de pierre, d'une sobre simplicité.

– Au commencement, c'est-à-dire en l'an de l'Incarnation 858, raconta l'abbé, le comte Girart et sa femme Berthe, en mémoire de leur fils Thierry mort en bas âge, fondèrent deux monastères bénédictins : une abbaye de moines à Pothières, dédiée aux saints Pierre et Paul, et une abbaye de moniales à une demi-lieue d'ici, dans la vallée, près de la rivière Cure, dévolue à la Vierge et appelée Notre-Dame de Vézelay. Le castel du comte, au mont Lassais, était réputé pour sa cour agréable, ses tournois et ses fêtes somptueuses. Ava, qu'on disait belle et vertueuse, était destinée à un brillant mariage avec un ami de son frère Odorie, le chevalier Rotald. Or, à quelques jours des noces, le seigneur Rotald fut tué en duel par un rival. Apprenant la mort de son promis, Ava ôta les habits du siècle et prit le voile à l'abbaye de religieuses fondée par son père. C'est ainsi que, peu après, elle devint l'abbesse de Notre-Dame de Vézelay. Elle remplissait, paraît-il, fort honorablement sa charge et semblait très aimée de ses filles. Mais en l'an 873, les Northmen déferlèrent sur la région. L'abbaye de Pothières fut épargnée mais ces Normands, des Vikings impies et sanguinaires, attaquèrent le couvent de moniales. Odorie, accouru pour protéger sa sœur, fut tué. Les barbares s'emparèrent du monastère, semant l'outrage parmi les religieuses. Quant à Ava, elle fut violentée, exposée aux insultes et aux avanies des vainqueurs. Puis l'abbesse fut immolée par le feu dans son propre cloître. Le comte Girart et son armée arrivèrent trop tard. Il emmena le corps de son fils mais ordonna que la dépouille suppliciée de sa fille soit inhumée sur le lieu de son martyre. Jugeant un monastère de femmes trop vulnérable face aux invasions, il remplaça les moniales par des bénédictins venus de Saint-Martin d'Autun, qu'il pensait plus enclins à se défendre contre les agressions. Ayant perdu ses trois enfants, sa femme Berthe mourut de chagrin, quelques mois plus tard, et lui-même périt quatre ans après, en 877.

– Quelle histoire terrible, intervint frère Jean, ému qu'Ava eût été brûlée vive, torture qui lui rappelait un autre calvaire.

– Certes, convint le père abbé. Le monastère bénédictin Notre-Dame de Vézelay vivota néanmoins dix ans, jusqu'en l'an 887, où Charles le Gros, roi de France, Empereur d'Occident, homme faible et valétudinaire, obtint des Vikings qu'ils épargnent Paris, contre la permission d'aller ravager la Bourgogne. Notre pays fut donc mis à feu et à sang…

– Avec la bénédiction du roi.

– Oui, mais cette fois, les religieux de Notre-Dame de Vézelay avaient été prévenus de l'attaque. Avant l'arrivée des barbares, les moines et les habitants du hameau abandonnèrent leur abbaye et leur village de la vallée pour monter se réfugier ici, sur le mont Scorpion. Ils érigèrent des fortifications, préparèrent leur défense et fondèrent le monastère que tu connais. Le mont Scorpion s'appela désormais la colline de Vézelay. Ensuite, ils édifièrent la crypte dans laquelle nous nous trouvons, et l'église carolingienne qui s'étale au-dessus de nos têtes. Avec eux, les moines avaient emmené les reliques des saints que tu vois là-bas, et surtout le tombeau d'Ava, qu'ils ne voulaient pas voir profané par ses anciens bourreaux… Voilà pourquoi dans ce sanctuaire des saints martyrs gît une femme du nom de la première des temps.

Le père abbé et son compagnon avaient quitté la crypte et retrouvé l'air libre, longeant les bâtiments conventuels, déambulant à l'écart des moines, profitant de la vue apaisante des vignes et de la plaine du Morvan.

– Quand je songe à la puissance de ton abbaye, dit le père abbé avec envie. Sans doute connais-tu le dicton : « Partout où le vent vente, l'abbé de Cluny a rente. »

– J'avoue que je n'avais jamais entendu cet adage.

– Tu disais donc vrai, lorsque tu affirmais ne point te mêler des affaires de ta propre maison et ignorer sa prépotence…

– Je ne t'ai jamais menti sur ce point, affirma Roman.

– Sais-tu au moins que le privilège de l'exemption est une prérogative vézelienne, qu'a imitée Cluny à sa création ?

– Point du tout.

– Dès 863, expliqua Geoffroi, une bulle du pape Nicolas Ier reconnaît que seul le Saint-Père est détenteur de la nue-propriété des deux monastères fondés par Girart, moyennant une livre d'argent versée chaque année à Rome. Par cette clause exorbitante du droit commun, nous sommes sous la tutelle unique du Saint-Siège et échappons à l'autorité des rois, des évêques et de tous les potentats. Depuis lors, à chaque nouvelle élection abbatiale ou papale, nous nous efforçons d'obtenir du Vatican le maintien de ce droit, gage de notre liberté.

– C'est chose énorme que la protection du pape, convint frère Jean.

– C'est chose énorme mais qui ne fait pas notre fortune ! éructa le père abbé. Comprends-tu, mon ami, que je veuille sortir cette maison des ténèbres dans lesquelles elle se morfond depuis son origine ? Tu as vu le délabrement de l'église, tu as entendu de la bouche même de ton abbé la réputation déplorable de mes prédécesseurs et de leur troupeau, tu as constaté la richesse de nos terres et la pauvreté de notre trésor dans la crypte... Sois franc : combien as-tu croisé de pèlerins depuis que tu es ici ?

– Je l'ignore, Geoffroi, je n'y ai pas pris garde...

L'abbé se baissa, ramassa un caillou, s'agenouilla et se servit de la pierre comme d'un stylet pour dessiner sur le sol. Au fur et à mesure que le croquis prenait forme, le visage de l'ancien maître d'œuvre s'éclairait ; puis brusquement il se rembrunit et posa sa main sur le bras de Geoffroi, afin d'arrêter son geste.

– Tu as une très bonne mémoire, toi aussi, dit-il à l'abbé. À quelques détails près, il s'agit bien des plans conçus par Pierre de Nevers pour l'abbé Hildebert et l'église du Mont-Saint-Michel. Pourquoi les avoir gardés si fidèlement en tête ? Tu projettes de les concrétiser ici ? Ne crains-tu pas que cela soit un peu présomptueux ?

– Cesse de railler, répondit l'abbé en se levant. Ces plans sont un idéal. Ils m'inspirent, me guident et m'insufflent la volonté de bâtir. Comprends-tu, mon frère ? La réforme de cette abbaye ne va point se limiter à la chasse aux mauvais moines ! Je veux construire un nouveau monastère et tu vas m'aider !

À ces mots, Roman recula. L'abbé était cramoisi d'émotion, son regard brûlait et ses mains tremblaient.

– Geoffroi, dit l'ancien maître d'œuvre avec un grand calme, je crois que ton ambition te fait perdre la raison. J'ai jadis promis à Odilon de ne plus jamais exercer ma profession de maître d'œuvre et...

– Je ne te propose pas cette charge ! Je te demande juste quelques conseils. Tu ne peux me refuser cela, Roman...

– Quand bien même je le voudrais, jamais tu ne réaliseras ton rêve, mon ami. Tu as souligné toi-même, il y a quelques instants, la pauvreté de ton abbaye... à moins que tu ne bénéficies du soutien matériel de hauts personnages...

– Jamais ! s'exclama l'abbé. Je me méfie comme d'une horde de loups de l'évêque d'Autun et du comte de Nevers qui, comme ton abbé, ne songent qu'à soumettre cette maison à leur pouvoir ! Je n'accepte que l'autorité de Rome, mais hélas, avec tout le respect que je lui dois, notre souverain pontife est plus prompt à recevoir de l'argent qu'à en donner...

– Mais alors, Geoffroi, comment comptes-tu financer d'éventuels travaux ?

– De la seule manière possible pour un établissement religieux, répondit l'abbé en souriant. En lançant ici un grand pèlerinage, qui apportera non seulement les fonds nécessaires mais contribuera au développement spirituel de ma colline.

Interloqué, Roman se tut. Puis il réfléchit à voix haute :

– Un pèlerinage ? Aux saints qui sont dans la crypte ?

– Hélas, si mes saints avaient dû susciter un engouement parmi les fidèles, mon église serait réparée depuis longtemps ! Malheureusement, je n'ai pas les moyens de l'ancien abbé de Saint-Riquier, Angilbert, qui avait acheté 198 reliques ! Le pauvre abbé de Vézelay ne peut en acquérir aucune...

– Mais il n'y a pas de pèlerinage sans corps saint ! Sans la découverte du corps de Jacques le Majeur, Compostelle n'existerait pas !

– Permets-moi d'être en désaccord avec toi. Les reliques ne sont pas tout. Tu oublies les révélations et les statues miraculeuses. Que serait Rocamadour sans sa vierge noire sculptée par saint Luc l'évangéliste et qui redonne la vue aux aveugles, sauve les marins des eaux et libère les prisonniers de leurs fers ? Surtout, cher Roman, que serait le Mont-Saint-Michel sans l'apparition, à trois reprises, de l'Archange Michel à l'évêque d'Avranches, Aubert ? Une colline nue appelée le mont Tombe !

Frère Roman sourit.

– Je te rejoins sur cette question, répondit-il. Pourtant, à mon tour je précise que tu oublies un point fondamental : te souviens-tu de ce qui a entraîné la décision du duc Richard II de Normandie de confier à l'abbé Hildebert de substantiels dons en nature et en argent sans lesquels le chantier de la grande abbatiale n'aurait pu être envisagé ?

– Oui, je me le rappelle, je travaillais déjà au scriptorium, à l'époque : la découverte subite et opportune des reliques de saint Aubert, le fondateur de la montagne sacrée, qu'on croyait perdues depuis plusieurs décennies…

– Exactement, Geoffroi. Une nuit, l'abbé Hildebert entend résonner des coups dans le plafond de sa cellule. Il appelle le cellérier qui s'empare d'une échelle, écarte les lattes et perçoit, caché entre le plafond et le toit de la cabane, un coffret de cuir contenant un bras et le crâne de saint Aubert, perforé par le doigt de l'Archange, le tout accompagné d'un parchemin attestant l'authenticité des ossements. Non seulement la vision de ce trésor a emporté la décision du duc, car ce dernier y a décelé un signe de saint Michel, mais l'exposition de la châsse aux fidèles a assuré à l'abbaye une croissance notable du nombre de pèlerins. Ce que je veux te dire, Geoffroi, c'est que malgré les statues et les apparitions des saints et des anges, il n'y a pas de grand pèlerinage sans la présence des os sacrés d'un illustre élu de Dieu.

Le père abbé sourit, prit le bras de son ami et lui chuchota à l'oreille :

– Et si je t'annonçais que j'ai les deux, une sculpture miraculeuse et les reliques d'un personnage très saint et très célèbre ?

16

– Tu as parlé ! s'exclame Haparonius. Tu n'es plus muette ! C'est un miracle ! Loué soit le Seigneur ! Merci mon Dieu, merci !

Réfugiée dans les bras du parfumeur, Livia laisse couler de ses yeux le chagrin qu'elle n'a jamais pu dire.

– Ma chère et tendre sœur, puisque Jésus et les martyrs t'ont exaucée et donné la parole, parle ! Confie ton malheur au Seigneur…

– Je… je n'ai pas toujours été muette, balbutie Livia entre deux sanglots.

Sa voix lui fait l'effet d'un son d'outre-tombe, d'une personne inconnue qui s'empare de sa bouche. Elle n'a plus l'intonation de la fillette qu'elle était alors.

– Quel est ton nom ? demande Haparonius. D'où viens-tu ?

– Je m'appelle Livia et je suis née libre.

L'*unguentarius* se tait. Il attend que les mots trouvent leur chemin dans l'âme de la jeune fille. Les plus pressés sont les noms.

– Je suis Livia Aelia, la cadette et l'ultime survivante de la famille de Sextus Livius Aelius, marchand de vin à Rome. Ma mère, Domitilla Calba, était originaire de Délos, d'une riche lignée qui élève la vigne. J'avais deux frères : Sextus, âgé de quinze ans, et Gaius, douze ans. Notre esclave s'appelait Magia. Nous avons tous été baptisés par l'apôtre Paul grâce à notre plus grand ami, un Juif du nom de Siméon Galva Thalvus.

– L'armateur ?

– Oui.

– Je l'ai bien connu, il importait certaines de mes matières premières... Mais... continue, Livia.

– Ils ont arrêté mes parents et mes frères, et tué Magia en lui tranchant la gorge, dans notre maison. Dans les jardins de Néron, ils ont cloué à des potences Siméon Galva et Numerius Popidius Sabinus, un ami libraire, avant de mettre le feu à leurs corps...

– Qui te l'a dit, Livia ?

– Personne, je l'ai vu de mes yeux ! hurle la jeune femme. J'y étais ! J'ai vu Pierre, crucifié la tête en bas avant d'être brûlé, j'ai vu tous les corps calcinés, les chairs dévorées par les chiens, le sang, les cris, les enfants déchiquetés, les...

– Livia, murmure le parfumeur en la serrant dans ses bras comme une petite fille. Je sais... J'ai moi aussi assisté à l'atroce spectacle... c'est d'ailleurs la vision de certains martyrs, si puissants dans leur foi qu'ils semblaient ne pas souffrir, qui m'a fait réfléchir et peu à peu m'a conduit à la conversion... Dis-moi... qu'est-il advenu de tes parents et de tes frères ?

– Je ne les ai pas vus dans les jardins. Ou pas reconnus. Les suppliciés étaient si nombreux... Pendant quelque temps j'ai cru qu'ils s'étaient évadés de prison et qu'ils avaient fui la ville avant le massacre, mais...

– Ma pauvre petite, chuchote Haparonius.

– Depuis quatre années je suis seule et muette. Je n'avais nulle part où aller... j'ai été vendue comme esclave... et je suis devenue la « *serva* » de Faustina Pulchra. J'étais perdue... mais tu m'as retrouvée...

– C'est Jésus qui t'a menée à moi, ma sœur. Tu fais partie de la famille du Seigneur, il n'abandonne jamais ses enfants.

Livia baisse la tête et hésite. Elle reprend enfin la parole.

– Haparonius, mon frère, tu as déjà tant fait pour moi... mais tu dois m'aider à nouveau. Je dois absolument rencontrer l'apôtre Paul. Où est-il ? J'ai besoin de toi pour parvenir jusqu'à lui.

Le regard de l'*unguentarius* s'assombrit.

– Hélas, ma sœur... Paul est mort.

Les pupilles violettes de Livia se nimbent d'un grand désarroi. Ses lèvres tremblent.

– Il a été arrêté l'année dernière, ici même, à Rome, explique Haparonius. Et cette fois, Paul a été condamné. En tant que citoyen romain membre de la caste des *honestiores*, il a échappé à la crucifixion mais il a été décapité, sur la voie d'Ostie. Quelle perte pour la famille des chrétiens ! Contrairement à toi, je n'ai pas eu la chance de le connaître, il s'apprêtait justement à visiter notre communauté lorsqu'il a été pris.

– Il a sans doute été dénoncé, déduit Livia en se remémorant les rafles consécutives au grand incendie.

– Je l'ignore. C'est ce que pensent certains d'entre nous.

Malgré sa joie d'avoir renoué avec les disciples de la Voie, l'accablement s'empare de Livia. Paul… Elle se souvient de son père les conduisant dans la maison où l'apôtre des païens avait été assigné à résidence… Elle revoit la foule aux pieds du saint homme… elle n'avait que sept ans, à l'époque, et alors qu'elle a presque oublié le visage de ses parents et de ses frères, elle se rappelle parfaitement celui de Paul… Sa douceur n'avait d'égale que la véhémente intelligence avec laquelle il combattait les dieux du panthéon romain et la méfiance des Juifs. Cet homme était un guerrier, le bras armé du Christ. Elle avait huit ans lorsqu'il avait baptisé sa famille, dans une source du Tibre. Livia sent encore sur son crâne le souffle sacré de l'élu de Jésus, lorsqu'il y avait répandu l'onde vivante…

– Pourquoi voulais-tu voir Paul ? interroge le parfumeur. Il est irremplaçable, je le sais, mais notre Ancien est un homme très pur et très bon. Il n'y a pas de problème qui, avec l'aide du Seigneur et par ses lèvres, ne trouve de solution. Je peux t'amener à lui tout de suite, si tu le souhaites…

Livia est perplexe. Peut-elle confier le message de Marie de Béthanie à l'Ancien ? Doit-elle révéler à un inconnu la mystérieuse pensée du Christ, sa parole secrète transcrite dans sa langue originelle, qu'elle retient depuis quatre années dans sa mémoire, sans la comprendre ? Raphaël a été précis : elle devait donner la lettre à Pierre ou à Paul, uniquement à Pierre ou à Paul. Elle ne peut trahir sa promesse. Désormais, elle n'a plus personne à qui livrer la périlleuse missive. Si elle avait su… Paul a été tué l'an dernier… Paul était dans la capitale de l'Empire, près d'elle, et elle n'a rien fait ! Mais comment l'aurait-elle pu, coupée de la communauté, ignorant jusqu'au fait que celle-ci existait encore, tapie dans la profondeur des caves ?

– Non, merci, Haparonius, finit-elle par répondre.

– Écoute, ma sœur. Chaque dimanche, à l'aube, quelques dizaines de fidèles et moi-même nous réunissons ici, en secret, autour de notre

Ancien, pour prier et prendre ensemble le repas du Seigneur. Viens avec nous. Viens partager le corps et le sang du Christ.

– Haparonius, quel bonheur ce serait ! Mais pour cela il faut que je mente, que j'échappe à ma maîtresse et que j'égare ses espions qui me suivent…

– Rejoins ta vraie famille. Dimanche prochain, elle t'attendra.

Lorsque Livia regagne la boutique du parfumeur, l'intendant Parthenius l'observe avec suspicion. Il détaille son cou, ses bras, sa poitrine, et son regard semble transpercer sa *stola* blanche à l'endroit le plus intime de son corps. La jeune femme se demande ce que l'affranchi peut chercher puis, soudain, elle comprend. Vu la mauvaise réputation des *unguentarii* et de leurs officines, Parthenius croit que l'absence prolongée de Livia est due à une rencontre intime avec Haparonius ou un débauché de ses connaissances, dans l'antre de la boutique… La jeune femme sourit. Que Parthenius la juge donc capable de luxure ! Elle n'aura pas à dissimuler qu'elle se rend chez le parfumeur pour des rendez-vous secrets d'une tout autre nature.

Côte à côte, muets, Parthenius et Livia prennent le chemin de l'hôtel particulier de leurs maîtres. À mesure qu'ils avancent dans le dédale des rues, la jeune esclave sent un malaise brouiller son esprit. L'émotion qu'elle a ressentie chez Haparonius a été si grande ! L'allégresse de trouver un chrétien, de recouvrer miraculeusement le langage, la tristesse d'apprendre le trépas de Paul, l'angoisse face au message qui n'a plus de récipiendaire sont si intenses qu'un trouble voile sa vue et ralentit ses pas. Que doit-elle faire, maintenant ? Avouer à Faustina qu'elle est guérie ou lui cacher la vérité ? Un instant, elle songe à s'échapper et à reprendre sa liberté, comme elle a retrouvé les mots et une famille. Mais cette pensée s'efface vite. Un esclave en fuite est condamné à mort lorsqu'il est capturé. Haparonius et les siens blâmeront sa conduite, puisque pour les chrétiens un esclave ne doit pas se révolter mais obéir. La liberté est purement intérieure. De surcroît, que lui apporterait une existence vagabonde, hasardeuse et solitaire ? Elle l'a déjà connue. Elle ne souhaite pas la revivre. Livia soupire. Le temps ne se rattrape pas. Elle n'est plus la fillette d'il y a quatre ans, libre mais égarée. Elle appartient à Faustina et ne peut rien y changer. Elle décide de ne pas modifier les apparences et de jouer le jeu de la muette. Au fond, c'est ainsi qu'elle se sent libre.

Si la jeune femme se connaissait mieux, elle saurait qu'elle redoute surtout de bouleverser le lien qui l'attache à Faustina. Sans qu'elle en soit consciente, la matrone a remplacé sa mère et même si cette mère est égoïste et autoritaire face à une fille qui ne peut lui répondre, Livia ne saurait se détacher d'elle pour risquer une existence autonome. À la liberté elle préfère le mensonge.

– Serva, tu es souffrante ?

Serrant contre son sein le paquet de soie mauve qui contient le parfum royal, Livia ne se rend pas compte qu'elle tremble et que de grosses gouttes de sueur coulent de son front. Elle fait un signe négatif à Parthenius.

– Je vois ! répond-il avec un clin d'œil. Tu es juste éreintée, n'est-ce pas ?

Elle tourne la tête avec dédain. Parthenius part d'un rire gras.

Parvenue à la *domus*, Livia se précipite dans la chambre de sa maîtresse avant que l'intendant n'ait le temps de se répandre sur le comportement dépravé de l'*ornatrix*.

– Enfin ! soupire Faustina. Je désespérais d'avoir à me parer d'une essence que j'ai déjà portée ! Où est mon parfum ? Il n'a pas été volé par ces bandes de brigands, j'espère ?

Livia brandit avec fierté le précieux paquet. Faustina s'en empare, ôte prestement le tissu de soie, admire le flacon d'argent frappé, soulève le bouchon et plonge son nez dans l'élixir.

– Merveilleux… murmure-t-elle. Splendide et si original…

L'*ornatrix* sort de sa tunique la petite fiole de *kyphi* égyptien offert par Haparonius, plus un sachet contenant de la corne pilée pour émailler les dents, astuce qu'employait souvent Messaline, troisième épouse de l'Empereur Claude. Faustina ignore les présents du parfumeur et se concentre sur la fragrance du roi des Parthes, la plus chère qu'elle se soit jamais offerte. Livia réprime un frisson et fait glisser jusqu'à elle l'alabatstrothèque posée dans un coin, avec le coffre à outils. Elle arrange le maquillage de sa maîtresse, reprend sa coiffure et surtout orne sa peau du parfum royal.

– Serva, qu'as-tu ? s'inquiète soudain Faustina. Tu es aussi pâle que si tu t'étais enduite de céruse ! Es-tu malade ?

Livia fait signe que tout va bien mais sa maîtresse pose la main sur son front.

– Serva, tu es bouillante, tu as la fièvre ! Va immédiatement prendre du repos, veux-tu ?

Livia ne peut qu'obtempérer. Elle se sent mal, faible et épuisée.

Dormir lui fera du bien. Elle n'a pas faim et se trouve soulagée d'être dispensée du dîner avec les autres esclaves.

Tandis qu'elle rallie la partie de l'étage dévolue aux femmes, Parthenius prépare les flambeaux que porteront dans les rues de l'*Urbs* les esclaves chargés d'escorter Faustina et son mari jusqu'à leur grand banquet.

La nuit achève de tomber lorsque Larcius Clodius Antyllus et Faustina Pulchra descendent de leurs litières portées et protégées par quinze esclaves mâles, la moitié de la population servile de leur maison. Le portier les fait pénétrer dans la demeure et un huissier leur indique leur place dans le *triclinium*, selon un protocole et une étiquette respectant la hiérarchie sociale. Le patricien et sa femme ôtent leurs sandales et côte à côte s'allongent sur le lit revêtu de couvertures. Âgé d'une soixantaine d'années, fluet et sec comme un cep de vigne, Larcius Clodius arbore la toge blanche des hommes de pouvoir, brodée d'une bande de pourpre ainsi qu'il sied aux sénateurs, aux plis aussi lourds et complexes que sont légers et aériens les voiles de mousseline dont s'est parée sa rondelette épouse. Tous les magnats de la ville sont présents au festin d'apparat et leur hôte, Nymphidius Sabinus, préfet du Prétoire, les accueille avec une jovialité obséquieuse.

Tandis que des esclaves lavent les mains et les pieds des convives avec une eau parfumée de safran, Faustina et les invités posent devant eux la serviette qu'ils ont amenée pour envelopper les restes de leur repas dont la politesse veut qu'ils les emportent. Les serviteurs amènent couteaux, cuillers, cure-dents et coupes de vin coupé d'eau. Une première libation inaugure le dîner.

Faustina observe avec intérêt le maître de céans, qui brandit devant lui sa coupe d'argent en flattant les membres du Sénat : homme de confiance de Néron, nommé par ce dernier préfet du Prétoire, Nymphidius Sabinus est le véritable stratège de la chute de l'Empereur. Secrètement rallié au gouverneur Galba et à la révolte, il a provoqué la fuite du souverain en l'abreuvant de nouvelles aussi terribles qu'erronées : le préfet en larmes a prétendu que l'armée et les provinces romaines dans leur ensemble s'érigeaient contre leur prince. Néron l'a cru. Nymphidius Sabinus l'a ensuite convaincu de quitter sa Maison dorée et de se mettre à l'abri chez son affranchi Phaon. Abandonné de tous, Néron n'a donc d'autre choix que de mettre fin à ses jours. Pourtant, l'histrion résiste encore.

Les convives trinquent à sa mort lorsque les esclaves apportent des petits pains chauds et les hors-d'œuvre, premier des sept services de la *cena* : olives, asperges, œufs durs aux anchois sur lit de rue, tétines de truie en saumure de thon, huîtres, loirs au miel et au pavot, prunes et saucisses grillées. Avec les doigts Faustina s'attaque à un loir, tandis que la conversation se porte naturellement vers Galba, le nouvel Empereur.

– Chers amis sénateurs, cher hôte, ose un consul, ne voyez pas dans ma question une quelconque remise en cause de votre choix, mais ne craignez-vous pas que l'âge très avancé de notre souverain affecte ses décisions ? J'ai ouï dire qu'il n'était pas en bonne santé…

– Le cœur de Néron bat encore que vous regrettez déjà ses frasques et sa jeunesse ? s'insurge Larcius Clodius Antyllus. Servius Sulpicius Galba est issu d'une très noble famille, la lignée de son père remonte à Jupiter lui-même, celle de sa mère à Pasiphaé, femme de Minos, roi de Crète. Son exceptionnelle longévité n'a d'égale que la loyauté avec laquelle il a servi Tibère, Caligula, Claude et enfin Néron, avant que ce dernier ne devienne fou… Il n'est en aucun cas sénile et si son âge doit nous faire craindre quelque chose, ce serait plutôt de passer de la décadence à la sagesse !

– On dit qu'il ne s'est jamais remarié après le décès de sa femme et de ses enfants, dit une épouse de sénateur, car ses inclinations le portent à des relations discrètes avec les personnes de son sexe…

– Il paraît qu'il est aussi riche que pingre, ajoute une autre femme.

– Tout cela plaide en sa faveur, intervient Nymphidius Sabinus avec ironie. Non seulement il ne distribuera pas l'argent de l'État à des maîtresses, mais il renflouera les caisses !

Les serviteurs rincent les mains des invités et apportent la première des trois entrées, constituée de poissons à la sauce piquante et de langoustes artistiquement dressées. Les coupes sont à peine vides qu'elles sont aussitôt remplies. À la deuxième entrée, des côtelettes d'agneau grillées érigées en un immense dôme qui contient en son centre rognons, épices et figues confites, des musiciens font leur apparition. À la troisième entrée, des lièvres et des volailles farcies, Nymphidius Sabinus explique à Faustina que ses cohortes attendent l'arrivée des troupes de Galba et d'Othon pour intervenir et libérer la ville des mercenaires de Néron.

Intelligente et rompue aux intrigues de l'Empire, Faustina note que l'ambitieux préfet ne semble pas si enclin à la patience qu'il conseille aux autres : s'entretenant tour à tour avec chacun des sénateurs, il paraît comploter quelque manœuvre.

– Mes amis, déclare enfin Nymphidius Sabinus, voici les deux rôtis et, pour les accompagner, je vous présente Eutropia, la célèbre danseuse sur corde !

Sur un dressoir énorme, les servants apportent une truie entière entourée de marcassins en croûte, sur un autre débarque un veau bouilli ceint de chevreaux grillés. À la suite arrivent l'équilibriste et sa troupe. Les amphores de vin sont décachetées à mesure des besoins, le liquide est filtré avec une passoire et versé dans une cuve de terre contenant de l'eau pure, dans laquelle les esclaves remplissent les coupes.

Faustina n'a plus faim depuis longtemps. À demi écœurée, elle grignote un morceau de viande et jette un œil distrait à la belle et jeune Eutropia qui, presque nue, saute et virevolte sur la corde tendue d'un bout à l'autre de la salle. Renonçant à entretenir plus avant son embonpoint, Faustina place dans sa serviette une oreille de cochon, une épaule de marcassin et une cuisse de chevreau. Elle les destine à son *ornatrix*, en récompense de son travail : depuis le début de la soirée, la matrone n'a reçu que des compliments sur sa parure. Quant à son parfum, le regard caressant de certains invités, joint aux foudres jalouses de leurs épouses, l'ont rassurée sur la puissance enchanteresse et les vertus magiques de la fragrance. Son mari, lui, n'en a cure : avec l'âge, son odorat s'est limité à renifler les périls et les conspirations politiques, ce dont sa femme ne peut le blâmer. La légendaire prudence de Larcius Clodius Antyllus, que ses ennemis qualifient de lâcheté, alliée à son expérience du régime et à ses nombreuses relations, les a maintes fois sauvés de la vindicte et du bannissement. Faustina soupire. Hélas, son cher neveu, Javolenus Saturnus Verus, le fils unique de sa sœur défunte, est dénué de cette circonspection. Membre du Sénat comme son oncle et son propre père, philosophe adepte du stoïcisme, élève brillant de Sénèque et de Musonius Rufus, ami de Thraséa-Poetus – le sénateur philosophe – il a été accusé trois années plus tôt d'avoir participé à la conjuration de Pison. Rassemblant des sénateurs et des chevaliers las des dispendieux délires de l'Empereur, le complot visait à éliminer Néron et à le remplacer par le noble Pison, ou le sage Sénèque. Éventée, la conspiration échoua et la répression fut terrible.

Sénèque, son neveu Lucain, Thraséa-Poetus, Pétrone et treize autres conjurés – ou prétendus tels – durent s'ouvrir les veines. Musonius Rufus, Javolenus et vingt-deux autres furent chassés de Rome et contraints à l'exil. Craignant d'être inquiété par Néron, Larcius Clodius a interdit à sa femme de revoir son neveu. Cette injonction, quoique légitime, est pour Faustina une déchirure : elle a toujours considéré Javolenus comme son propre fils, l'enfant qu'elle n'a jamais réussi à mettre au monde.

Avec les desserts surviennent les indispensables bouffons, qui singent et parodient l'Empereur déchu. Affublés d'un faux triple menton, de coussins en guise de graisse molle et maquillés comme des femmes, les saltimbanques prennent des poses lascives, d'une voix de fausset chantent des insanités sur une lyre cassée et paradent dans l'assemblée hilare en exhibant médailles, palmes, couronnes et trophées rapportés de Grèce et d'Égypte où ils se vantent, à l'instar de leur modèle, d'avoir remporté tous les prix artistiques et toutes les victoires des Jeux olympiques et isthmiques.

Les acteurs de pantomime parviennent à éloigner la mélancolie qui s'empare toujours de Faustina lorsqu'elle songe à son neveu et bientôt, comme ses commensaux, elle rit de bon cœur aux facéties des pitres.

Libérée de ses angoisses par l'ivresse et le rire, l'assemblée ne remarque pas qu'un prétorien en armes vient murmurer quelques mots à l'oreille de Nymphidius Sabinus. Ce dernier se lève, raide et pâle. D'un geste il ordonne aux comédiens de cesser leur numéro.

– Mes amis, dit-il, j'ai une nouvelle fort réjouissante à vous annoncer. Néron n'est plus ! Aidé par son secrétaire Épaphrodite, il est enfin parvenu à s'enfoncer un poignard dans la gorge… Néron est mort.

Au rire succède un silence lourd. Ce suicide tant désiré ne provoque aucune explosion de joie. Une sourde inquiétude semble s'emparer de l'assistance. Certes, ce soir, personne ne regrettera Néron ou n'osera le pleurer. Mais avec l'Empereur honni trépasse un monde fondé par le vénérable Auguste et disparaît une dynastie, celle des Julio-Claudiens, qui régnait sur Rome et son Empire depuis presque un siècle.

– Isis m'a exaucée, le tyran est mort et Javolenus va enfin pouvoir revenir à Rome ! dit Faustina à son mari en passant la porte de leur maison.

– Attends que la situation soit plus stable et que Galba l'autorise à rentrer, recommande Larcius Clodius.

– Galba n'aime-t-il pas les philosophes ? Ne souhaite-t-il pas faire condamner les délateurs qui, il y a trois ans, ont vendu les conjurés à Néron ?

– Faustina Pulchra, l'Empereur, lorsqu'il sera dans l'*Urbs*, aura des problèmes bien plus graves et plus urgents à traiter, comme celui de restaurer le calme et la paix dans la ville. Javolenus est en sécurité loin de Rome.

– Alors, j'irai le visiter.

– Nous en reparlerons. Pour l'heure, je vais reposer. Cette journée a été épuisante et demain, au Sénat, ce sera pire. Nous devons organiser les funérailles de Néron et le bannissement de sa mémoire.

Larcius Clodius dit bonsoir à sa femme et se réfugie dans son *cubiculum*. Le couple fait chambre à part, ainsi qu'il sied à leur condition sociale. La porte d'en face est celle de la chambre de Faustina, mais cette dernière n'a pas sommeil, ni le courage de faire sa toilette seule. Sans compter qu'elle brûle de raconter les événements de la nuit à son *ornatrix*. Elle charge un esclave d'aller éveiller la jeune femme. En attendant, elle pénètre dans ses appartements et ôte ses voiles de mousseline. On frappe.

À la surprise de Faustina, ce n'est pas Serva mais Parthenius qui entre, les yeux bouffis de sommeil.

– Patronne, Serva est malade, par crainte de la contagion je l'ai isolée des autres femmes et j'ai fait transporter sa couche au grenier.

– Par Junon, de quoi souffre-t-elle ? Elle était fiévreuse tout à l'heure, mais cela ne semblait pas grave !

– J'ignore ce qu'elle a, ou plutôt, je crains de le savoir…

– Parthenius, explique-toi ! Tu sais ou tu ne sais pas ?

– C'est que… cet après-midi, chez l'*unguentarius* elle s'est rendue coupable de… de débauche… et je crois que par manque d'hygiène – elle ne se rend jamais aux bains avec les autres – elle y a contracté quelque maladie.

Étonnée, Faustina se tait, fronce ses sourcils peints, puis éclate de rire.

– Serva ? Serva à un rendez-vous galant ? Serva s'adonnant au stupre et au dévergondage dans le repaire d'Haparonius ? Ha, ha, ha ! C'est encore la chose la plus drôle que j'aurais entendue ce soir !

L'intendant rougit.

– Lui as-tu donné du fenouil pour calmer les spasmes ? demande durement Faustina.

– Oui, patronne, fenouil, sauge et ail dans du vin miellé, pour faire baisser la fièvre.

– Bien. Retourne te coucher. Demain, tu l'accompagneras chez le médecin. Et si son état l'empêche de marcher, nous ferons venir un chirurgien.

Parthenius s'éclipse. Faustina réfléchit, prend sa serviette contenant les morceaux de viande rôtie et sort de la pièce. Elle monte maladroitement jusqu'au grenier. Doucement, elle ouvre la porte de bois.

Allongée entre des sacs de farine, des amphores d'huile et des caisses de légumes, l'*ornatrix* dort. Cependant, son sommeil semble peuplé de créatures surnaturelles qui se sont emparées de son corps et s'expriment par sa bouche. En proie à une fièvre intense, la jeune femme bouge la tête en tous sens, transpire, grimace, tout en gardant les yeux fermés. Surtout, prodige digne d'une stryge, elle parle. Serva la muette articule des mots incompréhensibles, d'une voix que Faustina ne connaît pas et qui lui fait l'effet d'être celle d'une sorcière. La matrone recule puis, conjurant sa peur, se résout à entrer. Lentement, elle s'approche de la forme endormie. Soudain, l'*ornatrix* se met à pleurer, elle ouvre les lèvres et lâche des cris spasmodiques, tandis que son corps se raidit par à-coups :

– Livia ! Oui, Livia Aelia ! Sextus ! Gaius ! Père ! Mère ! Raphaël ! Pierre ! Où sont-ils ? Pourquoi m'ont-ils abandonnée ? Oh non, Siméon Galva Thalvus ! Pourquoi ? Où est Paul ? Paul ! Personne pour me répondre, personne ! À qui vais-je le confier ? Notre Père, aidez-moi... Seigneur, par votre sang répandu pour nous... Par Jésus-Christ, fils de Dieu, sauveur. Par Jésus-Christ, fils de Dieu, sauveur... Par Jésus-Christ...

Faustina se détourne et sort du grenier.

Le lendemain, l'*ornatrix* vient éveiller sa maîtresse dès l'aurore, comme chaque matin. Ses traits sont creusés, des cernes brunâtres soulignent ses yeux mauves. À sa grande stupeur, la mèche d'étoupe et de cire brûle encore. Elle découvre Faustina entièrement vêtue, assise sur son lit, entourée de *volumina* à moitié déroulés. Son visage toujours fardé de la veille se lézarde par plaques comme un vieux tableau qui craquelle. Yeux mi-clos, la matrone fixe son esclave sans un mot. La jeune fille tire les volets de bois et les fenêtres sans vitres laissent entrer la fraîcheur du petit jour. Elle tend un verre d'eau à sa maîtresse et s'agenouille pour la chausser des sandales laissées sur le *toral*. Puis elle passe dans la *balnea* et revient avec une cuvette remplie d'eau. L'*ornatrix* ouvre ses deux coffres et entreprend la toilette. Lentement, elle efface le faux visage de Faustina. Cette dernière affiche un silence inhabituel.

« Serait-elle souffrante ? se demande Livia. C'est la première fois qu'elle passe la nuit à lire, et surtout qu'elle ne me raconte pas immédiatement son festin de la veille ! Aurait-elle mangé quelque chose, chez le préfet du Prétoire, qui l'aurait contrariée ? »

Débarrassé de ses artifices, le faciès de la patricienne apparaît marqué des traces de l'âge et étrangement fragile. Sans fard, Faustina elle-même se sent vulnérable.

– On dirait que tu n'as plus de fièvre ? demande-t-elle à son *ornatrix*.

Livia secoue la tête négativement.

– Es-tu certaine d'être guérie ? Ne veux-tu pas rendre visite au médecin ? insiste-t-elle.

Livia fait signe qu'elle se sent parfaitement bien. Puis, d'un geste, elle désigne Faustina, son lit, les livres, la chandelle, et prend une mine interrogatrice.

– Oh ! Oui. Je ne parvenais pas à dormir, explique Faustina, et j'avais besoin de vérifier certaines choses…

Elle n'en dit pas plus. Livia en déduit que le comportement de sa maîtresse est plutôt dû aux assertions de Parthenius sur sa prétendue inconduite chez le parfumeur qu'à une orgie de mets et de vin. L'intendant a dégoisé, et Faustina est déçue par son *ornatrix*, dégoûtée, peut-être… Livia a honte mais elle sait qu'à Rome, mieux vaut être dépravée que chrétienne. Le vice est un divertissement, la pratique d'une religion interdite un crime. Pourtant, Faustina n'a-t-elle pas raconté à Livia qu'elle avait eu de nombreux amants et que, jusqu'à une date récente, elle n'hésitait pas à tromper son mari avec de jeunes éphèbes qu'elle rémunérait pour leurs services ? Faustina n'est ni naïve ni dépitée, juste jalouse de la jeunesse de sa domestique.

– Néron est mort.

Faustina a laissé tomber cette phrase comme une lame sur le plancher. Livia suspend son geste.

– Il s'est poignardé à la gorge, hier soir.

Frappée au cœur par cette nouvelle, Livia regarde bêtement le coton imbibé d'eau de rose qu'elle vient de passer sur le visage de sa maîtresse. Il est sale, imprégné de sueur et d'impuretés.

– Tu devrais te réjouir, Serva, plus encore que nous autres Romains.

L'*ornatrix* regarde la matrone sans comprendre.

– Je veux dire par là que si ce suicide signifie pour nous la fin heureuse et juste d'un mauvais souverain, pour toi et les tiens cette mort est celle d'un tyran, et surtout d'un bourreau…

La jeune femme commence à saisir les sous-entendus de Faustina, mais elle fait mine de ne pas entendre. Elle empoigne une pyxide d'étain et tartine rageusement de crème la figure flasque et ridée de sa maîtresse.

– Tu fais comme si tu ne saisissais pas mes mots, insiste Faustina, pourtant tu n'es pas sourde… Tu n'es même pas muette !

Livia lâche le pot de crème qui rebondit sur le parquet et va se répandre sur le précieux *toral* de laine et de soie.

– Je t'ai enfin percée à jour ! crie Faustina en se levant. Je suis montée te voir, la nuit dernière, j'étais inquiète pour toi et je pensais que te faire manger de la viande rôtie te guérirait… Quelle ne fut pas ma surprise quand je t'ai entendue parler dans ton sommeil !

Livia se mord les lèvres.

– Eh oui, quand on décide de mentir, ma petite, il faut aussi contrôler l'incontrôlable, c'est-à-dire ses rêves ! Cela fait quatre ans que tu joues la comédie, tu n'es pas plus muette que moi, tu entends, tu écoutes ce qui se passe ici, et ensuite tu vas tout raconter à cette bande de scélérats qui fomente notre ruine !

L'esclave est trop impressionnée par la colère de Faustina pour pouvoir répondre.

– Je sais tout, tu vois ! Tu t'es trahie toi-même, cette nuit, en prononçant le nom de ton chef… Je dois avouer que, sur le moment, ce nom n'évoquait rien pour moi… mais entre-temps, je me suis documentée…

Faustina désigne les papyrus.

– Je sais qui tu es, tu appartiens à cette secte anthropophage et criminelle dont le chef est un monstre à figure d'âne qui s'appelle Jésus-Christ ! Maintenant je comprends pourquoi tu évites nos nourritures, nos temples, nos coutumes... tu es notre ennemie... tu veux nous détruire... J'avais confiance en toi et tu m'as trahie, tu m'as trahie !

Le doigt accusateur de Faustina quitte l'*ornatrix*. La vieille femme s'avachit sur son lit et se prend la tête dans les mains.

– Non, chuchote Livia d'une voix inaudible. Non. Vous vous trompez...

Elle se jette aux genoux de sa maîtresse.

– Jamais je ne vous ai trahie. Jamais. J'étais vraiment privée de la parole depuis quatre longues années... Elle m'est revenue hier, brusquement... En rentrant de chez le parfumeur avec Parthenius, j'ai croisé dans la rue un vieil ami, que je croyais mort... Un très grand ami de ma famille... Il ne m'a pas reconnue, mais moi je l'ai bien vu. Le choc a été si grand... que j'ai eu la fièvre, subitement... Vous en avez été témoin. Vous êtes partie, j'étais en pleine crise. On m'a mise au grenier, seule, et là, là... C'est monté avec le visage de cet homme aperçu dans la rue... les images du drame... le passé... mon nom... les mots... Je parlais, je parlais à nouveau !

Livia se met à pleurer. Faustina l'observe, suspicieuse.

– Écoutez-moi, adjure Livia entre deux sanglots. Je vous en prie écoutez-moi, je vais tout vous dire...

Après s'être tue durant quatre ans, Livia raconte son histoire pour la deuxième fois en deux jours. Mais à Faustina elle tait Paul, Pierre, Siméon Galva Thalvus, et surtout son frère Haparonius. Comme au parfumeur elle passe sous silence Raphaël et le message qu'elle porte en elle. Elle avoue qu'elle est chrétienne, mais à la matrone elle parle plutôt de sa mère, de son père, de ses frères, de Magia et de son enfance romaine. Elle détaille l'arrestation des siens, le meurtre de Magia, la trahison de son oncle, de sa tante, sa survie et son errance dans la ville. Elle narre comment elle a assisté, impuissante, au massacre des chrétiens qui l'a rendue muette, avant de devenir vagabonde. Elle relate sa rencontre avec le soldat borgne qui l'a vendue au marchand d'esclaves. Enfin, elle admet que, au fond, elle a été sauvée par Faustina.

– Tu es donc une ingénue, murmure l'aristocrate, émue et choquée par les origines sociales de sa servante. Tu es née libre, tu es une citoyenne issue de la caste des *honestiores* et j'ai fait de toi une esclave..

– C'est Néron qui a fait de moi une esclave. En assassinant les miens, il a pris mon passé, mon identité et mon avenir. Vous, vous m'avez donné un toit, une pitance, un métier, de l'affection. Vous m'avez protégée.

– Pauvre petite… Je me souviens de ce jour-là, dans ses jardins. C'était lâche et dégradant… indigne… et répugnant.

Faustina a pitié de Livia. Mais elle se reprend.

– Comment peux-tu rester fidèle à ton Dieu après tout cela ? s'insurge-t-elle. Tu sais que ta foi est illégale, mauvaise et périlleuse ! Elle te fera tuer ! Tu dois l'abandonner !

– Ce serait abandonner ma famille, répond Livia, les faire mourir une seconde fois.

– Mais tes ancêtres ne pratiquaient pas ce culte inepte ! Ils respectaient le panthéon romain ! Tu bafoues tous tes ascendants, au nom de tes parents. De plus, tes croyances sont des croyances d'esclaves. Tu mérites mieux que cela.

– Est-ce pratiquer un culte d'esclaves que de croire à la vie éternelle après la mort ?

L'adepte d'Isis se tait.

– Je refuse de discuter de ces questions avec toi, répond finalement Faustina. Et j'ai très envie de te chasser de la maison.

Livia blêmit.

– Mais ton histoire m'a touchée et je tiens à toi, continue la matrone. Tu peux rester, mais à deux conditions. La première, tu demeures mon *ornatrix* et tu ne dis à personne d'où tu viens. Officiellement, tu es née esclave, orpheline et muette.

– Je vous le promets, maîtresse.

– La seconde, à partir d'aujourd'hui, tu cesses de pratiquer ta religion qui peut attirer le malheur sur cette maison, ruiner la carrière de mon mari et nous faire bannir de la ville. Les dieux ont opéré un miracle et, la nuit dernière, la déesse Isis a visité tes songes, te donnant la parole. Pour la remercier, tu vas devenir une initiée, suivre son enseignement et m'accompagner au temple.

De surprise et de terreur mêlées, Livia a la voix qui déraille.

– Maîtresse, je… je vous en conjure, ne me demandez pas cela…

Faustina se met debout, saisit les mains de son *ornatrix* agenouillée et la relève avec une autorité teintée de tendresse.

– Je ne te le demande pas, je te l'ordonne. Je ne puis tolérer sous mon toit quelqu'un qui s'adonne, même en secret, à des rituels barbares. Puis j'ai trop d'affection pour toi pour souffrir que tu te perdes ainsi. Tu es trop jeune et trop corrompue par ta secte pour réaliser que je te fais un immense cadeau, mais tu verras, dans quelque temps, quand tu seras libérée de tes fausses croyances, lorsque tu auras découvert la puissance et la beauté d'Isis, tu me remercieras… En attendant, dépêche-toi, achève de m'apprêter, que j'aille aviser le grand prêtre et m'entretenir avec lui de ton initiation. Vite.

17

– QU'EST-CE QUI VA le plus vite ? demanda Johanna. Le lièvre à la royale ou la carpe à la bohémienne ?

– Le lièvre, assurément, répondit le patron du restaurant. Quand il est stressé, il peut atteindre 80 kilomètres à l'heure, alors que la pauvre carpe se meut à 12 kilomètres à l'heure... Le thon rouge est nettement plus rapide mais je n'en sers plus depuis qu'il est menacé de disparition... Le requin file vite aussi mais c'est pas la saison... Faut vous rabattre sur le pigeon ou le canard sauvage, madame, de vraies fusées !

– Je parlais de la vitesse de préparation des plats, en cuisine...

– J'avais compris, mais ici, ce n'est pas un critère. Si vous êtes pressée, je vous recommande des sandwichs ou des hamburgers, boulevard Saint-Michel.

– Serge, apporte-nous deux coupes de champagne, intervint Luca. On commandera après.

– Bien. Tout de suite.

L'aubergiste s'éloigna.

– Quel mufle ! s'écria Johanna.

– Non, Jo, il n'a fait que se défendre, chuchota Luca. Tu l'as vexé... Dans un endroit si touristique, il s'ingénie à aller à Rungis chaque matin, à choisir les meilleurs produits, à mitonner une cuisine de terroir merveilleuse et pas trop chère, dans un cadre propice à la détente, et toi tu débarques comme si tu avais un train à prendre...

– C'est juste, dit-elle, acerbe. J'ai tout mon temps, avec une petite fille de cinq ans qui suffoque à quelques rues d'ici, j'ai vraiment envie d'attendre une plombe mon bout de poisson…

– Johanna, tu exagères ! Romane n'est pas seule, elle est avec Isabelle, et je suis certain qu'elle dort paisiblement.

– Ah oui ? Ça se voit que tu n'as pas passé une nuit complète avec nous depuis plusieurs semaines… D'ailleurs, tu as raison, je vais vérifier que tout va bien…

Elle empoigna son téléphone et sortit sur le seuil du restaurant, dans une petite rue entre la Seine et la place Maubert. Pendant ce temps, le patron apporta l'apéritif et une coupelle de tapenade verte.

Lorsque l'archéologue se rassit face à son compagnon, ses traits étaient moins tourmentés, sa voix plus posée.

– Pour l'instant, ça va, dit-elle. Isabelle ne l'a pas encore couchée, elles regardent une opérette à la télévision. Il paraît que Romane adore *Le Chanteur de Mexico.*

– Johanna, dit-il en prenant la main de son amie, ne crois-tu pas que tu as droit à une soirée tranquille, pour quelques heures sans ta fille, un dîner doux avec ton amoureux ? N'oublie pas que je pars demain pour New York.

– Rassure-toi, je n'ai pas oublié.

Elle serra plus fort la main de Luca et plongea son regard dans ses yeux noirs.

– Je suis très heureuse d'être ici avec toi, dit-elle, mais tu ne te rends pas compte de ce qu'est ma vie depuis que Romane est malade, tu n'as aucune conscience de son état et…

– Jo, ne t'ont-ils pas dit, à Necker, à Trousseau et à Port-Royal, qu'elle allait bien ?

– Ce n'est pas exactement le diagnostic, Luca. D'ailleurs, j'en ai assez de la voir souffrir, je tente le tout pour le tout. Demain matin, nous avons rendez-vous avec un psy qui pratique l'hypnose.

Luca reposa le verre qu'il venait de saisir.

– Un hypnotiseur ? Johanna, tu as perdu la tête ! Toi, un être instruit, une scientifique, tu vas soumettre ta fille à un charlatan ? Pourquoi pas un mage ou un marabout, tant que tu y es ?

Johanna soupira et retira sa main. D'un trait, elle avala son verre de champagne. Le restaurateur revint avec son carnet et elle commanda un pigeon au sang. Luca s'en tint à la carpe et à une bouteille de cornas.

– Tu sais, Luca, dit-elle calmement, la situation est plus grave que tu crois et désormais, j'irai voir un mage ou même un marabout, s'il était capable d'aider ma fille…

– Enfin, Jo, tu as consulté les meilleurs pédiatres de Paris, tu ne peux pas battre ainsi en brèche ce qu'ils t'ont dit !

– Tout ce qu'ils m'ont dit, Luca, c'est que Romane n'avait rien d'organique. Donc, qu'ils ne pouvaient rien pour elle.

– Et la pédopsy de Necker ?

Johanna prit son temps pour humer le parfum du vin rouge et faire rouler le prestigieux côtes-du-rhône dans sa bouche. Un régal.

– Ah oui, le docteur Marquel… lâcha-t-elle, comme s'il se fût agi d'un souvenir datant de plusieurs années.

Elle se tut, son regard bleu acier perdu dans le lointain. Débarquée de Vézelay une heure auparavant, elle avait à peine eu le temps de troquer son gros pull de laine et ses jeans maculés de terre contre un chemisier carmin qui faisait ressortir son teint pâle et ses cheveux noirs, et un tailleur de flanelle anthracite, qui mettait en valeur sa silhouette. Le chantier était clos jusqu'au lundi matin mais avec ce rendez-vous le lendemain elle faisait manquer un jour d'école à sa fille… Tant pis, peut-être cela en vaudrait-il la peine, et elle espérait retourner en Bourgogne le plus vite possible. En ce jeudi de fin novembre Paris était pourtant comme elle le préférait, froid, gris, humide, déserté des touristes et étincelant de lueurs artificielles. Isabelle avait insisté pour garder sa filleule, le temps d'un dîner en tête à tête avant le départ de Luca. Johanna avait fini par céder face à la joie de sa fille à l'idée de passer une soirée seule avec sa marraine. Dans près d'un mois, Romane aurait six ans… Un mois… cela lui paraissait une éternité… un infini impénétrable barré par le mur de la maladie, une perspective masquée par la terrifiante incertitude de la pathologie inconnue, donc incurable.

– Eh bien, Jo ? Le docteur Marquel ?

– Elle m'a fait un laïus sur la période œdipienne et le double sens du symptôme chez l'enfant : le sens manifeste (la toux, la fièvre) et le sens caché, symbolique, à décrypter, qui serait l'expression d'un conflit « occulté », qu'il faut interpréter pour apporter une thérapie appropriée… En bref, elle voulait savoir si on avait récemment déménagé, comment j'élevais ma fille, et elle m'a posé une foule de questions sur son père… sans pour autant parvenir à dévoiler le fameux sens caché…

– Une séance, c'est sans doute un peu court pour y arriver !

– Certes, d'autant plus que, malgré la souffrance, d'après la psy, l'enfant tient par-dessus tout à son symptôme, bien plus que l'adulte, car ce symptôme lui permet de s'exprimer.

– C'est clair. Je me souviens que lorsque Antonella a cessé de donner le sein à Silvia…

– S'il te plaît, Luca, l'interrompit Johanna avec douceur, j'adore tes gosses, mais pas ce soir…

– Oui, comme d'habitude, tout ce qui ne concerne pas ta fille ne t'intéresse pas.

– Tu es cruel et injuste.

Serge apporta leurs plats. Le pigeon de Johanna baignait dans une sauce noire et fumante aux accents de forêt. Elle le huma à plein nez, espérant que l'odeur forte repousserait les larmes qu'elle sentait monter.

– Je te prie de m'excuser, Jo, murmura son compagnon. Je ne pensais pas ce que j'ai dit. Je sais que la situation est difficile… je suis souvent absent… et de toute façon je ne suis pas le père de Romane… D'ailleurs, la pédopsy ne pense-t-elle pas que son « conflit occulté » serait dû à cette absence de père ?

– Tu sais, beaucoup de femmes élèvent seules leurs enfants sans qu'ils développent de tels symptômes.

– C'est certain, mais dans ton cas c'est quand même spécial, Romane est déclarée de père inconnu, elle ne porte pas son nom, il a disparu en mer sans laisser de traces, sans corps, sans tombe, c'est comme si ta fille était née d'un fantôme !

– Je lui montre parfois sa photo, donc il a une consistance physique. Elle sait l'essentiel, c'est-à-dire que nous nous aimions lui et moi, et puis qu'il est mort.

– Ne vas-tu jamais lui parler de ce qui s'est passé avant sa mort ?

– Pas pour l'instant.

– Et à moi, vas-tu le raconter un jour ? Je veux dire : ce qui s'est réellement passé, pas la version officielle pour la presse, la police et tes amis ?

– Pas ce soir, Luca.

Il s'y était pris comme un idiot. Le moment était mal choisi, Johanna était trop tourmentée par la maladie de sa fille pour lui dévoiler le fond de cette histoire. Il voyait à son expression qu'elle avait fermé la porte. Cependant, pas besoin d'être psychiatre ou magicien pour deviner que la source des problèmes de Romane venait de ce père occulté, des événements traumatiques vécus par sa mère occultés… Dans le visage clos de Johanna se terrait le vrai conflit, le sens caché des symptômes de la petite. Comment pouvait-elle être à ce point aveugle ? Comment une mère aussi aimante ne sentait-elle pas que sa fille exprimait ce qu'elle s'obstinait à taire ?

Muette, regard baissé, l'archéologue dévorait son pigeon. Luca jugea qu'il valait mieux revenir à l'épineuse question par une voie détournée.

– J'imagine que tu n'as pas trouvé ton hypnotiseur dans l'annuaire. Je peux savoir qui te l'a recommandé ?

– Isabelle, répondit-elle, la bouche pleine. Lorsque Ambre est arrivée, Tara, qui avait huit ans à l'époque, s'est mise à faire pipi au lit. Isa a tout essayé, pédiatre, psy... Rien ne marchait. Puis un jour une collègue de la rédaction lui a parlé de cet hypnotiseur. De guerre lasse, elle y a emmené sa fille et, en trois séances, c'était fini.

– Mm... ça me semble trop beau pour être vrai...

– Libre à toi d'en parler à Isa, tout à l'heure, quand nous rentrerons !

– Je ne mets pas en cause le fait que cela ait marché sur Tara. Mais ta fille semble souffrir d'une pathologie plus grave que de l'énurésie...

– Justement, je n'ai rien à perdre à tenter une autre thérapie. Freud lui-même, au début de la psychanalyse, recourait à l'hypnose. Si tu admets qu'il s'agit simplement de parvenir, non pas à un endormissement, mais à un état de conscience « modifié » susceptible de faire lâcher prise au patient, une perception distanciée du temps et de l'espace, propice à la verbalisation de ce sens caché dont parlait la pédopsy, je ne vois pas en quoi ce serait dangereux..

– C'est dangereux parce que Romane n'a que cinq ans et que, sous hypnose, on peut lui faire dire n'importe quoi !

– Je crois que tu as une mauvaise image de cette discipline, Luca, celle que véhiculent la télé et le music-hall. De toute manière, je serai avec elle, il n'est pas question qu'elle reste seule une seconde avec cet homme.

– Je te rejoins sur ce point.

Il attendit encore quelques instants avant de poser la question qui se bloquait dans sa gorge.

– Dis-moi, tu n'as aucune idée de ce qui se passe dans la tête de ta fille la nuit ? Tu dois quand même avoir quelques hypothèses sur ce qu'elle cherche à te dire avec ses symptômes...

Johanna avait terminé le pigeon. Elle posa doucement son couteau et sa fourchette avant de répondre :

– Je pense que tout cela est ma faute.

– Oh non, Jo ! Ta réaction de culpabilité est normale, mais je ne crois pas que...

– Je suis responsable, forcément, parce que je suis sa mère. Soit quelque chose ne va pas dans notre relation, donc j'ai mal fait quelque part, je ne sais pas, peut-être n'aurais-je pas dû déménager à Vézelay, soit...

– Oui ?

– Eh bien, soit... même si elle est le portrait vivant de son père, sa ressemblance avec moi ne se limite pas à la myopie, et nous sommes plus similaires que je le croyais...

– Que veux-tu dire ?

Johanna hésitait. Elle appréhendait le côté cartésien de Luca. Elle finit néanmoins par se lancer, à l'aide d'un grand verre de cornas.

– Cela a commencé le jour de mes sept ans. J'étais aux prises avec des cauchemars violents. Contrairement à Romane, je n'avais pas de fièvre, je ne toussais pas et je me souvenais de tout le lendemain matin. Cependant, ces rêves m'ont beaucoup tourmentée jusqu'à...

– Jusqu'à ce que tu en parles à un hypnotiseur ? plaisanta Luca.

– Jusqu'à ce que je sache avec certitude qu'ils n'émanaient pas de moi mais de fantômes du passé qui... qui, en quelque sorte, requéraient mon aide par le biais du rêve. La première fois, j'ai vu un moine bénédictin pendu aux cordages d'un clocher, puis un autre qui se noyait dans la baie, enfin j'ai rêvé de l'immolation par le feu d'un troisième homme. Dans les trois cauchemars, il s'agissait d'un meurtre et, à la fin de chacun, apparaissait, comme une funèbre récurrence, un moine décapité qui prononçait une mystérieuse phrase latine : « *Ad accedendum ad caelum, terram fodere opportet* », ce qui signifie « il faut fouiller la terre pour accéder au ciel ». Je pense qu'inconsciemment, cette sentence a suscité ma vocation d'archéologue. Néanmoins, j'ai mis longtemps à l'interpréter correctement... Puis un jour j'ai compris que le moine sans tête était un spectre du passé, un bénédictin ayant vécu au XIe siècle, frère Roman, et qu'il avait besoin de moi.

Luca faillit s'étrangler avec une arête.

– Johanna, tu blagues ?

– Pas du tout. Et ma crainte est que Romane vive la même chose.

Vingt minutes plus tard, Johanna et Luca marchaient en silence dans la rue Saint-Jacques pour rallier la rue Henri-Barbusse. Luca fumait un cigarillo, les mains dans les poches de son long manteau de cachemire. Il avait la mine renfrognée des temps qui suivent une dispute. À son côté, Johanna avait le pas claudiquant, les narines frémissantes de froid et du ressentiment qui suit un conflit. Depuis un an et demi qu'ils étaient ensemble, c'était la première fois que Luca et elle se querellaient.

« Je n'aurais jamais dû lui parler de mes anciens cauchemars et encore moins de frère Roman, songea l'archéologue. Sorti de sa musique, il n'entend rien. Que les artistes sont donc bornés, taxant de folie ce qui n'appartient pas à leur imaginaire ! Je ne le pensais pas aussi étroit d'esprit… Tiens, je suis un peu moins triste qu'il parte demain pour plusieurs semaines. »

Aux abords du panthéon, Johanna sentit un regard lourd posé sur elle. Elle stoppa net et observa les alentours. Sur le trottoir déambulaient des bandes d'étudiants qui quittaient la bibliothèque Sainte-Geneviève pour aller se réchauffer dans l'un des bistrots de la rue Soufflot. Sur sa gauche, le monument aux morts illustres brillait de nitescence jaune et, dans la vitrine du restaurant d'en face, des inconnus engloutissaient choucroutes et entrecôtes-frites. Elle cligna des yeux, se retourna, mais n'aperçut personne de suspect ou de connaissance. Elle rattrapa Luca et continua de ruminer ses pensées, jetant de temps à autre un regard par-dessus son épaule.

Dans le hall de l'immeuble, elle sortit ses clefs et passa devant Luca sans un mot. Adjurant le ciel pour que sa fille soit paisiblement endormie, elle ouvrit doucement la porte. Isabelle n'était pas dans le salon et la porte de la chambre était entrebâillée. Par l'ouverture s'échappaient des petits cris de bête traquée. Elle se précipita dans la pièce, le cœur déchiré par le spectacle qu'elle savait y trouver.

Isabelle leur tournait le dos et ne remarqua pas leur présence. Assise au bord du lit, elle tenait fermement la main de Romane et, de l'autre, humectait le visage de la fillette avec un linge mouillé, tout en prononçant des mots doux et rassurants.

Cette aménité maternante ne semblait avoir aucun effet sur Romane qui, les yeux clos, le visage rouge de fièvre et de larmes, ouvrait la bouche et lâchait des cris spasmodiques, tandis que son corps se raidissait par à-coups, sous l'emprise d'une terreur ineffable. Soudain, elle retint sa respiration, avant de se mettre à tousser violemment.

Rompue par le chagrin et l'impuissance, Johanna se jeta à genoux au pied du lit et céda aux sanglots. Elle entendit à peine Isabelle prononcer : « Elle avait 40 °C il y a dix minutes. Je ne sais plus quoi faire. » Puis elle sentit la main chaude de Luca se poser tendrement sur sa nuque. Il dit d'une voix tremblante :

– Jo, je suis vraiment désolé. Je ne m'étais pas rendu compte… Je me suis comporté comme un imbécile. Pardonne-moi… Va consulter cet homme, demain. Même s'il n'est qu'un vulgaire rebouteux, tu n'as rien à perdre.

Le cabinet de l'hypnotiseur était niché dans une impasse privée qui bordait le parc Montsouris, au sud du XIVe arrondissement. De Port-Royal, à cette heure creuse de la journée, le taxi avait à peine mis dix minutes pour rallier l'endroit, mais Johanna avait failli s'endormir sur la banquette moelleuse. Elle régla et s'extirpa à grand-peine de l'auto. Elle avait mille ans.

Tenant Romane par la main, elle s'engagea dans la ruelle pavée où poussaient vieux arbres et ateliers d'artistes, qu'en d'autres temps elle eût trouvée charmante. Ce jour-là, elle distinguait à peine les verrières restaurées et passait en boitant devant les grands arbres nus qui lui faisaient penser à des squelettes arrogants.

– Maman, dit la petite, pourquoi on va encore voir un docteur, puisque je suis pas malade ? Moi je voulais aller à l'école avec Chloé et Hildebert me manque et…

– Romane, je te promets que juste après avoir vu ce monsieur nous rentrons à Vézelay. Demain, samedi, Chloé viendra déjeuner avec nous et passer l'après-midi à la maison. Je vous ferai un bon gratin dauphinois, avec plein de crème…

Un sourire éclaira un instant le visage terne de la fillette.

Au bout de l'allée, Johanna sonna à un portail de fer forgé noir. La maisonnette dont il barrait l'entrée ressemblait à la baraque en pain d'épice des livres pour enfants, que le conteur aurait oubliée dans un coin de sa tête : les murs ocre prenaient une méchante teinte marron, le toit n'avait pas vu de couvreur depuis des siècles, la cheminée penchait façon tour de Pise et le jardinet, devant la bicoque, était à l'abandon. Johanna ne trouva pas cela engageant, d'autant que personne ne venait ouvrir. Elle sonna à nouveau et serra plus fortement la main de sa fille.

– Il n'est pas là, le docteur, maman ?

– Je ne sais pas, je…

À cet instant résonna un coup sourd. Johanna se prépara à voir surgir le croisement d'un lutin sylvestre avec le professeur Tournesol monté en graine. Elle imagina un vieux bonhomme maigre coiffé d'un chapeau pointu, à la barbiche blanche taillée en pointe, aux minuscules lunettes et aux vêtements en désordre. Au lieu de cela, apparut un homme d'une cinquantaine d'années, en jean et chemise blanche, à l'allure de consultant pour une grosse entreprise en tenue de week-end. Il se précipita dans le jardinet anarchique et ouvrit le portail qui protesta en émettant un grincement de film d'épouvante.

– Pardonnez-moi, dit-il d'une voix grave et calme. J'étais plongé dans un article et je n'ai pas entendu la sonnette… Entrez, je vous en prie, entrez donc !

Précédant Romane et Johanna, il regagna la maison et ouvrit la porte à l'aide d'un coup de pied ferme et bien placé.

– C'est la seule manière… le bois est gonflé d'humidité… En fait, toute cette pauvre chaumière est décrépie, j'en ai hérité il y a cinq ans, je me dis chaque matin qu'il faudrait faire des travaux mais l'instant d'après je suis tellement absorbé par mon travail que j'oublie… Par ici, venez…

Johanna et sa fille le suivirent dans un couloir au papier peint d'avant-guerre, semé de taches et de marques de tableaux disparus, qui suscitait une sensation d'étouffement.

– Elle appartenait à ma grand-mère, poursuivit-il, mais elle ne l'habitait plus depuis des décennies… J'aurais dû la vendre et rester dans mon appartement haussmannien du boulevard Malesherbes, mais après tout, ici ou ailleurs… ce qui compte ce sont mes patients !

Mal à l'aise, Johanna songea à rebrousser chemin. Comment Isabelle avait-elle pu pénétrer dans cet antre avec Tara et faire confiance à ce type qui ressemblait plus à un énarque qu'à un psychiatre ? Comme s'il lisait dans ses pensées, le médecin demanda :

– Puis-je savoir qui vous a donné mes coordonnées, madame ?

– Isabelle Dolinot. Nous sommes de vieilles amies.

– Ah oui, madame Dolinot. Je vois très bien.

Ils entrèrent dans une pièce qui surprit l'archéologue. Sans lien avec le reste de la maison, elle était propre, vaste et moderne : à droite, un bureau laqué noir portait un ordinateur allumé. Au centre, une méridienne couverte de tissu indien était entourée de deux énormes fauteuils rouges à demi inclinés, avec repose-pieds assortis, dans lesquels Johanna eut immédiatement envie de se lover. À gauche, derrière un paravent de métal qui reflétait la lumière et la pelouse du jardin arrière, on apercevait un lit une personne et une douche à l'italienne pavée d'ardoise noire. Sur les murs blanc satiné, des tableaux d'art contemporain aux couleurs vives achevaient le saisissant contraste.

– C'est ici que je travaille et que je vis, précisa le docteur en enfilant une blouse blanche et en chaussant de petites lunettes carrées très excentriques.

Johanna s'assit dans une chaise de cuir face au bureau. Romane se dirigea vers une caisse à jouets posée dans un coin, que sa mère n'avait pas repérée.

– Bien, dit-il. Racontez-moi, je vous écoute.

Une fois encore, Johanna narra les nuits de sa fille et ses étranges symptômes, exhiba les résultats d'examens et rapporta les mots de la pédopsychiatre.

– Oui, murmura le docteur Sanderman. Tout cela cache sans aucun doute un conflit psychique. Les enfants ne gèrent pas le refoulement comme les adultes. Savez-vous comment fonctionne l'hypnose, madame ?

Johanna répéta ce qu'elle avait dit, la veille, à Luca. Derrière ses étranges lunettes qui ressemblaient à des loupes et faisaient au docteur un regard de poisson, il approuva.

– Voyez-vous, expliqua-t-il, si l'on se réfère aux trois états de l'organisme vivant que sont la veille, le sommeil et le rêve, l'état hypnotique en constitue un quatrième, plus proche de la veille que du sommeil, contrairement à ce que beaucoup de gens croient. Cela s'apparente à du somnambulisme.

– Je comprends.

– Mon rôle est non seulement de faire passer le patient à cet état, mais de l'amener à prendre conscience de sa maladie et ensuite, par un phénomène d'autosuggestion, de le pousser à la faire évoluer… Ce processus explique la relative efficacité de l'hypnose sur les affections dites « psychosomatiques » et sur les enfants, qui, par définition, n'ont pas encore érigé toutes les barrières entre leur « conscient » et leur « subconscient ». Ce dernier est plus facilement accessible et c'est sur lui que nous allons agir pour tenter de comprendre ce que signifient les symptômes et, petit à petit, les faire disparaître.

– C'est logique.

– Bien. Je vais donc m'occuper de votre fille. Je vous propose de la faire asseoir dans un des fauteuils puis de vous installer dans l'autre, face à elle. Elle a besoin de votre présence.

Rassurée, Johanna plaça Romane au milieu de l'énorme siège. La fillette ressemblait au pistil d'une fleur géante.

– Ça va, Romane ? lui demanda Sanderman. C'est confortable ?

– Oh voui ! répondit-elle. C'est mieux que le relax de madame Bornel !

Tandis que le médecin se postait sur un petit tabouret à gauche de sa fille et conversait avec elle sur leur vieille voisine, l'école, Hildebert et Chloé, Johanna se posait, du bout des fesses, sur le velours rouge du fauteuil. Même si Sanderman paraissait sérieux, son instinct de mère la poussait à rester vigilante.

– Tu peux fermer les yeux, disait-il à sa fille de sa belle voix douce. Nous allons continuer à parler tous les deux... Ta maman est près de toi, juste en face. Dis-moi, que fais-tu après l'école ?

Romane expliqua avec moult détails ses visites au chantier de fouilles, la cérémonie des devoirs, le rituel du bain.

– Et après ton dîner, tu regardes la télévision ? interrogeait le praticien.

– Non, maman n'aime pas ça, répondit-elle les yeux clos, la voix déjà traînante, parce que c'est les informations et qu'elle veut pas que je voie la guerre dans le monde.

– Je suis là, ne put s'empêcher de dire Johanna.

– Je sais, maman...

– Donc, reprit Sanderman, vous jouez toutes les deux, ta maman et toi ?

– Oui... et je donne ses croquettes à Hildebert... il mange, mais après il s'en va...

– Et toi, que fais-tu, alors ? Tu suis le chat dans le jardin ?

– Non... je vais me coucher... On choisit une histoire avec maman, et elle lit... Elle lit très bien, maman... Renart... Ysengrin... Ysengrin est tombé dans le puits à cause de Renart...

La fillette se tut brusquement. Sanderman poursuivit en chuchotant :

– Alors il est l'heure de dormir. Laisse-toi aller, n'aie pas peur... Tu dors, Romane, mais en même temps tu es éveillée… Tu as les yeux fermés mais tu vois tout ce qui se passe autour de toi… Ta maman éteint la lumière et sort de ta chambre sur la pointe des pieds… Tu entends son pas dans l'escalier… Puis c'est le silence dans la maison… Aucun bruit… Tout est calme… Tu dors… Mais le sommeil ne te prend pas… Tu dors, mais tu sens tout, tu vois, tu entends, tu regardes en dedans, en toi…

Romane demeurait muette. Johanna sentit une crainte l'effleurer.

– Il fait si noir !

La petite fille avait lâché ces mots, plus qu'elle ne les avait dits.

– C'est dans ta chambre qu'il fait noir, Romane ?

– Non… c'est le ciel…

– La nuit ? Il fait nuit dehors ?

– Oui… Il fait nuit tout d'un coup. Il y a eu un énorme bruit, comme quelque chose qui explose et qui fait tout trembler… Je comprends pas… Il fait nuit à 10 heures du matin… Où est le soleil ? Il était là, tout à l'heure, à l'instant… il faisait très beau… le ciel était bleu… Je ne vois plus le soleil… Il n'y a pas de lune… il fait noir… tiens, il pleut…

– C'est un orage, Romane, déduisit Sanderman. C'est cela, tu es sous un orage ?

– Oui… Non… je ne sais pas… Il pleut…

Subitement, le visage de la fillette se tordit de frayeur.

– Il pleut des pierres ! s'écria-t-elle. Il pleut des pierres ! L'oiseau… l'oiseau tombe à mes pieds… il ne bouge plus… je me souviens des chiens… ils ont aboyé ce matin, pendant que les oiseaux s'étaient tus. Les oiseaux n'ont pas chanté aujourd'hui… et maintenant l'oiseau est mort.

Au bord du fauteuil, Johanna s'interrogeait : que signifiait ce discours ? Vainement, elle tentait d'y déceler une allégorie d'événements traumatiques vécus par sa fille. Vézelay avait la réputation d'être une colline « magnétique » à cause du minerai de fer dont le sous-sol était gorgé, et d'attirer les orages : de fait, Romane avait assisté à de violentes tempêtes depuis qu'elles vivaient en Bourgogne mais évidemment, elle n'était jamais restée seule, dehors, sous un orage. L'oiseau mort lui fit penser à Hildebert : se pouvait-il qu'à l'insu de Johanna, le chat ait fait quelque lugubre cadeau à Romane ?

– Que fais-tu, maintenant ? questionna Sanderman. Tu ramasses l'oiseau ?

– Non. Je n'ai pas le temps. J'ai peur. Je cours. Aussi vite que je peux… Il fait si sombre… et chaud… Il y a des éclairs… Les pierres tombent… les gens crient… ils s'enfuient… je sens quelque chose me toucher… c'est doux… mais ça pique la peau… ça brûle…

– Qu'est-ce que c'est ? Regarde de quoi il s'agit… touche avec ta main et dis-moi ce que c'est.

– Je sais pas.. c'est blanc, on dirait de la neige… oui, il neige… Non, ce n'est pas de la neige, c'est… des cendres ! Il pleut des cendres ! Au secours !

Johanna bondit de son siège. Prise d'une subite inspiration, elle murmura au médecin :

– Je vous en prie, demandez-lui où elle est, dans quel pays, dans quelle ville…

– Où es-tu, Romane ? s'enquit Sanderman. Dans quelle ville ? Comment s'appelle-t-elle ?

L'enfant hésita quelques instants. Puis elle dit :

– Pon… Pompéi.

18

– JEAN, je te présente frère Herlembald, notre doyen, dit Geoffroi. Sa science est immense, à l'égal de sa foi.

La bibliothèque-scriptorium était petite et sombre, haute de plafond. Elle avait échappé aux flammes mais pas à l'indigence générale du monastère : sur les murs couverts de rayonnages, les manuscrits étaient rares. En fait de scriptorium, un seul moine était penché sur un parchemin rongé par le temps et les insectes, qu'il copiait avec application sur un pauvre palimpseste. Le vieillard leva la tête et salua avec méfiance le moine de Cluny.

– Frère Herlembald, ordonna l'abbé, je désire montrer à frère Jean notre manuscrit le plus précieux.

Le vieil homme fronça les sourcils mais n'osa désobéir. Il se dressa avec difficulté, essuya ses doigts tachés d'encre à sa bure et, s'aidant d'un bâton posé contre le bureau, tenta d'avancer dans la pièce. Geoffroi se tourna vers Jean de Marbourg.

– En préalable, dit-il, tu dois savoir que Girart, comte de Vienne et de Roussillon, notre fondateur, était un seigneur très puissant ; il n'était autre que le beau-frère de Lothaire Ier, roi de France, Empereur d'Occident et petit-fils de Charlemagne.

Le vieux copiste traînait les pieds jusqu'à la cheminée.

– Dans les années 840, poursuivit l'abbé, Girart guerroya contre les Sarrasins qui pillaient la Provence, rasant Marseille, Arles et Aix. Il défendit notamment le monastère bénédictin de Lérins, sur l'île Saint-Honorat, qui, depuis, est devenu l'un des fleurons de Cluny…

Pendant ce temps, Herlembald retirait quelques gros livres d'une étagère.

– J'ai ouï dire des centaines de moines qui y avaient été massacrés par les barbares, répondit Roman. Et de la foi de ce monastère plusieurs fois détruit, et toujours reconstruit.

Le vieillard actionna un mécanisme et ouvrit une niche secrète cachée dans le mur. Il en retira un petit rouleau.

– Oui. Il fut à nouveau attaqué en 858, expliqua Geoffroi, mais cette fois par les Northmen. Or, depuis 855, année où Lothaire Ier abandonna son trône, le comte Girart, en tant que tuteur légal du dernier fils de Lothaire, Charles le Jeune, malade et faible d'esprit, était le régent du royaume de Provence. C'est à ce titre qu'il y gouverna et tenta de repousser les pirates scandinaves qui dépouillaient les monastères et saccageaient la région.

– Fort bien, mais je ne vois pas où tu veux en venir...

– À ceci.

Frère Herlembald revenait tranquillement, tenant le minuscule parchemin. L'abbé saisit le document, remercia le moine et déroula le rouleau devant son ami. Circonspect, ce dernier se pencha et lut :

« Je soussigné Saron, premier abbé de Pothières, certifie avoir reçu, en l'an de grâce 860, au jour de la saint Pierre et Paul, patrons de mon monastère, des mains mêmes de notre fondateur, le comte Girart, victorieux des barbares, et de retour de son royaume de Provence, une statue de bois représentant Jésus, notre Seigneur, qu'il tient lui-même de l'abbé de Lérins, en remerciement des actes de bravoure qu'il y a réalisés par deux fois, pour défendre ce lieu très saint des assaillants impies. À la suite de l'abbé de Lérins, j'atteste l'authenticité de cette sculpture façonnée en son refuge de Provence par Marie, sœur de Marthe et de Lazare, native de Béthanie, disciple de Jésus exilée en Gaule. Cette statue avait été offerte aux fondateurs de Lérins saint Honorat et saint Caprais, en l'an de l'Incarnation 415. Elle accomplit miracles et guérisons. Elle est désormais le joyau de notre maison. »

– Selon une légende qui n'a jamais été écrite, ajouta Geoffroi, l'abbé de Lérins aurait confié à Girart que la statue représentait un secret lié au Christ, d'après ce que Marie de Béthanie aurait révélé avant de rejoindre le Très-Haut. Mais durant plus de quatre siècles les moines de Lérins l'ont contemplée et vénérée sans percer ce secret...

– Montre-moi cette statue ! demanda Roman, ému. Où est-elle, à Pothières ?

– Hélas, repondit Geoffroi en soupirant, la sculpture trônait dans le chœur de Vézelay mais elle a brûlé dans l'incendie de l'abbaye, il y a un siècle. Viens, laissons frère Herlembald à sa tâche, nous l'avons suffisamment importuné.

Les deux moines quittèrent la bibliothèque-scriptorium.

– Ainsi, murmura Roman, était vraie la légende selon laquelle Marie de Béthanie, son frère Lazare, sa sœur Marthe et leurs compagnons avaient fui Jérusalem pour la Provence, après l'ascension du Seigneur, à cause des persécutions…

– Peut-être. Mais cela ne prouve pas que la sainte ait réellement façonné la sculpture. La vierge noire de Rocamadour a-t-elle vraiment été sculptée par saint Luc ?

– Oserais-tu douter, Geoffroi ?

– Au contraire, Roman. Ma foi est si élevée qu'elle n'a cure de telles contingences. Entre, je te réserve une surprise…

L'abbé fit pénétrer son ami dans sa cellule, puis se dirigea vers un gros coffre en chêne posé dans un angle de la pièce. Il l'ouvrit et, avec beaucoup de délicatesse, en ôta un objet enveloppé dans un linge. Il le posa sur la table et dégagea lentement les pans du tissu. Ainsi apparut ce qui naguère avait dû être une tête sculptée, mais qui ressemblait désormais à une bûche calcinée.

– Je t'ai dit que la statue avait brûlé, dit Geoffroi avec malice, mais pas qu'elle avait disparu…

– Geoffroi, tu es un moine roué ! Puis-je la toucher ?

– Je t'en prie.

Frère Roman saisit le lourd morceau noir et constata avec déception que le feu avait totalement effacé les traits censés représenter Jésus. Il promena ses mains sur le bois lisse, à la recherche de traces. L'extrémité de ses doigts nota l'ancienne proéminence d'un nez, l'infime empreinte de lèvres, mais ce fut tout. À la base de la pièce, son index et ses yeux distinguèrent cependant la marque d'une inscription. Il se pencha à quelques millimètres mais ne put décoder qu'un mot :

– La… dit-il, La…

– Lazarus, continua le père abbé. C'est la seule trace visible. La phrase qui contenait ce nom est malheureusement illisible. Cette mention me fait penser que la statue figurait Jésus pleurant la mort de Lazare.

– Oui, sans doute. Il est possible que Marie de Béthanie ait réalisé cette sculpture représentant, de mémoire, la souffrance du Seigneur face à la disparition de son frère, avant que Jésus ne le ressuscite en promesse de la résurrection future de ceux qui croiront en lui… Si c'était le cas, Geoffroi, ce serait prodigieux ! Quel dommage que ce trésor ait été détruit par l'incendie… assurément il aurait fait la fortune et la gloire de ton abbaye…

– Cher Roman, il le peut encore !

– Je ne vois pas comment… Quel pèlerin irait se prosterner devant un malheureux morceau de bois ?

– Mais… une foule entière, Roman, si cette multitude admet que ce « malheureux morceau de bois » provient de la Croix, de l'arche d'alliance ou d'une sculpture, certes invisible, mais jaillie des mains d'une sainte, disciple de Jésus.

– Tu comptes donc l'exhiber aux fidèles ?

– Oui, mais point toute seule. Tes réflexions de tout à l'heure m'ont éclairé sur un point : pas de grand pèlerinage sans reliques. Or je veux faire de Vézelay un centre chrétien au moins égal au Mont-Saint-Michel, une étape majeure sur la route de Jérusalem, de Rome ou de Compostelle. Pour cela, la statue sera accompagnée des restes physiques de la sainte.

– Mais de quelle sainte, Geoffroi ? demanda Roman, perplexe.

– C'est évident : Marie de Béthanie, c'est-à-dire Marie-Madeleine ! Certes, je ne dispose pas de ses ossements. Mais je possède ceux d'Ava, martyre des païens, et une notice de l'abbé de Pothières attestant l'authenticité de la statue. Il suffit d'ajouter une phrase au parchemin du moine Saron, certifiant que Girart a reçu de Lérins non seulement l'œuvre de Marie de Béthanie, mais des reliques de la sainte… Je saurai persuader Herlembald de compléter la notice ; au besoin, je l'écrirai moi-même.

Stupéfait, le moine de Cluny resta muet. Puis il finit par bredouiller :

– Geoffroi, je ne suis pas certain de comprendre… Tu veux lancer un pèlerinage à Marie-Madeleine sur le fondement de la statue et des ossements d'une autre femme, en prétendant qu'ils appartiennent à Marie de Béthanie ?

– Exactement. Grâce à toi, mon ami, qui m'as ouvert les yeux sur l'importance des reliques. Jamais je ne saurai assez te remercier…

Le teint grisâtre de Roman vira au cramoisi.

– Geoffroi ! hurla-t-il. Tu ne peux ! C'est un mensonge, pis, un blasphème !

Très calme, l'abbé s'assit derrière la table.

– Roman, pardonne-moi cette bassesse, mais je te juge fort mal placé pour accuser quiconque de mensonge et de blasphème.

Le moine de Cluny recouvra aussitôt son aspect austère.

– Tu as raison, Geoffroi, répondit-il en inclinant la tête.

– Néanmoins, ne te méprends pas : mon dessein n'est pas de t'incriminer, pas plus que de duper le monde. Comme tu as été contraint à une petite mystification pour sauver ta vie, je me vois obligé de recourir à cette ruse pour sauver mon abbaye.

– Pour cela, tu es prêt à profaner le tombeau d'une suppliciée.

– Ses os seront dans une châsse précieuse, révérés, honorés, adorés par le peuple prosterné !

– Les pauvres hères traverseront le pays, encourant une multitude de dangers pour venir à Vézelay dans l'espoir d'être sauvés par la présence physique et spirituelle de Marie-Madeleine ; or, sans le savoir, ils seront face à une autre personne, victimes d'une tromperie officielle et organisée.

Le père abbé soupira.

– Roman, es-tu vraiment convaincu que toutes les reliques exposées à la ferveur des fidèles sont authentiques ?

– Je ne suis pas si naïf, Geoffroi, et me rappelle la polémique déclenchée par Claude de Turin, il y a deux siècles, à ce propos...

– Comment être certain que le crâne et le bras de saint Aubert, coupa l'abbé, retrouvés dans le plafond de la cellule de l'abbé Hildebert, à un moment où justement on en avait besoin, étaient bien ceux du fondateur du Mont ? Personne n'est allé vérifier l'authenticité de ces ossements... et pourtant, Roman, ces reliques ont accompli des miracles !

– C'est vrai, à commencer par la subite générosité du duc de Normandie, mais, bien au-delà, j'ai vu de mes yeux un homme sourd depuis sa naissance qui, quelques instants après avoir touché la châsse contenant les reliques attribuées à saint Aubert, entendait le concert des anges et le bruit des hommes...

– Peu importe si l'ossement d'Aubert n'appartient pas à Aubert, il suscite l'espoir et déclenche la marche des pénitents qui viennent jusqu'à nous pour sauver leur âme !

– Et enrichir l'abbaye par quelque obole...

– Oui, mais auparavant, nous les aurons sauvés !

– Geoffroi, je ne sais plus que penser, j'ai besoin de réfléchir à ton projet. Je te demande la permission de me retirer. M'accordes-tu l'hospitalité pour la nuit ?

– Mon ami, cette nuit, et les suivantes ! À dire vrai, j'aimerais que tu demeures ici quelque temps, afin que je profite de ton expérience de maître d'œuvre et que je recueille tes suggestions architecturales.

– Nous verrons, Geoffroi. Pour l'heure, j'ai besoin de reposer.

– Je t'ai déjà fait préparer une cellule à l'écart du dortoir, où tu pourras être seul et en paix. Je t'y accompagne.

– Je te remercie. Geoffroi, j'ai une dernière requête à formuler.

– Je t'écoute, mon ami.

Frère Roman était toujours debout face à l'abbé, avec l'ancienne sculpture dans les mains.

– Je voudrais, dit-il en la regardant, je voudrais te l'emprunter cette nuit, afin de l'étudier un peu. Quoique abîmée, elle me fascine et…

– Mon frère, à ta guise ! Emporte-la, je te la cède jusqu'à demain. Mais pas plus longtemps. Sans elle, je peux dire adieu à mon pèlerinage !

Roman avait préféré manger seul, dans sa cellule, sous l'étrange regard de la sculpture morte. Après l'office du soir, il s'était à nouveau retiré dans la petite cabane de bois, éprouvant une immense fatigue et un sentiment d'exaltation à l'idée de passer la nuit en compagnie d'un objet qui avait peut-être été façonné par un personnage illustre, figure centrale du christianisme.

À l'image des Écritures et de la piété populaire, frère Roman songeait à trois femmes lorsqu'il observait la sculpture éteinte : Marie de Béthanie alias Marie-Madeleine ; Ava, que son père héroïque n'avait pas pu sauver des Normands alors qu'il avait secouru l'abbaye de Lérins ; puis s'insinuait l'image douloureuse d'une femme qu'il avait aimée sans le lui dire, qu'il avait échoué à sauver du martyre et qui, sans le vouloir, avait causé la perte du maître d'œuvre et sa fuite loin du Mont-Saint-Michel. Cette femme était depuis longtemps disparue. Son âme avait pour sépulture l'âme de Roman, qu'elle avait creusée comme un bois tendre, fendue telle une pierre, lézardée sous les coups de ciseau. Elle s'appelait Moïra.

Roman gisait sur son grabat, abattu par le voyage, les retrouvailles avec Geoffroi et les fourbes desseins du père abbé. Devrait-il s'en ouvrir à Odilon, une fois de retour à Cluny, et trahir son ami ?

S'il se taisait, il se rendrait coupable de déloyauté vis-à-vis de son abbé, son bienfaiteur, son père... Il ne pouvait s'y résoudre, comme il renâclait à dénoncer Geoffroi. Au fond, il n'était qu'un instrument, un maillon faible au milieu des ambitions des deux hommes, que leur position au sein de l'Église et le caractère trempé poussaient à confondre foi et politique, volonté absolue de servir Dieu et soif d'étendre sa puissance, désir de pureté individuelle et destinée collective d'une abbaye. Il comprenait la stratégie de son ami bien qu'il n'y adhérât point, il saisissait les fondements de la tactique d'Odilon, bien qu'il répugnât à être son outil. Comment sortir de ce dilemme ? Comment manœuvrer à son tour afin de demeurer ce qu'il avait choisi d'être il y a quatorze ans, un moine humble et effacé, uniquement hanté par le spectre d'une morte pour laquelle il priait jour et nuit ?

Incapable de trouver le sommeil, il se retourna sur sa couche et ses yeux rencontrèrent la statue qu'il avait posée sur le sol. Par la lucarne, la lune dispensait une lueur qui découpait les choses, sans les éclairer. Il s'agenouilla, dénuda l'objet de son voile clair et posa ses mains sur la sculpture, comme on effleure le ventre d'une femme. Le bois était tiède. Il se demanda si l'empreinte du feu était si profonde qu'elle atteignait le cœur de la pièce. « Sans doute pas, songea-t-il, sinon elle se serait effritée et il n'en resterait rien. Pourrait-on, dans ce cas, envisager une restauration, en limant la surface ? Le visage original de Jésus pleurant la mort de Lazare est perdu, de toute façon. Il faudrait le sculpter à nouveau, sur le bois sain... »

Roman alluma sa chandelle et l'approcha le plus près qu'il pût de la face calcinée. Pouce par pouce il observa le désastre, passa l'index sur le portrait meurtri, et son doigt fut bientôt noir de suie. Difficile de jauger le degré qu'avait atteint le feu, sans endommager plus encore la pièce... Il la retourna. L'arrière du crâne était pareillement carbonisé. À nouveau il en étudia chaque millimètre mais cette fois insista tant qu'un petit morceau de charbon se détacha de la sculpture. Aussitôt, Roman regretta son geste. Puis il résolut de s'acharner sur cette infime portion de cou, à la base de la nuque, qui constituait l'unique moyen de déterminer si la statue pourrait retrouver un aspect plus « humain ». Doucement, il creusa avec les ongles l'endroit où le petit morceau était tombé, qui n'était pas plus gros qu'une phalange. Pour se rassurer, il se disait que Geoffroi ne saurait lui en vouloir, puisque les fidèles ne verraient jamais le verso de la sculpture. Un autre fragment de bois noir se détacha de la masse, sans que Roman pût apercevoir une quelconque partie épargnée par les flammes. S'il continuait, il risquait de détruire l'objet. Il résolut d'abandonner mais il lui sembla que quelque chose scintillait à travers le minuscule trou qu'il avait creusé. Il approcha la bougie et, à son grand étonnement, remarqua que le bois s'était fissuré sous son action. Surtout, il apparut que quelque chose d'indéterminé brillait au-delà de la fissure.

De quoi pouvait-il s'agir ? La statue était-elle creuse ? Avait-on peint l'intérieur avec un enduit doré ? Pourquoi ? Pour le savoir, Roman n'avait pas le choix : il lui fallait agrandir la faille, au risque de voir la fragile statue se couper en deux.

Il résolut d'éveiller le père abbé et de laisser le propriétaire de l'œuvre décider de ce qu'il convenait de faire. Il se leva, empoigna l'objet mais, au lieu de quitter la cahute, il approcha la tête noire de la petite fenêtre blanche de lune. À la lumière laiteuse de l'astre, l'éclat doré étincela de plus belle.

Pour la première fois depuis presque deux décennies, frère Roman fut la proie d'un sentiment qui n'était ni le remords, ni le chagrin : la curiosité s'était emparée de lui et reléguait dans ses tréfonds son habituelle mélancolie. Ses yeux gris brillaient, son corps courbé frissonnait d'émotion. Brusquement, il eut l'impression d'avoir vingt ans et que son maître Pierre de Nevers allait apparaître pour lui confier quelque secret lié aux arcanes de son art… un secret… Il se remémora les mots exacts prononcés par Geoffroi quelques heures auparavant : « l'abbé de Lérins aurait confié à Girart que la statue représentait un secret lié au Christ, d'après ce que Marie de Béthanie aurait révélé avant de rejoindre le Très-Haut. Mais durant plus de quatre siècles les moines de Lérins l'ont contemplée et vénérée sans percer ce secret… ».

Comme chez tous les hommes ayant trop longtemps refoulé une ardeur, la passion décupla en Roman. Incapable de résister à la curiosité, il enfonça ses doigts dans la fêlure et força la petite béance.

Le chêne céda en un craquement qui le fit reculer de frayeur. Par tous les saints, qu'avait-il fait ?

Sur le rebord de la fenêtre, l'ancienne sculpture était à demi écartelée. Par l'ouverture pratiquée du sommet du crâne jusqu'au cou – seul le socle était intact – on apercevait une cavité excavée dans le bois. De cette cavité émergeait un parchemin roulé maintenu par un fil d'or, fil à l'origine du scintillement qui avait tout déclenché.

N'osant plus respirer, tremblant, le moine s'approcha. Du petit rouleau dépassait quelque chose. Roman tira l'objet hors du cylindre de peau. Il s'agissait d'un os. Un os noirci par le temps, non par le feu. À première vue il s'agissait d'une côte, mais l'ancien maître d'œuvre était incapable de juger si elle était humaine ou animale. En tout cas, elle était gravée : sur toute sa surface, la relique était couverte de mots dans une langue que le moine ne connaissait pas, mais qui lui sembla être de l'hébreu ou une autre langue sémitique.

Roman reposa l'os et s'empara du parchemin. Lui aussi était intact, même s'il semblait de piètre qualité. La peau était épaisse et grossière. Issue d'un animal sans noblesse, elle n'avait pas bénéficié des subtiles préparations que ses riches frères bénédictins dispensaient aux peaux de veaux mort-nés, afin d'obtenir le précieux vélin sur lequel ils copiaient et enluminaient. Lentement, le moine dégagea le fil d'or et déroula le manuscrit. Une écriture dense. Serrée. En latin.

Trop agité pour appréhender le sens de ce qu'il lisait, son regard glissa vers la fin du document et il sursauta de surprise.

La lettre était signée. D'un nom qui aussitôt lui arracha des larmes, puis d'irrépressibles sanglots :

« *Maria Bethania.* »

19

ACCROUPIE dans le couloir face à la chambre de Faustina, Livia sanglote en silence. Derrière la lourde porte ouvragée, sa maîtresse se meurt d'un mal que ni les cataplasmes de fenugrec et d'ail, ni l'ingestion du *kyphi* égyptien, l'inhalation de vapeurs, l'utilisation de ventouses et pas même les sacrifices à Isis et Osiris, au dieu Esculape et à ses filles Panacée et Salus, les déesses de la guérison, ne sont parvenus à conjurer : la pneumonie que Faustina Pulchra a contractée voilà deux semaines, pendant les fêtes des Saturnales, est en train d'avoir raison de son corps de vieille femme de soixante-cinq ans. Depuis huit ans, ce moment de l'hiver est pour l'aristocrate le plus fort de l'année, celui où, aux réjouissances traditionnelles des Saturnales, s'ajoute une intense activité mondaine et solennelle, liée à l'anniversaire de la mort héroïque de son époux et aux célébrations rappelant l'avènement de l'Empereur Vespasien.

– Livia, dit le médecin grec en sortant de la chambre, la *domina* te demande…

L'esclave se lève et sèche ses larmes. S'il est permis de pleurer la nuit, il n'est pas convenable de montrer son chagrin à autrui, et de surcroît à sa maîtresse à l'agonie. Elle rajuste sa tunique et pénètre dans le *cubiculum*.

Allongée sur son lit, entourée de potions et de remèdes aux odeurs puissantes, Faustina Pulchra tousse et expectore dans un linge. Livia sait que c'est du sang qu'elle crache et que sous le maquillage ses lèvres sont bleues, son teint blafard. Faustina est à bout de forces. Elle respire bruyamment.

– Approche… ordonne-t-elle d'une voix faible.

Livia s'agenouille sur le *toral*, à côté du lit. Faustina prend ses mains dans les siennes. Livia remarque que les ongles de sa maîtresse sont bleus, comme ses lèvres, ignorant qu'il s'agit du funeste signe de la déficience d'oxygène dans le sang. Sans un mot, Faustina plante ses yeux noisette dans les prunelles mauves de son *ornatrix*, comme si elle y voyait défiler les images des événements de ces dernières années.

Après le suicide de Néron, quatre princes se sont succédé sur le trône en un an et demi, dix-huit mois sanglants et confus de guerre civile et de troubles violents.

Le vieillard Galba, dans lequel le mari de Faustina et ses collègues avaient placé leur confiance, déçut sénateurs, chevaliers, militaires et plébéiens par ses maladresses et son injustice. Othon, soutien de Galba, ex-époux de Poppée, en profita pour fomenter un complot. Après sept mois de règne, sur le Forum, l'Empereur fut attaqué par des gardes prétoriens, lardé de coups d'épée, égorgé et décapité. Ne pouvant saisir sa tête par les cheveux puisque Galba était chauve, un soldat plaça son pouce dans la bouche du vieillard et offrit le trophée à son successeur : Othon. Ce dernier répara les erreurs de Galba, accorda largesses aux prétoriens et aux sénateurs, gracia les persécutés par Néron, châtia les anciens fidèles de l'histrion, mais le général Vitellius, commandant des puissantes armées du Rhin, se fit proclamer Empereur par ses troupes qui marchaient sur l'Italie. Les solides légionnaires de Germanie écrasèrent l'armée othonienne. Après seulement trois mois de principat, Othon se suicida. À cette époque, l'époux de Faustina, Larcius Clodius Antyllus, ainsi que tous les Romains désespéraient de voir un jour revenir la paix dans l'*Urbs* et dans l'Empire. L'Empereur Vitellius se révéla d'emblée vil et abject, glouton insatiable plus préoccupé par la satisfaction de son appétit d'ogre, de son goût pour les courses de chars et les combats de gladiateurs que par les affaires de sa charge. Ses légions se comportaient comme une armée de soudards : ils pillaient, violaient, terrorisaient les populations de l'Italie et de Rome. La plèbe subissait et se taisait, le Sénat s'interrogeait.

Pendant ce temps, en Judée, le général Vespasien, commandant en chef des armées d'Orient qui, avec son fils Titus, avait réprimé la révolte des Juifs et reconquis la Galilée, fut proclamé Empereur par ses troupes, par le préfet d'Égypte, le légat de Syrie et toutes les légions d'Orient et du Danube. Son armée marcha sur Rome. De son côté, dans la capitale de l'Empire, le frère aîné de Vespasien, Titus Flavius

Sabinus, préfet de la Cité depuis douze ans, entreprit des démarches diplomatiques mais la majorité des membres du Sénat hésitaient à prendre parti pour Vespasien, à l'image de Larcius Clodius. En effet, contrairement aux aristocrates Julio-Claudiens, les origines de la famille de Vespasien, les Flaviens, n'étaient pas prestigieuses. Il appartenait à la petite-bourgeoisie campagnarde. À cette extraction modeste s'ajoutaient une jeunesse passée loin de Rome et une épouse que l'on disait affranchie. Devenu veuf, il vivait désormais avec une concubine, une ancienne esclave qu'il s'obstinait à traiter avec tous les égards dus à une épouse légitime.

« Cher Larcius Clodius Antyllus, dit Titus Flavius Sabinus au vieux sénateur qu'il connaissait depuis vingt ans, tu préfères laisser Rome et l'Empire civilisé à un homme bien né régi par son estomac et des instincts de brute, qui traite les sénateurs comme des esclaves, plutôt qu'à un roturier à l'esprit sain et à l'intelligence fine, qui gouverne ses esclaves comme s'il s'agissait de sénateurs ? »

Sentant le vent tourner, le mari de Faustina se rangea du côté des Flaviens. La victoire des troupes flaviennes contre celles de Vitellius à Crémone, l'année suivant la mort de Néron, le quinzième jour avant les calendes d'octobre*, suivie du ralliement des légions d'Espagne, de Gaule et de Bretagne achevèrent de le convertir à Vespasien. Ses armées approchaient de Rome. Titus Flavius Sabinus et Larcius Clodius Antyllus négocièrent secrètement avec Vitellius l'abdication pacifique de ce dernier. Peu après les ides de décembre**, l'Empereur légitime s'apprêtait à partir avec sa famille. Mais les prétoriens et une partie du peuple s'y opposèrent. La situation tourna à l'avantage de Vitellius. Titus Flavius Sabinus, ses enfants, son neveu Domitien – le fils cadet de Vespasien – Larcius Clodius et d'autres sénateurs et chevaliers partisans des Flaviens se réfugièrent dans le Capitole. Les troupes de Vitellius prirent d'assaut le temple de Jupiter, le symbole de la grandeur de Rome, et bientôt le Capitole fut en feu. Déguisé en prêtre d'Isis, le jeune Domitien parvint à échapper aux flammes, mais le mari de Faustina fut tué. Les autres assiégés s'enfuirent et furent pris par les Vitelliens. Titus Flavius Sabinus, préfet de Rome, fut lynché par la foule, décapité, et son corps fut abandonné sur les marches des Gémonies. Les troupes flaviennes arrivèrent le lendemain. Au terme

---

* Le 24 octobre 69.
** Le 18 décembre 69.

d'une journée de sanglants combats de rues, elles prirent la Cité. Vitellius, qui avait régné sept mois, fut massacré ; son cadavre fut jeté dans le Tibre. Titus Flavius Vespasianus – Vespasien – âgé de soixante ans, fut reconnu Empereur par le Sénat. Une nouvelle ère commençait. Les généraux de Vespasien nettoyèrent la ville de ses dix-huit mois de chaos et à l'automne suivant, le nouvel Empereur entra triomphalement dans l'*Urbs*.

Depuis la fin tragique de son mari et l'accession au trône de Vespasien, huit ans auparavant, l'existence de Faustina est bouleversée. Rien, dans la prudence politique et la légendaire circonspection de Larcius Clodius, ne laissait présager une mort aussi valeureuse. Seule Livia, la nuit précédant l'incendie du Capitole, a vu les flammes en rêve, comme elle avait vu, cinq ans auparavant, celles des bûchers des chrétiens la veille du grand massacre dans les jardins de Néron. Mais elle n'en a rien dit à sa maîtresse, ne croyant pas au caractère prémonitoire de ses songes.

Si Faustina a pu concevoir quelque affliction de la disparition de son vieux mari, sa peine a vite été balayée par la rente annuelle et les honneurs dont le nouvel Empereur a couvert la veuve de celui qui s'était sacrifié à sa cause, aux côtés de son frère : Larcius Clodius Antyllus a eu droit à un deuil public et à des funérailles dignes d'un souverain. Lors de la grande cérémonie de reconstruction du Capitole, une statue à son effigie a été érigée devant le bâtiment sacré et il ne se passe pas une cérémonie officielle, un défilé, un grand banquet dans le palais de l'Empereur ou chez ses fidèles auxquels sa veuve ne soit conviée. Elle-même reçoit en grande pompe les dignitaires du régime et, il y a cinq ans, elle a acheté tout le pâté de maisons pour agrandir sa demeure, plus une vingtaine d'esclaves supplémentaires. La patricienne entretient quelques jeunes éphèbes et une troupe de pantomime pour la divertir. L'été, tout ce petit monde fuit la touffeur de la ville dans une immense villa au bord de la mer Adriatique. Même si son train de vie est loin d'égaler celui de l'Empereur et de ses vingt mille esclaves, ou des grands propriétaires fonciers possédant un millier d'âmes, l'assassinat de son mari a introduit dans la vie de Faustina et de sa *domus*, au luxe déjà honorable, un faste et un rythme effréné qui ont contribué à épuiser son corps affaibli par l'âge.

Livia est devenue l'une des plus éminentes *ornatrix* de Rome, rompue au camouflage des rides et des cheveux blancs, experte ès parfums, professionnelle des retouches à toute heure du jour et de la nuit, et en tout lieu, y compris dans une antichambre du palais de l'Empereur, pendant que le banquet bat son plein à côté. Assurément elle ne manquera jamais de travail, lorsque sa maîtresse ne sera plus : les amies haut placées de Faustina et Caenis elle-même, la concubine de Vespasien, lui ont déjà proposé de la racheter pour la prendre à leur service. Mais ce n'est pas ce qu'elle attend. En secret, elle espère que sur son lit de mort, Faustina fera le geste que tant de maîtres accomplissent au moment de leur trépas : l'affranchissement des esclaves de leur maison. La liberté... Livia en rêve malgré la tristesse de perdre sa maîtresse. La rupture de ses chaînes est désormais son seul désir et chaque nuit, elle prie pour le salut de l'âme de Faustina et pour cet acte généreux qu'elle sait mériter.

– Livia... murmure Faustina. Depuis combien de temps vis-tu dans cette demeure ?

– Voilà un peu plus de treize ans que vous m'avez acquise, maîtresse.

– Je me rappelle ton arrivée. Tu étais si jeune, si frêle ! Tu semblais terrorisée, prête à t'effondrer au moindre geste... Enfant muette et vagabonde... Vois ce que tu es devenue !

Dans quelques jours, Livia aura vingt-trois ans. Son corps solide et plantureux est au faîte de son éclosion. Quant à son visage, pourtant dénué de tout artifice, il est un ravissement pour quiconque y pose le regard : doux et régulier, un grand front, un nez étroit et élégant, une bouche fine et naturellement carmine, des dents saines et droites, des joues hautes et dorées, des yeux francs dont la teinte violine a gagné en profondeur avec le temps. Les cils et sourcils noirs s'harmonisent à la couleur de sa chevelure épaisse, qui ondule en reflets brillants. Nul doute que Livia est une très belle femme, et ce fait n'échappe à personne.

– Il faudra que tu daignes enfin te marier, dit Faustina en toussant. Tu ne peux demeurer sans époux, c'est inconcevable !

– Oui, maîtresse.

À maintes reprises Faustina a tenté de lui faire épouser un bel esclave d'une autre maison, ou de sa propre *domus*. L'*ornatrix* a toujours refusé, suppliant sa maîtresse d'y renoncer, arguant qu'elle ne saurait être moins disponible pour elle et que le rang nouveau de la patricienne exigeait son dévouement continuel. À chaque fois, Faustina a fini par capituler.

– J'ai un grand attachement pour toi, reprend la matrone. Et je sais ô combien tu m'es fidèle. Ces dernières années me l'ont prouvé. Ton dévouement à mon égard a été exemplaire...

Le cœur de Livia bondit dans sa poitrine. Ça y est, sa maîtresse va lui annoncer sa libération prochaine...

– Cependant je ne t'accorderai pas ce que tu es fondée à attendre.

Livia encaisse le choc en pâlissant.

– J'aurais tant aimé t'affranchir ! poursuit Faustina avec douceur. Mais ton attitude m'en empêche. Car je sais, Livia, qu'en cachette, malgré ce qu'il s'est passé il y a presque une décennie, tu continues à pratiquer ton culte sordide et impie.

Lorsque, dix ans auparavant, Faustina a découvert que son *ornatrix* était chrétienne et qu'elle lui a ordonné d'abandonner sa foi pour devenir une adepte d'Isis, Livia est tombée gravement malade. Prise de fièvre durant plusieurs semaines, son corps s'ingéniait à fondre dans une dysenterie qu'aucun remède ne parvenait à juguler. Faustina a fait venir à son chevet les plus grands chirurgiens de Rome, qui tous avouaient leur impuissance et prédisaient la mort prochaine de l'*ornatrix*. Désemparée à l'idée de perdre celle qui redonnait à son visage et à son corps l'illusion de la jeunesse, Faustina a cédé. Un soir, près du grabat de l'esclave atone et à demi inconsciente, elle a annoncé qu'elle renonçait à la convertir de force au culte d'Isis. En échange, Livia devait renier ses croyances coupables. Dans un chuchotement à peine audible, l'esclave accepta. Peu à peu, elle recouvra de l'énergie et, à la surprise des médecins, elle guérit. Par la suite, Faustina n'aborda plus jamais cette question.

– Je l'avoue, maîtresse, confesse Livia à voix basse. J'ai manqué à la promesse que vous m'avez extorquée. Mais vous n'avez pas eu à en pâtir. Jamais je n'ai exhibé ma foi, elle est restée dans le secret de mon âme.

Faustina pousse un soupir. Elle sait, comme Livia, que ce n'est pas tout à fait vrai. Certes, les deux femmes n'ont jamais évoqué ce problème au sein de la maison. Mais pourquoi l'esclave jeûne-t-elle tous les mercredis et vendredis ? Surtout, où va-t-elle chaque dimanche, peu avant l'aube ? Faustina a préféré ne jamais le demander, ne plus faire suivre son *ornatrix*. Néanmoins elle a toujours senti que Livia était restée fidèle à son Nazaréen et qu'elle rencontrait d'autres sectateurs : qu'est-ce qu'une croyance sans rite, sans adepte, sans temple ? Une simple pensée, pas une religion.

– Où que se terre ta folle superstition, répond la matrone d'une voix éraillée par la maladie, je ne puis tolérer qu'à ma mort elle s'épanouisse et se répande sans entrave. Au royaume des défunts, mon esprit en serait affecté et mon âme risque de se transformer en lémure vicieux, qui viendrait tourmenter les vivants de ma famille. Pour cette raison, je te cède par testament à mon neveu Javolenus Saturnus Verus. Si j'ai échoué à te remettre dans le droit chemin, j'ose espérer qu'il y parviendra…

Javolenus Saturnus Verus ! Livia baisse la tête. La première fois qu'elle a vu le neveu de Faustina, elle venait à peine d'arriver dans la *domus*. Le sénateur passait souvent converser avec son oncle des affaires de la Curie et embrasser sa tante pour laquelle son affection était profonde. Mais un jour, il a subitement disparu. Par la suite, en écoutant les ragots des autres esclaves, l'*ornatrix* a appris qu'il avait participé à un complot contre Néron, que l'Empereur l'avait fait arrêter et condamner à l'exil. Livia a conçu un élan de sympathie pour cet homme persécuté, qui avait osé s'opposer à la tyrannie du bourreau. À l'avènement de Vespasien, Faustina a usé de sa grande influence auprès du nouvel Empereur et a facilement obtenu la grâce de son neveu. Ce dernier est revenu dans l'*Urbs* et a recommencé à siéger à la Curie. Moins d'un an plus tard et malgré les protestations de Faustina, l'Empereur Vespasien l'exilait à nouveau loin de Rome ainsi que ses amis stoïciens. Livia ignore la raison de ce bannissement. Elle se rappelle le désespoir de sa maîtresse, qui n'a cependant pas entamé sa fidélité au prince et à ses banquets. Javolenus Saturnus Verus est devenu un sujet tabou, que jamais la matrone n'a évoqué devant elle. Elle préférait sans doute garder son chagrin pour elle.

Pourquoi sa maîtresse la confie-t-elle maintenant à ce neveu proscrit, un quasi-inconnu et de surcroît veuf qui vit loin de tout, à la campagne ? Il est évident qu'un penseur au visage poilu n'a nul besoin d'une *ornatrix* ! Que va-t-elle devenir ? Devra-t-elle supporter les rudes travaux des champs ? La punition est cruelle et même si elle sait n'avoir d'autre choix que d'obéir, Livia ressent un semblant de colère et une énorme rancœur envers la moribonde.

– N'aie crainte, ma petite, ajoute Faustina en lui caressant la main. Mon neveu est un homme droit, bon et juste, qui te traitera aussi bien que je t'ai traitée. Certes, tu devras changer de métier et j'avoue que cela m'a fait hésiter. Quel dommage, tu es si douée ! Mais puisque tu ne pourras plus me parer, tu ne pareras plus personne.

Face à tant d'égoïsme, des larmes montent dans la gorge de Livia.

Ses projets d'avenir étaient différents de ceux de sa maîtresse : une fois affranchie, elle avait conclu avec Haparonius, le parfumeur, qu'il lui enseignerait son art et qu'elle travaillerait à ses côtés, broyant les plantes, pressant les essences, inventant des parfums et des remèdes. Depuis dix ans, il est devenu plus qu'un frère : un père vigilant et affectueux, veillant sur elle en attendant qu'elle se marie. Car jamais elle n'épousera un autre homme qu'un disciple de la Voie.

Chaque dimanche matin, à la prière clandestine dans la cave d'Haparonius, elle croise des prétendants susceptibles de lui convenir, mais la terreur d'être espionnée, de voir l'*unguentarius* découvert et tué, la peur d'être prise elle-même ont fait qu'à peine le repas du Seigneur achevé, elle s'enfuit sans lier connaissance avec les autres fidèles. Haparonius a souvent proposé de lui présenter d'honnêtes jeunes gens mais elle a refusé, consciente que sa maîtresse n'aurait jamais accepté son mariage avec un homme non choisi par elle ; pire, la matrone soupçonneuse aurait deviné la foi cachée du soupirant et risquait de tous les dénoncer.

– Tu ne dis rien... je comprends ta déception, Livia. Mais j'agis pour ton bien, crois-moi. J'ai fait mine de ne rien voir pendant dix ans, mais tu étais sous ma protection. Si tu avais été arrêtée, je serais intervenue auprès de l'Empereur, plus tolérant envers les sectes religieuses qu'envers les philosophes.

Faustina s'interrompt pour cracher dans le linge. Elle porte la main à sa poitrine douloureuse.

– Maintenant que je vais partir, poursuit-elle, je ne peux te laisser sans défense, seule et désarmée, entre les griffes de ces scélérats. Javolenus s'occupera de toi. Il te trouvera un travail où tu ne perdras pas ta beauté, un mari bien fait et – qui sait ? – si tu es plus sensée avec lui qu'avec moi, un jour, il t'affranchira... Pourvu qu'il arrive à temps ! J'ai obtenu de Vespasien que mon neveu vienne me fermer les yeux et recueille mon dernier souffle. Mais après mes funérailles et le règlement de mon héritage, il devra retourner d'où il vient. Tu iras avec lui. Maintenant, laisse-moi, je suis épuisée... j'ai besoin de reposer. Dis à Parthenius de faire immédiatement entrer Javolenus ici, dès qu'il apparaîtra... et si je suis endormie, qu'on me réveille !

– Bien, maîtresse.

Livia sort de la pièce et monte au premier étage, dans le quartier des esclaves. Sa désillusion supplante sa tristesse. Elle se rend compte qu'elle n'a même pas demandé à Faustina où vivait son neveu, dans quelle glèbe retirée et humide sa maîtresse l'a, elle aussi, exilée. Elle l'apprendra assez tôt. Quitter Rome est un déchirement. La ville où elle est née, où son père est né, où les siens ont péri, où elle a retrouvé une famille... Haparonius !

Si elle le suppliait de l'aider à s'enfuir ? Livia est certaine que par amitié, par charité, par tendresse, il la cacherait chez lui ou chez des amis. Mais jamais elle ne pourra réaliser son rêve de devenir parfumeur, de se marier avec un chrétien, d'avoir des enfants dormant dans des effluves de cannelle, sur un lit de pétales de rose. Obéir. Elle est condamnée à obéir. Son ultime espoir est que Javolenus l'affranchisse rapidement et qu'elle revienne vite à Rome exaucer ses souhaits. Elle a appris, par Haparonius, qu'une loi de l'Empereur Auguste fixait à trente ans l'âge maximal d'un esclave pour être affranchi. Trente ans... elle va en avoir vingt-trois. Elle dispose donc de sept années pour obtenir la liberté de son nouveau maître. Cela semble si long !

– Faustina Pulchra ! Faustina Pulchra ! Faustina Pulchra !

Par trois fois, l'appel lugubre de Parthenius retentit dans la demeure, entrecoupé d'un long silence. Livia sait ce que ce cri signifie. Elle interrompt toute pensée et tombe à genoux. Sa maîtresse ne répond plus à son nom. Elle est hors de toute voix humaine.

Lentement, le cortège sort de la ville des vivants. Le lit de parade sur lequel repose Faustina est suivi par des pleureuses professionnelles, des musiciens, danseurs et pantomimes. Les portraits des ancêtres de l'illustre et ancienne famille sont fièrement exhibés ; certains, en cire, sont posés sur le visage des parents. Javolenus Saturnus Verus porte le masque mortuaire de sa propre mère, la sœur de Faustina. Morts et vivants confondus accompagnent la défunte jusqu'au bûcher de la nécropole, dans une parade bruyante et quasi triomphale. Les sénateurs et les magistrats sont en grande tenue, certains sont juchés sur des chars tirés par des chevaux. L'Empereur est absent mais il a délégué quelques-uns de ses proches, notamment Titus et Domitien, ses deux fils. On dirait une procession militaire, un défilé de victoire.

En queue du somptueux équipage, Livia marche, étrangère à elle-même. Comme le veut la coutume, ses cheveux sont décoiffés, ses vêtements en désordre, sa peau n'a pas été lavée depuis le matin funeste. Ce jour-là, elle a empêché les esclaves du temple de Libitina, la déesse des cadavres et des funérailles, d'entrer dans la chambre de Faustina pour procéder à la toilette rituelle. Personne ne toucherait le corps de sa maîtresse, hormis elle-même. Parthenius a tenté de la calmer et lui a demandé d'attendre l'arrivée de Javolenus, qui déciderait ce qu'il convenait de faire. Mais Livia a déclaré qu'on ignorait quand le neveu allait débarquer dans l'*Urbs* et qu'il serait infamant pour sa maîtresse de patienter plusieurs jours. L'intendant s'est incliné et Livia s'est enfermée dans la chambre de la morte. Pour la dernière fois, elle a tiré vers elle son alabastrothèque, en a sorti pyxides, aryballes, flacons de verre et linges fins. En chantant des poèmes, incantations et litanies païennes conformes à la tradition et au désir de Faustina, elle a lavé la défunte. Puis elle l'a longuement massée avec un jus fort et coûteux devenu à la mode après la victoire de Titus contre les Juifs à Jérusalem : le baume de Judée. En silence elle a demandé au Christ, puis à Marie de Béthanie d'intercéder auprès du Christ, afin que les anges veillent sur l'âme de sa maîtresse durant son voyage jusqu'au royaume des morts. Ensuite, elle a habillé, maquillé et coiffé Faustina.

Elle lui a fermé les yeux, a pris dans sa bouche l'haleine froide destinée à Javolenus. Enfin, elle a glissé une pièce de monnaie entre les lèvres de la morte afin de payer Charon, le nocher du Styx, ou quiconque transportera l'âme de la défunte sur la rive occidentale du Nil, où l'adepte d'Isis souhaitait reposer.

« Je vous joindrai à la prière que je fais chaque jour à ma famille, a-t-elle murmuré à l'oreille de la morte, jusqu'à ce que nous nous retrouvions au royaume de Dieu. Peut-être n'est-il pas si loin du Nil… »

Le cortège s'arrête devant le bûcher. Plusieurs jours et plusieurs nuits le corps paré de Faustina Pulchra est resté dans la maison mortuaire indiquée par des rameaux de cyprès et de pin teints en rouge.

Au soir de son dernier soupir, Javolenus Saturnus Verus est enfin arrivé et il est resté longtemps avec elle. Puis le reste de la famille, les notables, les amis, les officiels sont venus se joindre aux lamentations des membres de la *domus*. Enfin, pieds en premier, le cadavre a été sorti de la demeure pour la cérémonie publique.

Devant le bûcher, Javolenus masqué avance vers le lit de sa tante. À côté, les flammes crépitent déjà. Il coupe un doigt de la dépouille et l'enterre dans l'humus de la nécropole. Puis s'avance un prêtre d'Isis, le crâne rasé, le torse couvert d'une peau de léopard, entouré des prêtresses vêtues de blanc. L'Égyptien écarte les mauvais esprits avec de l'encens et de l'eau du Nil. Il touche la bouche, les narines, les yeux et les oreilles de Faustina, afin qu'elle retrouve ses sens. Quand le corps bascule dans le feu, il jette un livre des morts dans le brasier et diverses offrandes afin que l'âme de la matrone trouve son chemin et ne revienne pas hanter les vivants. Pendant que le corps se consume, on prononce l'éloge funèbre de Faustina, un panégyrique à sa gloire et à celle de ses ancêtres, qui tisse et célèbre toute la mémoire généalogique de la dynastie. Son masque mortuaire a été moulé sur sa face, avec ses portraits il s'apprête à rejoindre le sanctuaire que les familles prestigieuses possèdent en leur foyer, l'autel des lares, érigé en l'honneur des mânes vertueux passés dans l'Hadès, qui protègent les vivants et les aident à combattre les lémures, fantômes nuisibles qui les tourmentent. Livia détourne les yeux du feu tandis qu'on y jette de la nourriture, des objets que Faustina aimait, et qu'on y répand ses chers flacons de parfum.

Quand la dépouille n'est plus que cendres, Javolenus mouille les débris avec du vin, lave les os calcinés avec du *kyphi* égyptien et les place dans une urne d'or. Puis le cortège se dirige vers le monumental tombeau de la famille en forme de pyramide, préalablement sanctifié avec de l'eau du Nil et une branche d'olivier. Accompagné de bouteilles de larmes et d'offrandes parfumées, le coffre est déposé dans une niche de la chambre souterraine. Une plaque commémorative est posée au bord de la petite cavité, avec vin, nourriture, et des sculptures à l'effigie de Faustina.

À l'extérieur du monument, devant le mausolée, tables et lits de repas attendent les convives du grand banquet funèbre. Un bœuf gras a été immolé dans le temple d'Isis, épicé et cuit pour être mangé sur la tombe. Les prêtres et prêtresses de la déesse égyptienne apportent l'animal fumant sur un lit de parade qui ressemble à celui de la défunte. Livia réprime une grimace de dégoût. Les nombreux esclaves attachés au service de Faustina lavent les pieds et les mains des invités. Livia s'écarte. Son esprit flotte dans une confusion inhabituelle, elle observe les dignitaires, les musiciens, les pleureuses – les seules habilitées à sangloter en public – comme si elle assistait à un spectacle exotique, une pièce de théâtre étrangère. Hier, elle a eu vingt-trois ans. Pourtant, elle a l'impression d'avoir neuf ans et d'être à nouveau une fillette abandonnée, dont le passé vient de mourir et qui se sent dénuée de futur.

Son unique certitude réside dans les neuf jours à venir, les « neuf jours de douleur », qui constituent son ultime répit : chômés, sacrés, on y rendra les derniers devoirs à la morte et il lui faudra accepter de rompre le lien qui l'unit à sa maîtresse. Un bélier sera sacrifié aux lares de la famille et une truie à Cérès, la déesse du blé et des semences. Par le feu et l'eau, on purifiera la maison et ses habitants de la souillure périlleuse née du contact avec la défunte. Livia, qui a lavé et paré la morte, devra se soumettre à une rigoureuse cérémonie d'ablutions. Durant cette période, elle trouvera un moyen pour s'échapper et dire adieu à Haparonius, en priant avec lui une dernière fois. Puis le neveu de Faustina organisera un grand festin familial dans la *domus* redevenue pure. Il vêtira la toge noire du deuil, libérera les esclaves que Faustina a affranchis par testament, encaissera l'héritage et rien ne le retiendra plus à Rome. Livia montera à l'arrière d'un chariot avec les meubles que sa tante a légués à son neveu ascétique, et enfin ils quitteront la capitale de l'Empire pour la contrée barbare et désolée de l'exil.

– Livia ?

L'esclave lève les yeux. Le neveu de Faustina lui fait face et lui tend un calice de vin coupé d'eau. Il a ôté son masque mortuaire. Pour la première fois, elle ose observer son nouveau maître. Enveloppé dans un *pallium*, un manteau drapé de couleur foncée plus petit et plus sobre que la toge officielle immaculée, maintenu sur l'épaule par une fibule, Javolenus Saturnus Verus arbore la barbe des philosophes, les seuls à ne pas se raser ou s'épiler le visage, hormis les barbares. De couleur châtain, assortie à ses cheveux longs aux tempes grises, cette barbe courte et bien taillée borde un visage tanné et ridé par le soleil, qu'éclaire un regard aux lueurs étranges, des yeux noisette comme Faustina, piqués d'éclats dorés. Il doit avoir quarante-cinq ans.

Son air est amène, moins rude que Livia l'imaginait. En levant les yeux sur lui, elle sent un choc sourd dans sa poitrine, une commotion soudaine et inconnue.

– Prends cette coupe en l'honneur de ma tante, ordonne-t-il d'une voix douce. Elle partage avec nous la première libation.

Sur un côté de la pyramide, Parthenius verse du vin dans un tuyau de tuile directement relié à la niche contenant l'urne de Faustina. Livia et Javolenus répandent un peu d'exquis vin de falerne sur la terre du cimetière et boivent le reste.

– Elle t'aimait beaucoup, poursuit le philosophe. Même si je comprends que tu lui en veuilles de ne pas t'avoir affranchie.

– Je ne lui en veux plus ! s'exclame l'esclave en détournant la tête.

– Soit. Mais tu dois savoir qu'elle m'a écrit une longue lettre avant de rejoindre l'Hadès, dans laquelle elle m'expliquait pourquoi elle ne rompait pas tes chaînes et te confiait à moi.

Livia baisse les yeux sur sa coupe. Le regard et la voix de cet homme provoquent en elle une profonde et énigmatique brûlure.

– L'une de ses dernières volontés, ajoute Javolenus, est que tu ne sois pas affranchie tant que tu n'auras pas véritablement renié ta fausse religion, pour revenir à des croyances conformes aux lois romaines et à l'esprit de tes ancêtres. Par répulsion pour ta superstition sectaire, par amour pour Faustina Pulchra, pour ma mère et pour les lares de ma famille, je respecterai sa volonté.

L'esclave porte la main à son front. Elle songe que sa vie sur terre, désormais, ne connaîtra plus la paix. C'est un enfer qu'elle s'apprête à rejoindre, traquée, violentée dans sa foi, sans Haparonius, sans per sonne pour la protéger.

– Mais, contrairement à ma tante, complète Javolenus avec un sourire, ce n'est pas par l'autorité et l'oppression que je compte te faire changer d'avis, mais par la raison. Il n'est pas d'être humain doté d'intelligence et de bon sens qui ne se range à des arguments logiques. Toutefois, en attendant que tu recouvres conscience et discernement, je ne t'interdis pas de pratiquer ton culte, si tu le fais avec tempérance et discrétion. Car nul ne peut être contraint par la force dans ses croyances..

De stupeur, Livia manque lâcher la coupe qu'elle tient toujours à la main. Le sourire de son interlocuteur la transperce comme une lame, autant que ses mots. Quel est donc cet homme qui, dans un même élan, condamne sa foi et l'autorise ? Peut-on refuser et accepter en même temps ?

– Je... murmure-t-elle, tête baissée, je vous remercie, maître.

– Prends ta place avec les esclaves de la maison. Je te dispense de toucher à ce bœuf sacrifié, puisque je sais que c'est contraire à tes convictions. Mais fais bonne figure, nous avons des invités prestigieux.

– Oui, maître.

– N'y a-t-il rien que tu veuilles me demander, puisque personne ne nous écoute ?

– Si, maître. Je voudrais savoir où je dois vous suivre. Où est votre... votre refuge ?

Le philosophe découvre en souriant des dents immaculées au milieu de son visage hâlé. La lumière qu'il dégage envahit le corps de la jeune femme. Il lui semble que ses mains, son front, ses jambes, son cœur, tout son être est en feu. Elle étouffe.

– En Campanie, Livia. Dans la région la plus riche d'Italie, là où les dieux et la terre comblent les hommes de leurs bienfaits.

L'esclave ouvre la bouche et aspire avidement une goulée d'air. La Campanie ! Le rêve de tout Romain ! Le royaume du vin et des oliviers, qui incarne la douceur de vivre !

– Comparée à Rome, c'est une très petite cité, ajoute Javolenus. Une insignifiante bourgade de province, une colonie. Mais elle est belle et agréable, tu verras. Elle se nomme Pompéi.

20

POMPÉI... répéta Johanna qui, de surprise, s'était appuyée à la méridienne.

– « 24 août 79 après Jésus-Christ, se rappela-t-elle. L'éruption du Vésuve... Romane vit les événements du 24 août 79. Mais pourquoi ? Qui a pu lui en parler ? Certainement pas Tom. Qui d'autre ? La maîtresse, à l'école ? Dans quel but mademoiselle Jaffret raconterait-elle à des mômes de cinq ans un tel cataclysme ? Non. C'est impossible... Mais elle n'a pas pu inventer cela toute seule... »

Dans le gros fauteuil rouge de l'hypnotiseur, une nouvelle quinte de toux interrompit la fillette.

– N'oublie pas, Romane, tempéra Sanderman, tout cela n'est qu'un rêve, un rêve particulier, car tu dors mais en même temps tu es éveillée...

– Oui, je suis réveillée, dit-elle, je peux plus respirer, j'ai chaud, les yeux piquent, j'ai mal, j'ai peur ! À l'aide ! Tout brûle !

Romane fut ensuite prise d'une violente crise. Pleurant, suffoquant, elle se mit à crier qu'une vapeur jaune et acide pénétrait dans la ville, qu'une poussière rouge s'insinuait dans ses poumons. Terrorisée, elle dissimula son visage avec ses bras et hurla de plus belle. Le docteur Sanderman fit signe à Johanna de ne pas s'inquiéter et, lentement, il ramena la petite fille à la réalité. Peu à peu, les larmes cessèrent, son souffle redevint normal et, quelques secondes plus tard, elle ouvrit les yeux.

– Ma chérie ! s'exclama sa mère en la prenant dans ses bras. Mon cœur, c'est fini, tout est fini, maintenant. Comment te sens-tu ?

– Mais… très bien, maman.

Elle observait sa mère comme si cette dernière avait quelque chose qui ne tournait pas rond.

– Ça va ? Tu es sûre ? Tu n'as pas trop chaud ? Tu n'as pas mal à la tête ? demanda-t-elle en touchant son front et en essuyant les résidus de larmes.

– Pourquoi j'aurais chaud, maman ? C'est l'hiver !

– Te souviens-tu de ce qui vient de se passer, Romane, quand tu étais dans le grand fauteuil rouge ? intervint Sanderman.

– Oui, on a parlé vous et moi de l'école, de madame Bornel, de Chloé et d'Hildebert. Et aussi de Renart et Ysengrin. Maman, je suis très fatiguée…

– Repose-toi un moment sur le divan, dit le docteur, le temps que je converse un peu avec ta maman. Allonge-toi, voilà…

Au grand étonnement de Johanna, la fillette s'endormit aussitôt, d'un sommeil calme, serein, et apparemment sans rêve.

– Je suis complètement décontenancée, avoua-t-elle au médecin d'une voix blanche.

– C'est la moindre des choses… Asseyez-vous. Je pense qu'il va nous falloir d'autres séances pour analyser tout ça, mais il me semble que nous avons d'ores et déjà progressé.

– Pouvez-vous m'expliquer pourquoi, chaque nuit, ma fille vit dans sa chair un désastre vieux de presque deux mille ans, dont elle n'a – j'en ai la certitude – jamais entendu parler ? Qu'est-ce que c'est que cette histoire ? Nous n'avons jamais mis les pieds à Pompéi ! Tout cela est pure folie, docteur, tout cela lui est totalement étranger, je vous le promets !

– Calmez-vous, madame. Je comprends votre détresse, mais n'ayez crainte, nous allons trouver des réponses. D'abord, j'ai une question. Est-ce que vous-même ou quelqu'un de votre famille serait ou a été sujet à des rêves du même type, c'est-à-dire reflétant, extérieurement, la mémoire de quelqu'un d'autre, sans lien apparent avec son histoire personnelle ?

Sanderman avait visé juste. Pour la deuxième fois en deux jours, alors qu'elle n'en avait quasiment pas parlé en six ans, Johanna raconta ses cauchemars d'enfant, mais au médecin elle détailla toute son aventure, sans crainte d'être jugée ou incomprise.

– Je vois, conclut-il. Je crois que votre fille est comme vous, madame, extrêmement sensible au passé, aux fantômes – s'ils existent – en tout cas aux mémoires enfouies et souffrantes...

– Ah non, elle est plus douée que moi, railla Johanna. Personnellement, j'étais obsédée par un moine du Moyen Âge, du XIe siècle exactement, alors qu'elle est dans la peau d'un personnage du Ier siècle appartenant à la Rome antique... Pensez-vous qu'elle ait réellement vécu ces événements et qu'elle s'en souvienne ? Croyez-vous aux vies antérieures ?

– Vous abordez un sujet très délicat, qui relève plus de la croyance religieuse que de la science. J'ignore si les vies antérieures ou la réincarnation existent. Tout ce que je puis affirmer, c'est qu'au cours de ma pratique j'ai vu certaines personnes porter en elles la mémoire de vies passées n'ayant aucun lien avec l'histoire familiale. C'est votre cas, et c'est le cas de votre fille. Je suis incapable de dire si ces bribes d'existences recluses en vous sont le reflet de « vies antérieures », de souvenirs d'autres personnes tapis dans votre inconscient ou même de purs fantasmes... Ce que je sais, c'est que ces « expériences », ces mémoires prisonnières sont toujours pathogènes, et qu'il faut les faire sortir, les libérer, en quelque sorte, avant qu'elles n'asphyxient le patient, par la maladie qu'elles provoquent. L'hypnose, en général, est un bon moyen d'y parvenir. Toutefois, j'ajoute que la pathologie, qui n'est que le reflet « conscient » de cette mémoire enfouie, la partie visible de l'iceberg, ne s'exprime jamais par hasard : dans tous les cas cliniques que j'ai pu observer, il y a eu un déclencheur, un événement d'apparence anodine qui a « réveillé » la mémoire traumatique cachée... Chez vous, il s'agissait d'une banale visite au Mont-Saint-Michel... Je suis sûr qu'il s'est également passé quelque chose avec votre fille...

– Il y a un mois et demi, Romane et moi avons reçu la visite d'un ami archéologue, spécialiste de l'Antiquité romaine, qui fouille à Pompéi. Les premiers symptômes de la maladie de ma fille sont justement apparus à ce moment-là...

Sanderman opina du chef.

– Je pense qu'il s'agit, en effet, de l'événement déclencheur. Votre ami a certainement évoqué Pompéi devant Romane.

– À peine, et il n'a rien dit de l'éruption !

– Sa présence a pu suffire. Le fameux « dialogue des inconscients » existe, vous savez. En tout cas, en l'absence de certitude, c'est ce que nous allons prendre comme postulat de départ. Je ne vous cache pas que nous avons beaucoup de travail devant nous, et qu'il va falloir exhumer cette vieille histoire qui hante votre fille comme un fantôme et taraude son inconscient jusqu'à la maladie.

– A-t-elle pu y mêler des éléments de sa propre histoire, docteur ? Je pense à la disparition de son père, par exemple, et à ce que j'ai moi-même vécu…

– C'est évident. En psychanalyse, le volcan en éruption constitue un symbole très éloquent. Si vous me pardonnez ce mauvais jeu de mots, je dirai que tout ce qu'elle exprime constitue un « magma » dans lequel il va falloir trier, fouiller, afin de comprendre, puis de remettre les choses en place. Je suis là pour vous aider. Ne vous inquiétez pas. Je vous propose une autre séance, disons… samedi prochain, ça vous irait ?

Au volant de l'auto qui filait vers Vézelay, Johanna jeta un coup d'œil dans le rétroviseur : à l'arrière, ceinturée dans son siège enfant, Romane dormait à poings fermés. Dormir… ce soir, sans doute, Johanna pourrait enfin dormir à côté de sa fille, se reposer, récupérer de ses longues nuits d'angoisse… Un lit frais, un sommeil doux, serein, quelle volupté ! Pourvu que Romane continue à être aussi calme, pourvu que la séance d'hypnose ait éloigné ses hantises et sa douleur…

Elle fit la moue. Objectivement, tout cela était complètement abracadabrant. Sa rationalité n'en pouvait douter. Une enfant du XXIe siècle, qui se trouvait dans la peau d'une victime de la catastrophe du 24 août 79… Dément, fou, insensé ! Mais en même temps, quel soulagement ! Sanderman n'était pas dingue, lui. Il était médecin, ses propos étaient cohérents, et il affirmait que cela pouvait être la conséquence d'une mystérieuse mémoire enfouie. Pas une fois il n'avait émis la possibilité que Romane souffre d'une psychose, schizophrénie ou autre, pas plus que sa mère, d'ailleurs. Johanna savait d'expérience que passé et présent peuvent se rencontrer à travers les siècles, dans les profondeurs des pierres… ou d'un être humain. Pourquoi sa fille et elle possédaient-elles ce trait particulier, cette sensibilité spéciale ? Elle l'ignorait. Certes, son métier d'archéologue avait contribué à la rendre plus réceptive au passé et aux morts. Mais cela avait commencé alors qu'elle n'avait que sept ans ! S'agissait-il d'une forme non répertoriée de folie ? d'une anomalie génétique qu'elle avait transmise à sa fille ? d'une sorte de pouvoir magique et pervers que leur auraient donné des fées ou des sorcières ? Elle sourit pour faire taire cette pensée absurde et bâilla. Elle y verrait sans doute plus clair après une nuit de repos. Quoi qu'il en soit, elle ne pouvait nier que la consultation de cet hypnotiseur avait apporté un éclairage inédit à la maladie de Romane. Pourvu qu'il parvienne à la soigner ! Dès son arrivée, elle devait appeler Isabelle pour la remercier. Lui raconterait-elle la séance ?

Oui. Pas à Luca, pas à ses parents, mais à Isabelle, oui. Tant pis si, comme il y a six ans, son amie penserait qu'elle avait perdu un morceau de raison. Six ans… Johanna fut soudain prise d'effroi. Ça recommençait, sauf qu'à présent, c'était sa fille qui serait confrontée au regard d'autrui, au soupçon de déséquilibre mental, au déni… D'un bloc, la culpabilité et la crise d'angoisse montèrent en même temps que les souvenirs.

Ce soir-là, pour la première fois depuis plus d'un mois, Romane mangea avec appétit. Juché sur le poêle à côté de sa jeune maîtresse, Hildebert suivait de son regard jaune chaque bouchée qu'elle enfournait, et Johanna s'imagina que le vieux sage à bure noire approuvait. À la fin du repas, il retourna néanmoins dehors. La fillette était déçue mais, ressentant la fatigue de ses nuits agitées, elle demanda à aller se coucher sans délai.

Johanna accompagna sa fille dans la chambre, espérant de toutes ses forces que cette nuit serait différente des autres.

– Tu me lis « Boucle d'Or et les trois ours », maman, s'il te plaît ? demanda-t-elle en se mettant au lit.

– Volontiers, ma chérie.

Johanna extirpa le livre d'un gros coffre en bois que la mère et la fille avaient peint l'été dernier. Elle s'assit et lut.

À peine trois pages plus tard, Romane était endormie. Johanna ferma l'ouvrage et remonta la couette en plumes sur la poitrine de sa fille. Au moment où elle passait délicatement le bras droit de l'enfant sous le duvet, elle vit quelque chose briller dans la main de Romane. Tendrement, elle écarta les petits doigts et découvrit le denier d'argent offert par Tom, arborant le profil rondouillard de l'Empereur Titus.

« Voilà comment le lien s'est établi entre passé et présent… songea-t-elle. Par les allusions de Tom, certes, mais surtout par cet objet façonné en l'an 79 et que Tom a découvert dans une cave de Pompéi ! Elle dort avec cette pièce dans la main ! Je ne l'avais pas remarqué… C'est sûrement cet objet qui a réveillé le drame tapi dans son inconscient… Ou bien qui l'y a mis. Est-ce possible ? Un objet inanimé est-il capable de transmettre une histoire à celui qui le touche ? De créer des cauchemars ? Non… c'est invraisemblable… »

Dans le doute, Johanna décida de confisquer la pièce, du moins d'empêcher sa fille de dormir avec. Troublée, elle descendit les marches et se précipita sur le réfrigérateur pour se verser un verre de vézelay.

Sur la table basse, à côté du verre, l'Empereur Titus la narguait de son profil obèse et visqueux. Elle eut envie d'appeler Luca, d'entendre sa voix, d'imaginer ses mains sur ses épaules… Inutile. De l'autre côté de l'Atlantique, il devait être en pleine répétition, perdu dans son jet lag. Il ne rentrerait en France que pour Noël.

Tom… Bien sûr ! Qui mieux que Tom pouvait comprendre ce qui se passait ici et, peut-être, lui apporter des réponses ?

Elle bondit sur son téléphone.

Les sonneries semblaient choir dans un terrain vague, sur une steppe abandonnée. Enfin, une voix blême répondit.

– Tom ? Tom, c'est toi ? Comment vas-tu ?

– Jo, je ne vais pas pouvoir te parler maintenant.

– Je te dérange ? Tu es en plein travail ?

Silence.

– Tom ? Tu es là ?

– Oui, je… Écoute, je te rappellerai plus tard. J'arrive au commissariat et…

– Les carabiniers ? Il y a du nouveau dans l'assassinat de James ?

– Non, je… enfin je ne sais pas. On vient de trouver un second cadavre. Ici, à Pompéi. Un meurtre, Jo. Il s'agit encore de l'un de mes archéologues. Un deuxième homicide.

21

DANS SA CELLULE, frère Roman essuya ses larmes à la manche de sa bure. Il n'avait pas connu de tels flots de joie depuis sa jeunesse. Saisissant la bougie, il retourna vers la petite fenêtre nimbée de la brume blanche de la lune. Sur le rebord il posa la flamme à côté de la sculpture éventrée, de l'os noir gravé de mots mystérieux, du fil d'or et du parchemin de Marie de Béthanie. Avec déférence et respect, il déroula à nouveau le manuscrit et l'approcha de la lumière.

*Provence, la 5e année du règne de l'Empereur Vespasien *.*

Je suis vieille et malade, je vais bientôt quitter cette terre. Ce matin, Maximin est arrivé de sa ville d'Aix. Il est monté jusqu'à la grotte dans laquelle je vis depuis trois décennies, et il m'a fait communier au corps et au sang du Seigneur. Dans quelques heures je lui dirai adieu et puis je partirai, seule, dans la montagne, pour mourir en un lieu encore plus reculé que ma caverne, inconnu de tous sauf des animaux. Ainsi, on ne retrouvera pas ma dépouille. Je suis une pécheresse et non une sainte. Je refuse que mon corps soit exposé, adoré, encensé. Mon cadavre sera dévoré par les bêtes sauvages, mes os retourneront en poussière dans la nature créée par son Père et il ne restera que mon esprit, jusqu'à la Résurrection finale qu'il a annoncée.

Je vais disparaître bientôt, et je me réjouis car je vais le rejoindre, celui qui a ressuscité mon frère, celui qui m'a sauvée, celui que j'ai pu

---

* Soit, an 74 après J.-C.

voir, entendre, toucher : Jésus, notre Seigneur, le fils de Dieu, l'envoyé du Très-Haut.

Il est venu parmi nous, il nous a montré la voie, il a été condamné, torturé et exécuté par les païens, il est mort, enterré, puis il est sorti de son tombeau. Bien vivant, il est monté vers son père et nous, ses amis, ses disciples, nous sommes restés orphelins de lui. Mais pas de sa parole, que nous avons entrepris de répandre partout autour de nous. Avec Marie, sa mère, et les apôtres, nous avons fondé la première église de Jérusalem. Hélas, certains parmi son peuple, notre peuple, refusèrent de croire qui il était et nous persécutèrent avec une sauvagerie terrible. Étienne fut tué et Jacques, frère du Seigneur, premier évêque de Jérusalem, fut lapidé.

Pourtant, les Juifs eux-mêmes étaient chassés et humiliés par les Romains et se révoltaient contre leurs bourreaux. C'est à cause de ce climat de violence qu'un matin, sous le règne de l'Empereur Claude, mon frère Lazare, ma sœur Marthe, notre ami Maximin, Marie-Salomé, Marie-Jacobé, sœur de Marie la mère de Jésus, leur servante Sara, Sidoine, un aveugle-né que Jésus avait guéri, Trophime, quelques autres et moi-même décidâmes de quitter la Judée. Nous embarquâmes sur un bateau de fortune, sans destination précise, en laissant Dieu guider notre canot.

C'est ainsi que nous atteignîmes la Provence, en Gaule romaine. Marie-Salomé, Marie-Jacobé et Sara choisirent de demeurer là où nous avions accosté. En Arles, le reste de la troupe se sépara pour disséminer le message du Seigneur. Mon frère Lazare et moi-même nous rendîmes ensemble à Marseille. Ma sœur Marthe prit la direction du nord, le long du Rhône. Il y a quelques années, Maximin m'a appris sa mort, dans un couvent de femmes qu'elle avait fondé, où elle priait cent fois par jour et cent fois par nuit. Je ne l'avais jamais revue. À l'heure de ma propre mort, je n'ai pas non plus revu mon frère, depuis que je l'ai laissé seul à Marseille. J'ai ouï dire qu'il prêchait sans cesse, aux marins, aux marchands, aux pauvres et aux riches, au peuple et aux nantis, malgré les persécutions dont il était victime.

J'ai quitté mon frère et rejoint Maximin qui donnait ses prédications à Aix, afin de lui signifier ma décision de me faire ermite. Comme ma sœur Marthe, à la conversion des âmes je préfère la contemplation de Dieu, plutôt qu'aux joutes avec mes semblables j'incline vers les combats intérieurs de la solitude, au lieu des dangers constants des Romains j'opte pour ceux de la Nature, dans lesquels je vois la main créatrice du Tout-Puissant. Maximin m'a conduite dans le massif jusqu'à cette grotte où l'Archange Michel est venu tuer le dragon qui l'habitait. C'est dans cette caverne isolée que je vis, recluse, depuis trente ans.

En trente années j'ai reçu la visite des anges, des démons, des bêtes de la montagne, de Maximin quatre ou cinq fois.

Il y a vingt ans, quelqu'un d'autre est monté jusqu'ici, et cette visite constitue le but de ma lettre.

Elle s'appelait Abigail. Elle nous avait suivis sur le bateau, dans notre exil vers la Provence. Elle aussi avait bien connu Jésus. À Jérusalem, elle était l'épouse d'un homme aussi fortuné qu'inconstant, qui multipliait les aventures. Blessée, humiliée, elle tenta, par maints stratagèmes, de rallier l'époux infidèle. En vain. De guerre lasse, elle résolut d'en faire autant et se trouva un amant jeune et beau, qui lui fit oublier son chagrin… mais aussi toute prudence. On la trouva donc dans le lit de son amant, et ce qu'on tolère des hommes constitue souvent, pour les femmes, un crime fatal.

En l'occurrence, le flagrant délit d'adultère, dans la Loi juive, est puni de mort. Voyant quel parti ils pourraient tirer de cette affaire, les notables gardiens de la Loi amenèrent Abigail, à moitié nue, devant Jésus, qui était en train d'enseigner le peuple sur le parvis du Temple de Jérusalem. Leur dessein était non seulement de châtier Abigail, mais surtout de mettre Jésus en défaut : si celui qui se prétendait fils de Dieu était fidèle à ses propres paroles, il refuserait qu'on lapide cette femme, dévoilant ainsi, aux yeux du peuple massé devant lui et très attaché à la religion, son mépris de la Loi édictée par Moïse. Ils demandèrent donc à Jésus ce que, selon lui, il convenait de faire de cette femme. Or Jésus ne répondit pas. Au lieu de cela, il se baissa et, avec son doigt, il écrivit quelque chose sur le sol. En s'inclinant ainsi, il refusait la confrontation avec ses détracteurs. Au bout d'un long silence, il se redressa et dit : « Que celui d'entre vous qui est sans péché lui jette la première pierre. » Puis, évitant à nouveau d'affronter le regard des autres, il se pencha et continua à écrire sur la terre du parvis. Alors, un à un, les accusateurs d'Abigail se retirèrent et bientôt, il n'y eut plus personne. Demeuré face à elle, Jésus se leva enfin. Il s'était effacé devant eux, pour les laisser seuls face à leur conscience. Il avait, par ce fait, sauvé la vie d'Abigail. Il s'étonna qu'ils aient tous disparu, puis, sans condamner Abigail, il lui dit de ne plus pécher.

Touchée par cette preuve d'amour et de compassion, Abigail demeura ensuite parmi les disciples de Jésus. Elle quitta son amant, son mari, et suivit, jour après jour, l'enseignement de notre maître. Je crois que certains témoins de ces événements commencent à écrire les paroles et les gestes de notre Seigneur. Peut-être cet épisode sera-t-il un jour rapporté sur un autre parchemin que le mien. Cependant, les mots que Jésus a écrits, ce jour-là, sur le sol, les seuls qu'il ait jamais écrits, les seuls, personne ne les connaît. Personne, à part Abigail qui les a lus sur le sable du parvis du Temple.

C'est cette sentence qu'elle est venue me confier il y a vingt ans, alors qu'elle était mourante. Peu après, elle s'éteignait dans mes bras. Je l'ai enterrée de mes mains, à côté de la grotte. Chaque jour j'ai prié sur sa tombe. Pendant dix ans j'ai tourné ces mots dans ma tête, dans mon âme, je les ai médités, mâchés comme une nourriture, ignorant si je devais les enfouir dans mon cœur à jamais ou bien les révéler au monde. Car ces mots, comme tous ceux qu'il a prononcés, annoncent l'aube d'une ère nouvelle. Mais ceux-là sont susceptibles de bouleverser nos communautés. Désormais j'étais l'unique dépositaire de ce secret, qui m'irradiait de sa lumière. Pourtant, peu à peu, ce feu qui réchauffait ma solitude me darda l'âme de sa brûlure et transforma mon exil volontaire en tourment de plus en plus périlleux : ne sachant pas si je devais la garder ou la transmettre, la Parole me torturait, me consumait tout entière.

Un matin, dix années après la visite d'Abigail, j'ai revêtu le manteau que je portais à mon arrivée dans la grotte et, pour l'unique fois en trente ans, je suis descendue dans la vallée, voilant mon visage, me cachant des humains, longeant les murailles. Parvenue à Aix, je me suis rendue chez Maximin. Sans lui en confier le contenu, je lui ai dit que j'avais un message de la plus extrême importance à faire parvenir à Pierre, le premier des apôtres, qui demeurait à Rome. Sans m'interroger sur ce message, Maximin me présenta Raphaël, un zélé serviteur de Dieu, apte à acheminer ma déclaration jusqu'à Pierre. J'ai tout raconté à Raphaël, en tête à tête, sans trace écrite, il a tout amassé dans sa mémoire et il a pris la route. Quant à moi, je suis remontée dans ma caverne, que je n'ai plus quittée depuis.

Quelques mois plus tard, Maximin est venu m'annoncer que Raphaël était mort à Rome, victime des persécutions de l'Empereur Néron. Il ignorait s'il avait pu parler à Pierre, mais il savait que ce dernier avait aussi été arrêté et tué. Jadis, j'avais bien connu Pierre. Cette nouvelle me causa une douleur cruelle.

Aujourd'hui, je suis vieille et malade, je vais bientôt quitter cette terre. Ce matin, Maximin est arrivé de sa ville d'Aix et il m'a fait communier au corps et au sang du Seigneur. Je lui ai indiqué l'endroit où j'avais enterré Abigail, à même la terre, afin qu'il lui donne une sépulture plus digne. Dans quelques heures je lui dirai adieu et puis je partirai, seule, dans la montagne. Mais avant de disparaître, j'ai gravé sur une côte de mouton les mots que Jésus avait écrits ce jour-là sur le sol, près d'Abigail. Je les ai à mon tour écrits, en araméen, la langue qu'il parlait, que nous parlions et dans laquelle il les avait tracés sur le sable. À présent, je vais cacher l'os et cette lettre dans le creux d'une sculpture qui représente le Messie pleurant la mort de mon frère Lazare. J'ai façonné cette statue dans ma grotte, un jour d'orage où j'ai cru perdre la raison, hantée par la misère des hommes et de ma propre inanité, à laquelle répondait la rage des éléments. Son visage m'est soudain apparu, et seules ses larmes d'amour ont pu calmer mon amertume.

Aujourd'hui je suis en paix car je vais le retrouver dans la plénitude de la mort. Je vais dissimuler ses mots dans cette statue puis j'offrirai l'objet à Maximin. Je ne crois pas que son message puisse être divulgué sans menacer l'unité de notre communauté, déjà fragile, sans ébranler les fidèles au plus profond d'eux-mêmes, ainsi que j'ai moi-même vacillé. Mais je m'en remets à la Providence, et à son dessein. Peut-être un jour voudra-t-il que cette pensée, qu'il a lui-même masquée et réservée à une seule, soit divulguée en pleine lumière, à tous.

Toi qui découvriras ce parchemin, dans un siècle ou dans cent, rends-lui grâce et prie notre Seigneur pour savoir si le temps est venu de faire connaître sa parole. Je prie pour qu'il t'éclaire.

Marie de Béthanie.

Assommé, Roman sentit un vertige se saisir de son corps. Il flageola sur sa couche et ferma les yeux quelques instants, pour reprendre ses esprits. Lui, un moine misérable, auteur des péchés les plus grands, coupable de mensonge, de trahison, d'aveuglement, responsable de la mort d'une femme pure, Dieu l'avait jugé digne de faire une telle découverte ! Stupéfait par ce qu'il venait de lire, il ne parvenait pas à croire qu'il était le premier depuis plus de neuf cents ans à toucher les mots de la sainte, à poser sa main là où l'ermite avait posé la sienne, à appréhender le contenu de cette révélation.

D'un bond il se remit sur ses pieds et s'empara de la côte de mouton noircie. Il observa les petits signes au graphisme carré couvrant les deux faces de l'os. Les mots cachés de Jésus... la langue du Christ... Ce langage était celui de l'origine du monde, de toute l'humanité chrétienne, de sa foi la plus intime, mais cette langue lui était totalement étrangère. Pleurant de saisissement et d'impuissance, il passait son doigt dans les interstices des lettres en quête d'un signe subtil qui ne venait pas, à la recherche d'une connivence, d'un début de compréhension qui se dérobait à lui. Car la langue de Roman était celle des bourreaux de Jésus, le latin. Quelques vieux moines érudits appréhendaient l'hébreu, traduisaient l'arabe, le grec, certains frères convers conservaient les dialectes et les jargons vulgaires du peuple, mais aucun d'entre eux, semblait-il, n'était capable de déchiffrer les mots de celui auquel ils consacraient leur vie et leur âme. Les hommes de son temps avaient perdu la langue de celui qui les avait fait naître.

Roman songea à la lettre de Marie de Béthanie, à l'authentique sainteté de cette femme humble parfois rongée par le doute, le remords, et ses larmes acides se firent suaves, et il sentit une immense douceur le pénétrer : Marie de Béthanie, figure mystique glorifiée et révérée, connaissait l'ombre, elle était si humaine, si proche de ses propres angoisses !

Un frisson lui parcourut l'échine : par quel miracle la sculpture de la sainte contenant le trésor n'avait-elle pas été perdue, volée, détruite ? Par quelle volonté suprême son contenu n'avait-il pas été décelé plus tôt ? Maximin avait-il percé le secret ? Qui avait offert la statue à l'abbaye de Lérins ? Pourquoi les moines de cette abbaye, durant quatre siècles, s'étaient-ils bornés à la contempler ? Et s'ils avaient tout inventé ?

Roman balaya cette dernière question. C'était impossible. Si le parchemin et l'os étaient le fruit d'une mystification monastique, le père abbé de Lérins n'aurait pas manqué d'en tirer bénéfice, au lieu d'offrir la statue au comte Girart de Roussillon.

Il fallait se rendre à l'évidence : la statue et son contenu étaient authentiques. Mais alors, pourquoi les moines de Vézelay n'avaient-ils pas cherché comme il l'avait fait ? Toutes ses interrogations amenaient Roman à la seule qui le taraudait vraiment : pourquoi fallait-il que ce fût lui, un pauvre frère de Cluny, perdu à la lumière du ciel, qui tombât sur un secret aussi important ?

Désormais, que devait-il faire de ce message ? Le Seigneur lui-même n'avait-il pas voulu que sa parole demeure dissimulée ?

Frère Roman s'agenouilla sur le sol et pria. Pour la première fois depuis quatorze années, il ne pria pas pour le salut d'une femme tuée par sa faute, il ne supplia pas l'Archange Michel et Pierre, le gardien des portes du Paradis, d'accueillir une défunte appartenant au passé, qu'il n'avait pu aimer qu'une fois morte.

Sous la lueur blême de la lune, prosterné sur la terre de sa cellule, il sollicita l'illumination du Christ et demanda l'aide de Marie mère de Jésus, de Marie-Salomé, Marie-Jacobé, d'Abigail, Marthe, Marie de Béthanie et de toutes les femmes que Jésus avait aimées et qui avaient aimé le Seigneur vivant. Car c'était cet amour qui avait transcendé la mort du Christ, c'était la force et la pureté de ce sentiment qui avaient créé la lumière dont Jésus les avait toutes parées. Amour…

L'aube parut lentement dans le dos de Roman. D'abord blanche comme un lait opaque, elle se teinta de bleu, de rose, avec l'apparence d'un crépuscule. Mais les rayons jaunes traversèrent les pastels, le ciel acquit une transparence qui creva les nuées et le soleil imposa l'aurore.

Roman se releva. Sur sa coule sombre il enfila son froc noir. Il y camoufla le parchemin, l'os, et il sortit de sa cellule.

22

L'AUBE EST APPARUE derrière une montagne noire, de l'autre côté de la mer et du golfe de Neapolis. Semblant jaillir des profondeurs du mont, elle a déchiré le ciel de lacérations pâles. Alors la montagne s'est parée de couleurs fauves et vertes et Livia a réalisé que la colline était entièrement revêtue de vignes, de champs et de frondaisons, éclatants malgré l'hiver. Javolenus a dit qu'elle s'appelait le mont Vesbius, ou Vésuve, que ses tréfonds étaient habités par des géants, mais que sur ses pentes régnait Bacchus, le fils de Jupiter et de Sémélé, sorti de la cuisse du dieu des dieux, né du feu et élevé par la pluie. Il a ajouté que cette montagne aux versants féconds était une corne d'abondance et Bacchus le vrai souverain de sa cité.

L'équipage a passé la nuit à Oplontis et se dirige vers le soleil levant. Depuis l'avant-veille, où ils ont fait halte à Herculanum, Javolenus a laissé son cheval à l'un des esclaves de l'escorte et a tenu à conduire lui-même l'un des trois chariots tirés par des bœufs. Après les funérailles de sa tante, le philosophe ne s'est guère adressé à Livia, et, malgré le soulagement de rallier la Campanie et non une austère région d'Italie, la jeune femme appréhende les incertitudes de sa nouvelle vie. À cette anxiété s'ajoute l'angoisse de ce qui se passe en elle : comment expliquer la vive émotion qui l'étreint dès qu'elle pense à son nouveau maître ? Depuis Rome elle voyageait à l'arrière, avec les effets légués par Faustina à son neveu, mais ce matin, neuvième jour du périple, il a ordonné qu'elle s'assoie devant, à côté de lui. La proximité physique avec Javolenus a provoqué des sensations qu'elle n'avait jamais éprouvées. Elle s'est précipitamment installée sur le banc du cocher, car ses jambes menaçaient de refuser de la porter. Sa peau s'est mise à rougir et sa bouche n'a accepté de prononcer que des borborygmes ou des phrases idiotes. Harassée par les 160 milles parcourus, par les nuits passées à l'étable avec les bêtes et les esclaves du cortège, mais plus encore par ce trouble nouveau, Livia hume avec délices les rayons du soleil et l'air marin, étonnamment doux pour une fin janvier.

– Le climat de cette région est délicieux, constate aussi Javolenus. L'été, la chaleur est accablante. Les riches propriétaires se réfugient au nord et reviennent aux vendanges. Pour ma part, même si je le pouvais, je ne partirais pas. Malgré tout, je me suis beaucoup attaché à cette ville et à ma maison.

Curieuse, Livia demanderait volontiers des détails sur le « malgré tout » et les raisons de l'exil de l'aristocrate. Mais elle se méfie de son bouleversement intérieur et garde le silence propre à sa condition servile. Javolenus se tait également. Les chariots poursuivent leur chemin et les cahots de la voie bercent Livia qui s'accroche au banc de bois. Elle ferme les yeux.

– Réveille-toi, ordonne le Pompéien. Nous arrivons !

La foule bigarrée qui se presse près du charroi pour passer la porte fortifiée semble déborder des murailles devant lesquelles sont alignés des entrepôts. Chargés de toutes sortes de denrées, hommes, femmes, enfants, carrioles entrent et sortent dans une joyeuse confusion.

– Aujourd'hui est jour de grand marché, précise Javolenus, le regard brillant. La cité grouille de toutes parts...

Le cocher amateur parvient enfin à circuler et à pénétrer dans Pompéi par la porte sud-ouest.

– Bienvenue à la *Colonia Correlia Veneria Felix Pompeianorum* ! clame-t-il fièrement. À ta droite, le temple de Vénus, la déesse de la beauté et de l'amour, qui incarne ici fortune et prospérité, et qui détient la tutelle de la cité avec Hercule et Bacchus.

– Mais... le temple est en ruines ! fait observer Livia.

– Ce n'est pas par manque de dévotion ni de reconnaissance envers la déesse, répond Javolenus. D'ailleurs, regarde, les ouvriers sont au travail afin de réparer l'édifice.

– Que s'est-il passé ?

À nouveau bloqué par la cohue, le chariot s'immobilise. Le regard doré de Javolenus se voile.

– Il y a seize ans, la huitième année du règne de l'Empereur Néron*, explique-t-il, un tremblement de terre a ravagé Pompéi et ses alentours, abattant les maisons et les temples, blessant et tuant les habitants, engloutissant dans une crevasse un troupeau de cinq cents brebis. Les autochtones ont cru que les dieux étaient entrés dans une grande colère et l'exprimaient de la sorte.

– Ont cru ? s'étonne Livia, dont les joues s'empourprent. Que voulez-vous dire ? Vous n'en êtes pas convaincu ?

– C'est la Nature qui a parlé, non les dieux. Mes amis et moi sommes persuadés que l'Olympe est vide.

– Vous ne croyez donc en aucun dieu ? insiste-t-elle, abasourdie.

– Ce n'est pas si simple, Livia. Nous en reparlerons. Quoi qu'il en soit, lorsque je suis arrivé ici pour m'y installer, trois ans après le séisme, tout n'était que désolation. Néron n'avait que faire d'aider une obscure cité de province à se relever. Le despote avait d'autres priorités. Mais nous, les Pompéiens de naissance ou de cœur, sur nos fonds propres, nous avons rebâti la ville ! Évidemment, la tâche est énorme et aujourd'hui encore, tout n'est pas terminé. Le *macellum* notamment, notre grand marché couvert, est toujours en travaux, ce qui explique la pagaille de ce matin : les éventaires sont dressés dans la rue et sur les places, cela gêne la circulation... plus les incessants transports de pierres et de matériaux des entrepreneurs en bâtiment chargés de la reconstruction, voilà le résultat : un bel embouteillage !

Livia sourit timidement et observe les marchandises que vantent camelots et colporteurs ambulants : huîtres, poissons bleus et fruits de mer, pêche d'eau douce issue du fleuve Sarnus, porcs, veaux, moutons, volailles, légumes, fruits, chaussures, étoffes, pains, pâtisseries, plats et vaisselle de bronze, certains vendent même sauces et ragoûts à emporter, qu'ils réchauffent sur un brasero : Livia songe que cette profusion n'a rien à envier au grand marché de Rome.

– À droite et à gauche, poursuit le guide, le Forum : le centre politique, commercial et religieux de la ville. Hélas, le temple de Jupiter est toujours en réfection mais tu y trouveras, outre la basilique, les bureaux de nos élus municipaux, les thermes du Forum, le temple d'Apollon, l'édifice de la grande prêtresse Eumachia – la bourse de la laine – le temple du Génie de Vespasien, le temple de la Fortune

* Soit en l'an 62 après Jésus-Christ, plus précisément le 5 février 62.

Auguste, le local des poids et mesures et le sanctuaire des lares publics, où les Pompéiens ont fait beaucoup de sacrifices et de prières afin d'apaiser le courroux des dieux… Leur oraison a dû parvenir jusqu'à eux puisque vitalité et bonheur sont revenus dans la cité… Jamais plus la terre ne nous a menacés. Au contraire, comme tu as pu le voir, elle nous comble : nulle part ailleurs le sol n'est plus fertile que dans cette contrée.

L'assurance de son maître, la gouaille de la foule aux races diverses, les couleurs chaudes et les odeurs d'épices apaisent la jeune femme. Son exil loin de l'*Urbs* sera peut-être court et moins désagréable que prévu… Près de cet homme, il se peut même qu'il soit plaisant. S'arrêtant sur sa dernière pensée, elle rougit de honte. Comment se fait-il que, depuis son départ de Rome, elle soit assaillie de réflexions aussi stupides et déplacées ? Elle regarde devant elle : contrairement à celles de la capitale de l'Empire, les rues sont propres, larges, entièrement pavées, bordées de trottoirs, piquées de fontaines jaillissantes et nulle part elle n'aperçoit d'*insula*. La ville semble dénuée d'immeubles au profit de maisons basses dont les fenêtres sont serties de vitres, luxe quasi introuvable à Rome.

– L'eau… murmure-t-elle. Les habitants ont donc tous l'eau courante ?

– Naturellement, Livia, même si la réparation de tous les aqueducs n'est pas encore achevée. Le confort est bien plus grand ici qu'à Rome. Regarde ces gros pavés, au milieu de la rue… Connais-tu leur usage ?

– Je n'en ai aucune idée.

– Ils servent à préserver les sandales des piétons de la pluie. Tu n'as qu'à marcher dessus pour traverser la rue, et ton pied sera toujours sec. En même temps, ils ne gênent pas le passage des chariots puisqu'ils sont disposés plus bas que le fond de la carriole et à l'extérieur des roues, de chaque côté.

– C'est ingénieux, reconnaît Livia.

– Sais-tu que Pompéi se targue de posséder le premier amphithéâtre du monde romain, qui peut contenir vingt mille spectateurs, c'est-à-dire tous les habitants de la cité ?

– Je l'ignorais.

– Il est au bout de la ville, je te le montrerai une autre fois, ainsi que notre grande palestre.

– J'abhorre les jeux, les gladiateurs, les combats barbares et inutiles de l'arène, avoue-t-elle sèchement.

– Moi aussi.

Étonnée, Livia parvient à observer sans défaillir le profil amène de son interlocuteur. « Cet homme est vraiment étrange, pense-t-elle. Il n'est pas du tout comme sa tante. Il ne ressemble à rien que je connaisse... »

– Mais les Pompéiens, comme les Romains, les adorent, précise Javolenus. Cette terre est une terre de passion. Tu dois savoir qu'ici, rien n'est plus important que l'amour, le commerce et l'argent, le vin et les spectacles. Ah, j'oublie les élections.

Livia se sent rougir à nouveau et maudit son émotivité.

– Tiens, pour illustrer mes propos : trois ans avant le tremblement de terre s'est passé à l'amphithéâtre l'unique événement, dans toute l'histoire de cette ville, qui a sorti un temps Pompéi de son obscurité provinciale, en agitant un peu le Sénat. Ce jour-là, un richissime sénateur romain offrait aux Pompéiens un combat de gladiateurs qui avait attiré toute la plèbe de la cité, ainsi que les habitants du bourg voisin de Nocera. Dans le cirque, les combats faisaient rage lorsque, dans les gradins, un désaccord survint entre Pompéiens et Nocériens. La dispute s'envenima, on se jeta des injures, des pierres et bientôt, la querelle dégénéra en rixe sanglante. Les Pompéiens eurent le dessus. Parmi les habitants de Nocera, on releva de nombreux blessés et quantité de morts. Les familles des victimes en appelèrent à l'Empereur Néron, qui déféra la plainte devant le Sénat. Je m'en souviens, je siégeais à la Curie, à l'époque, et j'étais ébahi d'y entendre parler de Pompéi. Mes collègues et moi-même interdîmes les jeux dans l'amphithéâtre pour dix ans et les principaux responsables de la tuerie furent déportés. Les trois magistrats municipaux en exercice, les *duumvirs*, furent destitués et un commissaire impérial vint rétablir l'ordre.

– Donc les pacifiques habitants de Pompéi n'ont renoué avec les plaisirs du cirque que depuis neuf ans, ironise Livia.

– Que nenni ! s'emporte Javolenus en s'empêtrant dans les rênes. C'est oublier deux acteurs primordiaux de cette cité : le tremblement de terre, et Poppée, que Néron a officiellement épousée l'année du séisme, et qui est native de Pompéi. Après la catastrophe, elle intervint auprès de son mari, qui leva l'interdiction. L'amphithéâtre a été l'un des premiers édifices publics à être reconstruit, et les jeux y ont repris deux ans seulement après « la grande irritation divine », dans l'allégresse générale.

– J'ignorais que Poppée était née dans cette cité...

– Sa famille y est encore extrêmement puissante ! Par-delà la mort, Poppée demeure adulée à Pompéi ainsi que Néron, malgré l'interdiction du culte de la mémoire du tyran et la destruction de ses statues.

Livia a un haut-le-cœur. Maître et esclave ont trois points communs : le rejet des idoles, le dégoût pour les combats du cirque et l'aversion pour l'ancien Empereur, qui les a tous deux bannis de leur existence véritable.

– À ta droite, là-bas, continue Javolenus, le grand théâtre, l'Odéon, le temple dorique, le Forum triangulaire, le temple de Zeus Meilichios, la caserne des gladiateurs et surtout un autre monument très vite relevé de ses ruines grâce à des mécènes privés : le temple d'Isis.

Livia songe naturellement à son ancienne maîtresse.

– La déesse égyptienne est-elle autant vénérée à Pompéi qu'à Rome ? demande-t-elle.

– Hélas... Avec tout le respect que je dois à l'esprit de ma chère tante, répond-il, les adorateurs campaniens des inepties alexandrines sont de plus en plus nombreux chaque jour.

Livia parvient enfin à sourire sans prendre la teinte d'une pivoine. Son nouveau maître est vraiment peu ordinaire. Il méprise Isis et Osiris en un temps où chaque païen en vue délaisse le panthéon romain pour sacrifier au culte égyptien. L'Empereur Vespasien est très lié à ces divinités : tout Romain sait qu'avant son accession au principat, à Alexandrie, il a bénéficié d'une vision surnaturelle dans le temple dédié au dieu Sérapis, et sur ordre de ce dieu, il a guéri deux infirmes. Son fils Domitien a été sauvé de l'incendie du Capitole grâce au costume et aux attributs d'un prêtre d'Isis et, la nuit précédant le grand défilé de la victoire sur les Juifs, Vespasien et Titus sont demeurés en prière dans le temple d'Isis du Champ de Mars, celui-là même où Faustina se rendait. Livia est soulagée de constater qu'hormis Juifs et chrétiens, certains Romains demeurent étrangers aux charmes des dieux et des déesses du Nil.

– Isis prolifère mais, à ma connaissance, ton Nazaréen n'existe pas ici, poursuit Javolenus sans animosité. Les Juifs, les Phrygiens et les Orientaux de la ville l'abhorrent, les Grecs et les Latins l'ignorent. Tu ne trouveras aucun adepte de Jésus en ces murs.

– Les disciples de la Voie ne s'exhibent pas au grand jour, répond-elle avec douceur, quand notre foi peut être punie de mort…

– Je ne l'ignore pas, et je le déplore. Néanmoins, à Pompéi, tu seras seule avec tes croyances.

Le convoi quitte soudain la rue principale et tourne à gauche. Livia s'agrippe au siège pour ne pas tomber. « Cet homme est extraordinaire mais il reste un païen, pense-t-elle. Je ne dois pas l'oublier. Quant à moi, je trouverai des disciples de Jésus. Je ne peux pas croire que sa parole ne soit pas parvenue jusqu'en Campanie. Et si le maître avait raison ? S'il n'y en avait aucun ? »

La carriole monte vers le nord de la ville où l'on aperçoit le Vésuve à travers une brume évanescente. Livia sent une frayeur sourde se répandre dans sa poitrine et balayer ses autres émois. Elle sait qu'elle n'a pas le courage ni l'éblouissante obstination des apôtres et des missionnaires, pour répandre la parole de Jésus et convertir les âmes. Elle pense à Pierre, à Paul, à Raphaël, à Siméon Galva Thalvus, à Haparonius, à son père. Comme ils lui manquent !

Son angoisse est déroutée par un parfum lourd et bon marché à base de jonc, de rose et de genêt. Un petit groupe de femmes abondamment fardées, vêtues de voiles transparents, gravit l'escalier d'une demeure à un étage. Surprenant son regard, Javolenus sourit.

– Je n'ai pas mentionné cette autre particularité de Pompéi, dit-il. Je ne sais si cela est dû au soleil, aux mœurs de mes concitoyens, plus libres qu'à Rome, aux nombreux clients de passage drainés par l'activité économique de la cité ou à une déformation malsaine de la vénération de Priape, le dieu au phallus géant qui incarne la fertilité et qui est censé porter bonheur en éloignant le mauvais œil, mais nous possédons, proportionnellement au nombre d'habitants, l'une des plus fortes concentrations de lupanars de l'Italie. Trente-quatre pour vingt mille âmes ! Sans compter les femmes qui exercent dans les auberges, ou en d'autres endroits.

Gênée, Livia détourne la tête des filles de joie. Pour apaiser son malaise, Javolenus lui parle du merveilleux *garum* qu'on fabrique ici avec les poissons locaux, des laines plus douces que la soie, du lin brodé d'or, des céramiques, vante les nombreuses boutiques qu'ils aperçoivent de chaque côté, les *thermopolia* où l'on déguste nourriture, boissons chaudes et froides à toute heure, lui montre les thermes de Stabies endommagées par le tremblement de terre, lui indique, plus au nord, le long d'une rue dans laquelle ils s'engagent, les thermes centraux, un vaste et nouvel ensemble que l'on a décidé d'édifier après le séisme et qui n'est pas terminé. Les ouvriers sont nombreux sur le chantier. Enfin, le chariot effectue péniblement un virage à 90 degrés et tourne à droite dans une ruelle à l'angle de laquelle se dresse un petit autel aux lares publics. Le brouhaha de la ville se calme subitement.

Mon père sénateur avait acheté cette propriété d'agrément, il y a bien longtemps, pour venir s'y reposer des débats de la Curie et de l'agitation de Rome, explique-t-il. Il a donc privilégié un quartier tranquille, qui par bonheur l'est resté.

À l'approche de ce qui sera sa nouvelle demeure, Livia frémit d'inquiétude. Chez Faustina, elle a pris l'habitude de l'espace et du luxe. Même le dortoir des esclaves était vaste et bien aéré. Surtout, son métier d'*ornatrix* lui conférait une position privilégiée parmi les esclaves. Elle devine que désormais elle fera partie de l'armée exténuée chargée de seaux, d'éponges et de balais, qui s'use dès l'aube à nettoyer les ordures et à astiquer les pavés et les colonnes des riches villas. Elle redoute de devenir chétive et repoussante, alors que jamais auparavant elle ne s'est souciée de son aspect.

– Nous y sommes, annonce l'aristocrate en stoppant le chariot.

Livia discerne la loge du portier, sise entre une *taberna* qui semble être celle d'un marchand de vin et une autre appartenant à un vendeur d'huile.

– *Dominus !* s'écrie le concierge en s'avançant vers son maître. *Dominus*, par Hercule vous voilà enfin, sauf et en bonne santé... Loués soient les dieux.

L'air jovial, Javolenus bondit au bas de la carriole, heureux de retrouver sa maison et ses gens. L'esclave reste prostrée sur le banc du cocher.

– Qu'attends-tu, Livia ?

S'efforçant de sourire, elle met pied à terre et suit son maître dans le vestibule puis le long d'un couloir pavé de minuscules mosaïques blanches et noires. La vision qui s'offre à elle, insoupçonnable de la rue, lui coupe le souffle. Par-delà un *atrium* carré, s'étend un immense péristyle bordé de colonnes, au centre duquel s'ouvre un vaste jardin. Livia entend un bruit et note la présence, sur sa gauche, de trois peintres dont son maître examine la besogne. Les artisans sont en train d'achever une fresque qui occupe tout le pan de mur. Il s'agit d'une scène de festin. Un bref instant, la jeune chrétienne y voit la représentation du dernier repas de Jésus, avant de réaliser qu'il ne peut s'agir de la Cène.

Allongés sur des lits de banquet, douze hommes – six à droite, six à gauche – tendent leur visage vers le personnage central, un vieillard en gloire, un rouleau de papyrus à la main, qui n'a ni l'âge ni les traits du Seigneur, que Pierre et Paul ont souvent décrit devant elle. « Qui est ce patriarche ? s'interroge-t-elle. Et qui sont ses disciples ? »

– Ce sont mes maîtres et amis de l'école stoïque, répond le philosophe qui a surpris le regard scrutateur de l'esclave, ceux dont les préceptes dirigent ma vie. Au centre, il s'agit de Zénon de Cittium, le fondateur de notre philosophie. À sa droite, l'école grecque du Portique : Cléanthe d'Assos, Chrysippe de Soles, Diogène de Babylone, Antipater de Tarse, Panaïtios de Rhodes et Poseidonios d'Apamée. À sa gauche, les penseurs latins : Cicéron, Sénèque, Thraséa-Poetus, Musonius Rufus, Helvidius Priscus et Épictète.

Livia a déjà entendu certains noms, mais ne se souvient pas dans quelles circonstances. Elle maudit son inculture et note la tristesse dans la voix de son maître lorsqu'il nomme les philosophes romains.

– Patron, à vos ordres. Nous sommes heureux de vous retrouver. Avez-vous fait bon voyage ?

Livia se retourne et découvre deux individus, sans doute des affranchis. Le premier, court et râblé, a la peau, les yeux et les cheveux très foncés. Sa musculature est tellement impressionnante qu'elle craint de se trouver face à un gladiateur. Le second, à l'allure plus gracile, n'exhale pas moins une grande fermeté de tempérament.

– Livia, je te présente mes deux hommes de confiance, dit Javolenus. Voici Scylax, le régisseur qui s'occupe des terres – il désigne le gros bras – et Ostorius, l'intendant chargé de cette maison. Je te conseille d'entrer dans ses bonnes grâces, car désormais tu es sous sa responsabilité. D'ailleurs, il va te faire visiter la *domus* pendant que je m'entretiens avec Scylax.

Le propriétaire et le régisseur s'éloignent vers le péristyle, laissant l'esclave aux mains de son nouveau supérieur. Loin du regard de Javolenus, Livia semble reprendre ses esprits. Sans un mot, Ostorius dévisage la recrue. Elle l'observe aussi. Âgé de vingt-cinq ans environ, l'affranchi a les cheveux roux, qu'il porte presque rasés. Ses yeux sont clairs et beaux, mais empreints d'une grande dureté. La peau de son visage est imberbe, sans doute épilée, piquée de taches de rousseur.

– Montre-moi tes mains, ordonne l'intendant.

Se rappelant la satisfaction de Parthenius et Faustina la première fois qu'elle leur a exhibé ses paumes, Livia tend fièrement ses doigts marqués par les pigments mais demeurés d'une extrême finesse.

– Hum, désapprouve Ostorius. Tu n'as jamais goûté aux besognes domestiques, encore moins aux travaux des champs !

– Non, en effet. Je suis *ornatrix*, annonce-t-elle avec orgueil.

– Tu étais, rectifie-t-il. Ici, pour l'heure, tu n'es rien.

L'esclave suit l'intendant dans le quartier servile situé derrière l'*atrium*, au-delà du mur portant la fresque des stoïciens, le long d'un couloir desservant les *cubicula* des esclaves, vides à ce moment de la journée. Livia constate qu'elles sont petites, mais individuelles. Ostorius désigne une pièce plus vaste, à l'entrée.

– Là est mon logis et celui de ma femme, dit-il. Pour entrer et sortir, chaque domestique doit passer devant moi. Ainsi je vous ai à l'œil…

Il lui montre les latrines, la resserre, la petite cuisine réservée aux esclaves et, enfin, sa chambre. Minuscule, sans fenêtre, elle s'apparente à une cellule. Livia observe que, néanmoins, le grabat est neuf et qu'elle pourra prier sans craindre d'être surprise par les autres serviteurs.

– Combien sommes-nous ? demande-t-elle.

– Sans compter les enfants, huit au service de la *domus*, neuf avec toi, dix avec moi. C'est très peu, bien moins qu'avant… Viens, je vais te montrer les quartiers du maître. Ne touche à rien, surtout.

Ils passent dans l'*atrium*, où officient les peintres. Face à la fresque, de l'autre côté de l'*impluvium*, petit bassin central et carré qui recueille les eaux de pluie et où flottent papyrus et nénuphars, Ostorius lui montre la chambre seigneuriale d'hiver, l'autel aux dieux lares de la famille, et la salle à manger d'hiver. Derrière ces pièces se trouvent la cuisine d'hiver, le cellier et l'écurie qui donne sur la rue. Entre l'*atrium* et le péristyle qui peut être dérobé aux regards au moyen d'un rideau, se dresse le *tablinum* orné de colonnes en tuf peintes, salle où l'usage prescrit de recevoir les visiteurs.

– Il ne sert plus guère, affirme Ostorius.

– Personne ne vient donc consulter le maître ? lui rendre les devoirs de la clientèle ?

– Avant, quand il était conseiller municipal, cette salle ne désemplissait pas. Mais aujourd'hui il est rare que quelqu'un se présente à l'entrée, d'ailleurs le patron n'y tient pas, cela interromprait son étude...

– Il n'a donc plus de charge officielle ?

– Pas depuis... depuis qu'il est retourné à Rome, il y a huit ans, avant d'être à nouveau renvoyé ici.

– Pour quelle raison l'Empereur Vespasien l'a-t-il exilé ? risque Livia, qui brûle d'en savoir plus sur Javolenus.

– Je n'ai jamais eu l'audace de le lui demander, répond-il avec agressivité, et je ne te le conseille pas. Un domestique se doit de concourir à la dignité de son maître, ne l'oublie jamais.

Livia se mord les lèvres. La visite se poursuit dans le péristyle, rapidement car Ostorius craint de déranger son patron. Néanmoins la jeune femme est sous le charme de cette partie de la maison, la plus vaste et la plus attrayante : au centre, cerné de sculptures de marbre représentant Vénus, Hercule, Bacchus, Jupiter, Junon et Minerve, le jardin rectangulaire est planté de foisonnants lauriers roses, platanes, épicéas, cyprès, acanthes, buis, citronniers, lavande, laurier, myrte, romarin, sauge, immortelles, giroflées, thym, fenouil, aneth, lierres taillés. Des fleurs poussent sur les bordures, roses, narcisses, violettes, safran, férule, valériane, jasmin, mimosas, lys et pervenches, qui s'éveilleront au printemps et sont pour l'instant relayées par des plantes à feuilles persistantes. Au milieu du jardin, une fontaine ronde à l'onde murmurante coule dans un bassin où nagent cygnes et poissons d'agrément. Les rebords sont décorés de coquillages en mosaïque. Derrière les blanches colonnes corinthiennes, les murs sont peints d'oiseaux, de fleurs, d'arbres et de bucoliques motifs en trompe-l'œil, qui donnent l'illusion d'une nature partout présente. Livia ne fait qu'apercevoir les pièces qui s'ouvrent sur le péristyle, mais elles lui semblent somptueuses et richement peintes : nombreuses chambres, dont le *cubiculum* d'été du maître, salle de bains, salon, salle à manger en plein air, la cuisine d'été est cachée dans un renfoncement. Elle discerne Javolenus qui, allongé sur un lit, près d'un brasero à trois pieds en pattes de lion, écoute le rapport de Scylax dans une salle aux murs creusés d'étranges armoires de bois.

– C'est la bibliothèque, chuchote Ostorius avec déférence, la pièce préférée du patron. Derrière les vantaux sont aménagées des niches qui contiennent ses *volumina*. Nul n'en possède plus que lui, et personne n'a le droit d'y toucher à part lui. La pièce est orientée au soleil levant pour éviter les moisissures engendrées par les vents, et le maître enduit lui-même ses rouleaux de papyrus d'huile de cèdre pour les protéger des insectes. D'ordinaire, il se tient là tout le jour, et parfois même la nuit.

Par une pièce vide, l'intendant et l'esclave atteignent un autre jardin, un potager dissimulé derrière la *domus* et disposant d'un puits, où l'on cultive les légumes du quotidien.

– Quelle splendide et extraordinaire demeure ! s'exclame Livia, transportée par ce qu'elle vient de voir.

– Celle de ta maîtresse romaine n'était-elle pas plus admirable ?

– Elle était plus grande, plus haute, mais bien moins éblouissante… Jamais je n'avais vu jardin plus merveilleux, ni peintures si poétiques.

Ostorius apprécie le compliment et se déride. Il lève fièrement le menton comme s'il était le propriétaire de la villa.

– Les peintres de Pompéi sont très réputés, et, depuis treize ans qu'il vit ici, mon patron n'a eu de cesse de restaurer et d'embellir cette maison. Il y a consacré sa fortune.

– Beaucoup de pièces semblent inoccupées, constate Livia.

– Celles où vivait et recevait la patronne, admet Ostorius avec un air accablé. Elle nous manque beaucoup…

– Quand est-elle morte ?

– Cela fera neuf années l'été prochain. Elle a rejoint l'Hadès pendant le règne de l'Empereur Vitellius, un grand jour de fête, celui des *ludi martiale*. La beauté de Galla Minervina était supérieure à celle de Poppée. Sa famille était l'une des plus nobles de Rome… Elle a suivi son mari ici. Elle est tombée amoureuse de notre cité. Avec lui, elle a relevé cette maison qui n'était que ruines à leur arrivée. La *domina* en a fait une demeure très gaie, où tous les nobles Pompéiens aimaient à se réunir… Nous menions grand train… hélas… hélas…

– De quoi est-elle morte ? insiste Livia.

– De la fièvre de l'accouchement. En mettant au monde un héritier mâle qui a expiré quelques heures après sa mère. Le patron adorait sa femme, désirait plus que tout un fils, que Galla Minervina avait échoué, à plusieurs reprises, à porter jusqu'au terme… il n'a jamais pu s'en remettre. Quelque temps plus tard, grâce à sa tante, il est reparti dans l'*Urbs*, mais déjà, il avait beaucoup changé… et la *domus* aussi. Au moment de son départ, il a affranchi plus de la moitié des esclaves et ne les a pas remplacés. Depuis son retour, il y a sept ans, il ne cherche que la solitude. Il a délégué la gestion des terres à Scylax, ne se mêle plus des affaires de la cité, ne se rend même plus aux thermes ni aux jeux, et vit reclus dans cette maison. Sa seule compagnie est celle des lettres de ses lointains amis et de ses livres… Il ne se remariera jamais.

Livia comprend mieux l'air morne et austère de Javolenus lorsqu'il visitait Faustina. Elle songe que le patricien vit un double exil : celui de Rome et de ses frères de cœur, et surtout, celui de sa famille de sang. Elle réalise qu'au fond, malgré la différence sociale, leurs chagrins se ressemblent.

– Le maître n'a donc pas de descendance ? s'enquiert-elle encore.

– Si, une fille. Elle s'est mariée à l'automne précédant la mort de sa mère, avec l'un des meilleurs partis de Pompéi. Le patron a trois petits-enfants. Mais… assez de confidences, déclare l'intendant en reprenant son visage autoritaire. Allons, je dois encore te montrer les magasins souterrains.

Ostorius l'entraîne dans les caves de la maison, aussi vastes que le rez-de-chaussée et aérées par de multiples soupiraux. Les pièces souterraines se succèdent à l'infini dans une multitude de celliers, réserves à provisions, aires de séchage des fruits et des poissons, et surtout espaces de stockage de l'huile d'olive et du vin. L'intendant lui indique où sont rangées les denrées fraîches pour la cuisine. Livia est étonnée du nombre d'amphores géantes, les *dolia*, alignées le long des murs ou piquées dans la terre.

– C'est la production du maître ! explique l'intendant avec emphase. De l'huile, mais surtout du vin, et quel vin ! Le meilleur *vesuvinum* et *lympa vesuviana*… sans parler du *mulsum*, spécialité locale : une boisson médicinale à base de vin et de miel de thym. Nous exportons dans tout l'Empire. Les vins jeunes et pétillants qui ne peuvent pas voyager sont directement vendus dans la *taberna* du rez-de-chaussée.

– La boutique appartient donc au maître ?

– Les deux *tabernae* sont à lui ; comme tous les propriétaires de la ville, il y écoule une partie de sa marchandise. Si tu as le sens du commerce, peut-être t'y placera-t-il comme vendeuse…

Livia blêmit. Bien que le temps ait passé, elle ne sent pas assez solide pour officier dans une échoppe de vin en revivant à chaque instant son enfance brisée.

– Je sais parfaitement lire et écrire mais je compte très mal, répond-elle pour écarter l'intendant de son idée.

À cet instant, elle découvre que, depuis un moment, Ostorius la dévisage d'une étrange manière, fort différente de l'examen de tout à l'heure : les yeux luisants, la peau rougissante, l'intendant l'observe par en dessous, à travers deux fentes brillant d'un éclat que la candide jeune femme n'a pas encore appris à identifier comme celui du désir. Pourtant, elle est instinctivement gênée par le regard de l'affranchi et se détourne pour ne plus le sentir sur sa peau. Afin d'achever la visite, Ostorius l'accompagne à l'étable où Livia récupère le maigre balluchon contenant ses affaires. Il la présente à deux esclaves occupés à décharger les meubles, la vaisselle d'or et d'argent et divers objets ayant appartenu à Faustina Pulchra. Le visage de Livia se fait mélancolique. L'intendant la ramène dans la cuisine du quartier servile, lui verse un gobelet de vin et lui donne à manger. Pour éloigner sa nostalgie, Livia l'interroge sur lui-même. Ostorius répond de bonne grâce mais sur un ton détaché.

– Je suis né dans cette maison, avec ma sœur et mes deux frères. Mes parents avaient été achetés par le père du maître en même temps que la villa. À son décès, nous avons tous été affranchis. Mes frères et sœurs sont partis à Neapolis et à Cumae où ils se sont mariés, mais mes parents et moi sommes demeurés au service du fils, qui avait hérité de la *domus*. Il n'y venait quasiment jamais. Puis, lorsque le maître vint s'établir ici, mon père devint l'intendant, ma mère était attachée au service de Galla Minervina. Elle est morte peu après le décès de la *domina*. Mon père est décédé il y a cinq ans. Alors le patron m'a nommé intendant à sa place.

– Quelle charge exerce votre épouse ?

– Bambala gère les cuisines du patron. Mes deux fils ont été placés dans la maison de sa fille ; elle a toujours besoin de personnel, alors qu'ici… Je dois aller faire mon rapport au maître sur ce qui s'est passé en son absence.

Livia reste seule. « Comment une maison exhalant une beauté si exubérante peut-elle être celle de la souffrance et du deuil ? se demande-t-elle. Comment un homme tel que lui peut-il rester fidèle à une femme morte depuis presque neuf ans ? » Elle se réfugie dans sa chambre, couvre sa tête avec son châle et se met à prier.

Vers le soir, Ostorius vient lui signifier que le maître la réclame dans l'*atrium*. Elle bondit vers la pièce de réception.

– Livia, s'exclame Javolenus, prends un manteau, je sors et je t'emmène avec moi. Je veux te faire découvrir quelque chose que tu n'as jamais vu dans la capitale de l'Empire.

Livia obéit avec ravissement et s'installe, debout, près du maître qui conduit le char. Elle se sent plus proche de lui, maintenant qu'elle connaît des détails sur sa vie. La voiture à cheval s'éloigne de la maison par la venelle déserte et rallie le large et bruyant *cardo maximus**. Mais au lieu de s'orienter vers le sud et la rue principale, le *decumanus maximus***, le char monte vers la porte nord de la ville avant de bifurquer à gauche et de se diriger vers l'ouest, le long des remparts.

– Nos rues sont à sens unique, explique Javolenus. C'est plus commode pour circuler mais cela implique de bien connaître la cité. Je te rassure, ce n'est valable que pour les chars ; en tant que piéton, tu n'as pas à t'en préoccuper !

Livia sourit en silence. Depuis qu'elle sait la muette douleur de son maître, elle apprécie plus encore sa douceur mâtinée d'humour. Néanmoins elle se sent gauche et maladroite, fière et mal à l'aise de siéger à son côté. Jamais Faustina ne l'a installée près d'elle, l'esclave marchait toujours derrière la litière.

– Puisque nous sommes près des fortifications, poursuit le guide, dans l'un des plus anciens quartiers de la ville, je vais t'enseigner son histoire. Son cosmopolitisme est dû au fait que, avant de devenir une colonie romaine, il y a plus de cent cinquante ans, elle a été osque, étrusque, grecque, enfin samnite. La langue osque est encore parlée par la plèbe, et chacun ici comprend le grec dès la naissance. Cela facilite le commerce.

– Je n'avais pas imaginé que vous pratiquiez la culture de la vigne et le commerce du vin, répond Livia.

– Chacun ou presque, ici, vit de cette activité ! Dans ce paradis agricole, c'est la terre, et en particulier la vigne, qui anoblissent, confèrent puissance et honorabilité. Mais je ne suis qu'un petit propriétaire. J'avoue même que j'aurais préféré m'abstenir du souci de la viticulture, à laquelle je n'entendais rien. Mais je n'ai pas eu le choix : à mon arrivée, la maison était si délabrée par les secousses, que j'ai consacré l'héritage de mes parents à la reconstruire. Après, je n'avais plus de quoi vivre. J'ai donc dû m'endetter et consacrer mes dernières ressources à l'achat de champs d'oliviers et de vignes. Heureusement,

* Actuelle via Stabiana, rue de Stabies.

** Actuelle via dell'Abbondanza, rue de l'Abondance.

j'ai obtenu une aide précieuse, et mes affaires ont prospéré. Tu as dû boire mon vin chez ma tante, à moins qu'elle ne l'ait gardé pour elle…

Livia suppose que « l'aide précieuse » est sa femme défunte. Au moment où elle s'arrête sur cette pensée, le char franchit une porte à trois baies, sort de la cité et s'engage sur une route bordée de tombes et de caveaux : la voie des sépulcres. Livia s'alarme en silence : son maître souhaite-t-il lui montrer le tombeau de son épouse ? Elle en doute. Le monument est peut-être une curiosité architecturale, à l'instar de la pyramide de Faustina Pulchra ? Inquiète, elle n'ose regarder le visage de Javolenus et scrute les alentours. La rue des morts, envahie de végétaux, est presque joyeuse : des caveaux de marbre richement sculptés en forme de temple ou d'autel sont entourés de jardins, de vergers et de puits. Certains sont bordés de bancs de pierre ou de terrasses portant tables et lits maçonnés destinés aux banquets, identiques à ceux qui sont construits dans les salles à manger d'été des maisons pompéiennes. Quelques grandes villas sont visibles entre les sépulcres. L'ensemble est grandiose.

Sans cesser de regarder devant lui, Javolenus indique à Livia un établissement de bains de mer et de soins d'eau douce alimenté par une source thermale. À un carrefour, le char quitte le cimetière et s'engage à droite. Au faîte de la curiosité, Livia ne peut se retenir de demander quel est le but de leur voyage.

– Nous allons chez ma fille et mon gendre, répond-il.

– C'est un grand honneur pour moi, dit l'esclave qui bouillonne de joie.

– Tu vas voir, ma fille est splendide… D'ailleurs, elle a sensiblement ton âge. Elle est née à Rome et elle a beaucoup rechigné à nous suivre ici, sa mère et moi. Elle avait dix ans, à l'époque. Pourtant, à Pompéi, elle a trouvé l'amour et moi un allié inestimable en la personne de son mari. Sans les conseils et le soutien de Marcus Istacidius Zosimus, je serais peut-être aujourd'hui comme tous ces mendiants que tu as vus dans la rue… C'est lui qui m'a vendu les terres dont je te parlais tout à l'heure, les terres les plus fécondes, sur les pentes du Vésuve. C'est lui qui m'a initié à la culture de la vigne et de l'olive, c'est lui qui m'a recommandé Scylax, c'est encore lui qui loge mon régisseur et mes esclaves rustiques, me loue la main-d'œuvre supplémentaire nécessaire aux vendanges et au foulage au pied, c'est toujours lui qui me prête ses pressoirs et ses meules. Pour ma part, j'ai fait creuser les souterrains sous ma modeste demeure, mais ils ne servent que d'aire de stockage des produits finis. Maintenant, tu vas comprendre pourquoi…

Les sabots du cheval claquent sur la voie en pierre de lave. Soudain, à mi-pente, se dresse une bâtisse comme Livia n'en a jamais vu : d'un seul niveau, construite sur une terrasse artificielle soutenue par un cryptoportique, ses dimensions sont si grandes qu'elle ressemble au palais de l'Empereur. Comparé à cette demeure, l'hôtel particulier de Faustina n'est que la loge d'un portier.

– C'est inouï ! s'écrie-t-elle.

– Quatre-vingt-dix pièces, précise Javolenus. Cet incroyable édifice est à la fois l'une des résidences les plus agréables de Pompéi et la plus rentable exploitation agricole de la région. C'est le domaine viticole le plus vaste et le mieux organisé que je connaisse. Lorsque Marcus Istacidius Zosimus a acquis la maison, peu après le séisme, elle n'était qu'une ancienne villa patricienne à moitié écroulée et abandonnée par son ancien propriétaire. Le talent de Marcus – et celui de ses architectes – en a fait le temple du vin, un immense et majestueux complexe dédié à la production viticole à l'échelle industrielle.

– Ce maître doit être très puissant…

– Sa famille est l'une des plus influentes de Pompéi. Il possède près d'un millier d'esclaves. L'un de ses frères est procurateur, l'autre est *duumvir* chargé de rendre la justice.

Le philosophe prononce les derniers mots sans vanité ni orgueil, comme un fait objectif. S'il apprécie le pouvoir de son beau-fils, il ne semble pas l'envier ni le jalouser. Livia note sa modestie.

Deux esclaves se précipitent et les aident à descendre du char. Très intimidée, Livia suit son maître à bonne distance. L'entrée de la demeure est une exèdre semi-circulaire, large véranda bordée d'arcades et de terrasses cultivées en roseraies. Dans le *tablinum* peint de minuscules personnages jaunes sur fond noir, surgit une femme à la beauté impressionnante : grande et élancée, son chignon rehaussé de fleurs est d'un blond clair et lumineux que Livia, en experte, juge naturel. Ses yeux ourlés de fard noir sont d'un intense bleu marine et, sous la céruse, l'*ornatrix* détecte un teint pâle et uni. Tous ses gestes sont empreints d'une grande noblesse et sa *stola*, pervenche comme celle de Vénus, semble posée sur le corps d'une déesse.

Elle accueille son père avec chaleur, se réjouit de son retour et l'invite à rejoindre le péristyle, où l'attendent son mari et ses enfants.

– Un instant, Saturnina, répond Javolenus. Je dois d'abord montrer à Livia ma pièce préférée, je l'ai amenée dans ce but.

– Livia ? interroge Saturnina Vera. Qui est-elle ?

– L'ancienne *ornatrix* de ma tante. Elle me l'a léguée, la petite est arrivée ce matin avec moi, j'avoue que je ne lui ai pas encore trouvé de fonction et je crains qu'elle ne soit un peu perdue...

– *Ornatrix* ? répète Saturnina en toisant l'esclave d'un regard supérieur. Eh bien, à défaut d'autre chose, tu pourras toujours exercer tes talents sur ma personne, que je vérifie si la réputation des Romaines n'est pas usurpée.

– C'est que... balbutie Livia, très volontiers, maîtresse, mais je ne dispose plus d'aucun outil de travail, ni de mes huiles et pigments...

– Pompéi n'est pas un trou sauvage égaré dans les montagnes ! répond Saturnina. Nous avons d'excellents parfumeurs ; tu trouveras ici tout ce dont tu as besoin.

– Ma fille, intervient gentiment Javolenus, n'as-tu pas honte ? Tu possèdes plusieurs centaines d'esclaves et tu voudrais voler celle-ci à ton pauvre père ?

– Je ne vois pas ce que tu ferais d'une *ornatrix*, répond-elle sèchement.

– On verra à quoi je l'emploierai. Ce soir, elle n'est pas venue pour cela. Livia, suis-moi.

L'esclave s'incline devant Saturnina et suit son maître dans l'*atrium*. Elle n'a pas le temps de s'extasier devant ses dimensions et ses décorations. Par une chambre à un seul lit, une antichambre et un *cubiculum* à double alcôve, Javolenus l'entraîne dans une pièce reculée, dérobée aux regards des salles de réception.

– Ma fille et mon gendre détestent cet endroit, chuchote-t-il, mais, contrairement à ce qu'ils ont fait en d'autres lieux de la demeure quand ils ont remanié et agrandi le domaine, ils n'ont pas osé le détruire, sans doute par crainte que cela leur porte malheur. La maison est très ancienne, je pense qu'elle a plus de deux siècles, mais ce que tu vas voir date, à mon avis, de la colonisation romaine. À l'époque, c'était une salle à manger, sans doute le *triclinium* principal de la villa.

Javolenus et Livia pénètrent dans une salle où les derniers rayons du soleil illuminent une vue superbe sur la campagne et le golfe de Neapolis. Mais là n'est pas la particularité de la pièce. Sur ses parois rouge cinabre s'étend une fresque géante, un cycle insolite peuplé de personnages grandeur nature : satyres, matrones, jeunes femmes, esclaves, hommes, démones ailées, silènes, dieux jouent des scènes dont le sens échappe à Livia.

– C'est magnifique ! s'écrie-t-elle. De quel mythe s'agit-il ?

– Celui du roi du Vésuve, répond le philosophe. Bacchus, qu'on appelait jadis Dionysos, et de sa mère Sémélé. Ces tableaux narrent leur vie et leur divinisation.

– Cette peinture raconte-t-elle les fameux mystères dionysiaques ?

– Je le crois, Livia. C'est un rituel d'initiation au culte dionysiaque qui est représenté devant nous. L'ancienne propriétaire était probablement une adepte ou une prêtresse de Dionysos, malgré l'interdiction de cette pratique par le Sénat de Rome. Regarde, elle est peinte ici...

Livia admire et suit les scènes que son maître lui désigne, accompagnées d'explications savantes. Buvant ses paroles, elle se demande pourquoi le philosophe a tenu, au mépris des conventions, à traîner une esclave en ce lieu. Faisant fi de sa timidité et de son cœur qui tambourine, elle l'interroge sur ce point.

– Eh bien, Livia, dit-il d'un ton cordial, il s'agissait d'abord de te souhaiter la bienvenue d'une manière originale, en accord avec ma réputation d'excentrique. À Pompéi, qui pouvait t'accueillir, sinon Bacchus ?

– Je vous en remercie infiniment, maître. Puis-je vous demander quelle est l'autre raison ?

– Ceci ! répond-il en désignant une portion de la fresque. Regarde bien : avant d'embrasser la foi dionysiaque, la *domina* est terrorisée. Elle cherche à fuir face aux représentants d'une religion apparemment barbare. Mais cette peur est illégitime car, loin de propager la licence et l'orgie avec son cortège de satyres, le dieu éternellement jeune donne à ses initiés le vin de la culture, tu vois, là. En bref, à l'image de la femme de cette peinture, ne sois pas effrayée par les dieux. Je ne crois pas plus que toi à leur existence, mais là n'est pas la question. C'est ce que toi et les tiens n'avez pas compris. Car vous avez oublié une chose fondamentale : loin de tout archaïsme, l'Olympe et le panthéon sont les seuls garants de la culture et de la civilisation.

Sur le char qui les ramène à Pompéi, maître et esclave sont muets. Après son discours dans la salle des mystères dionysiaques, Javolenus a apporté des lampes à Livia, l'enjoignant de continuer à contempler l'universelle beauté des dieux et de s'en pénétrer jusqu'à son retour. Puis il est parti dîner avec sa famille. Livia est restée seule avec les scènes géantes, qui, avec la faim et la fatigue, se sont mises à danser devant ses yeux. Lorsque le maître est revenu, trois heures plus tard, l'esclave dormait sur le pavement blanc. Il a bredouillé que Saturnina avait pourtant promis de lui faire apporter à manger et qu'il fouetterait le cheval pour rallier au plus vite la cuisine de sa *domus.*

– J'ai l'impression que votre fille n'a pas beaucoup apprécié que vous m'ameniez chez elle, observe Livia.

– Il paraît que tu ne sais pas compter, mais que tu lis et écris ? demande-t-il sans se préoccuper de sa question.

– Oui, maître.

– C'est bien, je te prêterai des livres.

– En vue de m'initier à votre philosophie ?

– En vue de fertiliser la terre de ton cerveau et d'y planter les racines de la connaissance.

– Croyez-vous que l'instruction soit nécessaire à un esclave ? s'enquiert-elle en tremblant à l'idée que ses doigts touchent des *volumina* que le maître a touchés.

– Elle est nécessaire à chaque être humain. Mais elle n'est pas suffisante, si elle est dénuée de réflexion et de pensée. Ainsi que de la joie de s'enrichir de nouvelles perceptions sensibles.

– Bien, maître.

Le silence de la nuit et des sépulcres les environne. Il apaise la jeune femme. Enfin, le char franchit la porte de la ville et retrouve le bruit rassurant de la cité.

– J'ai une idée ! tonitrue Javolenus. Tes doigts sont longs et fins... Ton écriture est-elle harmonieuse ? Écris-tu vite ?

– Vous en jugerez, maître. Je ne sais...

– Mon cœur et mon esprit vivent des lettres que j'échange avec mes amis, mais ma main est lasse de rédiger toute cette correspondance... Je te dicterai et tu transcriras pour moi. Tu auras la garde de mon sceau. À partir de ce soir, te voilà mon secrétaire.

Livia est assise, songeuse, sur la paillasse de sa cellule. « Que m'arrive-t-il ? se demande-t-elle en palpant son corps avec inquiétude. Pourquoi ai-je le sentiment de ne plus m'appartenir dès que je me trouve en présence de cet homme, ou dès que je l'évoque en pensée ? Serais-je malade ? Serait-ce le climat campanien qui provoque cette langueur malsaine entrecoupée d'excitation suspecte ? Je ne comprends pas... pourquoi ces soubresauts du cœur, cette agitation de l'âme, cette curiosité âpre pour tout ce qui le concerne, ces réflexions insanes, ce désir inconvenant d'être près de lui ? Il s'agit de mon maître et je ne suis qu'une esclave ! Si je pouvais m'en ouvrir à Haparonius, il m'expliquerait, il m'apporterait son aide ! »

Elle prend sa tête dans ses mains. « Au moins mon insalubre aspiration d'être auprès du maître sera-t-elle satisfaite, puisque me voilà son secrétaire. Quelle épreuve m'envoie Dieu ! Moi qui aspirais à devenir parfumeur, me voilà scribe, comme mon oncle Tiberius... Mais je verrai mon maître chaque jour... mon corps ne sera pas usé par les travaux ménagers... cependant... Suis-je capable d'accomplir ce qu'il attend de moi ? Lorsque j'étais privée de la parole, j'écrivais à la vitesse de la foudre sur mes tablettes de cire. Qu'en est-il aujourd'hui ? »

Elle observe ses paumes. « Ces mains ont volé, massé des chairs, peint de faux visages... Ces mains prient chaque jour... peuvent-elles écrire de beaux mots, des mots importants ? »

Elle se lève et s'approche du mur de la chambre. Avec l'index elle trace sur la paroi des lettres invisibles. Des symboles incompréhensibles, exhumés de sa mémoire. D'instinct, elle écrit son secret en araméen, la phrase cachée de Jésus, le message de Marie de Béthanie.

23

JOHANNA reposa ses mains sur la tête sculptée de Marie-Madeleine et, fermant les paupières, elle caressa le bois comme un aveugle tâte un visage. Elle passa ses doigts dans les plis des cheveux, sur les yeux en amande, les lèvres fines, le cou virginal, les motifs végétaux et animaux du chapiteau carolingien. Elle avait espéré que le contact physique avec l'objet médiéval apaiserait son esprit enfiévré par le récit que Tom lui avait fait au téléphone. Mais il n'en fut rien. Elle rouvrit les yeux sans détacher ses mains de la statue.

Par la fenêtre du bureau plongé dans l'obscurité, elle observa le calme grandiose de cette nuit d'hiver dans la campagne bourguignonne : la lune presque pleine semblait posée dans un coin, comme une boule de cristal rabotée. De cet effritement étaient nés des milliards de poussières blanches qui s'étaient dispersées sur la lourde nappe des ténèbres.

Elle soupira. Si seulement la lune pouvait l'aider, non à prédire l'avenir, mais à comprendre le passé ! Elle alluma la petite lampe, passa la tête dans le couloir pour s'assurer que sa fille dormait paisiblement et revint s'asseoir derrière le bureau. Pourquoi James avait-il été tué ? Pourquoi un deuxième archéologue avait-il été assassiné à Pompéi, dans la nuit de jeudi à vendredi ?

Vendredi matin, des touristes japonais avaient découvert le cadavre dans la célèbre salle rouge cinabre de la villa des Mystères. La ressemblance avec le meurtre de James était flagrante : le corps était allongé par terre, sur le dos, le crâne défoncé par un instrument contondant, que l'on n'avait pas retrouvé. Cette fois, il ne s'agissait pas d'une pierre mais d'un objet circulaire et long, genre manche de pioche ou barre d'acier. L'assassin avait opéré la nuit, selon un mode opératoire identique. Il s'agissait donc, sans doute, du même assassin.

Beata était originaire de Berlin. Âgée de cinquante-neuf ans, sa vie était aussi claire que calme. Archéologue spécialiste des fresques romaines, elle travaillait à Pompéi depuis trente ans. Avec son mari, elle menait une existence placide dans un village voisin. Au niveau professionnel, elle faisait partie de la même équipe que James. Pourtant, Tom doutait qu'ils fussent amis.

Aussi effondré que perplexe, Tom avait rapporté à Johanna un détail troublant : sous les fameuses peintures de cette pièce qui représentaient les mystères dionysiaques, près du crâne fracassé de la Berlinoise, une main avait tracé une inscription au fusain noir sur le sol blanc : « *Matteo, 7-1.* »

Il s'agissait encore d'une référence évangélique. Le chapitre 7 de l'Évangile de Matthieu débutait par : « Ne jugez pas afin de n'être pas jugés. » Selon Tom, les deux homicides résultaient du même esprit criminel, empoisonné par les Évangiles. Mais il ne comprenait pas comment des pensées si altruistes pouvaient conduire à de tels actes. Pour la police italienne, les deux meurtres étaient l'œuvre d'un fou en plein délire mystique, sans doute membre d'une secte ésotérique. Les carabiniers avaient abandonné l'hypothèse de l'adultère et de la vengeance d'un homme jaloux. Ils enquêtaient au sein des groupuscules de fanatiques religieux. Parallèlement, ils envisageaient de fermer le chantier de Tom, craignant que le tueur récidive. L'antiquaire néo-zélandais se battait contre cette éventualité, tout en tremblant à l'idée d'un troisième homicide. Il ne pouvait s'empêcher de se sentir responsable de la mort de James et de Beata, il ne dormait plus, s'alimentait à peine, ne parvenait pas à se concentrer sur son travail, se tourmentant et se perdant en conjectures sur l'identité et le mobile de l'assassin, hanté par la vision des cadavres et le chagrin des survivants, exactement comme Johanna l'avait été, six années auparavant, et l'était encore.

Johanna, quant à elle, s'efforçait d'apaiser son trouble. D'un côté subsistait ce qu'elle avait vécu jadis, qui ressemblait étrangement à ce que vivait Tom aujourd'hui. « Atroce coïncidence, se disait-elle, les mains posées sur le visage à la fois triste et radieux de Marie-Madeleine. Ressemblance malheureuse, douloureuse, mais fortuite. Les événements de Pompéi n'ont rien à voir avec les travaux archéologiques de Tom, j'en veux pour preuve que les deux victimes ont été trouvées à deux endroits différents, éloignés du terrain de fouilles. Pourtant, les flics italiens veulent fermer son chantier ! Non. Je dois rester calme et ne pas faire l'amalgame avec ce qui s'est passé au Mont-Saint-Michel. Mais il me faut aider Tom en l'écoutant, en tentant de le rassurer, car moi seule le comprends intimement. »

De l'autre persistait son inquiétude au sujet de Romane, bien que l'état de sa fille se soit considérablement amélioré depuis la séance d'hypnose de l'avant-veille. La petite retrouvait l'appétit et, surtout, les deux nuits précédentes s'étaient déroulées sans toux, sans fièvre et sans cauchemar. Elle regarda sa montre : presque minuit, et aucune respiration saccadée, aucun bruit suspect ne sortait de la chambre de l'enfant. Elle serra plus fort le visage de la sainte de bois. Pourvu que sa fille soit guérie… que cette histoire rocambolesque de Pompéi ne soit qu'un mauvais souvenir…

Elle ouvrit un tiroir du bureau et en sortit le denier d'argent représentant l'Empereur Titus. Elle n'était pas parvenue à persuader Romane de se séparer de son porte-bonheur et, pour la première fois, elle lui avait menti : devant le refus de la petite de ne plus dormir avec la pièce, elle la lui avait prise durant son sommeil et, à son réveil, elle avait prétexté que la monnaie ancienne était tombée de sa main pendant la nuit. Elle avait assisté aux vaines recherches de sa fille, à quatre pattes dans la chambre. Romane n'avait sans doute pas été dupe de la ruse de sa mère, mais n'en avait rien montré. Avant l'arrivée de Chloé, Johanna avait conduit la petite dans le plus beau magasin de jouets de la région et lui avait offert un théâtre de marionnettes. Passionnée par son nouveau jeu, Romane ne parlait plus de l'Empereur Titus.

Seule Johanna continuait à penser à lui, à l'éruption du Vésuve, au feu, aux cendres, aux gaz asphyxiants, à la douleur évoquée par sa fille durant la séance d'hypnose. Quelle était la signification de ce cauchemar ?

Naturellement, elle n'en avait pas parlé à Tom. Elle l'avait eu deux heures en ligne la veille, et une heure le matin même. Mais ce n'était pas le moment de l'importuner avec cette histoire. « Pauvre Tom, songeait-elle, j'espère qu'ils vont rapidement arrêter ce dingue et qu'il pourra se remettre de tout cela. »

Elle rangea la sculpture dans le coffre-fort, termina son infusion de verveine et descendit dans le salon. Elle alluma la télévision et une lampe qui trônait sur un buffet en noyer, puis s'avachit dans le canapé. Elle se releva aussitôt. Revenant vers le gros meuble, elle fronça les sourcils en examinant les photos de famille posées sur le bahut : ses parents, ses grands-parents maternels et paternels en noir et blanc, Isabelle, son mari et ses enfants, Romane bébé, Romane à la mer, Romane fait du poney, Romane et Hildebert… Où était sa photo préférée, un portrait de sa fille et elle pris dans le jardin du Luxembourg, alors que, encore convalescente, elle venait de récupérer son enfant ? Elle vérifia que le chat n'avait pas fait tomber le cliché derrière le meuble, ouvrit les tiroirs, fouilla le buffet et toute la pièce, mais elle ne le trouva nulle part.

Johanna se retourna dans son lit. Le sommeil ne venait pas. La disparition de la photographie l'inquiétait. Sans réveiller Romane, elle avait également fouillé la chambre de sa fille, sans succès. D'ailleurs, elle ne voyait pas pourquoi l'enfant aurait pris la photo. Hier matin, le cliché était là, elle se souvenait y avoir jeté un œil en préparant le petit déjeuner. Il s'était donc volatilisé la veille, ou aujourd'hui. Comment ? Certes, elle ne verrouillait pas souvent la porte d'entrée. Vézelay était un village paisible, surtout l'hiver, et les habitants n'avaient pas l'habitude de barricader leur demeure. Johanna non plus, d'autant que la maison ne contenait aucun objet de valeur à part la statue de Marie-Madeleine, enfermée dans le coffre-fort. Se pouvait-il qu'un voleur ait pénétré chez elle ? Pourquoi avoir dérobé cette photo ? Johanna avait longuement vérifié, rien ne manquait à part le double portrait dans son cadre d'argent. C'était incompréhensible…

Le lendemain matin, Romane s'éveilla d'une nuit sereine, en pleine forme, ravie de retrouver l'école, mademoiselle Jaffret, ses camarades et surtout son amie Chloé. Johanna avait la migraine. Elle accompagna sa fille puis monta péniblement la rue jusqu'à la basilique. Le vent, omniprésent à Vézelay, était vif et glacé, cinglant comme des centaines de gifles. Elle croisa son mystérieux voisin, le sculpteur sur bois, le visage toujours caché dans son feutre noir qu'il maintenait fermement à cause des bourrasques. Elle osa un timide « bonjour » mais l'homme taciturne sembla ne pas la voir et poursuivit sa route vers le bas de la colline.

Parvenue sur le parvis, Johanna eut envie d'obliquer à gauche, le long de la route qui longeait le flanc nord du bâtiment, avant de descendre jusqu'au cimetière du village. Jamais elle n'avait vu nécropole plus poétique que le vieux cimetière de Vézelay : une prairie anarchique, bordée d'arbres, avait fait pousser des stèles dans un harmonieux désordre. Le long du mur d'enceinte, dans des mausolées blancs habillés de lierre et de lichen, le public couché regardait en se reposant et, tels deux gardiens paisibles mais vigilants, Jules Roy et le couple Zervos étaient allongés à l'entrée.

De méchante humeur, la tête dans un étau, elle se dirigea vers le terre-plein creusé et numéroté qui bordait le cloître. En passant devant le puits, elle songea à ce que cette ancienne réserve d'eau des moines médiévaux cachait dans ses profondeurs, qu'elle n'avait pour l'instant pas pu voir tant l'accès était dangereux : un lac souterrain de dix-sept mètres de long, muni d'une voûte romane soutenue par neuf colonnes... Une seconde elle rêva qu'elle s'y promenait en barque avec Luca, puis elle sourit en se rappelant qu'entre 1912 et 1920, lorsque les pèlerinages étaient interdits, les surréalistes avaient imaginé transformer l'intérieur de l'église en vaste piscine assortie d'un hammam. Les thermes de Vézelay ! Nager sous les voûtes en berceau, au milieu des monstres et des saints des chapiteaux noyés dans des vapeurs de bain turc...

Brusquement, elle rebroussa chemin jusqu'au presbytère. Comme de coutume, la porte de frère Pacifique était grande ouverte. Le vieillard était assis à sa table, à côté du poêle, plongé dans un livre, face aux courants d'air, prêt à accueillir quiconque se présentait sur le seuil.

– Entrez, soyez la bienvenue, Johanna, dit-il sans lever les yeux de l'ouvrage.

– Vous n'êtes pas raisonnable, le sermonna-t-elle gentiment. Avec ce vent gelé, vous allez prendre froid !

– C'est vous qui ne semblez pas dans votre assiette, mon enfant. Que se passe-t-il ? Asseyez-vous et racontez-moi.

Il avait déjà fermé le livre, saisi la cafetière, et il versait à l'archéologue une tasse de liquide fumant.

– Merci, mon père. Vous avez raison, j'ai très mal à la tête.

Il ouvrit le tiroir de la table de bois et en sortit un tube d'aspirine.

– Voici pour soulager le corps, dit-il en souriant.

– Mais le corps ne fait que refléter un malaise de l'esprit, répondit-elle en lui rendant son sourire.

– Ou un trouble de l'âme, compléta le moine en la fixant de son regard gris clair.

– « Il » a tué un deuxième archéologue à Pompéi, lâcha-t-elle sans transition. Une femme, membre de l'équipe de Tom. Même façon de procéder, mais référence évangélique différente. Cette fois, il a cité Matthieu. Matthieu, 7-1.

– « Ne jugez pas, afin de n'être pas jugés », cita frère Pacifique. Autrement dit, ne jugez pas les autres, pour n'être pas jugés par Dieu. Cela semble paradoxal, mais l'assassin est probablement croyant. Il craint la sentence de Dieu.

– C'est aussi ce que pensent les carabiniers. Ils songent à une secte de fanatiques.

– Je comprends que tout cela vous perturbe, ajouta le franciscain, mais ce n'est pas suffisant pour justifier le profond désarroi dans lequel vous semblez plongée, ma fille. Y a-t-il du nouveau du côté de Romane ? Je croyais que la petite allait mieux !

Johanna raconta la séance d'hypnose, le diagnostic du docteur Sanderman, la pièce à l'effigie de Titus et même la disparition de la photographie.

– Hum, fit le moine en se grattant le menton. En effet, c'est bien étrange... Quoi qu'il en soit, le plus important est que Romane soit guérie. Je vais continuer à prier pour que ses funestes cauchemars ne reviennent plus...

– Mon père, pourquoi le christianisme réfute-t-il l'idée de la réincarnation ?

– Parce que ce concept est antinomique avec la phrase de Paul, « l'homme ne vit qu'une fois », expliqua le vieillard, et surtout avec les paroles de Jésus, selon lesquelles chacun est jugé selon ses actes aussitôt après sa mort. Ensuite, les âmes des défunts prennent le chemin de l'au-delà. Les âmes saintes vivent en paix dans le royaume de Dieu et les autres continuent de progresser, parfois à travers certaines souffrances nécessaires à l'ouverture de leur cœur à l'amour divin, en attendant le Jugement dernier. Si nous admettons la réincarnation, alors il n'y a plus d'au-delà ni de repos céleste des âmes auprès de Dieu.

– Je comprends.

– Voyez-vous, l'Église, à la suite d'Aristote, poursuivit-il, affirme que le corps et l'âme sont si étroitement liés qu'il ne peut exister d'âme passant de corps en corps, contrairement à ce qu'enseignait Platon. C'est pourquoi, à la réincarnation, le christianisme oppose la résurrection. À la fin des temps, transformée par la vision de Dieu, chaque âme retrouvera un nouveau corps de chair, plus subtil que la matière terrestre. Ce sera une chair lumineuse qui manifestera les qualités de l'âme et lui permettra de connaître des plaisirs sensibles.

– Donc, pour vous les visions nocturnes de ma fille n'ont aucun sens ? demanda Johanna.

– Je n'ai pas dit cela ! protesta le moine avec douceur. Je crois, au contraire, que nous sommes reliés les uns aux autres. Si, après notre mort, l'âme spirituelle survit dans le royaume céleste, les émotions, la mémoire, la psyché d'un individu ne s'éteignent pas. Seul le corps physique est irrémédiablement détruit. Certains éléments psychiques d'un disparu peuvent se transmettre à l'esprit d'un autre être humain, qui vient d'être conçu. Nous portons alors en nous la mémoire de gens qui ont vécu avant nous. Il nous faut poursuivre leur œuvre, résoudre des problèmes qu'ils n'ont pu démêler de leur vivant, continuer à élever le niveau de conscience de l'humanité qui progresse à travers une multitude de longues chaînes qui rendent les hommes solidaires et les unissent au-delà de l'espace et du temps.

– Je vois. C'est presque plus beau que la croyance aux vies antérieures. J'ignore si ce mystérieux lien entre les êtres correspond aux cauchemars de Romane, mais il explique parfaitement ce que j'ai moi-même vécu...

– Bonjour Jo, ça va ?

Johanna sortit de ses réflexions en apercevant Audrey, son éternelle cigarette aux lèvres.

– Fatiguée, répondit-elle, j'ai besoin de vacances...

– Bah, dans trois semaines c'est Noël !

Noël, le retour de Luca, et surtout la période de l'année que Romane préférait, d'autant plus qu'une semaine après c'était son anniversaire... Qu'allait-elle offrir à sa fille cette année, comment allait-elle organiser les réjouissances familiales ? Johanna n'y avait pas pensé, pour la première fois depuis la naissance de Romane. Un sentiment de honte surgit, qu'elle s'efforça de balayer. Ce soir elle appellerait ses parents. Et Luca. En attendant, elle devait se consacrer à son travail.

– J'avoue que je ne comprends pas la querelle avec Saint-Maximin-la-Sainte-Baume, disait Audrey deux heures plus tard, les joues tachées de terre, en préparant un thé dans la cabane de chantier. Un corps est un corps, même mort, il ne peut se trouver à la fois à Vézelay et en Provence !

– Tu raisonnes comme une femme du XXIe siècle ! plaisanta Johanna.

– Naturellement, alors explique-moi !

La directrice du chantier posa le biscuit sec qu'elle grignotait.

– Un jour de l'an 1037, raconta-t-elle, la rumeur se répand dans le royaume de Bourgogne que l'abbaye de Vézelay détient les reliques de Marie-Madeleine. Aussitôt, les pèlerins affluent. S'ensuivent miracles et guérisons… Quant aux moines, leur fortune est faite, et c'est l'un des plus grands miracles opérés par la Madeleine au sein d'une abbaye qui auparavant se vautrait dans la déchéance.

– Que les gens étaient naïfs et crédules pour accepter pareilles inepties ! coupa Audrey.

– Pourtant, ajouta Christophe, des questions ont été posées aux moines de Vézelay sur la provenance de ces fameuses reliques…

– Et c'est ainsi que débute l'hagiographie, reprit Johanna. Car naturellement, à la transmission orale les bénédictins préfèrent la légende écrite, seule garante des faits et de leur contrôle sur ces faits. Ainsi, entre 1037 et 1043, sur ordre de l'abbé Geoffroi, un moine rédige une chronique qu'on appelle « Le Livre des miracles de la Madeleine ». Un autre texte de la même période, composé à Cambrai, précise que c'est un moine nommé Badilon qui est allé chercher le corps de la Madeleine à Jérusalem pour le rapporter sur la colline de Vézelay.

– Beaucoup plus plausible ! railla Audrey.

– En tout cas, répondit Johanna, pendant plusieurs décennies, cette justification suffit. En 1050, le pape reconnaît que la patronne de Vézelay est bien Marie-Madeleine, et, en 1058, il atteste la présence de ses reliques sur la colline. Passée sous tutelle de Cluny à la mort de Geoffroi, l'abbaye est célèbre dans toute la chrétienté, elle prospère, des foules considérables et les grands seigneurs s'y pressent, notamment le 22 juillet, fête de la Madeleine. Jusqu'à ce qu'un obscur prieuré provençal prétende détenir le tombeau de Marie-Madeleine !

– Dans le comté d'Aix, intervint Werner dont le regard brillait, les moines découvrent un hypogée dans l'église de Saint-Maximin. Dans ce mausolée souterrain repose, parmi quatre imposants sarcophages de marbre sculpté, le tombeau de Marie-Madeleine, qu'un bénédictin identifie grâce à un bas-relief représentant l'onction de Jésus par Marie de Béthanie. Les religieux appuient leurs dires sur une légende selon laquelle, après la mort du Christ, persécutés en Palestine, certains chrétiens, dont Marie de Béthanie, sa sœur Marthe, son frère Lazare, Maximin et d'autres, auraient fui Jérusalem à bord d'un esquif qui les aurait menés jusqu'aux côtes de Camargue. Ils auraient évangélisé la région et Marie-Madeleine serait morte en Provence, un 22 juillet.

– Qu'en est-il en réalité ? interrogea Audrey.

– Il est délicat de parler de « réalité » dès qu'il s'agit de croyance religieuse et surtout de politique ! répondit Werner. Néanmoins, nous savons aujourd'hui que les sarcophages datent des alentours du ve siècle après Jésus-Christ, qu'ils contenaient probablement les corps d'une riche famille patricienne de l'époque, et que le moine inventeur du tombeau de Marie-Madeleine a été victime d'une confusion née de la notoriété même du culte de Vézelay, voire d'une certaine convoitise par rapport à l'opulence de ses frères bourguignons. Pour la plupart des spécialistes, la scène sculptée sur la frise ne représente pas du tout l'onction à Béthanie, mais le lavement des mains de Pilate. Quant au corps de Marie-Madeleine… on n'en sait rien ! Certains disent qu'elle est décédée dans les bras de Maximin, donc à Aix, d'autres affirment qu'elle aurait disparu dans la nature sans laisser de traces…

– Mais comment réagissent les moines de Vézelay ? s'enquit Audrey.

Werner et Christophe, qui s'amusaient beaucoup, firent signe à Johanna de continuer. La médiéviste reprit la parole.

– Eh bien, les bénédictins qui se défendent avec une intelligence qui confine à la ruse, et un manifeste sens de la stratégie, ripostent en mettant en circulation « *Quomodo autem Virzilliacensium* ». Dans cette notice, ils relatent comment, deux siècles plus tôt, un certain Eudes, abbé de Vézelay, charge son frère, le moine Aleaume, de se rendre en Provence ravagée par les Sarrasins pour sauver des impies les corps saints qui y reposent. Les moines de Vézelay qualifient cette expédition de « pieux larcin ».

– « Un pieux larcin ». Ingénieux ! s'exclama Audrey. Que font les bénédictins provençaux ?

– À ton avis ? intervint Christophe. Ils rédigent une nouvelle notice ! Paraissant ignorer celle de Vézelay, ils racontent comment Marie de Béthanie, Lazare et Marthe ont débarqué non plus en Camargue mais à Marseille et, après avoir bien prêché, ils se sont retirés à Saint-Maximin, où ils sont tous les trois inhumés... et accomplissent de grands miracles.

– Et hop, toute la famille est réunie ! conclut Audrey. Je n'ose imaginer quel stratagème les moines de Vézelay ont imaginé pour contrer cette version...

– Ils ont échafaudé ce qu'on appelle « la légende de saint Badilon », expliqua Johanna, selon laquelle le comte Girart envoie le moine Badilon au pays d'Aix chercher les restes de la sainte. Le commando parvient jusqu'à la fameuse crypte. Badilon reconnaît, sculptée sur le tombeau, une frise représentant l'onction à Béthanie et y trouve le corps intact, qui exhale l'odeur suave des aromates dont Maximin a naguère embaumé le cadavre. Badilon va se coucher et Madeleine lui apparaît en rêve, l'encourageant à emporter sa dépouille. Le lendemain, Badilon la charge donc sur un petit véhicule et l'emmène. L'hagiographie se termine par un nouveau récit des miracles accomplis par les reliques, et des menaces de répression divine contre tous ceux qui s'en prendraient aux biens du monastère...

– Quelle imagination, quel sens politique ! Là, les méridionaux sont fichus, conclut Audrey.

Johanna, Werner et Christophe rirent de bon cœur.

– Attends, ils n'ont pas écrit leur dernier mot ! dit Christophe.

– Encore une notice ? demanda la jeune femme.

– Plusieurs, répondit Christophe, et surtout une plus grande habileté – sans doute apprise des bénédictins de Vézelay – qui va finir par porter ses fruits. Au XIIIe siècle, épuisé par ses luttes, le monastère de Vézelay est endetté, la dégradation morale est patente, en résumé, c'est le déclin, dont profitent adroitement les moines provençaux. À la même période, naît la légende des Saintes-Maries-de-la-Mer, sur le rivage de Camargue, où auraient débarqué Maximin, la famille de Béthanie, Marie-Jacobé, Marie Salomé et leur servante Sara, qui y seraient restées pour christianiser la région, lui donnant ainsi leur nom. Les bénédictins provençaux répandent la rumeur que Marie de Béthanie s'est retirée au désert durant trente ans dans une grotte, en pleine montagne. On ignore d'où les moines tirent cette histoire, mais la légende de la Sainte-Baume connaît un succès immédiat. Le pieux roi Louis IX – Saint Louis – qui a effectué plusieurs pèlerinages à Vézelay et a toujours pris fait et cause pour les reliques bourguignonnes, grimpe lui-même jusqu'à la caverne en 1254…

– Ça sent le roussi pour Vézelay, ironisa Audrey.

– Oui, sourit Johanna. L'abbé de l'époque, Jean d'Auxerre, monte une opération qui ne manquera pas d'avoir un large retentissement et de prouver de manière définitive que la Madeleine est chez lui, et pas chez ces avortons de Provençaux…

– Attends, dit Werner à Johanna. Avant de lui raconter, nous devons lui dire que, contrairement à ce qui se passe dans d'autres centres à reliques, les pèlerins de Vézelay ne voient pas les os de la Madeleine : ceux-ci demeurent enfermés dans leur tombeau…

– J'ai compris ! déclara la jeune femme. Pour relancer son industrie et clouer le bec des concurrents, Jean d'Auxerre décide d'ouvrir la boîte à os !

– Exactement, dit Johanna. Pour relever le prestige de l'abbaye devant Louis IX, les reliques sont exposées pour la première fois à la vénération des fidèles.

– Mais… Jean d'Auxerre a-t-il réussi ?

Werner, Christophe et Johanna se lancèrent des coups d'œil, fiers d'être parvenus à intéresser Audrey à ce chapitre méconnu du Moyen Âge. N'ayant jamais soupçonné qu'une telle bataille eût pu se livrer entre des hommes de Dieu appartenant au même ordre monastique, pour quelques ossements noirs et faux, la jeune stagiaire attendait fébrilement la suite.

– On peut dire qu'il a réussi à exciter l'imagination créatrice des moines provençaux, lâcha Werner. À un point qui, encore aujourd'hui, laisse pantois…

– La contre-attaque est habile, astucieuse, machiavélique, compléta Johanna.

– Allons, racontez-moi ! supplia Audrey.

– Eh bien, commença Werner, agréant la légende inventée par les moines de Vézelay à la fin du XIe siècle, les bénédictins provençaux répondent que Badilon est bien venu en Provence chercher le corps de la Madeleine.

– À un détail près, intervint Johanna. Les ossements emportés par Badilon ne sont pas ceux de Marie-Madeleine. À l'approche des Sarrasins, les méridionaux ont caché le précieux corps à l'abri des envahisseurs, plaçant d'autres ossements dans le tombeau. Donc Badilon a emporté des os sans intérêt… pendant que le véritable trésor demeurait à Saint-Maximin.

– Incroyable ! lâcha Audrey.

– Pour « prouver » leurs dires, continua Werner, les moines provençaux écrivent un diplôme qu'ils placent subrepticement dans le sarcophage et, le 9 décembre 1279, en présence de Charles d'Anjou, neveu de Saint Louis, ils procèdent à des fouilles officielles. Ils découvrent des ossements, des cheveux de femme et un parchemin attestant que le présent corps est bien celui de la très sainte vénérable et bienheureuse Marie-Madeleine.

– Ne me fais pas croire que les moines ne rient pas sous cape de cette farce, dit Audrey.

– Sans doute que si, répondit Johanna. Mais l'imposture à grand spectacle dupe pourtant tous ceux qu'elle doit duper… Le pape donne le coup de grâce à Vézelay, dans une bulle où il reconnaît non seulement l'authenticité mais l'exclusivité des reliques de la Madeleine provençale. Vézelay est déchue et s'écroule quand naît Saint-Maximin-la-Sainte-Baume…

– C'est bête, mais je ne peux m'empêcher d'être triste pour tous ces moines roublards et perfides, en particulier ceux de Vézelay… Saint Louis ne les a donc pas défendus ? demanda Audrey.

– Le roi de France était mort aux croisades, en 1270 ! précisa Werner.

– Il y a encore une chose que je ne comprends pas, dit Audrey. Aujourd'hui, nous disposons de moyens scientifiques pour, sinon identifier, au moins dater les ossements. Pourquoi ne pas utiliser le carbone 14 sur les reliques ?

– Parce que l'Église s'y oppose ! répondit Werner. La seule étude scientifique jamais réalisée a été un examen anthropologique des os de la Madeleine de Saint-Maximin-la-Sainte-Baume ; il a été effectué par un labo du CNRS en 1974, mais les résultats ne nous ont pas appris grand-chose, sinon qu'il s'agissait d'ossements de femme de type méditerranéen et qu'elle avait une cinquantaine d'années lorsqu'elle est morte…

– D'où l'importance de la mystérieuse sculpture retrouvée dans le sous-sol du cloître, compléta la directrice du chantier, et par conséquent de nos fouilles. Si l'on pouvait réussir à dater, de manière irréfutable, avec d'autres os, des écrits ou des éléments d'architecture, l'apparition réelle du culte et des reliques de Marie-Madeleine sur la colline… mettre à plat légendes et mensonges théologiques… trancher la querelle politique et historique… pour reconstituer ce qui s'est vraiment passé en Provence et surtout ici, à Vézelay…

24

COMME FRÈRE ROMAN quelques heures plus tôt, l'abbé Geoffroi avait été abasourdi et exalté par la lettre de Marie de Béthanie et le message caché de Jésus que la sainte avait gravé sur la côte de mouton. Comme son ami, il avait trouvé refuge dans l'oraison. Puis il s'était rendu auprès de frère Herlembald avant de convoquer Roman dans sa cellule.

– Enfin, c'est toi, mon frère… entre ! lui ordonna l'abbé. Nos craintes étaient fondées, ajouta-t-il d'un ton fiévreux. Frère Herlembald n'est pas parvenu à décrypter le message. D'abord, je me suis contenté de lui montrer l'os, sans rien lui dévoiler. Il a primitivement cru à de l'arabe, puis à de l'hébreu. Mais face à son incapacité à lire les signes gravés, j'ai été forcé de lui avouer qu'il s'agissait sans doute de la langue araméenne. Il en fut très surpris, puis ravi d'être en présence de la langue parlée par le Christ. Enfin il montra un grand accablement. Il m'a confirmé que ni lui ni personne, dans toute la chrétienté, ne connaissait cette langue : peut-être certaines communautés juives de nos contrées ont-elles conservé des notions d'araméen, mais Herlembald n'en est pas certain. Il m'a suggéré de porter l'os en Palestine, où bien que l'araméen ait été supplanté par l'arabe, la langue des Sarrasins, il subsiste peut-être, dans quelque tribu isolée, quelqu'un susceptible de comprendre le sens de ces mots. Je l'ai rassuré en lui disant que je n'escomptais pas me lancer dans une entreprise aussi hasardeuse pour un objet sans importance. Tu comprends, je préfère qu'il ignore la vérité… Pauvre frère Herlembald… il était si troublé… C'était la première fois, je crois, que son savoir insondable trouvait une limite…

– Ne penses-tu pas qu'à Cluny, parmi mes frères les plus érudits...

– Dans cette affaire, même la très sainte et invincible abbaye de Cluny est impuissante ! cracha Geoffroi, non sans satisfaction. Crois-moi, Roman, si ce vieux sage d'Herlembald dit que cette langue est morte, nous devons lui faire confiance et abandonner tout espoir de comprendre le sens des mystérieux signes sculptés par la sainte...

– Ainsi, conclut Roman d'une voix blanche, j'avais raison. Nous, ses enfants, avons définitivement perdu le langage de notre Seigneur, pour parler et écrire comme ses bourreaux... Par tous les saints... Geoffroi, crois-tu qu'il s'agisse d'un signe de la fin des temps et que la découverte de cet os annonce l'avènement prochain de l'Apocalypse ?

Le père abbé s'assit et se versa un verre de vin.

– Je pense, en effet, que ta découverte nous envoie un signe divin. D'une part, j'ignore si la fin du monde approche, mais s'il n'a pas voulu que nous comprenions son message, si personne ne peut le lire, c'est la preuve irréfutable que le monde n'est pas prêt à l'entendre...

– Je suis d'accord avec toi, Geoffroi.

– D'autre part, continua le père abbé, réalises-tu qu'au moment même où je songe à créer un pèlerinage à Marie-Madeleine, elle vient jusqu'à nous ? Comprends-tu le sens véritable de l'apparition subite de ce parchemin, demeuré plus de neuf cents ans dans le ventre d'une sculpture passée de main en main, offerte à la contemplation, aux rapines des barbares, à l'incendie, à l'incurie, et que nul avant toi, Roman, nul n'avait eu l'idée d'ouvrir ?

– Le feu m'a aidé. Mais sache que, malgré ma découverte, je ne puis m'empêcher de regretter d'avoir détruit la statue...

– Décidément, tu es inguérissable ! s'exclama le père abbé en riant. Toujours tourné vers le remords de ce qui n'est plus et atteint de cécité face au prodige que tu viens d'engendrer ! Ne réalises-tu pas que ta curiosité était guidée par le ciel et tes doigts par la sainte elle-même ? Ne vois-tu pas que Marie de Béthanie nous fait signe, révélant ainsi que mon inspiration, mon rêve de pèlerinage, est de nature divine ?

Roman hésitait.

– Tu penses donc que l'exhumation du manuscrit de Marie de Béthanie signifie que la sainte cautionne, en quelque sorte, ton projet de pèlerinage à sa gloire ? demanda-t-il. Mais tu oublies les mots de sa lettre, Geoffroi : « Je suis une pécheresse et non une sainte. Je refuse que mon corps soit exposé, adoré, encensé. »

Lentement le père abbé déplia les pans du tissu puis, à nouveau, il déroula le parchemin sacré.

– Roman, elle a également écrit : « Mon cadavre sera dévoré par les bêtes sauvages, mes os retourneront en poussière dans la nature créée par son Père et il ne restera que mon esprit, jusqu'à la Résurrection finale qu'il a annoncée. » Conformément à sa volonté, son esprit régnera ici, mon ami, son esprit et non son corps !

– Certes, puisque son prétendu corps sera celui d'une autre femme... répondit Roman avec une pointe d'ironie.

– Mon frère, reprit l'abbé en le regardant droit dans les yeux, écoute-moi, et souviens-toi de la découverte des supposés ossements de saint Aubert, au Mont-Saint-Michel : le père abbé Hildebert, les seigneurs et surtout le duc de Normandie, tu l'admets toi-même, y ont vu un signe divin, par lequel l'Archange et le fondateur de la montagne leur enjoignaient de construire une vaste église qui leur serait dédiée. Nous sommes dans la même situation : par la révélation de ce parchemin, Marie-Madeleine nous demande de l'honorer en ce lieu. Quant à l'os... puisque nous nous rejoignons sur le fait qu'il ne nous a pas été envoyé pour que nous déchiffrions les phrases qui y sont gravées...

– Oui, Geoffroi ?

– Eh bien, j'en conclus que le Seigneur nous l'a fait parvenir pour une autre raison.

– Sans doute. Laquelle, d'après toi ?

– J'y ai beaucoup réfléchi, dit l'abbé en remplissant à nouveau son gobelet d'étain. Pendant l'office de none, m'est apparue l'idée qu'en nous transmettant un ossement, mais un os qui n'est pas sien, qui de surcroît n'est pas humain, Marie de Béthanie ordonnait que Vézelay se dote non seulement d'un pèlerinage mais de nouvelles reliques, et qu'elle ne serait pas courroucée si ces ossements ne lui appartenaient pas.

Frère Roman ne put réprimer un sourire sardonique.

– Si je résume, dit-il, ce que tu vois dans ma découverte est l'assentiment divin à tous tes desseins...

– Il ne s'agit pas d'assentiment puisque le ciel lui-même me les a inspirés !

– Donc, tu ne fais qu'obéir à la volonté divine...

– C'est juste, Roman. J'accomplis mon devoir d'homme et d'humble serviteur de Dieu.

L'ancien maître d'œuvre savait d'expérience combien il était tentant et aisé, pour un religieux, d'adapter à sa convenance des intentions célestes parfois confuses. Lui-même n'y avait pas échappé ; il ne pouvait blâmer son ami de céder à ce petit arrangement avec le Très-Haut et avec ses propres ambitions. Il contempla Geoffroi. Le visage de l'abbé, livide lorsqu'il était entré, s'était paré de sa rougeur coutumière. Des gouttes de sueur perlaient au bord de sa tonsure blanche et son regard châtain luisait de fièvre : Roman se demanda si son ami était souffrant, ivre, ou simplement ému par ce qu'il se préparait à entreprendre.

– Quand comptes-tu annoncer que ton abbaye possède les reliques de la sainte ? interrogea-t-il.

– Bientôt. D'abord, je vais répandre le bruit que nous avons découvert dans la crypte un sarcophage contenant les ossements de la Madeleine. Rien ne se dissémine mieux et plus vite qu'une rumeur... Ensuite, à Pâques, j'en ferai l'annonce officielle.

– Bien sûr. Pâques, symbole de la résurrection du Seigneur, doit correspondre à la renaissance de ton abbaye.

– Oui, et qui mieux que Marie-Madeleine, première personne ayant vu le Christ ressuscité, image de purification, de pénitence et de renouveau, pour incarner cette régénération ?

– Ton plan est parfait, l'abbé. Mais il demeure un détail, cependant...

– Lequel ?

– Que comptes-tu faire de ce parchemin et de cette côte de mouton ? demanda-t-il en enveloppant les deux objets de son regard gris. Les cacher dans ton scriptorium, à côté de la notice du moine Saron ?

Geoffroi garda le silence. Lorsqu'il le rompit, sa voix était grave, d'une solennité de tombe.

– Ce fut, en effet, ma première intention. Il n'est point besoin de t'expliquer pourquoi ce manuscrit et cet os ne peuvent, en aucune façon, être montrés aux fidèles...

– Je le conçois. Néanmoins, il est de mon devoir, sans qu'il soit besoin de t'expliquer pourquoi, de les confier à Odilon, pour que mon père abbé en réfère au pape.

La face de Geoffroi vira du cramoisi au blanc, et ses mains tremblaient lorsqu'il se leva d'un bond.

– Roman, je t'en conjure, ne fais point cela ! supplia-t-il.

– Geoffroi, écoute, moi aussi j'ai bien réfléchi, dit Roman d'un ton calme. Bien que représentant de Cluny dépêché par Odilon, je ne pratiquerai pas l'ingérence dont tu accuses mon abbé, et je te laisserai seul maître des affaires de ton abbaye. Aussi, ne soufflerai-je mot de ton idée de pèlerinage à Marie-Madeleine, qu'Odilon découvrira lui-même, à Pâques. Je me tairai sur la réelle provenance des reliques et sur tout ce que tu m'as confié à propos de ton monastère. En revanche, je ne puis dissimuler à mon abbé une découverte qui dépasse, de loin, Vézelay, Cluny et nos querelles intestines ! Je ne doute pas qu'à son tour Odilon accomplisse son devoir en les exhibant au souverain pontife, seul maître de Cluny, comme il est l'unique maître de Vézelay. Je me demande comment tu as osé envisager de dérober ce mystère à ton suzerain…

Geoffroi se rassit en soupirant d'un air las.

– Roman, le marché que tu me proposes est un marché de dupes, et en cet instant je te trouve fort avisé de n'avoir pas voulu te mêler, jusqu'alors, de politique… Tu es bien naïf de croire que l'on peut séparer mon pèlerinage du message caché du Christ… Certes, cette découverte nous dépasse, car elle concerne toute la chrétienté. C'est justement la raison pour laquelle elle doit demeurer secrète. Si ce parchemin et cet os parviennent jusqu'à Odilon, puis jusqu'à Benoît IX, ces objets sacrés vont devenir la grande affaire de l'Occident : ils ne manqueront pas de tuer mon pèlerinage puis d'abandonner Vézelay aux ténèbres !

– Au contraire, ils consacreront la gloire de cette colline où ils furent exhumés et le Saint-Père dépêchera des émissaires partout en Orient, afin de déchiffrer les mots mystérieux…

– Mon pauvre ami, souffla Geoffroi, si un jour l'Église envoie des délégués en Orient, ce ne seront pas des messagers cherchant un descendant du peuple de Jésus parlant araméen, mais des troupes de guerriers en armes, afin de protéger le tombeau du Christ contre les infidèles !

– J'en doute fort, répliqua Roman.

– Quoi qu'il en soit, tu peux aisément concevoir que si la lettre de la Madeleine, où elle affirme sa dépouille introuvable, disparue, et ses os en poussière, si ces mots, Roman, parviennent à d'autres yeux que les nôtres, le monde chrétien saura que mes reliques ne sont pas authentiques. Alors, c'en sera fini du pèlerinage et de mon abbaye !

Geoffroi avait presque hurlé ces derniers mots. Son visage tourmenté bouillonnait de fureur contre Roman, de passion pour sa cause et d'amour obstiné pour son monastère. Odilon avait le même attachement pour son abbaye et pour ses moines. Mais le vieil homme savait maîtriser son courroux. Sa sagesse, à laquelle s'ajoutait une intelligence aussi redoutable que subtile, lui permettait de convaincre sans élever la voix et de se faire obéir avec un zèle qui dépassait ses propres attentes. Néanmoins, frère Roman ne pouvait s'empêcher de déceler une certaine parenté dans le caractère des deux abbés. Il songea qu'avec les années, son ami de jeunesse ne manquerait pas d'acquérir, lui aussi, la lumineuse douceur qui rallie les hommes.

– Roman, reprit Geoffroi en refrénant son ardeur, je t'adjure de ne rien dire à Odilon, ni à personne. Par amitié pour moi, je te supplie de tenir ta langue, comme je tiendrai la mienne sur tout ce que tu m'as raconté à propos de ton passé au Mont-Saint-Michel.

Frère Roman eut un haut-le-cœur. Son prétendu ami lui proposait un pacte : mutisme contre mutisme, la naissance et le succès d'un pèlerinage contre la vie d'un moine déjà vieux, et profondément découragé. Le moine de Cluny ne put réprimer un sourire amer et il se félicita, à la suite de Geoffroi, de s'être jusqu'alors préservé des affaires politiques, par naïveté peut-être, par dégoût sûrement.

– Tu souris, Roman ? Tu te ranges à la raison ? Tu te tairas ?

– Tu ne m'as pas répondu, Geoffroi. Qu'adviendra-t-il du parchemin et de la côte de mouton, si je ne les emporte pas avec moi ? Projettes-tu de les détruire ?

Estimant avoir remporté une première victoire, l'abbé se détendit.

– Les détruire ? Pourquoi voudrais-je anéantir ces objets saints ? Me prendrais-tu pour un sacrilège ou un apostat ?

– Non, tu possèdes des défauts plus évidents que ceux-là... Tu envisages donc de les cacher ?

– J'envisage de respecter la volonté de Marie de Béthanie et de notre Seigneur. Puisqu'il n'a pas souhaité que son périlleux message nous soit révélé, puisque le temps de faire connaître ses mots n'est pas venu, nous allons nous en remettre à la sainte Providence et, à notre tour, les dissimuler en un endroit où, lorsqu'il jugera bon que sa pensée éclose en pleine lumière, elle apparaîtra...

– Nous ?

– Oui, nous... Car j'ai besoin de ton aide, Roman.

– Qu'as-tu encore imaginé, pour servir les grandiloquentes destinées de ton abbaye ?

– Je n'ai rien inventé du tout, ne t'en déplaise, mon ami. Au contraire, je copie... Mais copier une sainte est acte de piété.

Roman commençait à deviner où l'esprit retors et obsessionnel de l'abbé l'avait conduit.

– Une sculpture ? demanda-t-il. Tu veux camoufler l'os et le parchemin dans une autre sculpture ? C'est une bonne idée, mais... ta pauvre église en compte peu... À part la statue de saint Pierre, dans le chœur, ou celle de saint Paul, je ne vois pas...

– Qui t'a dit que je prévoyais de cacher notre secret dans l'une de ses pauvres statues ? Non, Roman... comme Marie de Béthanie a façonné la sculpture de ses mains, nous allons, à notre tour, en créer une, à son image, et celer à l'intérieur le trésor, exactement comme elle l'a fait il y a plus de neuf siècles... Puis, ainsi que la statue de Jésus pleurant la mort de Lazare était révérée à Lérins, nous allons exposer notre sculpture de la Madeleine à la vénération des fidèles.

– Nous ? répéta encore une fois Roman. « Notre » sculpture ?

– Oui, enfin... la tienne, mon frère. Tu as des mains et une âme d'artiste, je le sais bien, je m'en souviens. Certes, elles n'ont pas servi depuis longtemps, mais avec un peu d'ardeur et un petit entraînement sur des bûches de vieux chêne, tu pourras sculpter la plus merveilleuse statue de Marie-Madeleine de toute la chrétienté !

25

TOURNANT le dos au temple de Jupiter, Livia contemple les trois monumentales sculptures de marbre juchées sur un piédestal qui représentent Auguste, Claude et Agrippine. Son besoin vital de déceler la présence de frères et de sœurs, de croiser un visage connu ou ami a conduit ses pas sur la place du Forum bondée de populace et de commerçants qui haranguent les badauds à grands cris. Sous le portique décoré de statues équestres, des élèves ânonnent tandis que le maître d'école donne les verges à un cancre. Un *tonsor* écorche le visage d'un client. Une foule criarde, joyeuse et chamarrée déambule dans l'air suave que le printemps et les denrées fraîches des camelots embaument. Depuis deux mois qu'elle vit à Pompéi, l'esclave n'a pu identifier aucun disciple de la Voie dans la cité, ainsi que son maître l'avait prédit. Coupée de sa communauté, Livia se sent à nouveau orpheline et son cœur vit en ermite parmi les païens, souffrant de sentiments coupables que personne ne peut soulager. Comment reconnaître les vrais croyants au milieu de cette masse sans visage ? Elle s'interdit de perdre espoir. À Rome, elle a fini par rencontrer Haparonius. Elle ne doute pas que Dieu lui envoie cette épreuve avant de placer sur son chemin des membres de la famille des Nazaréens. « Lorsque j'aurai retrouvé mes frères, songe-t-elle, je délesterai mon cœur et, cette fois, je confierai mon secret à l'Ancien. »

Quatorze années. Cela fait quatorze années qu'elle porte en elle un mystère qu'elle s'acharne à ne pas oublier, un arcane qu'elle est impuissante à déchiffrer, le message caché de Jésus, remis par Marie de Béthanie à Raphaël. Au fil du temps, les mots d'araméen ont fini par peser sur son âme. Que peuvent-ils signifier ? Pourquoi le Christ a-t-il occulté, du moins réservé à certains cette parole ? Cela ne concorde pas avec la personnalité de l'envoyé de Dieu telle que l'ont décrite Pierre et Paul. Pierre et Paul... s'ils avaient vécu quelques semaines de plus, Livia aurait pu tenir sa promesse, leur livrer la missive et être délivrée de ce fardeau.

Que contient le message ? D'où vient-il ? Est-il vraiment signé par la sainte, ainsi que Raphaël l'a dit avant de mourir sous les coups de la garde prétorienne ? Connaissait-il vraiment Marie de Béthanie ? Raphaël a-t-il pu lui mentir ? Si l'émissaire a dit vrai, quand le Christ a-t-il confié cette phrase à sa disciple ? Pourquoi a-t-il choisi de la révéler à l'ancienne pécheresse et non à Pierre, son premier compagnon ? Pourquoi Marie de Béthanie a-t-elle attendu si longtemps après la mort de Jésus afin d'acheminer le message à Rome, vers le premier des apôtres ? Marie de Béthanie... Livia pense souvent à la sainte, qui est aussi un mystère. Elle se demande si elle est morte, là-bas, en Gaule provençale, à quoi ressemblaient ses traits lorsqu'elle a rencontré Jésus, quelle était la couleur de ses yeux, de ses cheveux. Livia imagine une femme jeune et belle, elle voit ses larmes couler sur la tombe de son frère Lazare, ces pleurs qui ont tant troublé Jésus.

– Et moi je dis que je soutiens Marcus Lucretius Fronto et que les autres candidats sont des malhonnêtes qui mangent les deniers de la ville !

– C'est toi qui vas manger mon poing, seul Arulenus Suettius Certus possède assez de vertu pour gouverner la cité !

Livia se retourne. Un savetier et un marchand d'oignons se font face en éructant. Elle sourit. Depuis plusieurs jours, la ville vibre d'une fièvre qui prend possession de Pompéi chaque année au mois de mars, peu avant les élections des *duumvirs* et des édiles, les magistrats municipaux qui prendront leurs fonctions au 1er juillet et administreront la cité pendant un an. Les candidats, des notables locaux, ne postulent pas eux-mêmes mais sont proposés par les citoyens. Aussi chaque groupement de quartier, chaque corporation professionnelle ou association, chaque habitant, même ceux qui n'ont pas le droit de vote – les femmes, les esclaves – s'engagent-ils en faveur d'un candidat et défendent les qualités morales qui le rendent digne d'être élu. La campagne électorale est agitée et passionnée. Nul n'y échappe, hormis Livia qui s'en amuse mais n'y prend aucune part. Un attroupement périlleux s'est formé devant l'étal du marchand d'oignons et, face au tempérament sanguin des autochtones, elle préfère s'éloigner.

En passant devant le temple de Vespasien, elle observe la face de marbre de l'Empereur : il est le premier visage connu qu'elle croise à Pompéi. Elle apprécie le climat de la région, le bariolage ethnique, la propension à la joie et au bonheur des Pompéiens. Leur sens de l'humour et leur goût pour l'ostentation la distraient, la maison de son nouveau maître ne lasse pas de l'éblouir, mais Rome lui manque.

Rome, son million d'habitants, son effervescence permanente, ses rues tortueuses, ses collines, ses palais, ses fêtes, les banquets chez l'Empereur ou dans l'hôtel particulier de Faustina Pulchra, la grandeur de sa charge et le plaisir qu'elle avait à servir la gloire de sa maîtresse, laquelle ne savait se passer d'elle et l'emmenait partout. Rome, où le Seigneur avait fait en sorte qu'elle échappe au danger et qu'elle ne soit plus jamais seule. Rome, la tendresse cachée mais réelle de Faustina. Rome, où elle ne se sentait plus esclave. Rome, et surtout la cave clandestine de son père d'adoption : Haparonius.

Ce matin, Livia s'est rendue chez un marchand juif et, prétextant l'achat de nouvelles sandales, elle l'a questionné sur la prochaine fête de la Pâque. La jeune femme n'avait d'autre moyen de connaître la date de la Pâque juive, qui change chaque année, et d'en déduire avec précision le jour anniversaire du dernier repas de Jésus, de son arrestation, de son supplice et surtout de sa résurrection. Six jours. La Pâque aura lieu dans six jours. Aujourd'hui est donc la date de l'onction à Béthanie, telle que la lui ont racontée Pierre et Paul, et que d'ordinaire elle fêtait avec Haparonius et ses fidèles.

En remontant vers les thermes du Forum, elle se perd dans le dédale des boutiques qui encerclent les bains publics. Étonnée, elle constate que les murs de chaque *taberna*, de chaque maison particulière se sont transformés, pendant la nuit, en supports d'inscriptions électorales. « Votez pour A. Vettius Firmus, candidat à l'édilité, de la part de Fuscus et de Vaccula », disent de grandes lettres rouges sur le mur de tuf blanchi à la chaux par le peintre nocturne qui a signé son travail. « Les adeptes d'Isis et le grand prêtre Amandus soutiennent Caïus Cuspus Pansa », avertit une autre affiche. La corporation des tard-buveurs et celle des dormeurs proclament un patricien « digne de tous les biens, que la colonie possède à jamais de tels citoyens ». Livia sourit en constatant que les femmes s'engagent avec ardeur dans la vie politique de la ville : ici deux employées d'une boulangerie, Statia et

Petronia, soutiennent leur candidat, là ce sont les patronnes de bar et de *thermopolium* qui ont fait inscrire le nom de leur poulain. Ailleurs une matrone annonce que « si quelqu'un refuse sa voix à Quinctius, je lui souhaite de traverser la ville sur le dos d'un âne au milieu de la risée publique » ! Un honnête mais anonyme citoyen a même inscrit : « Je suis pour la distribution du trésor municipal ; la ville a trop d'argent ! »

La lecture des déclarations égaie l'esclave qui, un moment, oublie sa mélancolie. Pourtant, son cœur se serre lorsqu'elle entre dans la boutique du parfumeur recommandé par la fille de Javolenus. L'officine de l'*unguentarius* ressemble à celle d'Haparonius et, surtout, les odeurs sont semblables. Mais, au lieu de réjouir la jeune femme, l'atmosphère chargée d'effluves lui vrille l'âme. Son rêve brisé de devenir *unguentarius* lui déchire le cœur.

– Bonjour, que puis-je pour vous ?

Par chance, le patron du magasin ne ressemble en rien à Haparonius. C'est un bonhomme court et obèse, dont le visage épilé sue abondamment. Il tient à la main un mouchoir imprégné de myrrhe fluide et de baccar, de la sauge sclarée, avec lequel il s'essuie sans cesse le front et les joues.

– Bonjour, je viens de la part de Saturnina Vera, l'épouse de Marcus Istacidius Zosimus.

– Ah oui, elle m'a prévenu de ta visite. Viens par ici, la commande est prête.

Livia a espéré qu'à ce moment un miracle se produirait, qu'en ce jour où Marie de Béthanie, il y a quarante-cinq années, a répandu du nard pur sur le corps de Jésus, le parfumeur l'interrogerait sur son appartenance à la communauté chrétienne, avant d'avouer la sienne. Hélas, le gros homme dégoulinant se borne à verser une fragrance dans une petite fiole de verre, sans autre commentaire.

En fin d'après-midi, Livia sort de la villa de Marcus Istacidius Zosimus et Saturnina Vera, la mine sombre, les yeux tristes. Faustina Pulchra était narcissique et intransigeante, mais elle ne l'a pas habituée au mépris que lui témoigne la fille de son maître. Cette dernière n'est pas satisfaite de ses services et Livia ne comprend pas pourquoi l'aristocrate persiste à exiger qu'elle la coiffe et la maquille avant des dîners importants, alors que la richissime Pompéienne possède déjà quatre autres *ornatrix*. Lorsqu'elle pare Saturnina, tâche plus aisée que d'enjoliver la femme fanée qu'était son ancienne maîtresse, Livia déteste le métier que jusqu'alors elle adorait. Au contact de l'arrogante beauté, des façons dédaigneuses et des remarques blessantes de la patricienne, elle se sent plus abjecte qu'une esclave, la lie du monde, une bête grossière et impure qui salit tout ce qu'elle touche. Pourquoi cette femme ne la laisse-t-elle pas apprendre sa nouvelle profession ?

Livia voudrait ne plus toucher une pyxide de céruse, une peau humaine, oublier son mal du pays, Faustina, Haparonius, Rome et son ancienne vie pour se consacrer désormais aux lettres de son maître. Au lieu de cela, sans que Javolenus s'y oppose, la matrone la convoque selon ses désirs puis lui reproche d'avoir les doigts gourds, le trait peu sûr, et de maltraiter ses cheveux magnifiques.

Livia n'a pas revu la salle des mystères dionysiaques. La fille de Javolenus la reçoit dans sa salle de bains privée, aussi vaste qu'une salle à manger. À chaque fois l'*ornatrix* y a été introduite par un esclave différent, et si prestement qu'elle n'a pas eu le temps de lier connaissance avec le domestique. Elle n'a pas non plus identifié les deux fils d'Ostorius, que l'intendant a dit être au service de Saturnina. Aujourd'hui, Livia a maîtrisé l'angoisse qui l'étreint toujours quand l'aristocrate la fait appeler. Pourtant, alors qu'elle rentre de la villa de Saturnina, elle se sent découragée. La rogue païenne ne s'est pas départie de son dédain ni de sa morgue habituelle à son égard. Quelle est la cause d'un comportement si injuste envers les esclaves ? Saturnina possède tout ce qu'une Romaine désire… et bien plus que la plupart des aristocrates du rang le plus élevé. Pourquoi humilier ceux qui n'ont rien, ne sont rien ?

Absorbée par ses pensées, Livia ne prend pas garde au fait qu'elle est entrée dans la ville et qu'elle a pénétré dans une ruelle inconnue. Lorsqu'elle lève les yeux, elle aperçoit – trop tard – qu'elle est au bord de l'une de ces maisons mal famées où exercent les prostituées. Deux femmes assises sur les escaliers menant à l'étage semblent se disputer à propos des élections.

– Et quoi ? Notre avis n'est-il pas aussi valable que celui des autres ? demande une fille aux cheveux teints en blond vénitien. Pourquoi ce cochon de Caïus Iulius Polybius a-t-il fait blanchir nos inscriptions en sa faveur ?

– Calme-toi, Zmyrina, répond une maigrelette à l'accent grec. Il a dû juger nos souhaits compromettants pour sa réputation. N'oublie pas que pour obtenir les suffrages, ce qui compte avant tout, c'est l'honnêteté, la vertu, la morale…

– La qualité requise est donc l'hypocrisie ! La prochaine fois qu'il viendra ici, le Caïus Iulius Polybius, je le recevrai comme il se doit… avec morale…

Les deux filles rient aux éclats. Livia sourit et s'en veut d'avoir mal jugé ces femmes. Elles ne méritent pas son mépris, pas plus qu'elle-même ne mérite celui de Saturnina. Jésus n'a-t-il pas côtoyé et aimé des filles de mauvaise vie ? Il a sauvé la femme adultère de la lapidation et lui a pardonné ses fautes. Il a chassé les sept démons de l'âme de Marie de Magdala et accueilli nombre de pécheresses sans jamais leur reprocher leurs faiblesses. « Au lieu de m'offrir des chaussures, ce matin, réfléchit-elle, j'aurais dû consacrer toutes mes pauvres économies à acheter une fiole de nard. Puis j'aurais donné à ces femmes la lumière pure et parfumée de Marie de Béthanie et elles auraient lavé leurs péchés avec l'oint du Christ. »

– Hé, Cuculla et Zmyrina, c'est l'heure de la pause ?

Un rouquin sort de l'établissement en apostrophant les deux prostituées.

– Tu trouves donc que nous ne nous sommes pas assez occupées de toi aujourd'hui ? répond la Grecque.

Reconnaissant le client, Livia ouvre la bouche d'étonnement, rougit et se retourne pour s'enfuir. Mais Ostorius, l'intendant de Javolenus, l'aperçoit dans la ruelle et se fige de surprise en haut des marches.

– Seigneur Jésus-Christ, fils de Dieu vivant, aie pitié de moi, murmure l'esclave en ralliant la *domus* de son maître. Je ne devais pas le voir en ce lieu, pas Ostorius, il va me battre…

Elle se précipite dans la cellule qui lui tient lieu de chambre et prie en attendant d'être fixée sur son sort.

Quelques instants plus tard, l'intendant entre dans la pièce. Elle se découvre prestement la tête et se relève. Livia fait face à l'homme en baissant les yeux sur ses sandales neuves.

– Esclave, prononce-t-il comme une menace.

Elle lève un regard craintif sur lui. Comme souvent, il tient fermement un nerf de bœuf dans sa main droite.

– Tu n'as rien vu tantôt, dit-il d'un ton plus doux, tu dois te taire.

– Je n'ai rien vu, je me tairai.

Tremblante, elle attend qu'il sorte. Mais, au lieu de cela, il poursuit :

– Tu comprends, chaque homme de la cité, riche ou pauvre, fréquente ce genre d'endroit, c'est normal, c'est une preuve de virilité et personne n'y trouve rien à redire, c'est juste que ma femme Bambala est d'une jalousie de lionne, impossible de lui faire comprendre que cela n'a rien à voir avec elle, elle se met dans une colère inouïe et menace de mettre du poison dans mes plats… Alors, si tu lui dis, ça va encore recommencer, les scènes à n'en plus finir… Une fois, elle a même réveillé le maître avec ses cris…

– Je ne lui dirai rien, ni à elle, ni à personne, dit-elle pour qu'il s'en aille.

– Tu vois, je l'aime bien, Bambala, elle et les dieux m'ont donné deux beaux fils, grands, forts et en bonne santé, mais un homme est un homme, il a besoin de s'amuser, d'assouvir ses désirs…

Muette, Livia adjure le Seigneur de le faire sortir. Elle n'a nul besoin de connaître les justifications de l'intendant. Une gêne diffuse se répand en elle et elle a l'impression que les mots de l'affranchi souillent l'atmosphère de sa chambre.

– D'ailleurs, que faisais-tu là-bas ? demande-t-il soudain.

– Rien, je… je m'étais égarée en rentrant de la villa de Saturnina Vera.

Ostorius éclate de rire.

– Égarée ? Ha, ha ! N'étais-tu pas plutôt curieuse de voir à quoi ressemblent ces femmes ? Tu semblais fascinée par elles !

– Pas du tout ! s'insurge Livia.

– Si tu n'espionnais pas les filles… c'était donc leurs clients que tu guettais ?

– Je n'espionne personne, répond-elle avec vigueur. Je me suis trouvée là par hasard, c'est tout. Et je le regrette.

Au lieu de partir, l'affranchi fait quelques pas dans la pièce. Il observe l'esclave d'un œil torve, en flattant sa badine.

– Hum… marmonne-t-il. Dis-moi la vérité, esclave… Que cherchais-tu près du lupanar ? Le corps chaud d'un homme ? Tu as sans doute déjà connu la peau d'un homme… Là-bas, à Rome, tu avais un maître, tu devais aussi avoir un fiancé, un amant, voire plusieurs, jolie comme tu es… Comment se fait-il que ta maîtresse ne t'ait pas mariée ?

Au comble du malaise, Livia blêmit et baisse les yeux sur le sol, figée comme une statue.

– À moins que… Serait-il possible que personne ne t'ait encore touchée ?

Il tente de lui caresser les cheveux mais elle recule brusquement et se plaque contre le mur de la chambre.

– Laissez-moi, chuchote-t-elle, épouvantée. Laissez-moi, je vous en prie…

Ostorius ricane et s'assoit sans façon sur le grabat de la jeune femme. Lentement, il pose le nerf de bœuf sur la paillasse.

– Viens t'asseoir près de moi, ordonne-t-il. Je ne te ferai pas de mal, je te le promets.

Livia s'immobilise contre la cloison.

– Allez, viens ici, répète-t-il.

– Jamais. Ne m'approchez pas. Vous n'avez pas le droit. J'appartiens à mon maître.

– C'est vrai, je te l'accorde, concède l'intendant en souriant, mais ici les choses se passent différemment. J'aurais dû te prévenir… Le maître n'usera pas du droit qu'il a sur toi… Si tu te préserves pour lui, tu attends en vain ! Cela ne l'intéresse pas… Même du vivant de sa femme, il dédaignait les cuisses des domestiques. C'est donc moi qui vais œuvrer à sa place… Maintenant que tu le sais, viens t'allonger près de moi. Tout de suite.

Livia croise les mains sur sa poitrine dans un réflexe de protection. Elle tremble de tous ses membres. Dans un geste désespéré, elle se précipite sur la porte et s'enfuit en courant. Avant que l'intendant ait pu réagir, elle détale dans le couloir du quartier servile, tourne à gauche et se retrouve dans l'*atrium* où elle tombe nez à nez avec Bambala, cuisinière de Javolenus et épouse d'Ostorius.

– Ah, te voilà ! s'exclame la grosse femme. J'allais te chercher, le maître te réclame, il a des lettres à te dicter. Dépêche-toi, il attend !

Sans se retourner, Livia passe devant la fresque des philosophes, franchit le *tablinum* et pénètre dans le péristyle. Le ciel rougeoyant, le souffle du crépuscule, la musique de la fontaine et des hirondelles, les fresques champêtres, l'odeur sucrée des fleurs et des arbustes aromatiques apaisent sa panique. Elle s'arrête au bord du jardin, respire à pleins poumons et tente de reprendre ses esprits. Jamais auparavant elle n'a été confrontée à une telle situation. Elle n'est pas candide au point d'ignorer que nombre de maîtres disposent librement du corps de leurs esclaves et qu'aucune loi ne s'y oppose. Mais à Rome, Parthenius ne se permettait pas de l'importuner de la sorte, les esclaves mâles et le mari de Faustina non plus. Jusqu'alors elle a été protégée de la concupiscence masculine. Comment va-t-elle survivre désormais, sous le même toit que l'intendant, et sous ses ordres ? Comment parer ses futures attaques ? Le dénoncer au maître ? Non, c'est impensable. À Bambala ? Encore moins, Ostorius lui ferait payer l'inévitable scène de jalousie de sa femme… Néanmoins, la cuisinière n'apparaîtra pas toujours au moment opportun, comme maintenant ! Plus tard… elle y songera plus tard… Pour l'heure, elle doit calmer son émoi et le cacher au maître. Le maître… le maître l'attend. Son cœur reprend sa chamade habituelle dès qu'il est question de Javolenus. Les mots de l'intendant reviennent : le maître ne la touchera pas, les affaires charnelles ne l'intéressent pas… Cette affirmation, qui aurait dû la réjouir, provoque une déception confuse, un désenchantement nébuleux sur lequel elle préfère ne pas s'attarder. Le maître l'attend… Elle lisse sa tunique puis s'avance vers la bibliothèque.

Tournant le dos au soir naissant, Javolenus est allongé sur un lit de repos dont les montants sont recouverts de bronze incrusté de méandres d'argent et de feuilles d'acanthe. Un grand candélabre de bronze, posé sur trois pattes de lion assorties à celles du brasero sculpté, porte plusieurs lampes à huile à deux becs, qui brûlent à son côté en répandant de la fumée. Il déroule un petit rouleau de droite à gauche et lit à voix haute. Livia pose le regard sur sa nuque aux cheveux mi-longs, où les fils gris traversent la masse châtain. Le philosophe ne tentera pas ce que le vil Ostorius a osé… de toute manière elle ne l'imaginait pas. Non. Un tel acte n'est pas digne de lui. Son caractère est pur et noble, ses manières délicates. Pourtant, quelquefois, dans l'obscurité de sa chambre et dans le secret de sa solitude, elle y a songé. Un frémissement agite son cœur à cette pensée. Dorénavant, elle connaît le nom de l'étrange maladie qui s'est emparée d'elle aux funérailles de Faustina Pulchra et qui l'agite d'une fièvre qu'elle espère invisible à autrui. Son inexpérience et sa naïveté lui ont un moment voilé l'ampleur des dommages. Elle s'est même félicitée de ce transport inédit qui l'irradiait d'une joie nouvelle, d'une légèreté diffuse exaltant son corps et enivrant son esprit. Cependant, très vite elle a réalisé combien cette ardeur la faisait souffrir et l'égarait sur des chemins périlleux. Si cette métamorphose intime avait été provoquée par un jeune chrétien de sa condition, elle l'aurait applaudie en lui donnant le nom d'amour. Mais, en l'occurrence, elle ne peut que combattre cette affection interdite et l'appeler « péché ».

– Ah, te voilà, constate Javolenus en faisant volte-face. Nous avons du travail, Livia. Regarde, mon ami Épictète a enfin répondu à ma lettre.

Les yeux dorés de Javolenus scintillent d'allégresse.

– Pauvre Épictète… reprend-il avec une lueur triste. Pensant dérober la lumière de son esprit, un élève lui a volé sa lampe de fer… Il en est quitte pour retourner aux lampes de terre…

– Vit-il toujours dans sa misérable masure romaine ? s'enquiert l'esclave en s'efforçant de ne pas le regarder.

– Certes, mais il ne s'en plaint nullement. Il étudie, il écrit, il pense, il enseigne… Il est libre ! Comme lui, je juge cette solitude et cette pauvreté préférables aux traitements barbares que lui infligeait son maître.

Parmi tous les correspondants de Javolenus, Épictète a la faveur de Livia : né esclave, le jeune homme d'origine phrygienne a été acheté, lorsqu'il était enfant, par l'affranchi Épaphrodite, le favori de Néron qui a aidé l'ancien Empereur à se donner la mort. Cruel et brutal, Épaphrodite n'avait pas plus de respect pour ses esclaves que pour les mouches, et Javolenus a raconté à Livia comment il avait, par plaisir sadique, cassé à mains nues la jambe d'Épictète. Ancien élève de Musonius Rufus, le maître stoïque de Javolenus, l'esclave avait enduré la douleur sans ciller. Au trépas d'Épaphrodite, Épictète a été libéré mais il est demeuré à Rome, où il vit dans un dénuement matériel en harmonie avec sa philosophie.

– Dois-je prendre la réponse à Épictète ? demande Livia en affûtant une tige de roseau, en sortant encre et papyrus vierge d'une alvéole creusée dans le mur.

– D'abord, je dois envoyer une missive à mon libraire d'Antioche. Installe-toi confortablement et note ma commande de livres.

L'esclave se poste derrière une table en marbre portée par un pied de bronze à pattes de félin, dont la colonne soutient un pupitre à la bordure d'airain gravée d'oiseaux en vol et de fauves endormis. Antioche… La métropole d'Orient n'évoque pas des *volumina* pour elle, mais les voyages de Paul, la conquête des foules par la parole du Christ et la présence dans la cité de nombreux disciples de la Voie. Antioche… là-bas elle aurait une famille, ensemble ils prépareraient la fête de la Pâque… Si elle pouvait écrire à Haparonius comme son maître correspond avec ses amis, elle se sentirait moins seule, moins perdue dans l'insalubre méandre de ses sentiments…

– Maître, m'autorisez-vous à envoyer une missive à Rome, en mon nom ? demande-t-elle d'une voix douce.

– Pourquoi pas... À qui veux-tu donc écrire ?

Livia n'ose pas répondre. Le philosophe perce son silence.

– Sans doute aux membres de ta secte d'insensés ? devine-t-il.

– Pourquoi ma secte serait-elle plus insensée que la vôtre ? répond-elle avec arrogance, piquée au vif.

Javolenus esquisse un sourire indulgent.

– Très bonne question, dit-il.

Il se redresse et se verse un verre de vin du Vésuve, qu'il coupe avec l'eau de la fontaine contenue dans un broc d'argent.

– Toi et moi faisons en effet partie de la même engeance aux yeux du pouvoir : nous sommes la race des persécutés.

– L'Empereur vous a banni de l'*Urbs* mais il ne condamne pas les vôtres à mort ! proteste Livia.

– Tu te trompes, répond-il avec un accablement si grand que l'esclave regrette son insolence et l'incohérence de son comportement dès qu'elle se trouve avec lui.

– Pardonnez ma véhémence et mon ignorance, maître, murmure-t-elle, le visage pourpre. Je ne voulais pas... je...

– Écoute, Livia. Nous allons passer un pacte tous les deux. Cette pièce est celle des livres et des lettres, donc de la connaissance, de l'amitié et avant tout de la liberté. Dorénavant, lorsque nous y serons toi et moi et si nous en avons le désir, nous pourrons nous y exprimer comme bon nous semble, sans inquiétude ni barrière de caste.

Interloquée, l'esclave observe son maître sans répondre. Il a retrouvé son sourire et le lui offre sans retenue.

– Je comprends ton étonnement, ajoute-t-il, tu dois songer que je suis un bien mauvais maître, un iconoclaste d'une bizarrerie ahurissante ! Vois-tu, mes amis sont loin et je ressens parfois le besoin de converser avec quelqu'un comme je le faisais jadis avec eux ou avec ma famille. Aujourd'hui, je suis seul. Toi aussi. Tu viens de me confirmer que tu en souffres. Tu fais partie d'une secte d'insensés, certes, mais également de ma maison, donc de ma famille, et tu ne manques pas d'intelligence. Ici, tu peux donc me parler comme à un ami ou à un père, si tu préfères, et je te parlerai comme à un camarade...

Cette proposition déclenche une étrange panique dans le cœur de la jeune femme.

– Maître, ce serait vous manquer de respect, c'est invraisemblable, je suis une esclave et...

– Foutaises ! la coupe-t-il d'un geste vif. Je n'ai aucune envie de t'enseigner ma philosophie ainsi qu'on instruit une enfant. Je suis un piètre pédagogue. Je veux confronter mes arguments aux tiens et pour cela, ta parole doit être libre, aussi libre que la mienne. Rassure-toi : le petit jeu cessera dès que l'un d'entre nous sortira de l'antre de la liberté, la bibliothèque, que chacun peut quitter à chaque instant et de son propre chef. Alors, que dis-tu de mon idée ?

Livia s'efforce de recouvrer son calme. Elle hésite sur la conduite à tenir et s'interroge sur les motivations de l'aristocrate. Souhaite-t-il se rire d'elle ? Jamais son verbe indigent et ses maigres connaissances ne pourront rivaliser avec la culture savante de Javolenus ! Un esclave ne saurait être l'égal du maître, même quelques instants, entre les murs d'une bibliothèque ! Pendant les fêtes des Saturnales, fin décembre, certains maîtres autorisent leurs esclaves à leur parler librement et à les critiquer sans risquer les verges mais ces jours exceptionnels sont passés ! Pourquoi ce projet farfelu ?

« Ce petit jeu, ainsi qu'il l'a lui-même nommé, doit avoir pour unique but de le divertir et d'égayer sa solitude, pense-t-elle. Ne te mens pas, ma fille, il ne saurait y avoir d'autre raison. Il traite bien ses domestiques, mais nous demeurons ses domestiques. Seigneur, comment vais-je parvenir à cacher ma folle inclination ? Si je me trahis, il va s'esclaffer, se moquer, sans doute me mépriser, comme sa fille... ou se débarrasser de moi. Cependant, comment refuser ? Il est le maître... je dois céder. Mon cœur, tais-toi ! Ne t'emballe pas, n'imagine pas ces choses démentes... Ne songe pas à tout ce que tu pourras apprendre sur lui, encore plus près de lui... Allez, un peu de courage... Sois forte. Ce n'est qu'un jeu. Tu dois te contrôler. Ne pas abuser de la situation. Rester, malgré tout, à ta place. Ta place. Jouons, nous aussi... Soyons son "camarade", puisque tel est son désir. Voyons s'il répond avec toute la franchise qu'il promet ! »

– Est-ce la mort de Sénèque, condamné par Néron, qui vous afflige à ce point ? demande-t-elle brusquement.

Javolenus repose lentement sa coupe d'argent ciselé.

– Ma tante ne t'a donc jamais raconté mon histoire ?

– Elle ne parlait jamais de vous, du moins pas en ma présence. J'ai de vagues souvenirs, lorsque vous visitiez Faustina Pulchra après l'avènement de Vespasien... mais je n'avais que quatorze ou quinze ans et elle s'enfermait des heures avec vous, sans que rien ne filtre de votre conversation...

– C'est vrai, tu étais déjà une intime de ma tante. Je t'apercevais à peine, à l'époque, et serais bien incapable de dire à quoi tu ressemblais ! Tu as raison, si nous devons dialoguer d'égal à égal, je dois commencer par me confier à toi.

Elle avale sa salive tandis que son cœur frappe sa poitrine. Il remplit sa coupe et débute son récit.

– Tu connais mes origines. L'aristocratie romaine, la jeunesse dorée... Je suis fils unique. Mon père était très occupé au Sénat, ma mère souffrait d'une étrange maladie qu'aucun chirurgien n'est jamais parvenu à soulager. Elle était la proie d'un chagrin inexpliqué et constant, une tristesse profonde, si profonde qu'elle en est morte lorsque j'avais huit ans. Faustina Pulchra, sa sœur, s'est alors occupée de moi, m'envoyant les meilleurs précepteurs, les nourrices les plus douces... Je l'avoue, j'étais un élève distrait et médiocre mais, en tant que fils de sénateur et neveu de Larcius Clodius Antyllus, j'ai été élu à la questure sans difficulté. J'ai fait un mariage raisonnable avec une femme de noble condition, Galla Minervina, qui avait la faveur de mon père et de ma tante. J'offrais des sacrifices aux dieux, j'entretenais des maîtresses, je festoyais avec une bande d'amis noceurs et licencieux, avec lesquels je banquetais en versifiant pour des gourgandines jusqu'à la pointe du jour... Je possédais une insatiable ambition politique, que je mettais au service de l'Empereur... Ma vie aurait pu s'écouler ainsi, sans autre souci que celui de plaire au monde auquel j'appartenais.

Javolenus suspend sa confession pour avaler un nouveau verre de vin. Livia attend, figée.

– Mais deux événements sont venus troubler cet ordre préétabli, reprend-il. D'abord, mon épouse a failli succomber en mettant au monde Saturnina Vera. Plusieurs mois Galla Minervina est demeurée alitée, entre vie et mort... J'ai alors réalisé combien je tenais à elle, j'ai compris que je l'aimais, et quelle femme admirable je risquais de perdre... Je suis entré en fureur contre les dieux qui cherchaient à me l'enlever...

Troublé, il s'interrompt une nouvelle fois.

– C'est pendant la convalescence de mon épouse, peu après l'accession au trône de Néron, que j'ai rencontré Thraséa-Poetus, un riche et noble sénateur qui était l'intime de Sénèque et de Musonius

Rufus. Thraséa prêchait la sobriété, l'austérité, la maîtrise de soi et les préceptes de l'école grecque du Portique, appelée aussi philosophie stoïque, parce que son fondateur, Zénon, enseignait à Athènes près du portique Poecile et qu'en grec, portique se dit « *stoa* ».

– Ma mère était grecque, de l'île de Délos. Je comprends cette langue, affirme Livia avec fierté.

– Merveilleux ! Tu peux donc lire les anciens !

– Peut-être. Mais je vous ai interrompu...

– Comme l'aurait fait un ami digne de partager mes *volumina*, donc ce que j'ai de plus précieux, Livia, dit-il en désignant les armoires de la pièce. Je te les confierai exactement comme Thraséa-Poetus a partagé avec moi les écrits de Zénon, Cléanthe, Chrysippe et les autres. Cette lecture, ainsi que les conversations avec mon nouvel ami ont peu à peu apaisé ma colère et changé mon existence. Je découvrais un monde nouveau, exempt des désirs futiles et des passions triviales qui jusqu'alors m'avaient animé. Galla Minervina a guéri, ma fille était vive et pleine de santé. J'ai quitté camarades dépravés et maîtresses, j'ai suivi les cours de Musonius Rufus – où, des années plus tard, j'ai rencontré Épictète – et je suis devenu un adepte du Portique. J'étudiais la nuit, après les séances de la Curie, je découvrais la raison qui gouverne le cosmos, l'amour, le destin, l'amitié, la vie ! À la suite de mon maître, je prônais l'égalité entre les hommes et les femmes, réprouvais les lois qui autorisent la castration des esclaves, celles qui permettent l'infanticide – pour la première fois de mon existence, je voyais avec émotion ces pauvres bébés, surtout des filles, jetés sur les dépotoirs de Rome où ils mouraient de faim – bref, je découvrais les autres, l'injustice, la connaissance, le bonheur... Jamais je n'ai été aussi heureux que durant cette période...

Livia observe avec passion le regard radieux de son maître lorsqu'il évoque sa renaissance, puis s'émeut du voile sombre qui vient l'obscurcir. Le philosophe se lève et déambule dans la pièce.

– Vois-tu, contrairement aux disciples d'Épicure qui prônent le détachement du monde et des affaires publiques, nous, stoïques, ne craignons pas de nous engager et de défendre la *libertas*, lorsqu'elle est en péril. Je dirais même plus : sous le règne d'un oppresseur débauché comme Néron, nos vertueux préceptes deviennent des armes de combat. Thraséa-Poetus a, le premier, osé s'opposer au despote. À la mort d'Agrippine, assassinée sur ordre de son propre fils Néron, il quitta avec fracas la séance du Sénat où, sur injonction de l'Empereur, on votait hypocritement les honneurs officiels à la défunte. Puis il s'opposa à la peine de mort que Néron et les sénateurs à sa suite voulaient infliger aux auteurs de poésies satiriques contre le prince. Moi-même, malgré les conseils de prudence de mon cher oncle, je me suis élevé contre cette condamnation mais avec tellement moins de vigueur et d'intransigeance que Thraséa ! Lui, il maîtrisait la peur, sacrifiait tout à ses principes, se levait au milieu de la Curie et dénonçait vertement la lâcheté de ses pairs, lorsque je restais tétanisé sur mon banc ! Hélas, malgré sa puissance d'orateur et ses relations, il n'a pu empêcher la condamnation à mort de son ami Rubellius Plautus, membre de ce que Néron et ses sbires appelaient « la maudite secte des arrogants et séditieux stoïciens ». Ensuite, il a résisté pacifiquement, préférant ne plus siéger au Sénat et s'abstenir d'assister aux manifestations présidées par le tyran. Quant à moi, aux côtés de Musonius Rufus, Sénèque et bien d'autres, je me suis engagé dans la conjuration de Pison, qui visait à chasser Néron du pouvoir.

– Et qui a provoqué votre exil, complète la jeune femme.

– C'est grâce à l'intervention de mon oncle auprès de l'Empereur, que j'ai seulement été exilé. J'aurais dû être condamné à mort et décapité... En fin de compte, hormis l'affectueuse présence de mes amis, l'exil ne m'a privé de rien. Je suis demeuré vivant, libre, dans une belle et confortable demeure, avec ma femme et ma fille. À Sénèque, à Thraséa-Poetus et à tant d'autres, en revanche, on a ôté la vie !

– Thraséa-Poetus avait donc participé au complot ? demande-t-elle pour ne pas penser à la fille et surtout à la femme de Javolenus.

– Non, mais Néron en a profité pour se débarrasser de lui. L'ultime acte de liberté de mon initiateur, de mon plus cher ami, a été de se suicider en s'ouvrant les veines, avant d'être exécuté.

Livia baisse les yeux sur le courrier au libraire d'Antioche. En parlant, Javolenus s'est approché de sa table et il lui fait face. La respiration de la jeune femme s'accélère.

– N'es-tu pas lasse de mes confidences de vieux radoteur ? Peut-être souhaites-tu sortir...

Pour la première fois, elle plante franchement ses prunelles dans celles du philosophe.

– Absolument pas, répond-elle tout en maudissant sa hardiesse. Il me plaît que vous me parliez de votre « secte maudite » ; vous aviez raison, je me sens moins seule... Continuez, si vous le voulez bien...

– À tes ordres, plaisante-t-il.

Quelques instants, il soutient le regard de la jeune femme. Puis il baisse les yeux, retourne à son divan et à l'aiguière de vin.

– Ma relégation initiale en Campanie ne fut pas la sanction déshonorante que Néron souhaitait, dit-il d'un ton vengeur. Malgré les difficultés dont je t'ai déjà parlé, le souffle divin de la providence présidait à tout et cette maison devint le havre de la béatitude, du bonheur conjugal et des saines interactions avec le monde. Contrairement à ce qu'affirmait Cicéron, qui avait séjourné dans cette ville aux glorieux temps de la République, et pour qui il était plus facile de devenir sénateur à Rome que décurion à Pompéi, je parvins à me faire élire conseiller municipal et je partageais mon temps entre les affaires publiques, l'apprentissage de ma charge de propriétaire foncier et la rénovation de ma *domus*, secondé dans tous les domaines par ma femme, laquelle, en parfaite épouse, s'est investie corps et âme dans notre nouvelle existence, jusqu'à me faire oublier le sens du mot « exil ». J'avoue avoir délaissé, à l'époque, l'étude des textes stoïques et mes devoirs envers mes amis proscrits. En effet, que m'importait de cheminer plus avant sur la voie de la sagesse, alors que je pensais avoir mis en pratique nos théories ? J'imaginais qu'à Pompéi j'avais réussi à vivre selon la raison, sans douleur, sans passion, dans la sincérité de la nature divine et la sociabilité humaine préconisées par mes maîtres… J'ai compris trop tard que tout cela n'était qu'orgueil, vanité d'élève mal dégrossi qui, pour avoir entendu un jour un fragment de dialectique, se place soudain au-dessus des maîtres dans la conquête de l'idéal et se prend lui-même pour Dieu !

– C'est le décès de votre épouse, qui…

– Oui, Livia, répond-il. C'est l'abîme qui soudain s'est ouvert devant moi… Le chagrin innommable, l'inconcevable souffrance, cette maladie infecte et répugnante que, dans mon arrogance grossière, je disais avoir vaincue ! Ô combien j'étais fou et lâche… Vouloir échapper à la mort, au temps, à l'ordre divin, au destin…

Des larmes voilent l'éclat des yeux de Javolenus. Dans un élan, Livia se lève pour avancer vers lui et poser la main sur son épaule. Mais elle refrène son impulsion et reste derrière le bureau, muette.

– C'est ma faute si j'ai tout perdu, poursuit-il en essuyant son visage d'un revers de main. Pourquoi vouloir un fils ? Pourquoi désirer encore alors que j'étais comblé ? J'ai réfuté le monde tel qu'il est, je ne me suis pas contenté du présent et de ma juste place dans l'ordre cosmique, j'ai espéré, j'ai voulu, j'ai exigé... et le mirage de ma vie s'est effondré.

Sans comprendre toutes les imprégnations stoïciennes de la parole du philosophe, Livia est profondément émue par sa peine et ce qu'elle perçoit comme des remords. Elle écarte sa tentation d'aller le consoler en songeant à son propre passé : elle non plus n'avait pas conscience de sa félicité et de sa bonne fortune lorsqu'elle était enfant ; pour la plupart des hommes, le bonheur ne devient concret que lorsqu'il est perdu.

– Comme au trépas de ma mère, ma chère tante a volé à mon secours, dit-il en vidant la cruche de vin dans sa coupe. Néron n'était plus, Vespasien triomphait, Faustina Pulchra était la veuve d'un héros, elle n'a eu de cesse que de me faire revenir près d'elle, à Rome, au Sénat. Cela, tu ne l'ignores pas.

– J'ai toujours su son immense attachement pour vous, malgré son silence à votre endroit.

– Elle m'aimait avec pudeur, sans ostentation, sans crainte, mais elle m'aimait, en effet. Avec toutes les qualités d'un stoïcien. Mieux que je n'ai jamais aimé. Toi aussi, elle t'aimait.

Livia rougit. Faustina prodiguait une affection différente à son esclave et à son neveu : elle a maintes fois montré une jalousie féroce envers son *ornatrix*, un instinct de possession qui, finalement, correspondait à son rang de propriétaire. Néanmoins, la jeune femme est troublée d'apprendre que son ancienne maîtresse tenait réellement à elle et qu'au sein de cet amour, elle rejoint symboliquement Javolenus. Ce dernier se méprend sur l'émotion visible de son secrétaire et pense que l'évocation de la défunte la met mal à l'aise ; il reprend le fil de son histoire sans plus parler de Faustina.

– Je me suis donc échiné à reprendre mon existence romaine là où je l'avais laissée cinq années plus tôt. Entre-temps, ma fille s'était mariée et c'est donc seul que je suis revenu dans l'*Urbs*. Ma ville natale avait tellement changé... En fait, c'est moi qui avais changé. Le chagrin avait profondément modifié mon caractère. Les interminables débats de la Curie me laissaient de glace, les promenades, les banquets, le théâtre et les lectures publiques ne suscitaient en moi qu'ennui et désolation, même la joie de revoir mes anciens amis encore en vie était altérée par la maladie – a priori incurable – qui s'était emparée de mon âme. Les discussions avec mon ancien maître Musonius Rufus, de retour d'exil, ne faisaient qu'accroître la distance qui me séparait désormais de la doctrine du Portique. Je souffrais, en apparence, de la même pathologie que ma mère… que seule la mort, comme pour elle, pouvait interrompre… Seul l'espoir de la mort occupait mon esprit. Jusqu'à ce que, au Sénat, je tombe sur Helvidius Priscus.

Livia fronce les sourcils. Ce nom ne lui est pas inconnu.

– Helvidius Priscus, noble sénateur, n'était autre que le gendre de Thraséa-Poetus. À la condamnation de Thraséa, Helvidius avait été banni par Néron. L'homme qui, comme moi, était gracié et retournait au Sénat était le sublime héritier de Thraséa. Reprenant le flambeau familial et les thèses de l'école stoïque, Helvidius Priscus s'érigea en vengeur des persécutés : il exigea avec violence l'épuration sociale et la condamnation des délateurs du régime précédent, notamment ceux qui étaient responsables de la chute de Thraséa-Poetus. Je ne m'explique pas comment cela s'est produit, mais cette farouche bataille m'a peu à peu éveillé de ma torpeur… Je cessai de m'apitoyer sur mon sort, de me lamenter jour et nuit sur mon amour défunt et mon désir de rejoindre mon épouse, je pris les armes du verbe avec Helvidius…

– En quelque sorte, en vous battant pour la mémoire de votre ancien maître, c'est aussi à votre réhabilitation intérieure que vous travailliez, analyse Livia. Vous œuvriez au rachat de vos péchés et à la résurrection de vos souvenirs heureux…

– Je ne l'exprimerais pas ainsi, dit Javolenus avec un sourire de connivence. Le péché n'existe pas pour moi, c'est une conception propre à ta secte ! De même, pour les stoïques, les souvenirs – bons ou mauvais – sont aussi haïssables que l'espérance et la projection dans l'avenir. Seul le présent a de l'importance. Néanmoins, ce que tu dis n'est pas dénué de bon sens… Je ressentais le besoin de peiner pour une cause juste, d'oublier mon orgueil destructeur et de recouvrer un semblant de paix dans une volonté purificatrice que, dans le langage de ma secte, je nommerais *catharsis*. Le paradoxe est que j'ai obtenu ce repos de l'âme en faisant la guerre… une guerre perdue d'avance…

– Pourquoi ? Vespasien n'est en rien semblable à Néron !

– Vespasien, le nouvel Empereur, était pour l'apaisement général, l'oubli des ressentiments passés, le « pardon des fautes », dirais-tu dans le langage de ton prophète…

– Je constate que vous connaissez mieux Jésus que je le croyais, répond Livia avec une admiration qu'elle se contraint à teinter de tendre moquerie. C'est une qualité rare, chez un païen qui nous tient pour une bande d'ânes bâtés.

Ils s'observent à nouveau avec une complicité souriante.

– Nul ne peut vaincre s'il ne connaît parfaitement son adversaire, répond enfin le philosophe. Là fut notre erreur, il y a huit ans. Nous pensions l'honnête Vespasien plus sage et vertueux que Néron, plus favorable à nos préceptes, alors qu'il hait les tenants du Portique ainsi que toute forme d'opposition politique. Sa conception personnelle du pouvoir ne peut coïncider avec la *libertas*, et ce prince, s'il n'est pas dépravé dans ses mœurs, est aussi tyrannique que son illustre prédécesseur. Lorsque Helvidius le comprit, il multiplia les affronts directs contre l'Empereur. Il manifestait ouvertement et toujours plus ardemment son hostilité au régime. Je savais le danger mais je le suivais. Lorsque, en pleine séance du Sénat, il s'opposa à la volonté de Vespasien de désigner son fils Titus comme successeur, l'Empereur décida de l'exiler. Pour ma part, je fus arrêté. Ma tante intervint, on me libéra et mon châtiment fut différé de quelques mois... Retardé seulement car, peu de temps après, Vespasien décida d'en finir avec notre ligue de perturbateurs et il expulsa de Rome tous les philosophes stoïciens, à l'exception de Musonius Rufus. Voici sept ans déjà, je revins donc à Pompéi, où je me plongeai dans l'étude. Il y a trois ans, je constatai que l'aversion de l'Empereur à notre égard s'était accrue : Vespasien fit déporter Musonius Rufus. Quant au chef de l'opposition, mon ami Helvidius, le despote jugea que, même en exil, son ennemi demeurait trop dangereux. Il le condamna à mort et la sentence fut promptement exécutée.

Livia frémit de tristesse pour Helvidius et de peur pour son maître.

– C'est terrible, mais vous... êtes-vous certain d'être en sécurité ici ? Désormais, votre tante ne pourra plus vous aider ! Si Vespasien décidait de...

– Ta frayeur me touche, chère Livia, mais tu as pu constater toi-même que je ne me mêlais plus de politique. C'est moins par crainte pour ma vie – la mort m'indiffère – que par lassitude et dégoût. Sans doute aussi par subordination – enfin – à la raison suprême. Je préfère entretenir les rares amis qu'il me reste de la liberté intérieure, du détachement face à ce qui ne dépend pas de nous et de la soumission à l'ordre du monde, c'est-à-dire à l'harmonie divine. Désormais, tu fais partie de ce cercle d'amis.

– J'en suis heureuse, murmure-t-elle en baissant la tête afin de dissimuler son trouble.

Au moment où Javolenus s'apprête à répondre, une toux forcée irrite les oreilles des deux protagonistes. La silhouette d'Ostorius se détache à la lisière de la bibliothèque.

– Patron, je suis désolé de vous déranger mais le soleil est couché depuis longtemps. Vous devez être affamé et votre dîner refroidit… Désirez-vous que je vous le fasse apporter afin de ne pas interrompre votre travail ?

Javolenus soupire. Livia se demande si l'intendant a épié leur conversation. « Ce serait son genre », pense-t-elle, et elle ne sait si cette éventualité doit la réjouir ou lui faire peur.

– Ce n'est pas la peine, lance le patricien. Je viens.

Le maître se lève et sort de la pièce, brisant le charme magique.

26

Ce jour-là, la providence, le hasard ou le souffle magique du dieu de l'archéologie dédaignaient la petite équipe. Werner exhuma du sous-sol un débris de chapiteau roman sculpté qui provenait sans doute du cloître disparu. Malheureusement, il était trop abîmé pour que les spécialistes puissent déterminer le passage biblique qu'il illustrait. Un reste de bouche torve et de queue de serpent laissait deviner une créature diabolique. Assurément, il ne s'agissait pas de Marie-Madeleine. Le mystère de l'apparition du culte et des os de la sainte sur la colline de Vézelay demeurait entier.

À 16 h 15, Christophe s'inquiéta que Johanna n'aille pas chercher Romane à l'école. Dans son trou boueux, la directrice du chantier lui cria qu'aujourd'hui c'était la mère de Chloé, la boulangère, qui se chargeait des filles. La petite passait la fin d'après-midi avec sa camarade, et Johanna n'irait la prendre qu'à 19 heures. Christophe était déçu, cela faisait longtemps qu'il n'avait pas vu la fillette.

– Tu n'as qu'à passer à la maison demain soir, dit Johanna, pour l'apéritif. Venez donc dîner tous les trois, je préparerai une soupe, c'est la seule chose que je sache faire !

Les archéologues acceptèrent. Johanna se sentait légère et d'excellente humeur. La migraine du matin était oubliée, ses angoisses au sujet de la photo disparue également. Les mots de frère Pacifique, la journée dans la terre l'avaient rassérénée, ainsi que la conversation au sujet des reliques. Elle songea à la joie qu'elle ressentait à chaque fois qu'elle évoquait les moines bénédictins médiévaux, même dans leurs pires turpitudes, et se dit que son vieil ami frère Roman n'y était peut-être pas étranger.

À 17 heures, la nuit commença à tomber et elle alluma les gros projecteurs placés autour du chantier. À 18 heures, ses collègues émergèrent de la glèbe grasse et humide. Elle resta seule, à quatre pattes dans sa tranchée, et continua à fouiller en pensant à Marie-Madeleine. « Quel curieux personnage, songea-t-elle. Trois femmes différentes réunies en une seule, trois tombeaux, un en Orient et deux en Occident… trois faux tombeaux… Où sont ses véritables os ? A-t-elle réellement existé ? À qui appartiennent la côte de la crypte de Vézelay et les restes de la femme trouvée à Saint-Maximin-la-Sainte-Baume ? »

Elle en oublia le froid, le vent, sa montre, et, à 19 h 15, elle sortit en hâte de son trou. Elle jeta dans l'Algeco son vieil anorak, sa combinaison terreuse, son bonnet et ses gants, enfila rapidement un caban de laine puis dévala la rue Saint-Pierre déserte, en direction de la boulangerie de la mère de Chloé.

Soudain, elle sentit une présence derrière elle. Elle fit volte-face et aperçut une silhouette sombre qui se cachait sous le porche d'une maison. Sans réfléchir, elle courut vers la forme obscure qui s'engouffra dans la salle du Saint-Étienne, le meilleur restaurant du village.

Johanna y pénétra à son tour : sur sa gauche, la cheminée crépitait, les tables rondes portaient bougies scintillantes et nappes blanches impeccables… mais la salle du XVIIIe siècle était vide. Johanna se risqua jusqu'à l'avant-cuisine, sise dans un renfoncement où l'on pouvait facilement se dissimuler. Elle y trouva Catherine, la patronne, occupée à couper le pain des futurs convives, pendant que son mari officiait en cuisine, derrière des portes de métal.

– Johanna ? s'étonna-t-elle. Bonsoir ! Vous voulez dîner ?

– Vous n'auriez pas vu quelqu'un entrer ? Un homme… il y a une minute à peine…

– Un homme ? Vous voulez dire Luca ? Il vous a devancée ?

– Non, non, pas Luca, je… j'ignore qui c'est…

D'un naturel enjoué et rationnel, Catherine fronça les sourcils.

– Je n'ai encore vu personne, mes premiers clients ont réservé pour 19 h 30. Vous voulez que je demande à Gilles ? Il n'a pas dû voir grand monde dans sa cuisine… Vous aviez rendez-vous ici ?

Sans répondre, Johanna se souvint des toilettes du restaurant, qui possédaient une fenêtre assez large pour qu'on puisse s'y glisser. Elle traversa la salle et tenta d'ouvrir la porte des lavabos. Fermée de l'intérieur. La patronne arrivait derrière elle.

– Je parie que c'est un touriste qui a eu une envie pressante et n'a même pas pris la peine de demander, ça arrive souvent mais pas en cette saison. Holà, y a quelqu'un ? cria-t-elle en toquant contre la porte.

Silence.

Pendant que Catherine insistait, Johanna sortit de l'établissement, fit le tour par-derrière, escalada un muret, traversa un petit jardin et se trouva face à la fenêtre ouverte des toilettes du Saint-Étienne. Personne à l'intérieur. « Il » s'était échappé... et devait être loin, à présent. « Il » savait qu'il pourrait fuir par là. « Il » devait donc connaître l'endroit. Elle ne s'était pas trompée : un inconnu la suivait. Peut-être même avait-il pénétré chez elle et volé la photographie. Qui ? Et surtout pourquoi ?

– Chouette, des caramels à caries ! C'est mamie qui les appelle comme ça, mais moi je m'en fiche j'ai pas de caries... Merci, Christophe. Je peux en manger un, maman ?

– Pas avant le dîner, Romane. Mais après, oui.

La petite fit la moue et Christophe la prit sur ses genoux.

– Alors, raconte-moi ce que tu fais à l'école...

Johanna plongeait un mixer dans une cocotte pleine d'eau et de légumes, maculant de débris son pull de laine écrue.

– Nom d'un chibouk, jura-t-elle, je m'en mets toujours partout...

– À ta place, je cuisinerais avec ma combinaison de boulot ! dit Audrey. D'ailleurs, j'aimerais bien garder la mienne, en souvenir...

– Audrey, intervint Werner, le chantier se termine fin août, nous sommes début décembre et tu penses déjà à nous quitter ?

– Pas du tout, répondit Audrey en rosissant. Au contraire... En fait, je me plais bien avec vous.

– À la future archéologue médiéviste ! lança Johanna en levant son verre de vézelay.

– Comme tu y vas, Jo, je n'y arriverai jamais !

Les trois archéologues rugirent contre le défaitisme de la stagiaire. Pendant que la maîtresse de maison nettoyait son pull à l'évier de la cuisine, Werner encourageait Audrey, à voix basse. Johanna scruta la nuque et le dos de l'Autrichien. La taille de son espion lui semblait la même, mais il était moins maigre que son collègue, plus musclé. Quoique... Mais pourquoi Werner la surveillerait-il, la suivrait-il incognito dans les rues du village ? Heureusement, Christophe était trop petit et trapu pour qu'elle le soupçonnât. Mais Werner… Non, c'était ridicule ! Elle retourna à son fourneau et versa un peu de soupe dans un bol rouge à pois blancs.

– Romane… à table !

La soirée était agréable. Le gros poêle de fonte répandait une chaleur estivale, ainsi que le vézelay blanc. Bras nus, regard luisant, feu aux joues, Audrey écoutait Werner deviser sur son métier. De temps à autre, l'Autrichien frôlait la main de la jeune femme, dans un mouvement apparemment involontaire mais qui ne dupait personne. Amusée, Johanna observait la scène en se demandant jusqu'où irait l'idylle. Elle avait eu de la peine à coucher sa fille, qui y avait consenti après trois caramels, et seulement si Christophe montait lui lire *La Petite Sirène*.

– Alors, traîtresse, accusa-t-il en descendant, tu fais des infidélités au Moyen Âge ? À nos chers moines bénédictins, tu préfères un Empereur romain ?

– Que t'a-t-elle dit ? demanda Johanna, inquiète.

– Rien de grave, répondit Christophe en souriant, juste que tu lui avais volé son antique pièce de monnaie parce que, en secret, tu étais amoureuse de Titus… Mais cela n'a pas d'importance car Titus n'était vraiment pas beau et elle préfère dormir avec Guignol.

Johanna se détendit.

– Le denier d'argent est tombé pendant la nuit et il a été impossible de le retrouver, mentit-elle. De toute façon, ce n'est pas un jouet qui convient à un enfant.

Christophe scruta Johanna, étonné d'une telle sentence. Mais il ne dit mot.

– À propos de jouet, intervint Werner, je jetterais bien un œil à la statue, mais uniquement si tu penses que cela convient à un vieil archéologue sur le déclin…

– Ici, les barbons de quarante-huit ans sont soumis à la même discipline que les gosses, répondit-elle en riant. On mange d'abord, on s'amuse après !

Il était plus de minuit. La sculpture de Marie-Madeleine trônait au centre de la table, à côté d'une bouteille de marc de Bourgogne. Penchés sur la statue, les confrères se laissaient aller à leurs hypothèses.

– Le feu a frappé l'abbaye six fois au cours de son histoire, rappela

Christophe. En tout cas, six incendies nous sont connus, depuis celui qui a ravagé le premier monastère établi dans la vallée au IXe siècle, jusqu'à celui de 1819, qui a ruiné les tours. Alors pourquoi les traces de calcination que nous constatons sur ce buste proviendraient-elles du sinistre des années 900 ? Pourquoi ne serait-ce pas l'empreinte des flammes issues de la catastrophe de 1120, qui a fait plus de mille morts, ou de celle du XIIe siècle, qui a ravagé la crypte ?

– Si au moins on savait à quel endroit cette statue se trouvait dans l'édifice, répondit Werner, et à quoi elle servait, on pourrait deviner la date des flammes qui l'ont endommagée et avoir des précisions sur l'époque à laquelle elle a été sculptée.

– Nous avons quand même quelques indications, intervint Johanna. Ce chapiteau est carolingien, donc préroman. Il est forcément issu de la première église bâtie sur la colline au IXe siècle, qui n'existe plus au XIIe, remplacée par l'édifice roman. Là-dessus, nous sommes d'accord.

Ils acquiescèrent.

– Mais le chapiteau n'est qu'un support, un matériau pour l'artiste, se risqua Audrey. C'est comme la toile d'un tableau… la toile peut dater d'une époque, et la peinture qui est dessus, d'une autre.

– Bravo Audrey, l'encouragea Werner. Comme d'habitude, tu as tout résumé en termes lumineux, quand nous nous perdons dans des conjectures obscures…

Malgré ses yeux clairs, Christophe lança un regard noir au Viennois.

– Tout de même, dit-il, les dates sont des repères indispensables. Ce chapiteau en tant que chapiteau, c'est-à-dire élément architectural parachevant un pilier soutenant le plafond du bâtiment, est de la fin du IXe siècle et ne saurait être antérieur à l'arrivée des moines sur la colline, le mont Scorpion, en 887. Ensuite, il cesse d'être chapiteau au plus tôt dans le premier tiers des années 900, car il est abîmé par l'incendie, au plus tard au XIIe siècle, car l'église carolingienne n'est plus. Par conséquent, des mains inconnues ont façonné cette statue entre 930 et les années 1100.

– Absolument, répondit Johanna.

– À moins que ce chapiteau n'ait primitivement appartenu à une colonne de la crypte, qui n'a été remaniée que bien plus tard ! objecta Werner.

– Mais pourquoi un artiste des temps romans ou gothiques

imiterait-il le style carolingien, révolu depuis longtemps ? demanda Audrey.

– Pourquoi Viollet-le-Duc a-t-il choisi de plagier les figures et le style médiévaux du grand tympan intérieur pour refaire le tympan extérieur ? renchérit Christophe. Pour réinterpréter et sauver en s'effaçant derrière les véritables concepteurs du bâtiment... C'est une marque de respect, d'admiration, d'amour, même. Plus je la regarde, plus je me dis que cette statue de Marie-Madeleine dégage de l'amour...

– Ou une intention politique, ajouta Johanna, troublée par les derniers mots de Christophe. L'homme ou la femme qui a créé cette effigie voulait peut-être faire croire que la Madeleine était honorée ici depuis le premier jour... L'art pour l'art n'existe pas au Moyen Âge. L'esthétique médiévale doit servir Dieu.

– Et les desseins des hommes de Dieu ! compléta Christophe.

Soudain, un cri strident déchira l'air surchauffé. Il venait de l'étage. En une seconde, Johanna s'était levée et précipitée dans l'escalier. Ne sachant que faire, les trois collègues se regardaient.

Les yeux clos, Romane hurlait et toussait alternativement. Johanna lui toucha le front. Il était brûlant. Elle s'assit sur le lit et prit sa fille dans ses bras.

– Romane, je t'en prie, supplia-t-elle, réveille-toi, ce n'est rien, un mauvais rêve, s'il te plaît, reviens vers moi, ce n'est pas vrai, tu n'es pas là-bas, non... ça ne doit plus recommencer...

– Elle est malade ? demanda Christophe dans l'embrasure de la porte. J'appelle un médecin ?

– Non, merci, ce n'est pas la peine. Ce n'est rien, je... je sais quoi faire. Ne t'inquiète pas. Va rejoindre les autres, dis-leur que je suis désolée mais... je dois rester avec elle.

– Je... je... haleta la petite dans le grand fauteuil rouge du docteur Sanderman. Je suis dans la rue, je m'enfuis, je dois trouver un abri, la maison... la maison n'est plus très loin... les rochers tombent sur les toits, les gens hurlent, les villas s'écroulent... on suffoque... la chaleur est insupportable... Les gens s'affalent dans les cendres, ils étouffent... il y a partout des corps... des morts... la cave... je dois aller dans la cave...

Johanna songea à la Deuxième Guerre mondiale, aux bombardements aériens, au Blitz. Se pouvait-il que la fillette ait entendu des récits relatant cette période et les ait réinterprétés ? Chez ses grands-parents, peut-être ? Ou de la bouche de madame Bornel ?

– Il m'attend dans la maison et il me rejoint dès que j'arrive, poursuivit la gamine. Il fait très chaud, dehors. Très très chaud... L'air est comme un feu... On ne peut pas respirer... L'air est empoisonné... Je tousse malgré le tissu sur ma bouche... Il me porte jusque dans la cave.

– Qui est ce « il », Romane ? Qui t'accompagne ?

– Je sais pas. Il est beaucoup plus vieux que moi. Il veut me protéger, dans la cave je suis malade, la toux, la nausée... Il me serre dans ses bras pour me consoler...

« Son père, analysa en silence Johanna, debout à un mètre de sa fille. Il s'agit sans doute d'une image fantasmée de son père... »

Romane se mit à tousser. Elle semblait fiévreuse, mais sa mère n'osa pas mettre la main sur son front pour vérifier. Le médecin la laissa expectorer bruyamment, avant de lui demander la raison de cette toux.

– La vapeur jaune, répondit-elle. Elle... elle empêche de respirer... elle est partout sauf dans la cave... on peut pas sortir, dehors c'est pire... dehors tout brûle, tout s'effondre... Ils hurlent... les gens paniquent... crient... c'est affreux... j'ai chaud, j'ai envie de vomir... j'ai soif... mes yeux me font mal... ils pleurent... Il les essuie avec sa robe et il va prendre du vin dans un long vase piqué dans la terre de la cave... il le verse dans un pot plus petit et le porte à mes lèvres... C'est bon, c'est sucré, on dirait des fleurs et du miel...

Johanna fronça les sourcils. Un homme en robe... une toge, sans doute... et le long vase contenant du vin miellé... une amphore, assurément.

– Pourquoi es-tu dans cette cave, Romane ? demanda le docteur Sanderman.

Au centre de l'énorme fauteuil, la petite toussait, en proie à une fièvre violente. Johanna se tordait les mains. Seul l'hypnotiseur gardait son calme, bien que Johanna l'ait appelé à une heure du matin dans un état de panique avancé.

Il avait tenté de la rassurer en lui expliquant que le phénomène n'était pas rare, que la réapparition des symptômes signifiait simplement que le problème n'avait pas été conscientisé. Il avait fixé rendez-vous à Johanna et à sa fille pour le jour même.

– Romane, dis-moi, murmurait Sanderman, qui se dissimule dans cette cave sombre ?

La petite tourna la tête en tous sens, sans répondre. Johanna n'en pouvait plus.

– Romane, tenta encore le thérapeute, que cherches-tu dans cette cave ? Qu'y avait-il dans cette cave de Pompéi en août 79 ? Pourquoi y redescends-tu chaque nuit ?

– Je dois le retrouver…, chuchota-t-elle enfin. Il faut… absolument que je le retrouve…

– Qui, Romane, dis-moi qui ?

– Le papier… le morceau de papier que j'ai dans la main… il fallait qu'il échappe à la catastrophe… il fallait le dire… il fallait le faire… Parce que je ne l'avais pas fait avant… Mais personne ne l'a pris… Personne ne l'a vu… je dois le trouver aujourd'hui… il faut…

– Pourquoi, Romane ? Qu'y a-t-il sur ce papier ? Qui l'a écrit ? L'homme qui est avec toi dans la cave ?

– Non, non ! répondit-elle, en colère. Pas lui ! Pas lui ! Lui il n'est pas, il n'est pas comme nous… pas de notre famille… C'est moi. Oui, c'est moi qui ai écrit…

– Qu'as-tu écrit ? Dis-moi ce qui est écrit… Quels sont les mots, Romane ?

– C'est… c'est… le message… c'est son message…

– Le message de qui, Romane ?

– De Jésus. C'est la parole cachée du Christ.

Sanderman resta muet quelques instants. De stupeur, Johanna s'était effondrée sur le fauteuil de cuir placé près du bureau.

– Romane, reprit-il, le papyrus que tu as écrit a sans doute brûlé… ou a été détruit par les gaz… tu ne peux pas le retrouver… il n'existe plus…

– Si si si ! hurla-t-elle. Il est là, dans la cave ! Je l'ai écrit ! Il y est toujours ! Je dois ! Il faut absolument que je l'enlève de là ! Je dois dire les mots, montrer les mots au monde !

– Tu devrais t'en souvenir, puisque c'est toi qui les as tracés… Romane, qu'as-tu écrit sur le papier ?

– Je ne sais pas… Les lettres sont bizarres… Je ne les comprends pas…

– Comment t'appelles-tu ? demanda soudain Sanderman. Quel est ton nom à Pompéi ?

Elle hésita longtemps.

– Je… je ne me souviens pas… J'ai oublié… J'ai tout oublié…

– Écoute l'homme qui est avec toi dans la cave… Il te prend dans ses bras… il te console… il te parle à l'oreille… Que dit-il ? Comment te nomme-t-il ?

– Il dit… Li… Lisa… Non… Livia !

– Bien ! C'est très bien… Livia a écrit le papier dans la cave il y a très très longtemps… Pourquoi aller le chercher aujourd'hui ? Pourquoi ?

– Parce que… parce que si Romane ne le retrouve pas, Livia va la tuer.

La fillette devint livide, puis elle s'évanouit.

Deux heures plus tard, elle riait aux facéties de Jules, huit ans, qui tentait vainement de faire le poirier contre le mur de la chambre qu'il partageait avec Tara, dix ans, laquelle observait avec indifférence son frère s'effondrer comme un soufflé, tandis qu'Ambre, deux ans, jouait avec les lacets des grosses chaussures de Johanna assise sur la moquette tel un pantin sans vie.

– Tara, tu fais attention à Romane, lui ordonna Isabelle, Jo et moi allons dans le salon. Je peux compter sur toi ?

La grande fit signe que oui. Isa empoigna Ambre et l'emporta dans ses bras. Johanna suivit le mouvement. Elle se laissa choir dans le vaste canapé de cuir. Isabelle s'installa en face avec la petite dernière et servit à son amie un grand verre de riesling frais.

– Vas-y, dit-elle. Je t'écoute. N'oublie rien, surtout.

L'archéologue raconta tout : les détails du premier puis du second meurtre de Pompéi, le denier d'argent antique avec lequel la petite avait dormi, l'homme qui la suivait, le vol de la photo, ses soupçons, la rechute de Romane, la dernière séance d'hypnose, et la conclusion de Sanderman : pour les hindous et les bouddhistes, ce genre de manifestation est la réminiscence de vies antérieures.

Toutefois, selon le psychanalyste Karl Gustav Jung, il peut s'agir de mémoires issues de l'inconscient collectif dont chacun serait le dépositaire, à des degrés divers. Le médecin penchait pour cette dernière hypothèse, qui n'était pas très différente de ce qu'avait dit frère Pacifique, en employant d'autres mots. Romane avait sans doute, tapis en elle, les souvenirs traumatiques de quelqu'un qui avait vécu ces événements. Comment cette mémoire s'était-elle trouvée dans sa tête ?

Impossible à dire. Quoi qu'il en soit, la fillette n'était pas psychotique, du moins pas pour l'instant, et le thérapeute ne croyait pas au danger de mort évoqué à la fin de la séance. Toutefois, il fallait absolument extirper ce souvenir qui la dévorait. Une fois encore, il s'en remettait à sa discipline pour guérir Romane.

– Et toi, au fond, qu'en penses-tu ? demanda Isabelle.

– Tu n'as plus confiance en Sanderman ?

– Si, je cautionne tout ce qu'il t'a dit, répondit Isa. Mais je songe aussi à deux autres aspects de la question : d'une part, tu es sa mère, et une mère très attentive, je n'ose dire fusionnelle, donc tu peux ressentir des choses qui échappent à un psy, même très calé. De l'autre, tu... enfin... tu as toi-même vécu quelque chose de similaire, sans être semblable...

– Oui. C'est ce qui m'inquiète le plus. Je me sens responsable...

– Laisse ces émotions nocives au placard, elles ne nous sont d'aucune utilité. Réfléchis, plutôt... et écoute ce que te souffle ton instinct. C'est difficile, je sais, mais essaie.

Isabelle prit la bouteille de riesling et resservit deux verres. Ambre était endormie sur ses genoux. Johanna trempa les lèvres dans le vin, soupira et se jeta en arrière dans le sofa.

– Vois-tu, répondit-elle enfin, après que Romane eut pour la première fois évoqué Pompéi, j'ai évidemment pensé à Tom et à ce qui s'était passé là-bas. Puis j'ai scindé les deux problèmes. Aujourd'hui, Romane avoue qu'elle cherche un papyrus de Pompéi contenant un message caché du Christ... Je ne peux m'empêcher de songer à nouveau à Tom, à ses fouilles, aux deux archéologues assassinés, et surtout à l'exergue des deux meurtres, à chaque fois une citation de l'Évangile, donc du message révélé de Jésus... Plus je tourne ça dans ma tête, plus je crois que les deux ont un lien... les meurtres de Pompéi et les cauchemars de Romane. C'est dingue, je sais, mais c'est ce qui me vient à l'esprit.

– Oui, c'est dingue, mais avec toi, j'ai l'habitude !

– Tu sais, Isa, pendant des décennies j'ai cherché en moi la signification d'une phrase latine héritée d'un cauchemar, et accompagnée de meurtres...

– Je sais, je m'en souviens : « Il faut fouiller la terre pour accéder au ciel. »

– Mais le sens de cette formule n'était pas seulement en moi-même, il était aussi dans le passé réel, dans l'histoire et dans la pierre du Mont-Saint-Michel.

– Qu'essaies-tu de me dire, Jo ?

– Que je crois maintenant à un sens littéral et objectif du rêve de Romane… C'est-à-dire il se peut qu'il y ait une mystérieuse parole du Christ dans une cave à Pompéi qui n'ait pas été détruite par le séisme. Quelqu'un le sait et n'a pas du tout intérêt à ce que Tom et son équipe mettent la main dessus, donc il trucide les archéologues susceptibles de la découvrir. Surtout, surtout… je sens que… ma fille ne pourra guérir que si l'on déterre ces mots ! Isa, tu dois m'aider : peux-tu garder Romane quelques jours ? Je prends le prochain avion pour Naples. Je file à Pompéi.

27

À genoux dans sa cellule, frère Roman n'entendit pas le tonnerre qui annonçait l'orage. L'échine courbée, il ne vit pas les éclairs taillader le ciel noir, et il resta sourd au vent dont le souffle s'immisçait entre les planches de la cabane, ployait les arbres et les vignes orgueilleuses. Le regard fixe, suant malgré la nuit glacée, il ne remarqua pas les grosses gouttes de pluie qui s'écrasaient sur la terre grasse de Vézelay et formaient des ruisseaux dévalant vers la vallée.

Étranger au monde, le moine pourtant ne priait pas. Ses longues mains blêmes étaient armées d'un burin et d'un ciseau à bois qui arrachaient un fragment de chair à un objet de chêne posé sur la terre battue de la cahute. Ses doigts portaient les stigmates de coupures fraîches, ses paumes étaient tachées de sang séché. Le grabat de vieille paille était posé à la verticale contre la cloison et le sol de la pièce était jonché d'outils, de copeaux, d'ébauches tracées sur des tablettes de cire et de bûches figurant un visage éparpillé : sur l'une d'elles avait poussé un nez, sur une autre une bouche, l'esquisse d'un cou, la vague mal assurée d'une mèche de cheveux. Un tronc de noyer portait plusieurs paires d'yeux, dont les pupilles au dessin maladroit strié des veines du bois scrutaient leur créateur tendu et concentré.

La bure sombre maculée de sciure et de suie, le regard picotant de poussière et de fatigue, Roman sculptait.

L'avant-veille, il avait dépêché un messager à Cluny afin de rassurer Odilon. Il ne pouvait s'absenter si longtemps sans prévenir son abbé qu'il était toujours en vie et que de pressantes affaires le retenaient à Vézelay. Que lui dirait-il, une fois rentré ? Cette question l'avait tourmenté, et Geoffroi aussi. Tiraillé entre son amitié pour l'ancien copiste du Mont et ses devoirs envers son abbé, il avait passé des nuits à se morfondre en se demandant lequel des deux il faudrait trahir le premier. Il avait calmé sa conscience en se disant que, pour l'heure, il n'avait d'autre choix que de se soumettre au plan de Geoffroi, en réalisant une statue de Marie-Madeleine dans laquelle seraient dissimulés l'os portant les mots énigmatiques de Jésus et le parchemin de Marie de Béthanie. En effet, d'une part le Christ n'avait pas voulu que sa parole soit dévoilée, et de l'autre, l'abbé de Vézelay paraissait si déterminé, si résolu à lancer en son église un pèlerinage à la sainte que frère Roman avait craint la destruction du trésor sacré, si Geoffroi estimait que la côte et le manuscrit constituaient un obstacle à ses desseins. Il avait donc décidé d'obtempérer et de façonner la sculpture, pour préserver les objets saints et permettre qu'un jour ils soient à nouveau découverts. Peut-être, alors, le Seigneur jugerait-il le temps venu et sa parole secrète éclaterait-elle en pleine lumière…

Mais que dire à Odilon ? Dès le départ, le moine avait failli dans sa mission : rallier Vézelay à Cluny. C'était même le contraire qui s'était produit : Geoffroi avait réussi à gagner le frère de Cluny à sa cause, à son ambition et à ses fourberies. Assurément, Roman devrait se justifier auprès de son abbé et ce dernier ne se contenterait pas d'un aveu de faiblesse face à une vieille amitié. Roman devrait rapporter ce qu'il avait vu, entendu et fait durant plusieurs semaines. Mentirait-il à Odilon à propos de Geoffroi, alors qu'il y a quatorze années, il ne lui avait rien caché de lui-même ? Le pèlerinage… Roman ne pourrait se taire à ce sujet, contrairement à ce qu'il avait d'abord promis à l'abbé de Vézelay. Dans les prochains jours, Geoffroi répandrait la rumeur, avant de faire l'annonce officielle de l'invention des reliques de la Madeleine, à Pâques. Odilon ne croirait jamais que Geoffroi n'avait pas parlé de cet événement majeur à son ami. Jusqu'où Roman devrait-il se confier à l'abbé de Cluny, sans nuire à celui de Vézelay ? Comment passer sous silence sa prodigieuse découverte dans une antique sculpture calcinée ?

L'oraison ne parvenait pas à apaiser son dilemme. Les uniques instants où il n'y pensait pas étaient ceux où, reclus dans sa cellule, à l'abri des yeux et des oreilles des autres moines, il façonnait la matière.

Déshabitués des tâches manuelles, ses doigts meurtris avaient mis plusieurs jours et autant de nuits à appréhender que le bois avait un sens, une nature et une texture différentes suivant l'espèce, la composition de la terre dans laquelle il avait grandi, l'âge, la coupe, le degré de séchage. L'ancien maître d'œuvre connaissait cela, mais ce que son esprit savait, ses mains l'ignoraient : s'il avait supervisé les travaux des charpentiers et des menuisiers au Mont-Saint-Michel, il n'avait jamais abattu ni écorcé lui-même un arbre, encore moins sculpté un tronc ou un bloc de pierre. Avec affection il songeait à maître Roger, le chef charpentier, et surtout à maître Jehan, le patron de la loge des tailleurs de pierre, qui avait trouvé la mort sur le chantier, écrasé par un bloc de granite. Alors, les mains en sang, il adjurait maître Jehan de l'aider du Paradis où Roman ne doutait pas qu'il demeurât, en lui inspirant les gestes capables de transformer ces bûches dures et stériles en image vivante de la pécheresse des Évangiles.

Le jour précédent, après l'office de sexte, alors que le soleil était à son zénith, harassé de fatigue et d'affliction face à ses piètres talents, il s'était imposé une promenade dans la clôture de l'abbaye, espérant que la marche serait propice à l'inspiration. Il était ainsi parvenu devant les réserves de bois du monastère, qui servaient non pas au chauffage – inexistant sauf dans la cellule de l'abbé – mais de combustible pour la cuisine. Geoffroi en avait extrait les grosses pièces sur lesquelles il s'acharnait. Pénétrant dans le vaste enclos couvert d'un auvent, il se mit à fouiller en quête d'un bois tendre. Pendant une heure il remua des branchages, des troncs divers et, soudain, il s'arrêta net : sous un impressionnant tas de bois gisaient des éléments d'architecture à demi brûlés, sans doute les vestiges de l'incendie qui avait endommagé l'église voilà plus d'un siècle. Ému, l'ancien maître d'œuvre s'accroupit et examina en expert les débris de colonnes et de poutraison fabriquées au IXe siècle par les premiers moines ayant investi la colline de Vézelay. Il reconnut sans peine la patte grossière et les motifs caractéristiques des temps carolingiens qu'il avait tant pourfendus au Mont-Saint-Michel, au profit d'un style nouveau enseigné par son maître Pierre de Nevers et qui serait baptisé, des siècles plus tard, « art roman ».

Il saisit un gros chapiteau noirci par le feu : un morceau de pilier, lisse et sans cannelures, était encore scindé à l'astragale. Nul doute que les flammes du Xe siècle, venant du sol, avaient léché le haut du chapiteau et mordu la colonne qui s'était brisée, nécessitant le remplacement de tout l'élément. Dans l'église, les piles neuves érigées à la hâte étaient en pierre calcaire de la région, dénuées d'ornement, et leur alternance aléatoire avec les colonnes d'origine, en bois, suscitait un sentiment d'incohérence et de désolation. À cet instant, frère Roman pria pour que le pèlerinage inventé par Geoffroi attire les foules. Alors, son ami et ses successeurs pourraient, grâce aux dons des fidèles, bâtir une nouvelle église qui ne serait plus un décor affligeant, mais qui incarnerait la substance de la foi par des représentations symboliques pensées, construites et guidant l'homme vers l'harmonie sacrée.

Repris un instant par son ancienne passion pour les pierres, l'ex-maître d'œuvre passa ses doigts sur les motifs noirs et mutilés du chapiteau de bois : au milieu des feuilles et des ramures étaient sculptés d'étranges oiseaux, yeux saillants, ailes repliées, probablement des hiboux ou des bêtes de proie. Soudain, une idée aussi incongrue qu'éblouissante l'illumina : retournant l'objet, frère Roman réalisa que le tailloir du chapiteau serait un socle commode pour une statue et que son épaisseur permettait d'y creuser aisément une cache ; dans le morceau de colonne rescapé, il imagina un visage ; il vit se dessiner des épaules et le haut d'une robe dans la corbeille sculptée. Tête en bas, les volatiles de l'ancien pilier avaient les griffes dressées des bêtes fantastiques.

Certain qu'il tenait là le support idéal à la statue de Marie-Madeleine, Roman prit le chapiteau dans ses bras et l'emmena dans sa cellule.

Non seulement l'abbé Geoffroi approuva le choix de son sculpteur, mais le chapiteau du IXe siècle fit germer en lui une nouvelle idée.

– Écoute, Roman, suppose que, nouvellement élu et désireux de connaître tous les secrets de mon abbaye, je décide d'ouvrir le mystérieux sarcophage de la crypte, qui est de facture carolingienne mais qui ne comporte aucune inscription, et dont frère Herlembald dit que l'histoire s'est perdue dans les ténèbres de ce monastère. À l'intérieur, je découvre des ossements, des cheveux de femme et un diplôme stipulant que ces reliques sont celles de la Madeleine.

– D'accord, c'est la version officielle que tu m'as déjà exposée, nonobstant quelques détails inédits…

– Ce n'est pas tout, dit Geoffroi, cramoisi d'excitation. J'en conclus que les reliques reposent dans la crypte depuis très longtemps, au moins depuis que les premiers moines sont montés sur le mont Scorpion en 887 pour se protéger des Normands, je peux même en déduire qu'avant, lorsqu'ils vivaient dans la vallée de la Cure, ils vénéraient déjà la sainte et possédaient ses ossements !

– Tu appuies cette « déduction » sur le tombeau, qui témoigne du style caractéristique des sculpteurs de Charlemagne ?

– Exactement ! Et par conséquent, je prouve que le sanctuaire magdalénien de Vézelay est antérieur à Verdun, Bayeux, Reims et Besançon, qu'il est le premier, donc le seul, et j'évince ainsi mes potentiels rivaux !

– C'est bien pensé, Geoffroi. Cependant, comment vas-tu expliquer que le corps de la sainte soit parvenu de Judée en Bourgogne ?

L'abbé sourit.

– Tout est possible à Dieu qui fait ce qui lui plaît, cher Roman. Rien ne lui est difficile quand il a décidé de le faire pour le salut des hommes. Cela, je vais non seulement l'énoncer oralement, mais le faire écrire, car j'escompte bien que frère Herlembald, si le Très-Haut lui prête vie, rédige le récit du miracle de la découverte de la Madeleine à Vézelay, et de tous les miracles qui ne vont pas manquer de se produire ici…

Le moine de Cluny devint sombre.

– Comment justifier que tes prédécesseurs aient « oublié » qu'ils possédaient de telles reliques, et que fais-tu de la sculpture que je m'apprête à créer ? demanda-t-il encore, ne doutant pas que le retors abbé ait déjà inventé une réponse.

– Rien de plus facile, Roman. La terreur face à l'envahisseur a non seulement conduit l'abbé Eudes et ses moines à monter se réfugier sur le mont Scorpion, mais surtout à dissimuler les ossements saints… Aussi, dès leur arrivée sur ce promontoire, les précieuses reliques ont-elles été transférées dans un tombeau anonyme. Quant à ta sculpture de la Madeleine… ils l'ont réalisée en même temps qu'ils construisaient la première église de la colline, dans un chapiteau – en guise de symbole – et ils l'ont placée dans le chœur, où elle était vénérée à la place des ossements qui devaient demeurer cachés. Puis l'incurie et la négligence des successeurs d'Eudes ont fait le reste : la statue a en partie brûlé dans les flammes des années 900-930 et on l'a jetée là où tu l'as trouvée… Enfin, où je l'aurais dénichée moi-même, en exhumant les sombres vestiges du sinistre. À l'époque de l'incendie, elle n'avait plus de signification pour personne, les oisifs moines de Vézelay ignoraient qu'elle était non seulement un objet de culte ancestral, mais surtout l'aveu du trésor que recélait le ventre de leur abbaye.

Frère Roman fit la moue.

– Franchement, Geoffroi, personne ne va croire à cette fable. Tes désirs de grandeur te font négliger toute sapience, et ton imagination est une rivière en crue qui risque fort de noyer tes projets.

– Au contraire, Roman ! s'exclama l'abbé en levant les bras au ciel.

Ma légende est parfaitement dosée : je m'en réfère à Dieu pour expliquer la présence des reliques, mais je bâtis une histoire imaginaire autour de faits que tous savent authentiques : le premier monastère dans la vallée, l'invasion des Vikings, le refuge sur le mont Scorpion, la construction de la première église, la décadence de l'abbaye, l'incendie…

– Puis, enfin, en notre année 1037, l'arrivée opportune d'un abbé providentiel, ajouta Roman avec ironie.

Geoffroi gardait le silence, trop occupé à prévoir le moindre point, à battre en brèche les futures oppositions à sa fiction, pour s'embarrasser des sarcasmes du moine de Cluny.

– Néanmoins, mon frère, reprit-il d'un ton calme, il ne faut point omettre un détail : la sculpture de la Madeleine, qui doit témoigner de l'ancienneté du culte de la sainte à Vézelay et balayer les doutes des incrédules, a été officiellement réalisée par les moines des années 887-890… Elle doit donc présenter la facture de cette période…

– Le style carolingien.

– Le style carolingien ! répéta l'abbé. Par conséquent, tu dois prendre garde à ne pas te laisser entraîner par la technique que t'a transmise ton maître Pierre de Nevers, mais à soigneusement imiter la patte des anciens…

Roman s'assit sur sa couche et se prit la tête entre les mains. Un long soupir s'échappa de sa bouche fine et sèche.

– Tu exiges de moi une besogne que je ne puis remplir, lâcha-t-il. Cette tâche exige l'art et le cœur d'un sculpteur chevronné ! Regarde autour de toi, observe ces indigentes esquisses… Je suis dénué de cette compétence, Geoffroi. Je ne possède d'ailleurs aucune compétence, si ce n'est celle d'être faible, lâche et enclin à la mélancolie. Mon cœur est desséché et mes mains ne m'obéissent pas… Je vois l'image de la sainte dans mon esprit mais mes mains, mes bras, ce misérable corps…

L'abbé s'approcha et posa ses solides paluches sur les frêles épaules de l'ancien maître d'œuvre.

– Alors, sculpte avec ton âme, Roman. Oublie ton corps décharné et ton cœur dépeuplé. Mets ton âme dans ce morceau de bois. Car ton âme, elle, est une maison habitée.

Ce soir-là, frère Roman ne toucha pas au dîner servi après vêpres. Le souper terminé, il se terra dans sa cabane et attendit complies en regardant, sans bouger, le chapiteau carolingien posé sur le sol de terre battue. Tout son être était figé dans une posture d'attente féconde : c'était comme si s'opérait, au plus profond de lui, une invisible fusion de forces, une mystérieuse synthèse de sentiments et d'élans relégués jusque-là dans une zone obscure de sa mémoire. Il perçut un léger picotement au ventre, un bourdonnement d'oreilles. Son corps, ce fardeau intolérable, n'était plus un poids mais un écrin. Son esprit, peu à peu, s'éloigna du cercle sans fin du remords, de l'indécision et de la culpabilité pour se fixer sur un seul point : le chapiteau de bois, la future statue, l'image animée qu'il portait en lui et qu'il devait transcrire sur le vieux chêne.

La cloche annonçant l'office de complies le tira de sa torpeur. Il se rendit à l'église puis, à l'heure où les moines devaient reposer, il alluma plusieurs bougies et se mit au travail.

Il plaça le chapiteau entre ses jambes. Délicatement, il fit un trou au milieu de la base massive du tailloir et en creusa l'intérieur à la dimension exacte de la côte de mouton. S'il se montrait habile en refermant la cachette et en y gravant « Sancta Maria Magdalena », nul ne pourrait deviner que la future statue était creuse en cet endroit où le chapiteau était le plus compact. Il mit soigneusement de côté la chair du bois qu'il avait extirpée, retourna l'élément et le cala de la même manière. Puis, sans regarder ses ébauches, il se mit à sculpter.

Ce fut un Roman hagard qui se rendit à l'office des vigiles, en pleine nuit, puis à matines. Pas un instant il ne ferma les yeux, même en prière. Le jour naissant s'écoula dans son dos sans qu'il y prenne garde, et il oublia l'office de prime.

Il congédia Geoffroi sans le laisser pénétrer dans sa cellule lorsque ce dernier vint, inquiet, à l'issue de la messe du matin. Mais il prit la miche de pain noir et la cruche de vin que l'abbé lui tendait.

Comme un fantôme il marcha jusqu'à l'église pour tierce, sexte, none et vêpres. Il ne se rendit pas au réfectoire mais trouva, sur le seuil de sa cabane, un petit paquet déposé par l'abbé contenant chandelles, pain, vin, eau et quelques harengs séchés. Il rangea le tout à côté de la première miche qu'il avait à peine entamée et ne s'empara avec satisfaction que des cierges qu'il planta dans la terre, tout autour de la pièce de bois.

Comme la veille, les ténèbres prirent possession du monde sans qu'un instant il s'allongeât.

Lorsque l'orage démoniaque explosa, rien en lui ne frémit. Ses mains, son regard et son âme continuèrent leur chemin intérieur.

Vers la fin de la nuit, il sortit de sa cellule pour chanter matines. Immobile, il contempla les gouttes qui lavaient sa bure de la sciure et l'inondaient tel un flot de baptême.

Quand il revint dans son antre, courbé sous le vent furieux, détrempé par la pluie, il examina son œuvre.

Au centre de la pièce, ceint de petites flammes jaunes dont la cire se répandait comme sur un autel, un buste féminin se dressait. Au milieu d'une effigie à la pureté virginale irradiaient des yeux en amande, aveugles et pourtant scintillants d'une étrange tristesse. Les lèvres et le cou étaient fins, le haut des épaules dénudé, les feuilles, les ramures et les oiseaux de proie du chapiteau carolingien tenaient lieu de robe ou d'étole sylvestre. Les cheveux s'écartaient de la face tels des flambeaux, pour s'écouler sur les épaules en onde agitée. La sculpture dégageait une expression de clarté tourmentée, de nitescence contrariée par un drame intime et absolu.

Frère Roman eut un mouvement de recul et eut la sensation que son sang se figeait. Il regarda ses mains comme on toise un corps étranger, pire, un ennemi mortel. Horrifié, il s'appuya contre la cloison.

Les yeux de chêne le jugeaient, le visage semblait murmurer des mots doux puis hurler de colère et de souffrance. Non. Ce n'était pas Marie-Madeleine qui était sortie de son âme. Il s'agissait d'une autre femme qui, depuis quatorze années, vivait tapie en lui tel un démon, un poison lent et perfide qui s'insinuait dans ses veines, dans sa respiration, dans chacun de ses gestes.

Ce n'était pas Marie-Madeleine. C'était une pécheresse, une païenne qui pour exil avait choisi la mort, une idolâtre qui avait refusé le salut, une martyre sans sépulture, une impie coupable d'hérésie et dont Roman avait assisté, impuissant, au supplice.

C'était le visage de la femme qu'il aimait. Il avait toujours su que le deuil de cette femme lui serait impossible. Mais il avait cru sa passion enterrée, en lieu et place d'un cadavre imaginaire. À présent, il savait que toutes ces années il s'était trompé. Son amour pour elle n'était pas éteint. Il n'avait fait que croître dans le secret de son âme. Cet amour, durant un jour et deux nuits, Roman l'avait sculpté.

Elle s'appelait « Marie » dans la langue de ses ancêtres, de son peuple auquel elle s'était sacrifiée. Marie. Moïra.

Des coups énergiques firent sursauter Roman. Il essuya ses larmes à sa manche rêche et se précipita pour ouvrir.

Ruisselant, Geoffroi fit irruption dans la cabane. S'il consentait à respecter le travail et les lubies de l'artiste, sa curiosité proverbiale ne pouvait plus supporter d'attendre, bras croisés, le résultat final. Il lui fallait jeter un œil sur l'état d'avancement de sa statue. Il avança dans la cahute.

Roman ouvrit la bouche pour prévenir l'abbé de son échec : une fois de plus il avait failli et Geoffroi avait eu tort de lui faire confiance ; la sculpture était ratée et tout était à recommencer ; mais il n'en avait plus la conviction ni la vigueur, son ami devait trouver un autre sculpteur et...

Les mots ne franchirent pas les lèvres de l'ancien maître d'œuvre. Muet, livide, Geoffroi était tombé à genoux devant la statue. Par la fenêtre, Roman vit le rideau de pluie transpercé par les lames des premières lueurs. Sur le sol de terre, un à un les cierges mouraient dans une flaque de cire et un petit filet de fumée noire. Au bord du cercle blanc, l'abbé agenouillé se signa.

– Roman, articula-t-il avec peine, la gorge strangulée par l'émoi. Roman, c'est... c'est un chef-d'œuvre... Elle vit... Seul le Très-Haut... l'Éternel... Jamais être humain ne pourra mieux montrer l'âme de celle qui a répandu ses caresses et ses larmes, sa chevelure et son parfum sur le Seigneur... Sa préférée, les yeux et le cœur de la Résurrection... dévorée d'amour et de douleur... la belle, l'ardente, la solitaire... Marie-Madeleine, la pécheresse des Évangiles !

28

LA CHALEUR est si ardente que Livia a l'impression d'être au milieu d'un feu. Mais elle ne voit aucune flamme. Elle est perdue dans un brasier sans étincelle, un bûcher dénué de crépitement, de lumière, obscur et nébuleux comme une nuit de brume. Dans un fracas d'épouvante, des poussières brûlantes et des pierres poreuses tombent sur la jeune femme. Elle ignore où elle se trouve. Elle semble seule sous la pluie insolite. Puis elle entend des cris, des gémissements d'horreur, et elle remarque des inconnus qui courent en tous sens, comme des bêtes terrifiées. La panique la submerge, elle hurle, elle suffoque de chaleur autant que de frayeur. Enfin, elle s'éveille.

Les couvertures de son grabat sont trempées de sueur. Le traversin de foin est humide et sa peau suinte la peur. Respirant à grand-peine, elle s'assoit sur sa couche en se frottant les yeux. Le feu… cela fait si longtemps qu'elle n'a plus fait le funeste cauchemar du feu… La dernière fois, c'était il y a neuf années, avant l'incendie du Capitole et l'assassinat de son ancien maître, le mari de Faustina. Doit-elle voir dans ce rêve un sombre présage de Dieu, l'éminence d'une catastrophe ? À moins que le songe n'annonce le Jugement dernier et la résurrection des morts. « Nous sommes le matin de la Pâque de la neuvième année du règne de Vespasien*, le jour anniversaire du dernier repas de Jésus. Se peut-il que je revoie bientôt mes parents et mes frères, dans leur âme et dans leur chair ? » se demande-t-elle en posant

* Soit en avril 78 après J.-C.

ses pieds nus sur le *toral* rêche. « Vont-ils apparaître dans les flammes divines, suffocantes et invisibles, tandis que les incroyants seront asphyxiés par le souffle de Dieu ? » Elle s'agenouille, verse sur ses mains et son visage de l'eau qu'elle puise à un broc de terre, se couvre la tête, fait sa première prière et conclut : « Seigneur, que votre dessein s'accomplisse, amen… »

Elle coiffe et attache ses cheveux, se vêt et sort dans le couloir du quartier servile. Les taches blêmes sur le mur du corridor témoignent que l'aube est en train de naître. Les bruits furtifs émanant des cellules indiquent que les autres esclaves sont éveillés. Néanmoins, elle longe le boyau à pas de loup. Au moment où elle s'apprête à tourner pour déboucher dans l'*atrium*, la voix de l'intendant interrompt sa marche. La pièce où il loge avec sa femme est à la lisière du cantonnement des domestiques, tel un verrou clôturant les deux mondes, une sentinelle régissant l'accès à la prison et à la liberté.

– Où vas-tu ? demande Ostorius sans autre forme de bonjour.

– À mon travail, répond sèchement Livia.

– Inutile, le maître dort encore. Entre un instant.

Livia remarque avec dépit que Bambala est déjà partie aux cuisines afin d'y démarrer le feu. Ostorius est seul. À regret, elle aborde le seuil de la vigie éclairée par une minuscule fenêtre qui donne sur la rue.

– Approche, ordonne l'intendant en lui tendant un verre d'eau.

Livia fait un pas en avant et saisit la coupe de bois. La chambre est propre, meublée d'un lit double, d'un *toral*, d'une lampe et d'un vieux coffre.

– Cesse d'avoir peur de moi, dit Ostorius d'une voix douce, je ne suis pas le monstre que tu penses.

L'esclave songe que si elle crie, les esclaves voisins ne manqueront pas de l'entendre. Cette perspective la rassure.

– Je m'y suis plutôt mal pris avec toi jusqu'à présent. Tu vois, j'admets mes torts…

Son visage roux et glabre se fend d'un sourire qui découvre ses dents jaunes. Livia note que le nerf de bœuf est à l'autre bout de la pièce.

– C'est que, ma vie n'est pas simple… la responsabilité de la *domus* est écrasante. Avant, du temps de la maîtresse, Galla Minervina disait exactement ce qu'elle voulait, c'était plus facile malgré les réceptions et les mondanités qui causaient beaucoup de travail… Oui, c'était plus facile. Aujourd'hui, le maître ne s'occupe que de ses livres et il est malaisé de savoir ce qu'il désire… Comme lui, nous vivons un peu hors du monde et cette sensation me pèse, me rend malheureux, même… Ma chère Bambala ne le comprend pas. Il faut dire qu'elle n'est pas née dans cette maison, elle n'a pas connu les parents du maître, à peine a-t-elle servi Galla Minervina, qui est morte un an seulement après notre mariage. Mon épouse n'a pas vu la gloire de cette famille se faner, le prestige de notre demeure s'éteindre… Elle s'occupe de sa cuisine, sans sentir le poids qui étreint mon cœur…

– Bambala est une véritable artiste dans son domaine, réplique Livia. Les mets qu'elle prépare égalent ceux des meilleures tables de Rome.

– Je ne dis pas le contraire ! Elle est très capable… mais son talent n'excuse pas la rudesse de son comportement, ni la sécheresse de son âme possessive. J'ai besoin d'autre chose pour être heureux, tu comprends, de douceur, de tendresse…

Le regard suggestif d'Ostorius cherche les prunelles de Livia. Cette dernière se dérobe, furieuse du changement de stratégie de l'intendant. Il tente de la prendre par les sentiments… c'est pire que la violence dont il a fait preuve il y a six jours, qui avait l'avantage d'être limpide.

– Je vous suggère d'aller acheter tout cela au lupanar, répond-elle durement. Pour ma part, je ne peux rien pour vous. Libre à vous de tenter l'intimidation, la force, l'amabilité, la corruption, toutes les tactiques que vous voudrez, mais vous n'obtiendrez pas de moi ce que vous cherchez.

Elle pose le verre auquel elle n'a pas touché, tourne le dos à l'intendant et se dirige prestement vers l'*atrium*, laissant Ostorius à sa frustration. « Sans doute est-il réellement triste et accablé, pense-t-elle en laissant place à la pitié. Néanmoins, je ne serai jamais à lui. Jamais ! » Elle décide de ne plus trembler devant cet être faible et malheureux.

– Lorsque nous sommes arrivés à Pompéi, vous avez dit que l'Olympe était vide. Est-ce à dire que vous ne croyez en aucun dieu ?

Livia est derrière le pupitre en marbre de la bibliothèque. Javolenus est accoudé au lit, vêtu de son éternel *pallium* brun-noir qui ressemble à un vêtement de deuil. Comme chaque Romain, il boit un verre d'eau en guise de petit déjeuner. Ses traits sont tirés, ses yeux cernés, sa barbe et ses cheveux mal peignés. Assurément il a passé une mauvaise nuit. À en juger par son aspect, il a peut-être travaillé jusqu'à l'aurore. Néanmoins, lorsque Livia est apparue sur le seuil, il semblait l'attendre. Mais il a refusé de lui dicter des lettres.

Fidèle au pacte qu'ils ont scellé six jours plus tôt, l'esclave ose donc s'enquérir de ses croyances, question qui la taraude depuis qu'elle a été léguée au philosophe et qui a l'avantage de tenir à distance, croit-elle, sa passion pour son maître. Javolenus sourit en tournant son visage chiffonné vers son secrétaire. Il s'éclaircit la voix avant de répondre.

– Les statues de Vénus, Hercule, Bacchus, Jupiter, Junon et Minerve trônent dans mon jardin, je possède l'un des plus riches laraires de la cité, et je t'ai montré les peintures narrant l'initiation au culte de Dionysos dans la villa de ma fille, en t'expliquant que les dieux étaient les garants de notre civilisation...

– Vous respectez les fondateurs de Pompéi et la triade du Capitole, résume Livia, vous honorez vos ancêtres en vertu d'un attachement sensible et sincère, vous estimez les mythes, les héros et les dieux pour des motifs qui me semblent culturels et politiques. Mais vous méprisez Isis et Osiris, vous n'allez jamais dans les temples et n'offrez pas de sacrifice...

– Tu en conclus que mon existence est dénuée de divin ? C'est amusant ! Mon amie, ton raisonnement est juste mais ta conclusion est erronée, car c'est tout le contraire : ma vie est gouvernée par Dieu, le monde est régi par Dieu !

– Mais quel est donc votre Dieu et où-est-il, puisque, selon vous, il n'habite ni dans les temples ni sur l'Olympe ? demande-t-elle en notant avec délectation les mots « mon amie ».

– Dieu ne demeure pas *uniquement* dans les sanctuaires car il est partout ! répond-il en riant. Dieu est un être parfait, le grand ordonnateur de l'univers, l'esprit architecte qui se répand dans la totalité du monde, dans l'homme et dans la nature... « Le monde est Dieu et l'ensemble du monde est embrassé par la nature divine », a écrit Cicéron.

Livia s'interroge : se peut-il que les croyances de cet homme soient plus proches des siennes qu'elle ne le pensait ?

– Vous croyez donc à un Dieu unique, comme les Juifs et les chrétiens ?

– Je crois à un Dieu universel qui a plusieurs noms, aucune forme mais se transforme en tout. En Zeus, en Jupiter, en Bacchus, en

Vénus, en Minerve, mais aussi en fleur, en rivière, en pierre, en être humain, en animal, bref, en matière, car Dieu est un corps pur, un souffle igné doué d'intelligence qui circule à travers la matière comme une semence.

Livia est surprise de découvrir chez lui une conception divine si éloignée de la sienne. Si Dieu est le créateur du monde et de chaque être vivant dans l'univers, il ne saurait habiter dans une rose, un chien ou un bloc de tuf ! Dieu est unique, il parle aux prophètes et, un jour, il a offert aux hommes Jésus, l'Élu, son Messie...

– Donc vous priez les arbres, l'herbe, la mer et les oiseaux ? demande-t-elle avec une pointe d'ironie.

Javolenus sourit avec tendresse à son esprit moqueur.

– Je ne prie pas, Livia. Je m'adresse à mes ancêtres, certes, mais prier Dieu est inutile puisqu'il est impersonnel.

– Mais... mais alors... sans prière, comment vous reliez-vous à lui ?

– Par la raison, ma chère. Car la raison est l'unique loi divine, et s'y soumettre est obéir à Dieu et à l'ordre parfait du monde.

– Tout cela est bien abstrait...

– Je le conçois, dit le philosophe. Rassure-toi, pour chaque prétendant à la sagesse stoïque, vivre selon la raison demeure un chemin compliqué et semé d'embûches... Vois-tu, Dieu n'a pas révélé aux hommes sa parole et sa loi de manière verbale, extérieure et péremptoire, puisqu'il n'est pas humain, mais réside en chaque chose. Donc, où est sa loi ? Partout dans la Nature, puisque la Nature est Dieu. Comment respecter Dieu ? En vivant selon les lois de la Nature. Comment accéder à ces lois ? En se connaissant soi-même, en connaissant le monde et en l'acceptant tel qu'il est puisqu'il est l'ordre voulu par Dieu.

– Je comprends mieux la logique de votre pensée. Quelles sont les lois de la Nature ?

– Elles découlent de la contemplation du monde où le chaos n'est qu'apparent, puisque tout est gouverné et réglé par Dieu... Donc il n'y a pas de spontané ni de hasard, l'homme doit accepter la volonté de Dieu, c'est-à-dire son destin, la raison du monde. Tout ce qui lui arrive est bien et juste car la Nature – donc Dieu – l'a décidé ainsi. La révolte est vaine et inutile. Nul ne sera heureux s'il n'accueille avec joie et sérénité sa condition et les événements qui surviennent, quels qu'ils soient.

– Même la maladie ? demande Livia. Même la morsure du serpent ? Même un tremblement de terre ?

– Chrysippe avait coutume de dire que l'homme n'est pas omniscient et que l'utilité des animaux dangereux et des plantes vénéneuses nous échappe mais est connue de Zeus... et le mal peut avoir son utilité quand il est nécessaire à l'apparition d'un plus grand bien. Regarde comme nos maisons sont plus belles qu'avant le cataclysme, et notre bonheur plus grand car nous avons failli le perdre ! La plupart du temps, les événements dont tu parles naissent de la déraison de l'homme qui refuse de vivre en accord avec la Nature et donc s'insurge contre la loi divine.

Livia réfléchit.

– Hum... murmure-t-elle. Donc le mendiant doit se réjouir d'être mendiant, et l'esclave d'être esclave ?

– Il ne convient ni de se réjouir, ni de se lamenter, et en aucun cas de se rebeller, précise le stoïcien, il faut accepter le mouvement éternel, continu et réglé qu'est le destin, et jouer du mieux que l'on peut ce rôle que Dieu nous a assigné à la naissance. La Nature dispense différemment la vertu ou le talent, selon les êtres ; certains sont faits pour commander, d'autres pour obéir. Mais cela importe peu : un premier rôle joué par un mauvais acteur ne vaut rien. Ce qui compte, pour mon ami Épictète, est de « bien jouer le personnage qui t'a été donné, mais c'est à un autre de te le choisir ».

– Contrairement à ce que la plupart des païens prétendent, répond Livia, les adeptes de Jésus ne sont pas non plus des rebelles rétifs à l'ordre terrestre, et nous ne prônons pas la révolte des faibles contre les forts, des pauvres contre les riches, des chrétiens contre Rome.

– Tu vois que nous avons des points communs ! s'exclame le philosophe, enchanté.

– Néanmoins, poursuit l'adepte de la Voie, si Jésus ne remet pas en cause notre société, c'est parce que tous les hommes sont égaux, en dignité, devant Dieu. Pour nous, celui qui commande ne vaut pas plus que celui qui obéit, qu'il joue bien ou mal son rôle. Car nous nous valons tous et sommes tous frères.

– Nous ne pourrons tomber d'accord sur ce point de morale, objecte le stoïcien. Si la communauté humaine est universelle, elle ne peut être constituée d'individus comparables et identiques. C'est insensé.

– Je n'ai pas dit que les hommes étaient comparables en qualités, précise l'esclave, mais en dignité.

Javolenus reste songeur.

– En t'écoutant et en me souvenant de ce qu'on m'a raconté des croyances de ta secte, je note des similitudes avec la sagesse stoïcienne. Notamment dans le rejet des passions, le mépris des biens terrestres et l'affirmation de la liberté intérieure.

– Si le fondement de votre doctrine est la Nature, le socle de ma religion est en effet la liberté, admet Livia. Mais où est la vôtre quand pour vous, tout est prédestiné ?

Javolenus ne s'attendait pas à autant d'à-propos de la part d'une esclave à demi inculte. D'un côté, les dispositions de Livia à la logique le charment, mais de l'autre, la contradiction qu'elle lui apporte pique sa fierté de savant.

– La soumission au destin divin n'oblitère pas le libre arbitre de l'homme, répond-il d'un air docte. Il s'agit simplement de distinguer liberté et folie, sagesse et déraison. Je m'explique : « La liberté consiste à vouloir que les choses arrivent, non comme il te plaît, mais comme elles arrivent », m'a écrit Épictète. Sur ce qui ne dépend pas de nous mais de la Nature donc de Dieu, c'est-à-dire le corps, les biens, la réputation, les dignités, nous n'avons aucune emprise et il convient de rester ferme et tranquille. Sur ce qui dépend de nous : nos opinions, nos mouvements, nos désirs, nos aversions, en un mot, nos actions, nous pouvons influer : là est le siège de notre liberté, et du travail des adeptes de notre école. Comment être libre ? En devenant sage, donc autonome, sans passion qui emprisonne, sans douleur qui est une contraction déraisonnable de l'âme, sans hypocrisie, sans pitié, sans crainte de la mort, sans chagrin ni envie ni agitation… pour atteindre « l'ataraxie », l'état de non-trouble. Celui qui accède à cette sérénité est libre même dans les chaînes, est riche même s'il est pauvre.

– Donc la liberté suprême est le calme parfait ?

– En quelque sorte, oui… et le bonheur est le cours harmonieux de la vie.

– J'imagine cette quête intérieure mais je me demande si quelqu'un est déjà parvenu à cet état que vous décrivez ! s'exclame Livia en songeant à ses propres efforts de maîtrise de soi. C'est au-delà des forces humaines !

– La sagesse absolue est inaccessible aux hommes, en effet, concède le philosophe. Mais nous pouvons tenter de nous en approcher à travers des règles de vie que nous appelons des « conduites convenables », qui sont celles que la raison commande : respecter les dieux et sa famille, être pondéré en toutes choses, fuir les festins, les jeux et les honneurs, être heureux même dans le danger, le mépris et la calomnie, cesser d'avoir peur de la maladie, de l'exil, de la prison et du trépas, ne pas s'attacher aux plaisirs, aux biens et aux êtres terrestres qui nous seront arrachés par la mort, ne plus souffrir, oui, ne plus souffrir…

Livia sent que son maître est encore loin de cette sagesse qu'il défend. Sa douleur est palpable, ses yeux sont perdus dans le lointain, au sein d'un passé qu'il ne parvient pas à oublier malgré ses préceptes. Effacer les passions est également son désir. Bannir la souffrance est le rêve de chaque être humain, une utopie certes sage, mais inaccessible… Elle réalise que l'idéal stoïcien est aussi cohérent qu'admirable, néanmoins il s'adresse non à des hommes, mais à des dieux.

– Je comprends pourquoi vous avez décelé une parenté entre la liberté des stoïques et celle de Jésus, dit-elle doucement. Nous aussi aspirons à la pureté et rejetons l'amour passion, la fornication, l'avarice, la tristesse, l'orgueil et autres poisons de l'âme. Mais notre conclusion est différente de la vôtre… notre chemin aussi. Votre liberté, il me semble, réside dans le renoncement, l'ascétisme, en vue de toucher la sagesse, quand les disciples du Christ choisissent une autre clef : l'amour, un autre but : la rédemption. À la place de la raison nous brandissons la foi, à votre sagesse métaphysique nous préférons le salut individuel, au destin anonyme et aveugle dicté par votre divin impersonnel nous opposons l'amour inconditionnel d'un Dieu personnel et de son envoyé, Jésus, un homme humble et bienveillant qui a été crucifié et est ressuscité d'entre les morts…

– Nous y voilà ! persifle Javolenus.

Surprise, Livia a un mouvement de recul.

– Pardon, je… bredouille-t-il. Excuse-moi, Livia, mais malgré l'enseignement de mes maîtres, j'ai du mal à garder mon calme face à de telles inepties. Je peux admettre d'autres versants de ta religion, mais cela, c'est… inacceptable, inconcevable ! Comment une femme si intelligente peut-elle sombrer dans la déraison au point d'embrasser cette fable de prophète tué et ressuscité ? Si ton Jésus est homme, il est donc mortel ! S'il est mortel, il ne peut revenir d'entre les morts ! Aucun être humain ne le peut, même les héros défunts ne sortent pas du Tartare… D'après les poètes, seuls les dieux détiennent le pouvoir de ramener des mortels à la vie. Ces légendes sont tragiques et sublimes mais elles ont été créées de toutes pièces par Hérodote, Eschyle, Sophocle, Homère, Virgile, Ovide et tous nos grands conteurs afin de divertir et d'édifier les hommes ! Eux-mêmes n'y croyaient pas ! Il s'agit de séparer authenticité et mythe, réalité et invention littéraire ! Tu dois apprécier la beauté de ton histoire de résurrection mais ne peux la tenir pour véridique…

Lentement Livia se lève, contourne le pupitre et s'y adosse, faisant face au philosophe assis sur son lit de bronze. Elle ne tremble pas, son âme est tranquille et sereine, lavée de son amour pour Javolenus par un amour plus grand encore.

– Je sais que la résurrection du Christ est aussi difficile à envisager pour vous que votre gouvernement de la raison l'est pour moi, répond-elle calmement. Nous ne nous entendons pas sur ce point car nous usons d'armes de compréhension non seulement différentes mais incompatibles.

À cet instant, Livia songe à son oncle Tiberius. Cela fait si longtemps qu'elle n'a plus pensé à lui, ni à sa tante Tullia ! Sont-ils encore en vie ? Elle l'ignore et n'en a cure, même si, avec le temps, elle leur a pardonné leur trahison. Elle se souvient que le premier, le frère de son père avait brandi l'antagonisme fondamental entre païens et chrétiens.

– Voyez-vous, reprend-elle, pour admettre la résurrection, la raison, pilier de votre philosophie, est impuissante.

– Comment peut-elle l'être alors qu'elle est non seulement le « pilier de ma philosophie », comme tu dis, mais celui du monde !

– Parce que notre cosmos ne s'embrasse pas seulement avec la logique rationnelle mais aussi avec la foi, c'est-à-dire la confiance en la parole d'un être exceptionnel nommé Jésus. Nous le croyons car il est digne de foi, de son vivant il a opéré des miracles que des hommes et des femmes ont vus de leurs yeux, par exemple il a guéri des malades et a lui-même ressuscité un mort, Lazare. Après son exécution, des femmes venues embaumer son corps ont trouvé le tombeau vide…

– On avait volé sa dépouille ! objecte Javolenus.

– Non, il est ensuite apparu aux femmes ainsi qu'à ses autres disciples ; il pouvait à la fois franchir les portes closes et manger. Il possédait certes un nouveau corps, mais il était revenu d'entre les morts.

– Et où se dissimule ton ressuscité, maintenant ? ricane Javolenus. Dans une grotte ?

– Il a quitté la terre pour qu'on ne s'attache pas à lui comme à une idole... Mais avant son ascension, il a béni les apôtres et leur a demandé d'aller répandre sa parole dans le monde entier... Ainsi, par son absence physique, il devient présent dans nos cœurs... Sa dernière parole fut : « Et moi je suis avec vous pour toujours jusqu'à la fin du monde. »

Le stoïcien sourit.

– Avant de s'envoler vers l'éther, a-t-il laissé des écrits, ton Jésus ? Un recueil de sa pensée ?

Livia songe au message caché qu'elle porte en elle.

– Non, répond-elle. Ceux qui l'ont connu ont raconté, et ceux-là le racontent à d'autres... Il existe bien les Actes des Apôtres et les lettres de Paul, mais pour l'essentiel, sa parole se répand oralement.

– Donc tes croyances sont basées sur des témoignages verbaux ? Les allégations de femmes, de Juifs et d'esclaves constituent pour toi les preuves irréfutables de l'existence de ton Dieu et de son envoyé faiseur de sortilèges, décédé, sorti de l'Hadès puis monté au ciel par sorcellerie ?

– Vous êtes très érudit, dit-elle en souriant, mais vos sarcasmes sont ceux d'un ignorant qui méconnaît la Bonne Nouvelle de Dieu, la parole du Christ. Or c'est elle, vivante, charnelle, altruiste et indulgente, qui est la garante de notre foi, et non les dieux du panthéon ou un esprit immatériel et muet qui résiderait dans cette table ou dans ce verre d'eau.

– Je t'écoute, raconte-moi ces mots magiques ! dit-il en s'accoudant au lit.

– Il n'y a aucune magie, mais un seul mot : amour, prononce-t-elle les yeux brillants. Dieu a créé le monde par amour et aime chaque être humain d'un amour infini. Il n'est pas un juge redoutable, mais un père qui console ses enfants. C'est ce que Jésus, son envoyé, son fils bien-aimé, est venu nous dire. Il l'a aussi prouvé par ses actes : il a aimé et respecté tous ceux qu'il a rencontrés, sans distinction de sexe, de caste ou d'âge. Il aimait les enfants comme les vieillards, les riches comme les pauvres, les savants comme les incultes, les hommes comme les femmes, les sages et les vertueux comme les pécheurs et les prostituées. Il a accepté de mourir sur la croix par amour pour nous et par le signe de sa résurrection, il nous a montré qu'il était encore vivant.

Nous autres, ses disciples, nous restons reliés à lui par la prière et il continue d'intercéder pour nous auprès de son Père. Quand je ferme les yeux et que je rentre au fond de moi, je sens sa présence aussi brûlante que miséricordieuse. C'est là qu'il habite : dans nos cœurs, maison du sentiment, et non dans notre tête, siège de la raison. Ma foi n'est en rien une discipline rigoriste tendant à la suprématie de l'esprit mais bien un cœur à cœur amoureux avec Dieu.

Javolenus semble avoir perdu son ironie. Il lève les yeux vers le visage ému de son secrétaire. C'est la première fois que Livia tente d'expliquer ses croyances à un païen. Elle ne cherche pas à le convertir. Elle souhaite qu'il connaisse ce qu'elle a de plus cher, de plus intime, qui a bouleversé son destin et qui scelle son identité. Face à son maître, elle se sent à nu. Mais elle ne baisse pas son regard mauve.

– À première vue, ton Jésus paraît complaisant et faible, dit-il. Mais sa feinte humilité ne m'abuse pas : remplacer la foudre, la colère, le grandiose, la vengeance et la toute-puissance par l'amour et la miséricorde est habile… Un être qui pardonne, qui est proche et accessible, comme un amant ! C'est très adroit… Résoudre la peur de la mort par une promesse de vie éternelle et de résurrection, quelle astuce ! Ton prophète possédait une vive intelligence et une âpre connaissance des hommes… Je serais curieux de connaître sa formation… mais ne puis adhérer à ses boniments. Quant à tes soi-disant « témoins » qui l'ont vu ressuscité, leur volonté absolue de découvrir leur héros vivant a provoqué de graves hallucinations… Toutefois, permets-moi de te prédire un bel avenir pour ta religion, car elle est faite pour les ignorants, les poltrons et les êtres primaires, donc la majeure partie de la population.

– « Heureux les humbles », disait Jésus, répond Livia, meurtrie par la conclusion de son maître. Heureux ceux qui croient au lieu de raisonner. Ils sentent avec leur cœur quand d'autres se perdent dans l'orgueil de l'esprit. En effet, ma religion est l'antithèse de votre vaniteuse et élitiste philosophie. Elle s'adresse aux gens simples… dont je suis.

– Je ne voulais pas te blesser, mon amie…

– Par quelle équation votre Zénon et votre Chrysippe résolvent-ils le problème de la mort ? demande-t-elle brutalement.

– Eh bien… nous sommes un fragment du cosmos car la mort ne saurait être une fin ; dans l'univers bien réglé et éternel, nous passons d'une forme à une autre au sein de la Nature, selon l'ordre voulu par Dieu.

– Donc selon votre destin aveugle vous revenez à la vie sous forme de poireau, de datte ou de grenouille ?

Javolenus éclate d'un rire jovial.

– Ah, Livia ! Tu es incorrigible ! Mais je te remercie… cela faisait si longtemps que je n'avais ri !

Toujours adossée à la table, Livia découvre ses dents parfaites. Sa rancœur vis-à-vis de Javolenus a fondu.

– Vous avouerez tout de même, renchérit-elle, que la réponse de Jésus est plus… attrayante que celle de vos maîtres !

– Je te l'accorde, très chère, oui, tu gagnes sur ce point ! Ha, ha, ha ! L'invention de ton illuminé – la résurrection – est très performante !

Livia se rembrunit. Sans qu'elle ait pu le maîtriser, le chagrin jaillit soudain des profondeurs de son âme.

– Il ne s'agit pas d'un jeu, murmure-t-elle. « S'il n'y a pas de résurrection des morts, alors le Christ non plus n'est pas ressuscité. Mais si le Christ n'est pas ressuscité, vide alors est notre message, vide aussi notre foi », a écrit Paul aux Grecs de Corinthe. Mes parents, mes frères, Magia et moi sommes symboliquement morts dans une source du Tibre et sommes ressuscités à la vie authentique, des mains de Paul, l'auteur de ces mots, par ce que nous appelons le baptême. Désormais, nous faisons partie d'une communauté, celle des êtres voués à l'éternité, nous ne craignons plus la mort car nous savons qu'un jour, nous serons à nouveau réunis. Comprenez-vous ce que cela signifie ? Que si le Christ est revenu d'entre les défunts, alors ma famille n'a pas péri pour rien, elle vit aujourd'hui dans le plus grand bonheur auprès de Dieu !

Javolenus ne rit plus. Il se lève et s'approche de Livia dont les yeux sont embués de larmes. Il s'empare de ses mains qu'il serre fortement dans les siennes.

– Je comprends très bien, murmure-t-il d'une voix tremblante. Je sais que tes convictions t'aident à vivre et à garder espoir. Je ne puis adhérer à ces croyances qui pour moi sont erronées. Mais je partage ta douleur, Livia, crois-moi… Si je pouvais être certain de revoir un jour ma défunte femme !

Au soir de ce jour de la Pâque, Livia est à genoux, dos à la porte de sa cellule. Après s'être nettoyée dans une sommaire bassine qui trône dans un coin, elle célèbre le dernier repas de Jésus. Elle songe au Seigneur lavant les pieds de ses disciples, à l'annonce de la trahison de Judas, au futur reniement de Pierre, puis elle rompt le pain en chuchotant :

– « Prenez, ceci est mon corps. »

Elle en mange un morceau. Elle lève devant elle une coupe de bois remplie de vin pur en murmurant :

« Ceci est mon sang versé pour vous, le sang de l'alliance qui va être répandu pour la multitude. »

D'un trait, elle vide le calice. Un peu étourdie par le vin non coupé, elle joint les mains, ses mains que son maître a touchées ce matin, a blotties contre les siennes. À cette pensée, elle frémit et en appelle à celui qu'elle voudrait sentir comme l'unique habitant de son cœur.

– Seigneur Jésus, aie pitié de moi... Fils de Dieu vivant, aide-moi... mes entrailles me brûlent... Aide-le, délivre-le de son chagrin... Christ... Je suis en joie et en peine... Je voudrais n'aimer que toi... Christ... que ton souffle s'empare de mon esprit... Christ... Aie pitié... aie pitié...

29

Il est des lieux où souffle l'esprit, songea Johanna en se remémorant les premiers mots du célèbre roman *La Colline inspirée*. Des lieux qui tirent l'âme de sa léthargie, des lieux enveloppés, baignés de mystère, élus de toute éternité : la prairie de Lourdes, la montagne de la Sainte-Baume chère à Marie de Béthanie, le rocher de la Sainte-Victoire, la colline de Vézelay, la lande de Carnac, les bois de Brocéliande, le Mont-Saint-Michel… Maurice Barrès aurait pu citer Pompéi, même si la cité fantôme n'est pas en France… Pourquoi n'a-t-il pas évoqué Pompéi à propos de ce souffle surnaturel ? »

Sous le hâve soleil de décembre elle marchait dans la rue de l'Abondance, un plan à la main, découvrant le Forum, la poésie des ruines et l'atmosphère étrange qui baignait le lieu. À cette période de l'année les touristes étaient rares et, dans le silence, les pierres de Pompéi se racontaient à celle qui savait les entendre. « Parce que le mystère qui se dégage de cette ville, pensa-t-elle, pour être aussi ensorcelant, est complètement différent de celui du Mont-Saint-Michel ou de Vézelay… Ici, l'émotion n'est pas d'ordre mystique… Je ne perçois aucune inspiration céleste et transcendante… Non. La sensation est tragique et immanente, elle se dégage de ces colonnes brisées, de ces villas arasées et des cadavres moulés, momifiés dans la souffrance. Les escaliers des maisons ne mènent pas au ciel, mais au néant… Cette essence n'est pas spirituelle, elle est cruellement et bassement humaine… C'est comme si Dieu était mort, brutalement, un matin d'août… Les pierres crient la douleur, la fin de l'espoir, la chute définitive du bonheur… Ici, la mort est dénuée de rédemption. Le temps demeure figé sur la seconde suprême et atroce. C'est cela qui attire les gens, qui fascine les foules... la concrétisation du rêve universel de la suspension du temps... de l'éternité du présent... et tant mieux si tout s'est arrêté sur un cauchemar... Serions-nous autant envoûtés si les aiguilles de l'horloge étaient bloquées sur des scènes de joie et de bien-être ? La dimension pathétique, l'effet de surprise, l'horreur palpable rendent l'immobilité de l'instant plus intelligible... Nulle part ailleurs l'homme n'a vaincu l'impermanence du monde. Ici, le Vésuve, en paralysant le temps, nous donne une idée de l'infini. »

Pourtant, ce n'était pas ce que Johanna était venue chercher à Pompéi. Elle était arrivée la veille au soir et Tom, de l'aéroport, l'avait conduite chez lui, à Naples, au dernier étage d'un vieil immeuble délabré, entre le Palazzo Reale et le Castel Nuovo, dont la vue plongeait sur les ferrys en partance pour les îles d'Ischia, de Procida et de Capri. Dans la voiture, les angoisses de Johanna avaient afflué avec la densité de la circulation, le vacarme de la métropole méditerranéenne, ses odeurs inconnues, sa saleté et sa mauvaise réputation. Tendue sur son siège, strangulée par l'anxiété, elle n'avait pu expliquer à son ami les raisons de son arrivée impromptue. Mais sur le balcon de fer forgé, un verre de vin du Vésuve à la main, face à la baie envahie par la nuit, les lumières et les sirènes de bateaux, elle avait tenté de le persuader qu'elle était venue l'aider : elle demeurait convaincue que le meurtre des deux archéologues et les fouilles de Tom étaient liés. Qui d'autre qu'elle-même pouvait comprendre ce qu'il ressentait, le soutenir dans l'épreuve et lui prêter main-forte afin d'identifier l'assassin ?

« Jo, c'est de la folie, avait objecté Tom. Sur un coup de tête tu abandonnes ton chantier pour venir faire le boulot de la police italienne ?

– Werner s'en sortira très bien sans moi. Rassure-toi, je ne compte pas remplacer les carabiniers, je veux juste humer l'atmosphère et l'ambiance de tes fouilles, rencontrer ton équipe... Ayant vécu des événements similaires, je suis sûre que je peux déceler des choses qui vous échappent...

– Et ta fille ? Tu m'as dit qu'elle était malade... Et Luca ?

– Luca est en tournée aux États-Unis, je ne le reverrai pas avant Noël. Quant à Romane, elle va beaucoup mieux, mentit Johanna qui n'avait rien révélé à Tom des séances d'hypnose et n'entendait pas l'informer de la vraie raison de sa présence. Isabelle s'occupe d'elle.

– Je te préviens, Jo, il n'est pas question que tu t'immisces dans notre travail et que tu touches à un outil. C'est mon chantier et...

– Ne crains rien, Tom. Je suis là uniquement par amitié, parce que j'ai peur pour toi et je veux éviter qu'il t'arrive la même chose qu'à moi. Ou pire...

Touché par cet argument, l'antiquaire avait accepté, à contrecœur, d'emmener Johanna à Pompéi dès le lendemain matin.

À l'orée de la porte Marine, il lui avait demandé de l'attendre car il avait rendez-vous dans les bureaux de la surintendance archéologique. Elle avait répliqué qu'elle en profiterait pour découvrir le site et s'égarer dans le méandre des rues, des temples et des villas qu'elle visitait pour la première fois. Tom l'avait munie d'un plan des excavations où il avait entouré son chantier d'un cercle de crayon noir. La médiéviste avait dit qu'elle le retrouverait là-bas et s'était élancée vers les vestiges en pensant à Romane, au papyrus sur lequel la mystérieuse Livia avait écrit la parole secrète du Christ, la clef qui délivrerait sa fille de ses mortelles hantises et qui était dissimulée, Johanna n'en doutait plus, quelque part dans cette ville, sans doute sur le chantier de Tom ou à proximité. Ces mots inconnus, elle le sentait, étaient à l'origine de l'assassinat de James et de Beata, mais ils sauveraient Romane. Il fallait qu'elle les arrache à ces ruines, à tout prix, même si pour cela, elle devait sacrifier sa vie. L'ancienne Johanna, l'archéologue guerrière, obstinée et passionnelle renaissait de ses cendres.

– Pardonnez-moi... êtes-vous Johanna de Vézelay ?

Elle sourit à un homme d'une trentaine d'années, en refrénant son envie de répondre qu'en ce moment, elle se surnommerait plutôt Johanna du Mont-Saint-Michel.

– Je suis Philippe, l'assistant de Tom, dit le pompéianiste en lui serrant la main. Il vient de m'appeler pour me prier de vous accueillir et de vous guider dans ce dédale...

– Vous êtes français ?

– De la butte Montmartre ! Je travaille ici depuis deux ans.

Philippe était joli garçon : brun, les cheveux frisés, les yeux noirs, le teint doré et une barbe de trois jours, une mine avenante et sympathique, malgré une curieuse tache sur l'œil droit.

– Je pense que j'aurais trouvé seule mon chemin grâce à ce plan, dit-elle, mais puisque vous êtes là, je vais profiter de vous... L'Antiquité n'est pas ma partie... Comment a-t-on pu oublier Pompéi et Herculanum pendant seize siècles puis en faire les objets d'un tel engouement ?

– D'abord, commença le spécialiste, vous devez savoir que Pompéi et Herculanum sont très différentes : Pompéi était un centre économique important, tandis que sa voisine était une petite station balnéaire pour résidents fortunés. La catastrophe du 24 août 79 ne les a pas touchées de la même manière : Herculanum, plus proche du Vésuve, s'est trouvée sous une nuée ardente de 400 °C et a été engloutie par un fleuve de boue et de lave qui a chassé les habitants de leurs maisons – sauvant ainsi la vie de la plupart d'entre eux – quand Pompéi était ensevelie sous les cendres et les lapilli qui ont poussé beaucoup d'habitants à se réfugier dans les caves, où ils sont morts asphyxiés par les gaz et les vapeurs de soufre.

– Combien de victimes ?

– À ce jour, on a exhumé plus de 2 000 personnes sur une population de 20 000 âmes. On peut donc affirmer que Pompéi a été décimée, au sens propre du terme. Lorsque, après trois jours et trois nuits d'apocalypse, au matin du 27 août 79, le soleil réapparaît et l'éruption prend fin, Herculanum est couverte par vingt mètres de lave et de boue solidifiées – le tuf – qui l'isolent dans un cercueil hermétique ; quant à Pompéi, elle est engloutie sous cinq à huit mètres de cendres. La catastrophe a un retentissement immense et provoque une vive émotion, les poussières volcaniques ont soufflé jusqu'à Rome et les réfugiés se comptent par milliers. La commission d'enquête sénatoriale envoyée par l'Empereur Titus préconise de ne pas reconstruire les deux cités rayées de la carte du monde habité.

– Je comprends, dit-elle, songeuse. Cela aurait coûté trop cher... Pourtant, si les outils de l'époque ne permettaient pas de percer le tuf qui isole Herculanum, on pouvait creuser les cendres de Pompéi...

– Dès la fin du sinistre, les rescapés reviennent à Pompéi, arrachent les statues qui émergent du sol, tentent de retrouver leur maison. Lorsqu'ils y parviennent, ils récupèrent les cadavres de leurs proches, les objets de valeur et, parfois, ils sont eux-mêmes ensevelis par des éboulis. Très vite, ils doivent renoncer. Alors, le temps fait son œuvre : l'herbe gagne sur les cendres, l'humus se forme sur les scories, le paysage prend l'aspect bucolique des zones non excavées qui existent encore aujourd'hui, au nord-est de la ville : des champs à perte de vue, des vignes qui effacent l'emplacement de Pompéi. Les vignerons se souviennent vaguement qu'ils récoltent leur vin sur une ville engloutie dont ils ont oublié le nom et qu'ils baptisent simplement « *la civita* » : la cité.

– Étonnant, constata Johanna. Et Herculanum ?

– On en perd également le souvenir. Un nouveau village est bâti sur la couche de lave, appelé « Resina ». Seules quelques vieilles cartes romaines et le récit de Pline le Jeune conservent le nom des deux cités. Jusqu'au XVIIIe siècle, par malchance, ignorance et incurie, les hommes passent à côté de mille occasions de découvrir les villes perdues. Quand le hasard dégage des marbres de *la civita*, on les brise car ils gênent les labours, les pièces de monnaie d'or et d'argent se perdent dans la poche des paysans. En 1689, lors du forage d'un puits, on trouve une plaque antique où est inscrit le nom « Pompéi ». Un architecte napolitain décrète qu'il ne peut s'agir de la ville enfouie, mais des restes de la villa d'un certain « Pompéius », et on en reste là…

– Incroyable ! s'exclama l'archéologue, médusée.

– Le plus surprenant, poursuivit Philippe, est que malgré la couche de lave solidifiée, c'est Herculanum, la plus difficile à déblayer, qui a été découverte en premier. Autour de 1710, alerté par des débris de marbre jaune dégagés d'un puits à sec par un paysan, le comte d'Elbeuf, prince de la maison d'Autriche, réussit à creuser une galerie dans la boue solide et à exhumer trois splendides statues féminines qui sont restaurées à Rome puis sorties du pays en fraude pour décorer son palais de Vienne, avant d'échouer à Dresde, chez le roi de Pologne. Grâce à ce vol et au rocambolesque parcours de ces sculptures antiques, Charles de Bourbon d'Espagne, nouveau roi des Deux-Siciles et donc de Naples, fait entreprendre une campagne de fouilles sur instance de sa femme, la fille du roi de Pologne, à l'endroit où le prince d'Elbeuf avait fait sa découverte. Le 11 décembre 1738, Herculanum sort de l'oubli.

– Vive les goûts artistiques des têtes couronnées ! Et Pompéi ?

L'expert fit la moue.

– Il faut encore attendre dix ans pour que le roi Charles ordonne des travaux à Civita. Des ouvriers et des forçats fouillent les cendres non loin du carrefour des rues de Nole et de Stabies. On dégage une fresque, un casque romain, des lampes à huile, puis le premier squelette : un homme qui tentait de s'enfuir avec une bourse remplie de pièces à l'effigie de Néron et Vespasien.

– Enfin !

– Hélas ! s'affligea Philippe. À cette époque, l'absence de rigueur scientifique et l'avidité à s'emparer des richesses sont un désastre… Non seulement on pense avoir découvert Stabies et non Pompéi, mais on fouille de façon sporadique et anarchique... On trouve l'amphithéâtre, qu'on abandonne – il ne recèle aucune statue ni or – pour travailler en dehors de l'enceinte de la ville, près de la porte d'Herculanum. Là, par hasard, on pénètre une villa qu'on croit – à tort – être la maison de campagne de Cicéron, on enlève les fresques, les objets de bronze, puis on recouvre la cavité. En 1750, les fouilles de Civita sont abandonnées. Quatre ans plus tard, en construisant une route, des ouvriers exhument des tombeaux. Les fouilles reprennent, mais on ignore toujours que Civita est Pompéi. En 1755, près de l'amphithéâtre, on dégage la somptueuse villa de Julia Felix et, selon l'habitude de l'époque, on la pille, on détruit à coups de pioche les peintures jugées indignes d'entrer au musée royal, puis on la réensevelit. Elle ne sera redécouverte qu'en 1952. Enfin, le 16 août 1763, au terme de bien des péripéties, grâce à une inscription on a la preuve que Civita est bien Pompéi et on redonne son nom à la cité. Dès lors, les fouilles ne sont jamais plus interrompues ici, sauf en période de guerre.

– Je crois me souvenir que c'est Winckelmann, pionnier de l'archéologie, qui a révélé Pompéi à l'Europe et initié la mode de l'antique.

– En effet. Dès 1762, l'Allemand s'élève contre l'anarchie des fouilles et publie le premier rapport des découvertes qui, traduit dans toute l'Europe, suscite un engouement prodigieux. Winckelmann devient célèbre du jour au lendemain. Malheureusement, on ne l'écoute guère à la cour de Naples et il sera assassiné...

– Assassiné ? le coupa Johanna. À Pompéi ?

– Non, à Trieste, dans une auberge, il est lardé de coups de couteau par un vulgaire brigand qui voulait le dépouiller.

Philippe s'assombrit, songeant sans doute au meurtre de ses deux collègues. Puis il reprit :

– Comme Herculanum n'aurait jamais été découverte sans les trois statues féminines du prince d'Elbeuf, Pompéi ne serait rien sans trois femmes de chair et d'os... Trois femmes intelligentes et passionnées, archéologues avant l'heure qui se sont âprement battues pour la résurrection de la cité : la première est la princesse Marie-Amélie Christine, fille du roi de Pologne, que le roi Charles rencontre à Dresde alors qu'il était venu racheter les trois statues du comte d'Elbeuf... Charles échoue à acquérir les sculptures mais il tombe amoureux de la fille du roi et la ramène à Naples. Marie-Amélie sera à l'origine de la découverte de Pompéi... La deuxième est l'archiduchesse Charlotte de Habsbourg, la sœur de Marie-Antoinette. À quinze ans, elle épouse le pâle roi Ferdinand de Bourbon, souverain des Deux-Siciles. En arrivant à Naples, elle se fait appeler Caroline.. elle s'enthousiasme pour les fouilles et leur donne une impulsion décisive. Enfin, il y a Caroline Bonaparte-Murat, la sœur de Napoléon, qui s'érige en véritable directrice de chantier.

– C'est intéressant, constata Johanna. Les fouilles étaient éminemment politiques et dépendantes de la volonté de ceux qui étaient sur le trône.

– C'est juste. Pompéi, à l'époque, est un vaste théâtre en plein air pour têtes couronnées et visiteurs illustres, un centre d'attraction de luxe où l'on met en scène les « macabres trouvailles » : on arrange une découverte en l'honneur des hôtes et on donne aux édifices exhumés le nom du visiteur. Ici ont défilé Goethe, Louis de Bavière, plusieurs empereurs d'Autriche, la reine Victoria, le roi Léopold de Belgique, Madame de Staël, Stendhal, Flaubert, Châteaubriand…

– Et Alexandre Dumas ! s'exclama Johanna.

– Bien sûr ! L'écrivain est nommé directeur des fouilles par Garibaldi, en 1860, pour le remercier de l'avoir aidé à chasser les Bourbons. Cependant, Dumas est tellement impopulaire auprès des Napolitains que son enthousiasme tombe rapidement…

– De quand date l'avènement de la science et des fouilles rationnelles sur la zone ?

– De cette époque, justement. Après la chute des Bourbons, le rattachement de Naples au Piémont et le départ d'Alexandre Dumas, Giuseppe Fiorelli lui succède. Pour la première fois, il rédige un journal de fouilles technique et précis, il divise Pompéi en neuf régions, îlots et numéros d'identification selon un quadrillage qui est toujours utilisé de nos jours, il laisse en place les peintures et les fresques, procède aux premières mesures de protection des découvertes. Nous lui devons une invention géniale : injecter du plâtre liquide dans les cadavres, pour éviter que les corps ne tombent en poussière. En durcissant, le plâtre dissimule les ossements mais fige, à jamais, les corps et les visages dans leur dernier geste et leur expression finale. Cette méthode nous a permis de voir leur effroi, de reconstituer le drame humain qui s'est joué ici et qui devient présent, si présent…

Songeuse, Johanna s'avisa que, malheureusement, cette technique ne concernait pas les victimes recluses dans les caves donc épargnées par la cendre… Ces corps-là dévoilaient leurs os, pas leur visage… Il faudrait procéder à une reconstitution des tissus et des chairs en laboratoire… qui ne permettait pas de retrouver la dernière attitude de la personne… dommage…

Naturellement, Philippe évita la visite du lupanar, où James avait été assassiné, et le secteur de la villa des Mystères, où l'on avait retrouvé Beata. Johanna se promit d'y aller seule. Pour l'heure, l'antiquaire entraîna la médiéviste dans le quartier des théâtres. Près des vestiges effondrés de la caserne des gladiateurs, où l'on avait déterré soixante-cinq corps, il lui décrivit l'atroce agonie des prisonniers enchaînés et lui fit les honneurs du temple d'Isis où l'on avait découvert des fruits calcinés mais intacts, les restes d'une bête sacrifiée à la déesse, des statues, les squelettes des prêtres qui prenaient leur repas au moment de la catastrophe et dont l'un, emmuré vivant, tentait vainement d'ouvrir un passage au moyen d'une hache.

– Y avait-il des adeptes de Jésus à Pompéi ? demanda Johanna.

– On a longtemps voulu le croire mais nous savons aujourd'hui qu'une présence chrétienne à Pompéi est improbable. Du moins n'en a-t-on pas retrouvé de traces tangibles et indubitables…

– Ou bien ces traces n'existent pas, compléta Johanna, car les premiers chrétiens, persécutés, se cachaient.

– Peut-être…

Rue de l'Abondance, Philippe et Johanna tournèrent à gauche et s'engagèrent dans la rue de Stabies, qui montait vers le nord et son sinistre souverain : le Vésuve. Ce jour-là, la montagne était sombre, pelée et menaçante. Difficile d'imaginer un tertre verdoyant vêtu de cultures et de vignes jusqu'à son sommet, havre de Bacchus et gage de pacifique prospérité…

– Une trentaine d'éruptions se sont produites depuis, reprit Philippe en surprenant le regard de Johanna, dont certaines ont été plus mortelles encore que la plus célèbre d'entre elles.

– Néanmoins, personne ne part…

– Les gens d'ici sont pauvres, expliqua-t-il, fatalistes et très croyants. À chaque secousse ou éruption, comme leurs ancêtres adjuraient les dieux du panthéon, les Campaniens élèvent la tête de leur patron, saint Janvier, face au volcan, et organisent des processions.

– Le site a-t-il été endommagé par les nouveaux séismes ?

– Oui, bien sûr. Le tremblement de terre de 1980, notamment, l'a mis en péril. Mais c'est en 1943 que Pompéi a failli être rasée, pour la deuxième fois.

– Une énorme éruption ?

– Pas du tout, répondit Philippe avec un sourire acerbe. La nature, cette fois, n'était pas responsable. Le 24 août 1943 – soit, jour pour jour, mille huit cent soixante-quatre ans après l'éruption de 79 – les Américains pensent que des troupes allemandes s'abritent dans les excavations de Pompéi et l'aviation américaine bombarde la cité... Le musée des moulages de Fiorelli est détruit, le directeur des fouilles blessé. À la mi-septembre, des réfugiés italiens se terrent, en effet, dans les décombres, l'aviation alliée les prend pour des nazis ou des partisans de Mussolini et 150 bombes tombent sur Pompéi... Néanmoins, à la fin du conflit, un major américain fait réparer les dégâts. Sur votre gauche, les thermes de Stabies. Là, c'est l'ancêtre du snack-bar, un *thermopolium*. Ici, une boulangerie.

– Je présume que les deux millions de touristes annuels et les ravages du temps posent des problèmes quant à la conservation du site.

– La conservation des ruines est le problème majeur de Pompéi depuis la fin du XIXe siècle ! rugit l'antiquaire. Aujourd'hui, la question est cruciale, car certaines maisons s'écroulent, comme la caserne des gladiateurs. Quand on a de l'argent et de la chance, on restaure plus qu'on ne fouille. Ou on fait les deux en même temps, comme sur notre chantier. Deux cinquièmes de la cité ne sont volontairement pas excavés, afin de constituer une réserve archéologique pour les générations futures. Le reste est tant bien que mal réparé par des équipes internationales, sert d'école de fouilles, d'études sans cesse renouvelées. Aujourd'hui, on s'intéresse moins aux villas qu'aux activités artisanales et industrielles des Pompéiens : un grand chantier, en région I, explore d'anciennes tanneries. Quant à la surintendance qui gère le site, elle organise des activités pour les touristes : à la belle saison, tours de la cité à vélo, visites guidées nocturnes, « archéo-restaurant » avec vue plongeante sur les ruines. Dans la maison des Chastes Amants, découverte en 1987, le public peut observer les archéologues et les restaurateurs en plein travail, le clou du spectacle revenant à la villa de Julius Polybius, où l'ancien propriétaire, sous forme d'hologramme, accueille les visiteurs et anime des installations multimédia.

– Ce n'est pas une mauvaise idée qu'il y ait un peu de pédagogie pour les touristes.

– Je refuse de me transformer en éducateur ou en guide touristique, coupa Philippe sur un ton véhément. Ce n'est pas mon métier. Et je ne supporterais pas qu'on m'observe en train de travailler.

Johanna s'étonna du fiel méprisant de Philippe. Lui qui paraissait si ouvert, si aimable !

– Guide, c'est pourtant ce que vous faites en ce moment même ! constata-t-elle.

– Ce n'est pas pareil, vous êtes une professionnelle.

– Votre chantier est-il menacé de ce genre de… d'exhibition au public ?

– Aucun risque, il est plutôt menacé d'une fermeture pure et simple, au regard des événements !

– Sachez que Tom m'a tout raconté.

Philippe stoppa à l'angle de la rue de Stabies et de la rue de Nole. Muet, il regardait dans le lointain.

– Johanna, en tant que collègues et compatriotes, vous ne préférez pas qu'on se tutoie ?

– Volontiers, Philippe.

– Pourquoi débarques-tu ici et maintenant ?

La médiéviste ne s'attendait pas à une telle question. Pourtant, elle était, somme toute, naturelle. Que répondre ?

Elle sentait qu'il avait fait des efforts pour ne pas paraître agressif mais, au fond, il était aussi possessif que Tom, et qu'elle-même des années auparavant, pour tout ce qui concernait ses fouilles. Elle ne voulait pas lui raconter les assassinats du Mont. Alors, elle s'en tint à l'amitié qui la liait à Tom, à son caractère anxieux et mère poule, qu'elle exagéra pour rendre sa présence plausible. Philippe sembla la croire.

– Voilà, dit-il en tournant à droite, dans la rue de Nole. Nous sommes presque arrivés. Région IX. Un coin tranquille, éloigné du centre. L'îlot 4, sur ta droite, est entièrement occupé par les thermes centraux, qui étaient en construction en l'an 79. Ils n'ont jamais servi. Le chantier est en îlot 5. En îlot 8, se dresse l'une des plus belles villas de Pompéi : la maison du Centenaire. Le centre et le flanc est de la région IX ne sont pas excavés et se prolongent par les régions III, IV et V qui constituent la plus grande partie de la réserve archéologique vierge dont je t'ai parlé tout à l'heure. La partie désensevelie de la région IX a été dégagée à la fin du XIXe siècle sous la direction faste de Michele Ruggiero, architecte et ancien collaborateur de Fiorelli.

Johanna contempla l'étrange panorama : des deux côtés de la rue de Nole, derrière les ruines grises au sommet arasé, aux colonnes partant à l'assaut du ciel, se dressait, à plusieurs mètres de hauteur, un monticule couvert d'herbe et de cultures, couronné par une vaste prairie où poussaient dans un alignement parfait des choux, des fleurs et des ceps de vigne. Elle frémit en songeant que sous la colline agricole, dans les tréfonds de la terre soufrée, se levaient des murs entre lesquels gisaient des cadavres intacts.

Philippe prit à droite, dans la ruelle du Centenaire. À l'angle entre la rue de Noie et la venelle se dressait le vestige très abîmé d'un ancien autel public. Un bloc de pierre permettait de traverser la ruelle à pied sec. La « *vicolo del Centenario* » se terminait en cul-de-sac qui achoppait sur un mur de terre planté de champs : la partie vierge de la région IX. L'assistant sortit une clef et ouvrit le cadenas qui clôturait un portail en fer, identique à celui qui protégeait la plupart des maisons en restauration. Un panneau d'interdiction aux personnes non autorisées et de port du casque obligatoire était accroché aux barreaux. Des deux côtés de la porte, Johanna reconnut les décombres de boutiques.

– Depuis... depuis ce qui est arrivé à James et Beata, chuchota Philippe, nous nous enfermons. Cela ne s'est pas passé ici, mais... outre l'assassin, nous craignons les journalistes et les importuns.

– Je comprends.

« L'équipe doit être terrorisée, songea-t-elle, et c'est légitime. » Des images du passé surgirent devant ses yeux. Elle dut faire un effort pour saisir sans trembler le casque que Philippe lui tendait. Elle pensa aux crises de sa fille, à la cave, au message qu'elle devait déceler, et les souvenirs s'effacèrent. Elle leva la tête. La maison était à ciel ouvert. Toute trace de toit avait disparu. Elle avança dans un étroit couloir pavé de fines tesselles de mosaïque blanches et noires, qui débouchait dans l'*atrium* : au centre, le traditionnel bassin carré était vide. À droite, les vestiges de plusieurs pièces à demi effondrées. À gauche, une femme entourée de pots colorés, de chiffons et de pinceaux était accroupie devant une immense fresque, qu'elle s'employait à restaurer.

– Bienvenue dans la maison du philosophe ! s'exclama Philippe. Viens admirer ce qui a donné son nom à la villa... Je te présente Ingrid, notre spécialiste des peintures du quatrième style. Elle est danoise et parle anglais.

Johanna la salua dans cette langue, la plus pratiquée dans les équipes cosmopolites qui travaillaient sur le site. La grande et blonde jeune femme était maculée de pigments rouges, jaunes, verts et noirs.

À l'inverse, la fresque était à moitié effacée. On pouvait cependant y deviner un groupe de personnages en toge, allongés sur des lits de banquet, six à droite, six à gauche, festoyant autour d'un vieillard en gloire, debout au centre, qui tenait quelque chose à la main, ressemblant à un rouleau de papyrus.

– Qui est-ce ? interrogea Johanna en examinant le vieux sage. Le propriétaire de la villa ?

– Non, répondit Philippe. Malheureusement on ignore le nom de celui à qui appartenait cette maison. Mais on sait qu'il était adepte du stoïcisme, car le personnage central de cette peinture est Zénon de Cittium, le fondateur de l'école grecque du Portique. À sa droite, ses disciples : Cléanthe d'Assos, Chrysippe de Soles, Diogène de Babylone, Antipater de Tarse, Panaïtios de Rhodes et Poseidonios d'Apamée. À sa gauche, les penseurs latins : Cicéron, Sénèque, Thraséa-Poetus, Musonius Rufus, Helvidius Priscus et Épictète. Sont donc représentés ici les maîtres stoïques anciens et modernes, du moins modernes pour quelqu'un vivant au Ier siècle. C'est un hommage tel qu'on en a déduit que la maison appartenait à un philosophe stoïcien.

– Très intéressant ! s'enthousiasma Johanna. Mais... n'a-t-on pas retrouvé le cadavre de ce philosophe ?

– En 1877, quand la maison fut mise au jour, on exhuma sept victimes : un cadavre masculin dans l'écurie, trois corps dans l'*atrium*, un homme dans le couloir par lequel nous sommes entrés, une enfant allongée dans le jardin – un moulage du corps de la fillette a été réalisé mais il a été détruit lors du bombardement de 1943 – et enfin un homme avait péri, asphyxié, dans les caves. Tous étaient sans conteste des esclaves et...

– Dans les caves ? le coupa Johanna. Je pourrais voir ces caves ?

Philippe fronça les sourcils.

– Bien sûr, je comptais te faire visiter toute la villa, ne t'inquiète pas...

Elle se mordit les lèvres. Elle devait maîtriser sa curiosité et ses émotions. D'ailleurs, rien ne lui permettait de croire que le papyrus de Livia était caché dans cette maison ! Au contraire, si elle réfléchissait, elle devait admettre qu'il était impossible qu'il soit dans cette villa. La cave avait été excavée et on n'avait rien trouvé à part la dépouille d'un esclave masculin. Cela ne correspondait pas... Son intuition lui soufflait, pourtant, que les mots cachés n'étaient pas loin. Ils gisaient sans doute dans une villa voisine… ou dans la zone toute proche que personne n'avait fouillée, la fameuse « réserve archéologique pour les générations futures ». Bien sûr ! Cela expliquait pourquoi on n'avait jamais retrouvé le message ! Le papyrus était caché, quelque part près d'elle, enfoui sous plusieurs mètres de cendres et de lapilli jamais retournés depuis l'an 79. Diantre, si elle avait raison, comment allait-elle s'y prendre pour l'extraire ? D'autre part… si le papyrus n'était pas dans cette maison, pourquoi avait-on assassiné les deux archéologues de Tom ? Les fouilles… la solution viendrait des travaux de l'équipe. Et si James et Beata avaient entrepris des fouilles clandestines dans le secteur vierge d'à côté, à quelques mètres, au bout de la ruelle ? Creuser une terre, certes interdite, mais que l'on sait contenir des trésors est la raison d'être de tout archéologue ! Peut-être étaient-ils tombés, par hasard, sur la cave de Livia ou s'en approchaient-ils dangereusement…

– Il s'agit de la demeure type d'un riche patricien, poursuivait doctement Philippe. Derrière la fresque se cachait le quartier des esclaves. De l'autre côté de l'*atrium*, suis-moi, je vais te montrer, une salle à manger et une chambre seigneuriale d'hiver, les cuisines, le cellier derrière lesquels se tenaient l'écurie et l'étable.

Philippe entraîna Johanna dans une petite pièce ornée des débris d'un temple encadré de deux colonnes et d'un fronton triangulaire percé de niches vides. Agenouillé devant l'autel de marbre, un rouquin aux cheveux longs attachés dans le dos dessinait sur un grand bloc de papier blanc.

– Voici Pablo, thésard à Madrid et spécialiste des dieux antiques. Il tente d'identifier les divinités qui étaient peintes sur ce laraire, autel domestique où les Romains adoraient les dieux, les génies du foyer, ainsi que leurs ancêtres figurés par des sculptures et des masques mortuaires posés dans ces niches.

– Je vois.

Philippe la conduisit ensuite dans une pièce intermédiaire, entre l'*atrium* et le péristyle, jonchée de gravats alignés et de débris de colonnes qui jadis étaient peintes.

– Le *tablinum*, expliqua-t-il. C'est une salle où l'on recevait les visiteurs. Elle est très endommagée… James était chargé de l'inventaire des fragments, en vue d'une reconstitution.

Johanna posa une main douce sur l'épaule de Philippe. Escaladant les vestiges portant étiquettes et numéros posés par l'archéologue assassiné, ils pénétrèrent dans le péristyle. Le cœur de Johanna se serra à la vue de ce qui avait dû être un jardin des délices et qui, sous le ciel pâle, n'était qu'un champ de ruines : les blanches colonnes corinthiennes qui soutenaient le toit disparu avaient été rabotées sur les trois quarts de leur hauteur. Au centre, le jardin rectangulaire ne se devinait plus que par ses contours de pierre. Les riches parterres de fleurs, les arbustes odorants n'avaient laissé aucune trace, comme s'il n'avait jamais existé que cette morne et triste étendue de sable. Scindée en deux, la fontaine avait l'air de vouloir tomber dans le bassin brisé malgré les piliers de soutènement en métal dont on l'avait affublée. Seuls les rebords du bassin vide portaient encore, par endroits, leur pavement de mosaïque en forme de coquillage. De loin en loin, s'élevaient des piédestaux nus.

– Les sculptures de bronze représentant Vénus, Hercule et Bacchus, la triade mythique à l'origine de la fondation de la cité, et la triade capitoline incarnée par Jupiter, Junon et Minerve, déesse des arts et de l'étude, ont été récupérées et restaurées en 1880, précisa Philippe. Elles trônent aujourd'hui au musée archéologique de Naples. Elles étaient enfouies, comme le reste de la demeure, sous six mètres de cendres et de lapilli.

Le plus émouvant était les vestiges des peintures qui, jadis, ornaient le péristyle : elles affleuraient par plaques sur les murs gris et lézardés, comme des taches de joie ancienne, un souvenir de tableaux arrachés surgissant par capillarité d'un monde perdu. Troublée, Johanna caressa les empreintes d'oiseaux verts et rouges, de fleurs, de faunes et d'arbres géants, à demi fondus par le temps.

– Beata travaillait à leur restauration, murmura l'assistant de Tom d'une voix cassée.

Il détourna les yeux et entraîna vivement Johanna vers les pièces seigneuriales qui bordaient le péristyle. Il lui montra une salle de bains, un salon, une salle à manger en plein air, des cuisines et des chambres délabrées, dont les peintures avaient disparu. Il termina la visite du péristyle par une curieuse salle dénuée de décor, dont les murs étaient creusés d'alvéoles vides, qui faisaient songer à une ruche. Des planches carbonisées étaient encore suspendues à certains compartiments.

– On dirait des étagères ! s'exclama Johanna.

– Nous sommes dans ce qui était la bibliothèque, précisa Philippe. Les rouleaux de papyrus, les *volumina*, étaient rangés sur ces rayonnages fermés par des vantaux de bois. Posséder une bibliothèque privée était signe d'immense richesse.

Avant que Johanna ait pu le questionner sur les éventuels livres qu'on avait retrouvés, il sortit de la pièce et la guida d'un pas vif vers l'ancien potager. Rendu à l'état sauvage, le jardin était envahi d'herbes hautes et de ronces ; le vieux puits disparaissait sous une couverture de lierre dont les bras insidieux se répandaient alentour.

– Philippe, dis-moi, cette maison n'a pas été remblayée après sa découverte ?

– Non, heureusement, à l'époque cette pratique n'avait plus cours, ce qui explique les dommages causés par l'air. Je vais te montrer les caves.

Sur le seuil des vastes caves souterraines où la lumière pénétrait grâce à des soupiraux, Johanna retint son souffle. Mais elle ne vit rien que des débris d'amphores et de *dolia*, qui naguère contenaient de l'huile et du vin.

– Malgré l'absence de pressoir on pense que le propriétaire, comme la plupart des riches Pompéiens, cultivait des oliviers et surtout des vignes quelque part autour du Vésuve, dit l'assistant, ce qui explique la taille des caves, le nombre de pièces souterraines et d'amphores retrouvées. Il est probable aussi que les deux boutiques du rez-de-chaussée lui appartenaient et qu'il y vendait une partie de sa production.

Ils avancèrent. Soudain, Johanna sursauta. Dans un coin sombre, une femme était accroupie avec une petite machine carrée que l'archéologue reconnut aussitôt. Dans un renfoncement, elle remarqua d'autres appareils.

– N'aie pas peur, dit Philippe, c'est Francesca. L'un de nos deux spécimens italiens. Le second, Roberto, est en retard, comme d'habitude.

– Une caméra thermique infrarouge, un radar-sol, un multipôle électrostatique, énuméra l'archéologue en montrant les machines éteintes. Dans le jardin, j'ai aussi noté des traces de sondage et de carrotage. Et Francesca utilise ici un gravimètre. Pourquoi ? s'enquit-elle en sentant son sang bouillonner. Vous soupçonnez l'existence d'un hypogée ou d'autres caves là-dessous ? Ou bien recherchez-vous les traces du bâti originel ?

– Je préfère que Tom, s'il le juge utile, t'explique cela lui-même.

Le visage de Philippe était fermé. La tache claire qui barrait son œil droit scintillait dans la pénombre. Johanna sentit sa poitrine se comprimer, dans un mélange de crainte et d'excitation. « Une autre cave…

songea-t-elle. Une cave cachée, que l'on n'a pas découverte lors de l'excavation de la villa, en 1877... Évidemment ! Cela expliquerait tout, bien mieux que ma théorie de fouilles clandestines dans la zone vierge ! »

– La visite est terminée, conclut Philippe sans avancer plus avant dans le souterrain. Si tu permets, je te laisse attendre Tom dehors, je vais sonner les cloches à Roberto, ajouta-t-il en sortant son téléphone.

Johanna comprit qu'elle était poliment congédiée et elle le suivit dans l'ancien potager, en espérant que Tom ne tarderait pas.

– Merci Philippe, dit-elle avec chaleur en lui serrant la main. Merci pour tout. Je vais l'attendre ici, au soleil.

L'assistant rallia le péristyle au pas de charge. Johanna s'assit dans l'herbe grasse, ôta son casque et empoigna, elle aussi, son téléphone.

– Isa ? C'est moi. Comment va-t-elle depuis tout à l'heure ?

L'indéfectible Isabelle avait confié ses trois enfants à son mari et à sa mère et, jonglant avec son journal par téléphone et internet, elle s'était installée à Vézelay afin de veiller sur Romane. La nuit précédente avait été si violente que, le matin, elle n'avait pas eu le cœur d'envoyer la fillette épuisée à l'école. Romane somnolait sur le canapé du salon, devant le poêle, et Hildebert la surveillait du coin de l'œil. Comme de coutume, la fièvre était subitement tombée à l'aube, et elle n'était pas réapparue. Mais les forces de la petite s'amenuisaient de nuit en nuit. Bientôt, elle ne pourrait plus quitter son lit.

– Jo, j'ai quand même une bonne nouvelle, chuchota Isa afin de ne pas réveiller sa protégée. J'ai persuadé Sanderman de venir s'installer ici deux ou trois jours. Pour qu'il abandonne ses autres patients, j'ai promis d'écrire un papier sur lui dans le canard et...

– Isa, tu es formidable, mais je doute que...

– Normalement il arrive ce soir. Je lui ai préparé ta chambre. Au fait, tu étais pressée tout à l'heure et j'ai oublié de te dire... Ce matin, en se réveillant, elle a fait un truc bizarre... Au saut du lit, elle s'est rendue dans ton bureau, elle a pris un crayon rouge et ton bouquin sur la mythologie gréco-romaine. Elle est allée directement à la table des matières et elle a souligné, plusieurs fois, le nom du dieu Saturne. Quand je lui ai demandé pourquoi elle faisait ça, elle a été incapable de me répondre. Elle a semblé s'éveiller vraiment, elle a reposé le livre là où elle l'avait pris, elle s'est jetée dans mes bras et m'a embrassée en riant, comme si de rien n'était. Et toi, de ton côté, du neuf ?

Un instant plus tard, Johanna raccrocha, intriguée. Saturne.

Romane était trop petite pour connaître les dieux romains ! Pourquoi ce geste ? Avait-elle agi sous l'emprise de ses cauchemars ? L'historienne tenta de rassembler ses souvenirs : Saturne était un titan, un des premiers dieux de la terre. Il régnait sur l'univers avec Ops, son épouse, qui était aussi sa sœur. Ayant appris par un arcane que l'un de ses enfants le détrônerait, il dévorait ses bébés dès qu'ils venaient au monde. Mais un jour, au lieu de lui livrer le nouveau-né, Ops le dupa en lui faisant avaler une pierre enveloppée d'un linge. L'enfant – Jupiter – grandit loin de son père et, devenu adulte, il entra en guerre contre Saturne. Jupiter le vainquit, devenant ainsi le maître du monde. Saturne s'exila en Italie, le pays des hommes sans lois, et leur apporta paix, justice et prospérité. Les Romains appelèrent son règne « l'Âge d'or ». C'est pourquoi Saturne était le dieu des semences et que chaque année, en souvenir du temps béni de l'Âge d'or, les Italiens de l'Antiquité célébraient les Saturnales où, durant quelques jours, la violence était bannie, les exécutions reportées, les tribunaux et les écoles fermés, où les esclaves pouvaient parler et agir sans contrainte.

Johanna remit son téléphone dans la poche de sa doudoune en se promettant d'interroger Pablo, le spécialiste local de la mythologie. Un détail qu'elle ignorait pouvait avoir son importance...

Au moment où elle rejoignait le péristyle, elle vit la stature géante de Tom. Elle se remémora le gentil surnom que lui avait donné sa fille, Gargantua, et s'approcha de son ami.

– Te voilà, dit-il dans un large sourire. Alors, que dis-tu de mon chantier ?

– Franchement, je suis impressionnée. C'est aussi émouvant que passionnant. Et puis vous disposez de moyens qui me font pâlir de jalousie...

Tom jubilait. Avec l'hiver, ses cheveux blonds avaient foncé. Ils avaient poussé et, émergeant du casque jaune, une mèche tombait sur son grand front carré. Sa peau, en revanche, était toujours aussi tannée et ses prunelles bleues n'avaient rien perdu de leur éclat singulier, si claires qu'elles paraissaient opalines.

– Tu sais, dit-il en posant son énorme main sur l'épaule de Johanna, ça n'a pas été simple de persuader la surintendance de me laisser mener des travaux dans cette maison.

– Justement, consentirais-tu à m'expliquer le pourquoi du comment ? Philippe est demeuré très discret mais je sens qu'il y a un mystère là-dessous...

– Asseyons-nous, si tu veux bien.

Ils s'installèrent au bord du bassin abandonné.

– Je porte ce projet depuis tellement longtemps ! Depuis des décennies, j'épluche les journaux de fouilles de Pompéi… Un jour, je suis tombé sur celui de cette villa, rédigé par Michele Ruggiero et son adjoint de Petra en 1877-1878. Dès le début de l'excavation, ils ont constaté un curieux paradoxe : d'après sa taille, sa configuration, les sculptures du péristyle, les peintures murales, il s'agissait de la demeure d'un patricien fortuné. Or ils n'y ont trouvé aucun objet précieux, pas de monnaie, de vaisselle d'or ou d'argent, ni de bijoux, etc. Le laraire était vide et, plus étrange, la bibliothèque aussi. On n'y a déterré aucun manuscrit.

– Les rouleaux de papyrus avaient brûlé, non ?

– Tu n'as jamais entendu parler de la célèbre villa des Papyri, à Herculanum ? On y a trouvé des milliers de *volumina* carbonisés, s'effritant au moindre contact. Les rouleaux étaient noirs comme du charbon, mais ils n'avaient pas disparu. Donc, si les alvéoles de cette bibliothèque étaient vides, c'est que les rouleaux n'y étaient plus, et pas qu'ils avaient été détruits. Puis il y a les tablettes de cire à plusieurs volets, sur lesquelles on inscrivait quittances et comptes. Ici, aucune tablette non plus…

– L'hypothèse la plus probable est que le propriétaire, le « philosophe », a réussi à s'enfuir avec ses biens les plus chers, dont ses livres et ses tablettes !

– Le Vésuve ne lui a pas laissé le temps d'organiser un tel déménagement, Jo. Tous ceux qui l'ont tenté ont péri asphyxiés.

– Il a pu s'effondrer hors de la maison, dans la rue…

– On aurait retrouvé son cadavre et surtout ses trésors. Or il n'en est fait mention nulle part. Les livres étaient rares, tu sais, à l'époque. Aussi rares qu'au Moyen Âge. Et non moins précieux. Aucun archéologue n'a pu passer à côté de *volumina*, surtout s'ils étaient aussi nombreux que les étagères de la bibliothèque le laissent supposer.

Johanna continua à être l'avocat du diable, afin de calmer son cœur qui battait à tout rompre.

– Philippe m'a expliqué que les survivants étaient revenus fouiller leur maison, après la fin de l'éruption, pour récupérer ce qui pouvait l'être. Notre mystérieux philosophe a peut-être déterré et emporté ses précieux manuscrits. Lui, ou un voleur des temps postérieurs…

– Prendre des *volumina* sous six mètres de cendres et de lapilli ?

Impossible, Jo. Quand bien même, Ruggiero et de Petra auraient trouvé trace de ce « pillage ». Or ils n'en ont pas fait mention. La maison était vierge, lorsqu'ils l'ont excavée.

– Quelle conclusion en ont-ils déduit ? demanda-t-elle.

– Aucune. Cette villa ne recélait pas assez de richesses pour mériter des travaux plus approfondis. Ils ont identifié les personnages de la fresque des stoïciens, donné son nom à la demeure, consigné précisément le peu qu'ils ont trouvé, et c'est tout. Cette villa est toujours restée fermée au public et aucun professionnel ne s'y est jamais intéressé.

– À part toi.

– C'est juste, répondit-il, le regard étincelant. Moi je suis persuadé, depuis la première lecture de ce rapport, que le philosophe a caché ses trésors dans une pièce secrète. Sans doute sous la terre. Puis qu'il s'y est lui-même réfugié. Et c'est cette cave que je cherche.

Johanna en eut le souffle coupé. Serait-ce possible ? Si cette mystérieuse salle renfermait également le papyrus de Livia, cela expliquerait tout !

– Tom, il y a pourtant quelque chose qui ne colle pas, se força-t-elle à constater d'une voix blanche. Si les vapeurs de soufre, les gaz, la chaleur de plusieurs centaines de degrés, la pluie de cendres et de pierres brûlantes n'ont pas permis au philosophe de s'échapper hors de la maison avec ses trésors, comment aurait-il eu le temps de les dissimuler au sein même de la villa ? Il aurait été asphyxié de la même manière ! Écoute, je crois plutôt qu'au moment de l'éruption le propriétaire était absent, en vacances, loin de la cité, avec les biens auxquels il tenait le plus. Ainsi, il a eu la vie sauve.

– Quand tu pars en villégiature quelque part, tu emmènes toute ta bibliothèque, la vaisselle de ta grand-mère, les tableaux de ta maison et tu vides ton compte en banque ?

– Non. Évidemment…

– Jo, dit-il en lui saisissant les mains, tu es archéologue, donc tu possèdes aussi, outre la rigueur scientifique, cette intuition irrationnelle et inexplicable sans laquelle les plus grandes découvertes n'auraient jamais vu le jour !

Soudain, Tom fut debout, marchant de long en large devant son amie, l'haranguant comme un politicien galvanisé par sa cause.

– Le seul point sur lequel je te donne raison est la question du temps. Je crois en effet que le philosophe avait tout préparé *avant* le sinistre matin du 24 août. Quand ? Pourquoi ? Je l'ignore. Mais c'est plausible si l'on sait que l'oracle de Cumes, une ville proche, avait, en termes sibyllins, prédit la catastrophe. Ou si l'on se souvient des signes avant-coureurs du séisme. Personne n'a voulu y prendre garde mais peut-être que lui a su décrypter ces phénomènes naturels et agir en conséquence. En tout cas, j'ai déjà remporté une victoire : j'ai réussi à persuader la surintendance d'ouvrir une campagne de fouilles ici. Officiellement, bien sûr, il s'agit surtout de mettre en valeur la demeure, nous y travaillons depuis presque dix mois. Je ne vais pas m'arrêter en chemin. Je sens, je sais que quelque part là-dessous, il y a non seulement un mystère – comme tu le disais à l'instant – mais un trésor prodigieux digne du tombeau de Toutankhamon, cent fois plus précieux que le magot de Boscoreale ! Imagine, Jo, imagine… de la vaisselle précieuse, de l'or, les objets de culte du laraire, sans doute des masques mortuaires, des meubles, des lampes, des tablettes de cire certes, mais cela n'est pas le plus intéressant… Souviens-toi de la fresque de l'*atrium* et songe à la bibliothèque vide… que penses-tu qu'elle contenait ? Des *volumina*, oui, mais pas n'importe lesquels ! Des rouleaux de papyrus avec les œuvres de Zénon, de Chrysippe et des anciens stoïciens ! Aucun ouvrage de ces premiers maîtres n'est parvenu jusqu'à nous, seulement leurs titres et quelques citations de leurs auteurs dans la bouche de leurs détracteurs et de leurs successeurs latins ! Tu vois ce que je veux dire ? Des écrits inconnus et inédits, en grec ! Les concepts originaux et authentiques des fondateurs du Portique ! La pensée perdue de la Grèce antique ! C'est ce trésor philosophique et historique que je vais dénicher le premier, oui, c'est moi qui vais révéler au monde ces mots que le temps a perdus !

Subjuguée, Johanna se leva à son tour. Au moment où elle ouvrait la bouche pour répondre, elle aperçut Philippe qui franchissait le *tablinum*. L'assistant était entouré de trois hommes en costume sombre. Son visage était décomposé. Elle fit signe à Tom de se retourner.

– Ah, Philippe !

Son enthousiasme s'effondra en une seconde.

– Inspecteur Magnani… murmura-t-il, blême. Commissaire Sogliano… Monsieur le surintendant…

– Tom, dit d'un air affligé le patron des fouilles archéologiques de Pompéi.

– Monsieur, coupa le commissaire de police, nous arrivons du domicile de Roberto Cartosino. J'ai une triste nouvelle à vous annoncer…

Il parlait en italien mais lentement, détachant chaque syllabe afin d'être compris par tous ces étrangers. Le regard désespéré de Tom tomba sur son assistant. Les larmes montèrent aussitôt dans les yeux de Philippe et dissimulèrent la tache de sa pupille. Johanna restait paralysée à la gauche de son ami.

– Il a été retrouvé pendu dans sa chambre, poursuivit le policier. Au regard des premières constatations, cela s'est produit la nuit dernière. L'autopsie établira avec précision l'heure du décès.

– Pendu… bredouilla Tom. Pendu… Ce n'est pas possible…

– Quand l'avez-vous vu pour la dernière fois ? interrogea l'inspecteur.

– Hier… hier, ici même… sur le chantier… Il a travaillé comme d'habitude, avec Francesca, et puis la journée finie il est parti, comme nous tous… Je… il était normal, enfin, je veux dire…

– Il ne vous a pas paru déprimé ? poursuivit Sogliano.

– Non… il n'avait pas l'air de quelqu'un qui va se suicider !

– Nous ignorons encore s'il s'agit d'un suicide ou d'un assassinat, monsieur, corrigea le commissaire.

– Un assassinat ? Vous voulez dire comme… comme… James et Beata ?

– Il n'a pas laissé de lettre d'adieu, intervint Philippe.

– Non, en effet, confirma l'inspecteur. Aucun mot, pas d'explication de son geste.

Tom leva ses yeux blancs.

– Pas de… pas de référence évangélique écrite près de lui ? demanda-t-il.

– Non monsieur, répondit le commissaire. Rien qui, a priori, rapproche cette mort de celle de vos deux archéologues, si ce n'est que monsieur Cartosino faisait, lui aussi, partie de votre équipe.

Ignorant l'allusion, Tom ôta son casque, se laissa choir sur le bord du bassin et se prit la tête dans les mains.

– C'est horrible, chuchota-t-il. Pourquoi ? Pourquoi Roberto aurait-il mis fin à ses jours ?

– Pour l'heure, monsieur, coupa le commissaire, il est trop tôt pour de telles conjectures. L'enquête démarre.

Sogliano se tourna vers le chef de la surintendance archéologique.

– Néanmoins, Tom, dit ce dernier, vous comprenez que dans de telles circonstances, je ne puis prendre de risque… Je refuse de mettre en danger mes archéologues… Je suis responsable de tout ce qui se passe ici et je n'ai que trop tardé à prendre cette décision. Tom, je suis profondément navré, sachez-le, mais au moins jusqu'à ce que l'on prouve qu'il s'agit bien d'un suicide, je suspends votre autorisation de fouiller cette maison.

– Je vais vous demander de me suivre, compléta le commissaire, vous et l'ensemble de votre équipe. Madame aussi, ajouta-t-il en observant Johanna. Nous devons tous vous interroger, et sans délai.

Le sang de Johanna se figea dans ses veines.

30

PUIS ELLE A BU du sang humain ! Un plein calice de sang humain, qu'elle a nommé « le sang de l'alliance », affirme – Ostorius. Il s'agit sûrement d'un pacte avec sa ligue… Ses bras nus ne portaient pas trace de coupure, donc j'ignore si c'était du sang d'autres adeptes ou s'ils ont tué quelqu'un pour récupérer son sang…

Allongée sur un lit de bronze ciselé dans un salon ouvrant sur l'immense péristyle de sa maison, Saturnina fait une grimace de dégoût. Debout face à elle, l'intendant de son père poursuit son rapport.

– Ensuite, elle a invoqué ses dieux, des dieux étrangers, assurément, car je ne les connais pas.

Enveloppée dans une fine *stola* de lin égyptien, la blonde Saturnina porte à sa bouche un morceau de figue confite au miel et ordonne :

– Tâche de te souvenir du nom de ces divinités.

– Il y en avait plusieurs, patronne, mais l'une d'elles revenait sans cesse : Christ. Oui, c'est cela : Christ, elle l'appelait et elle implorait la pitié de ce dieu… Elle le suppliait de la délivrer de sa condition d'esclave… elle réclamait son affranchissement !

La patricienne cesse de mâcher le fruit.

– Tiens, tiens, ricane-t-elle, Christ… Le secrétaire de mon père appartient donc à cette maudite secte… Comme c'est intéressant !

– Vous pensez aussi qu'elle et les siens ont commis un crime pour avoir le sang ? Vous connaissez ce culte étrange ? D'où vient-il, d'Orient ? s'enquiert l'affranchi, dont le regard clair luit d'un éclat mauvais.

– Il s'agit d'une dangereuse ligue, naturellement interdite... Elle est née en Judée et tente de répandre son poison dans l'Empire.

– Mais Vespasien et Titus ont soumis les Juifs !

– Il s'agit d'une branche mineure et secrète des Juifs, que ces derniers rejettent. Connais-tu ses comparses, l'as-tu déjà surprise avec eux ?

– Malheureusement, non, patronne. D'après ce que j'ai pu constater, elle va toujours seule et ne se lie à personne. Jamais elle ne se rend au temple afin d'honorer les dieux et elle déserte même les thermes. Elle se lave dans une cuvette, c'est répugnant...

– Elle a forcément des complices ! objecte Saturnina. Il faut savoir d'où vient ce sang !

– Malgré le poids de ma charge, je m'emploierai à la suivre à chaque fois qu'elle sortira de la *domus*, promet Ostorius. Je débusquerai ses acolytes...

– Hum... à moins que le sang ne provienne de la maison de mon père...

– Impossible, patronne ! Je garantis l'absolu loyalisme des autres esclaves ; à part elle, aucun n'appartient à cette coalition de dégénérés... La seule possibilité, si le sang ne vient pas de l'extérieur, c'est qu'elle l'ait volé en cuisine, sur un animal... J'interrogerai Bambala. Mais je ne puis m'en ouvrir au maître... car même si Livia contrevient aux lois de la cité et mérite d'être dénoncée aux autorités, je crains que non seulement il condamne ce geste, mais use de toute son autorité pour la faire libérer.

– Hélas, le détachement de mon père pour tout ce qui ne concerne pas ses livres et ses amis stoïques le rend enclin à une indulgence que je lui reproche souvent... mais je doute que si nous la faisons arrêter, il engage son nom, son entregent, son argent et surtout son précieux temps dans la défense d'une misérable esclave entrée dans sa maison depuis peu et surtout convaincue de rituels barbares et proscrits que lui-même ne saurait approuver, malgré sa complaisance.

Ostorius se tait un instant. Il savoure sa future victoire.

– C'est que, patronne, permettez-moi d'être persuadé du contraire, lâche-t-il sur un ton rempli de sous-entendus.

– Que veux-tu dire ? Explique-toi !

L'aristocrate blêmit en s'asseyant sur le lit. Elle craint ce que son espion va lui dire ; cependant, une part d'elle-même le sait déjà.

– Chaque matin, peu après l'aube, votre père et Livia se retrouvent dans la bibliothèque.

– Quoi de plus naturel, puisqu'il en a fait son scribe !

– Souvent, ils y demeurent seuls tout le jour, et parfois même le soir…

Saturnina n'ose plus interrompre Ostorius.

– Le patron nous interdit de pénétrer dans cette pièce mais je n'ai pu m'empêcher, en passant, d'écouter ce qui s'y tramait. Mon dessein n'était point d'épier votre père, patronne, je vous le jure, je suis trop attaché à lui et à votre vénérable famille, mais…

– Je sais, Ostorius, tu viens encore de m'en donner la preuve, si besoin était.

– C'est d'elle que je me méfie, patronne, d'elle seule, d'emblée elle m'a parue suspecte, et… Quelle ne fut pas ma stupéfaction en l'entendant s'adresser à votre père sans respect, sans aucune déférence, comme s'il n'était rien moins que… qu'un… qu'un autre esclave !

– Que disait-elle ? s'enquiert la matrone, dont le visage prend la teinte de la céruse.

– Elle… elle plaisantait avec lui, l'instant d'après elle pleurait, elle parlait de la mort, de l'éternité et… euh… de l'amour, oui, elle lui parlait d'amour ! Et lui, il… mon maître, votre père, il… il a pris ses mains, il a caressé ses mains !

Saturnina bondit.

– Par Minos et par Pasiphaé ! s'exclame-t-elle. Je le redoutais, mais j'avais la faiblesse de faire confiance à mon père… J'ai eu tort de croire que son chagrin d'avoir perdu ma mère était insondable, perpétuel, et le plaçait hors d'atteinte des entreprises de retorses et vénales femelles… Cette hypocrite cherche peut-être à le convertir à sa religion funeste, mais bien pis, elle s'acharne à le séduire ! Faustina Pulchra ne l'a pas affranchie et elle a légué tous ses biens à mon père… Sans doute cette intrigante a-t-elle manigancé auprès de ma grand-tante sénile et malade dès qu'elle a su que sa maîtresse ne lui accorderait pas la liberté, afin d'être, elle aussi, cédée à l'héritier… Ostorius, il faut déjouer ses plans ! Nous ne pouvons laisser mon pauvre père se laisser abuser de la sorte !

Le roseau que Javolenus tient entre ses doigts suants glisse à cause de la chaleur de juillet. L'aube n'a pas deux heures d'existence que déjà l'ardeur du soleil rend pénible l'écriture malgré l'air marin, la fraîcheur du jardin et de la fontaine, et l'épaisseur des murs que les *volumina* isolent de l'extérieur. L'été pompéien est suffocant et le patricien envie ceux qui peuvent s'en échapper.

Certes, la réponse à Épictète aurait pu attendre le retour de Livia – partie en ville reconstituer le stock de papyrus, encre, tablettes et nécessaire pour écrire – mais il a pensé qu'écrire prestement à son ami éloignerait l'humeur morose qui le poursuit depuis plusieurs jours. Il ignore si la cause en est le climat, le prochain départ de sa fille qui, comme chaque été, va se réfugier avec sa famille dans sa demeure balnéaire de l'île d'Aenaria, ou bien s'il s'agit d'une langueur due à l'approche de l'anniversaire du décès de sa femme qui sera célébré le jour des calendes d'août* par un grand banquet sur la tombe de Galla Minervina. Bambala s'active déjà à la préparation du festin des vivants et des offrandes à la morte.

« Mon très cher Épictète, commence l'aristocrate. *J'espère que cette missive te trouvera en bonne santé. Dans ta dernière lettre, tu m'écris que le philosophe n'attend que de lui-même tout son bien et tout son mal. Je tiens à te dire que… »*

Des coups frappés contre la cloison suspendent la main de Javolenus.

– Qu'y a-t-il ? demande le stoïcien.

– Patron, pardon de vous interrompre, chuchote Ostorius en passant la tête dans l'entrebâillement de la porte. Mais une affaire de la plus extrême importance m'y contraint.

Javolenus soupire.

– Je t'écoute !

– Patron, je… vous prie de me suivre, je dois vous montrer quelque chose.

– Cela ne peut donc pas attendre que j'aie fini ma lettre ?

– Je crains que non, patron. C'est urgent et très grave.

Les yeux inquiets d'Ostorius fixent le maître de maison.

– Bien, je te suis.

Javolenus s'extirpe de la couche et accompagne son intendant

* Le 1er août.

dans l'*atrium*. Des plaintes de femme résonnent dans la touffeur calme. Sur un côté du petit bassin carré se dresse la fresque des stoïciens. Sur l'autre, entre la chambre seigneuriale d'hiver et le *triclinium* d'hiver, Ostorius, le maître, Bambala et tous les esclaves de la maison contemplent, effarés, le laraire familial.

Formé d'un temple qu'encadrent deux colonnes et un fronton triangulaire, l'autel domestique est en marbre peint des figures de Jupiter, Vénus, Bacchus, des génies tutélaires de la *domus* ou pénates, et du symbole du serpent, signe de fertilité. Sur le piédestal sont posés l'*acerra*, le récipient pour l'encens, le *salinum*, celui pour le sel, le *gutus*, destiné au vin, et quelques aliments en guise d'offrande. Le fronton est percé de niches dans lesquelles sont placés une pyxide contenant la première barbe de Javolenus, symbolisant son passage à l'âge adulte, des portraits, petites sculptures et masques mortuaires des ancêtres : faits de cire ou de plâtre moulés sur la face du défunt puis peints en y traçant cheveux et yeux, on les porte à l'enterrement des proches. Sous chacun d'eux figurent le nom du mort, son titre et ses exploits. Excepté Livia, toute la maisonnée, soit neuf personnes plus le maître, est regroupée devant une niche vide.

– Par Mercure, dieu du commerce et des voleurs, chuchote Bambala, qui a pu faire une chose pareille ?

– Un étranger s'est introduit dans la maison ! affirme l'aide-cuisinière.

– Pas par la porte principale, assure le concierge.

– Ni par l'écurie, renchérit le palefrenier.

– Ni par le potager, ajoute le jardinier.

– Nous n'avons vu personne ! s'exclament en chœur les deux préposées au ménage qui portent encore torchons, seaux et balais de palmes vertes.

– Ni moi non plus, conclut l'homme à tout faire.

– Questionnez votre progéniture, ordonne l'intendant.

– Jamais nos enfants ne toucheraient à cet objet sacré ! s'insurge le portier, outré.

– Faisons appeler Scylax ! suggère Bambala. Loin de moi l'idée de le soupçonner de quoi que ce soit, mais il a pu amener avec lui des esclaves rustiques, qui...

– Tais-toi, femme, réplique sèchement Ostorius. Tu ne sais pas ce que tu dis.

– En tout cas ce matin, dit le maître d'une voix désincarnée, ce matin, à l'aurore, lorsque je suis venu me recueillir, « elle » était là...

– C'est une catastrophe, patron, répond Ostorius, un acte infâme. Êtes-vous d'accord pour que je fouille moi-même chaque pièce de la maison ?

D'un geste, le maître lui fait signe de s'exécuter. Escorté par le personnel qui n'entend pas demeurer en reste, Ostorius se hâte vers le quartier servile.

Lorsque Livia pénètre dans l'*atrium* avec ses paquets, elle y trouve son maître, seul. Assommé par ce qui vient de se produire, ce dernier s'appuie au mur.

– Maître ! s'écrie Livia en s'approchant de lui.

– Ah, c'est toi, murmure-t-il. Où est-elle ? Ce matin elle était là, je n'ai pas rêvé...

– Qui, maître ?

– Ma femme, Galla Minervina. Enfin, son masque mortuaire... Quand elle est partie, j'ai fait fondre tous ses bijoux d'or... J'ai donné les pierres précieuses à ma fille et, avec l'or, j'ai fait mouler son visage d'après le masque qu'on avait fait d'elle sur son lit de mort, en cire... Pour elle, je ne voulais ni cire, ni plâtre... c'est trop fragile... Le masque d'or massif était ici, dans cette niche, et il n'y est plus !

Javolenus est au bord des larmes. Mais c'est la colère qui saille de sa bouche.

– Si je prends celui qui a commis un tel forfait, éructe-t-il en serrant les poings, je jure, sur la mémoire de mon épouse, de le flageller de mes propres mains jusqu'à ce qu'il expire !

Puis il se retire dans la bibliothèque. Désemparée, Livia finit par rejoindre les domestiques qui fouillent la villa. Choquée, se soupçonnant mutuellement en silence puis revenant à la thèse de l'intrus, la seule plausible, la petite troupe ouvre chaque armoire, chaque coffre, déplace meubles, objets, éventre grabats et traversins, inspecte four, pots, attelages, buissons, sonde les bassins et le puits, retourne le jardin, même le quartier du maître est passé au crible, seule la pièce des livres échappe à la perquisition, Javolenus s'en charge lui-même.

Lorsque le soleil atteint son zénith, la villa semble victime d'un nouveau tremblement de terre ou du saccage d'une armée ennemie. Quant au masque mortuaire, il n'a pas été retrouvé.

Le maître demeure prostré dans la bibliothèque, refusant toute nourriture, ruminant, au mépris de ses préceptes stoïciens, la sanglante punition qu'il infligera au voleur, lorsque celui-ci sera pris. Car il ne doute pas de l'ordre parfait du monde et de la nécessaire capture du criminel, qui qu'il soit.

Tour à tour, il suspecte puis innocente tous ses gens. Le vol du masque demeure un mystère. Il s'apprête à alerter le *duumvir* chargé de la justice, le frère de Marcus Istacidius Zosimus, lorsque le portier vient l'avertir qu'un bijoutier de Pompéi lui demande audience. Javolenus refuse l'entrevue et congédie le concierge lorsqu'une voix de tragédien se fait entendre. Elle vient de l'*atrium* :

– Laissez-moi passer, vous dis-je, je dois absolument voir le citoyen Javolenus Saturnus Verus !

Intrigué, le patricien quitte la bibliothèque, traverse le péristyle, le *tablinum* et aperçoit, près de la fresque des stoïciens, un homme corpulent aux cheveux gris, vêtu d'un large manteau drapé décoré de franges. Ostorius empêche l'importun de pénétrer plus avant dans la villa.

– Que se passe-t-il ? gronde le maître. Qui êtes-vous ? Comment osez-vous violer le seuil de ma maison ?

Le bijoutier, qui porte un paquet enveloppé dans un linge, s'incline très bas en répondant :

– Je m'appelle Fortunatus Munatius et je suis orfèvre, citoyen Javolenus Saturnus Verus. Je tiens boutique près du Forum. Pardonnez cette intrusion mais je dois m'assurer que ceci vous appartient…

Le commerçant dégage les pans de son colis. Apparaît un objet aux éclats jaunes, un visage aux traits lisses et purs, aux cheveux relevés, au cou fin, aux prunelles de lapis-lazuli. Le maître porte la main à son cœur et s'empare du masque mortuaire de Galla Minervina qu'il serre contre sa poitrine. Son émotion est si vive qu'aucun son ne parvient à sortir de sa bouche.

– Lorsque j'ai vu ce visage, poursuit Fortunatus Munatius, il m'a immédiatement rappelé quelqu'un… Les traits de cette femme sont si admirables ; ils m'étaient familiers et cette œuvre est unique, d'une beauté prodigieuse… Au bout d'un moment, il m'a semblé reconnaître une ancienne cliente, votre défunte épouse, et il m'a paru étrange que vous consentiez à vous séparer de son masque funèbre. J'ai donc aussitôt couru auprès de vous afin de m'en assurer.

– Quelqu'un a dérobé le masque ici même, ce matin, explique l'intendant en désignant le laraire.

– Par Vulcain ! s'exclame le bijoutier avec une grimace d'horreur. Je ne m'étais donc point trompé...

– Qui ? hurle Javolenus. Qui vous l'a apporté ? Quand ?

– Un esclave l'a amené à ma boutique ce matin, aux alentours de la deuxième heure, répond Fortunatus Munatius, afin que je le fonde et le transforme en pièces d'or. J'ai moi-même reçu la... l'individu... Évidemment, j'ignorais que l'objet venait d'être volé dans votre villa !

Le bijoutier transpire abondamment, il se tord les mains en signe de malaise. D'un signe, le maître ordonne à Ostorius de convoquer sur-le-champ tous les esclaves de la maison. L'intendant sort et réapparaît quelques instants plus tard avec les neuf domestiques, plus leurs enfants.

– Mon ami, dit Javolenus au bijoutier sur un ton rassurant, vous serez justement récompensé pour avoir ramené le masque. Mais je dois vous demander de m'aider à identifier le coupable et, dans un premier temps, de me dire si le voleur est ici, ce dont je doute. Consentez-vous à innocenter les esclaves que je nourris et que je garde sous mon toit ? Voulez-vous m'indiquer si la main scélérate qui a commis cet odieux crime appartient à ma *domus*, donc à ma propre famille ?

Blême, Fortunatus Munatius acquiesce et observe en transpirant les esclaves qui pénètrent dans l'*atrium*.

– Cette personne est bien là, parmi nous, en ce moment même, murmure-t-il en baissant la tête.

Javolenus devient livide en apprenant qu'il a été trahi par un proche. Il pose la main sur l'avant-bras du bijoutier pour l'encourager à dénoncer le criminel. Rougissant, le bijoutier lève lentement le front et, de sa main baguée, il désigne une jeune femme debout près du corps peint de Thraséa-Poetus.

Le doigt de l'orfèvre pointé sur elle, Livia écarquille ses grands yeux mauves, sans comprendre.

31

– N'AIE CRAINTE, père, assure Saturnina. Marcus, les enfants et moi-même ne partirons pas pour l'île d'Aenaria tant que tu ne l'auras pas livrée aux autorités et qu'elle n'aura pas été jugée par mon beau-frère. Je veillerai à ce qu'il prononce une sentence exemplaire pour ce crime abominable.

– J'ai placé le palefrenier devant la porte de sa chambre, elle ne peut s'enfuir, complète Ostorius.

Allongé dans la bibliothèque, Javolenus exhale un soupir de douleur.

– Je vous remercie tous les deux de votre sollicitude, dit-il. Mais je persiste à douter que Livia soit coupable. Elle paraît sincèrement stupéfaite et consternée par l'accusation de Fortunatus Munatius, et elle ne cesse de nier avoir commis ce qu'on lui reproche…

– Tu la crois ? demande Saturnina, courroucée. Tu accordes plus de crédit aux paroles d'une esclave étrangère à ce pays, à ta maison, qu'à celles d'un honnête marchand de Pompéi, qui connaît notre famille depuis toujours et qui, jadis, a façonné des bijoux pour ton épouse ?

Javolenus soupire à nouveau. Sa fille s'approche de la couche et s'agenouille près de lui.

– Père, dit-elle d'une voix douce, tu dois regarder la vérité en face : quel avantage cet orfèvre talentueux et reconnu aurait-il à mentir ? Il gagne correctement son argent et a pignon sur rue. Pourquoi risquerait-il de perdre sa réputation et donc ce qui le fait vivre ?

– J'en conviens, ma fille, reconnaît le patricien d'un ton las.

– Alors qu'elle, ajoute Saturnina, avait tout à gagner en dérobant le masque de ma mère…

– Je ne te suis pas, répond Javolenus, car en admettant qu'elle soit l'auteur du larcin, elle a risqué sa vie. Si je la remets au ***duumvir***, il est probable qu'elle sera condamnée à mort…

– Cet argument ne joue pas, tant son plan était habilement tramé… Elle était persuadée de n'être jamais prise ! objecte Saturnina. Elle a débarqué ici il y a seulement six mois et ne se lie à personne, donc, hormis le vendeur de papyrus et mon parfumeur, nul ne la connaît à Pompéi et surtout pas les marchands de bijoux. Comment aurait-elle pu savoir que Fortunatus Munatius avait naguère travaillé pour ma mère, reconnaîtrait son visage, neuf ans après son décès, et rapporterait le masque ?

– Peut-être, acquiesce le veuf, peut-être… Mais je ne m'explique pas pourquoi elle aurait perpétré un tel acte. Elle ne manque de rien, sa tâche de secrétaire n'est pas éreintante, elle m'a confié qu'elle lui plaisait beaucoup… Personne ne la maltraite, je la considère, ainsi que les autres esclaves, comme un membre de la famille, je dois même avouer que j'ai une certaine affection pour elle, un jour elle sera affranchie, pourquoi mettre tout cela en péril ? Pour quelques pièces d'or ? Le goût du lucre semble si éloigné de son caractère !

– Tu as raison, père, l'argent n'est sans doute pas le principal mobile du vol. Disons que le gain principal est ailleurs… celui-ci n'était qu'accessoire.

Javolenus se redresse et fixe sa fille, l'air perplexe. Elle se prépare à lui asséner l'imparable coup.

– Tu l'as reconnu toi-même, père, tu conçois une certaine affection pour elle. Imagine un instant que cet attachement soit la véritable cause de son crime… Conçois qu'elle ait savamment recherché et calculé cette, disons, inclination… que cette sympathie que tu éprouves ne soit que le prélude d'un autre penchant, bien plus puissant, bien plus… intime, qu'elle cultive et qui ferait d'elle, peu à peu, non seulement une affranchie mais ta favorite et, surtout, la véritable maîtresse de cette maison… donc de ta fortune.

– Saturnina, tu déraisonnes !

– L'Empereur Vespasien lui-même n'a-t-il pas épousé Domitilla, une affranchie au passé douteux ? À la mort de sa femme, n'a-t-il pas renoué avec une vieille maîtresse, Caenis, une ancienne esclave qui, jusqu'à son décès, a vécu à ses côtés dans le palais impérial et à qui il avait donné une place officielle ? Ces faits, pour être scandaleux, sont connus de tous, père. Je pense même qu'ils ont donné à notre intrigante l'idée de son dessein audacieux.

– Ma tante aurait dû affranchir Livia sur son lit de mort, dit Javolenus d'une voix blanche. Au lieu de cela, elle me l'a léguée pour des raisons que je… que je préfère ne pas dévoiler.

Le philosophe ignore que sa fille et son intendant sont parfaitement informés des croyances religieuses de son scribe.

– J'ai promis à Livia que je l'affranchirais, sous certaines conditions.

– Les remplit-elle, tes mystérieuses conditions ? s'enquiert Saturnina avec ironie.

– Non, et elle le sait.

– À la bonne heure ! déclare-t-elle, victorieuse. J'ai donc raison quand je t'affirme qu'en te séduisant, cette courtisane digne d'Aspasie et de Laïs escompte obtenir la liberté, à laquelle elle ne peut prétendre par ailleurs, la liberté et aussi la jouissance de tous tes biens !

– Pourquoi aurait-elle volé le masque mortuaire de Galla Minervina ? Ce fait demeure inexplicable, même avec ta théorie de complot sentimental…

– Pas du tout ! Au contraire ! Quel est l'unique obstacle qui l'empêche de s'emparer de ton cœur malheureux, père ? L'esprit adoré de ma défunte mère ! En faisant disparaître le masque funèbre de ton épouse chérie – sans oublier, au passage, de s'emparer de l'or – elle éliminait le symbole de ton amour pour ta femme, elle annihilait le passé, demeuré présent à travers cet objet devant lequel tu pries chaque jour avec ferveur, elle se débarrassait ainsi de l'encombrant fantôme !

Javolenus semble ébranlé par les mots de sa fille.

– Sans compter que, matériellement, juge bon d'intervenir Ostorius, elle est la seule à être sortie de la villa ce matin aux alentours de la deuxième heure, donc après votre prière aux ancêtres, et avant la découverte du vol…

Le maître se penche et saisit sa tête des deux mains.

– Je ne sais plus que penser, murmure-t-il dans un profond désarroi. Je ne sais pas… Sans doute avez-vous raison… Tout accuse Livia… Les éléments objectifs plaident contre elle… Mais je ne peux me résoudre à la croire sournoise et déloyale…

– Parce que tu es sous son abominable emprise, père, conclut Saturnina en caressant les cheveux de Javolenus. Fais taire ton désir pour elle, recouvre ton esprit rationnel et tu conviendras, comme nous, qu'elle est coupable et qu'il convient d'avertir immédiatement le *duumvir*.

– Un moment, laissez-moi encore un moment pour décider de son sort, prononce-t-il d'un ton mi-péremptoire, mi-suppliant. Je dois réfléchir. Oui, je dois user de ma raison. Laissez-moi seul.

Jusqu'au soir, le philosophe demeure enfermé dans la bibliothèque. Lasse de rôder autour de la salle des livres où son père fait les cent pas et certaine qu'il ne tardera pas à convoquer le magistrat de la ville, Saturnina finit par rallier sa demeure. Pourtant, au soir couchant, le maître ne dépêche aucun esclave vers l'extérieur. Au lieu de cela, il refuse de dîner, commande du vin à Bambala et demande à son intendant de lui amener la prisonnière.

Lorsque Livia pénètre dans le refuge d'heures passées loin du monde, seule à seule et d'égale à égale avec l'homme qu'elle aime en secret, elle trouve Javolenus juché derrière le pupitre, à sa place à elle. Sur une petite desserte de marbre est posé un plateau. Il lui désigne, dans un coin, un escabeau. Elle s'y installe maladroitement et attend, muette, tête baissée. Il ne souffle mot. Les yeux au sol, elle perçoit le bruit de l'aiguière de vin, du broc d'eau en argent, et entend son maître boire avidement. Un long moment s'écoule avant que Javolenus rompe le silence.

– Parle, je t'écoute, ordonne-t-il d'une voix calme. Mais je te préviens que c'est ta dernière chance de m'avouer la vérité. Si tu maintiens tes dénégations, je t'emmène aussitôt et en personne chez le *duumvir*.

– Alors, partons sur-le-champ, répond Livia en se levant et en regardant Javolenus en face. Car je ne puis confesser un forfait que je n'ai pas commis.

– Tu continues à affirmer que tu es innocente ?

– Oui, dit-elle avec une grande fermeté. Je n'ai pas dérobé le masque de votre épouse et n'avais jamais vu le bijoutier avant qu'il ne ramène l'objet, ici même, à midi.

– Tu accuses donc Fortunatus Munatius de faux témoignage et de mensonge ?

– « On vous traînera devant les tribunaux, on formulera de faux témoignages contre vous, à cause de mon nom », a prédit Jésus. Les miens et moi n'avons que trop l'habitude des calomnies et des persécutions, dit-elle avec tristesse.

– Mais enfin, Livia ! Dans cette affaire, il n'est point question de ta religion, fût-elle illégale et donc la cible des persécuteurs ! Dans cette ville personne, à part moi-même, ne connaît tes croyances ! Pourquoi un orfèvre prospère et renommé, qui ne sait rien de ta foi, voudrait-il ta perte ?

– Je pense en effet que Fortunatus Munatius est indifférent à mon sort, convient Livia, mais qu'il est venu en aide à quelqu'un qui, lui, souhaite ma ruine.

– Qui ? Qui voudrait te nuire au point de te voir condamnée aux supplices des travaux forcés, du bûcher, de la croix ou des bêtes de l'arène ?

Livia se tait.

– Eh bien ! insiste le maître. Puisque celle qu'on accuse d'avoir comploté contre moi se déclare elle-même victime d'un complot, qu'elle aille au bout de son analyse ! Tu n'as pas d'amis... comment disposerais-tu d'ennemis ?

L'esclave demeure muette. Elle songe à Ostorius. Elle se doute que la perfide machination émane de lui. Qui d'autre pourrait lui en vouloir, si sa foi n'est pas visée ?

– Ouvre-toi à moi, ordonne le maître d'une voix douce. Comment puis-je te croire si tu gardes le silence ? Confie-moi le nom de tes prétendus adversaires...

Livia ouvre la bouche. Elle brûle de dévoiler les manœuvres de l'intendant pour disposer d'elle et leur échec. Depuis trois mois, Ostorius s'est tenu tranquille. Mais elle ne se sentait pas en paix pour autant. Le regard tantôt menaçant, tantôt triomphant mais toujours plein de haine de l'affranchi lui laissait craindre une nouvelle attaque, qui ne venait pas. Elle n'avait pas imaginé que le prochain assaut prendrait ce tour-là.

– Alors, Livia ? J'attends...

L'esclave se tait. Il tente de s'y prendre autrement.

– Pourquoi es-tu sortie ce matin ?

– Maître, vous le savez, je me suis rendue à la boutique de Vetulanus Libella car nous allions manquer de papyrus et...

– Tu n'es jamais chargée des courses de la *domus*, coupe Javolenus. Tu répugnes à sortir de la maison, tu me l'as dit toi-même. Tu m'as avoué ton soulagement d'apprendre que ma fille ne te demandait plus de la parer, tu m'as confié ton goût pour l'étude des livres. Tu ne fréquentes jamais les cabarets, les thermes et autres lieux où les Pompéiens aiment se réunir. Tu es l'unique chrétienne dans cette ville donc tu ne peux te rendre à des rituels avec des coreligionnaires. Il convient d'ajouter que tu supportes mal la chaleur de l'été et sembles te plaire dans cette maison. En conclusion, depuis plusieurs semaines tu ne quittes plus la villa. Je voudrais donc comprendre pourquoi ce matin tu es sortie, à une heure où, d'ordinaire, nous travaillons, ici même.

– Maître, s'écrie Livia, étonnée, j'ai quitté la *domus* parce que vous me l'avez demandé ! Je m'apprêtais à vous rejoindre dans cette pièce quand Ostorius m'a chargée de cette course, en votre nom ! Je n'ai rien fait d'autre que de m'en acquitter… Je vous ai obéi !

Javolenus se fige. Ce matin, il n'a pas ordonné à son intendant d'envoyer Livia chez Vetulanus Libella. Tandis qu'il attendait en vain son scribe, peu après l'aube, l'affranchi est venu l'avertir qu'il l'avait dépêchée chez le marchand de papyrus. Un vague soupçon jaillit dans son esprit, qu'il éteint en constatant que l'intendant a juste fait son travail : c'est à lui qu'il échoit de vérifier que rien ne manque dans la demeure, et d'agir en conséquence. D'habitude ce sont les autres esclaves qui effectuent l'approvisionnement de la villa, mais sans doute ce matin étaient-ils tous occupés et Ostorius n'a eu d'autre choix que d'envoyer Livia en ville. Le philosophe se promet de vérifier ce point.

– Maître, allez-vous me livrer à la justice ? demande Livia d'une voix qu'elle souhaite digne malgré sa peur. Me croyez-vous coupable ?

Javolenus observe la jeune femme. Elle peine à maîtriser un tremblement des mains et des jambes, mais son regard est franc. Il songe à leurs conversations profondes sur la sagesse, l'ordre du monde, la foi, à l'apaisement de son âme lors des journées passées avec elle dans la bibliothèque… Oui, il doit convenir du bien-être de son esprit quand il est en présence de cette femme, même ce soir, alors que Livia est accusée de la plus infâme traîtrise. C'est la première fois qu'il se l'avoue. Mais cette révélation bute aussitôt sur les mots de Saturnina. Est-il l'objet des manœuvres de Livia ? Son apparence intègre et délicate dissimule-t-elle une nature cynique et vicieuse ? Si sa fille connaissait ses pensées, elle le trouverait naïf, crédule… et vieux.

Son expérience des gourgandines est si lointaine… il était jeune, ignorant la sagesse stoïcienne et surtout le véritable amour entre deux êtres qu'il n'a connu qu'avec sa femme. Entre Galla Minervina et lui, il n'y a jamais eu de double jeu, d'intentions secrètes, de manipulation de l'autre... Depuis la disparition de son épouse, il vieillit seul, coupé des intrigues et indifférent aux viles intentions humaines... seul avec ses *volumina* mais entouré de richesses... Même si son orgueil est piqué au vif, il doit se rendre à l'évidence : pour une jeune ambitieuse intelligente et cupide, il constitue la cible idéale.

– Je ne peux répondre à ta question, Livia, car je n'en sais rien moi-même, dit-il sèchement, tout en se versant un verre de vin. Laisse-moi.

Les larmes aux yeux, l'esclave sort de la bibliothèque. À l'extérieur, Ostorius l'attend. Sans un regard, un vague sourire aux lèvres, il lui saisit fermement le bras et la conduit à sa cellule, devant laquelle un domestique veille.

Javolenus se rend devant le laraire, où le masque de sa femme a retrouvé sa place. Il brûle de l'encens, répand le sel, le vin, et dépose de la nourriture sur l'autel.

– Mânes vertueux, murmure-t-il, venez à mon aide. Glorieuses âmes de mes ancêtres, éclairez-moi, pénétrez mes rêves et montrez-moi la vérité. Galla Minervina, ma tendre et chère épouse, j'implore ton secours. Empare-toi de mon esprit cette nuit, durant mon sommeil, montre-moi les sombres desseins de cette femme, ou la pureté de son cœur.

Javolenus se rend dans sa chambre d'été, au bord du péristyle. Il contemple les fresques bucoliques qui ornent le *cubiculum*. Puis il s'allonge, écoute la nuit chaude, le murmure de l'eau, demande au souffle divin qui pénètre chaque chose de le guider sur la voie de la raison. Il avale encore un calice de vin du Vésuve, propice aux songes et aux rêves prémonitoires envoyés par Dieu et les morts. Enfin, il s'endort.

Dès l'aube, le lendemain, Javolenus convoque un à un tous ses domestiques dans la tiédeur de la bibliothèque. Il les interroge sur les événements de la veille. Avec calme et douceur, il tente de connaître l'emploi du temps de chacun et la nature des liens qu'ils entretiennent avec Livia.

La hiérarchie aurait voulu qu'il commence par Ostorius, mais à dessein il choisit de sonder son intendant en dernier. Entre le palefrenier, qui ne lui apprend rien. Sa tâche, circonscrite à l'écurie, l'éloigne de ce qui se passe dans la maison et, dès l'aurore, il soignait les bêtes. Il en va de même pour le jardinier, qui profitait de la relative fraîcheur du soleil levant pour s'activer dans le potager. Les deux femmes de charge vaquaient à l'entretien du quartier seigneurial de la villa et n'ont rien remarqué, à part le maître venu se recueillir sur l'autel des lares. Le factotum n'était pas dans la demeure : à l'heure approximative du vol, il était occupé à transporter *dolia* et amphores de vin des caves vers la *taberna* du rez-de-chaussée. Le concierge confirme que personne, à part Livia, n'est entré ou sorti ce matin-là, avant l'arrivée du bijoutier. Bambala était confinée dans sa cuisine. Elle n'est pas allée au marché car le jardin, en cette saison, offre assez de légumes et de fruits pour nourrir la maisonnée. Il lui restait viande, fromage et poisson de la veille ; quant au pain, il est livré à domicile chaque matin, encore chaud, comme dans toutes les honnêtes villas pompéiennes.

– Le boulanger a donc pénétré ici hier, aux alentours de la deuxième heure ? s'enquiert Javolenus, le regard brillant.

– Non, maître, répond Bambala. Secundus ou ses auxiliaires ne passent jamais notre seuil ! Ils laissent leur panier au portier qui contrôle la marchandise puis me l'apporte à la *culina*.

Déçu, Javolenus congédie Bambala et s'apprête à faire entrer Asellina, son aide-cuisinière, la dernière avant Ostorius. Jusqu'à présent, il n'a rien appris qui puisse nuire à Livia, mais rien non plus qui plaide en sa faveur : son secrétaire n'entretient aucune amitié avec les autres esclaves. Courtoise mais distante, elle ne se mêle pas de leurs querelles et ne cherche pas à s'attirer leur sympathie. Pour eux, elle demeure une étrangère que le destin a catapultée dans leur logis, une inconnue discrète, voire secrète, qui, peut-être, s'estime supérieure parce qu'elle vient de Rome, la capitale, qu'elle sait lire et écrire et qu'elle détient le privilège de rester tout le jour avec le maître. Chez Bambala en particulier, Javolenus discerne une jalousie mal dissimulée, qu'il attribue d'abord à la beauté de son scribe, avant de se demander si, d'instinct, la cuisinière n'aurait pas deviné la duplicité de Livia.

Quand Asellina entre dans la bibliothèque, les phrases de Saturnina résonnent à nouveau dans sa tête. L'apprentie marmiton est une enfant de neuf ans d'origine syrienne. Javolenus la questionne avec délicatesse, sans attendre grand-chose d'elle. À sa grande surprise, non seulement Asellina est en excellents termes avec Livia, mais cette dernière a entrepris, en cachette et avec beaucoup de patience, de lui apprendre à lire.

– Avec moi elle est très gentille, dit la brunette aux yeux noirs. Elle dit que j'ai l'âge qu'elle avait quand ses parents et ses frères sont morts et donc qu'elle sait que c'est dur d'être orpheline... Moi je souffre pas, je me souviens même plus de mes parents – j'ai été vendue très jeune – et ma famille, maintenant, c'est Bambala et les autres... Mais j'aime bien quand elle parle de Rome, du Tibre, des collines, des parfums et des maquillages, du palais de l'Empereur et des fêtes de son ancienne maîtresse, qu'elle adore même si c'était pas toujours facile de s'occuper d'elle à cause des rides et de son caractère... Alors, je fais des efforts pour apprendre à lire, pour lui faire plaisir, bien que je voie pas à quoi ça va me servir...

Javolenus sourit, heureux et soulagé de retrouver enfin la Livia qu'il connaît, la douce, la drôle et affectueuse Livia.

– Répète-moi tout ce qu'elle te relate, ordonne-t-il.

L'esclave obéit et Javolenus ne trouve rien de suspect dans le babillage de l'enfant : il remarque que Livia a pris soin de ne pas lui révéler les circonstances de l'assassinat de ses parents, ni ses croyances. Il s'amuse des descriptions cocasses de la vie chez sa tante, note la tendresse avec laquelle l'ancienne *ornatrix* parle de Faustina Pulchra et doute, une fois de plus, des intrigues dont on l'accuse.

– Que te dit-elle à mon sujet ? s'enquiert-il.

– Rien ou presque, elle préfère raconter le passé.

– N'est-elle donc pas heureuse, ici ? A-t-elle des motifs de se plaindre ? Des ennemis ? Sans doute préférait-elle son ancienne maîtresse...

– Oh non, maître ! Au contraire !

– Que veux-tu dire, Asellina ?

L'esclave rougit jusqu'aux oreilles.

– Elle ne m'en a jamais parlé, mais... Vous voyez, votre tante, c'était un peu comme sa mère, alors que vous... même si vous avez l'âge d'être son père, c'est pas du tout pareil. Bref, je crois qu'elle a le béguin.

Asellina éclate d'un petit rire stupide qui irrite Javolenus. Il songe que si Livia est parvenue à le duper, lui, un homme mûr gouverné par la raison, elle a pu facilement s'arroger la complicité d'une enfant. Il l'interroge sur son emploi du temps de la veille, mais Asellina affirme ne pas avoir quitté Bambala et l'étuve de la cuisine, de l'aube jusqu'à la découverte du vol. Elle atteste qu'elle n'a pas vu Livia avant que cette dernière se joigne à eux pour fouiller la maison. Ne sachant comment conclure l'entretien, il lui demande si elle n'a croisé personne de suspect hier, si elle n'a rien observé d'anormal par rapport à la vie ordinaire de la *domus*. La gamine réfléchit un long moment en répétant à mi-voix les mots du maître, et le patricien l'observe en train de faire défiler la journée fatidique dans sa petite tête.

– Il y a bien eu quelque chose de pas comme d'habitude, dit-elle enfin. Mais c'était pas le jour, c'était le soir, et pas tout à fait dans la maison.

– Raconte toujours...

– Bambala était pas contente parce que vous avez refusé son dîner, alors c'est moi qu'elle a envoyé pour vous amener le flacon de *vesuvinum* dans la bibliothèque.

– C'est Bambala qui m'a apporté le vin.

– Oui ! Parce que j'avais ôté mon tablier pour vous être présentable et comme je suis maladroite, j'ai trébuché et renversé l'aiguière sur ma tunique... Alors, Bambala – elle était furieuse – m'a ordonné d'aller me changer, elle a rempli à nouveau le flacon et vous l'a elle-même amené.

– Il n'y a là rien d'extraordinaire, constate Javolenus en souriant.

– Non, c'est maintenant que c'est bizarre... J'ai couru à ma chambre, j'ai mis mon autre tunique et quand je suis repassée près de la loge d'Ostorius et de Bambala, j'ai entendu des voix, pas fortes, qui venaient de chez eux. Comme je suis un peu curieuse, j'ai écouté...

Javolenus dresse aussi l'oreille.

– On aurait dit une querelle, mais pour une fois c'était pas avec Bambala, elle était dans la cuisine, et puis c'était des voix d'hommes... Alors, j'ai regardé, sans me faire voir. Ostorius était à sa fenêtre et il se disputait en chuchotant avec quelqu'un qui était dehors, dans la rue.

– As-tu vu l'homme qui se tenait sur le trottoir ?

– Oui. C'était Secundus, le boulanger à qui on achète notre pain et nos brioches.

Javolenus fronce les sourcils. Pourquoi ne pas faire entrer le commerçant dans l'*atrium* ? L'intendant avait sans doute de bonnes raisons et cet événement mineur n'a probablement aucun lien avec l'affaire du masque. Néanmoins, le maître poursuit ses investigations et demande à la petite de lui rapporter le dialogue des deux hommes.

– J'ai pas tout compris, dit-elle, ils se querellaient à propos d'argent...

– Ostorius avait peut-être oublié de payer la marchandise.

– Ah ben alors, faudrait que Secundus nous ait vendu un âne, ou qu'on l'ait pas payé depuis mille ans !

– Pourquoi ? s'enquiert le philosophe avec une subite inquiétude.

– Le boulanger disait que l'intendant lui devait bien « ça » pour le service, et il exigeait six cents sesterces...

– Six cents sesterces ! s'écrie Javolenus. C'est en effet le prix d'un mulet de premier ordre...

– Et que si Ostorius les lui donnait pas, il ferait du grabuge... Finalement, Ostorius a dû accepter car ils se sont calmés et moi j'en ai profité pour retourner à la cuisine avant de me faire gronder par Bambala...

Javolenus remercie Asellina et lui fait promettre de ne répéter leur conversation à personne. Une fois seul, il extirpe d'un coffre les tablettes de cire où figurent les comptes de la villa. Dans la prolifique Campanie, les denrées de base sont d'un prix modique, et la moins onéreuse reste le pain. Comment un boulanger honnête ose-t-il solliciter une somme pareille ? Le maître examine les tablettes : Secundus ou ses aides apportent chaque matin vingt-quatre pains d'une livre et quelques fouaces pour un montant quotidien de vingt-quatre as, soit six sesterces. D'après les colonnes qu'il a sous les yeux, Javolenus établit que l'intendant paie le boulanger chaque semaine et lui verse donc quarante-deux sesterces hebdomadaires. Le fait le plus troublant est que, selon les écritures, Ostorius aurait payé Secundus il y a trois jours. Comment expliquer que le boulanger exigeât six cents sesterces ? Les comptes seraient-ils falsifiés ? Ostorius détourne-t-il de l'argent avec la complicité de l'artisan ? Au lieu de le demander à son intendant, Javolenus fait rappeler le portier.

– Qui a livré le pain, hier matin ? s'enquiert-il.

– Secundus en personne, maître, répond le concierge.

Soudain, une pensée effroyable émerge dans l'esprit de l'aristocrate. Il fait dire à son intendant qu'il le recevra plus tard. Puis il convoque à nouveau le jardinier et le palefrenier.

Le soleil est à son zénith lorsque, encadré des deux robustes esclaves, Javolenus parvient devant la boutique du boulanger. La canicule et la chaleur des fours à bois font que dans la *taberna*, l'air est irrespirable. À demi nus, le corps luisant, cinq esclaves s'activent dans la fournaise, actionnant les grosses meules à bras, pétrissant sur un grand comptoir, ôtant de grosses miches rondes et dorées des foyers, pour les remplacer par des boules de pâte blanche. Javolenus s'approche et demande le patron, Secundus. Un esclave va le quérir dans l'arrière-boutique. Un homme d'une trentaine d'années, long et maigre, élégamment vêtu et la mine affable, apparaît devant le patricien.

– Vous ne me reconnaissez pas, dit ce dernier, pourtant je figure parmi vos clients. Mon nom est Javolenus Saturnus Verus. Il est vrai que je délègue l'achat du pain à Ostorius, mon intendant.

Le visage du boulanger prend la teinte d'une miche crue.

– Préférez-vous que nous devisions ici, devant vos gens, ou disposez-vous d'un endroit plus tranquille ?

Sans un mot, les yeux écarquillés, Secundus fait signe à Javolenus de le suivre dans l'arrière-boutique. Placide et sûr de lui, le maître laisse ses deux esclaves l'attendre dans la *taberna*. L'artisan indique un tabouret à Javolenus, et il s'assoit en face en fixant le sol de terre battue. Le philosophe remarque que les mains du boulanger tremblent lorsqu'il leur verse un verre de vin coupé d'eau. Javolenus ne touche pas au calice mais Secundus vide le sien d'un trait. Lentement, le stoïcien extirpe de son *pallium* une bourse de cuir, qu'il pose sur la petite table couverte de farine.

– Il y a là mille deux cents sesterces, explique-t-il, soit le double de ce que vous avez exigé hier soir de mon intendant

Secundus lorgne le réticule, l'œil brillant.

– Cet argent est à vous si vous me dites la vérité. Il est évident que si votre réponse me satisfait, non seulement vous gagnez mille deux cents sesterces, mais je n'engagerai aucune poursuite contre vous. Dans le cas contraire…

– Par Minerve, j'ignorais tout, je vous le jure ! implore le boulanger. Je ne savais pas ce que contenait le sac ! Si je l'avais su, j'aurais refusé !

– Comment avez-vous sorti le masque de ma maison ?

– Par la fenêtre de la loge d'Ostorius, qui donne sur la rue. J'ai livré le pain au portier, comme d'habitude, ensuite j'ai fait le tour et j'ai attendu, sous la fenêtre, qu'il me fasse passer le colis. Par tous les dieux, je vous adjure de me croire : je n'ai pas ouvert le paquet et j'ignorais son contenu… jusqu'à hier soir.

– Comment Ostorius t'a-t-il persuadé d'être son complice ?

– Je n'étais pas son complice ! Ce n'était rien qu'un petit service… entre hommes, vous comprenez… un service gratuit. Un soir, à la taverne, il m'a raconté que l'une de ses maîtresses lui avait offert un plat de bronze avec un message d'amour gravé dessus, qu'il cachait naturellement à sa femme... Mais il craignait que Bambala ne découvre le cadeau et lui fasse une scène... Les conquêtes d'Ostorius sont aussi nombreuses que celles de Jupiter, et sa femme est aussi soupçonneuse que Junon. Il affirmait qu'elle se doutait de quelque chose et le surveillait si étroitement qu'il ne pouvait sortir l'objet de la demeure. Il voulait se faire pardonner ses infidélités en faisant fondre le plat et transformer le bronze en bijoux pour Bambala, qu'il lui offrirait lors de leur anniversaire de mariage... Cela devait être une surprise pour son épouse...

– Le fourbe, le comédien ! susurre Javolenus.

– J'hésitais... Il a tenté de me convaincre en m'assurant que je ferais une bonne action, et comme je tergiversais encore, il a fini par me menacer – oh, gentiment – d'acheter le pain de votre maison chez un autre boulanger. C'est que, vous savez, la concurrence est rude et les affaires ne sont pas florissantes...

– Je vois. Donc tu as fini par accepter, tu as pris le sac, pensant qu'il contenait le plat de bronze, d'après le poids et la forme cela pouvait correspondre, et tu l'as apporté au bijoutier Fortunatus Munatius.

– Oui. Tout s'est exactement passé ainsi. Jusqu'à ce que, hier en fin d'après-midi, aux thermes, je rencontre votre factotum qui m'a parlé du vol du masque... Aussitôt j'ai entrevu la vérité, et j'ai réalisé qu'Ostorius m'avait berné.

– Et au lieu de t'en ouvrir à moi ou à un magistrat, tu as pensé qu'un petit chantage auprès de mon intendant...

– C'est que, coupe Secundus avec un air piteux, j'ai eu peur ! À mon corps défendant, j'étais complice d'un crime, et puis j'ai besoin d'un nouveau mulet pour livrer le pain... le mien est vieux et malade...

– Avec ceci, répond Javolenus en désignant la bourse, tu pourras t'offrir un couple de mulets. Ton pain est bon, Secundus. Pourtant, je vais devoir changer de fournisseur.

– Vous êtes donc enfin convaincu de mon innocence ?

– Oui, Livia. Le doute a abandonné mon esprit, où jamais il n'aurait dû s'insinuer.

Installée derrière le pupitre, Livia clôt les paupières de soulagement. Son sang circule enfin dans son corps. Les paroles et le regard de Javolenus viennent de la rendre à elle-même. Elle entend son cœur frapper sa poitrine et pose la main sur son sein. Elle respire, elle entend, elle perçoit à nouveau ce qui l'entoure. Elle ouvre les yeux et les pose sur cet homme qu'elle n'a jamais cessé d'aimer, malgré la terrible accusation. Javolenus était aveugle hier. Aujourd'hui il lui redonne vie.

– Néanmoins, les aveux de Fortunatus Munatius ont été très délicats à obtenir, explique-t-il, assis sur le lit de la bibliothèque. L'orfèvre est d'une autre envergure que Secundus, il n'était pas question de l'acheter. Quand bien même, il était déjà vendu ! Je ne parvenais pas à comprendre pourquoi… et surtout comment Ostorius avait réussi à le circonvenir… J'imaginais qu'il n'avait pu lui servir la même faribole qu'à Secundus… Mais mon esprit échouait à établir le lien pervers qui les unissait. Dès que le bijoutier a saisi que je ne venais pas pour le récompenser d'avoir rendu le masque, il s'est fermé sur lui-même. Pendant plus d'une heure, il ne s'est pas départi de sa version : il continuait à affirmer que c'était toi qui lui avais amené l'objet. J'avais beau lui expliquer que le boulanger venait de tout m'avouer, il niait, encore et toujours il niait… J'ai pensé faire venir Secundus dans la boutique mais je savais que cela ne servirait à rien, la parole d'un petit artisan au bord de la ruine contre celle d'un gros commerçant riche, fat et huppé !

L'après-midi touche à sa fin mais le soleil est brûlant. La villa semble déserte. Les femmes sont aux thermes. Javolenus a profité de leur absence pour faire enfermer Ostorius, sans explication, dans le cellier qui borde la cuisine. Le jardinier, le palefrenier et le factotum demeurent à proximité, prêts à bondir sur le traître s'il cherche à s'échapper. Ils aspirent à faire payer à l'intendant la somme de plusieurs années passées sous sa badine. Seul le portier est resté à son poste, avec la consigne d'empêcher quiconque d'entrer, sans exception. Javolenus est allé lui-même délivrer Livia et l'a conduite, sans un mot, jusqu'à sa place habituelle, celle de la confiance retrouvée.

– Heureusement, continue le maître, Fortunatus Munatius fermait boutique pour se rendre aux thermes lorsque nous sommes arrivés… Ainsi, nous étions seuls tous les quatre dans la *taberna*, sans témoin…

Il serre les poings.

– Je répugne à la violence mais face à la morgue de ce scélérat, j'ai failli me départir de mon calme et demander à mes gens de le persuader de parler ! J'ai eu envie de lui assener moi-même une correction… J'ai dû lutter pour maîtriser ma colère lorsque, du haut de son outrecuidance, il m'a presque traité d'ingrat alors qu'il avait rapporté le masque, et m'a proposé de nous rendre chez le *duumvir* afin d'éclaircir la situation... N'y tenant plus, ne supportant plus la vue de cette canaille qui mentait avec tant d'aplomb, je me suis détourné, faisant les cent pas pour retrouver ma sérénité. Je marchais parmi les tables encombrées d'outils et de travaux en suspens lorsque soudain, mon œil a été attiré par un objet familier...

Livia suspend sa respiration.

– Sur un établi de bois, dit-il d'une voix cassée, gisait un gros bracelet d'or ciselé en forme de serpent, à l'œil d'aigue-marine... Je le connais bien pour l'avoir vu, de nombreuses fois, au poignet de ma fille... Sur le moment, j'ai songé à une coïncidence... À la suite de sa mère, Saturnina est une cliente de Fortunatus Munatius, il n'y avait là rien de répréhensible. Mais mon cœur ne cessait de cogner, mon esprit se rappelait sa farouche défiance à ton égard et ma raison me soufflait un curieux message... Je suis revenu vers le félon et, sur un ton que je voulais détaché, je lui ai demandé s'il connaissait Saturnina et ce que son bracelet faisait dans sa boutique.

D'un geste infiniment las, Javolenus s'éponge le front avant de poursuivre :

– J'ai immédiatement su, à son attitude... Il s'est borné à expliquer qu'en effet, Saturnina lui donnait parfois du travail, qu'en l'occurrence le bracelet était en réparation. Mais son visage soudain blafard, sa voix tremblante, son regard fuyant, la perte brutale de son arrogance... Tout trahissait que j'avais vu l'unique chose que je ne devais pas voir, que ce bijou n'était pas là par hasard et qu'il était le lien qui me manquait, le pourquoi qui m'échappait...

En nage, profondément troublé, Javolenus se désaltère d'une coupe de vin. L'émotion – ou la colère – le fait haleter.

– Ensuite, il n'a pas été long à se mettre à table... J'étais prêt à tout pour savoir la vérité et, puisqu'il s'agissait de ma fille, je n'aurais pas hésité, cette fois, à le frapper s'il s'était défaussé. Mais il s'est senti perdu... et il m'a tout raconté.

Le maître fait une nouvelle pause. Livia voudrait l'aider. Elle esquisse le geste de se lever mais il reprend son récit. Elle demeure immobile.

– Ma fille... ma fille unique... ma chair, mon propre sang, exhale-t-il dans un murmure. J'ai eu peine à le croire... La femme la plus belle, la plus fortunée de Pompéi, qui possède près de mille esclaves, des enfants parfaits, une maison sublime et l'amour de son mari... Un être de naissance noble et d'éducation soignée, la femme la plus enviée par toutes et tous, qui fomente un complot avec mon intendant, soudoie un bijoutier et insulte la mémoire de sa propre mère afin de perdre une esclave !

Le choc est grand pour Livia. Elle a toujours suspecté Ostorius, mais jamais elle n'a imaginé que l'altière Saturnina puisse la haïr au point de se compromettre dans une conjuration contre elle.

– Je... je ne comprends pas non plus, chuchote-t-elle.

– L'as-tu jamais insultée, lorsque tu la parais ? demande-t-il avec douleur.

– Maître...

– Inutile de répondre, Livia. Je sais que c'est impossible. Il me semble te connaître mieux que ma propre fille... Quant à elle, je cherche en vain le mobile de sa jalousie, d'une rancune si délétère... La crainte de perdre son héritage, de voir mes biens dans les mains d'une autre n'est qu'un prétexte auquel je ne crois pas. Elle sait que jamais je ne la déposséderais d'une fortune dont elle n'a pourtant nul besoin. Dans l'oisive opulence qui l'entoure, son âme orgueilleuse est-elle si désœuvrée qu'elle a agi ainsi pour conjurer l'ennui, pour se divertir ?

Livia réfléchit et son cœur épris lui inspire une réponse qu'elle regrette aussitôt.

– Son âme n'est sans doute pas inerte mais souffrante, maître. Assurément elle n'a pas vu en moi ce que je suis, c'est-à-dire une esclave inoffensive et dévouée, mais plutôt une femme qui passe beaucoup de temps avec vous... donc une rivale.

Interloqué, Javolenus lève les yeux au ciel.

– Mais comment peut-on confondre l'amour d'un père pour sa fille avec l'amitié entre deux êtres humains ? C'est insensé !

Livia rougit et baisse les yeux. Le mot « amitié » lui fait mal. Pourtant, elle sait qu'elle doit non seulement s'en satisfaire, mais y voir la marque d'un attachement singulier, au-delà de tout ce qu'elle pouvait espérer.

– Parce que l'amour d'une fille pour son père, dit-elle tout bas, en particulier lorsque cette fille n'a plus de mère et que ce père choisit de rester veuf, devient si grand et si exclusif qu'il ne tolère aucun attachement pour une autre femme, ne serait-ce qu'une simple amitié... Je pense qu'elle a vraiment cru que j'étais une intrigante, une courtisane, et que je voulais prendre la place de sa défunte mère.

– Tout cela est ma faute, conclut Javolenus dans une grande affliction. J'étais tellement enfermé dans mon deuil que je n'ai pas pris garde à elle... Je pensais que son mari et ses enfants pourvoiraient à tout... J'ai vécu avec une morte et j'ai délaissé les vivants. Quant à toi, tu es bien généreuse de sonder le cœur de ton ennemie, sans haine et sans colère. Pour ma part, quelles que soient les raisons qui ont poussé Saturnina à un tel acte, j'en tire les conséquences. Inutile qu'elle s'explique, je ne veux rien entendre. À partir de ce jour, je lui interdis le seuil de ma villa. Fortunatus Munatius gardera le silence sur le vol, c'est son intérêt. Ainsi, j'évite à ma fille le scandale public. Je ne la répudie pas, je ne la déshérite pas, mais elle ne me reverra que sur mon lit de mort. Quant à Ostorius...

La rage sèche et froide avec laquelle il a parlé de Saturnina se mue en impétuosité ardente.

– Celui-là va connaître, dès ce soir et de ma main, la badine avec laquelle il vous menaçait tous, avant la justice de mon cher ami le *duumvir* qui, dans le meilleur des cas, l'enverra aux galères jusqu'à la fin de ses jours, si ces derniers n'ont pas été interrompus par la peine capitale... Il pourra toujours exercer sa lâcheté en dénonçant ma fille, personne ne le croira ! En attendant, je vais remercier l'esprit de mon épouse et de mes ancêtres de m'avoir éclairé, dire au portier de faire entrer les femmes et demander à Bambala – pauvre Bambala – un plantureux dîner, que tu prendras avec moi, dans la salle à manger !

Sans autre forme de procès, le philosophe se lève et se dirige vers l'*atrium*. Avant qu'il ait pu sortir de la bibliothèque, Livia se précipite et se jette à ses pieds.

– Maître, je vous en conjure, ne faites pas cela ! Pardonnez ! Pardonnez-leur, à tous les deux ! Ne leur infligez pas de tels supplices, ils ne le méritent pas, je vous en prie !

Médusé, Javolenus stoppe tout mouvement.

– Livia, que dis-tu ? Aurais-tu perdu la raison ? Tu souhaites que je renonce à rendre justice et que je pardonne à deux êtres qui ont failli te faire condamner à mort ?

– Maître, supplie Livia dans un sanglot, votre châtiment n'est que vengeance et la vengeance n'appartient qu'à Dieu. Je ne souhaite pas à Ostorius ni à votre fille le mal qu'ils ont voulu m'infliger. Je leur pardonne, oui, je leur pardonne. Votre fille n'a agi que par amour pour vous et pour la mémoire de sa mère ; elle vous aime tant qu'elle a voulu vous protéger... Quant à Ostorius, il vous a cru en danger et n'est intervenu que par devoir, par fidélité à votre égard... Je vous adjure de ne pas rompre tout lien avec votre fille, cela ne ferait qu'approfondir ses plaies et les vôtres. Ne dénoncez pas votre intendant, ne provoquez pas, en pleine conscience, son trépas, ne massacrez pas sa vie !

Troublé, Javolenus fronce les sourcils. L'esclave tend la tête vers son maître. Elle voudrait lui avouer que sa fille ne s'est pas en tous points trompée. Si son inclination pour lui est sincère et exempte des manœuvres cupides que Saturnina lui a prêtées, elle se sent néanmoins coupable, du fait même de cette inclination.

Son soulagement d'être innocentée du vol du masque est gâté par cette culpabilité mâtinée de honte qui, inconsciemment, la pousse à enjoindre Javolenus à l'indulgence, en particulier à l'égard de Saturnina.

– Qui commande ta bouche et la pousse à prêcher des phrases aussi irrationnelles ? demande le philosophe. Est-ce encore ton fameux prophète ?

– « Aimez vos ennemis... », cite-t-elle. Sur la croix, à l'aube de sa mort, Jésus a crié : « Père, pardonne-leur, car ils ne savent pas ce qu'ils font ! » Si Jésus a pardonné à ses bourreaux, comment pourrais-je, moi, poursuivre mes adversaires ? Je ne ressens aucune haine, car je les comprends. Leur action était mauvaise, mais leur motivation était bonne, c'était de l'amour. Le châtiment de leur péché ne m'appartient pas... Seul Dieu est capable de les juger. Moi qui suis sauve, je leur pardonne.

Déconcerté, Javolenus se penche, saisit les bras de Livia et la relève. Son visage est si près de celui de la jeune femme qu'elle peut sentir son haleine chaude quand il respire, son souffle quand il parle. Elle a l'impression qu'elle va s'évanouir.

– Tes propos, ceux de ton prophète, ne relèvent d'aucune sagesse humaine, dit-il. Mais je suis touché par celle qui me supplie de pardonner à ses persécuteurs.

Il tend la main droite et, délicatement, sèche de ses doigts les larmes de Livia.

32

AU SON DE LA CLOCHE que fait tinter Barbidius, le portier s'éveille dans sa loge à l'entrée de la *domus*, tandis qu'une nuée s'échappe du quartier servile : le palefrenier trottine vers l'écurie, le jardinier court biner le potager, Helvia, Asellina et les enfants se précipitent dans la cuisine, le factotum et les deux femmes de charge s'abattent sur le quartier seigneurial avec torchons, balais de bruyère et de myrte, plumeaux, seaux, échelles pour atteindre les plafonds et perches au bout desquelles sont accrochées des éponges. Alors qu'elles répandent sur le pavement de l'*atrium* de la sciure de bois et se lancent à l'assaut des colonnes du *tablinum*, Javolenus sort précipitamment de la bibliothèque où il travaille en compagnie de Livia.

– Cessez ce tintamarre, chuchote-t-il, vous allez réveiller mon hôte, il dort à côté, dans mon *cubiculum* d'hiver !

– Maître, nous l'ignorions…

– Le printemps approche mais les nuits sont encore fraîches et ses poumons fragiles, répond-il tout bas, j'ai préféré lui éviter les courants d'air des chambres du péristyle… Allez plutôt vérifier que son brasero n'est pas éteint.

– Bien, maître.

Barbidius les devance et, sur la pointe des pieds, il pénètre dans la chambre seigneuriale d'hiver. Frère et sœur, le nouvel intendant et Helvia, la cuisinière en chef, sont des cousins de Scylax, le gérant des terres. Plus de sept mois auparavant, malgré les supplications de Livia, Javolenus a donné les verges à Ostorius, puis il l'a chassé de la maison dans laquelle l'affranchi était né et où il avait toujours vécu. Pourtant, il ne l'a pas livré à la justice. À Bambala il a proposé de rester mais fidèle, fière ou amoureuse jusqu'au bout, elle a choisi de suivre son mari et n'a pas envisagé le divorce. Personne ne sait ce qu'ils sont devenus. Face à la colère froide et à l'irrationnelle clémence de son père, Saturnina a eu la décence de ne pas les prendre à son service. Pardonner à sa fille a été une épreuve pour Javolenus. Mais le temps, les liens du sang et la joie de voir ses petits-enfants ont fini par avoir raison de son ressentiment. Si le philosophe se rend régulièrement dans la somptueuse villa de Saturnina, cette dernière évite la maison de son père. La vue, la présence cachée, l'évocation même de Livia lui sont intolérables et elle a demandé à Javolenus de ne plus aborder l'épineux sujet. Jugeant cette requête avisée et sage, le philosophe a obtempéré. Pourtant, Saturnina n'a pu manquer de noter un subtil changement chez son père, une félicité neuve qu'il dissimule mais qui transparaît dans son regard, dans ses gestes, dans une douceur dénuée du chagrin et de la lassitude qui l'accompagnaient jusqu'alors. Méfiante mais prudente, ne disposant plus d'espion dans la villa de son père, elle s'interdit de s'enquérir auprès de lui de la cause de ce bouleversement. Elle offre des sacrifices aux dieux, en priant pour que cette béatitude n'ait d'autre source que leur réconciliation, et non les noirs desseins de la malsaine créature qu'elle souhaite, de toutes ses forces, voir périr.

– Javolenus Saturnus Verus, mon ami, c'est à croire que l'exil t'est bénéfique et que tu as découvert l'élixir de jeunesse ! Quatre années que je ne t'avais visité, et alors que j'avais quitté un être sombre, harassé et reclus, je te retrouve rajeuni, joyeux et apaisé… Sois généreux avec ton vieux camarade à la santé précaire : fais-moi profiter de ta recette de jouvence !

Sur le lit de la bibliothèque, Javolenus rit. Face à lui, de l'autre côté du trépied de bronze où est posé le broc d'eau du petit déjeuner, est allongé un homme d'une cinquantaine d'années, petit et malingre, au teint grisâtre, qui siège à la Curie et qui est arrivé la veille de Rome.

– Cher Valerius Popilius Gryphus, répond Javolenus en souriant. Le climat de cette région et ses eaux thermales te seraient sans doute bénéfiques, si tu daignais venir plus souvent. Mais je ne doute pas que mon *vesuvinum*, mes vins aromatiques et médicinaux, notamment le *mirris* à la myrrhe, cannelle, safran et nard, le *mulsum*, le *passum* aux raisins secs ou le *Faecula Aminea*, recommandé par les médecins, guériraient tes pauvres bronches, si tu consommais les amphores que je t'envoie...

– Hélas mon estomac devient aussi récalcitrant que mes poumons, mon ami, et je suis obligé de modérer mon goût pour le vin. Je t'avoue que j'ai du mal à assimiler tout ce que nous avons bu hier soir...

– Il fallait bien fêter ton arrivée et te pousser à me relater les travaux du Colisée, le nouvel impôt sur les Juifs, la réorganisation de l'armée, la censure de Vespasien et le dernier complot déjoué !

– Certes... Mais si l'air fétide et les intrigues de l'*Urbs* sont sans doute responsables d'une partie de mes affections, tu ne me persuaderas pas que le soleil, le vin ni même tes préceptes stoïques ont guéri les tiennes. Je te connais depuis trop longtemps, Javolenus... Je sais ta blessure trop profonde pour être soignée par de tels pansements...

Le philosophe rougit.

– Tu m'embarrasses, Valerius... J'ai juste plaisir à vivre à Pompéi, au grand air, à lire, à travailler. Ici, je me repose du monde.

– Du monde, oui, mais pour la première fois, tu sembles aussi en paix avec toi-même, et avec ton deuil. Je ne crois pas que les responsables sont tes livres.

– Tu as sans doute raison, Valerius. « La » responsable est peut-être ailleurs...

– Cachottier ! J'en étais sûr ! Et tu oses me la cacher !

– Ce n'est pas ce que tu crois. Elle est... esclave et... il s'agit juste d'amitié, de connivence intellectuelle.

Valerius se redresse et observe son compagnon.

– Tu m'inquiètes, Javolenus ! Une camaraderie « intellectuelle » avec un esclave, et de surcroît femelle ? Ou tu possèdes le plus gros caprice que la nature ait jamais commis, ou la cécité de tes sens est complète !

Surpris par la réaction de son ami, le philosophe bredouille comme un enfant pris en faute.

– Mais... je te jure, jamais je n'ai songé à autre chose qu'à de l'amitié... Sa présence me procure une quiétude, une allégresse, un bonheur que je ne connaissais pas... C'est différent de mon amour pour Galla Minervina... Aucun rapport... donc je n'ai pas pensé...

– Ne me dis pas que ta virilité n'est pas exacerbée par elle et que tu n'as pas goûté à son corps !

Le visage de Javolenus, à nouveau, devient cramoisi.

– Non, Valerius, j'ai décidé de l'affranchir mais je n'ai pas...

– Alors, permets-moi de te dire, en véritable amitié, que tu es un idiot. Tu es amoureux et tu l'ignores, à ton âge ! J'avais raison : tu as rajeuni… tellement que tu te comportes comme un passereau tout juste sorti de sa coquille !

Les paroles de Valerius Popilius Gryphus provoquent un choc chez Javolenus. À quarante-sept ans, il découvre qu'il s'est berné lui-même et que, sans oublier sa défunte épouse, il aime, à nouveau, une femme. Oui, il aime…

Dans la matinée, le sénateur romain décide de se rendre à un combat de gladiateurs à l'amphithéâtre. Comme de coutume, Javolenus refuse de l'accompagner mais lui délègue Barbidius et Scylax, experts en jeux du cirque, car leur famille compte plusieurs *bestarii* adulés par le peuple. L'aristocrate se délecte à l'idée de demeurer seul avec les ouvrages que Valerius lui a apportés de Rome. Mais il ne parvient pas à fixer son attention sur les *Astrologies* de Calpurnius Piso, ni sur les multiples rouleaux de *L'Homme de lettres* de Pline l'Ancien. Sans cesse, il songe aux remous de son cœur et à l'angoissante question : maintenant qu'il connaît ses sentiments, doit-il les déclarer ou continuer à les garder dans le secret de son âme ? Comment vivre cet amour au grand jour ? D'infranchissables murs se dressent entre Livia et lui : le barrage des castes, l'aversion de Saturnina pour la jeune femme, la crainte que la mort lui arrache, cette fois encore, l'être aimé… Malgré l'enseignement de ses maîtres stoïques, il n'est jamais parvenu à se libérer des remords et des inquiétudes pour accéder à la seule dimension supportable : le présent. Aujourd'hui, doit-il à nouveau tenter d'y parvenir ? Son unique certitude réside dans le fait qu'il doit accepter cet amour, puisqu'il lui a été envoyé par Dieu et le destin. Pour le reste, il se sent perdu. Demander conseil à Épictète… Voilà une brillante idée ! Il s'installe derrière le pupitre de marbre, saisit un papyrus, une tige de roseau, et suspend son geste. Assis à la place de Livia, il réalise qu'il méconnaît les sentiments de la jeune femme. Il l'aime, le fait est acquis, mais elle, que ressent-elle à son égard ? Javolenus ne saurait tolérer une amicale sympathie ou une inconditionnelle dévotion d'esclave… Il faut qu'elle l'aime comme un homme et non comme un maître, dans une affection réciproque et de même nature que la sienne. Égaré dans la confusion de ses propres sentiments, il ignore tout des émois de la jeune femme. Les paroles d'Asellina résonnent dans sa tête mais il leur refuse tout crédit. Jamais il n'a remarqué, chez son scribe, le moindre regard, le plus infime signe qui lui permette de penser que sa flamme est partagée. Anxieux et timide comme un adolescent, il convoque Livia dans la bibliothèque.

Dès qu'elle entre dans la pièce, il renonce à sonder son cœur : elle a les yeux bouffis, la mine ténébreuse et le teint brouillé. Il s'alarme.

– Livia, serais-tu souffrante ? As-tu la fièvre ?

– Non, maître. Je vous en demande pardon mais, durant votre entretien de ce matin avec votre ami, je me suis assoupie dans ma chambre…

– Cesse de demander pardon pour un repos légitime, répond-il, irrité par les manières d'esclave de Livia.

– Et j'ai encore fait ce rêve.

L'agacement de Javolenus fait place à de la curiosité.

– Ton rêve d'incendie ?

– Oui.

– Prends un siège et raconte-moi.

– C'est toujours la même chose, répond-elle, exténuée. Des flammes sans feu… l'intolérable chaleur… l'atmosphère de catastrophe… le bruit des toits qui s'écroulent… la fumée, l'air irrespirable… la panique tout autour… la ville détruite… je suis seule et je cours…

– Hum… Tu n'ignores pas que les rêves sont des messages divins. Dans l'ordre parfait du monde régi par le destin, les dieux bienveillants – qui savent ce qui doit arriver – nous envoient des signes annonciateurs de l'avenir. Ils se manifestent à travers le chant et le vol des oiseaux, les entrailles des animaux, les astres, les éclairs, les prodiges, les paroles des délirants et les visions des dormeurs. Dans le passé tu as déjà reçu, m'as-tu confié, de tels avertissements qui, malheureusement, se sont toujours réalisés. Je suis donc certain que ton rêve récurrent est un songe prémonitoire, un augure des dieux.

– Pourquoi vos dieux auxquels je ne crois pas m'enverraient-ils de tels signes ?

– C'est peut-être ton Dieu qui s'adresse à toi dans ton sommeil !

– « Mon Dieu », comme vous dites, parle en effet à travers les rêves, répond-elle, pensive. Instruit par des mages chaldéens qu'un grand roi juif, donc concurrent, était né à Bethléem – il s'agissait de Jésus – le souverain Hérode a fait massacrer tous les enfants de moins de deux ans afin d'anéantir son rival… mais grâce à un songe envoyé par Dieu,

Joseph, le père de Jésus, a été averti de l'hécatombe et il s'est enfui à temps en Égypte avec sa femme Marie et son fils Jésus, qui ainsi a été sauvé. Mais Joseph était le père du prophète, notre Sauveur, je doute que Dieu s'adresse à moi...

– Pourquoi pas, Livia ? Au fond, cette question n'a guère d'importance, ce qui compte est que nous interprétions convenablement la mise en garde divine.

– Je ne crois pas aux devins que les miens et moi-même tenons pour de dangereux sorciers et n'entends rien à la science de la divination défendue par vos maîtres stoïques.

Les mains derrière le dos, Javolenus marche en réfléchissant à haute voix.

– Le présage est mauvais, de cela nous ne pouvons douter. Annonce-t-il un nouveau tremblement de terre, une guerre, une invasion de la colonie, un gigantesque incendie de Pompéi, peut-être un raz de marée ? Le devin n'a pas su me le préciser ni à quelle échéance le fléau surviendrait, mais il a vu, lui aussi, un grand malheur dans les entrailles de la chèvre.

– Vous avez donc consulté un devin, maître ? s'étonne la jeune femme.

– L'intelligence de cet homme est médiocre et son existence relâchée, aussi n'ai-je accordé qu'une confiance limitée à ses paroles. Ainsi que l'a écrit Chrysippe, seul le sage, celui qui possède une intelligence supérieure et un parfait savoir, détient le pouvoir de connaître et d'expliquer les messages des dieux. Néanmoins, l'opiniâtreté de ton rêve m'incite à...

– Je suis inculte et dénuée de sapience, coupe-t-elle sur un ton malicieux.

– Permets-moi de ne pas être d'accord avec toi. Quoi qu'il en soit, tu possèdes une autre qualité, répond-il avec un sourire grave et ambigu, que t'ont apprise ton agaçant prophète et ses disciples, et que je considère comme utile, malgré tout : la capacité de penser avec ton cœur. Cette intuition sensible, cette ouverture cognitive me convainquent d'obéir à ta persistante vision nocturne en nous prémunissant de la calamité prochaine. Regarde...

D'un coffre, Javolenus extirpe une tablette de cire à deux volets et montre à Livia un étrange dessin qu'il y a tracé.

– Ce n'était qu'une divagation de mon esprit un soir de pleine lune, explique-t-il. Je venais de relire ce que Sénèque, dans ses *Questions naturelles*, avait noté sur le séisme d'il y a dix-sept ans. À la fin de sa vie, il s'est beaucoup intéressé à la connaissance des phénomènes de la nature et aux moyens de s'en préserver. Une vague idée a germé dans ma tête, sur laquelle j'hésitais... mais aujourd'hui je suis décidé à la mettre en œuvre. Tu vois, il s'agit d'une cavité que je vais faire creuser sous les souterrains actuels de la maison. Elle sera assez grande pour contenir tous les gens de la *domus*, plus ma fille, mon gendre et mes petits-enfants. Nous y serons serrés mais saufs et ne devrions guère y passer plus de quelques jours. L'entrée de l'abri sera dissimulée... Une dalle de marbre conduira à un escalier et au caveau souterrain, profond d'environ une perche. Ainsi, en cas de conflit, nous échapperons aux envahisseurs. La cavité sera hermétique et étanche... s'il s'agit d'un incendie, nous ne craindrons rien. Enfin, en cas de tremblement de terre, hypothèse la plus probable, dans les tréfonds nous serons protégés : lors du précédent cataclysme, ceux qui, d'instinct, s'étaient rendus dans les caves ont eu la vie sauve. Aussi, la maison pourra-t-elle s'écrouler sur nos têtes, nous serons en sécurité. Ensuite, il sera aisé de desceller la dalle de marbre pour rallier les caves à vin, puis l'extérieur. En plus de la nourriture, notre asile contiendra les outils indispensables.

– Maître... votre plan est brillant, mais comment allons-nous respirer là-dessous ?

– Bonne question ! C'est le problème qui m'a le plus taraudé. Mais j'ai trouvé la solution : les ingénieurs de Pompéi excellent dans l'art des canalisations. Il suffit de remplacer l'eau par l'air !

– Je ne vous suis pas.

– Avec la cave secrète et relié à elle, je vais faire creuser un étroit conduit souterrain en plomb, qui débouchera sur l'une des parois du puits du potager, au-dessus de l'eau, naturellement. De la sorte, nous serons approvisionnés en air, même si un déluge de pluie ou de feu s'abat sur la ville, et même si le puits est bouché ou détruit par un tremblement de terre.

– C'est avisé. Il nous suffira de prier Dieu afin d'avoir le temps de nous engouffrer dans votre abri et ensuite, de posséder la force d'en sortir...

– Exact. Si les secousses durent trop longtemps, nous périrons comme des rats pris au piège. Mais au moins aurons-nous tenté de survivre en hommes, non en bêtes.

En compagnie de son escorte, Valerius Popilius Gryphus est rentré satisfait de sa journée dans l'arène. En ce mois de mars de la dixième année du règne de Vespasien*, les combats reprennent après la pause hivernale et, en pleine campagne électorale, les candidats les plus fortunés au *duumvirat* et à l'édilité offrent des jeux aux Pompéiens afin de s'assurer de leur popularité donc de leur élection. Aujourd'hui, le citoyen de Rome s'est régalé de la vision de taureaux, toréadors et cuadrillas, de combats de gladiateurs par paires, de pugilats, de spectacles de clowns et de bouffons, sans compter la lutte des *bestarii* contre les ours, sangliers, éléphants, rhinocéros, buffles et fauves divers, au cours d'une chasse géante pour laquelle l'amphithéâtre a été transformé en forêt. Il s'est hâté vers la villa, exténué d'avoir acclamé Céladon et les dieux du cirque, applaudi le défilé final des combattants sanguinolents qui ont rejoint leur caserne par le *decumanus maximus*, la voie principale de la cité. Les deux amis se délassent à présent dans les thermes du Forum, éloignés de la maison de Javolenus et dont les travaux de restauration ne sont pas achevés mais ce sont les seuls bains à fonctionner depuis le tremblement de terre d'il y a dix-sept ans. Dans sa défiance vis-à-vis d'autrui, encore exacerbée par l'affaire du vol du masque, le Pompéien aurait préféré que le Romain se contente de sa salle de bains privée, mais il n'a pas osé faire cet affront à son ami.

Valerius s'étire langoureusement dans le *caldarium* chauffé à 40 °C, appréciant l'élégance des parois jaune d'or et des pilastres de porphyre rouge.

– Je comprends ton penchant pour cette ville, déclare-t-il à son camarade. Cette volonté de jouir de la vie, d'accueillir tous les plaisirs avec simplicité, joie et enthousiasme ! Quel enchantement d'être loin des complots et des manigances hypocrites... Malgré mon épuisement, je me sens en pleine forme ! Tu sais, j'ai très envie d'acquérir une maison ici, pour y passer mon temps libre et mes vieux jours... À Pompéi, je suis sûr de mourir en meilleure santé qu'à Rome !

– Ce serait un ravissement pour moi que tu t'installes dans cette cité, répond Javolenus en souriant. Je t'y encourage ! Pourtant, je dois te prévenir que le goût des conjurations et des actions basses n'épargne pas la Campanie.

* Soit, mars de l'an 79.

– Ne gâche pas mon rêve de paradis ! À propos d'euphorie délicieuse, quand vas-tu me présenter la responsable de ta chaste volupté ?

– Dès notre retour. J'ai beaucoup réfléchi à notre conversation de ce matin et j'admets que tu as raison. Je me suis comporté comme un enfant. Il est temps que je redevienne un homme.

– À la bonne heure ! Enfin des paroles dignes d'un philosophe ! Ton abstinence malsaine n'a que trop duré ! Ce soir, tu étends la demoiselle sur ta couche et…

– Ce soir, je dois trouver le courage de m'enquérir de ses sentiments à mon égard, coupe sèchement Javolenus, et non m'autoriser la veulerie d'abuser d'elle, ainsi que le ferait un maître d'une esclave.

– Ces scrupuleux ménagements vis-à-vis d'une domestique qui t'appartient sont incompréhensibles, mais soit, je veux bien les porter au crédit de ton école du Portique. Ensuite ?

– Ensuite, si son penchant correspond au mien…

– Eh bien, Javolenus ? Enfin, tu en fais ta maîtresse et tu renoues avec les sains plaisirs de la chair ?

– Si elle m'aime comme je l'aime… je l'épouse !

Valerius est tellement stupéfait qu'il manque s'écrouler dans le bassin et boire la tasse.

– Tu as perdu la raison, mon ami, murmure-t-il. C'est totalement impossible !

– Alors, Livia, que penses-tu de mon ami Valerius Popilius Gryphus ?

La nuit est tombée depuis longtemps. Javolenus et Livia déambulent dans le péristyle, sous les étoiles, dans une demi-obscurité qui sculpte les contours de leurs visages mais jette un voile pudique sur l'expression de leurs traits. Livia est mal à l'aise, cela fait plusieurs heures qu'elle est embarrassée, depuis que le maître, rentrant des thermes avec son ami, lui a ordonné de partager leur *cena* et de s'allonger sur un *lectus* du *triclinium*, le lit d'honneur, placé devant la table, sans vis-à-vis. L'esclave a déjà déjeuné ou dîné avec le maître mais c'était dans la bibliothèque, où seul Javolenus était étendu et dûment servi par les domestiques : Livia picorait fruits et fromage posés sur la desserte du bureau, ne cessant d'écrire sous la dictée du patricien. Ce soir, pour la première fois de son existence – chez ses parents, elle était trop jeune pour bénéficier d'un *lectus* et mangeait juchée sur un escabeau, comme tous les enfants – Livia s'est étendue dans la salle à manger. Sa grossière tunique de servante a touché la fine étoffe de lin, elle s'est déchaussée et a dû se laisser laver les pieds et les mains par Asellina. Puis Helvia et l'aide-cuisinière, son amie, lui ont servi du vin, des olives, des huîtres, des truffes, des asperges, des poissons pêchés du matin, un chevreau rôti, des œufs farcis, des salades du jardin, une poularde aux champignons et quelques pigeons avant une pièce montée de fruits et de pâtisseries à laquelle, comme au reste, elle n'a pas touché. Durant le repas au cours duquel elle est restée muette ou a répondu laconiquement aux questions du sénateur romain, elle s'est sentie épiée par Valerius Popilius Gryphus, observée par Javolenus, et à aucun moment elle n'a pu se départir du sentiment de n'être pas à sa place. Pourquoi son maître ne s'est-il pas contenté de leurs tête-à-tête dans la bibliothèque et lui a-t-il infligé pareil supplice, devant son ami ? Pourquoi, maintenant que Valerius a rallié sa chambre, lui demande-t-il de rester avec lui et s'enquiert-il de son avis sur son invité, appréciation que Livia ne saurait non seulement émettre mais surtout concevoir ?

– Maître, je ne sais comment vous répondre, avoue-t-elle après un long silence.

– Tu n'apprécies donc pas Valerius ?

– Je vais être franche, maître : je n'apprécie pas que vous me posiez cette question ni que vous m'invitiez à votre table, ce qui est pourtant un honneur. J'en suis troublée, intimidée, et… presque honteuse.

– À cause de ce que pourraient penser les autres esclaves ?

– Notamment.

– Et si je t'annonçais que bientôt, tu ne seras plus une esclave ?

Livia s'arrête de marcher.

– Je vais t'affranchir, Livia. Je ne puis plus tolérer tes chaînes. Rassure-toi, je ne te demande rien en échange. Tu pourras continuer à pratiquer ta religion.

– Vous passez outre l'une des dernières volontés de votre tante ?

– Oui.

Javolenus baisse la tête. Pourquoi est-ce si difficile ? Pourquoi ne parvient-il pas à s'enquérir, en toute simplicité, des sentiments de cette femme ? Pourquoi le cœur si généreux de Livia se dérobe-t-il ce soir, justement ce soir où il voudrait le lire en toute transparence ? À l'instar des grands timides, il résout de se jeter à l'eau comme on se précipite dans un gouffre sans fond.

– En fait je… je dois te dire que… Malgré notre différence d'âge, je ressens pour toi autre chose que… Bref, j'ai de l'amour pour toi. Pas l'affection d'un maître pour son esclave, ni d'un père pour sa fille, tu comprends. L'ardeur d'un homme pour une femme.

Javolenus attend une réaction qui ne vient pas. Livia est figée à son côté, apparemment indifférente à sa déclaration. Soudain, dans la pénombre, il voit sa silhouette chanceler. À peine l'a-t-il retenue dans ses bras qu'il entend un son inhabituel sortir de sa bouche, une sorte de cri d'oiseau blessé. Elle sanglote, elle gémit et se tord de spasmes.

– Livia, suis-je la cause de tant de douleur ? demande-t-il en n'osant la serrer contre lui.

– Vous… vous n'imaginez pas…

Les larmes l'interrompent. Leur flot est si dense que Javolenus, sidéré, impuissant, songe au chagrin d'une petite fille. Ne saisissant rien à l'attitude de Livia, il attend avec anxiété qu'elle la lui explique. Un long moment se passe avant que la jeune femme recouvre la parole.

– Quand je vous ai vu la première fois, dit-elle d'une voix hachée, enfin vraiment vu car avant j'étais trop jeune, cela ne comptait pas… Donc, c'était aux funérailles de votre tante… Quand vous m'avez parlé près du tombeau…

– Oui, je m'en souviens, cela ne fait pas si longtemps, Livia, c'était il y a un peu plus d'un an !

– Eh bien… je n'ai pas compris ce qui m'arrivait. C'était comme… un foudroiement… Oui, un éclair qui me tombait sur la tête et traversait tout mon corps.

Le désarroi de Javolenus s'apaise. Il respire, devinant la suite de l'aveu.

– Quand j'ai enfin compris, j'ai combattu. C'était… irréalisable. Vous êtes… Je suis… De toutes mes forces j'ai caché ce que je ressentais, et j'ai lutté contre moi-même. Parfois, nos tête-à-tête dans la bibliothèque me mettaient à la torture, quand vous parliez d'amitié… tout en étant heureuse car j'étais avec vous, même si vous ne me voyiez pas, et ignoriez tout de ce qui se passait en moi… uniquement préoccupé que vous étiez par vos lettres, vos livres et votre deuil. Et puis il y a eu le vol du masque… et… et j'ignore comment il se fait que, soudain, vous me voyez comme une femme et que vous prononciez les mots que je viens d'entendre. Je ne rêve pas malgré la nuit… Vous les avez dits. Je ne suis pas endormie, c'est la réalité ! Je suis… stupéfaite, abasourdie. Jamais je n'aurais pu croire que… Mais je… je tiens à vous dire que, depuis le premier jour, depuis plus d'un an, je vous aime.

Il sourit et enlace Livia tandis que la jeune femme est secouée de convulsions.

– N'aie pas peur, murmure-t-il à son oreille. Ne crains rien… ma tendre Livia… là… viens contre moi… J'ignore depuis combien de temps je t'aime, tellement la souffrance m'avait rendu aveugle. C'est Valerius Popilius Gryphus qui m'a ouvert les yeux. Cher Valerius… Il a tout deviné et il m'a éclairé.

– Vous êtes sûr de vos sentiments ? pleurniche-t-elle comme une gosse. Ce n'est pas votre ami qui vous aurait persuadé que…

– Livia ! Livia… Je t'aime. Sincèrement. Sans doute depuis le premier jour, mais je ne le savais pas tellement j'étais étranger à moi-même. J'ai refusé d'écouter mon cœur qui s'emballait à chaque fois que j'étais en ta présence… L'accusation contre toi a été un tel choc… J'ai commencé à réaliser… et puis Valerius m'a mis face à mes sentiments. Livia… mon cœur était en prison et tu l'as libéré… Je t'aime !

Il a crié les derniers mots, au risque d'alerter la maisonnée. Elle se réfugie contre son torse jusqu'à en étouffer puis, brusquement, elle s'écarte de lui.

– Qu'allons-nous faire, maintenant ? demande-t-elle entre ses pleurs. Dieu, qu'allons-nous devenir ?

– Maintenant tout devient facile, Livia, je vais t'épouser !

Livia recule encore d'un pas.

– C'est insensé, chuchote-t-elle d'une voix plaintive. Vous savez bien que cela n'est pas concevable.

– Si tu demeures esclave, c'est impossible, en effet. Notre droit ne reconnaît que l'union d'un citoyen avec une citoyenne. Donc, tu dois devenir citoyenne, enfin, redevenir ce que tu étais à la naissance, une ingénue. Sois rassurée, la procédure est toute tracée, Vespasien lui-même l'a utilisée pour épouser Domitilla, la mère de Titus et Domitien ! Premièrement, je t'affranchis. Deuxièmement, je saisis le tribunal des Récupérateurs, censé prouver que tu es née non pas esclave, mais libre. Troisièmement, je charge Valerius de trouver, à Rome, ton oncle ou quelqu'un d'autre capable de témoigner de ce fait. Au besoin, comme Vespasien, je paie un homme de paille – libre, naturellement – qui te revendiquera comme fille. Ainsi, sur jugement du tribunal, tu obtiens la condition d'ingénue et nous pouvons nous unir légalement.

Les pleurs de Livia se tarissent brusquement. Elle s'avance vers Javolenus et lui prend la main.

– Je suis infiniment troublée, touchée par vos paroles… Même si j'avais pu deviner que vous m'aimiez, je n'aurais jamais pu concevoir que vous… que vous voudriez… cela. Mais je ne puis accepter.

Il secoue la tête, interloqué.

– Que dis-tu ? Je crains d'avoir mal compris.

– Maître, vous avez bien saisi. C'est une seconde naissance que votre cœur prodigue et charitable m'offre ce soir. Mais je ne peux effacer seize années d'esclavage pour retourner en arrière. Même si j'ai eu la chance d'avoir des maîtres bons et justes, ils sont mes maîtres. Vous êtes mon maître, je suis une esclave. Aucun témoignage, aucun mensonge et encore moins un tribunal ne peuvent changer ce fait. Votre fille, vos amis, les gens de cette maison n'oublieront jamais ce que je suis… pas plus que vous, quoi que vous en disiez. Nous pouvons jouer, quelques heures par jour, à nous parler d'égal à égal dans une pièce close et en secret, mais jamais je ne pourrai redevenir l'être libre que j'étais à la naissance et me comporter en digne épouse d'une personne de votre rang et de votre condition. Comme je le voudrais ! Je vous assure, c'est mon rêve le plus ardent. Mais trop de choses se sont passées depuis mes neuf ans… Ce serait comme devenir une autre, celle-là même que redoute votre fille : une intrigante, une arriviste coupable d'imposture… Oui. Ce serait donner raison à votre fille.

– Je… je ne te comprends toujours pas… Tu disais que tous les hommes étaient égaux et qu'au fond de toi tu te sentais libre !

– C'est vrai. Tous les hommes sont égaux mais devant Dieu, non devant les hommes. Je suis libre parce que je suis née à Jésus, par le baptême, mon cœur et mon esprit sont libres, mais mon corps et ma volonté demeurent enchaînés.

– Tu aimes donc tant tes chaînes ! raille-t-il avec colère. Tu les aimes plus que moi ! C'est donc cela que tu veux ? Rester esclave à vie ? Et que je possède ta chair comme celle d'une vile esclave ?

La rage déforme le visage de Javolenus. Outragé par le refus de Livia, il ne se contient plus. Jamais elle ne l'a vu dans un tel courroux.

– C'est de l'orgueil ! hurle-t-il dans le péristyle. Ton camouflet n'est qu'orgueil et vanité ! Moi qui te croyais humble et sage, tu es plus préoccupée par le regard des autres que par mon amour pour toi ! Je me donne à toi, et toi, tu me méprises, tu m'humilies !

– Non, maître. Je vous aime. Je ne veux pas vous faire de mal… Vous êtes le premier homme que j'ai aimé et serez le dernier. Il n'y en aura pas d'autre, je n'épouserai pas un chrétien, ainsi que j'en avais le désir avant de vous rencontrer. Mais le soupçon, la malveillance et l'opprobre pèseront sur nous si nous nous unissons devant la loi ! Comment les ignorer ? Nous vivons déjà semi-reclus dans cette maison, nous ne pouvons pas nous exiler dans un désert, hors de toute présence humaine ! Et puis, cela ne servirait à rien, car toujours j'aurai la sensation de n'être pas à ma place, comme tout à l'heure dans le *triclinium*. Je saurai que je me trahis, et donc que je vends notre amour, au nom d'un leurre mondain. Je ne peux pas changer, je refuse de me transformer en matrone fausse et hypocrite qui sourit pour oublier son passé. Après tout, qu'importe, puisque nous nous aimons ? Qu'avons-nous besoin de nous marier ? Je ne peux pas devenir votre femme. Je ne peux pas… Enfin, pas de cette façon…

Ivre de fureur et d'exaspération, Javolenus s'approche et, d'un geste violent, il arrache la tunique de Livia.

– Et de cette façon-là, éructe-t-il, tu le peux ?

Dans les ténèbres, à demi dévêtue, elle croise les mains sur sa poitrine pour se protéger. Il souffle comme un taureau dans l'arène, s'apprêtant à prendre de force ce qu'on lui refuse, lorsqu'un rayon de lune éclaire le visage décomposé de la jeune femme. Il s'arrête et tombe à genoux, sanglotant à son tour.

– Qu'ai-je fait ? Dieu, qu'ai-je fait ? gémit-il. Un monstre, je suis un monstre !

Sans un mot, Livia s'agenouille devant lui et l'entoure de ses bras nus.

33

EN FORME DE DÔME, le mausolée de Galla Minervina est décoré de scènes bachiques, de festons et de guirlandes de fleurs sculptées. Devant la tombe monumentale, tel un auvent, un *velum* de tissu blanc a été tendu pour se défendre des rayons du soleil. Les lits maçonnés du *triclinium* funèbre ont été revêtus d'étoffes moelleuses. Dix ans. Cela fait dix années que l'épouse de Javolenus a disparu* et jamais l'anniversaire de son décès n'a été célébré de manière plus singulière. Après les cérémonies de deuil public de l'Empereur Vespasien, trépassé quelques semaines auparavant, les habitants de Pompéi sont aujourd'hui réunis dans l'amphithéâtre, où les édiles et les *duumvirs* donnent des jeux en l'honneur du nouvel Empereur, Titus, fils aîné de Vespasien. La cité des vivants est vide ; seule l'arène, qui déborde de vingt mille spectateurs, vibre au son des combats sous un immense *velum* blanc, dans les vapeurs de sang, de sueur et de safran. La ville des morts est également déserte, la voie des sépulcres paraît abandonnée. Seul l'enclos de la nécropole de Galla Minervina résonne d'un étrange banquet : autour de Javolenus et de la table en forme de U sur laquelle trônent des bêtes fumantes, en lieu et place des invités habituels – notables, amis, famille de sang – sont allongés les esclaves de la maison. Sur la bienveillante recommandation de son père et de son médecin, Saturnina, enceinte pour la quatrième fois, a préféré s'épargner la fatigue d'un voyage sous la canicule et a choisi de demeurer

* Nous sommes donc le 1er août 79.

dans sa villa balnéaire de l'île d'Aenaria, où elle séjourne depuis le début de l'été. Son mari, ses enfants et elle-même ne reviendront à Pompéi qu'à l'automne, pour les vendanges. Les nobles de la ville qui n'ont pas fui les grosses chaleurs se trouvant tous dans l'arène, Javolenus a décidé d'user de son droit coutumier d'allonger ses esclaves à son côté, ainsi que le font parfois certains maîtres aux grands repas de fête.

Sur le lit d'honneur à trois places, il met en scène les libations de vin et les offrandes à la mémoire de son épouse en compagnie de ses deux intendants, Barbidius et Scylax. Livia, Helvia la cuisinière et la petite Asellina sont étendues côte à côte sur le triple lit de gauche, place privilégiée par l'étiquette qui prévaut aux ripailles de la bonne société. À droite se tiennent le palefrenier, le jardinier et le factotum ; le portier et les deux femmes de charge reposent dans le quatrième *lectus*. Aux pieds nus des domestiques sont anarchiquement accroupis leurs enfants. Tous ont troqué leurs vêtements quotidiens contre de belles tuniques de lin pourpre ou ocre. Même Javolenus a délaissé son éternel *pallium* foncé pour la toge officielle, en laine blanche brodée d'or, qu'il n'avait pas portée depuis ses années romaines et qu'il n'a pu revêtir qu'avec l'aide de Barbidius : autrefois, Galla Minervina excellait dans l'art d'ordonnancer sur son corps ce cercle de presque trois mètres de diamètre, aux plis savants, au poids presque intolérable, qui se dénoue à chaque mouvement. En souvenir de sa femme plus que par prédilection pour ce costume complexe, solennel et pompeux réservé aux maîtres du monde, Javolenus a tenu à s'en draper aujourd'hui.

De temps à autre, les esclaves reprennent leur rôle de domestique, les hommes afin de transporter jusqu'à la table les amphores de vin, carcasses de viande et plats d'argent massif remplis de victuailles, les femmes pour servir les coupes de *vesuvinum* et les mets délicieux. Aussitôt après, chacun reprend sa place d'invité exceptionnel dans une fête unique aux accents joyeux, où chacun est parfaitement à l'aise. En plus de sa savoureuse cuisine, Helvia réjouit l'assemblée de chants suaves et mélodieux, qu'elle adresse à Galla Minervina. Son frère Barbidius l'accompagne à l'accordéon et Scylax à la cithare. Javolenus récite les poèmes épiques chers au cœur de son épouse. Livia le dévore des yeux et admire son maintien dans sa toge de grand seigneur. Subrepticement, il adresse à la jeune femme quelques œillades tendres mais décentes, qui n'échappent à personne. À travers le *velum*, le soleil frappe et écrase les commensaux. À la touffeur s'ajoutent les vapeurs du vin du Vésuve, qui coule à flot d'un bassin dans lequel les enfants versent de l'eau fraîche. Grisés et heureux, les convives remplissent gaiement leurs devoirs à l'égard d'une femme que la plupart n'ont pas connue mais qu'ils savent, comme eux-mêmes, appartenir à la maison du maître, donc faire partie de leur propre famille.

Alors que Javolenus, debout, entonne le tragique *canticum* d'Andromaque devant la chute de Troie, le soleil semble disparaître d'un coup, comme s'il était tombé du ciel. Les oiseaux ne chantent plus. Quittant son toit d'étoffe, la maisonnée scrute avec angoisse les énormes nuages noirs qui rongent l'éther et anéantissent la lumière. Soudain, le ciel se fend en deux et un éclair prodigieux explose au-dessus de leurs têtes, déchaînant les éléments : des bourrasques de vent retournent le *velum* et balaient le festin, une pluie torrentielle s'abat. En plein après-midi, il fait presque nuit, seule la foudre dispense de loin en loin sa fulgurance.

– Par Pluton et Libitina, les dieux grondent, ils sont dans une grande colère ! s'exclame Barbidius. Patron, il faut vous mettre à l'abri !

Brusquement désenivrés, Javolenus et sa troupe se précipitent dans le mausolée, unique endroit où se protéger. Descendant l'escalier de marbre, ils débouchent dans la chambre sépulcrale où le maître, le matin, est venu allumer les lampes à huile, brûler l'encens et déposer les offrandes. Dans la lueur fragile chargée du lourd parfum, ils aperçoivent deux niches : l'une contient l'urne renfermant les cendres de Galla Minervina, l'autre celles de son fils, décédé quelques heures après sa mère. Une troisième niche, vide, attend les restes calcinés de Javolenus. Reclus au fond du tombeau, maître et esclaves patientent jusqu'à la fin de l'orage. Le seigneur est muet et songeur, tapi dans un coin. Barbidius, sa sœur et les autres ânonnent des suppliques aux dieux et à Galla Minervina en répandant du vin sur le sol de lave. Livia garde les yeux rivés à ceux de la disparue, dont les portraits ornent le caveau. Sa tunique claire semble saigner de *vesuvinum* vermeil, que la tempête a renversé sur elle.

– Je suis très inquiet, Livia, dit Javolenus à la fin de cette insolite journée, dans le calme retrouvé du ciel et la paix coutumière de la bibliothèque. Cette tempête virulente et brutale, inhabituelle à cette heure-là…

– Sans doute un orage de chaleur, maître…

– C'est la première fois que j'en vois un d'une telle vigueur.

Livia devient pensive, absorbée par un tourment intérieur.

– Il y a aussi la mort inattendue et suspecte de Vespasien, poursuit-il. Son hygiène de vie était connue de tous, il se contentait de repas frugaux, pratiquait l'exercice physique, faisait chaque année une cure thermale et affichait, jusqu'à la veille de son trépas, une santé insolente ! Tomber raide mort dans les bras de ses gens… Des rumeurs d'empoisonnement ont couru, mais…

– Un complot ? demande-t-elle.

– Le seul dont Valerius Popilius Gryphus m'a entretenu, lors de sa visite, ne visait pas l'Empereur mais son fils Titus. Refusant que Titus, désigné par son père comme héritier du trône, accède au pouvoir après le décès de Vespasien et devienne un nouveau Néron, les deux meilleurs amis de Vespasien ont décidé d'agir. Mais Titus a été informé de la conspiration. Il a invité l'un des deux hommes à dîner au palais impérial et l'a fait larder de coups de poignard au sortir du *triclinium*. Le deuxième conjuré a été arrêté, condamné à mort par le Sénat, et il s'est tranché la gorge avant d'être exécuté.

Les paroles de Javolenus réveillent chez la jeune femme des souvenirs pénibles, qui l'éloignent un instant de sa présente préoccupation.

– Aussi, continue le philosophe, tout en ignorant si Vespasien a été ou non assassiné, je trouve sa mort étrange et alarmante, de même que le déchaînement des forces de la nature auquel nous avons assisté dans la nécropole. Juste au moment où je déclamais « La chute de Troie »… Les coïncidences n'existent pas… C'est un signe du destin, l'avertissement divin d'une éminente catastrophe !

– Il y a quinze ans, l'Empereur Néron chantait « La chute de Troie » en jouant de la lyre au sommet du Quirinal, pendant le grand incendie de Rome. Nous n'y avons rien vu d'autre qu'une manifestation supplémentaire de sa démence…

– Merci, ma chère, voilà que tu me traites de fou ! conclut-il en souriant.

– Pas du tout ! Mais j'hésite à rapprocher ces faits, et à les interpréter de la même manière que vous.

– Mon interprétation n'est autre que celle d'un avertissement divin face à un futur désastre qui nous sera envoyé par la Nature et donc par Dieu. Dieu est toujours bienveillant, mais parfois il est défavorable aux hommes car mécontent de leur déraison.

– Il s'agirait donc, selon vous, d'une sorte de vengeance divine ?

– Une punition des hommes qui ne respectent pas les lois de la Nature, donc la loi divine. Mais, pour déceler à l'avance les intentions de Dieu, je ne me fonde pas uniquement sur la mort de Vespasien et la tempête de cet après-midi... Ma traduction de ces phénomènes s'appuie sur l'oracle du devin et le procédé préconisé par Virgile pour connaître l'avenir : ouvrir ses livres préférés, au hasard. Je ne suis tombé, à plusieurs reprises, que sur des récits de désastre. Avant tout, je me réfère à ton rêve prémonitoire...

À ces mots, le visage de Livia s'assombrit.

– Qu'as-tu ? demande Javolenus en lui caressant la main.

– Justement, j'hésitais à vous en parler. La nuit dernière, j'ai encore eu ces visions terribles, pendant mon sommeil. C'était plus effroyable que la dernière fois. Et cela me tourmente de plus en plus... Car si vous y lisez l'annonce d'une catastrophe émanant de la nature, pour ma part j'y vois le signe de la fin du monde.

– La fin du monde ? C'est impossible, puisque le monde n'a pas de fin et que le temps est infini ! Les phénomènes naturels sont cycliques et se répètent éternellement. Mes maîtres appellent cela « l'éternel retour ». Je ne crois pas à la fin du monde mais à la fin véhémente d'un cycle, qui sera remplacé par un autre. Ainsi vont les civilisations, ainsi Rome meurt et renaît depuis les temps antiques... Peut-être assisterai-je, si le destin veut que je survive au cataclysme, à l'agonie des tyrans flaviens, à la fin de l'Empire et à la restauration de la République.

Livia soupire. Son esprit est à mille lieues d'un bouleversement politique. Son visage trahit une douleur diffuse que le stoïcien ne comprend pas.

– Livia... ma douce amie... explique-moi... Pourquoi crains-tu la fin du monde ?

– Parce que Jésus l'a annoncée, répond-elle d'une voix pâle. Le Seigneur a prédit la fin des temps.

– Hum... J'aurais dû deviner... Dis-moi, a-t-il donné des détails, ton exaspérant quoique passionnant prophète ?

– Oui. Il a parlé de guerres, de famines, de tremblements de terre, de calamités abominables qui anéantiront le monde. La haine et la trahison triompheront, l'amour sera refroidi, nombre d'entre nous seront tués. Les faux prophètes surgiront, les nations se dresseront contre les nations, les royaumes contre les royaumes… Beaucoup d'humains succomberont et, à la fin, il ne restera pas pierre sur pierre qui ne soit jetée bas.

– Cette idée de destruction suprême est surprenante, mais j'ai ouï dire que certains mages peu scrupuleux la brandissent pour effrayer les crédules et leur soutirer quelque obole…

– Tel n'était pas le but de Jésus ! proteste la jeune chrétienne.

– Je le sais, Livia ! Ton prophète m'irrite mais grâce à toi j'ai appris à le connaître et je lui concède certaines vertus, notamment celle du désintéressement absolu face aux biens matériels, un altruisme et une abnégation ascétiques dignes d'un sage stoïque… C'est juste que tu m'as habitué à entendre de sa bouche des messages d'amour, de pardon et de paix, aussi suis-je surpris par ce prêche de violence et de ruine.

Livia sourit avec une tendresse espiègle.

– C'est donc que vous ne connaissez pas suffisamment Jésus, maître… car il a révélé qu'il n'apportait pas la paix mais le glaive… Moi aussi j'ai mis du temps à déchiffrer cette apparente contradiction, jusqu'à ce que les persécutions perpétrées contre nous me montrent la lumière. Les Juifs qui nous poursuivent de leur animosité, les autorités impériales qui ont assassiné Jésus et exterminent ses disciples ont immédiatement compris, eux, que le message du Christ est avant tout un discours subversif, une pensée offensive, rebelle à l'ordre existant et profondément séditieuse, périlleuse pour le pouvoir religieux et politique… car le Messie, contrairement à vos maîtres du Portique, ne s'accommode pas du monde tel qu'il est. Au contraire, Jésus est un agitateur qui veut changer la société, modifier l'homme, faire vaciller notre monde tellement inique et corrompu qu'il doit périr ! Tout ce qui existe mourra !

Javolenus ouvre de grands yeux, étonné et captivé par l'exaltation de Livia.

– Soit. Je conçois – en théorie – ton postulat de la nécessaire destruction de l'ordre ancien. Mais après le chaos purificateur, que se passera-t-il ?

– La fin de l'âge n'est que le prélude à l'avènement du royaume de Dieu, répond-elle. À la fin des temps, Jésus reviendra dans sa gloire, escorté de tous les anges, et il prendra place sur le trône devant lequel seront rassemblés toutes les nations d'ici-bas et de l'au-delà.

– Où cela aura-t-il lieu, puisque l'univers aura été aboli ?

– Soit sur cette terre renouvelée, soit dans un autre monde. Alors le Seigneur prononcera le Jugement dernier. D'abord, il séparera les gens, dit-elle en se troublant. Il placera les bons à sa droite, les mauvais à sa gauche. À ceux qui auront accompli de bonnes actions, il offrira la vie éternelle dans le royaume de Dieu. Les autres, les injustes, les pécheurs, les méchants, il les maudira et les condamnera à une peine éternelle dans le feu du diable.

– Naturellement, tu espères que Jésus te placera à sa droite, énonce-t-il avec une pointe d'ironie.

– J'attends la fin du monde, poursuit Livia. Chaque disciple de la Voie l'attend avec impatience, espoir et allégresse. Cette fin est proche et je devrais me réjouir de l'accomplissement de la Promesse, de revoir ma famille et de vivre pour toujours auprès du Christ. Mais je ne puis m'empêcher d'avoir peur d'être séparée de vous et ma joie se transforme en supplice…

Javolenus la prend dans ses bras.

– Et si la fin de l'histoire et du temps était pour plus tard ? murmure-t-il à son oreille. Ton prophète a-t-il dit quand surviendrait la destruction du monde ?

– Non.

– Donc tu ne peux être certaine qu'elle va arriver maintenant !

– Les signes, le rêve… Vous-même êtes sûr que…

– Les astres et les augures n'indiquent pas des ravages aussi vastes que tu le crois, Livia. Fais-moi confiance. Prévu par les astrologues grâce à une comète de la constellation de Persée, le dernier tremblement de terre a gravement endommagé la région mais pas le monde entier ! Il nous a blessés, mais au lieu de nous lamenter et de vivre dans l'épouvante du lendemain, nous avons reconstruit en y mettant toute notre âme. Ma raison et mon cœur me soufflent que nous allons subir le même événement, un autre tremblement de terre, mais que tout ne sera pas anéanti. Il se peut même que nous survivions ! Livia, nous allons vivre. Certes, nous serons toujours dans ce monde cruel et injuste mais nous resterons ensemble. Je te le promets. Viens, je vais te montrer quelque chose…

Il saisit la main de la jeune femme et l'entraîne hors de la pièce. Traversant le péristyle puis le potager où se dresse le puits, il entre dans les caves de la maison. Par la lumière qui pénètre des soupiraux, Livia constate l'amoncellement impressionnant de *dolia* et d'amphores de vin.

– J'aime voir toutes ces amphores fichées dans la terre, dit-elle. Cela me rappelle la boutique de mon père, les temps enchantés de mon enfance où je n'avais pas conscience d'être heureuse…

– C'est souvent ainsi, ma chérie, répond-il en serrant plus fort sa main. À moi cette image d'abondance est désagréable. En effet, elle signifie que, cette année, je n'ai pas réussi à exporter l'ensemble de ma production. Avant, tout partait prioritairement en Gaule, où les troupes romaines et ces barbares de Gaulois appréciaient mon vin…

– Ils ne l'estiment plus ?

– Ils ont planté des vignes partout là-bas et fabriquent eux-mêmes leur vin qui, paraît-il, a bon goût. En plus, depuis peu, ils l'exportent à Rome ! Mes principaux clients sont devenus mes concurrents.

– Il est impossible que leur breuvage atteigne la qualité de notre *vesuvinum* ! objecte Livia dans un réflexe chauvin qui plaît à Javolenus.

– Le souverain du Vésuve m'a inspiré. Suis-moi et regarde !

Traversant plusieurs pièces, Javolenus s'arrête dans l'une d'elles, déplace quelques amphores et dégage, sur une paroi du fond, une ouverture masquée par deux *dolia*. Derrière, sur le sol, à l'aide d'une barre de fer il remue à grand-peine une dalle de marbre. Un escalier étroit et abrupt descend à pic vers l'inconnu.

– Vous avez donc mis votre projet à exécution ?

– Exactement. Viens, n'aie pas peur…

Tendrement, il la guide vers les marches creusées dans la pierre de lave du sous-sol pompéien, tandis qu'il allume une lampe à huile. À la flamme vacillante, ils s'enfoncent dans les profondeurs. Livia découvre un sombre caveau de dimensions réduites.

– Jamais nous ne tiendrons tous dans cette petite cavité, murmure-t-elle.

– S'il en va de notre vie, nous le ferons. Hélas, je n'ai pu disposer d'ouvriers du bâtiment aussi longtemps que je le voulais – ils sont trop occupés par les nombreux chantiers de la ville – et j'ai dû réduire la taille de la caverne secrète, pour qu'ils terminent au plus vite. Cette pierre noire est si dure à excaver ! Si j'avais maintenu mon dessein initial, les travaux auraient duré plusieurs années. Or le temps presse, je le crains…

– Vous avez eu raison, maître. Tant pis, nous nous serrerons les uns contre les autres.

– Dès demain je ferai descendre ici les sculptures et les masques du laraire, un candélabre, des lampes, des couvertures, de l'eau, des provisions de bouche, du vin et les outils qui nous libèreront une fois le péril passé. Avant tout j'apporterai mes *volumina*.

– Maître, je vous suggère de transférer également la vaisselle d'argent, vos tablettes de comptes, les bijoux et les pièces d'or dont vous pouvez disposer... car si nous survivons à la destruction...

Javolenus l'enlace.

– Nous survivrons, Livia. Tous les proches de Javolenus Saturnus Verus survivront. Même s'ils sont les seuls. Viens par là...

D'un geste fier et assuré, il lui montre un trou sur un mur de la caverne.

– Admire la vie, Livia ! La voilà ! Oublie tes émois de fin du monde. Cette solide canalisation mène tout droit à l'air libre, à une paroi du puits. Grâce à ce tuyau nous pourrons respirer plusieurs jours. Pompéi peut être rasée, effondrée, incendiée, en cendres... nous, mon amour... nous, nous vivrons.

34

– REGARDE, LIVIA, Apollon et Phébus, dieux du soleil, sont avec nous, admire notre belle cité, contemple la beauté du Vésuve, l'opulence de nos jardins, le calme de la mer, la pureté du ciel, réjouis-toi, comme moi, de vivre dans cette mirifique contrée et cesse de provoquer le mauvais œil avec tes effrois saugrenus. Les dieux nous écoutent et ils pourraient en prendre ombrage.

Livia lève un regard anxieux vers Helvia, l'auteur de la tirade.

– Les bêtes, répond-elle. N'as-tu pas entendu le palefrenier raconter que les chevaux hennissent continuellement dans l'écurie ? Il paraît que les bœufs et les vaches beuglent sans raison en tirant sur leur licol, comme s'ils voulaient s'échapper… Et les chiens, ne perçois-tu pas leurs aboiements affolés ? Écoute comme ils hurlent à la mort ! Les animaux sentent tout avant nous. Ils savent que quelque chose de terrible…

– Livia, la coupe la cuisinière, tu vois des signes qui n'existent pas. Mais je sais que tu es la proie de rêves violents. La nuit dernière tu as encore crié durant ton sommeil… Tu geignais si fort que je me suis levée et je suis venue à ton chevet. Ce ne sont que des cauchemars, ma douce…

En ce matin du neuvième jour avant les calendes de septembre*, la cuisinière, la petite Asellina et le scribe cheminent sur le *decumanus maximus* bondé, encombré de charrois remplis de denrées alimentaires ou de matériaux de construction, de marchands ambulants, d'étals fixes, de la plèbe venue faire son marché. Les trois femmes se

* Soit le 24 août.

dirigent vers le Forum et les commerçants de la porte sud-ouest, afin de s'approvisionner en poisson frais. Quelquefois, Livia accompagne les deux préposées à la *culina* dans leurs courses quasi quotidiennes. En cette cinquième heure*, la plupart du temps elle repose dans sa cellule après avoir apposé le sceau sur le courrier du maître qu'elle transcrit sous sa dictée depuis l'aube, tandis que Javolenus s'entretient du domaine agraire avec Scylax, puis des affaires de la *domus* avec Barbidius. Parfois, elle profite de ce temps libre pour se promener dans la ville. Elle ne retourne à la bibliothèque qu'autour de la méridienne, pour grignoter du pain et des fruits, lire et converser en compagnie de Javolenus jusqu'en milieu d'après-midi, où le maître la laisse pour prendre son bain. Elle le rejoint ensuite et, si le soleil n'est pas trop accablant, ils effectuent une promenade apéritive dans le péristyle, avant de dîner en tête à tête. La *cena* terminée, ils déambulent dans le jardin en devisant et en échangeant des gestes de tendresse, puis chacun rallie ses quartiers jusqu'à l'aurore du lendemain, où tout recommence.

L'étrange couple est enchanté de ce rythme codifié, circonscrit à l'espace de la maison, qu'ils savent néanmoins éphémère : à l'automne, Saturnina et sa famille reviendront de l'île d'Aenaria. À cette même période, les vendanges contraindront le propriétaire foncier à s'absenter toute la journée afin de présider la récolte et la transformation du raisin. À terme, leur union platonique et secrète devra trouver une issue, une légitimité aux yeux d'autrui que, pour l'instant, ils esquivent : soit l'esclave capitule et Javolenus entreprend les démarches nécessaires pour l'affranchir et l'épouser – malgré l'opposition attendue de sa fille et la défiance des notables de la ville – soit le maître cède au refus de l'esclave, au respect des castes et des normes sociales, et Livia devient sa maîtresse officielle, ce qui fera sourire les Pompéiens mais ne manquera pas de susciter une farouche contestation chez Saturnina. Depuis le début de l'été, où maître et esclave ont cru résoudre leur dilemme en inventant cette harmonie chaste et bien réglée, ils ont conscience de vivre dans une suspension du temps, un interstice irréel et fragile, loin du monde et hors de la condition humaine. Mais leur passion, dès sa naissance, était déjà insolite. Livia et Javolenus voudraient ne jamais voir finir l'été. Dans leur bonheur

* Entre 9 h 30 et 10 h 44 du matin.

tout neuf, chacun implore son Dieu afin que la pénible canicule se prolonge, que la vigne ne mûrisse jamais et que ce mois d'août dure éternellement.

– Tu oublies les secousses, Helvia, reprend Livia. Te rappelles-tu que, peu après le violent orage sur le tombeau de Galla Minervina, les murs de certaines maisons situées au nord se sont fendus et leurs puits se sont taris ?

– Personne ne s'en est alarmé, Livia, à part le maître et toi.

– N'as-tu pas eu peur, il y a quatre jours, quand soudain le tonnerre s'est mis à gronder, la terre à trembler, et que la mer, d'ordinaire si placide, s'est démontée en vagues houleuses ?

– Si, avoue Helvia, j'ai été fort tracassée. Comme tous les habitants de cette cité, j'ai craint que les géants souterrains qui vivent au fond du Vésuve recommencent à se quereller, comme il y a dix-sept ans, et provoquent un nouveau tremblement de terre… Mais depuis le calme est revenu, Livia ! Regarde autour de toi : as-tu jamais vu ciel plus bleu, sans aucun nuage, et mer aussi huileuse ? Ce n'était rien, une petite secousse comme il y en a souvent en Campanie et…

– Les oiseaux ! intervient Asellina en montrant l'éther. Voyez comme ils volent n'importe comment, dans tous les sens ! Écoutez ! Ils ne chantent plus ! Les oiseaux sont devenus muets !

Parvenues devant le Forum, les trois femmes observent la calotte céruléenne. La cuisinière soupire, pose son panier et se campe, les mains sur les hanches.

– Suis leur exemple et tais-toi, ordonne-t-elle à l'enfant. Bouche-toi les oreilles aussi, je ne veux pas que tu écoutes ce que j'ai à dire à Livia. Quant à toi, chère Livia, je vais te révéler le fond de ma pensée, même si cela ne te plaît pas et que je doive en payer les conséquences : tes cauchemars et tes frayeurs ne sont pas l'annonce d'une calamité future mais la punition des dieux à ton égard, qui te châtient à cause de ton comportement outrageant vis-à-vis du maître. Tu crois qu'on est tous aveugles et sourds, dans la villa ? Qu'est-ce que tu manigances ? On a bien vu ton manège ! Pourquoi ne partages-tu pas sa couche ? Qu'est-ce que tu attends pour lui donner ce qu'il n'ose pas prendre parce qu'il est trop bon et respectueux de tous y compris du bétail que nous sommes ? Cupidon et Vénus l'ont bien frappé, va… Ça éclate par toute sa peau… Mais toi, es-tu insensible à son charme viril, à sa peine de n'avoir plus de femme et d'être malheureux depuis dix ans ? Ton cœur est-il si dur que cette pierre – elle frappe le trottoir du pied – qu'on ne t'ait jamais vue batifoler avec qui que ce soit, comme le font toutes les filles, et que tu te dérobes même à celui auquel tu appartiens ? Serais-tu atteinte d'une maladie que tu ne veux pas lui transmettre, d'une infirmité intime et inavouable ? Ou bien n'y a-t-il aucun feu en toi, sauf dans tes rêves ?

Au moment où Livia, consternée, ouvre la bouche pour répondre, une détonation formidable fait trembler le sol et l'atmosphère. Comme la plupart des passants, les deux femmes et la fillette tombent à terre. D'autres déflagrations éclatent.

– Les titans prisonniers du Vésuve ! Je les vois, ils s'évadent ! Ils s'échappent de la montagne ! crie un marchand.

Helvia, Asellina et Livia se relèvent et se tournent vers le nord. Pétrifiés par la surprise, les Pompéiens découvrent que le sommet de leur montagne s'est scindé en deux. Une colonne de feu redoutable et un champignon de fumée noire s'élèvent en l'air. Du cratère s'envolent d'énormes rochers. Le vacarme est assourdissant. Soudain. un oiseau s'abat aux pieds de Livia. Il a été terrassé en plein vol. Elle lève les yeux : une pluie de pierres, de mottes de terre et de lapilli déchire le ciel.

– Par Cybèle, la mère des dieux ! hurle Helvia en mettant son panier sur sa tête dans un réflexe dérisoire.

Asellina est en pleurs, la foule terrifiée hurle et se met à courir en tous sens, sans but, comme les oiseaux dans le ciel. Les statues de marbre du Forum s'affalent et se brisent. Les éventaires s'effondrent en vomissant leurs marchandises. Sous la grêle de pierres incandescentes, les majestueux temples à peine restaurés se lézardent et menacent de s'effondrer comme des masures. Les ouvriers qui travaillent à la reconstruction de l'édifice d'Eumachia se jettent de leurs échafaudages et prennent la fuite. La sculpture de Vénus, patronne de la cité, qui culmine sur le toit du sanctuaire s'abat sur le parvis : brisée en plusieurs morceaux, la déesse ailée est impuissante et désarmée.

– Aux thermes ! il faut se réfugier aux thermes ! braille un officier municipal qui s'empêtre dans sa toge.

Sous l'averse de pierres brûlantes, certains le suivent. D'autres courent s'abriter dans le temple d'Apollon ou sous les colonnes de la basilique, qui les broient en tombant. Une masse affolée se rue vers la porte sud-ouest pour rallier Herculanum sans savoir qu'au même instant, la ville voisine est dévastée par un torrent de boue. Aussi terrorisés que les hommes, les chevaux se cabrent et s'échappent, écrasant tout ce qui se trouve sur leur chemin. La place du Forum est jonchée de cadavres.

La première stupeur passée, Livia saisit la main d'Asellina et crie à Helvia :

– La maison ! Nous devons retourner à la maison ! Là-bas, nous serons en sécurité, vite !

Les pierres brûlantes continuent de tomber. La chaleur s'accentue. Les deux femmes et la fillette prennent la direction de l'est et tentent de se frayer un chemin sur la *decumanus maximus*, parmi la foule hurlante qui se dirige en sens inverse. Helvia est blessée, un grêlon ardent lui a arraché une oreille : le sang coule dans son cou, sur son épaule et déchaîne les braillements d'Asellina, que les deux adultes maintiennent solidement accrochée entre elles, la portant et la protégeant du mieux qu'elles peuvent de la tempête minérale.

Soudain, le soleil se voile et la nuit tombe en plein jour. L'obscurité surnaturelle est lacérée par des éclairs.

– Le soleil est mort ! brament les Pompéiens. Les dieux descendent du panthéon pour nous punir, ils sortent de l'Olympe ! Les divinités des Enfers montent jusqu'à nous ! Nous sommes perdus, nous sommes perdus !

La brutale survenue des ténèbres achève de porter la panique générale à son paroxysme. Les trois esclaves se heurtent aux gens qui errent et qui décampent, bondissant dans le chaos infernal, sans savoir où ils vont. Jouant des coudes, ignorant la débandade, écartant la foule comme une bête tenace et butée, Livia trotte le plus vite que cela lui est possible avec Asellina attachée à son bras. Si elle était seule, elle se mettrait à courir, mais elle ne peut abandonner ses compagnes. « Javolenus… la cave secrète, songe-t-elle. Javolenus, jamais je n'aurais dû quitter la maison, m'éloigner de toi un instant… » Il lui semble que ses forces décuplent à chaque pas qui la rapproche de l'être aimé et du possible salut.

– Asellina, Helvia, courage ! les harangue-t-elle. Nous allons y arriver, il faut parvenir jusqu'à la villa et nous serons sauvées, je vous le promets ! Dépêchez-vous ! Dépêchez-vous !

Quelque chose lui picote l'avant-bras. Dans la brume sombre qui les enveloppe, des taches claires se mêlent aux scories grises et noires. Livia tend la main.

– On dirait de la neige, murmure-t-elle sans cesser d'avancer.

Mais les flocons sont chauds, si chauds qu'elle retire ses doigts presque enflammés par leur contact ; cela ressemble à de la poussière ardente.

– La cendre, dit-elle, sidérée. Il pleut des cendres ! Seigneur Jésus, il pleut des cendres !

– Par Orcus et Thanatos, les tombeaux de la terre se sont ouverts et se répandent sur nous ! rugit Helvia. Les Furies et les lémures sortent de l'Hadès ! Les sépulcres sont béants, les morts viennent se venger, nos ancêtres nous ont damnés ! Pluton est le nouveau seigneur de la terre, nous allons tous périr, dévorés par nos propres défunts !

– Non Helvia, répond Livia, pas si nous parvenons à la maison… Je t'en supplie, fais un effort, plus vite, plus vite !

L'eau du ciel se mélange aux cendres. Le déluge démoniaque s'intensifie. Bientôt, le sol est recouvert d'escarbilles pâles qui brillent sur les pierres ponces et luisent dans l'obscurité. Les lapilli et les cendres s'accumulent, tandis que les galets pulvérulents continuent de tomber. La marche est de plus en plus difficile, entravée par la chaleur de l'atmosphère, les gravats des destructions, les pierres et la couche de cendres, de plus en plus épaisse, de plus en plus haute, libérant une fumée suspecte et une atroce odeur de soufre, qui rappelle l'œuf pourri. Ruisselante d'eau et de poussière blanche, en proie à une toux mauvaise, Livia arrache le sous-vêtement qu'elle porte sous sa tunique et le déchire en deux : elle place un morceau de l'étoffe sur le nez et la bouche d'Asellina et l'attache derrière le crâne de l'enfant. Elle lie l'autre fragment derrière sa propre tête, pendant que la cuisinière effectue la même opération. Avant de nouer le tissu dans ses cheveux, Helvia dit à Livia :

– Tu avais raison, ma fille… Tes cauchemars annonçaient la vérité… l'horrible vérité…

Un choc sourd les fait se retourner. Sur leur droite, le toit d'une villa s'écroule sous un bloc de pierre géant, qui a fendu les cieux tel un météore. D'horreur, elles ferment les yeux, puis reprennent leur harassant périple. Jamais la *domus* ne leur a paru si loin. Les hurlements continus des hommes et des animaux qui sombrent dans la folie amplifient le bruit du fracas céleste qui arrose la cité. Certains se protègent avec une tuile tombée d'un toit. L'air est irrespirable, les cendres humides collent à leurs jambes, ces cendres terribles qui continuent de se répandre et de monter en un torrent inexorable, effroyable gueule sépulcrale qui veut avaler la terre.

Parvenues, enfin, à l'angle de la rue principale et du *cardo maximus*, suffoquant sous leur bâillon, elles voient déboucher un prêtre d'Isis qui court en portant un énorme fardeau sur son dos. Soudain il s'arrête, scrute un point invisible et tombe tête la première dans les cendres délétères. Le sac s'ouvre, répandant son contenu : pièces de monnaie à l'effigie de Titus, statuettes d'Isis et d'Osiris, objets de culte, calices d'or. Plus loin, c'est toute une famille s'apprêtant à fuir qui a péri sous l'*atrium* écroulé de sa demeure, ses richesses tout autour. Seul leur chien, rivé à sa chaîne, aboie comme s'il voulait les dévorer. Telle une gangue de neige brûlante, les cendres s'insinuent dans le pli des vêtements, dans les creux des corps et des visages, avant de les ensevelir sous son impitoyable chute. Les pierres ponces se tassent sur les dépouilles, consument les chairs et décharnent les squelettes. La matière livide et nauséabonde dépasse maintenant les genoux des deux femmes. Asellina est immergée jusqu'au ventre. Helvia l'assoit sur ses robustes épaules dégoulinantes de sang. Une femme enceinte que traîne son mari, une lanterne à la main, hurle qu'elle n'abandonnera pas ses ancêtres dans le laraire. Elle pénètre dans la maison, ressort avec les masques et les tableaux, ferme sa porte à clef et s'effondre sur le seuil.

Partout les victimes asphyxiées par les gaz, étouffées par les cendres ou la chaleur, tuées par des éboulis de la rue ou par la chute de leur maison jonchent la chaussée. La plupart serrent encore contre elles une bourse remplie de sesterces, un plat de bronze ou d'argent, une toile pleine de bijoux, de sculptures et objets d'art. Les enfants ont le crâne encastré dans le giron de leur mère. Face à la mort, maîtres et esclaves sont enfin égaux. Seuls les vêtements et les joyaux qui ornent les cadavres permettent de les distinguer.

Un cri assourdi d'Asellina sort Livia de son combat contre la cendre détrempée. Helvia gît à côté d'elle, immobile sur le trottoir. Dans sa chute, l'enfant semble s'être fracturé le poignet. La jeune femme se précipite sur le corps raide de la cuisinière. Le visage d'Helvia est figé dans une expression de surprise et d'intense douleur. Les yeux de Livia se remplissent de larmes, elle saisit la fillette par la main et péniblement, pas à pas, aveuglée par ses pleurs autant que par la nébulosité environnante, elle monte vers le nord, en direction de la montagne qui assurait leur vie et qui aujourd'hui répand la mort. Imperceptiblement, elle se rapproche de la maison. Elle tourne à droite. La ruelle n'est plus très loin. Elle le sait, elle le sent, même si elle ne voit presque rien.

Enfin, elle aperçoit la venelle, puis, sur la droite, la vaste *domus*.

Elle ouvre la porte d'un coup de pied et se précipite dans le couloir qui rejoint l'*atrium.*

Lorsqu'elle dégringole sur le pavement de mosaïque, elle laisse échapper Asellina. Quand elle parvient à se relever et à mettre l'enfant debout, elle s'aperçoit qu'elle a trébuché sur le corps inanimé du portier. Pour la première fois depuis le début du séisme, la panique s'empare d'elle. Dans sa rage de rejoindre l'être aimé, elle n'a pas imaginé que sa maison, son refuge adoré, puisse subir, lui aussi, les ravages de la catastrophe. Oubliant sa fatigue, le danger et même l'enfant, elle arrache son bâillon et se précipite dans l'*atrium.* Le petit bassin carré est rempli de lapilli et de cendres qui coulent impétueusement du toit destiné à recueillir les eaux de pluie. De part et d'autre de l'*impluvium*, telle une rivière en crue, la masse morbide se déverse et monte de plus en plus haut, de plus en plus rapidement. La partie droite de la toiture du *compluvium* est effondrée. Des décombres de la chambre seigneuriale d'hiver, du laraire, de la salle à manger d'hiver, des cuisines, du cellier, de l'écurie et de l'étable dépassent des bras et des jambes inertes.

– Javolenus ! crie-t-elle en s'agenouillant près des cadavres.

– Livia ! Loué soit ton Dieu et toutes les divinités de l'univers ! Tu es sauve !

Elle tourne la tête. Il est debout de l'autre côté, près de la fresque fissurée de ses maîtres stoïciens. D'un bond, il est près d'elle et il l'étreint.

– Javolenus, j'ai cru ne jamais te revoir, murmure-t-elle en sanglotant, sans remarquer que, pour la première fois, elle l'appelle par son prénom et le tutoie.

– Vite, dépêchons-nous, dans la cavité secrète !

– Asellina ! appelle-t-elle.

Le maître empoigne l'enfant et la soulève dans ses bras, entraîne Livia, et ils tentent de se frayer un chemin jusqu'au péristyle. Les colonnes du *tablinum* sont à terre et les gravats obstruent le passage.

– Helvia, pleure Livia, Helvia est morte, je n'ai rien pu faire !

– Le palefrenier a été écrasé par les sabots des chevaux qu'il tentait de calmer, halète le maître en escaladant des blocs de marbre. Le toit s'est écroulé sur le factotum et les deux femmes de charge… Le concierge a été asphyxié par les émanations sulfureuses… J'ignore où est mon jardinier, je ne l'ai pas trouvé… J'ai supplié Barbidius et Scylax de descendre dans la cavité avec les enfants mais, dans la panique, ils se sont enfuis vers le sud, j'espère qu'ils sont en vie ! Au moins ont-ils emmené les cinq petits... Pourvu qu'ils aient réussi à gagner la mer... Je ne pouvais pas me sauver sans toi, tu comprends ? Je préférais mourir là, tout seul, dans l'*atrium*, près des dépouilles de mes gens, plutôt que de me réfugier dans le caveau sans toi...

– Je sais... moi aussi je...

– Remets le tissu sur ton visage, je t'en conjure, tâche de respirer le moins possible !

Le péristyle est un champ de ruines et de pierres ardentes balayé par le vent et la pluie soufrés. Les cendres arrivent jusqu'à l'estomac de Livia. L'acide contenu dans l'air brûle les yeux, la peau, les muqueuses, les poumons. L'odeur d'œuf pourri est insoutenable. Le ciel est par endroits éclairci d'une brume jaunâtre chargée de vapeurs mortifères. Livia ne peut s'empêcher de jeter un dernier regard à la bibliothèque à demi démolie, aux murs du jardin des délices où de grandes lézardes noires déchirent les oiseaux verts et rouges, les fleurs géantes, les faunes hilares et les arbres peints de la nature factice qui meurt, elle aussi, sous les coups funestes de la nature réelle. Les images du passé heureux défilent à toute vitesse dans sa tête, comme une rêverie ou un prélude à la mort. « C'est la fin du monde, pense-t-elle. Nous ne survivrons pas à la fin du monde... »

À l'orée du potager, à moitié évanouie, elle bute sur le dos de Javolenus. Il s'est arrêté de marcher. Avec des gestes d'une infinie délicatesse, il dépose Asellina sur un lit de scories blanches et fait signe à Livia que la fillette a succombé. Aussitôt, comme un ogre anthropophage, les cendres brûlantes mangent la dépouille de l'enfant. Livia n'a plus la force de pleurer. Elle s'accroche au bras de son aimé. Elle sent qu'il la soulève de terre. Dans un effort suprême, elle agrippe son cou et pose sa tête sur son épaule. Elle respire sa peau, sa barbe, ses cheveux, sa sueur et, dans sa semi-inconscience, sourit en songeant aux reproches d'Helvia. Coupant sa respiration, Javolenus se traîne dans la tempête pulvérulente qui obstrue sa vue. Son corps est enlisé jusqu'à la taille. D'instinct, il parvient enfin jusqu'aux caves souterraines. La porte est grande ouverte, à demi barrée par un amas de poussière. C'est une chance, car les cendres ne lui auraient pas permis d'atteindre le loquet.

À l'intérieur, l'onde malsaine s'est engouffrée par les soupiraux. Sur les cloisons de l'entrée, plusieurs torches sont enflammées, comme si quelqu'un avait préparé leur arrivée.

Javolenus regarde autour de lui et aperçoit la main du jardinier, qu'il reconnaît à sa bague de fer ornée d'une cornaline, qui saille d'un tas de pierres et d'amphores brisées. Le vin s'est mêlé aux cendres dans une curieuse odeur de moût, de miel, de plantes aromatiques et de soufre. Javolenus saisit un flambeau et progresse dans le marécage de vin du Vésuve jusqu'à la pièce d'accès au deuxième souterrain. Il dégage les *dolia* qui dissimulent l'entrée de la caverne, fait basculer le couvercle de marbre avec le levier, se débarrasse de la torche et laisse, à l'orée de l'ouverture, bien en vue, la barre à mine. Après avoir remis en place la trappe de pierre, il dévale les degrés sombres avec son chargement humain.

En bas, le caveau est plongé dans l'obscurité. Javolenus pose sa main sur le cœur de Livia et il s'autorise à respirer. Goulûment il avale l'air noir, puis il pose sa bien-aimée sur le sol froid. À tâtons, il allume une lampe à huile. Le halo jaune illumine l'alcôve en pierre de lave, encombrée de mille objets, de provisions et de tous les trésors de la villa.

– Livia, ça y est, nous y sommes ! hurle-t-il. Livia, nous sommes sauvés !

Il saisit une amphore et verse du vin dans une aiguière d'argent martelé. Il approche le récipient des lèvres de la jeune femme et la force à avaler le liquide pourpre et pur. Une quinte de toux suivie de vomissements hache le corps de la jeune femme.

– C'est bien, dit Javolenus d'une voix douce en lui tenant la tête. Ne crains rien… l'horreur est terminée, mon amour… C'est fini… c'est fini…

Alors que Livia revient lentement à elle, une pensée épouvantable le fait bondir sur ses pieds. La canalisation ! Non seulement le tuyau répand l'air vicié dans le caveau, mais de l'autre côté, le puits doit être complètement bouché par les cendres soufrées ! En un éclair, il saisit tout ce qu'il peut d'étoffes et de couvertures et, à genoux, il bouche le boyau.

– Que fais-tu ? demande faiblement Livia en se mettant sur les coudes.

– J'empêche les vapeurs mortelles d'envahir la cavité, répond-il. Les gaz ont déjà pénétré… Cependant, si je les stoppe maintenant, il demeure une chance qu'ils n'aient pas empoisonné tout le réduit… Il faut faire brûler de l'encens et des parfums… Oui, répands du vin, des fragrances et des épices, pour purifier l'atmosphère et chasser les exhalaisons toxiques !

– Mais... mais comment allons-nous respirer, si tu supprimes l'unique arrivée d'air ?

Javolenus s'affale sur ses jambes, saisi par son impuissance.

– Nous sommes devant un choix funeste, dit-il d'une voix de tombe. Soit nous périssons asphyxiés par l'haleine sinistre du Vésuve, soit nous risquons de mourir étouffés par le manque d'air, si l'éruption se prolonge...

– Tu as raison, lâche-t-elle dans un soupir. Quoi que nous fassions, nous sommes probablement condamnés.

– Pourquoi ai-je pensé à tout sauf à ça ? éructe-t-il. Ton rêve était pourtant limpide ! Feu, pluie de pierres, chaleur intense... Pourquoi n'ai-je pas envisagé une éruption volcanique ? Nous aurions eu mille fois le temps de quitter la ville, la région, de nous réfugier n'importe où, loin de...

– Ne te reproche rien, Javolenus. Personne n'aurait pu imaginer ce désastre. Même le grand géographe Strabon croyait le volcan éteint, à jamais.

– La cité est pourtant bâtie sur une coulée de lave si ancienne que nul n'en a le souvenir, personne ne sait quand le Vésuve s'est réveillé la dernière fois... Dans notre déraison, nous avons oublié la vraie nature de la montagne... Nous avons cultivé ses flancs, nous nous sommes tapis autour d'elle comme de candides poupons autour d'une mère nourricière... Puis, pour expliquer les tremblements de terre, nous avons inventé cette puérile fable de géants enfermés dans le mont... Quelle folie... Maintenant, la mère tue ses enfants...

Le silence du caveau est angoissant, autant que le vacarme régnant à l'extérieur.

– Javolenus, chuchote Livia, crois-tu que là-haut... il reste des survivants ? N'y a-t-il pas un espoir que le volcan se soit apaisé et...

– J'ai perdu la conscience du temps, comme toi, répond-il en la prenant dans ses bras. Tout s'est arrêté tout à l'heure, ce matin, en un instant. Le passé s'est effondré, l'avenir a sombré... Seul comptait le moment où je te reverrais, même si c'était la dernière fois... Je ne crois pas que le Vésuve se soit tu. La violence de l'éruption est telle... les morts si nombreux... les dégâts si effroyables... J'ignore quand tout cela va finir, mais je doute que cette fois, la cité se relève… Quelle atroce agonie… Pourvu que Barbidius et Scylax soient parvenus à s'échapper par la mer, c'est la seule issue…

Soudain, un nouvel effroi s'empare de ses yeux.

– Saturnina ! crie-t-il. Ma fille ! Mes petits-enfants, mon gendre ! Le Vésuve a peut-être englouti l'île d'Aenaria !

– Javolenus, je suis sûre qu'ils sont en vie… La mer les a sans doute protégés… Le feu ne peut pas franchir la mer, n'est-ce pas ? C'est pourquoi Barbidius, Scylax et les enfants sont partis vers la mer !

– La nature, dans sa furie destructrice, peut déclencher un raz de marée et…

– Si ce n'est pas la fin du monde, ils sont en vie, l'interrompt-elle du ton le plus assuré qu'elle peut. Ils sont vivants. J'en suis certaine. Il le faut.

– Si je pouvais retirer ces linges qui bouchent le tuyau sans craindre que les gaz en profitent pour s'insinuer, j'écouterais les bruits du dehors, je tenterais de savoir s'il gronde encore, si nous pouvons tenter de nous frayer un passage…

– Tu viens d'affirmer qu'il n'y avait aucune chance pour que le volcan se soit déjà calmé.

– Je dois prendre le risque ! la coupe-t-il en se dressant. Nous devons essayer de survivre, Livia ! Écoute, j'ai une idée : nous allons attendre ici autant que l'air contenu dans ce caveau nous le permettra. Nous possédons, en termes de nourriture, tout ce dont nous avons besoin. Puis, quand nous aurons du mal à respirer, je remonterai, je soulèverai la plaque de marbre et…

– Non, je t'en supplie, ce serait un suicide ! Ne fais pas cela, mon amour, je t'en conjure, si la pluie infernale a poursuivi son œuvre, les cendres ont tout recouvert, comme une chape hermétique… Tu espères nager au milieu de ces cendres brûlantes chargées de soufre, comme s'il s'agissait d'une eau inoffensive ? Tu ne pourras même pas dégager le couvercle de marbre ! Ne tente pas une mort téméraire ! Ne me laisse pas seule !

Il l'enlace avec une tendresse infinie.

– Tu as raison, admet-il, vaincu. Nous n'avons aucun espoir de nous en sortir… Nous devons nous résoudre à mourir.

– Je n'ai pas peur, tu sais.

– Je sais… grâce à ton prophète. Tu vas revoir les tiens dans ton paradis et vivre une vie éternelle et délicieuse auprès de ton Dieu.

– Je n'ai pas peur parce que je vais m'éteindre dans tes bras, avec toi, corrige-t-elle. Je ne crains rien parce que je t'aime. Je ne ressens aucun regret, j'ai eu une existence merveilleuse. Je suis en paix car avant de périr, j'aurai aimé un homme avec la même force, la même confiance et le même abandon avec lesquels j'aime le Christ.

À ces mots, une lueur d'inquiétude la fait écarquiller les yeux.

– Mon Dieu, murmure-t-elle, dans la panique, j'avais presque oublié...

– Quoi donc ? Tu éprouves finalement quelque chagrin ?

– Ce n'est pas ça... La phrase en araméen... le message caché du Christ... ma promesse...

– Je ne comprends rien.

– C'est une vieille histoire. Je vais te la raconter.

Assise sur une soierie précieuse, adossée au mur noir, la main dans celle de son aimé, Livia confie son secret à Javolenus. Il l'écoute attentivement sans l'interrompre.

– Voilà, dit-elle en guise de conclusion. Tu sais tout. Ces mots de Jésus que Marie de Béthanie destinait à l'apôtre Pierre, qui m'ont été confiés par un mourant afin que je les remette à Pierre ou à Paul, je ne les ai jamais délivrés à personne et je m'efforce de les garder en moi depuis quinze ans... Cette parole inconnue et sacrée... j'ai échoué à la transmettre... C'est à toi que je l'offre, au terme de ma vie.

– N'as-tu jamais su ce que la phrase signifiait ?

– Non. J'ai juste compris, en grandissant, qu'elle pouvait être dangereuse. Sinon, Marie de Béthanie et Raphaël n'auraient pas pris toutes ces précautions. Mais je ne suis jamais parvenue à la déchiffrer. Si au moins j'avais accepté de la confier à l'Ancien, jadis, à Rome, comme Haparonius m'y enjoignait... Aujourd'hui, le message est perdu pour toute la communauté des chrétiens.

– Ce n'est pas certain, répond-il en fronçant les sourcils.

– Que veux-tu dire ?

Les yeux mordorés de Javolenus contemplent les murs du caveau, balaient les grabats de foin, les lainages et étoffes, les outils qui devaient assurer leur providentielle sortie, le brasero de bronze, le candélabre serti de lampes, les provisions de bouche, les amphores de *vesuvinum*, les bijoux, la vaisselle précieuse, les bourses remplies d'or, toutes choses qui, à l'aube de la mort, paraissent vaines et inutiles. Puis son regard se pose sur les masques du laraire et sur celui de Galla Minervina. Enfin, ses yeux s'arrêtent sur les coffres contenant ses comptes et surtout ses chers *volumina*.

– Si une coulée de lave jaillit au-dessus de nous, répond-il enfin, et suinte dans les caves, là-haut, la chaleur risque de se propager ici et de faire fondre les tablettes de cire. Donc, si j'étais toi, j'écrirais plutôt le message sur un papyrus.

Interloquée, Livia hoche la tête.

– Javolenus, nous sommes enterrés dans un sépulcre secret, ensevelis au fond d'une caverne invisible connue de nous seuls, ou d'ouvriers qui, à cette heure, doivent être loin s'ils sont toujours en vie ! Nul ne pourra nous trouver, lorsque nous aurons expiré ! Ta fille te cherchera dans les débris de la maison, dans les caves, mais personne ne nous découvrira ici… Ce lieu est notre tombeau, à jamais !

– S'il survit, Barbidius nous découvrira, dit-il calmement. Je lui ai parlé de cet endroit tout à l'heure, il y a une éternité, quand je lui ai ordonné de s'y réfugier avec Scylax et les enfants.

– Tu lui as décrit notre cachette dans le tumulte de la catastrophe, objecte-t-elle, sous la tempête de pierres et de cendres, alors qu'une partie du toit de l'*atrium* s'effondrait sur tes gens, tandis que Barbidius, comme nous tous, cédait à la confusion générale… Crois-tu qu'il se souviendra de tes paroles, une fois le péril passé ?

– Je suis incapable de répondre à ces questions. Mais s'il demeure une chance, infime j'en conviens, pour qu'on nous trouve, elle viendra de mon intendant. Écris, Livia. Dessine les signes d'araméen et écris ce que tu n'as pas pu accomplir de ton vivant. Relate toute l'histoire et un jour… demain ou dans cent ans… quelqu'un recevra la phrase cachée de ton prophète. Si tu n'as pas foi en moi, fais confiance au destin, ou à ton seigneur Jésus… S'il est ce que tu crois et s'il veut que son message soit révélé au monde, quelqu'un descendra jusqu'à nous et trouvera tes mots. Ainsi, dans la mort, tu auras tenu ta promesse.

Muette, Livia observe Javolenus. Il sourit. Émue, elle se penche vers lui, murmure quelque chose à son oreille. Il acquiesce, l'étreint et l'embrasse. Puis, elle se lève.

Les malles sont remplies de rouleaux d'ouvrages poétiques et philosophiques, de pièces de théâtre, d'études sur la nature, de traités sur la raison, la musique, la peinture. Les lettres d'Épictète et des amis stoïques sont enveloppées dans une pièce de soie couleur safran, près du sceau de Javolenus. Les œuvres de Zénon, Cléanthe, Chrysippe et de l'école du Portique sont rassemblées à côté de celles de Cicéron, Sénèque, Thraséa-Poetus, Musonius Rufus et Helvidius Priscus. Livia les caresse de la main, dans un geste respectueux et mélancolique. Elle saisit un papyrus vierge lorsqu'elle remarque, dans un coin, un *volumen* dont la vue voile ses yeux mauves : l'*Énéide*, de Virgile. La passion de Didon et Énée. Didon, le fondateur de Rome. Énée, la reine de Carthage qui, par amour, se tue.

Livia se revoit, à neuf ans, errant seule dans les rues de Rome avec, serrée sur son cœur, la page arrachée au rouleau de l'*Énéide* de son père, sur laquelle Raphaël avait tracé le message du Christ. Elle se souvient du sang qui tachait le papyrus. Elle revit l'interminable attente, dans le port, quand elle croyait que ses parents avaient fui en Crète et reviendraient la chercher. Alors qu'elle les croyait effacés de sa mémoire, elle se rappelle soudain le visage de sa mère et celui de son père, elle entend les jeux de ses frères comme s'ils étaient vivants, à côté d'elle, et qu'enfin ils venaient la sauver.

Sans hésiter, elle prend un roseau, de l'encre, un papyrus et elle les pose sur le couvercle d'un coffre. Javolenus s'approche et s'allonge sur ses genoux en lui serrant la taille. Son corps l'enveloppe comme celui d'un chat. Alors, elle se met à remplir le feuillet de sa belle écriture. Sous le regard du maître, à la lueur d'une lampe à huile, le scribe transcrit. Pour la première fois, ce ne sont pas les mots de Javolenus qu'elle écrit.

Lorsqu'elle a terminé, elle contemple son œuvre : son secret ressemble à n'importe quel message qu'elle écrit quotidiennement, à un poème banal adressé à un ami résidant dans une autre ville. Sans les mystérieux signes en araméen clôturant la missive, elle pourrait croire à une lettre de Javolenus à Épictète. Sauf qu'elle ignore si sa déclaration sera lue un jour.

Livia roule le papyrus, le serre dans sa main et de l'autre enlace l'homme allongé contre elle. Elle se penche, étire ses jambes et fond son corps dans celui de l'autre. Aujourd'hui, il n'y a plus ni maître ni esclave.

Le Vésuve a tout anéanti. Il ne reste rien de son passé, de sa vie, hormis ce manuscrit et son amour pour Javolenus.

Sous le visage de Livia, les éclats dorés des prunelles masculines s'assombrissent comme si elles allaient s'éteindre. Puis elles s'illuminent et l'homme la tient fermement serrée contre sa poitrine. Leurs yeux se sourient. Longtemps, ils s'observent, boivent le regard de l'autre comme un vin nouveau. Ils songent que, d'une certaine manière, ils sont exaucés : la vigne du Vésuve ne mûrira jamais et ils ne verront pas l'automne annoncer la fin de leur été. Lentement, Javolenus caresse Livia et fait basculer son corps sous le sien.

Pendant ce temps, à l'extérieur, les cendres brûlantes ont achevé de dévorer la cité. Sous le linceul de cinq à huit mètres de profondeur, le silence est aussi profond que dans le caveau. Pas un souffle. Pas de trace de vie. Les fontaines sont taries. Pas de lumière dans les maisons. Pas de bruit. Rien que le vide d'une ville morte, où l'on ne distingue plus les ruines de marbre des cadavres changés en pierres. Dans leur nouveau corps de cendre, les défunts sont pour toujours figés dans le geste suprême de leur agonie, habitants muets d'une cité fantôme.

Au-dessus de la nécropole minérale, dans la nuit saturée de soufre et d'éclairs livides, le Vésuve gronde et fait trembler la terre. Le volcan déchaîné continue de déverser ses entrailles sur la région. Les villas construites sur ses pentes, les villages de la plaine sont effacés. En cet instant, seules Herculanum et Stabies se battent encore contre la montagne, dans un illusoire réflexe de survie.

En cette matinée du neuvième jour avant les calendes de septembre, alors que s'achève la septième heure*, Pompéi est ensevelie pour plusieurs siècles.

---

* Il est 13 heures.

35

– DIX-HUIT SIÈCLES d'ensevelissement, murmura Tom, accablé. Dix-huit siècles avant qu'on la découvre enfin, puis cent trente années durant lesquelles personne ne s'y est intéressé… ce qui fait mille neuf cent trente ans d'oubli, d'amnésie, d'abandon… et au moment où je la sors des ténèbres, où je la ressuscite de ses cendres, il faut tout arrêter, pour qu'elle disparaisse à nouveau et que son secret demeure à jamais enfoui !

– Tu parles de la maison du philosophe ? demanda Johanna.

– Je parle de ma maison, mon chantier, mon intuition, ma découverte qui n'aura jamais lieu, ma raison de vivre que le surintendant de Pompéi vient d'anéantir en suspendant les fouilles !

Ce soir de décembre, à une semaine de Noël, anniversaire de la naissance de Jésus et repère chronologique d'après lequel on date l'Histoire des hommes, le temps avait perdu son sens. Empli de colère et de désespoir, Tom se perdait dans sa rancœur pour ne plus songer à la mort de Roberto Cartosino, trouvé pendu chez lui le matin même, après l'assassinat de James et de Beata. Assise face à lui dans un petit restaurant de la rue Christophe-Colomb, devant la baie de Naples et une pizza froide, Johanna revenait six ans en arrière, sur une montagne de pierre qui, telle le Vésuve, était un sanctuaire de la terreur. Les archéologues morts à Pompéi, qu'elle ne connaissait pas, se mêlaient aux archéologues défunts du Mont-Saint-Michel, dans une confusion que l'interrogatoire de l'après-midi avait accrue. La figure du commissaire Bontemps, de la police judiciaire de Saint-Lô, se superposait à celle du commissaire Sogliano, de la criminelle napolitaine, tandis que ce dernier lui posait des questions et qu'elle y répondait dans un mélange d'italien, de français et d'anglais. En attendant les résultats de l'autopsie du corps de Roberto, Sogliano penchait pour un suicide ainsi que Bontemps l'avait cru, jadis, lorsque Johanna avait découvert la dépouille de l'un des membres de son équipe. Le flic parlait des trois défunts de Pompéi, mais Johanna voyait les deux cadavres du Mont, auxquels elle ajoutait la disparition du père de Romane. Trois morts violentes. Le compte était identique.

Terrifiée, elle revivait tous les événements qui avaient précédé son accident. Comme au Mont, l'autorisation de fouilles venait d'être suspendue à Pompéi. La même menace planait sur les archéologues, un péril indistinct qui pouvait tous les détruire, un danger nébuleux mais réel qui, naguère, avait failli la tuer. Son salut, elle ne l'avait dû qu'à sa morbide obstination à faire parler les pierres, puis à sa capacité de survie dans des circonstances extrêmes, aussi véhémente et impétueuse que l'ardeur avec laquelle on avait voulu l'abattre.

Buvant de grands verres de *lacryma-christi*, elle tentait pourtant de disjoindre les deux mondes et d'apaiser sa mémoire : cette fois, c'était Tom le directeur de chantier. C'était lui qui sacrifiait son âme, sa vie, à l'exhumation d'un secret que quelqu'un voulait à tout prix empêcher. Obsédé par son travail comme hier elle l'avait été, tourmenté par les pierres que le surintendant venait de condamner à se taire, il était assis, abattu et impuissant, à la place qu'elle occupait jadis. C'était lui qui était visé par les meurtres, c'était lui qui risquait sa peau. Elle n'était qu'un témoin de passage, un observateur fortuit et sans importance, ainsi que l'avait sous-entendu le commissaire Sogliano au terme de son interrogatoire. Pourtant, l'officier de police italien se trompait, comme Bontemps s'était fourvoyé sur la nature et le mobile des assassinats du Mont. Car Johanna détenait la clef de l'énigme, qu'elle était seule à connaître. Elle savait posséder le sésame qui livrerait à Tom la cause des homicides de ses collègues et qui le mettrait sur la voie de l'assassin. Mais cette fois, si elle échouait, ce n'est pas elle qui paierait mais sa fille, l'être qu'elle aimait par-dessus tout et dont elle tenait, entres ses mains, la frêle existence.

– Tom, dit-elle d'une voix faible, j'ai quelque chose à t'avouer. Je t'ai menti sur la vraie raison de ma soudaine arrivée ici. Je m'apprêtais à te dire la vérité, ce matin, dans le péristyle, quand Philippe a débarqué avec les policiers.

Tom leva le nez de son verre. Le néon qui éclairait leur table rendait ses yeux encore plus blancs, son visage tanné prenait des reflets maladifs. Comme son amie, il n'avait quasiment rien mangé et se bornait à avaler de longues rasades du vin corsé et presque noir. Contrairement au gouleyant vézelay blanc, les « larmes du Christ » récoltées autour du Vésuve étaient épaisses et âpres.

– Que dis-tu ? demanda-t-il, comme s'il s'éveillait d'un rêve.

– Écoute-moi, Tom. Te souviens-tu de ton séjour à Vézelay, en octobre, peu après le… la mort de James ?

– Naturellement.

– Te rappelles-tu avoir offert à Romane un denier d'argent antique déterré à Pompéi, à l'effigie de l'Empereur Titus ?

– En effet. Mais je ne vois pas ce que…

Johanna lui raconta tout : les nuits atroces de sa fille depuis sa visite, la pièce de monnaie dans sa main, la fièvre, la toux, les cauchemars, l'absence de pathologie organique, les séances d'hypnose, Pompéi, l'éruption du volcan, la cave, Livia, l'homme près d'elle, le papyrus avec le mystérieux message du Christ.

– Je suis persuadée que si je ne trouve pas ces mots, Romane mourra. Car le sépulcre de l'esprit de Livia est l'âme de ma fille, qu'il dévore comme un fruit. Je suis convaincue que ce papyrus est toujours enfoui quelque part, dans une salle souterraine de Pompéi. Avec… sans doute Livia, et l'homme qui l'accompagnait. En effet, s'ils avaient survécu, ils n'auraient pas laissé le manuscrit dans la cave. C'est mon hypothèse. Avant que tu me confies ton pressentiment et le vrai but de tes fouilles, ce matin, j'ignorais où chercher. Maintenant je sais que ta quête et la mienne sont liées : la cavité que tu cherches renferme non seulement les trésors de la maison du philosophe et la pensée perdue des stoïciens, mais également la parole perdue de Jésus.

Abasourdi, Tom gardait le silence. Johanna poursuivit :

– Je déduis que l'homme inconnu en toge sombre qui se tenait dans la cave près de Livia, est sans doute ton fameux philosophe, le propriétaire de la maison, dont on n'a pas retrouvé le cadavre et dont nous ignorons le nom.

– Ta fille n'a donc pas révélé ses trois noms romains et son arbre généalogique, dans son délire hypnotique ? s'enquit-il avec ironie.

– Tu ne me crois pas, dit-elle, les larmes aux yeux, aussi chagrinée qu'amère. Toi, Tom, tu ne me crois pas, alors que tu es la seule personne qui puisse m'entendre et me comprendre !

Percluse de fatigue, elle éclata en sanglots comme une petite fille, cachant ses yeux sous sa serviette.

– Johanna, dit Tom en lui prenant la main, excuse-moi. Je ne voulais pas te faire de peine... Je pensais que ta visite impromptue avait quelque chose de bizarre... mais je ne m'attendais pas à ça. Cette histoire de possession, au-delà du temps... Tu dois convenir que tout ce que tu viens de me confesser est... non seulement surprenant mais complètement irrationnel !

– Pas plus que ton idée d'un patricien pompéien qui, pressentant la catastrophe – alors que cette dernière a surpris toute la région – creuse une alcôve secrète quelque part sous sa villa et y planque ses biens les plus précieux, notamment des papyrus grecs dont les auteurs vivaient au IIIe siècle avant Jésus-Christ, ouvrages hellénistiques qui, à part quelques fragments, ont disparu de la surface de la terre avec la chute de l'Empire romain et que personne n'a pu lire en entier depuis seize siècles !

– Tu as raison, Jo. Vue sous cet angle, ta thèse n'est pas plus farfelue que la mienne. Mais... quel rapport avec les meurtres ? Pourquoi s'en prendre à mon chantier, à mes collaborateurs, pourquoi vouloir nous éliminer ?

Johanna essuya ses yeux avec la serviette et y laissa des traces de fard.

– À cause de cette mystérieuse phrase du Christ, répondit-elle, afin de vous empêcher de l'exhumer !

Tom fronça ses sourcils blonds presque invisibles.

– Mmm... en effet, réfléchit-il, je vois mal pourquoi on voudrait éviter la découverte des *volumina* des premiers partisans du Portique... Néron, Vespasien, Domitien, entre autres, étaient de farouches adversaires du stoïcisme et auraient volontiers détruit, en même temps que leurs concepteurs, de tels ouvrages... Mais aujourd'hui, dans nos démocraties, l'opposition des stoïques à l'arbitraire impérial ne recèle plus qu'une valeur historique, et leur pensée un attrait intellectuel.

– En revanche, compléta Johanna, triomphante, une phrase du Christ... dérobée à la face du monde pendant deux mille ans peut être susceptible de remettre en question les positions de l'Église, voire de contrecarrer ce qu'elle est devenue... Il demeure assez de fanatiques religieux pour continuer à persécuter et à tuer au nom de Dieu...

– Peut-être, Jo, peut-être ton idée n'est-elle pas si dingue...

– Tu imagines, Tom ? Si l'on déterrait dans une cave de Pompéi les seuls mots jamais écrits par le Christ ? Te souviens-tu de la référence évangélique tracée sur le mur du lupanar ?

– Parfaitement. Jean, 8, 1-11.

– Ce qui correspond au récit de la femme adultère dans lequel Jésus écrit, avec le doigt, sur le sable du parvis du Temple. J'y ai beaucoup réfléchi et je suis persuadée que ce sont les mots que le Seigneur a dessinés ce jour-là, dans la terre – des mots lus, répétés, consignés par écrit, sans doute par la femme adultère elle-même – qui constituent le message caché par Livia.

Le matin même, lorsque Tom avait narré à Johanna son idée au sujet de la salle secrète de la maison du philosophe, la médiéviste s'était transformée en avocat du diable. Ce soir, c'était Tom qui remplissait ce rôle.

– Jo, influencée par ta sinistre expérience au Mont-Saint-Michel, tu as déjà soutenu cette théorie à Vézelay, il y a deux mois, alors que Romane était en parfaite santé. Néanmoins, cela ne colle pas : je ne vois toujours pas le rapport entre Jérusalem et Pompéi...

– Ce n'est pas parce qu'on n'a pas retrouvé la preuve matérielle de leur existence que des chrétiens ne vivaient pas dans cette cité. Livia était sans doute une adepte clandestine de Jésus, et à ce titre la détentrice du message christique...

– Soit, la coupa Tom. Admettons. Mais tu oublies l'autre référence biblique trouvée près de Beata, les paroles prononcées par Jésus sur le mont des Béatitudes : « Ne jugez pas. » Quelle relation avec la sentence inconnue écrite sur le sable du parvis du Temple ? Aucune !

– Ces deux indications ne sont pas sans lien, affirma Johanna en remplissant leurs verres. Dans les deux cas Jésus demande aux témoins de ne pas condamner, parce que les hommes qui accusent sont eux-mêmes pécheurs. Ces injonctions au pardon cadrent parfaitement avec les préoccupations d'un illuminé, d'un membre d'une secte d'exaltés et de fanatiques qui tue, tout en s'accordant l'absolution divine puisqu'il commet ses crimes au nom de Dieu. Dans cette logique, le criminel poursuit un double dessein : en citant le Seigneur, en particulier l'épisode de la femme adultère, il nous met sur la voie du message dissimulé dont il connaît l'existence et la cachette précise. Il motive ses meurtres et en même temps il frappe pour bloquer les recherches, tout en prescrivant de ne pas le juger car seul Dieu le peut.

– Ce serait insensé, machiavélique et pervers ! s'exclama Tom.

– Pour nous, assurément. Mais pas pour un fou de Dieu, l'adepte d'une secte extrémiste ou un intégriste qui se croit détenteur d'une mission divine de protection de la sacro-sainte Église catholique. Sans être une spécialiste des sectes, je peux t'assurer que j'ai été confrontée, lors d'un passé que je préfère taire, à ce genre d'individus et je sais qu'ils aiment les codes, les symboles, qu'ils ressentent de la jouissance à nous mettre sur la piste tout en usant, par ce qu'ils appellent un devoir, de la pire violence lorsque nous approchons trop de leur secret.

– Tu... tu fais allusion à ce qui t'est arrivé au Mont? Je croyais qu'il s'agissait de crimes passionnels et que...

– Je te raconterai peut-être un jour ce qui s'est vraiment passé, dit-elle, songeuse. Oui. À toi je sens que je pourrai tout dire. Mais pas ce soir, alors que ma fille risque de mourir si tu ne me crois pas, si tu n'es pas convaincu que dans une cave obscure de Pompéi se dissimule un message pour lequel on a déjà tué deux de tes archéologues, peut-être trois, une parole que je dois découvrir afin que Romane guérisse...

Tom se tut quelques instants et vida son verre.

– Johanna, sache que je suis infiniment désolé pour ta fille que j'aime beaucoup, et que je t'aiderais de toutes mes forces si je le pouvais. Hélas, peu importe que je te croie ou non. Car nous ne pouvons vérifier aucune de nos conjectures. Demain matin, à 8 heures, je dois procéder à l'inventaire des outils et des appareils de prospection avec le surintendant et les lui restituer. Après cela, il fermera le chantier, confisquera nos clefs et jusqu'à nouvel ordre, nous ne pourrons plus pénétrer dans la maison.

Il baissa la tête. Ses mains tremblaient sur son verre vide.

– Je m'en fiche, que tu sois désolé ! cria-t-elle. Tu n'es pas capable d'imaginer un seul instant ce que je ressens ! Tu es « navré » mais moi je suis ravagée, dévastée, anéantie ! Je vais perdre ma fille unique, mon seul enfant, parce que toi, Tom, le seul à pouvoir empêcher cela, tu refuses de le faire, tu contestes mes « conjectures », comme tu dis, sans même envisager que les rêves de Romane puissent dire la vérité ! Pourtant, je sais que j'ai raison. Livia vivait à Pompéi. Le 24 août 79, elle s'est réfugiée dans cette cave secrète, avec l'homme que ma fille voit toutes les nuits dans ses cauchemars, qui tente de la protéger, de la secourir, de la rassurer et qui n'est autre que le propriétaire de la villa, le philosophe. Puis, face à la mort, Livia a écrit le message du Christ et...

– Johanna, la coupa-t-il, ne t'emballe pas et écoute-moi. Je connais par cœur tout ce qui concerne Pompéi et jamais je n'ai rencontré ce prénom de « Livia » à propos d'une femme qui aurait vécu dans ma maison ou ailleurs, au moment du séisme.

– Comment le pourrais-tu ? Sais-tu le nom des esclaves dont on a retrouvé les cadavres gisant dans TA demeure à la fin du XIXe siècle ?

– Non, mais...

– Alors, rugit-elle, comment peux-tu affirmer sur un ton si péremptoire que j'ai tort, que Romane fabule, que Livia n'a jamais existé et que l'homme près d'elle ne serait pas le propriétaire de la villa, celui qui a fait peindre la fresque des stoïciens, creuser la salle secrète dans laquelle il a dissimulé ses trésors avant de s'y réfugier avec Livia qui était sa femme, sa maîtresse, sa sœur, sa fille, son amie, son esclave ou que sais-je encore ?

Échauffée par le vin et la colère, Johanna bouillonnait.

– Tentons de rester calmes, Jo. Je ne t'ai jamais accusée de quoi que ce soit, pas plus que ta fille. Mais essaie de raisonner en scientifique et non en mère. S'il te plaît. Il faut des preuves, des sources fiables, des éléments concrets et tangibles. Or il ne demeure aucune trace de ta « Livia ». Dans l'Antiquité, ce prénom était celui de l'impératrice Livie, née Livia Drusilla, figure de la plus haute aristocratie romaine et de la dynastie des Julio-Claudiens, mère de Tibère et troisième épouse de l'Empereur Auguste, divinisée par Claude en l'an 42 après Jésus-Christ et...

– D'accord, Tom. Bien que j'ignore la naissance et la condition sociale de ma Livia, je suppose que son sang n'était pas impérial, puisqu'elle était probablement chrétienne.

– Les premiers chrétiens, en effet, étaient pour la plupart des Juifs ou des païens petits-bourgeois issus de la plèbe, des affranchis et surtout des esclaves.

– Donc, nous pouvons affirmer que Livia était d'origine modeste. Ce qui exclut tout lien de parenté biologique avec le propriétaire de la villa.

– Nul doute que ce dernier était riche et qu'il avait des goûts raffinés, poursuivit Tom. De plus, les adeptes du stoïcisme faisaient généralement partie de l'élite intellectuelle et sociale. On peut donc supposer qu'il figurait parmi les citoyens bien nés, aisés et de noble condition.

– Bien, nous avançons ! Il est par conséquent exclu que Livia ait pu être son épouse ?

– Il y a très peu de chances. Dans cette société de castes, *honestiores* et *humiliores* ne se mélangeaient pas ; ta Livia était probablement au service du maître de maison, esclave ou libre…

– O.K. ! Mais dans ce cas, pourquoi était-elle seule avec lui dans la cave au moment de l'éruption ? Pourquoi le propriétaire n'y a-t-il pas entraîné ses autres domestiques ?

– Je ne puis répondre à cette question, Jo.

– Si ta mémoire pouvait te faire défaut… soupira la médiéviste. S'il pouvait persister une trace, même la plus infime, de Livia quelque part… Je dois essayer, Tom, je n'ai plus rien à perdre. Où sont les journaux de fouilles et tous tes bouquins sur Pompéi ?

– Là-haut, chez moi, répondit-il en indiquant le ciel de sa grosse main.

– Allons-y, Tom, tout de suite, dit-elle en se levant. Il faut chercher Livia dans tes livres. Aide-moi, tu ne peux pas me refuser cela, on va tout éplucher, on y passera la nuit s'il le faut, la journée de demain, et si elle existe, on la dénichera, cette preuve que tu réclames…

Tom esquissa un sourire espiègle.

– Il te faudrait non pas une nuit, mais plusieurs années pour compulser tous mes livres, alors que quelques secondes suffiront pour retrouver un indice sur Livia, si je me trompe et si indice il y a, lâcha-t-il avec un air de défi et de mystère.

– Que veux-tu dire ?

– Surprise ! Tu vas voir, ma grande, ce dont ton ami Tom est capable !

Le sol tangua légèrement quand elle bondit sur ses pieds. Raide et massif, Tom se dressa sans chanceler, régla l'addition et marcha vers la sortie avec, dans les yeux, la lueur malicieuse de celui qui prépare un coup fumant. Johanna préféra se taire et le suivit en respirant à pleins poumons l'air froid et iodé pour chasser les lourds effluves du vin. Il l'aida à grimper les cinq étages, la soulevant à demi avec autant de facilité que s'il portait une tige de roseau. Dans l'appartement vétuste, il ignora les étagères croulant sous les livres, les piles d'ouvrages jonchant le sol et, saisissant au passage une bouteille de grappa ainsi que deux gobelets, il se dirigea vers son ordinateur.

– Regarde bien, enjoignit-il en allumant l'engin et en versant l'eau-de-vie dans les verres.

Johanna écarquilla les yeux et ne toucha pas à la gnôle. Sur l'écran apparurent les icônes habituelles. Tom cliqua sur l'une d'elles. Surgit une fenêtre avec son nom et l'espace de saisie d'un mot de passe. Il tapa prestement le code. Un carré cerclé de noir, vide, remplissait l'écran.

– Voyons, dit-il d'une voix traînante, on va faire un essai... Tiens, au hasard, les Vettii.

La maison des riches propriétaires de la rue de Mercure apparut sur un plan, photographiée mur par mur, fresque par fresque, accompagnée de l'historique complet des fouilles, des rapports des archéologues, des restaurateurs, même d'un arbre généalogique interactif des Vettii et de leurs activités au Ier siècle.

– Ça marche pour chaque ruine, chaque construction de la cité, même la plus infime boutique ou fontaine, annonça-t-il fièrement. Les objets du musée archéologique de Naples ou ceux qui sont éparpillés dans le monde sont replacés dans leur élément d'origine. Il y a également ce qui concerne les habitants de Pompéi à l'époque, chaque squelette est répertorié, ainsi que le nom et l'œuvre de ceux qui ont travaillé, ensuite, aux excavations, jusqu'aux équipes d'aujourd'hui. Évidemment, tout est régulièrement mis à jour.

– Tom, c'est inouï ! J'ignorais qu'il existait une telle base de données sur Pompéi ! Quelle mine de renseignements, quel gain de temps pour les chercheurs !

– Attention, cette base n'est pas officielle. Je suis le seul à la connaître et à en disposer.

– Tu entends par là que c'est toi qui...

– Eh oui, Jo, c'est mon œuvre ! annonça-t-il avec jubilation. Ça m'a pris des années, et je continue à y passer un temps fou. Mais cela me permet de maîtriser mon sujet. Rien ne m'échappe ! Je pense que je suis mieux informé que monsieur le surintendant lui-même, ajouta-t-il en pouffant.

– Il ignore l'existence de cet outil prodigieux ? demanda-t-elle, médusée.

– Je te l'ai dit. Nul ne soupçonne...

– Pourquoi ne pas en faire profiter la communauté scientifique ? C'est contraire à...

– Jo, je ne partage mes connaissances avec personne et surtout pas avec la « communauté scientifique », comme tu l'appelles. Je fais une exception ce soir, les circonstances m'y condamnent. Mais j'exige de toi un silence absolu. Je veux ta parole d'archéologue, et d'amie.

– D'accord, Tom.

Elle n'avait guère le choix. Cette rétention du savoir était peu habituelle dans leur milieu. Néanmoins, les archéologues sont par nature curieux, bavards… et concurrents. Il était normal qu'il protège son travail de la convoitise de rivaux moins patients que lui. Elle aurait sans doute réagi de la même manière, jadis, lorsque son métier remplissait toute sa vie.

– Et maintenant, exulta Tom. Assez joué. Voici l'instant de vérité !

Dans le petit carré de recherche, il tapa « Livia ». Johanna retint son souffle.

Livia : dédicace de l'édifice d'Eumachia, sur le Forum. Consacré à la Concordia Augusta, à la Pietas Augusta et, par ce biais, à l'Empereur Tibère, à l'impératrice Livie et aux sentiments unissant le fils et la mère, l'édifice mesure 60 mètres sur 40 (voir plan). Ce monument impérial servait de bourse de la laine et…

Johanna stoppa sa lecture. Tom avait vu juste : le temps n'avait rien conservé de l'humble existence de Livia la domestique.

– Je sais que tu détestes ce mot mais je suis désolé, Jo, dit doucement Tom en posant la main sur le bras de son amie. J'aurais vraiment aimé m'être trompé…

Johanna se détourna et, de dépit, avala d'un trait son verre de grappa en faisant la grimace. Puis elle soupira et saisit son téléphone pour parler à sa fille avant que cette dernière ne s'endorme et ne revive encore le matin funeste. Soudain, elle suspendit son geste, le regard dans le vague.

– Tom, essaie « Saturnus » ! Ce matin, après d'intenses cauchemars où, comme chaque nuit, elle a sûrement revécu le drame de Pompéi, Romane à moitié endormie s'est emparée de l'un de mes livres sur la mythologie et a souligné plusieurs fois le nom du dieu Saturne, sans pouvoir expliquer son acte. C'était comme un geste automatique, tu vois, motivé par son inconscient. J'ai pensé qu'il s'agissait du titan père de Jupiter mais… Tom, c'est peut-être autre chose ! Essaye. S'il te plaît, c'est ma dernière chance.

– D'accord.

Sur l'écran apparut le recensement de diverses statues et effigies du dieu Saturne retrouvées dans plusieurs villas pompéiennes.

– Rien d'autre ? demanda-t-elle.

– Attends, il y a une autre page… je clique dessus…

Tom et Johanna écarquillèrent les yeux.

J. Saturnus Verus : « Fait à Pompéi le neuvième jour avant les calendes de septembre, pour J. Saturnus Verus » : mention figurant au bas d'une tablette de cire à deux volets où sont inscrits des calculs domestiques (facture détaillée de boulangerie) pour un montant total de 42 sesterces versés à un boulanger (nom effacé) ; cette formule est suivie d'une signature presque illisible : Bobidus, Bardibius, Barbidius, Bobidius ? – tablette (dimensions : 72 millimètres de hauteur, 100 millimètres de large, restes carbonisés du cordon reliant les deux volets) + stylet trouvés en 1877 avec menue monnaie près du squelette momifié d'un homme – sans doute un affranchi – lors de l'excavation de la région IX par Michele Ruggiero. À côté de la victime à la tablette le corps d'un autre homme non identifié – reliquats d'un costume d'affranchi – et les squelettes de cinq enfants non identifiés – restes de tenue d'esclave – trois garçons et deux fillettes, âge : entre trois et huit ans. Lieu d'habitation des individus : inconnu. Lieu d'exhumation des corps : région IX, îlot 1, vicolo di Tesmo, à trois mètres de la rue de l'Abondance.

« Nota : le petit groupe (voir photo) est tombé, asphyxié, dans la cendre, tandis qu'il se dirigeait vers le nord – moulages des corps méthode Fiorelli – musée des moulages de Pompéi – corps détruits lors du bombardement américain de 1943. Tablette de cire + stylet : n° 187990236 – réserves du musée archéologique de Naples – »

Suivaient la photo noir et blanc du dyptique latin recouvert de cire et celle, façon sépia, des cadavres des deux hommes et des cinq petits, statufiés dans le plâtre.

À genoux, l'homme à la tablette tentait de protéger les enfants en étendant ses bras sur eux. L'autre en tenait trois dans son giron, qui se couvraient vainement le visage de leurs petites mains.

– Tom ! exulta Johanna, ça y est, nous le tenons, le patronyme de notre philosophe et du propriétaire de la demeure ! C'est son nom qu'a tenté de nous indiquer Romane ce matin ! Saturne ! J. Saturnus Verus ! Il était le maître de Livia, de ceux qu'on a retrouvés dans la maison, et aussi de ces deux affranchis et des cinq jeunes esclaves, qui vivaient dans sa villa, la maison du philosophe, en région IX, îlot 5... La tablette date du jour du séisme. L'affranchi au nom illisible qui gérait les comptes de la maison a réglé la note du boulanger, ce matin-là, au nom de son patron, J. Saturnus Verus... Il est tombé avec l'un de ses collègues tandis qu'il tentait de sauver les gosses en s'échappant de la ville, sans doute sur ordre de son patron… Pauvres mômes… Regarde-les… Quelle mort horrible…

Tom restait muet.

– Tom ! Qu'en penses-tu ?

– Mmm…, marmonna-t-il. D'une part, rien ne prouve que ce « J. Saturnus Verus » soit bien le propriétaire de la villa, notre philosophe. D'autre part, quelque chose me chiffonne… Ce n'est pas logique…

– Quoi donc ?

Il cliqua dans un coin de l'écran et une carte de Pompéi s'afficha.

– Tous ceux qui ont cherché à fuir ont naturellement tourné le dos au Vésuve et se sont dirigés, suivant leur secteur de départ, soit vers la porte Marine en direction d'Herculanum, soit vers les portes du sud, porte de Stabies ou porte de Nocera, pour rallier la mer. Notre petit groupe, au contraire, a péri alors qu'il allait vers le nord, c'est-à-dire droit vers le danger !

Johanna examina à son tour la carte.

– C'est juste.

– La *vicolo di Tesmo*, poursuivit le spécialiste en la montrant du doigt, est une ruelle parallèle à la rue de Stabies, là, à l'ouest de la région IX, à la lisière de la zone non excavée. En la remontant tout droit, on atterrit sur les thermes centraux.

– À un pâté de maisons de la villa du philosophe, ajouta Johanna. À quelques mètres de la ruelle du Centenaire, à une encablure de ton chantier !

– En effet.

– C'est là qu'ils allaient, Tom. Ils ne tentaient pas de s'enfuir de la cité mais de rejoindre leur maison pour s'abriter dans les caves souterraines, voire… pourquoi pas, dans la cavité clandestine bâtie par leur seigneur et dont ils connaissaient l'existence.

– Ils revenaient soit de la plage, compléta le pompéianiste, où ils avaient constaté que la mer démontée n'offrait aucune issue, soit d'un autre lieu, dans la ville, et leur premier réflexe a été de rentrer chez eux. En admettant, bien sûr, que ce J. Saturnus Verus soit bien le propriétaire de ces gens, ce qui semble cohérent, et aussi de la maison du philosophe, ce dont nous ne sommes pas certains. Ses esclaves et lui habitaient peut-être le même secteur, mais dans une autre *domus*.

– Tom, je t'en supplie, fais-moi confiance, fais confiance aux signes dévoilés par ma fille. Ce « Saturne » est bien celui que nous cherchons.

Il est l'homme reclus dans la cave secrète avec Livia. Je sais que j'ai raison. Il… il y est encore, avec elle, avec les rouleaux de textes des fondateurs du Portique et avec le papyrus sur lequel Livia a écrit les mots du Christ. Tom, écoute : pense à Romane, songe surtout au fabuleux trésor dont tu seras l'unique inventeur, imagine les manchettes des journaux, les interviews, la gloire, la reconnaissance non seulement de notre communauté mais du monde entier ! Je te rassure, je ne me mêlerai pas de cela. Mon nom ne sera cité nulle part et je ne dirai jamais à personne que j'étais avec toi. C'est ton chantier, ta découverte. Tu seras seul à en bénéficier. Moi, tout ce qui m'intéresse, c'est une copie du papyrus de Livia. Nous devons retourner immédiatement là-bas, reprendre les fouilles, cette nuit même, avant qu'on nous prenne les projecteurs et les outils de prospection.

Il observa son amie avec effarement.

– Tu es complètement folle ! Si le surintendant apprend que j'ai continué à travailler malgré son interdiction, non seulement je perdrai mon boulot mais ma carrière sera foutue, toutes ces années de labeur réduites à néant et…

– Tu préfères défier l'autorité derrière ton ordinateur, c'est plus confortable !

Tom rougit.

– Enfin, réfléchis, Jo, nous ne savons même pas où chercher ! Francesca et Roberto ont quasiment tout balayé, et rien, rien que cette fichue roche volcanique, la coulée de lave préhistorique sur laquelle la cité est construite !

Face à l'imparable argument, Johanna perdit tout espoir. Elle s'éloigna et se laissa tomber dans le canapé de velours râpé.

– Alors, tout est fichu, conclut-elle, le regard embué. Je n'ai plus qu'à observer l'agonie de ma petite fille. Et toi, dans ta fabuleuse base de données, tu ajouteras une victime supplémentaire à l'éruption du 24 août 79.

Elle se versa un autre verre d'eau-de-vie pour ne pas se laisser aller aux sanglots. Tom lui tournait le dos. D'un geste doux et résigné, il éteignit l'ordinateur. Johanna regarda sa montre et saisit son téléphone.

– 22 heures… murmura-t-elle pour elle-même. Tant pis, j'appelle.

Tom se leva et quitta la pièce.

– Allô ? Isa ? Oui. Quoi ? Le docteur Sanderman ? Ah bon ? Une séance dans son lit ? Et alors ? Toujours pareil ?

Elle ferma les paupières en signe de renoncement. Soudain, elle se figea et écarquilla les yeux.

– Par l'Archange… Isa ! Isa, je t'en prie, laisse-moi parler, j'ai une idée, il faut que tu m'aides, il faut qu'*elle* nous aide ! Passe-moi Sanderman !

– Tom ! Tom !

22 h 45. Aux hurlements de son amie, il surgit de la salle de bains, la brosse à dents dans la bouche. Elle avait bondi hors du sofa et prenait le géant dans ses bras, pleurant des larmes de joie.

– Tom, je sais ! Je sais où nous devons chercher ! L'hypnose… Sanderman a interrogé Romane sous hypnose… Elle a donné un indice… Prends les clefs de ta voiture, on y va. À Pompéi. Sur ton chantier. Tout de suite.

– Jo, tu délires ! Qu'est-ce que tu racontes ?

– Dans la cave dérobée, il fallait bien qu'ils respirent, tapis à plusieurs mètres de profondeur ! Il y avait un conduit, un conduit d'aération. C'est par là que les gaz sont arrivés. Il… il a tenté de le boucher avec des linges, mais les vapeurs d'acide et de soufre ont fini par ronger les tissus et pénétrer la galerie. Combien de temps ont-ils pu tenir là-dessous ? Ils s'aimaient. Elle a avoué qu'ils s'aimaient.

– Qui ? Ta fameuse Livia et…

– Et l'homme qui est avec elle là-dessous, oui. Romane ne peut toujours pas prononcer son nom mais je sais qu'il s'agit de notre J. Saturnus Verus. Ne perdons pas de temps. Je t'en supplie. Fonçons là-bas. C'est l'ultime espoir pour ma fille. Elle vient de perdre connaissance. J'ignore quand elle se réveillera.

– Mais… tout cela ne me dit pas où…

– Le puits, Tom. Le tuyau débouchait dans le puits. Si on trouve ce conduit, on trouve la cave secrète.

– J'ai personnellement débarrassé le puits des cendres et des gravats qui l'obstruaient jusqu'au bord, Johanna. Et je n'ai rien remarqué…

– Parce que tu ignorais ce qu'il fallait chercher. Tu étais en quête d'une salle, pas d'un tuyau. Tu m'accompagnes ou j'y vais seule ?

36

COMME le docteur Ziegemacher et Gina presque trois mois plus tôt, Tom et Johanna se faufilèrent dans la rue du Vésuve puis la rue de Stabies, torche à la main, en direction du sud. En ce mitan du mois de décembre, l'air était venteux et piquant, sans douceur ni parfum. La pluie menaçait et la nuit sans lune était opaque comme un linceul. Mais les deux complices ne craignaient pas les spectres. Ils se fondaient dans les ruines comme des violeurs de sépultures. La ville déserte ne les effrayait pas. S'ils tremblaient, c'était d'excitation à l'idée d'exhumer l'hypogée. Sans doute avaient-ils peur d'être surpris par les autorités du site, ou par l'assassin. Mais leur frayeur demeurait muette, ensevelie dans leur cœur, reléguée dans un coin sombre de leur esprit. Tom ne songeait qu'à son espoir de réaliser le rêve de sa vie, Johanna à celui de sauver la vie de sa fille. Cette quête fantastique, ils comptaient l'assouvir en déterrant des cadavres oubliés depuis plus de dix-neuf siècles.

Contrairement au cardiologue suisse et à la prostituée italienne, ils bifurquèrent à gauche, dans la rue de Nole. Ils longèrent le terre-plein noir des thermes centraux. Quelques mètres plus loin, ils s'engagèrent dans la ruelle du Centenaire. Sans bruit, Tom sortit son trousseau de clefs et, comme Philippe le matin même, il déverrouilla le cadenas ; après qu'ils se furent glissés à l'intérieur, il le referma. Johanna regarda sa montre : 23 h 25. Ce jour qui s'achevait figurait parmi les plus longs de son existence. Mais elle voulait ignorer l'épuisement, comme l'effroi. Elle n'avait plus le temps de se poser de questions. Romane… Dans son cœur de mère, Romane et Livia se confondaient et elle avait l'impression de venir chercher le corps de sa fille, que le temps avait englouti. À moins que ces deux êtres n'en forgent un troisième, un personnage hybride façonné par l'Histoire et les mots du passé, telle Marie-Madeleine. Tout cela devait cesser. Il fallait que Livia quitte les songes et l'âme de sa fille. Johanna devait rendre Romane à elle-même.

– Fais attention, chuchota Tom en l'aidant à gravir les décombres du *tablinum*.

Dans les ténèbres, les colonnes arasées et les piédestaux nus du péristyle ressemblaient à des troncs décapités. Elle vit la triste étendue de sable comme la surface d'un panier infernal. Dans un angle, la fontaine ronde, étayée par des bras d'acier, s'exhibait comme la silhouette grasse du bourreau. La nuit surnaturelle exposait les martyrs du Vésuve, toutes les victimes qui avaient péri dans cette maison. À l'orée de l'ancien potager, Johanna crut apercevoir le corps d'une fillette allongée dans un fatal sommeil. L'enfant avait les traits de Romane. L'archéologue eut un haut-le-cœur.

– Ça va ? s'inquiéta Tom.

– Je tiens le coup. Nous y sommes ?

– Le puits est là. Attends-moi, je vais ramener des cordes, des outils et un projecteur. Le matériel est rangé dans les caves.

– Laisse tomber le projo, conseilla-t-elle. C'est trop dangereux. Il fait très noir, quelqu'un pourrait remarquer le halo. Mais si tu as une torche plus puissante que celle-ci...

– Oui. Je reviens tout de suite.

Johanna s'approcha du puits et y dirigea le faisceau de la lampe. Le lierre avait des reflets argentés. Ainsi qu'une tentaculaire toile d'araignée, il embrassait tout le réservoir et tissait ses branches sur l'ouverture de l'anfractuosité, de part et d'autre du trou. À mains nues elle écarta les ramures mais ne put les rompre. À vue de nez, elle estima la profondeur à une dizaine de mètres.

– Il vaut mieux que ce soit moi qui descende, chuchota-t-elle à Tom qui revenait. Je suis plus légère que toi.

– Et de loin ! Je préfère que tu portes ça, dit-il en lui tendant un casque de chantier muni d'une lampe frontale.

Elle ôta sa grosse doudoune, mit le casque, ses gants de laine polaire, enfourna dans les poches de son pantalon un ciseau de sculpteur, un pinceau, un burin et un grattoir. Puis elle laissa Tom harnacher sa taille avec une corde.

– Tu n'as pas de treuil ? demanda-t-elle.

– C'est moi, le treuil, répondit-il en faisant passer l'autre extrémité de la corde par son cou de taureau, ses robustes épaules et son torse d'athlète.

– D'accord, Hercule. Prêt ?

Il écarta les jambes et cala ses énormes godillots contre le puits. Il fit un signe affirmatif à son amie et cette dernière bondit sur la margelle. Lentement, avec précaution, elle descendit dans le gouffre. Plaçant ses pieds entre les interstices des galets maçonnés, elle inclina la tête pour éclairer les derniers mètres du puits. « Le conduit d'aération débouchait forcément au-dessus de l'eau, réfléchit-elle. Je dois donc trouver… la voilà, la ligne de démarcation. Les traces sont encore visibles, la différence de couleur des pierres, le lichen… L'eau montait jusqu'à cette hauteur, c'est-à-dire approximativement à cinq mètres à partir du fond, sept mètres à partir du haut. La citerne mesure… comptons, non pas dix mais douze mètres, donc ce sont les sept premiers mètres qui importent… Voyons… par prudence, il n'a pas dû placer la canalisation près du bord, ni près de l'eau… mais entre les deux. Donc, c'est cette partie que je dois inspecter, celle qui se trouve au milieu du puits, entre deux et six mètres de profondeur. Allons-y. »

Elle descendit en rappel, rebondissant sur les briques de la muraille. À deux mètres du rebord, elle cala à nouveau ses pieds et interpella Tom.

– Je suis sur la zone de recherches, je commence ! Tu ne me trouves pas trop lourde ?

– Tu plaisantes ! Tu aurais pu manger ta pizza tout à l'heure, et quinze desserts, car j'ai l'impression de soulever une cuiller à café !

– Sacré Tom…

Elle examina chaque centimètre de la paroi qui montait devant elle. L'opération la plus délicate était de faire le tour du réservoir circulaire en s'agrippant aux vieilles briques de terre cuite, cassantes et friables. Heureusement, Hercule maintenait fermement la corde, lui adressait quelques mots rassurants, et elle se sentait en sécurité entre ses grosses paluches. Pourtant, à mesure qu'elle s'enfonçait dans le boyau, scrutant inlassablement chaque parpaing, un sentiment d'oppression lui comprimait la poitrine et d'anciennes images surgissaient sur le mur. Elle se vit six années plus tôt, glissant le long d'une cheminée de roc avec une lampe dans la bouche, s'enfouissant dans des entrailles inconnues, la peau raclant la pierre jusqu'au sang. Elle s'enterrait vivante. Malgré le froid, elle se mit à suer. Dans un vertige, elle se cramponna à la longe qui la reliait à Tom et appuya son front casqué contre la muraille en implorant l'Archange Michel et frère Roman. La terreur lui faisait perdre tout contrôle. Là-haut… là-haut… à l'extérieur, il se tenait là, désespéré et triomphant, au bord du gouffre… Lorsqu'elle leva la tête, haletante, elle s'attendit à voir fondre sur elle des rochers et des gravats qui l'enseveliraient au fond du puits. Mais elle n'aperçut que le cercle obscur de la nuit pompéienne. Lorsqu'elle appela Tom, c'est un autre prénom qu'elle avait sur les lèvres. La silhouette du colosse se découpa sur le disque sombre.

– Johanna, que se passe-t-il ?

– Rien, Tom. Je voulais m'assurer que c'était bien toi…

– Qui veux-tu que ce soit ? Ça n'a pas l'air d'aller, je te hisse !

– Non ! S'il te plaît ! Ce n'est rien. Un léger malaise. Ça va passer.

– Tu es crevée, Jo, et, à part du café et de l'alcool, tu n'as rien avalé depuis ce matin. Ça suffit. On arrête cette folie. Tout cela est pure élucubration. Je refuse qu'il t'arrive le moindre accident. Je ne me le pardonnerais jamais. Remonte !

– Tom, je t'en conjure, pas maintenant ! Ce serait trop bête !. Ne t'inquiète pas, ça va, je te le promets… ça va.

Elle respira le plus profondément qu'elle put, plusieurs fois, et elle retourna à sa tâche. Le temps s'écoula, monotone, entre des briques fragiles et identiques, sans la moindre empreinte de tuyau ou de conduit. À mesure qu'elle descendait vers le fond, centimètre par centimètre, la voix de Tom était de plus en plus pâle et lointaine. Bientôt, ce fut le silence. Elle perdit la notion du temps. Elle rêva au clapotis de l'eau, au bruit du seau du jardinier tombant dans la citerne, au chant des oiseaux dans le potager luxuriant. Dans ce sol fécond, les fruits et les légumes devaient ressembler à ceux du jardin des Hespérides. Elle imagina J. Saturnus Verus et Livia baguenauder entre les oliviers, les figuiers, rosiers, grenadiers, amandiers, orangers et citronniers en fleur. À quoi ressemblaient-ils ? Quel était le visage de Livia ? Quel âge avait-elle ? Des amours ancillaires… comment les vivaient-ils ? Elle imagina une fine jeune femme aux longs cheveux noirs relevés sur le crâne, à la peau dorée, au sourire gracieux, aux yeux vert émeraude comme ceux de Romane. Son maître était probablement doux et distingué, plus âgé qu'elle, et il portait sans doute la barbe des philosophes. Puis elle songea aux ouvriers dans le puits, creusant la paroi, forant le sous-sol pour y installer la canalisation. Entre autres qualités, les Romains étaient de formidables ingénieurs des ponts et chaussées.

Le système d'aqueducs et d'égouts qu'ils avaient introduit dans l'Empire pourrait encore fonctionner aujourd'hui. Le conduit d'aération qu'ils avaient construit ici n'avait sans doute pas été détruit par les secousses sismiques et l'éruption du volcan. Il fallait que le tuyau ait subsisté, et qu'il soit suffisamment préservé pour les mener à la salle secrète. Il le fallait…

Alors que la fatigue commençait à la faire cligner des yeux, elle remarqua une rupture dans l'uniformité des pierres. Elle était à cinq mètres de profondeur. Elle s'approcha : sur un cercle de vingt centimètres de diamètre, la brique rougeâtre s'effaçait au profit d'une matière claire et disparate ressemblant à du ciment. Elle ôta un gant et toucha l'enduit, qui s'effrita.

– De la cendre solidifiée, conclut-elle à haute voix, la cendre du Vésuve !

Émue de tenir dans sa main le résidu mortifère de la catastrophe, elle l'observa, le porta à ses narines, le pulvérisa entre ses doigts. Puis, cédant à l'excitation, elle s'empara du ciseau, du burin, et cogna contre la paroi de toutes ses forces. La cendre cédait facilement mais elle s'était amoncelée en couche compacte, épaisse d'une trentaine de centimètres. Enfin, Johanna aperçut un trou. Elle dégagea les derniers fragments avec le grattoir et évacua les poussières avec le pinceau. Le cœur battant, elle ôta son casque et plongea la lampe dans la petite niche ronde.

La canalisation de plomb s'étirait horizontalement en direction des caves à vin, sans qu'il soit possible d'en déterminer la longueur ni le point d'arrivée. Ainsi que l'archéologue l'avait prévu, la conduite vieille de presque deux mille ans ne paraissait pas endommagée.

– Merci, Romane, murmura-t-elle. Merci ma chérie… ma chère petite fille…

Au comble de l'agitation, elle remit à la hâte son couvre-chef et tira trois fois sur la corde, signal convenu avec Tom pour qu'il la hisse jusqu'au sommet. Elle s'éleva dans les airs en souriant, ses jambes rebondissaient sur la paroi. Elle saisit la margelle des deux bras et l'antiquaire la propulsa sans effort dans l'herbe haute. Pantelante, essoufflée, elle se redressa avec peine.

– Ça y est, Tom, je l'ai trouvé, il est bien là, le conduit, en bas, à cinq mètres ! On dirait qu'il a été mis en place hier ! Il va droit vers les caves souterraines, dans une ligne parfaitement horizontale ! Tu avais vu juste ! C'est prodigieux ! Le puits… Romane avait raison, Romane avait raison !

– Oh ! Jo… Tu es extraordinaire… Romane disait donc vrai… Elle voit le passé et le dévoile sous hypnose… C'est inouï… La canalisation est réelle… Je n'y croyais pas, tu sais… pas du tout…

Il lui prit les deux mains et les serra si fort qu'il faillit les écraser. Ils pleuraient et riaient en même temps, se donnant des coups de coude, se tapant dans le dos comme des amis d'enfance. Puis, dénouant la corde qui les unissait, Tom se ressaisit.

– Johanna, dit-il d'un ton qu'il voulait ferme. La découverte de cet indice décisif confirme mon intuition quant à l'existence de la cavité secrète, mais cela ne nous dit toujours pas où elle se trouve. Les caves à vin de la villa sont trop vastes… La pièce dissimulée est sans doute dans le prolongement de la conduite, à l'autre extrémité, à cinq mètres de la surface du sol, donc à deux mètres cinquante sous les caves. Mais à quel endroit sous les caves ? Nous n'avons aucun moyen de suivre la conduite en plomb pour savoir où elle aboutit… à moins de la déterrer, morceau par morceau, en forant dans la pierre de lave, ce qui n'est absolument pas envisageable en l'état actuel des choses. Impossible de savoir à quelle distance se trouve la salle par rapport au puits !

Assise dans l'herbe, Johanna demeurait muette. Elle sortit un paquet de biscuits et une petite bouteille d'eau de la grosse besace qui lui tenait lieu de sac à main. Elle arracha l'emballage, renversa les gâteaux par terre et se mit à dévorer. Tom frémissait de nervosité et d'ardeur contrariée.

– Jo, tu crois que c'est le moment ?

Elle regarda sa montre. Minuit trois quarts.

– Ça y est, on est demain, murmura-t-elle. Tu sais, Tom, dit-elle en songeant au Mont-Saint-Michel, c'est drôle, je fais toujours mes découvertes archéologiques la nuit, en cachette, sans aucun droit de fouiller, mais avec le ventre plein. Sers-toi, je t'en prie. J'aurais volontiers bu un thé brûlant.

– Navré, madame, mais le bar de l'hôtel est fermé.

– Ne le prends pas ainsi, Tom ! Je ne fais que reprendre des forces après mon escapade dans le puits !

Il s'assit à côté d'elle et se frotta le visage.

– Excuse-moi, Jo. Toutes ces émotions… Roberto, la police, l'interrogatoire, l'arrêt officiel des travaux, et là, le tuyau… Toutes ces années à bosser sans relâche, à échafauder ma théorie, à rêver dans le vide... Quand enfin on déniche une preuve de ce que j'avance, on ne peut pas la pousser jusqu'à son terme ! Je craque... Échouer si près du but me rend fou ! Je voudrais éventrer toutes ces caves avec mes mains, ahhh !

– Tu ferais mieux de me dénicher un caillou, un cutter, un morceau de caoutchouc, un bout de bois en forme de Y et une longue ficelle. À moins que tu ne possèdes un arc et des flèches.

Stupéfait, il la regarda s'empiffrer de petits-beurre.

– Tu ne jouais donc pas avec un lance-pierres, dans ta lointaine île, quand tu étais petit ? demanda-t-elle, taquine.

Hébété, il l'observa un instant, puis son visage s'illumina. Il se tapa le front avec le poing.

– Un lance-pierres, évidemment ! Jo, tu es géniale...

Il l'embrassa sur la joue, se leva d'un bond et se précipita dans les caves de la maison. Quelques minutes plus tard, tandis que Johanna achevait de tailler avec son couteau suisse un rameau en Y qu'elle avait coupé près du tronc du lierre, il déposa à ses pieds le cutter, un rouleau de fil de nylon, un caoutchouc noir et une pierre ponce.

– Regarde, dit-il en exhibant la scorie du volcan, j'ai réussi à percer un petit trou en son centre. Il ne reste plus qu'à y attacher le filin.

– Où as-tu trouvé la bande élastique ?

– J'ai démantibulé le multipôle électrostatique.

– Bien vu... Combien de mètres de fil ?

– Vingt. Si la salle est à plus de vingt mètres du puits, on est marrons.

– Ne recommence pas à être défaitiste.

– À vos ordres, mon capitaine, acquiesça-t-il avec un clin d'œil.

À genoux, Johanna attacha de ses doigts fins le fil de nylon à la pierre, tandis que Tom accrochait le caoutchouc au morceau de bois.

– Quand j'étais môme, dit-elle, je préférais les poupées et les bouquins aux billes et aux lance-pierres, mais je ferai de mon mieux.

– On n'a pas le choix, toi seule peux descendre.

– Je sais.

Il était une heure et quart du matin lorsque, la corde autour des reins, elle enjamba à nouveau la margelle du puits. Elle atteignit l'embouchure du tuyau de plomb sans autre angoisse que celle de ne pas parvenir à lancer la pierre jusqu'au fond. La canalisation était large, environ vingt centimètres de diamètre. Mais Johanna savait manquer d'adresse et d'habileté manuelle. Elle assura ses appuis et se cala le mieux qu'elle put entre les briques, le corps collé à la paroi, les bras dans le trou.

Elle posa le rouleau de nylon sur le rebord, s'accouda, maintint la ramure de la main gauche, tendit le caoutchouc de la main droite, visa et fit partir la pierre. Aussitôt, un bruit métallique l'avertit de son échec. Le caillou de lave avait buté sur le haut de la canalisation et s'était arrêté à quelques mètres seulement de l'orifice. Elle soupira, tira sur le filin, l'enroula, récupéra la roche volcanique et recommença l'opération. Encore raté. Cette fois, le projectile avait heurté le flanc du tuyau. La troisième et la quatrième tentative furent également infructueuses. Pestant, jurant, elle maudit sa maladresse. Ses yeux piquaient et elle réalisa qu'elle aurait dû enlever ou changer ses lentilles il y a plusieurs heures. Si elle pouvait s'en débarrasser et chausser ses bonnes vieilles lunettes ! L'image de sa fille avec ses lorgnons rouges surgit à la lisière de la petite tranchée. « Maman, suppliait Romane en lui tendant les bras. Maman je t'en prie, fais un effort, ne me laisse pas, ne me laisse pas ! »

Johanna posa le lance-pierres et couvrit son visage de ses mains, comme l'enfant trouvé dans la *vicolo di Tesmo*, près du cadavre de l'homme à la tablette. Les larmes remplirent ses yeux et elle resta prostrée plusieurs minutes. Brusquement, la rage la saisit. Chassant son chagrin, elle tonna contre le produit pour lentilles qui lui brûlait les pupilles et s'essuya vigoureusement à la manche de son pull. Tonnerre ! Il fallait qu'elle y arrive, elle n'avait pas le droit d'abandonner sa fille parce qu'elle était myope et ne savait pas se servir d'un jouet ! Elle était postée trop haut, bon sang, pour pouvoir propulser correctement la pierre ! Le conduit horizontal était un corridor, pas un obstacle ! Elle s'accrocha à la corde et arrima ses pieds de telle sorte que seul le haut de son visage fût à la hauteur du boyau. Elle descendit également le lance-pierres et plaqua le bas du Y contre la paroi. Le sommet de la fourche émergeait au bord de la canalisation. Hors du boyau, son bras gagnait en amplitude. Elle tendit le caoutchouc le plus fort qu'elle put, bloqua sa respiration et lâcha la pierre. Rien. Aucun son. Éberluée, elle vit le fil se dérouler à grande vitesse et sans accroc. Soudain, un infime bruit de chute, là-bas, et le rouleau se figea. La scorie du Vésuve avait achevé sa course de l'autre côté de la canalisation. Elle était tombée quelque part, sans doute dans la cave secrète.

Elle avait réussi. Elle sourit, sortit le cutter et trancha le fil à l'endroit précis où celui-ci avait cessé de se déployer. Elle mit la bobine dans sa poche et, doucement, tira sur le fin cordon pour ramener le caillou.

– Argh ! mugit-elle en s'extirpant du puits. Mission accomplie, Tom, mais je déteste ce jeu, ajouta-t-elle en jetant le lance-pierres dans l'herbe. Décidément, je préfère les poupées !

Il rit en la félicitant et en ôtant le fil à pendentif de pierre dont elle s'était fait un collier. De sa poche il sortit un mètre à ultrasons avec pointeur laser et mesura la longueur du nylon.

– Douze mètres trente-quatre, annonça-t-il.

– Eh bien voilà. Maintenant, on sait où se cache le caveau.

Tom exultait. Il mesura la distance entre le puits et ce qui restait du mur d'enceinte de la villa, contre lequel s'adossaient les caves. Tandis que Johanna buvait de l'eau et s'enveloppait dans sa doudoune, il entra les données dans l'appareil électronique. Puis, le cœur cognant dans leur poitrine, les deux archéologues se dirigèrent vers la porte des souterrains. Un crachin bien breton commença à tomber.

– Il est 2 heures, chuchota Tom dans la nuit, le surintendant débarque à 8, il nous reste donc six heures pour parvenir jusqu'au tombeau.

– Amplement suffisant, maintenant que nous connaissons sa position.

– Jo, tu oublies un détail, dit-il en l'arrêtant sur le seuil des caves. Comment allons-nous, à deux et dans ce minime laps de temps, percer un passage à notre taille dans la solide pierre de lave qui affleure là-dessous ? Il faudrait un marteau-piqueur ou une foreuse utilisée en archéologie sous-marine... Engins dont, bien entendu, nous ne disposons pas ici !

– Tom, faisons les choses dans l'ordre. Délimitons l'endroit. Après, on verra.

– Cette fois, un lance-pierres de fortune ne suffira pas...

Johanna songea que, malgré son érudition et son gabarit d'athlète, Tom n'était décidément pas un homme de terrain. Il semblait dénué de capacité d'improvisation, ainsi que de ce côté intrépide, voire imprudent, qui caractérisait nombre d'archéologues rompus à l'action. Sans doute se sentait-il plus à l'aise dans un labo, derrière un ordinateur et des tas de dossiers, ce qui, au fond, n'était pas un défaut...

L'atmosphère nocturne des caves était pénible et lugubre, bien que le directeur du chantier ait allumé quelques torches électriques disséminées sur les murs de terre. L'humidité pénétrait par les soupiraux béants.

Les amphores et les *dolia* brisées formaient un tapis de tesselles couleur de coquille d'œuf, qui faisait craquer leur pas. Comme un double obscur de la maison, les caves souterraines s'étendaient sans fin, sous toute la surface de la demeure, remplies d'anciennes pièces écroulées, de coins et de recoins noirs où quelqu'un pouvait sans peine se dissimuler. L'assassin de James et de Beata, éventuellement de Roberto, les attendait peut-être là, tout près... Johanna tenta de se rassurer en évoquant la puissance physique de son ami. Mais si le meurtrier avait des complices, des forcenés adeptes d'une secte fanatique ? S'ils étaient plusieurs et armés, que pourraient les muscles de Tom ?

– C'est sinistre, ici, constata-t-elle à voix basse.

– Francesca et Roberto détestent... détestaient poursuivre leur travail quand la nuit était tombée... Francesca est persuadée d'avoir vu un fantôme surgir là-bas, un revenant vêtu d'un *pallium* et arborant une barbe longue de plusieurs mètres... n'importe quoi...

– Pas du tout ! s'exclama-t-elle, ravie de la diversion. Il s'agit sans doute du spectre du philosophe ! Pauvre J. Saturnus Verus ! Je le comprends, il doit en avoir marre d'être reclus dans sa cache depuis si longtemps !

– Tu crois aussi aux fantômes ?

– Ça dépend, répondit-elle dans un clin d'œil et un large sourire.

Tom fit la moue et sortit le mètre à ultrasons.

– Par là, enjoignit-il en montrant la galerie obscure qui s'étalait en face. Il faut avancer de six mètres huit, légèrement à gauche...

Ils empoignèrent des lampes et marchèrent dans la direction indiquée. Au bout de quelques enjambées, ils durent stopper. Un monticule de pierres, de terre, d'amphores cassées et de résidus de cendres compactes obturait le passage.

– Oh non, soupira Tom.

– Michele et de Petra n'ont pas dégagé et nettoyé l'ensemble des caves ?

– Hélas... C'était un véritable carnage, là-dessous. S'engouffrant par les soupiraux, les pierres pulvérulentes et les cendres avaient tout recouvert, jusqu'au plafond, sans laisser le moindre interstice. Les ouvriers de l'époque ont déblayé mais, évidemment, elles avaient causé d'épouvantables dégâts aux réserves, garde-manger et pièces diverses qui se succédaient et qui s'étaient, pour la plupart, complètement écroulées. Ils ont emporté le cadavre de l'esclave qui avait succombé dans l'entrée et ils ont préféré se concentrer sur l'excavation totale de la maison, plus intéressante que les caves. Quant à nous, eh bien... en quelques mois, nous n'avons pas pu restaurer la villa – l'essentiel de notre cahier des charges et, en quelque sorte, mon alibi – et en même temps terminer le travail ici... Je me disais qu'il fallait d'abord vérifier mon pressentiment et savoir si les souterrains recélaient la salle secrète avant de nous lancer dans des travaux si importants...

« Curieuse méthode, songea Johanna, mais Tom ne pouvait procéder autrement puisque les fouilles des souterrains n'étaient pas vraiment officielles... »

– Contournons l'obstacle, dit-elle.

Revenant sur leurs pas, ils enjambèrent un muret d'à peine un mètre de haut et débouchèrent de l'autre côté de la montagne d'éboulis. Tendant l'instrument de mesure comme un bâton de sourcier, Tom trottinait autour de la butte de gravats.

– C'est pas possible, fit-il. Jo, on est damnés ! Le point de rencontre entre la longueur depuis le puits et la largeur jusqu'au mur de soutènement est justement là-dessous, à un mètre de ma main !

– Nom de Dieu...

– Par tous les diables ! hurla-t-il en jetant le mètre sur le sol.

Suivit un monologue dans une langue que Jo n'identifia pas, peut-être du maori, mais dont le contenu, à coup sûr, s'apparentait à une flopée de jurons.

– Si près du but, conclut-il en se calmant, si près du but...

Johanna ne répondait pas, balayait les alentours avec une torche et examinait le sol autour des décombres, s'agenouillant, grattant la terre avec les mains.

– Que fais-tu ? demanda-t-il.

– Je cherche une trace du passage originel vers la cave secrète, répondit-elle. Il y avait forcément une porte, une trappe, des escaliers ou une échelle... En tout cas, une ouverture qui permettait d'accéder à la chambre... Avec un peu de chance, elle existe encore, quelque part dans ce coin-là. Si nous la trouvons, nous pourrons nous introduire dans le caveau par l'entrée principale, sans songer à creuser ce sol impénétrable... S'il te plaît, va me chercher une pioche, un ciseau, un burin, une pelle, des piquets, des étais, des brosses dures et un projecteur. Personne ne risque de voir la lumière à cette profondeur...

Admiratif de l'esprit d'à-propos, du professionnalisme et de l'acharnement de son amie qui semblait ne jamais s'avouer vaincue, Tom disparut. À quatre pattes, Johanna raclait la terre et les cendres à mains nues, déblayant la surface autour de la butte de ruines, jusqu'à ce qu'elle achoppe sur la couche de pierre volcanique. Rejetant les deux pointes de ses cheveux derrière les oreilles, s'efforçant de ne pas penser à une éventuelle présence dans son dos, elle se débarrassa de son anorak et dirigea ses recherches selon un plan logique, du monticule vers l'extérieur. « Nous ignorons la taille du caveau, se dit-elle, c'est un handicap. Mais je doute que la chambre soit très grande… L'urgence de se protéger, la difficulté à percer cette roche avec les instruments de l'époque… les dimensions de la salle doivent être modestes. Elle est là-dessous, juste sous mes pieds… Je dois trouver l'entrée… je dois… »

Le bruit de moteur caractéristique du groupe électrogène décupla son ardeur. Peu de temps après, Tom revenait, les bras chargés d'outils et du puissant projecteur qui illumina la zone. Sans un mot, il se mit lui aussi à quatre pattes, pour gratter comme un chien de terrier.

– Tom, si tu veux bien, je te suggère de fouiller de l'autre côté du dôme de gravats… Ainsi, nous gagnerons du temps.

– Tu as raison, convint-il en se relevant.

4 heures du matin. Maculés de terre, exténués, les deux archéologues se redressèrent après avoir terminé leur cercle. À cinq mètres autour des gravats, la surface de la cave était propre et nette, délimitée par des piquets. Le sol était irrémédiablement lisse, sans ouverture, sans marque, sans la moindre griffe. Épongeant son visage avec le coude, Johanna avala du café froid à une bouteille thermos laissée par Roberto et Francesca.

– Jo, dit enfin Tom, nous avons échoué. Que fait-on, maintenant ?

– On réfléchit. Nous venons d'éliminer une possibilité, d'infirmer une hypothèse. Mais il en reste deux.

– Lesquelles ?

– Une, que l'entrée soit plus loin, hors du périmètre, donc que la salle soit plus vaste que je le croyais. Auquel cas, il faut continuer ce boulot.

– Deuxième idée ?

– Cela coule de source ! Si l'entrée n'est pas à l'extérieur de la montagne de déblais, c'est qu'elle est juste en dessous.

Tom contempla le monticule de débris qui culminait à trois mètres de hauteur et s'étirait sur deux mètres de diamètre. C'était un curieux mélange de pierres maçonnées des anciens murs, de terre de la cave, de gangue de cendres, lapilli, objets banals à demi détruits. De dépit, il baissa la tête. Puis il la releva avec un air de défi, jetant à l'obstacle un regard hargneux.

– Je suis épuisé, avoua-t-il, mais jamais je n'abandonnerai, à deux doigts du but de ma vie. Je dois aller jusqu'au bout. Pour tous les sacrifices consentis, pour l'ampleur du travail présent et passé, et surtout pour mon avenir. Jo, je peux y arriver seul, repose-toi si tu veux.

Il observa son amie. Debout et raide, le menton volontaire, le front relevé, le regard en feu, presque effrayante, elle ressemblait à l'ancienne Johanna, celle du Mont-Saint-Michel que Tom avait vue sur une photo chez Matthieu et Florence.

– Jamais je n'abandonnerai quand l'existence de ma fille est en jeu, répondit-elle.

Il sourit, lui tendit une pioche, en empoigna une autre et, avec un mugissement de bête, attaqua violemment le monticule.

4 h 40. Les débris d'amphores étaient coupants comme des lames et incisaient les gants des archéologues. De temps à autre, après avoir dégagé de grosses pierres, Tom éloignait son amie et tentait d'ébranler la montagne en poussant dessus de toutes ses forces. Johanna se bornait à cogner avec l'outil, au mépris de toutes les règles de sauvegarde des vestiges. Brisés, rompus, ils convinrent d'une courte pause et s'écroulèrent sur le sol.

– Tom, comment t'est venue ta passion pour Pompéi ? demanda la médiéviste lorsqu'elle eut repris son souffle.

Il raconta son enfance dans une prospère ferme de Nouvelle-Zélande, sur l'île du Sud, dans la région de Canterbury, au milieu de la nature, de pâturages sans fin et de troupeaux de milliers de têtes de bétail. Un jour – il avait six ans – un vieux militaire anglais qui avait passé sa vie dans les anciennes colonies était venu s'installer dans la propriété voisine, afin d'expérimenter de nouvelles méthodes d'élevage et d'y rédiger ses mémoires. C'est au contact du vétéran excentrique que Tom avait découvert les herbiers, les récits de voyages et surtout *les Ruines de Pompéi*, quatre tomes de plans, relevés de monuments, reproductions d'objets et surtout de centaines de dessins tracés au XIXe siècle par François Mazois, un architecte envoyé en Campanie par Murat. Ces volumes illustrés avaient été un véritable coup de foudre et lui avaient ouvert la porte de la cité antique.

– Comment s'appelait ton citoyen britannique et père spirituel ? s'enquit Johanna.

– Major Cornelius Harrison. Il est mort l'année de mes quinze ans, son cheptel avait péri depuis longtemps et il n'avait pas achevé ses mémoires. Par testament, il me léguait à moi, fils de fermier puant le mouton et le cheval, tous les livres de sa bibliothèque qui concernaient l'Antiquité gréco-romaine. J'ai encore *Les Ruines de Pompéi* dans ma chambre, je ne m'en sépare jamais.

Johanna sourit en songeant à l'être étrange qui avait provoqué sa propre passion pour l'archéologie, un moine bénédictin du XIe siècle, frère Roman.

– Donc, c'est aussi en souvenir du major que tu fouilles, dit-elle.

– Peut-être…

5 h 30. Au terme d'une faramineuse pression de Tom, le mont dégauchi par les coups s'écroula enfin.

– Bravo, Hercule ! hurla Johanna avant de se précipiter sur les débris jonchant le sol, pour les écarter au plus vite.

Essoufflé, rougi par l'effort et débordant de joie, Tom chassa les pierres vers l'arrière avec ses battoirs, puis dégagea la terre de la cave. Quelques instants plus tard, sous les restes calcinés d'une torche, apparut une plaque de marbre clair d'environ un mètre carré.

– Par Vénus, Hercule et Bacchus, dieux fondateurs de Pompéi, cria Johanna, regarde Tom, la voilà, l'entrée ! Il s'est servi de la torche, ce matin-là, pour arriver jusqu'ici avec Livia ! C'est la sienne, celle de J. Saturnus Verus ! s'exclama-t-elle en touchant les fragments avec émotion.

– Jésus-Christ… C'est incroyable, on y est arrivés, Jo, on y est arrivés ! Regarde !

Près de la dalle gisait une barre de fer. Intacte.

– C'est avec ce pied-de-biche qu'il a soulevé la plaque, constata Johanna. Vite, passe-moi le ciseau et le burin…

Délicatement, elle dégagea les contours de la chape lutée par un mélange de terre et de cendres. Tom déblayait les poussières et la gangue avec une grosse brosse.

– La dalle est épaisse donc fort lourde, constata Johanna. À mon avis, il nous faut, nous aussi, faire levier…

– Saturnus ou quel que soit son nom nous a gentiment fourni l'outil.

Tom plaça la barre sous la plaque de marbre et la déplaça sans peine, dégageant un gouffre noir qui plongeait dans les profondeurs de la pierre de lave. Ils s'agenouillèrent et tendirent ensemble leur lampe dans la cavité. Des marches descendaient vers l'inconnu.

– Je le savais, bredouilla Tom, au comble de l'émotion. J'en étais sûr, je l'ai toujours su !

Johanna se releva et allait s'élancer dans les escaliers lorsque son ami l'arrêta d'un geste doux mais ferme.

– Pardon, Tom, murmura-t-elle en reculant. C'est vrai, c'est ta découverte. À toi l'honneur.

Il peinait à reprendre son souffle. Incapable de bouger, le géant tremblait de tous ses membres. Johanna connaissait trop cette sensation pour intervenir : la peur qui précède chaque découverte ou déception, l'appréhension devant le suprême moment de vérité. Tom avait rêvé cet instant durant des années, sans doute des décennies. Ce rêve de gosse l'avait porté, avait construit sa vie. Il allait enfin savoir si la chambre souterraine contenait les trésors escomptés ou le vide du néant. Mais, quoi qu'il découvre dans le caveau, son existence serait chamboulée, à jamais différente de ce qu'elle était avant. Il retardait le moment fatidique.

Johanna, elle, trépignait. Le visage de sa fille passait sans cesse devant ses yeux, tordu de fièvre, haché de spasmes. Romane gisait non pas dans son lit mais au fond d'une grotte souterraine, dans le noir, elle suffoquait tandis qu'une canalisation de plomb répandait la mort dans le caveau. Près d'elle un homme pleurait, qui avait le visage du grand amour de Johanna, le père disparu de sa fille. Puis l'homme s'évaporait, Romane restait seule et elle expirait, à jamais prisonnière de son tombeau.

Se tordant les mains, Johanna attendait que Tom recouvre ses esprits et ose enfin pénétrer dans la cavité. Debout derrière lui, elle dirigeait sa torche sur les sombres degrés de pierre : ils paraissaient avoir été creusés la veille, ils étaient nets, sans aucune trace de cendre. La chape de marbre avait fonctionné comme un couvercle hermétique, isolant la caverne de la colère du volcan. Johanna se demanda si Livia et J. Saturnus Verus auraient pu survivre, s'ils étaient parvenus à boucher la canalisation et à rendre la cave totalement étanche.

« Ils auraient trépassé par manque d'oxygène, se dit-elle. Ils étaient condamnés de toute façon… Leur asile est devenu leur mausolée. »

Quelques minutes avant 6 heures. Tom posa le pied sur la première marche de pierre volcanique. Sans un mot, avec une lenteur solennelle, il descendit. Johanna lui emboîta le pas. La descente lui parut interminable. Pourtant, ainsi qu'ils l'avaient calculé, la cavité n'était pas très profonde, à deux mètres cinquante sous la surface des caves. Mais à cinq mètres de l'air libre. L'odeur était un mélange d'humidité et de renfermé : un remugle de tombe ou de cachot. Lorsque la lumière jaune des deux torches effleura une salle au bout des degrés, Tom stoppa sa marche et s'adossa au mur. Derrière lui, Johanna posa sa main sur son large dos avec tendresse.

– Tom, ferme les yeux et respire profondément, lui conseilla-t-elle. Ne pense à rien, fais le vide dans ta tête. Oublie tes désirs, tes rêves, ta peur d'être déçu. Lorsque tu seras prêt, tu ouvriras les paupières et avanceras doucement…

Il obéit. Quand il entra dans la pièce, Johanna se plaça à son côté. Les faisceaux balayèrent l'endroit et les deux archéologues poussèrent un cri.

La caverne ne mesurait guère plus de cinq mètres sur trois. Mais les quinze mètres carrés étaient remplis de coffres de bois empilés, d'amphores intactes alignées le long des murs, près de pelles et de pioches. De la vaisselle d'or et d'argent émergeait de profonds paniers d'osier. Dans un coin, reposaient des vestiges de nourriture carbonisée à côté d'une aiguière d'argent martelé et noirci, de deux coupes ciselées également noirâtres, d'un brasero de bronze mat à trois pieds sculptés en pattes de lion, assorti à un grand candélabre portant plusieurs lampes à huile à deux becs. D'une sorte de hotte dépassaient de larges bourses de cuir, qui semblaient pleines de pièces de monnaie. À droite de l'entrée, du fond d'une niche creusée dans la paroi, au-dessus de trois petits récipients à offrandes, des yeux étranges observaient les visiteurs : des visages peints sur des masques de cire ou de plâtre assombris par la fumée contemplaient, l'air surpris, les deux importuns. Au milieu des ombrageux faciès des ancêtres, scintillait une figure aux éclats jaunes, aux traits lisses et purs, aux cheveux relevés, au cou fin, aux prunelles bleues. Évoquant l'Égypte des pharaons et le trésor de Toutankhamon, le curieux masque était en or, apparemment en or massif, et les yeux en lapis-lazuli. Près du laraire, un coffret ouvert laissait apercevoir des bijoux. À gauche de l'entrée, au-dessus du sol, saillait la canalisation de plomb : quelques lambeaux de linge étaient encore accrochés au tuyau qui avait propagé la fumée et les mortelles vapeurs.

Face au seuil où Tom et Johanna restaient pétrifiés, un grabat portait des restes d'étoffes et de couvertures. Sur la paillasse, deux squelettes agenouillés et enchâssés étaient appuyés à la cloison du sépulcre.

Les archéologues s'approchèrent des cadavres, dont les trous noirs des yeux étaient dirigés l'un vers l'autre. Le dernier geste de leur agonie était un geste d'amour. Les ossements adossés à la paroi étaient ceux d'un homme serrant dans ses bras la fine carcasse d'une femme accrochée à sa poitrine, la tête tendue vers lui. Des lambeaux de tissu pendaient des corps complètement décharnés, figés dans leur ultime soupir depuis presque deux millénaires, sans robe de cendre pour vêtir leur agonie.

Tom abandonna les morts, les précieux objets d'or et d'argent, l'inestimable masque funèbre, ignora les banales pièces de monnaie et se dirigea vers un coffre noirci qu'il ouvrit avec précaution. Il y plongea la lampe en prenant garde de ne pas toucher son contenu. Il poussa un nouveau cri. Cette fois, ce n'était pas un hurlement de surprise mais une clameur de victoire.

– Johanna ! Des *volumina* ! Des rouleaux ! J'avais vu juste ! C'est bondé de papyrus ! Et la malle les a protégés de la fumée ! Ils sont abîmés, mais pas noirs comme ceux de la villa d'Herculanum ! On pourra les déplier ! C'est ahurissant, c'est merveilleux…

Il s'agenouilla et tenta de lire les mots inscrits sur les fines feuilles de papier roulés, en faisant attention à ne pas trop approcher la chaleur de la lampe des fragiles cylindres.

– Attends… Oui ! C'est du grec ! Du grec ! Si je pouvais arriver à voir… sans les toucher… même pas avec mes gants… Là… en haut… on dirait un titre… Non… Je n'en crois pas mes yeux… Jo, écoute, c'est la *République* de Zénon ! L'ouvrage était complètement perdu, on n'en connaît que la vague description faite par Plutarque ! La

République de Zénon enfin retrouvée... C'est incroyable, unique... C'est le plus beau jour de ma vie !

Pleurant à chaudes larmes, tournant le dos à Johanna, il bondissait de malle en malle, s'exclamant, exultant, commentant pour son amie et surtout pour lui-même ses prodigieuses découvertes.

– Les *Recherches logiques* de Chrysippe ! Diantre, on dirait bien qu'il y a les 39 livres de cette œuvre ! C'est dingue, c'est formidable, l'un des rares fragments qui existe est celui qu'on a déterré à Herculanum, dans un état pitoyable... ah ah ah ! Pompéi bat Herculanum, je dépasse la villa des Papyri, aux oubliettes la villa des Papyri ! Désormais, la maison du philosophe va être célèbre dans le monde entier, et moi aussi ! Ces rouleaux vont occuper les hellénistes et les philologues pendant plusieurs siècles, et mon nom sera à jamais lié à l'histoire de Pompéi ! À jamais !

Tournoyant comme un homme ivre, dansant près des coffres, il en ouvrit un autre.

– Des papyrus vierges, des roseaux pour écrire, des tablettes de cire dyptiques et tryptiques ! Les comptes de la maison ! J'en étais sûr, j'avais raison sur toute la ligne ! Il y a quelque chose enveloppé dans une soierie mangée par endroits... On dirait... on dirait des lettres. Bon sang, Épictète ! Des courriers du grand philosophe Épictète, en personne ! Phénoménal ! Le surintendant va en faire une tronche... J'imagine d'ici sa bobine... et les autres... tous les autres... ils vont être verts de jalousie... Tiens, un sceau... celui du propriétaire de la villa, notre philosophe érudit collectionneur de livres et ami d'Épictète... On va enfin savoir son nom... Fichtre ! « J. Saturnus Verus » ! Je m'incline très bas, tu disais vrai, Jo, l'indice donné par ta fille était juste, voilà notre Saturne dont le squelette gît à côté...

Pendant ce temps, Johanna s'accroupit près des deux cadavres. Profondément émue, incapable de la moindre parole, elle caressa les corps avec la lumière de sa lampe. Les os noirs ne portaient aucun bijou. Seule la fibule qui fermait le manteau de l'homme pendait encore à son épaule, avec des lambeaux du tissu gris sombre de son *pallium*. La femme arborait les pauvres restes d'une tunique blanche, dont la ceinture couvrait sa taille. Les deux squelettes portaient des sandales de cuir intactes. Johanna examina les dents et les os : ses notions de paléontologie lui permirent d'estimer que l'homme avait entre quarante et cinquante-cinq ans, et la femme une vingtaine d'années environ, au moment de leur trépas. Près de Livia, l'archéologue remarqua de curieux petits objets sur le sol. Elle s'en saisit : il s'agissait d'épingles à cheveux en bois et en corne, que Livia avait ôtées ou qui étaient tombées lors de la décomposition du corps. Les larmes aux yeux, Johanna fourra les agrafes dans sa poche. Elle se rappela les mots qu'avait prononcés Philippe, la veille : l'éruption avait pris fin au matin du 27 août. Livia et le philosophe avaient donc expiré entre le 24 et l'aube du 27. Combien de temps avaient mis les vapeurs de soufre pour ronger les linges obturant le tuyau ? Les spécialistes le détermineraient avec précision. Pour l'heure, Johanna espéra que leur agonie avait été douce et rapide, tout en sachant que l'asphyxie provoquée par les gaz était brutale et éminemment douloureuse. La seule chose qui les différenciait des autres victimes était qu'ils savaient qu'ils allaient succomber et qu'ils avaient pu se préparer à la mort. Johanna imagina l'homme devant les masques du laraire, adjurant ses ancêtres, et Livia priant Jésus. Avait-elle attendu l'ultime instant pour écrire le message qu'elle portait en elle ? Pourquoi en était-elle dépositaire ? Quel était son rang dans l'Église naissante et clandestine ? Elle était trop jeune pour avoir connu Jésus... Qui lui avait confié les mots interdits ? La femme adultère, un apôtre, un disciple ? Et surtout... pourquoi ? Elle devait les transmettre à quelqu'un, sinon elle n'aurait pas pris la peine de les écrire avant d'expirer, et elle ne hanterait pas sa fille afin qu'on les retrouve, presque deux mille ans plus tard... Pourquoi Livia avait-elle choisi Romane ? Avait-elle taraudé l'esprit d'autres personnes au cours des âges ? Comment l'assassin des archéologues pouvait-il connaître le message puisque personne, à part Tom et elle, n'avait jamais pénétré le caveau ?

Tout en s'interrogeant, Johanna cherchait fébrilement la mystérieuse missive. Alors que Tom, quelques mètres plus loin, hurlait de jubilation devant les centaines de rouleaux rangés dans les coffres, elle peinait à contenir sa peur qu'un seul d'entre eux, l'unique papyrus qui lui importât parmi cette abondance de manuscrits, ait été détruit par la fumée ou par le temps. Rien autour des dépouilles. Rien sur le grabat. Livia avait-elle caché le message dans une malle, parmi les œuvres des philosophes stoïciens ou les lettres d'Épictète qui faisaient glapir Tom ?

Soudain, elle aperçut quelque chose qui dépassait de la main gauche de la jeune femme, que cette dernière maintenait serrée contre son cœur et la poitrine de Saturnus. Le bras était replié, collé aux deux squelettes. Johanna braqua la lampe comme une arme de poing : sur un centimètre et demi, émergeait des os ce qui pouvait être un petit cylindre, mince et noir. Johanna cessa de respirer.

Malgré la mort, malgré les siècles, Livia ne s'était pas séparée du papyrus. Il était toujours là, contre son sein, faisant corps avec elle et avec le corps de son amant.

Sans réfléchir, l'archéologue posa la lampe, ôta ses gants. Toute pensée la quitta, seul un nom l'emplissait tout entière : Romane, avec une injonction, un impératif absolu et urgent : la vie. Elle approcha ses mains de la main gauche de Livia, d'un geste vif elle maintint le poignet de la jeune femme et sépara les doigts comprimés sur le *volumen*. Ses lèvres frôlaient le cadavre. Libérées mais rigidifiées, les phalanges du pouce et de l'annulaire se détachèrent de la dépouille et tombèrent entre les os du bassin. Johanna n'y prit pas garde, d'un coup sec elle saisit le rouleau et l'extirpa de sa prison osseuse.

Avant même qu'elle ait pu le diriger vers le faisceau de la torche, elle sentit sur sa peau un contact terrifiant, elle entendit un son infime et effroyable. Elle écarta les doigts : à la place du rouleau, elle ne vit que poussière noire et débris ressemblant à des copeaux de charbon. Sa main se mit à trembler convulsivement.

Carbonisé par la fumée, corrodé par les gaz et le soufre, non protégé par un coffre, le mince feuillet, ainsi que les *volumina* d'Herculanum. s'était effrité. Irrémédiablement détruit, il ne restait de lui que des résidus noirs sur sa peau nue. La délivrance de Romane, le seul espoir de sa mère pour guérir sa fille, était tombée en cendres.

37

– MON DIEU ! Qu'as-tu fait ?

Prostrée dans le caveau, Johanna demeurait muette, incapable de répondre, absente à la réalité. Malgré les invectives de son ami, elle restait aussi silencieuse et figée que les deux défunts. Tom dirigea la lampe sur son visage : ses yeux clairs étaient grands ouverts, saisis par une stupeur terrifiante, en état de sidération. Elle ne cilla même pas sous la lumière. Il éclaira le reste de son corps, dont seule une partie semblait encore en vie : maculée de détritus noirâtres, sa main droite tremblait. Il posa sa lampe, s'agenouilla et l'entoura de ses grands bras pour la faire revenir au réel.

– Jo, dit-il à son oreille, Johanna, je comprends… Tu as pensé à ta fille et tu as oublié les règles élémentaires de précaution… J'aurais agi de la même manière, à ta place… Ne te reproche rien, le papyrus était trop endommagé, même si on avait pu le dégager, on n'aurait jamais pu en lire une ligne… Il était trop tard, ce n'était qu'un bout de charbon, Jo, un vulgaire bout de charbon… Tu n'y es pour rien…

Elle planta son regard dans celui de Tom et s'affaissa contre sa robuste poitrine en éclatant en sanglots, dans la même posture que Livia à son côté. Tom tenta de la consoler.

– Jo, ce n'est pas ta faute… tu dois accepter…

– Tu veux que j'accepte la mort de ma fille ? geignit-elle dans un cri d'animal.

– Non, bien sûr que non, mais ta fille va guérir… j'en suis persuadé… Maintenant que nous avons trouvé le caveau, grâce à elle, sur ses indications, n'oublie pas, sans elle nous n'aurions jamais pu… elle va guérir… C'était ce qu'elle voulait, qu'on découvre les corps, qu'on exhume leur tombeau, leurs trésors, leur histoire…

– Le message secret du Christ…

– Je suis convaincu que ce fameux papyrus n'était qu'un prétexte, une invention, une fable pittoresque pour attirer ton attention… Le truc que tu as extirpé ne contenait rien d'autre qu'une lettre d'adieu, j'en suis certain, Jo… La lettre d'adieu d'une femme et d'un homme qui savent qu'ils vont mourir, et qui la gardent près d'eux, contre leur cœur, comme le fait, d'instinct, chaque être humain confronté à une telle situation… Sinon, ils auraient enfermé le feuillet dans un coffre, à l'abri, avec les manuscrits précieux… Réfléchis, c'est logique…

– Comment ma fille aurait-elle pu inventer cela ? C'est pas possible…

– Je l'ignore, Jo. Mais malgré son âge, elle a forcément entendu parler de Jésus. Surtout à Vézelay. Et puis, l'esprit humain est capable de prodiges et de mystères incompréhensibles, la preuve… Allons, cesse de te tourmenter… Crois-moi, une lettre d'adieu, c'est tout. Nous avons découvert ta Livia. Son fantôme, ou qui qu'il soit, va cesser de tourmenter ta fille. Les cauchemars vont s'arrêter, j'en suis sûr…

– Mais… et les meurtres, Tom ? Le mobile du ou des assassins ?

– Je ne sais pas… Il est sans doute tout autre… Comme je l'ai toujours pressenti et comme l'indique la première référence évangélique, le motif du meurtre de James est sans doute la jalousie. Beata savait peut-être quelque chose, elle a pu surprendre l'assassin et il l'aurait éliminée pour l'empêcher de parler… Quant à Roberto, il s'est probablement suicidé… Aucune secte ne veut nous empêcher d'accéder à cette cave et au fameux message… Non seulement nous n'avons vu personne mais nous sommes les premiers à pénétrer ici, tu l'as toi-même constaté, le seul passage est celui que nous avons emprunté et il était scellé, nul n'y avait touché depuis l'éruption…

Johanna repensa aux meurtres du Mont-Saint-Michel, au réel mobile des tragiques événements qui s'y étaient déroulés, au gouffre où elle avait failli perdre la vie.

– Je ne sais pas, Tom… Je ne sais plus, je ne peux plus raisonner, j'ai trop peur pour Romane… ma fille… ma petite fille…

– Calme-toi… Nous allons sortir d'ici et tu vas appeler chez toi. Fais-moi confiance. Tu vas tout lui raconter et ses symptômes vont disparaître, elle va aller mieux ! Si tu veux, prends délicatement un morceau d'étoffe de la tunique de la femme, et tu la mettras dans la main de ta fille...

– Pas la peine, j'ai... j'ai trouvé des épingles à cheveux...

– Parfait. Garde-les. Maintenant viens, il faut remonter... Je vais t'aider, lève-toi doucement... Voilà, appuie-toi contre moi...

7 heures. Le jour se levait lentement par les soupiraux. La pluie avait cessé. Enveloppée dans sa doudoune, assise sur le sol des caves souterraines à côté du gravimètre et des engins de prospection inertes, Johanna achevait le thermos de café froid laissé par Roberto et Francesca. Tom la choyait comme une gosse, mais peinait à maîtriser l'excitation prodigieuse qui ne le quittait pas depuis la fabuleuse découverte.

– Le surintendant débarque dans une heure, dit-il en faisant les cent pas tel un fauve en cage. Le plus sage est que je lui montre immédiatement la salle. Je resterai évasif sur la façon dont nous l'avons trouvée. De toute façon, il sera tellement ébahi qu'il ne me demandera rien, mais il prendra les mesures nécessaires pour sécuriser la zone et préserver les trésors... À coup sûr il va lever la suspension des travaux ! Oui... Il ne peut pas maintenir l'interdiction des fouilles et la fermeture de la maison après cela ! Il ne prendra pas le risque de laisser le butin là-dessous, à la merci d'une indiscrétion, il voudra, comme moi, tout examiner au grand jour, photographier, recenser, mesurer, effectuer les premières analyses et déplier les rouleaux, c'est certain ! C'est obligatoire... Il ne peut décemment pas m'écarter alors que je suis l'inventeur de cette découverte ! Je dois d'abord prévenir Philippe... Oui. Philippe. Il ne me croira pas tant qu'il n'aura pas vu ! Je vais lui dire de venir avec le surintendant. Je...

Tom fut interrompu par un bruit suspect.

– Qu'est-ce que c'est ? demanda-t-il en s'immobilisant. D'où ça vient ?

– Je ne sais pas.

Elle se leva et balaya les alentours d'un regard inquiet. Circonscrit à l'orée des caves, le petit jour ne parvenait pas à percer les angoissantes ténèbres qui s'ouvraient devant eux et qui semblaient infinies. Elle y dirigea la torche mais le faible soleil artificiel buta contre les gravats des murs effondrés. Le bruit se répéta, sec et sourd comme un coup.

– Nous ne sommes pas seuls ici, murmura-t-elle, il y a quelqu'un, Tom !

– Impossible. J'ai fermé la porte de la maison, tu es témoin… Personne ne possède la clef à part mon équipe… Nul n'a pu entrer…

– À moins de détenir un double de la clef ou de connaître un autre moyen de pénétrer dans la villa !

Un autre son, lugubre, proche du grognement, parvint à leurs oreilles.

– Tom, chuchota Johanna d'une voix étranglée par la frayeur, il y a quelqu'un ! C'est l'assassin, les assassins… Nous sommes en danger… Ils nous ont laissés agir et, maintenant, ils vont nous tuer, avant de refermer la cavité… et tout retournera au néant…

– Gardons notre sang-froid, Jo, je t'en prie, répondit-il d'un ton mal assuré.

Tom s'empara d'une pioche. Livide, il fit quelques pas dans les souterrains et s'arrêta, menaçant. Saisissant un étai en acier, Johanna le suivit.

– C'est bizarre, souffla-t-elle, on aurait dit que cela venait d'en haut, du plafond !

– Dans ce cas, l'intrus serait dans la villa, au niveau de la fontaine du péristyle ou des anciennes cuisines d'été.

– Que fait-on, on va voir ? S'il est seul, on a peut-être une chance, mais s'ils sont plusieurs…

– Attendons. Il ignore peut-être que nous sommes là.

Johanna fit une moue dubitative et se figea, scrutant le plafond de la cave.

– Il s'agit peut-être d'un voleur, chuchota Tom.

– Que veux-tu qu'il convoite ici ? répliqua Johanna.

– Ces engins valent cher, répondit le pompéianiste en montrant les machines des archéologues. Au marché noir de Naples, tout se vend et tout s'achète. À moins que notre maraudeur ne recherche des mosaïques antiques, des objets ou mieux, des fresques

– Tom, tu imagines une bande de pillards débarquer dans l'*atrium*, détacher et embarquer le mur avec la fresque des stoïciens pour la revendre à un collectionneur ?

– C'est pourtant ce que les antiquaires ont fait à Pompéi pendant un siècle !

– Assurément, mais je doute que ce soit ce que notre inconnu projette, s'il s'agit de l'assassin.

– Et s'il était, lui aussi, en quête des trésors enfouis dans la pièce secrète ? interrogea Tom. Peut-être ne suis-je pas le seul à avoir eu cette idée, il m'a laissé chercher, trouver, et maintenant il vient dérober mon butin !

– On dirait Harpagon avec sa cassette d'or, railla Johanna. L'assassin n'a que faire de l'or, des bijoux et des manuscrits grecs qui sont là-dessous…

– Encore avec ta satanée phrase du Christ, décidément, tu n'en démords pas ! ricana-t-il à son tour. Rassure-toi, il nous laissera la vie sauve puisque nous n'avons pu la lire…

Au moment où Johanna s'apprêtait à répondre, un autre bruit suspendit la dispute. On aurait dit un son de cavalcade.

– Cette fois, cela venait de dehors, affirma Johanna en se retournant. Du jardin… Il court, il approche, il va entrer dans la cave, Tom !

Aussi blêmes l'un que l'autre, ils hésitaient entre se dissimuler dans les souterrains ou affronter le danger. Tom reprit en main la pioche et se dirigea vers l'entrée des caves, l'air faussement crâne. La peur leur serrait la gorge. Ils s'immobilisèrent, le regard rivé sur la porte. Mais celle-ci ne s'ouvrit pas. De longues minutes ils restèrent immobiles, leur arme à la main, sans qu'aucun son parvienne à leurs oreilles. L'intrus s'était peut-être enfui… Soudain, le signe d'une présence étrangère survint à nouveau, mais ils ne purent identifier la nature du son. Lentement, sans aucun bruit, Tom ouvrit et ils se glissèrent dans l'ancien potager.

Dans l'aurore pâle, une forme sombre bougeait près du puits. En silence, le cœur battant, ils approchèrent.

La silhouette se scinda en deux. Ils se figèrent au moment où six points étranges se dressèrent devant eux. Deux paires d'oreilles et deux queues restèrent une seconde paralysées en l'air puis, dans un grondement rauque, les deux chiens noirs s'enfuirent par un étroit passage sous le mur d'enceinte. Tom éclata de rire.

– Voilà tes meurtriers, Jo ! Les membres de ta secte ésotérique ! Des chiens errants ! Pompéi en est infestée, ils ne sont pas méchants, ils profitent des restes de nourriture laissés par les touristes… Tu as laissé tes biscuits dans l'herbe… ça les a attirés… Ouf, j'ai eu peur !

Johanna respira. Laissant tomber la barre à mine, elle inspecta le trou béant par lequel les animaux étaient entrés.

– À condition d'être petit et mince, un humain pourrait sans peine s'introduire par là, constata-t-elle.

– Je t'en prie, la semonça gentiment l'antiquaire. Oublie cette histoire de fanatiques.

– Tu rigolais moins tout à l'heure, Tom...

– C'est vrai. Je l'avoue. La fatigue, l'émotion, l'atmosphère sinistre des caves, la...

– Si tu crois que Romane a menti et inventé le message caché du Christ, les assassinats de James et de Beata ne sont pas une élucubration de son cerveau, reprit-elle, tranchante. Quelqu'un a bien tué tes deux archéologues, peut-être un troisième, et tant qu'il n'a pas été identifié, tu ne peux pas être certain du mobile de ces meurtres.

Tom fit un geste d'impuissance.

– Certes, Johanna. Mais, j'ai le droit de penser que tu fais fausse route et de croire à une autre hypothèse que la tienne. Ta fille peut avoir raison sur un point et se tromper sur un autre.

Johanna haussa les épaules.

– Moi, je suis sûre qu'elle dit vrai sur tout. Y compris sur le contenu du papyrus. D'ailleurs, il faut que j'appelle chez moi.

– Vas-y, pour ma part je vais téléphoner à Philippe.

Elle s'éloigna vers le péristyle. Tom demeura dans l'ancien potager. Il s'installa dans l'herbe, l'œil rivé sur les caves comme s'il montait la garde.

Lorsqu'elle revint, ses yeux étaient rouges et son visage bouffi par les larmes.

– Quelles sont les nouvelles ? s'enquit Tom. A-t-elle repris connaissance ?

– Oui. Mais la nuit a été pire que les autres. D'habitude, la température chute au petit matin. Or elle a encore 40 de fièvre, à l'heure qu'il est.

– L'ultime soubresaut de la maladie, Jo. Tu lui as parlé, tu lui as annoncé que tu avais trouvé Livia ?

– Elle délirait... Elle n'a même pas reconnu ma voix... J'ai tout raconté à Isabelle et au docteur Sanderman. Je voulais qu'il la mette sous hypnose pour qu'elle me dise si le message figurait ailleurs que sur le papyrus de Livia. Mais le médecin a refusé. Trop dangereux tant que la fièvre n'est pas tombée... Il a dit que cela pourrait la... l'achever... Elle est à bout de forces, Tom... Je dois rentrer par le premier avion.

– Évidemment, Johanna, chuchota-t-il en lui prenant la main et en la forçant à s'asseoir près de lui.

– Elle a besoin de sa maman, tu comprends, poursuivit-elle en sanglotant. J'ai échoué à la sauver... J'ai échoué... Par bêtise, par impatience, j'ai détruit l'unique chance de la sauver. Je dois la rejoindre, rester près d'elle... Je ne la quitterai plus, désormais...

– Jo, garde espoir ! N'abandonne pas, je t'en supplie. Continue à être forte comme tu l'as été cette nuit. Souviens-toi de ce que je t'ai dit. Aie confiance en moi...

– Hélas, Tom, j'aimerais tellement que tu aies raison ! Mais son état empire de minute en minute, tu entends, il ne s'améliore pas, il empire !

– Il ne s'agit peut-être que d'une crise passagère. Dès qu'elle te verra, dès qu'elle touchera les objets ayant appartenu à Livia, elle ira mieux.

– Tout est ma faute, gémissait Johanna sans entendre. Ma faute... L'antidote... La phrase de Jésus... Elle existait bel et bien, Romane n'a pas pu l'inventer... Elle nous a guidés, elle nous a donné des indices et tout était vrai ! La cave, le puits, les cadavres, le nom du philosophe, elle a tout vu en rêve, elle ne s'est trompée sur rien ! La parole sacrée était là, dans la main de Livia, ce n'était pas une lettre d'adieu... C'était bien le message caché du Christ... Comme moi jadis, Romane est habitée... elle est habitée par l'esprit de cette femme qui la ronge tel un démon... Livia prend possession de son sommeil, lui souffle les réponses et elle ne ment jamais car elle est en détresse, son âme n'est pas en paix... Elle requiert notre aide, j'avais sous les yeux l'unique chose qui pouvait la délivrer, les séparer, et à cause de moi tout est perdu... Livia va tuer Romane... elle va la tuer...

Tom se tut. Impuissant à réconforter son amie, il scrutait la sortie du jardin, le passage vers le péristyle par lequel Philippe et le surintendant allaient bientôt arriver. Il vaudrait mieux qu'ils ne trouvent pas Johanna ici, dans cet état. Elle était si désemparée qu'elle risquait de leur parler de sa fille, de Livia, de l'hypnose, du fameux message, et cela mettrait Tom dans une position délicate... Sa situation était déjà très inconfortable. Il avait fait une découverte certes exceptionnelle, mais illégalement, avec une archéologue étrangère au chantier et à Pompéi. Il s'en voulait de cette pensée, mais il avait envie d'accueillir seul son assistant et le patron du site et de pouvoir laisser éclater sa joie que, par égard pour le chagrin de Johanna, il s'efforçait de contrôler. Discrètement, il lorgna sa montre : huit heures moins le quart.

– J'ai une idée !

Elle s'était dressée d'un bloc et le fixait avec un air de folle, les cheveux hirsutes, les yeux hagards, les larmes dégoulinant sur ses joues maculées de terre. Un tesson d'amphore avait laissé une sanguinolente griffure sur son front. Il ne put réprimer un soupir d'agacement. Elle s'agenouilla devant lui.

– Écoute ! Livia veut la tuer ! braillait-elle. Le tueur, les assassins, voilà la solution !

– Johanna, je...

– Tu ne comprends pas ? Si mon intuition est juste au sujet du meurtrier et de son mobile, c'est-à-dire nous empêcher d'exhumer puis de révéler la sentence de Jésus, qu'il s'agisse d'une secte de fanatiques ou de n'importe qui d'autre, Romane – donc Livia – qui voit les faits et les dévoile sous hypnose, va m'indiquer l'issue !

– Quelle issue ?

– L'assassin, Tom, l'assassin ! Il connaît forcément la phrase du Christ, puisqu'il la protège ! Dès que la fièvre sera tombée, je demanderai à Sanderman d'interroger ma fille sur l'identité du meurtrier et de me dire où il se camoufle ! Son inconscient le sait, puisque cet homme est aussi lié à Livia, à la cave et au message ! Grâce à Romane, je le débusquerai et le contraindrai, par n'importe quel moyen, à me montrer ou me répéter ce que recélait le papyrus... C'est l'unique solution, la dernière, pour sauver ma fille ! J'y arriverai, cette fois, dussé-je employer la force et aller voir cet homme avec une arme... Je m'en fous, si je dois le blesser, le tuer, même, pour que ma fille survive... Et même s'ils sont plusieurs, je les forcerai à avouer, oui, j'y arriverai...

Stupéfait, Tom observait Johanna.

– Jo, dit-il calmement, la douleur te fait perdre la raison. Ton discours et ta figure sont ceux d'une dingue ! Ce que tu dis est totalement absurde, ça n'a aucun sens. La police n'a pas de piste sur le meurtrier mais ta fille, à des milliers de kilomètres et sous hypnose, va l'identifier ! Cette fois, je ne te suis pas. Tu vas trop loin. Tu perds complètement la boule.

– Tu m'as crue tant que tu avais besoin de moi et surtout de Romane pour accéder au sépulcre secret, répondit-elle dans un calme glacé. Maintenant que tu es parvenu à tes fins, tu nous laisses tomber. Tu dois même languir que je déguerpisse, afin de t'occuper de tes affaires avec Philippe et le surintendant...

– Pas du tout ! s'insurgea-t-il. Que vas-tu imaginer ? Tu dis décidément n'importe quoi !

– Tu sais, je ne t'en veux pas, ajouta-t-elle en se relevant. Seuls les parents peuvent saisir ce qu'est l'amour pour un enfant et la souffrance à l'idée de le perdre. Jadis, quand je n'en avais pas, j'aurais peut-être éprouvé la même chose que toi. Tu me comprendras le jour où tu seras père.

– Le sort m'en préserve, ne put-il s'empêcher de lâcher.

– Tu sais, la vie fait parfois des surprises. Bon, sois rassuré, je m'en vais, dit-elle en saisissant sa besace. Je récupérerai les affaires que j'ai laissées chez toi une autre fois.

– Attends, s'écria-t-il en bondissant sur ses jambes. Philippe va t'accompagner à Naples en voiture pendant que je ferai les honneurs de notre découverte au surintendant.

– C'est ta découverte, Tom. Je te l'avais promis, je tiens parole. Je file en vitesse. Ton patron va sans doute rameuter le commissaire Sogliano et ses sbires, et je ne veux pas prendre le risque d'être retenue ici par les carabiniers. Je n'ai pas une minute à perdre. N'embête pas ton assistant, il a mieux à faire ici, avec toi. Je vais prendre le train jusqu'à Naples, c'est le plus rapide. À la gare, je trouverai sans peine un taxi pour me conduire à l'aéroport. Viens m'ouvrir le cadenas, s'il te plaît.

– Tu peux prendre la clef, répondit-il d'une voix blanche en la lui tendant. Tu n'auras qu'à la laisser sur le cadenas et garder la porte ouverte.

– À ta guise.

Il tenta encore de la retenir mais elle s'échappa. Aux confins du jardin sauvage, elle lui envoya un baiser.

– À bientôt, Tom ! hurla-t-elle.

Puis elle disparut. Il s'adossa au puits et regarda sa montre : il était 8 heures pile. Fermant les yeux de soulagement, il guetta les pas de Philippe et du surintendant sur les dalles du péristyle.

38

– MAMAN ! C'est toi maman ?

– Oui, ma chérie, je suis là... je viens de rentrer.

– Tu vas encore partir, maman ?

– Non, je ne pars plus, je reste avec toi, je te le promets...

La main dans celle de Romane, Johanna s'efforçait de maîtriser ses larmes face à l'effroyable spectacle : n'ayant plus la force de se lever, la fillette gisait dans son petit lit aux draps rose vichy, le front et les yeux brûlants de fièvre, alternant des phases de délire et de brefs instants de conscience, sans jamais trouver le repos. La chambre surchauffée sentait la soupe de légumes et le renfermé. Sous un vieux miroir piqué cloué au mur au-dessus de la table de chevet, une vague odeur de savon émanait de la cuvette posée sur le guéridon, à côté de ses lunettes rouges, d'un verre de grenadine, d'un flacon de paracetamol et d'un exemplaire du *Petit Poucet.* Les volets étaient clos, la veilleuse allumée. Rien ne filtrait dans la maison silencieuse du crépuscule qui tombait et faisait scintiller les guirlandes lumineuses et les décorations parant les rues de Vézelay d'une atmosphère féerique, tandis que les villageois s'adonnaient aux préparatifs de Noël. À quelques jours des festivités, les cadeaux étaient cachés et les enfants surexcités attendaient. Seule la maison de Johanna, rue de l'Hôpital, échappait à cette ambiance festive. Dans le parfum hivernal du feu de bois dispensé par le poêle, un sapin nu et délaissé perdait ses épines.

– Romane, je t'ai rapporté quelque chose... Romane, tu m'entends ?

– Oui, maman, répondit-elle faiblement.

L'archéologue extirpa de sa poche les quatre épingles de Livia. Avec tendresse elle les accrocha à la masse noire des cheveux de sa fille, qui se répandait sur l'oreiller.

– Merci, maman... Je suis tellement fatiguée, tu sais...

– Dors, ma douce, dit-elle en lui caressant la tête. Je reste près de toi. Quand tu seras réveillée, je monterai le sapin dans ta chambre et on s'amusera à le décorer. Tu veux ?

– Oui... Le Père Noël arrive bientôt ? Il ne va pas m'oublier, dis ?

– Pourquoi crains-tu qu'il t'oublie ?

– Parce que je ne lui ai pas fait ma lettre, cette année, maman, vu que je suis malade !

– Ce n'est pas grave, ne t'inquiète pas, ma chérie. On la rédigera tout à l'heure. Tu me diras ce que tu désires et je l'écrirai pour toi. Puis je la lui enverrai en service ultra-rapide, par Pégase, le cheval ailé, et il l'aura ce soir. D'accord ?

– D'accord, répondit la fillette en claquant des dents. Il faudrait aussi demander à Pégase d'aller à la Cour du roi chercher la caladre.

Johanna blêmit. Dans l'imaginaire médiéval, la caladre était un oiseau blanc de la taille d'un corbeau, muni d'une tête d'aigle et d'une queue de serpent, vivant dans les cages des châteaux. Lorsqu'un prince ou un membre de la Cour était souffrant, on apportait le volatile à son chevet. Si l'oiseau magique regardait le malade, c'était signe de guérison. Si la bête de proie détournait les yeux, l'humain trépassait.

– Ne pense pas à cela et essaie de dormir, s'il te plaît, enjoignit sa mère d'une voix vibrante en remontant la couverture.

– Je peux pas, j'ai si chaud...

Isabelle passa la tête par l'entrebâillement de la porte.

– Jo, chuchota-t-elle, Sanderman s'apprête à partir...

– J'arrive. Tu restes un instant avec Isa ? Je vais dire au revoir au docteur et je reviens.

Chaussé de ses excentriques lorgnons carrés, un petit sac de voyage et sa trousse de médecin à ses pieds, Sanderman patientait, debout, au milieu du salon.

– Docteur ! s'exclama Johanna en fondant en larmes.

– Madame, je suis désolé... Mais je ne puis rester plus longtemps éloigné de mes autres patients. Quant à Romane, hélas je suis impuissant tant que la fièvre n'est pas tombée. Ce serait trop dangereux, vous comprenez... Faites-lui prendre le paracétamol, qu'elle boive le plus possible, et appelez-moi dès que la température sera redevenue normale.

– Y a-t-il une chance pour que... pour que son état s'améliore ?

– Il y a toujours une chance. Ne désespérez pas.

– Comment voulez-vous que je garde espoir ? demanda-t-elle avec colère. Cette satanée fièvre ne la quitte plus et ses forces déclinent de seconde en seconde ! Je devrais peut-être l'emmener à l'hôpital...

– Vous êtes libre de le faire, mais je pense qu'elle sera mieux ici, dans son univers familier. La fièvre est forte mais elle semble stabilisée. Si elle monte encore, faites-lui prendre un bain froid et prévenez-moi.

– Docteur, je vous en prie. Dites-moi la vérité. Elle va mourir, n'est-ce pas ?

– Madame, je comprends votre désarroi, mais je refuse d'envisager...

– J'avais sous les yeux la clef de sa guérison, et je l'ai détruite.

– La clef de sa guérison est dans son subconscient, et nulle part ailleurs.

– Alors, vous devez tenter le tout pour le tout et la remettre sous hypnose, afin qu'elle me dise le nom de l'assassin de Pompéi et que je le contraigne à me dévoiler la phrase du Christ !

– S'il vous plaît. Restez calme. Vous ne devez pas prendre cette histoire de message sacré au pied de la lettre.

– Vous aussi, vous croyez qu'elle ment ?

– Johanna, je vous en prie... Il ne s'agit pas de mensonge mais de complexité de l'esprit humain. Rien n'est blanc ou noir en ce domaine, il n'y a aucune vérité, juste un mélange confus et subtil de fantasme, de réel, d'imaginaire et de véracité, d'objectivité et de culpabilité, de passé et de présent... Tout est imbriqué, embrouillé, et même si je conçois les raisons pour lesquelles vous voulez croire que votre fille guérira si vous trouvez les mots dont elle parle – qui peut-être n'existent pas – vous vous égarez. Les choses ne sont pas si simples et Romane seule détient le pouvoir de guérir. Nous avons déjà beaucoup progressé en faisant jaillir cette mémoire traumatique. Dorénavant, il s'agit de juguler les symptômes et de permettre l'émergence d'un nouveau comportement par la thérapie cognitive. D'ordinaire, en donnant un accès rapide à l'inconscient, l'hypnose y parvient en modifiant les perturbations du conscient. Or, le cas de votre fille est plus complexe car ses troubles restent confinés à la sphère du sommeil et ne semblent pas pénétrer la sphère du conscient autrement que par l'épuisement dû à la fièvre. En d'autres termes, son inconscient combat, Romane résiste. J'espère que, bientôt, elle lâchera prise.

– Vous sous-entendez qu'inconsciemment, elle refuse d'être soignée ?

– Je veux dire que pour l'instant, et sans en avoir conscience, elle préfère être malade, ce qui est différent. Et qu'à force d'accueillir la maladie, de lui laisser libre cours dans son corps et surtout dans son esprit, la pathologie risque… d'avoir de graves conséquences. Nous n'en sommes pas là, mais le pire serait alors à craindre. Pardonnez mon manque de tact.

Johanna observa Sanderman, mais son regard se perdait au-delà du visage du médecin.

– Écoutez, renchérit-il, nous sommes mercredi, je vous promets de repasser samedi ou dimanche prochain. Bien entendu, vous me téléphonez à n'importe quelle heure du jour et de la nuit.

– Merci, docteur. Je vous suis reconnaissante d'être venu…

Deux heures plus tard, Isabelle quittait, à son tour, la morne maison. Johanna demeura seule avec sa fille, le sapin sans guirlande et la lettre vierge au Père Noël. Romane avait sombré dans un sommeil lourd et troublé, duquel elle ne s'éveillait pas. Le thermomètre marquait toujours 40 °C. Désarmée, Johanna se bornait à introduire, à heures fixes, une pipette de paracétamol dans la gorge de l'enfant et à poser un linge frais sur son front.

À 20 heures, le chat Hildebert débarqua dans la chambre et se coucha sur les pieds de la petite. Il miaula très fort en la fixant de ses yeux jaunes, comme s'il lui demandait de se réveiller.

À 22 heures, Johanna songea à appeler Luca, mais elle se ravisa. Il était de l'autre côté de l'Atlantique et en réalité, bien plus loin, hors de son monde. Néanmoins, elle avait besoin de parler à quelqu'un. Elle se serait volontiers confiée à frère Pacifique, mais le vieux moine n'avait pas le téléphone et elle ne pouvait laisser Romane seule pour se rendre au presbytère. Alors, elle composa le numéro du doyenné, où ses collègues achevaient de prendre leur dernier dîner en commun, avant les vacances de Noël et l'interruption du chantier.

Quelques minutes plus tard, quand Werner, Audrey et Christophe firent irruption dans la maison, Johanna eut l'impression de retrouver sa famille. À tour de rôle, sans demander d'explication, ils veillèrent Romane afin que Johanna puisse se reposer un peu.

Malgré cela, pour la deuxième nuit consécutive elle ne dormit pas. À peine s'assoupit-elle une heure dans la chambre d'amis, une heure durant laquelle elle fut de retour à Pompéi : elle errait parmi les ruines, perdue dans la nuit de la cité fantôme, cherchant en vain quelqu'un pour lui indiquer le chemin de la maison du philosophe. À chaque fois qu'une silhouette humaine se découpait dans la pénombre, elle s'approchait, pleine d'espoir, mais dès qu'elle posait les yeux sur l'être familier, ce dernier tombait en cendres. Juste avant de s'éveiller en sursaut, elle poussait un landau vide dans la ruelle du Centenaire, et la porte de la villa avait disparu. Affolée, elle butait sur la falaise de terre de la zone non excavée, au bout du cul-de-sac, puis Tom, Philippe et des myriades de spectres s'échappaient en riant du landau, pour s'enfuir à toutes jambes dans les champs de vignes en jouant à saute-mouton.

– Profites-en tant qu'il est chaud, murmura Werner en tendant à Johanna une tasse de café brûlant. Christophe a fait du chocolat pour Romane et a donné ses croquettes à Hildebert.

– C'est si gentil ! dit-elle en regardant sa fille, inerte et brûlante, dans son petit lit. J'aimerais tant qu'elle boive un peu. Je voudrais tellement qu'elle se réveille !

– Il me semble qu'elle a moins de fièvre.

– Tu crois ? demanda-t-elle en posant un thermomètre électronique sur le front de sa fille.

Christophe glissa un œil dans la chambre.

– Jo, on termine ce soir mais Laurence propose de me rejoindre ici et de venir examiner ta fille...

– 39,9 °C, annonça-t-elle en retirant le bandeau. Tu la remercieras, mais hélas, c'est inutile.

– Tu veux que je reste un peu avec toi ? offrit Audrey qui arrivait avec le chocolat de Romane. C'est égal, si je rentre à Lyon demain ou dans quelques jours...

– Merci, répondit Johanna, touchée par la sollicitude de ses collègues. Vous êtes vraiment adorables, tous les trois. Mais je m'en voudrais de vous priver des préparatifs de Noël au sein de votre famille. Je vous ai déjà volé votre nuit de sommeil ! Werner, tu rentres en Autriche ?

– Je prends la route ce soir.

– Je vous souhaite de passer de bonnes fêtes. Appelez-moi… et fermez bien le chantier. Que tout soit dans le même état le 2 janvier.

– Ne t'inquiète pas, chuchota Werner, à part les outils, il n'y a rien à voler… malheureusement.

– Les pierres peuvent crier à d'autres oreilles qu'à celles des archéologues, répondit-elle sur un ton énigmatique.

Dès que ses collègues furent partis, elle appela ses parents. Elle dut user de tous les stratagèmes pour leur annoncer, sans les paniquer, que Romane et elle ne viendraient pas passer Noël dans leur maison de Fontainebleau, et empêcher qu'ils débarquent à Vézelay séance tenante. Elle leur mentit, prétexta que Luca avait loué une villa en Toscane, et lorsqu'ils demandèrent à parler à Romane, elle dit que la fillette était à l'école. Ils sentaient que quelque chose n'allait pas dans la voix exténuée de leur fille, mais elle prétendit qu'elle était enrouée, un gros rhume, rien de grave. Lorsqu'ils s'inquiétèrent que Johanna contamine leur petite-fille, elle affirma que Romane était en parfaite santé et écourta la conversation.

Elle s'assit près de sa fille et tenta de la réveiller. Romane sembla émerger d'un gouffre sans fond et ne reconnut pas sa mère. Tremblante, en sueur, l'enfant toussait et ânonnait des mots incompréhensibles, des borborygmes dénués de sens. Elle cracha la cuiller de chocolat chaud que Johanna tentait d'insérer entre ses lèvres et, quand sa mère y fourra une énième pipette de paracétamol, elle se débattit tellement que Johanna dut user de toute sa puissance pour lui bloquer les bras et lui ouvrir la bouche. Rompue, à bout de forces et de larmes, elle s'affala sur la descente de lit en peluche rouge, la tête dans les mains.

La sonnerie de son portable la tira de sa torpeur. Elle bondit sur sa fille, qui semblait dormir en poussant des mugissements étranges. À nouveau, elle posa sur son front le thermomètre, et enfin, saisit son téléphone.

– Ah, Tom. C'est toi.

– Comment ça va ?

– Pas brillant. Toujours 39,9 °C. La fièvre ne baisse pas. Sanderman et Isa sont rentrés chez eux. Et toi ?

– Comme prévu, le surintendant a mangé son chapeau. J'aurais aimé que tu voies sa tête, et celle de Philippe, dans la cave secrète… On n'a rien dit aux autres, par peur des fuites. Par crainte des journalistes à qui il ne veut rien révéler pour l'instant, et par souci de sécurité, le patron a préféré maintenir la fermeture du chantier et tout laisser en place dans le caveau. On a fixé une autre dalle hermétique et posé des scellés afin d'empêcher quiconque d'y pénétrer, et un garde est posté devant la maison jour et nuit. C'est dommage mais après avoir patienté plusieurs décennies, je peux attendre quelques jours encore, pour révéler ma découverte au monde et l'exploiter comme elle le mérite.

– Il t'a félicité ?

– Tu parles ! Il était tellement abasourdi qu'il ne m'a même pas interrogé sur la manière dont j'avais trouvé le trésor !

– Et Philippe ?

– Il a été plus curieux... mais je suis resté évasif. Il se doute de quelque chose, il m'a demandé où tu étais passée, sur un ton bizarre...

– Je ne comprends pas pourquoi le surintendant choisit de cacher, même provisoirement, cette invention au public.

– C'est que... je ne t'ai pas tout dit, Jo.

– Je t'écoute, Tom. Je t'en supplie, ne m'annonce pas un quatrième homicide.

– Non. Un troisième. Hélas... je dois convenir que tu avais raison sur bien des points, je te présente mes excuses.

– Que veux-tu dire ? s'enquit-elle, alarmée.

– Eh bien, Roberto ne s'est pas suicidé.

Elle demeura muette.

– La police, bredouilla Tom, a établi qu'il a été assassiné, en début de soirée, à 19 heures, chez lui, puis que l'on a maquillé le meurtre en suicide. Le pire arrive, Johanna : on a retrouvé dans son appartement des effets ayant appartenu à James et à Beata... Sogliano pense donc que Roberto est l'auteur des assassinats de mes deux archéologues.

– Dans ce cas, qui l'a tué, lui ?

– Les carabiniers sont aussi tombés, chez Roberto, sur des sortes de tracts et de bouquins suspects qui laissent penser qu'il pouvait appartenir à... à une secte de fanatiques religieux genre fous de Dieu et... ils en ont déduit que d'autres membres de cette secte l'auraient éliminé à son tour, pour des raisons à présent obscures, mais...

– Donc mon hypothèse de groupuscule extrémiste n'est plus si insensée.

– Non seulement elle semble la plus plausible, mais tout indique que tu avais vu juste. Cependant, cela signifie que ces inconnus courent toujours. C'est pourquoi le surintendant a choisi de clôturer la maison et de différer l'annonce de la découverte. Cela implique aussi, par conséquent, que je… je n'en ai parlé à personne mais je ne réfute plus ta théorie, la vision de ta fille au sujet de cette fameuse phrase du Christ. Il s'agit sans doute du mobile des crimes.

– Je n'ai même plus la force de m'en réjouir. Romane est pour l'instant incapable de nous aider à identifier les assassins. Sanderman persiste à refuser de la faire basculer sous hypnose tant qu'elle est dans cet état.

– Il a dit quand elle irait mieux ?

– Tom, comme d'habitude tu ne te rends pas compte, je ne parviens même pas à lui faire avaler une cuillerée d'eau, elle refuse de se réveiller, elle grelotte de fièvre, elle délire et me regarde comme si j'étais une étrangère, moi, sa mère !

– Pardonne-moi… Tu lui as montré les épingles de Livia ?

– Foutaises… cela n'a aucun effet. Quel gâchis… Au moment où, enfin, une porte s'ouvre ! Non seulement je ne peux rien pour elle, mais ma fille est inapte à se secourir elle-même ! Sanderman a peut-être raison, elle veut rester malade… elle… elle ne s'en sortira pas, chaque minute elle sombre un peu plus dans le néant… Pourquoi ? Que quelqu'un m'explique pourquoi !

– Jo, si je pouvais t'apporter un peu de réconfort…

– Ne me laisse pas seule. Rappelle-moi ce soir. T'entendre me fait du bien.

– Promis. À tout à l'heure. Je t'embrasse.

Songeuse, elle posa le téléphone sur le pupitre en bois.

– Maman ?

Elle se retourna. Les yeux voilés mais écarquillés, Romane l'observait.

– Tu es réveillée, c'est formidable ! Comment te sens-tu, ma chérie ?

– Je suis très fatiguée et j'ai très soif. Je voudrais bien la citronnade de madame Bornel.

Quelques instants après, Johanna revenait dans la chambre avec un broc en terre cuite.

– Voilà, ma puce. Elle l'a faite rien que pour toi ! Tu peux boire tout ce que tu veux !

– J'aurai pas la colchique ?

– La colique ? Non..

Souriante, Johanna remplit le verre, adossa sa fille aux oreillers et l'aida à ingurgiter le liquide jaune pâle.

Une heure plus tard. Johanna retira le thermomètre du front de sa fille et poussa un cri de joie.

– 39, 2 °C ! Ça baisse ! Par saint Michel, si la fièvre pouvait continuer à descendre ! Tiens, reprends de la citronnade…

– Non, j'ai plus soif. Maman, c'est quoi, ça ?

Romane tirait sur les épingles à cheveux qui ornaient son crâne.

– Tu ne te rappelles pas ? Je te les ai données hier, quand je suis rentrée, répondit-elle en ôtant les modestes bijoux pour les montrer à sa fille.

– Je me souviens plus. C'est joli. D'où ça vient ?

– De… de Pompéi.

– Qu'est-ce que c'est, Pompéi ?

– Une… une ville, en Italie.

– Chez Luca ?

– Non, Romane. C'est… ailleurs, plus au sud. En Campanie.

– Ah. C'est là où tu étais quand tu es partie ?

– Mmm.

Johanna ne parvenait plus à parler. Devait-elle se taire ou provoquer une sorte d'électrochoc en narrant la cité, le drame, Livia ? Fallait-il risquer d'avouer que Pompéi était aussi le lieu dans lequel Romane se rendait à chaque fois qu'elle s'absentait de la réalité ?

– Maman, j'ai froid.

Elle se précipita sur le radiateur électrique puis ajouta un duvet de plumes sur le lit.

Midi. Romane somnolait, tandis que sa mère décorait le sapin de Noël, dans un angle de la chambre. La fièvre était tombée à 38,7 °C. Johanna s'éclipsa dans la cuisine. « Si je pouvais lui faire avaler quelque chose de consistant, se disait-elle en ouvrant une boîte de crème de marrons à la vanille. Il faut que j'appelle Sanderman et Isa pour leur annoncer que la fièvre baisse… Le paracétamol agit enfin… à moins… les barrettes de Livia… si elles avaient un effet, après tout ? Si elles apaisaient la mémoire et calmaient l'esprit de Livia, comme la pièce de monnaie à l'effigie de Titus les a réveillés ? La température a commencé à fléchir ce matin, après plusieurs jours de fièvre et de délire, alors que je les lui avais mises dans les cheveux hier... Son état a paru s'améliorer après... Tiens, juste après le coup de fil de Tom... Se pourrait-il que sa voix ait favorablement agi sur elle, comme sa visite, en octobre, semble avoir tout déclenché ? »

Lorsqu'elle remonta dans la chambre avec le plateau, Romane sommeillait toujours. Elle ouvrit les yeux à l'arrivée de sa mère.

« Je n'ai rien à perdre à essayer, songea Johanna en saisissant son téléphone. Au point où j'en suis, si un charlatan me donnait un talisman quelconque, je le lui mettrais autour du cou sans réfléchir... »

– Allô, Tom ? Je ne te dérange pas ? Je te passe ma fille. Peux-tu lui dire quelques mots, s'il te plaît ?

Elle tendit le téléphone.

– Romane, c'est Gargantua. Tu te souviens de lui ?

La fillette opina du chef et prit le combiné. Johanna ignorait ce que Tom lui racontait mais la petite souriait.

– Merci, dit-elle à son ami quand Romane lui rendit l'appareil.

Mais il avait déjà raccroché. Elle soupira, examina sa fille et entreprit de l'alimenter. Romane avala une cuiller à café de crème de marrons et se rendormit.

17 heures. La fièvre était tombée à 38,3 °C. « Si la température continue à descendre, dit Johanna, Sanderman pourra la remettre sous hypnose et l'interroger... »

Elle laissa un message au médecin et à Isabelle.

Le soir, lorsque Romane s'éveilla, sa mère était engoncée derrière le pupitre de son enfance, face à la fenêtre. Ses lèvres bougeaient tandis qu'elle regardait une curieuse sculpture de femme posée sur le petit bureau.

– Maman, qu'est-ce que tu fais ?

– Eh bien, je prie, enfin il me semble que je prie, répondit-elle en se levant et en posant sa main sur le front de sa fille.

– Comme la mère de Chloé à la messe ?

– Sans doute.

– Pour quoi ?

– Pour que ta fièvre continue à baisser et que tu ailles mieux...

– Tu demandes ça à la tête en bois ?

– La « tête en bois » s'appelle Marie-Madeleine, Romane, expliqua-t-elle en songeant au personnage inconnu et mystérieux que la statue évoquait pour elle. Marie-Madeleine a vécu il y a très longtemps, elle… elle a fait de belles choses, c'est pourquoi on dit qu'elle est sainte et qu'on la prie.

– Ah. Et elle donne ce qu'on lui demande, comme le Père Noël ?

– Parfois, si on y croit.

– Mais… elle est morte, maman, Marie-Madeleine ?

– Oui Romane, elle est morte. Cependant, tu sais, ce n'est pas parce qu'on est mort que… enfin, qu'on n'existe plus, répondit Johanna en se troublant. C'est compliqué, je t'expliquerai plus tard…

La petite fronça les sourcils, en proie à une intense réflexion.

– Alors mon papa il existe encore ? demanda-t-elle. Où il est ?

Johanna pâlit. Jamais la fillette n'évoquait son père disparu et sa question la plongea dans un extrême embarras.

– Eh bien, il est… là, dit-elle en posant sa main sur son cœur, dans mes souvenirs, tu comprends ? Il existe parce que je pense à lui souvent.

– Mais moi, comment je peux faire, puisque je l'ai jamais vu en vrai ? s'enquit-elle avec douleur. Je le connais pas…

– Je… je vais te chercher l'album photos.

Johanna sortit de la chambre, désemparée par l'angoisse de Romane. Pourquoi s'inquiétait-elle de son père ? L'hypnose, en fouillant dans l'inconscient, avait probablement fait émerger ce traumatisme… ou bien était-il normal qu'une petite fille de presque six ans, malade, souffre de l'absence paternelle malgré l'amour de sa mère et souhaite éclaircir le mystère de ses origines ? Johanna se sentit coupable d'avoir occulté son père à sa fille. Ce secret, ce non-dit était peut-être le déséquilibre fondamental à la source de sa pathologie. Pourtant, comment relater la vérité à Romane ?

Agenouillée dans sa chambre devant une vieille cantine de fer, elle saisit d'une main tremblante un petit album noir. Elle l'ouvrit et la pyramide du Mont-Saint-Michel lui sauta au visage. Elle ferma les yeux. Les murailles de granite gris se superposèrent aux décombres de Pompéi et les avalèrent. Une phrase de l'Évangile de Luc lui revint en mémoire : « S'ils se taisent, les pierres crieront. » La sentence tournait sous son crâne, parmi des images de cryptes, de chapelles souterraines appartenant au Mont et à Vézelay, et de caves pompéiennes. C'était comme si les pierres des tréfonds voulaient lui dire quelque chose. Mais quoi ?

Elle rouvrit les paupières et tourna les pages. Le visage de Simon le Meur, son amour défunt et le père de Romane, lui sourit. La photo couleur datait d'il y a à peine sept ans mais elle se parait des reflets sépia et des postures surannées d'un autre siècle : dans sa boutique malouine d'antiquités marines, à côté de vieilles cartes, de journaux de bord, de malles en cuir et d'instruments de navigation obsolètes, Simon posait comme un poète romantique du XIXe, en costume trois pièces et manteau de tweed, une élégante pipe à la main. Ses cheveux noirs et bouclés mi-longs, ses yeux émeraude, sa peau olivâtre – son père était breton mais sa mère espagnole – étaient en tous points ceux de Romane. Seules les lèvres et l'expression des traits différaient. Johanna avait déclaré l'enfant de père inconnu mais quiconque avait rencontré le marchand d'antiquités ne pouvait manquer de reconnaître Simon chez sa fille. Johanna passa ses doigts sur le cliché et se remémora les moments magiques qu'elle avait partagés avec cet homme. Tournant la page, elle vit la façade de la maison de Simon au Mont-Saint-Michel, au bord des remparts, avec sa gargouille de pierre, son porte-lanterne rouillé, sa glycine, son jardinet sauvage et sa vue sur l'îlot de Tombelaine. Une odeur de tilleul et de tabac miellé monta à ses narines. Pourquoi n'avait-elle jamais décrit à Romane le salon à l'imposante cheminée et au globe céleste du XVIIIe siècle, la cuisine au fourneau de faïence et aux casseroles de cuivre, les coffres médiévaux et les chambres aux armoires normandes sculptées ? Elle aurait pu parler à sa fille du tempérament romanesque et passionné de son père, de sa beauté, de son goût pour les légendes et les contes, que Romane possédait aussi... Leur histoire n'avait duré que quelques mois mais jamais, ni avant, ni après, Johanna n'avait éprouvé pour un autre homme les sentiments qu'elle avait pour Simon. Hélas, à l'époque, obsédée par ses fouilles et par sa quête d'un fantôme, elle n'en avait pas pris conscience et elle avait tout gâché. Car c'était elle qui avait quitté Simon, un soir d'avril. Elle s'était enfuie, sans explication, après une violente dispute durant laquelle il lui avait reproché de préférer les morts aux vivants et de masquer son cœur. Pour la première fois, Johanna se remémora la scène qu'elle avait voulu oublier durant toutes ces années. Les ultimes mots de son amant claquèrent dans sa tête. Elle avait fui, éludant son amour pour cet homme, ignorant les remords de Simon et ses tentatives de réconciliation, inconsciente du cadeau qu'il avait, malgré elle, malgré lui, planté dans son ventre et qui grandissait déjà. Si elle avait écouté son corps et su qu'elle était enceinte, cette funeste nuit de juin n'aurait sans doute jamais existé. Comme dans le puits de Pompéi, Johanna revécut les heures précédant son accident.

Elle se releva et se dirigea vers la chambre de Romane, serrant l'album contre sa poitrine oppressée, comprenant le poids qu'elle avait transmis à sa fille, réalisant le fardeau qui, à cause de son silence, pesait sur l'enfant. Depuis longtemps, elle aurait dû réfléchir à sa responsabilité dans le suicide de Simon, sa disparition volontaire sur la mer qui n'avait jamais rendu son cadavre. Au lieu de cela, elle s'était enfuie, dissimulant la vérité tapie au fond de son âme verrouillée, entièrement dévouée à un être auquel elle dissimulait l'essentiel. Elle aurait dû trouver les mots pour conjurer le fantôme de Simon et révéler son secret à sa fille sans la blesser, avant que Romane ne soit meurtrie par un secret qui appartenait à une autre et qui la dévorait comme un parasite. Sanderman avait raison. La parole perdue du Christ n'était peut-être qu'un symbole inventé par l'inconscient de Romane pour figurer, dans une allégorie sublimée, les mots cachés par Johanna. La clef de la guérison de Romane appartenait bien à sa mère, mais la cave recélant le verbe libérateur n'était pas à Pompéi. Elle était là, à Vézelay, dans cet album, dans le cœur de Johanna, où un spectre emmuré était enfoui sous plusieurs mètres de cendres.

Elle entrebâilla la porte et entra dans la chambre. Romane attendait, assise dans son lit, le regard tourné vers la sculpture de Marie-Madeleine.

– Qui a fait cette tête, maman ? demanda-t-elle. Un ami de la sainte qui l'aimait bien ?

– Personne ne le sait, Romane. Regarde, je t'ai apporté les photos du Mont-Saint-Michel et de ton père. Je vais… je vais tenter de te raconter toute l'histoire. Il est temps…

Son téléphone sonna. Elle soupira et lut le nom qui s'affichait : Tom. Elle posa l'album sur le pupitre, à côté de la statue médiévale, s'assit sur le lit et répondit. Il était 20 h 10.

– Allô ? Oui, Tom. Ça va mieux, la fièvre est descendue à 38 et des poussières. Je pense que nous sommes sur la bonne voie et j'espère que, d'ici demain, la température sera complètement tombée.

– C'est merveilleux ! Ton hypnotiseur va pouvoir officier à nouveau…

– Oui, il m'a promis de passer samedi ou dimanche, soit dans deux jours.

– Écoute, il y a du nouveau depuis tout à l'heure. Accroche-toi.

– Je crains le pire… murmura-t-elle en sortant de la pièce.

– Pour une fois, c'est une bonne nouvelle. En fouillant les fichiers effacés du disque dur de l'ordinateur de Roberto, l'informaticien de la police est tombé sur un document bizarre, qu'il a pu restaurer. Comme personne, chez les carabiniers, ne pouvait identifier la langue dans laquelle était rédigé le texte, ils m'ont convoqué pour les aider.

– Et alors ?

– Alors, c'est une langue sémitique qui ressemble à de l'hébreu ou de l'arabe mais qui n'en est pas. C'est de l'araméen, Jo, à n'en pas douter.

De stupeur, Johanna resta bouché bée sur le palier.

– Je suis capable de reconnaître les signes araméens quand j'en vois, compléta Tom, mais malheureusement, je ne peux pas les déchiffrer. Néanmoins, j'ai obtenu une photocopie du fichier en prétextant que je saurais le traduire. Ils m'ont laissé quarante-huit heures. J'ai aussitôt pensé que…

– Qu'il pouvait s'agir d'une copie de la lettre de Livia dissimulée dans le caveau, c'est-à-dire du message caché de Jésus, acheva-t-elle.

– Exactement.

– C'est si surprenant, Tom ! s'exclama-t-elle. J'avais fini par croire que cette phrase avait été inventée par ma fille !

– Eh bien, une fois de plus, Romane a vu juste : nous ne serons fixés qu'après le décryptage, mais il y a une chance pour que ta théorie soit la bonne et que…

– Il me faut ce document ! Je dois le montrer à Romane, même en araméen ! Envoie-le-moi immédiatement par fax ou scanne-le et fais-le-moi parvenir par mail !

– Johanna, je ne peux pas prendre un tel risque. Si nous avons raison sur l'origine de cette sentence, saisis-tu les implications de cette découverte ? C'est une bombe ! À côté, mes papyrus en grec sont des contes pour enfants ! Je n'ai rien dit à la police, rassure-toi. Je te dois bien ça, après ce que tu as fait pour moi. Mais je ne peux pas balancer ce document dans la nature, au risque que les complices de Roberto…

– Il m'est impossible de te rejoindre pour l'instant, Tom, l'interrompit Johanna. Je ne veux plus laisser Romane, et…

– Je peux prendre un avion demain, Jo.

– Tu ferais ça ?

– Bien sûr. Pour toi, et surtout pour ta fille. Le plus simple serait de se retrouver à Roissy, au terminal de la liaison Naples-Paris. Il y a tellement de monde dans cet aéroport qu'on passera inaperçus. Et le temps d'un aller-retour, les carabiniers ne s'apercevront pas de mon absence.

– Je n'ai personne pour garder Romane. Et je lui ai promis de ne plus la quitter.

L'antiquaire se tut quelques instants.

– D'accord, souffla-t-il, je le fais pour elle. Comme la dernière fois, je loue une voiture à l'aéroport et je viens. Tu penses pouvoir déchiffrer la missive ?

– Pas du tout. Comme toi, je connais le grec ancien et maîtrise parfaitement le latin, mais je n'entends rien à l'araméen, la langue du prophète.

– C'est dommage...

– Qu'importe, puisque la seule vue de ces signes peut sauver ma fille ! Je comprends ta curiosité, mais tu trouveras plus tard un spécialiste de langues antiques capable de la satisfaire. Le plus urgent est de soigner Romane, de lui montrer cet antidote, qui chassera Livia de ses cauchemars et de son corps.

– O.K. ! Mais nous devons être prudents. N'oublie pas que les assassins de Roberto, de Beata et de James courent toujours.

– Ce sont probablement eux qui ont effacé le fichier de l'ordinateur de Roberto.

– Sans doute. Mais je me demande comment il est entré en possession de la phrase, puisque personne avant nous n'avait pénétré le tombeau souterrain...

Johanna songea au Mont et au secret qu'elle y avait profané.

– Le message a pu se transmettre par une autre voie jusqu'à nos jours, répondit-elle. Quoi qu'il en soit, tu as raison, nous devons rester vigilants. Ils peuvent être au courant que tu es en possession du fichier. Prends garde à ne pas être suivi et...

– Je ferai de mon mieux mais je ne suis pas un professionnel. Involontairement, je risque d'attirer les meurtriers dans ta maison.

– C'est juste. Retrouvons-nous dans un lieu neutre...

– Ton chantier ! proposa-t-il.

– Il est à terrain découvert, n'importe qui peut nous voir et constater que tu me confies un morceau de papier. Quant à l'Algeco, cette cabane de plastique est trop fragile. On peut facilement en forcer l'entrée. Il nous faut un endroit plus discret et surtout plus sûr. Attends, je réfléchis... J'ai une idée ! La basilique !

– Tu crois ? Tu oublies les moines et les moniales...

– Ils n'habitent pas dans la basilique et nous ne sommes plus au Moyen Âge, Tom. Les Fraternités de Jérusalem chantent leur ultime office, les vêpres, à 17 h 30, et ne se lèvent pas la nuit pour vigiles. L'église ferme à 20 heures et ensuite, à part les fantômes et peut-être les anges, personne n'y pénètre plus. Mais j'ai les clefs.

– C'est une bonne idée.

– J'espère que Romane dormira et ne se rendra pas compte de mon absence. Demain soir, 22 heures, dans le narthex de la basilique. Entre par le portail de gauche. Je l'aurai préalablement déverrouillé.

– J'y serai.

– À demain, Tom.

Lorsque Johanna revint dans la chambre de sa fille, elle constata que cette dernière s'était rendormie. Elle prit sa température : 38,2 °C. La fièvre avait cédé d'un petit dixième. Sur le pupitre, Hildebert jouait en miaulant avec la statue de Marie-Madeleine, assis sur l'album photos. Johanna le chassa, vérifia que l'objet sacré ne portait aucune trace de griffure, amena un escabeau. Elle mit Marie-Madeleine en sûreté sur la corniche de stuc qui faisait le tour de la chambre, dissimulant des néons que Johanna n'allumait jamais mais qui servaient, naguère, à éclairer le travail de bijoutier du mari de Louise Bornel, dont cette pièce était l'ancien atelier. Placée au-dessus de la tête de sa fille, il lui semblait que la sainte protégeait son sommeil. Elle s'assit derrière le pupitre et se laissa aller à ses réflexions. « C'est incroyable, songea-t-elle, le cœur battant. La mystérieuse phrase écrite par Livia existe bel et bien, et Tom l'a en sa possession ! Demain, ce cauchemar sera terminé... Demain soir je pourrai être certaine que Livia est en paix, que ma fille est sauvée, et tout cela ne sera qu'un mauvais souvenir... Demain, nous serons toutes deux délivrées des spectres et ce sera Noël avec quelques jours d'avance... »

Un petit cri rauque la fit se retourner. Agitant la tête, les membres raidis, Romane gémissait. Johanna devina que sa fille était de retour à Pompéi. La fillette se mit à transpirer et à tousser. La terreur se lisait sur son visage aux yeux clos. La fièvre montait à nouveau. Johanna saisit les petites mains qui tremblaient. Elle visualisa les rues de la cité envahies de fumée, de lapilli et de gaz toxiques, imagina Livia qui luttait contre le ciel pour rejoindre la maison du philosophe. Son esprit revit la rue de l'Abondance, la rue de Nole, la ruelle du Centenaire, la bâtisse, la fresque des stoïciens qui se fissurait sous l'orage de cendre et de soufre. J. Saturnus Verus l'étreignait dès qu'elle passait le seuil. L'*atrium*, le *tablinum*, le péristyle, le jardin, le puits, les caves. Partout gisaient des corps changés en statues. Le levier, la dalle, les marches en pierre de lave, la salle à cinq mètres sous la surface du sol, à cinq mètres de l'apocalypse. Tandis que les vapeurs acides rongeaient les linges de la canalisation, Johanna eut l'impression de voir sa fille : agenouillée devant un coffre contenant des manuscrits grecs, elle traçait sur un papyrus d'étranges signes en araméen.

39

– MERCI, MADAME BORNEL. Je serai très vite de retour…

– Allez, ma fille, et ne vous inquiétez pas, j'ai des munitions pour nous deux ! répondit la vieille dame en désignant un pichet de citronnade et une bouteille de marc de Bourgogne.

Johanna sourit, enfila sa doudoune et se glissa hors de la maison en prenant garde de ne pas claquer la porte. Après le pic de la nuit précédente, la fièvre de Romane s'était stabilisée à 38 °C, sans descendre en deçà. Le docteur Sanderman avait promis de venir le lendemain, samedi, afin d'examiner la fillette et, si son état le permettait, de travailler avec elle sous hypnose. Romane était faible et somnolente, mais les phases de délire avaient cessé. Elles avaient passé la journée à examiner les photos de l'album et à rédiger la lettre au Père Noël, sous le regard haut perché de Marie-Madeleine qui les observait depuis la corniche. Hildebert était couché sur les pieds de la fillette. De temps à autre, il levait ses yeux jaunes et tendait sa grosse patte noire vers la sculpture de la sainte, en poussant des miaulements furtifs qui ressemblaient à un appel.

« Maman, tu crois que lui aussi il prie Marie-Madeleine ? avait demandé l'enfant.

– Je crois surtout qu'il confond la statue avec un nouveau jouet et rêve d'aiguiser ses griffes sur son visage, avait répondu l'archéologue. Navrée, mon vieux, tiens-t'en à tes croquettes et aux écorces des arbres ! »

Malgré les reproches de sa maîtresse, le chat rompit avec ses habitudes et ne sortit pas de la maison. Il semblait parler à la sculpture tout en surveillant la fillette et Johanna se souvint des mots d'Isabelle sur le prétendu pouvoir psychopompe et nécromant des félins. Puis elle chassa cette pensée.

Le récit qu'elle fit à sa fille de son histoire d'amour avec son père et des événements du Mont fut fastidieux, haché et douloureux. La petite buvait les mots de sa mère avec avidité et sembla se contenter de ce que Johanna voulait ou pouvait lui dire, qui représentait bien plus que ce qu'elle avait entendu jusqu'alors.

Sans l'interrompre, l'enfant avalait les phrases mais aussi les silences, les larmes et la confusion de sa mère avec voracité. Johanna décrivit l'aspect et le caractère de Simon, ses origines, sa passion pour les légendes, sa maison du Mont, sa boutique de Saint-Malo et leur attachement mutuel. Elle évoqua l'harmonie presque surnaturelle qui avait été la leur et le soir d'avril où Romane avait été conçue, au Mont-Saint-Michel, réalisant que c'était la première fois qu'elle s'en souvenait et laissait émerger ce soleil des brumes qui l'avaient revêtu. Cette nuit-là avait été leur ultime moment de bonheur avant l'orage qui les avait anéantis. Elle fit brièvement allusion à la rupture, puis termina par la fin tragique de Simon, dont la fillette ignorait tout. Pour exprimer sa disparition, Johanna s'était jusqu'alors bornée à « ton père est décédé » ou « papa est mort ». Elle comprit combien ces mots étaient le lapidaire reflet d'une vérité que la fillette, dans le secret de son imaginaire, s'acharnait en vain à incarner. Romane supposait que son père avait trépassé à cause d'une maladie ou d'un accident et qu'il gisait dans un cimetière. Johanna lui montra une photo du voilier sur lequel il avait pris la mer. Elle lui parla longuement de la Manche, de ses tempêtes, qui pouvaient perdre les marins les plus expérimentés. Elle esquiva le suicide de Simon en espérant que l'enfant, pour l'instant, mettrait sa mort sur le compte d'une lutte inégale avec les forces de la nature, ce qui, sans être tout à fait vrai, n'était pas non plus un mensonge. À présent, Romane comprenait pourquoi sa mère, dont le métier consistait à découvrir les défunts oubliés dans la terre, ne lui avait jamais montré la tombe de son père. L'enfant l'imagina en costume trois pièces, une pipe à la main, qui sombrait avec son navire et dormait sur un lit de sable avec les poissons, le bateau échoué près de lui. Enfin elle pouvait mettre des mots et une image sur le trépas de son père.

Dans la lettre au Père Noël qu'elle dicta à sa mère, elle demanda un livre de légendes bretonnes et un voyage au Mont-Saint-Michel. Le cœur serré, muette, Johanna transcrivit sa requête.

En fin d'après-midi, le ciel se couvrit de gros nuages. Le vent du nord, le septentrion, balayait la montagne mais le vent de l'ouest, le couchant, se leva. La rencontre des souffles antagonistes était source d'orage ou de tempête. Johanna jugea imprudent de laisser sa fille seule dans la maison, lorsqu'elle se rendrait à son rendez-vous avec Tom. Elle téléphona à Louise Bornel, prétextant qu'elle avait un problème sur le chantier et devait s'y rendre de manière urgente. La vieille dame ne se fit pas prier et débarqua pour garder Romane. Cette dernière sommeillait dans sa chambre.

21 h 25. Johanna huma la nuit noire chargée d'électricité. Les oiseaux se taisaient. Des rafales mauvaises agitaient les arbres décharnés. Les guirlandes lumineuses se balançaient. Le froid était féroce. Elle remonta sa fermeture éclair, s'assura que sa poche contenait une petite torche, tourna dans la venelle du Chevalier-Guérin et déboucha sur l'esplanade de la basilique soumise aux vents furieux. Les rues étaient vides et, si elle n'avait aperçu des lueurs aux fenêtres des maisons, elle aurait pu croire le village abandonné. Elle observa les alentours à la recherche de son ami mais elle ne vit personne. En revanche, elle aperçut de la lumière chez frère Pacifique. En courant sous l'haleine du septentrion, elle se dirigea vers le presbytère. Le vieux franciscain était à genoux, mais il interrompit son oraison dès qu'il reconnut son pas. Sur un ton exalté, jetant des coups d'œil à sa montre, Johanna lui raconta son voyage à Pompéi, la découverte de la cave secrète, le papyrus de Livia, la secte de Roberto, le dernier coup de fil de Tom et son rendez-vous dans la basilique.

– Dès que je montrerai les mots cachés de Jésus à Romane, elle va guérir ! s'enflammait-elle.

– Mmm, murmura le cordelier. Le message du Seigneur contenu dans les Évangiles est en effet un remède universel qui guérit l'âme des malades. Quant à cette parole, j'avoue un grand trouble… Si elle n'est pas perdue, si elle existe encore… Par tous les saints !

Le regard pâle du vieux moine, d'ordinaire si serein, laissait paraître son émotion. Il passait ses doigts noueux sur ses paumes, fixait la croix suspendue au mur, la Bible posée sur la table de chevet, tournait sur lui-même, égaré dans un écheveau de questions qui l'ébranlaient au plus profond de son être. Johanna interrompit cette inédite agitation : elle ne pouvait risquer d'être en retard.

– Allez, mon enfant, dit-il en lui saisissant les mains. Mais surtout, n'oubliez pas qu'on a déjà tué pour ce message. Soyez prudente. Ma prière vous accompagne.

À l'extérieur, Johanna jeta un œil en direction du chantier noyé dans les ténèbres et les bourrasques, puis leva la tête vers l'Archange de pierre qui culminait à l'angle sud-ouest de la tour Saint-Michel. Dans l'obscurité, elle devina ses ailes, sa lance et son écu à la croix, puis, à l'angle sud-est, la sculpture de saint Pierre, une clef à la main. Elle approcha du parvis et longea le tympan du Jugement dernier. Elle se dirigea vers l'entrée de gauche, sortit son trousseau, grimpa les marches et ouvrit la lourde porte de bois couleur sang de bœuf. Elle appela Tom à voix basse mais seul le vent répliqua. Elle entra dans la basilique et referma la porte sans la verrouiller. Plongé dans le noir, le narthex exhalait une odeur d'encens et de vieux calcaire. Cette atmosphère calma son excitation mais elle eut l'impression d'un regard posé sur elle. Sortant la lampe, elle constata que les trois vantaux donnant accès à la nef étaient clos. Johanna était seule dans le grandiose vestibule du XIIe siècle, parmi les saints, les martyrs et les démons des scènes sacrées.

Église dans l'église, la vaste antichambre était conçue comme un prélude à l'enchantement de la nef, une étape purificatrice sur le chemin du chœur. Jadis, l'accès à ce porche était libre à tous, à toute heure du jour et de la nuit. Le jour, le narthex était baigné de reflets blonds et d'une atmosphère de recueillement paisible. La nuit, les têtes grotesques et menaçantes des monstres des chapiteaux effrayaient les pénitents. Ce soir-là, l'orage imminent et le péril attaché au message secret de Jésus rendaient l'édifice presque terrifiant. Johanna ignora les bêtes fantastiques et les figures de Sodome qui s'affrontaient autour d'elle et posa le halo de la lampe sur le grand tympan médiéval. Jésus irradiait la tête des apôtres de sa lumière de pierre, qu'il leur transmettait en longs rayons jaillissant de ses mains. Le visage allongé du Christ, au centre de la mandorle, était serein mais déterminé. Elle s'interrogea sur le contenu du verbe caché. Pourquoi dissimuler cette parole ? La lueur plongea dans le subtil drapé de la tunique du Christ, gonflée par le souffle divin. De chaque côté du Sauveur, les apôtres tenaient un livre dans leurs mains. Sous des nuages calmes, ceux placés à sa droite exhibaient un Évangile ouvert tandis que ceux placés à sa gauche portaient, sous les nuées tourmentées d'une tempête, un volume fermé par des rivets. Johanna observa les couvertures scellées. À nouveau, elle songea au message en araméen. Son auteur avait-il ordonné de l'occulter ou bien était-ce ses héritiers, les apôtres, qui avaient choisi de ne pas le divulguer ? Que pouvait-il dire de si surprenant, qui justifiait l'assassinat de trois personnes, James, Beata et Roberto ? Elle pensa qu'au cours du temps, d'autres êtres humains avaient probablement été sacrifiés pour soustraire à la face du monde ces mots mystérieux. À la curiosité et la frustration de ne pouvoir les traduire s'ajouta la peur que Tom attire à Vézelay les meurtriers de Pompéi. Elle regretta de ne pas avoir mis un couteau dans sa poche. Puis elle se dit qu'elle ne saurait pas s'en servir et que, comme dans la maison du philosophe, mieux valait compter sur la carrure de son ami. Néanmoins, elle frémit en se remémorant la disparition inexpliquée de la photographie et surtout la silhouette incertaine qui, ces derniers mois, l'avait suivie. Elle inspecta encore les alentours.

Hormis les monstres de pierre, elle ne vit aucune ombre effrayante mais entendit, au-delà des vitraux, les grondements menaçants du tonnerre qui, tels les aboiements de Cerbère, semblaient prévenir de l'ouverture prochaine du monde souterrain de l'Hadès. Elle frissonna de froid et de peur. Son imaginaire galopait. Elle songea à la foudre qui s'était si souvent abattue sur l'église, propageant le feu et la ruine. Elle sortit du bâtiment et inspecta le ciel : des éclairs déchiraient la chape noire. La rencontre funeste du septentrion et du couchant était proche, l'explosion des éléments imminente mais l'air était encore sec, secoué par les stries éblouissantes et le halètement des vents.

Il était 21 h 50. Elle chercha Tom, en vain. Trop tôt pour s'alarmer de son absence. Retournant dans le narthex, elle grimpa une volée de marches. Au bout des degrés, la clef tourna dans la serrure d'une porte de bois. Elle la referma, grimpa un autre escalier, accéda enfin à l'ancienne chapelle Saint-Michel et aux tribunes surplombant la nef. Elle posa la main sur la tête de l'Archange terrassant le dragon, se força à respirer, éteignit la lampe et admira le vaisseau qui s'étendait en contrebas. Des spots dissimulés dans les piles de pierre, les cierges du chœur et des chapelles rayonnantes y propageaient une lumière douce et calme. La nef romane dégageait une telle beauté, une si grande harmonie que Johanna sentit une vague de chaleur se propager dans son âme. Une phrase de Jules Roy lui revint en mémoire :

« Sabbat d'amour, en même temps que matin de résurrection, tel est Vézelay. »

Elle se rappela que le lendemain, jour du solstice d'hiver, le prodige établi par les architectes des temps passés s'accomplirait : le soleil foudroierait de plein front les chapiteaux du grand vaisseau, symbolisant le miracle de la foi, et peu avant Noël, à l'aube, le narthex prendrait une teinte rouge sang.

« Demain l'orage sera vaincu, se dit-elle en relâchant ses nerfs tendus. Courage, Jo, calme cette appréhension irrationnelle. La clef du mystère vient à toi. Dans quelques minutes, Tom sera là, avec une copie de la lettre de Pompéi. L'Archange veille sur moi, comme il l'a fait il y a six ans. Les assassins sont loin d'ici. Dans une heure, je montrerai les mots du Christ à Romane, et tout sera fini. Dans quelques mois, je lui raconterai tout. Plus jamais je ne garderai le silence. Je lui parlerai, et elle comprendra… »

Un bruit sourd interrompit cette pensée apaisante, suivi de ce qui ressemblait à des pas. Johanna dressa l'oreille. « Tom », pensa-t-elle. Elle quitta la tribune, dévala les escaliers et se précipita dans le narthex. Personne. Elle appela son ami, mais ce fut la tempête qui lui répondit : une déflagration extraordinaire lacéra l'atmosphère. On aurait dit que le ciel tombait sur la terre. Elle leva la tête vers l'imposante voûte en croisée d'ogives : un éclair scintilla à travers une fenêtre en plein cintre, la pluie cognait contre les vitres, le tonnerre fustigeait la montagne. Johanna avait rarement vu un orage d'une telle violence.

Soudain, la porte donnant sur l'extérieur s'ouvrit. Johanna braqua sa lampe et vit l'imposante silhouette de son ami courbée sous la furie de la nature. Elle poussa un soupir de soulagement et courut vers l'antiquaire.

– Tom, enfin ! Je m'inquiétais…

– Me voilà, Jo. Je suis complètement trempé mais je suis là.

Elle l'embrassa sur ses deux joues mouillées.

– On ne s'entend pas, avec le raffut de l'orage, constata-t-il. Où peut-on parler sans hurler ?

– Je pensais qu'on serait bien ici, mais… tu as raison, convint-elle en réalisant que ses paroles étaient noyées par le tonnerre et le tambourinement de la pluie. Suis-moi.

Elle l'entraîna vers l'escalier donnant accès aux tribunes. Là-haut, elle poursuivit son chemin et traversa l'édifice jusqu'au flanc sud, avant de stopper devant une porte. Exhibant son trousseau de clefs, elle l'ouvrit.

– Où m'emmènes-tu ? s'enquit Tom.

– Dans la tour Saint-Michel. Là, rien ne nous dérangera, pas même la colère des éléments. Ici, nous sommes en sécurité, dit-elle en entrant dans le bâtiment. Du sommet, le panorama est époustouflant, mais je te le montrerai sous des cieux moins tourmentés...

Tom la suivit dans la tour carrée plongée dans les ténèbres. Le petit cercle jaune de la torche éclaira des degrés de bois vermoulu et une charpente massive qui montait vers l'infini, enclavant les cloches. Le silence les submergea. Johanna s'assit sur la première marche, Tom s'installa face à elle, sur le sol de terre. Tandis que la jeune femme plaçait la lumière entre eux, le pompéianiste détacha de ses larges épaules un petit sac à dos de toile. C'est alors que Johanna remarqua son teint affreusement pâle et le tremblement de ses mains géantes.

– Tom, ça ne va pas ?

– J'ai l'impression d'avoir été suivi. Je n'ai rien remarqué à l'aéroport de Naples ni à Roissy, mais tout à l'heure, sur la route, j'aurais juré qu'une auto était sur mes talons.

– Tu en es sûr ? insista-t-elle en songeant au bruit de pas qui avait précédé l'arrivée du Néo-Zélandais.

– Non, il faisait nuit, je n'ai vu que les phares de la voiture mais... As-tu parlé à quelqu'un de notre rendez-vous ?

– Je te promets que non ! Pas même à ma voisine, qui garde Romane en ce moment.

– Et Isabelle ?

– J'ai à peine pu discuter avec elle. Depuis qu'elle est rentrée à Paris, elle est débordée. Je te jure que personne n'est au courant.

Elle omit sa rapide entrevue avec frère Pacifique, le seul à savoir où elle se trouvait en ce moment, et surtout pourquoi. Elle n'imaginait pas le vieillard sortir de sa cellule et du trouble dans lequel elle l'avait plongé, pour courir, sous la tempête, dévoiler son secret à ses frères de La Cordelle ou à ses voisins des Fraternités de Jérusalem.

– J'ai confiance en toi, Jo, tu le sais, pourtant je n'oublie pas ce qui s'est passé à Pompéi. Les assassins ont pu me suivre depuis la Campanie, ou avoir des complices ici...

– Oui, je comprends, dit-elle en pensant à l'ombre qui l'espionnait à Vézelay.

– As-tu une arme ? demanda-t-il.

– Évidemment non, tu es mon arme…

– En effet, répondit-il en sortant un revolver de son sac, devant les yeux médusés de Johanna. Ne t'inquiète pas, je l'ai juste emprunté à un camarade napolitain. L'épisode des chiens, quand on était dans la cave, m'a servi de leçon. Je préfère, désormais, prendre toutes mes précautions.

Il saisit la lampe et balaya les alentours avec le faisceau, l'air préoccupé.

– Tom, nous sommes seuls ici, affirma Johanna.

– Je l'espère, murmura-t-il.

– S'il te plaît, ne me fais pas languir plus longtemps. Donne-moi ce que tu es venu m'apporter.

– Comment va ta fille ?

– Mieux. Mais elle a toujours de la fièvre. Sanderman doit passer demain. Je suis pourtant convaincue que l'hypnose est impuissante à la guérir. Seule la vision de la parole perdue du Christ, écrite par Livia, pourra la délivrer du souffle malsain de cette pauvre femme. Où est le message ?

– En lieu sûr.

– Tu ne l'as pas sur toi ?

En guise de réponse, il se leva et inspecta encore les environs, la lampe dans une main, l'arme à feu dans l'autre. Johanna ne l'avait jamais vu si fébrile et anxieux.

– Tom ! cria-t-elle, furieuse. Ne me dis pas que tu as laissé le fichier de Roberto à Pompéi !

– Calme-toi, ordonna-t-il d'une voix angoissée. J'en ai déposé une copie dans une consigne à l'aéroport de Roissy, tout à l'heure, au cas où… Mais pour toi, j'ai beaucoup mieux.

– Quoi ?

– La nuit dernière, dit-il en reprenant sa place, je suis allé à Rome, chez un collègue de l'université, spécialiste des langues anciennes et notamment de l'araméen.

Johanna se figea.

– Je lui ai bien sûr menti sur la provenance et l'auteur de la lettre, mais… il a traduit la phrase secrète.

– Tom, c'est sensationnel ! s'écria-t-elle en bondissant. Tu as fait déchiffrer les mots cachés de Jésus, les mots dissimulés au monde depuis presque deux millénaires ! C'est inouï, fais-moi lire cette phrase, vite…

– Rassieds-toi, s'il te plaît.

Elle obéit. Livide, Tom reposa la torche sur le sol et, lentement, ouvrit la fermeture éclair de son sac. Face à lui, la jeune femme peinait à maîtriser son agitation. Il sortit un banal morceau de papier du fond de la poche de toile et le lui tendit. Lorsque Johanna croisa son regard, elle vit que des larmes brillaient dans ses yeux. Elle saisit la feuille pliée en quatre, se mit sous le faisceau de la lampe et déplia la page sur laquelle était inscrit l'un des plus grands secrets de l'humanité.

« Je suis triste. Mais tu dois mourir. Comme les autres. »

– Tom, qu'est-ce que cela signifie ? demanda-t-elle, stupéfaite.

Elle releva la tête au moment où le canon du revolver pointait sur elle.

– Tom ! bredouilla-t-elle. Que se passe-t-il, qu'est-ce que tu fais ? Es-tu devenu fou ?

– Johanna, je suis terriblement triste, dit-il d'une voix cassée. Bien plus que pour James, Beata ou Roberto, car tu es une véritable amie. Ensemble, nous avons percé le mystère de la maison du philosophe, que je n'aurais jamais découvert sans toi. Mais je n'ai pas le choix. Non. Malheureusement, je ne puis faire autrement…

Interloquée, la jeune femme observait, bouchée bée, l'archéologue qui la menaçait de son arme. Elle voyait la scène, entendait ce qu'il disait, néanmoins son cerveau était incapable d'appréhender le sens des propos et des gestes de Tom.

– Je… je ne comprends pas, bégaya-t-elle, Tom, que t'arrive-t-il ?

Ahurie, elle observa encore le morceau de papier qui pendait entre ses doigts, la gueule noire du revolver, le visage de son ami qui, peu à peu, prenait un aspect qu'elle ne connaissait pas : ses traits se durcissaient, ses yeux devenaient froids, fixes, aussi effrayants que l'arme. Elle prit sa tête dans ses mains.

– Non, non, ce n'est pas vrai, je rêve, je fais un cauchemar, pas toi, Tom, pas toi, je vais me réveiller !

Il se mit à rire. C'était un rire de dément, saccadé, strident, incontrôlé. Son hilarité absurde déclencha en elle une rafale de souvenirs. « Ce n'est pas possible, songea-t-elle, l'histoire recommence ! » Des larmes montèrent dans ses yeux.

– Tom, il faut que tu m'expliques… Pourquoi braques-tu ce pistolet sur moi ? Que signifie cette mascarade ? poursuivit-elle en désignant la feuille de papier. Tu… tu fais partie de cette secte, les gardiens de la parole du Christ, c'est cela ? Tu es leur chef ? Tu as tué tes archéologues ?

Il se calma et secoua la tête de droite à gauche, en émettant des petits sifflements mécontents.

– Jo, à Pompéi ton intelligence fonctionnait à merveille, ici elle est ramollie. J'ai été contraint d'éliminer James, Beata et Roberto, c'est vrai, mais pas pour la raison que tu avances.

Johanna mit ses mains sur sa bouche. Tom était un assassin ! Tom était le meurtrier et elle n'avait rien vu, rien senti ! Une nausée monta dans son estomac.

– Réfléchis, continua-t-il en souriant, tu me vois dirigeant un groupuscule de fous de Dieu ? Je ne crois même pas en Dieu. Cette fameuse secte n'existe pas, Jo, elle n'a jamais existé ailleurs que dans ta cervelle empoisonnée par les cauchemars de ta fille !

– Mais, mais... la phrase... Livia... dans la cave... elle a écrit...

– Une banale lettre d'adieu, sans doute, comme je te l'ai toujours dit ! Jo... pauvre Jo... ce message soi-disant interdit n'existe pas non plus, tu as cru à des chimères !

– Le fichier dans l'ordinateur de Roberto, la lettre en araméen, Rome, l'universitaire...

– Tu me pardonneras ces mensonges que je t'ai réservés, ironisa-t-il, mais j'y ai été contraint...

– Les tracts trouvés chez Roberto, avec les affaires de James et de Beata...

– Ça, je l'ai fait pour la police, afin que Sogliano ait un assassin et un mobile à se mettre sous la dent et qu'il cesse de remuer mes plates-bandes.

– Mais pourquoi, Tom, pourquoi ? lâcha-t-elle dans un hurlement.

Il suspendit son sourire et, le canon du revolver toujours dirigé vers Johanna, il s'assit tranquillement en face d'elle, aussi sereinement que s'il se préparait à un pique-nique.

– Évidemment, dit-il d'un ton acide, toi, avec tes dix années d'études, ta thèse et ton CNRS, tu ne peux pas comprendre...

– Quoi, Tom ?

– Que je suis le meilleur archéologue pompéianiste du globe, même si je ne fais pas partie de votre petit clan, votre caste fermée d'universitaires arrogants et prétentieux bardés de diplômes !

– Effectivement, Tom, je ne comprends pas.

Il la scruta avec mépris.

– Tu crois peut-être que dans les plaines de Canterbury, au milieu des moutons, il y a une fac d'histoire spécialisée en Antiquité romaine option archéologie ? demanda-t-il avec violence.

– Je... je ne sais pas.

– Évidemment, tu ne connais rien de ma vie, car personne ne la connaît !

Peinant à reprendre ses esprits après le moment de surprise, Johanna jugea préférable de se taire.

– À seize ans, j'ai arrêté l'école pour reprendre la ferme de mes parents, lâcha-t-il avec douleur. Je n'ai même pas le bac, ou son équivalent. Mon père et ma mère étaient des éleveurs aisés, ils possédaient des milliers de têtes de bétail, ils avaient les moyens de m'envoyer étudier à Christchurch, Wellington ou Auckland, qui disposent de facs excellentes, pourquoi pas en Australie, aux États-Unis ou en Europe ! Mais jamais, malgré mes prières, mes suppliques et mes larmes, ils n'ont consenti à ce que je fasse un autre métier que le leur, que je réfute leur héritage et les condamne à vendre l'exploitation à un étranger. La transmission devait s'effectuer. Je suis fils unique, ma mère était stérile et ma naissance, paraît-il, relevait d'un miracle qu'ils attribuaient au Christ. Mes parents, dans leur affectueux égoïsme et leur piété de protestants rigoristes, refusaient que je m'éloigne d'eux, même si mon bonheur en dépendait. Si le major Cornelius Harrison avait vécu plus longtemps, peut-être aurait-il pu les persuader de me laisser choisir ma vie. Mais il était mort.

– Tu pouvais t'enfuir et financer tes études avec des petits boulots, risqua l'archéologue.

– Non, non, c'était totalement impossible ! Si j'avais abandonné mes parents et la ferme, ils seraient morts de chagrin.

Il garda le silence un instant, les yeux dans le vague.

– Je les aimais, malgré tout, je n'avais qu'eux au monde. Alors, j'ai accepté. J'ai pris la responsabilité des troupeaux, je passais mes journées à cheval, de l'aube à la nuit, un vrai cow-boy. Je dormais avec les bêtes, à la belle étoile, je tondais les moutons avec les garçons de ferme, je décidais de ceux qui partaient à l'abattoir, parfois je les égorgeais moi-même. Mon père faisait la comptabilité et il semblait satisfait. L'exploitation prospérait. D'aucuns se seraient contentés de cette existence de western...

– Mais pas toi.

– Non. Moi, j'étais écœuré par l'odeur des moutons, qui me collait au corps et que je ne parvenais pas à chasser. Moi, j'étais contaminé par Pompéi et, jour et nuit, malgré mes résolutions, je ne pensais qu'à elle, à la délicatesse des fresques antiques, au mode de vie raffiné des gens qui y avaient vécu, à la richesse complexe de la mythologie et de la langue latine, au prodige de la nature et de l'histoire qui avait pétrifié les êtres dans leur agonie, aux fouilles – fabuleuse chasse aux trésors – qui se déroulaient dans cette merveilleuse cité en ruines figée dans le temps. Pompéi… que jamais je ne verrais… ni ne toucherais…

« Il parle de la ville fantôme comme d'une femme, d'une amante », nota Johanna, revenue au réel. Quand il se tut, absorbé par son passé, elle examina la possibilité de lui fausser compagnie. Il était dos à la porte. Le temps qu'elle se lève et qu'elle courre jusqu'à la sortie, il aurait tiré depuis longtemps. Elle attendit, réfléchissant au moyen de s'emparer du revolver.

– Mon obsession était alimentée par les livres que m'avait légués le major, continua-t-il. À chaque instant de liberté, je les dévorais, je m'en imprégnais totalement, je les apprenais par cœur. Mes parents me laissaient faire, du moment que je ne partais que dans ma tête. La nuit, je rêvais de Pompéi. Le jour, je m'imaginais entrant rue de l'Abondance sur mon cheval, un matin de marché, alors qu'elle resplendissait de splendeur…

– Tu… tu n'as jamais songé à te marier, à avoir des enfants, afin de… de penser à autre chose ?

À nouveau, il éclata de rire. Mais ce rire-là était franc et amène, même s'il n'était pas dénué de raillerie.

– Jo, tu te moques de moi, toi, la brillante médiéviste qui, avant d'avoir ta fille – par accident – n'étais préoccupée que de moines bénédictins et de pierres romanes, auxquels tu as sacrifié tous les hommes qui t'ont approchée ?

– La preuve que nous sommes pareils, contrairement à ce que tu penses, conclut-elle.

– C'est faux ! brailla-t-il avec véhémence. Archifaux ! Nous n'avons rien en commun, rien ! Toi, tu fais partie des nantis qui ont la vie qu'ils ont choisie, naturellement, sans avoir à se battre… Tu ignores ce que c'est que d'être dans une prison sans barreaux, d'avoir ses propres parents pour geôliers et d'attendre leur mort, d'espérer leur mort pour accéder, enfin, à la liberté ! Comment peux-tu imaginer, toi, enfant gâtée qui réussit tout, l'asphyxie quotidienne de ton esprit, la faim qui te ronge, qui te consume et que tu ne peux assouvir, l'indigence intellectuelle dans laquelle tu survis, seul, puant le fumier, sans pouvoir confier ta souffrance à quiconque, la lutte constante pour ne pas planter un couteau dans le dos de ta mère, de ton père, la culpabilité de désirer qu'ils crèvent, là, tout de suite, alors que tu représentes tout à leurs yeux, que tu les aimes pareillement et que, pour eux, tu t'immoles à chaque instant ?

En effet, les sentiments de Tom étaient un mystère pour Johanna. Son incapacité pathologique à couper le cordon ombilical, son obéissance, sa haine, son renoncement lui semblaient absurdes. Elle se demanda s'il avait hâté le trépas de son père et de sa mère.

– Quand tes parents sont-ils morts ? s'enquit-elle.

– Papa a fait une mauvaise chute de cheval le jour de mes vingt-cinq ans. Il est décédé quinze jours après, dans d'atroces douleurs. J'en ai été très affecté. Je suis resté seul avec maman. Elle m'a quitté cinq ans plus tard.

– Donc, à trente ans, tu étais enfin libre...

– C'était atroce. J'étais complètement perdu. Ce que j'avais souhaité le plus ardemment se réalisait et je n'en éprouvais aucune joie, pas le moindre soulagement. J'ai mis plusieurs mois à liquider mes affaires et à vendre la ferme. Puis je suis parti, la panique au ventre. J'ai quitté la Nouvelle-Zélande, où j'ai décidé de ne jamais revenir. Pour la première fois, j'ai visité Pompéi, où tout était comme dans les livres du major... C'était... c'était...

L'émotion lui coupait la parole.

– Je me suis promis de réaliser mon rêve et de devenir le plus grand spécialiste de cette ville. Je suis parti aux États-Unis, à San Francisco. J'avais beaucoup d'argent grâce à la vente du domaine. Je me suis inscrit en première année d'histoire, en auditeur libre, dans une très bonne et très coûteuse université.

« San Francisco, d'où était originaire James », pensa Johanna, dont l'esprit fonctionnait à nouveau, malgré la peur.

– Ce fut un fiasco total, poursuivit-il en tordant la bouche de rage. Pas du tout ce que j'avais imaginé ! Les cours ne m'apprenaient rien, j'en savais plus que les profs sur le monde romain, les autres matières ne m'intéressaient pas. Quant aux étudiants... J'avais, en moyenne, douze ans de plus qu'eux et ils ne m'acceptaient pas. J'étais leur mouton noir, moi, l'ancien gardien de troupeaux, persifla-t-il. J'ai tout subi : l'ostracisme, les quolibets, les mauvaises farces, l'humiliation... Si je n'avais pas eu cette carrure et ces muscles de paysan qui les empêchaient de s'en prendre à moi physiquement, je suis sûr qu'ils seraient allés plus loin...

L'historienne saisissait maintenant la source de l'animosité et de la morgue de Tom envers les universitaires.

– Au terme de cette année terrible, tétanisé par le trac, j'ai loupé tous les examens et j'ai décidé de ne plus remettre les pieds à la fac. De toute façon, je n'en avais pas besoin, je pouvais m'offrir tous les livres et les voyages en Italie que je voulais... sans avoir besoin de gagner ma vie. Surtout, internet changeait la donne. J'ai pris des cours particuliers d'informatique, j'étais très doué. J'ai commencé ma base de données sur Pompéi et puis...

Il sourit avec un air de triomphe.

– Et puis je me suis fabriqué des diplômes en piratant les sites des facs américaines et en antidatant mes titres ! Vos sacro-saints bouts de papier, sans lesquels on n'a pas le droit de mettre les mains dans la terre, de toucher aux pierres, d'exister, même si on en sait plus que vous tous réunis, eh bien... je les ai eus, moi aussi ! En trois ans, j'avais rattrapé le temps, réparé l'injustice, j'étais devenu votre égal !

Il éructait sa victoire qu'il jetait à la figure de l'archéologue sur un ton de supériorité arrogante.

– Après, il ne me restait qu'à m'installer en Europe, à me faire un nom, à fréquentei votre petite caste élitiste, à publier et à faire mes preuves. J'avais trente-trois ans et ma vraie vie débutait. Je me suis fixé à Rome, puis à Lyon, enfin à Paris. Là, j'ai rencontré Matthieu, puis Florence et toi.

Johanna reconstitua le fil et se rappela les lacunes de Tom sur le terrain, qu'elle avait mal interprétées. Tout s'éclairait désormais...

– Je dois avouer que j'ai trimé et que cela a été long et fastidieux. J'ai toujours été plus à l'aise derrière mon ordinateur que dans la boue. La terre me rappelait de mauvais souvenirs... Son contact me révulsait, et me dégoûte encore. Mais c'était le but de ma vie, fouiller à Pompéi, et rien ni personne ne m'aurait empêché d'y parvenir, surtout pas mon passé. Alors je me suis accroché. Après des centaines d'articles, des travaux de labo et une multitude de chantiers à Herculanum, à Pompéi et dans toute l'Europe dans une position subalterne, enfin, au terme de douze années d'apprentissage, en février, il y a onze mois, j'ai atteint la consécration : à quarante-cinq ans, j'ai été nommé directeur du chantier de restauration de la maison du philosophe.

Ses yeux brillaient dans les semi-ténèbres de la tour. Il relevait le front avec une fierté que Johanna connaissait. Une part d'elle-même ne pouvait s'empêcher d'avoir pitié de cet homme frustré, de l'enfant malheureux qu'il avait été, de l'être déterminé qu'il était devenu. Son amour sans limites pour Pompéi, son travail acharné faisaient écho en elle et l'archéologue concevait sa folle opiniâtreté à atteindre son rêve de gosse, même si l'acte meurtrier lui restait étranger et injustifiable.

– Le chantier a débuté en mars et pendant cinq mois tout s'est passé à merveille, poursuivit-il. Philippe me secondait en tout. Sans qu'il s'en rende compte, je me servais de lui pour pallier mes petites déficiences sur le terrain, personne ne remettait en question mes compétences, je jubilais à chaque seconde d'être là, dans la peau du chef. En secret j'échafaudais ma théorie sur le trésor caché de la villa et les papyrus grecs, j'y consacrais toutes mes nuits. Le jour, je dirigeais les restaurations. Ce fut la période la plus heureuse de ma vie.

– Et puis James a débarqué, lâcha-t-elle.

– En juillet, au plus fort de la canicule campanienne. James a intégré l'équipe et a failli tout gâcher.

– Il t'a reconnu, c'est cela ?

– L'été s'est déroulé sans accroc. Je l'avais chargé du déblaiement et de la reconstitution du *tablinum*. En septembre, j'ai remarqué que son attitude à mon égard changeait. Il m'observait avec un regard bizarre, un air de sous-entendu, il répugnait à m'adresser la parole. Je ne l'avais pas reconnu, comment pouvais-je me souvenir d'un étudiant de première année de la fac d'histoire de San Francisco, avec qui je n'étais pas lié à l'époque et que je n'avais pas vu depuis quinze ans ?

– Vous n'étiez donc pas amis, il y a quinze ans ?

– Je n'ai jamais eu d'amis à part le major Harrison et peut-être toi, dans un certain sens. James faisait partie de cette bande de richards snobs et hargneux qui ne pouvaient pas me sentir et rêvaient de me casser la figure parce que je n'appartenais pas à leur monde de roquets superficiels et minables, qui passaient leur temps à jouer au golf, à casser des voitures à cinquante mille dollars et à soulever des blondes platine après s'être mis de la poudre blanche dans les narines.

– Mais James a quand même réussi à obtenir son diplôme d'archéologie... alors que toi...

Elle se mordit les lèvres et regretta sa remarque. Tom serrait ses énormes poings. Heureusement il les brandit loin du visage de Johanna.

– Il n'a jamais voulu me l'avouer mais je suis sûr que son titre, c'est son père qui le lui a payé en faisant un énorme don à l'université ! Sa famille faisait la pluie et le beau temps, à Frisco ! Sa place à Pompéi, sur mon chantier, il l'avait aussi obtenue grâce au fric et aux relations de son cher papa, j'en suis certain !

La haine rougissait ses joues et tendait ses muscles impressionnants. Johanna prit peur.

– Quand as-tu fini par reconnaître ton ancien ennemi ? demanda-t-elle.

– Trop tard, répondit-il en se calmant. J'ai réalisé trop tard qui il était. Sachant d'où il venait, j'aurais dû me méfier, prendre des renseignements, refuser sous n'importe quel prétexte qu'il intègre mon équipe. Mais je planais sur mon nuage, obsédé par mon idée de cave secrète dans la maison du philosophe. J'ai été stupide et négligeant. Un soir, le 28 septembre, il m'a téléphoné. J'étais chez moi, à Naples, on était dimanche et le chantier était fermé. Il avait soi-disant fait une découverte sensationnelle et exhumé un objet extraordinaire en fouillant clandestinement la zone non excavée de la région IX. Il voulait me montrer sa trouvaille sans délai et sous le sceau du secret. Je lui ai proposé de me rejoindre à Naples, il a refusé. Cette ordure m'a donné rendez-vous dans le lupanar, à minuit.

– Tu n'as pas trouvé cela étrange ?

– Tu me connais, Jo. Il a touché la corde sensible, la trouvaille archéologique… Quand je suis arrivé, il m'attendait, tout sourires, assis sur une couchette de pierre. Devant mon étonnement de ne voir aucun objet antique, il s'est mis à rire. Là, je l'ai reconnu. Je n'avais pas entendu ce rire sardonique et abject depuis quinze ans.

– Savait-il pour tes… tes diplômes ?

– Il avait deviné, sans avoir de preuves formelles, ayant été témoin de mon échec cuisant à la fin de la première année. Il m'a mis le marché entre les mains : soit je le prenais comme assistant à la place de Philippe, soit il déballait tout au surintendant. J'étais abasourdi. Mon univers s'écroulait. Je suis sorti prendre l'air, au bord de l'évanouissement. Il m'attendait à l'intérieur, riant, ironisant, retrouvant les surnoms humiliants dont ils m'avaient affublé, à l'époque… Dans la ruelle sombre, je faisais les cent pas en m'arrachant les cheveux, incapable de prendre une décision. Si je cédais, qu'exigerait-il ensuite ? Ma propre place ? Soudain, sur le trottoir, j'ai aperçu un pavé mal joint. La solution m'est apparue, simple, lumineuse, évidente. J'ai pris le pavé, je l'ai caché derrière mon dos et je suis retourné dans le lupanar.

– Je connais la suite, Tom. Pourquoi la référence à l'Évangile de Jean ?

– Je ne sais pas exactement. Alors que je m'acharnais sur son crâne avec la pierre, cette phrase de Jésus, que ma mère ânonnait souvent, me hantait : « Que celui d'entre vous qui est sans péché lui jette le premier une pierre. » Dans un état second, j'ai inscrit la référence sur le mur…

– Tu cherchais sans doute à justifier ton geste aux yeux de tes parents et du monde, à te persuader que c'était lui, James, le pécheur, l'imposteur, et pas toi, qui restais pur.

– Peut-être. En tout cas, je ne pouvais pas laisser ce maître-chanteur voler l'œuvre de ma vie, détruire ce que j'avais mis plus de quinze années à construire !

– Pourquoi Beata ? le coupa Johanna.

– Un soir, quand tous les autres étaient partis, alors que je sondais le jardin de la villa du philosophe, elle est venue me parler. Le meurtre de James l'avait beaucoup impressionnée et elle s'était mis en tête de le résoudre. Forte de ses trente ans d'archéologie, elle avait fouillé le passé de James et, sur le site internet de l'université où il avait étudié, elle était tombée sur quelque chose qu'elle voulait me montrer. Elle a sorti de sa poche un morceau de papier… C'était une vieille photo de promo, prise en début d'année, en début de première année plus exactement…

– James était dessus et toi aussi, devina Johanna.

– L'image était mal imprimée, James était à une extrémité du cliché et moi à l'autre, la photo datait d'il y a quinze ans mais on me reconnaissait quand même. En tout cas, Beata m'avait reconnu… et elle se posait des questions… Elle me posait des questions… Alors, je ne sais pas ce qui m'a pris… J'ai complètement perdu mon sang-froid. J'ai arraché du sol un étai en acier et je l'ai frappée de toutes mes forces. Puis j'ai voulu éloigner le cadavre de mon chantier, l'amener le plus loin possible de ma maison, j'ai enveloppé son corps et je l'ai porté dans la villa des Mystères. Le choix de la sibylline salle des mystères dionysiaques et la référence évangélique à Matthieu se sont imposés d'eux-mêmes, après notre conversation à Vézelay, en octobre. Si tu pensais à une secte ésotérique, les carabiniers y croiraient aussi. Et tu avais raison

Johanna réprima une grimace de dégoût.

– Si je te suis bien, tu as tué Roberto juste avant de venir me chercher à l'aéroport ?

– Oui. Le chantier était menacé de fermeture, je devais le sauver. À tout prix. J'ai eu cette idée de maquiller le meurtre en suicide pour gagner du temps, sachant que les carabiniers découvriraient tôt ou tard que Roberto ne s'était pas tué. J'ai caché les tracts que j'avais préalablement fabriqués sur mon ordinateur, ainsi qu'un briquet en or que j'avais pris sur le cadavre de James, en souvenir de ma victoire sur le passé, et le foulard ensanglanté de Beata qu'elle portait autour du cou et qui était tombé sur la voie des sépulcres pendant le transport. Je l'avais fourré dans ma poche sans y penser…

– Mais pourquoi avoir assassiné Roberto ?

– Je n'avais pas le choix. Il m'avait vu… le soir où… où Beata m'a montré la photo, Roberto est revenu sur le chantier où il avait oublié son téléphone. De loin, il m'a vu sortir de la maison avec mon chargement sur l'épaule. Sur le moment, dans le noir, il n'a pas compris de quoi il s'agissait mais le lendemain, après qu'on eut découvert Beata dans la villa des Mystères, il a fait le rapprochement. Lui aussi, il a tenté de me faire chanter. Mais lui, il exigeait de l'argent, beaucoup d'argent, pour se taire.

– Et tu l'as tué !

– J'y étais obligé, Johanna, comme je suis maintenant obligé de te condamner au silence.

– Tu as cru que je t'avais percé à jour, moi aussi ? demanda-t-elle en pâlissant.

– Non. Toi, c'est complètement différent. C'est à cause de ta fille que je dois te faire disparaître.

Suffoquée, Johanna l'observait sans comprendre.

– Ma fille ? Qu'a-t-elle à voir dans cette histoire ?

– Elle voit le passé en rêve, Jo, et elle ne se trompe pas ! Si elle a le don de revivre des événements qui se sont produits au premier siècle de notre ère, elle lira sans peine des faits datant d'il y a seulement quelques semaines ! Si ton hypnotiseur l'interroge sur l'identité des assassins de Pompéi, comme tu l'exiges depuis plusieurs jours, elle va immanquablement me dénoncer !

– C'est donc ça…

– Oui, Jo, et je ne peux prendre ce risque. J'y ai beaucoup réfléchi, j'ai tourné le problème dans tous les sens et je n'ai pas d'autre issue. Soit j'élimine Romane, soit je te tue, toi. Je pense que tu seras d'accord pour épargner ta fille, tu tiens trop à elle et la pauvre petite a déjà tellement souffert... Elle retournera à Fontainebleau et tes parents l'élèveront.

Johanna l'avait patiemment écouté, cherchant à le comprendre, lui trouvant parfois des circonstances atténuantes, en particulier pour le meurtre de James. Mais là, ses propos dépassaient ses forces et son entendement. Le cynisme calculateur et la folie de Tom la firent exploser en sanglots de colère.

– Tu es complètement givré ! hurla-t-elle en se levant d'un bond. Comment peux-tu envisager de te protéger en te débarrassant de ma fille ou de moi ! Cela n'aura jamais de fin ! Tu vas trouver un autre alibi insensé pour tuer Philippe, puis tu soupçonneras Francesca de te soupçonner, ensuite ce sera le tour d'Ingrid, puis de Pablo, et si personne ne t'arrête, tu abattras toute ton équipe ! Tu es entré dans le cercle de la violence et toujours tu feras couler le sang, jusqu'à ce que tu sois pris ! Cesse tant qu'il est temps, je te promets que je garderai ton secret, je ne dirai rien...

– Jo, tu m'accuses de démence mais c'est toi qui profères des propos délirants... Tu me prends pour un enfant ! Il fallait m'écouter à Pompéi, quand je te disais que questionner ta fille sur l'identité de l'assassin n'était pas une bonne idée. Je t'aurais laissée tranquille. Mais comme d'habitude, tu n'en as fait qu'à ta tête ! Romane aurait vu mes crimes, d'autant plus facilement qu'elle me connaît, et elle les aurait racontés à ton hypnotiseur. Tu l'ignorais mais l'amélioration de son état, qui naturellement te réjouissait, me plongeait dans le désespoir. Car il signifiait que tu devais mourir.

Johanna prit conscience qu'elle était impuissante à l'arrêter. Il tuait par peur de perdre Pompéi, le sens de sa vie, et il mourrait si on le lui enlevait. Il était allé trop loin pour retourner en arrière. Elle ne le convaincrait pas et devait gagner du temps afin de trouver le moyen de s'échapper. Le péril évacuait l'effroi, renforçait son instinct de survie et décuplait ses facultés.

– Tom, pourquoi m'as-tu appelée le lendemain du meurtre de James et pourquoi es-tu venu à Vézelay me le relater, à ta manière ?

Il hésita.

– C'était un tel fardeau... Au départ, je voulais tout te raconter, depuis le début, comme je viens de le faire. J'avais le sentiment que si je ne me confiais pas à quelqu'un, j'allais exploser... Je sentais confusément que tu étais la bonne personne. Il me semblait deviner une sorte de lien fraternel entre nous… Ta fille me persuadait que j'avais raison, elle s'intéressait à moi, posait les bonnes questions, m'amenait gentiment sur la voie… Mais tu l'as obligée à monter se coucher, et face à toi, seul à seul, je n'ai pas pu. Ces décennies de silence et de mensonge m'ont bloqué… J'ai eu peur, je ne te connaissais pas bien, tu étais une universitaire, après tout, membre émérite de la coterie des scélérats, j'ai craint que tu ne comprennes pas et que tu me trahisses…

– Tom, écoute-moi, murmura-t-elle avec douceur. Il n'est pas trop tard. Tu peux t'en sortir. J'ai été stupide quand tu es venu me voir la première fois, mais maintenant je vais tout arranger. Tu as eu raison de te confier à moi ce soir. Je vais t'aider. Je comprends ce qui t'anime et t'a poussé à… à te défendre. Car c'est ce que tu as fait, tu t'es défendu ! James était un odieux maître chanteur, il sera très facile de prouver la légitime défense et tu obtiendras un non-lieu. Pour Beata, on plaidera la… la perte momentanée de tes facultés de discernement due à la panique, et pour Roberto, on peut éluder la préméditation en arguant l'accident ! Il t'a menacé, vous vous êtes battus et tu l'as tué sans intention de le faire ! Crois-moi, avec un bon avocat qui racontera ton enfance, ton combat juste et légitime, ta passion pour Pompéi, tu éviteras la perpétuité. Avec les remises de peine et la liberté conditionnelle, tu peux sortir au bout de quelques années et…

Le regard que Tom posait sur elle l'arrêta.

– Je n'irai pas en prison ! tempêta-t-il. Personne ne me jugera, tu m'entends ? Personne ne le peut, à part mes parents ! Eux seuls, quand j'aurai tout accompli, se lèveront de leur tombeau et prononceront la sentence !

Il hurlait et ses mots se perdaient dans les hauteurs de la tour.

– Maintenant, j'en ai assez ! dit-il en se levant.

– Tom, si tu me tires dessus, tu es perdu. Il y aura enquête, on saura que je rentre de Pompéi et les flics finiront, tôt ou tard, par découvrir que tu es venu me rejoindre ce soir, plaida-t-elle en songeant à frère Pacifique.

– J'ai pris mes précautions, Jo. J'ai réservé l'avion et loué l'auto avec les papiers d'identité de Roberto. Personne ne m'a vu ici, jamais la police ne remontera jusqu'à moi.

– Attends ! implora Johanna. Je t'en prie, attends ! Je… j'ai encore quelque chose à te dire, une dernière chose…

Les traits douloureux de Romane surgirent devant ses yeux. Sa mort prochaine ne lui apparut pas comme la fin d'elle-même, elle la ressentait uniquement à l'aune de l'enfant, une orpheline de père qui allait aussi perdre sa mère. Elle n'avait pas le droit d'abandonner sa fille, elle devait réfléchir et trouver les mots qui feraient reculer Tom, qui lui permettraient de le maîtriser, ou de fuir...

– Je suis las de t'écouter, Jo. Tu peux inventer ce que tu veux, me supplier à genoux, cela ne changera rien.

Il était fou, il était inutile de le faire réagir comme un être sain d'esprit, il fallait, au contraire, pénétrer sa pathologie et raisonner comme lui.

– J'accepte de mourir, dit-elle avec fermeté.

L'étonnement passa dans le regard déterminé de Tom.

– Il s'agit d'une loi naturelle contre laquelle il est irrationnel de lutter, expliqua-t-elle avec aplomb. Néanmoins, je refuse de mourir de ta main.

– Que signifie ce...

– Tel un Empereur romain, tu as décidé ma fin. Tel Sénèque, Thraséa-Poetus, Pétrone, Lucain et tant d'autres, j'y consens. Mais j'exige une mort stoïcienne. À l'exécution arbitraire j'oppose la *libertas*. Comme les tenants de l'école du Portique, je te réclame la liberté de choisir ma mort et de me la donner comme un ultime acte de liberté.

– Qu'est-ce c'est que cette feinte, Johanna ? Tu te fiches de moi ?

– Pas du tout, Tom. Le moment ne s'y prête pas. Songe à Livia, au philosophe J. Saturnus Verus, qui ont eu le courage de mourir maîtres d'eux-mêmes, comme les auteurs grecs des papyri de la cave. J'exige une mort digne, une fin honorable. Je refuse que ma fille apprenne que sa mère a été assassinée. Comme j'ai toujours choisi mon existence, je souhaite décider de ma mort. Tel le père de Romane, je préfère me suicider.

Interloqué, Tom sondait les yeux de Johanna, cherchant à deviner si elle était sincère.

– Tom, je t'implore de m'accorder cette ultime faveur. Fais-le en souvenir de notre quête commune dans la maison du philosophe, du trésor exhumé ensemble, de notre amitié qui, alors, était parfaite.

– Jo, je n'oublierai jamais cela, il est inutile que...

– Alors, accorde-moi ce que je te demande.

À son tour, elle le regarda droit dans les yeux, sans ciller. Son discours semblait avoir porté. Il hésitait.

– Je ne suis pas assez bête pour te confier ce revolver...

– Je n'en veux pas, de ton arme de barbare.

– Dans ce cas… que suggères-tu ?

Elle leva le regard vers les ténèbres de la tour.

– Trente-huit mètres de hauteur, Tom. C'est le point culminant de la basilique et de la colline. Me jeter du sommet de la tour Saint-Michel, mon Archange, sur le parvis de l'abbaye, serait une belle conclusion à une existence consacrée aux pierres romanes et aux symboles médiévaux.

– Tu me prends pour un idiot, bredouilla-t-il.

– Je n'ai aucun moyen de t'échapper, Tom. Tu avanceras derrière moi jusque là-haut, avec ton pistolet dans mon dos, et si je ne me jette pas de la balustrade, tu n'auras qu'à me balancer de force dans le vide. Je ne fais pas le poids face à toi et n'ai aucune chance de survivre à une pareille chute…

Il tergiversa encore, pesant le pour et le contre, cherchant le vice caché de la proposition de Johanna. Enfin, il lui fit signe qu'il acceptait.

Elle se leva doucement. Elle avait obtenu de gagner du temps, de retarder de quelques minutes la fatale échéance. Mais elle n'avait aucune idée du moyen de s'en sortir. Lorsqu'elle posa le pied sur la marche de bois, il lui planta son arme dans les côtes.

– Monte, ordonna-t-il. À la moindre entourloupe, je tire.

Elle retint sa respiration et commença à gravir l'escalier fragile, marche par marche, en boitant. Il tenait la lampe dans la main gauche, le pistolet dans la droite. Elle ne voyait pas à deux mètres devant elle. Cependant, elle avait un avantage sur lui : elle était déjà venue, deux ou trois fois, dans la tour. Elle tenta de se souvenir de la configuration des lieux, cherchant une échappatoire, priant saint Michel de lui venir en aide. À mesure qu'ils montaient, l'ascension devenait plus périlleuse. Certaines marches manquaient et, bientôt, l'escalier disparut au profit d'une simple échelle. Des panneaux jaunes annonçant « danger » étaient accrochés aux énormes cloches pendues à des poutres, bordées d'une impressionnante machinerie.

Elle agrippa les barreaux et se hissa. Elle osa tourner la tête vers lui. Il peinait à attraper les traverses de bois. Il plaça la torche dans sa bouche mais garda le pistolet à la main. Elle se dit qu'un coup de pied énergique et bien placé pouvait le désarmer, ou le faire vaciller. Non. Aucune chance. Au pire, il tomberait, entraînant l'échelle pourrie avec lui, et elle par la même occasion. L'idée était mauvaise. Il fallait, d'urgence, en trouver une autre. Malgré le froid et l'humidité, elle commençait à transpirer. L'angoisse l'empêchait de réfléchir. Son corps devenait lourd, raide, ses jambes rigides, et il lui était de plus en plus difficile de grimper. Elle avait l'impression de sentir dans ses hanches les broches de métal lui comprimer le bassin tandis que dans sa tête, l'espoir s'évanouissait. Une autre phrase de Jules Roy cognait contre ses tempes : « Vézelay est un haut lieu, mais un cimetière... C'est un lieu où l'on meurt, pas où l'on vit », soufflait l'amoureux de la colline.

À mesure qu'elle approchait du sommet, le chaos apocalyptique de l'orage lui parvenait. Les grognements rauques du tonnerre, la cavalcade de la pluie l'éveillèrent de sa glaciale léthargie. « Ne baisse pas les bras maintenant, Jo. Tu dois tout tenter, jusqu'au bout. Pour Romane. Il se peut que l'arme ne soit pas chargée. Ou bien qu'il ait oublié d'ôter la sécurité. Je ne me souviens pas l'avoir vu l'enlever. Je peux me tromper, mais c'est ma seule chance. Arrivée en haut, sur la balustrade, je lui fais face et je me jette de toutes mes forces sur le flingue. »

Quelques minutes plus tard, la pénible ascension prit fin. Avec prudence, Johanna saisit des chaînes rouillées et fit basculer vers l'extérieur une grande lucarne de bois piqué aux vers. Le bruit de l'ouverture fut noyé dans celui de la tempête, qui la gifla de plein fouet. Elle mit les mains sur son visage pour se protéger, tandis que Tom la poussait vers le chemin de pierre qui bordait le parapet.

À peine eurent-ils pris pied sur la rambarde rongée de lichen qu'ils furent trempés jusqu'aux os. Le vent les repoussait en arrière, vers le toit. Johanna pensa à la foudre qui, plusieurs fois, était tombée sur la tour Saint-Michel et elle espéra qu'une boule de feu s'abatte sur la croix couronnant l'édifice. Mais le ciel ne l'écouta pas. Elle empoigna le garde-fou de calcaire et scruta le paysage noir. Dans l'obscurité infinie elle chercha sa maison et la chambre de Romane. Elle ne vit que de faibles points jaunes qui scintillaient dans la nuit agitée. Elle refréna les larmes qui montaient dans sa gorge. Elle aurait donné n'importe quoi pour embrasser sa fille et la serrer dans ses bras une dernière fois. Elle vit une lueur à la fenêtre de frère Pacifique, juste en face, mais le vieux moine ne pourrait rien pour elle, même si elle l'appelait dans les ténèbres. Elle sentit une main ferme et épaisse se poser sur son épaule. Elle se retourna.

– Jo ! cria Tom sous les bourrasques furieuses. Il est temps d'être libre ! Allez, saute !

Elle acquiesça de la tête. Son visage blafard ruisselait d'eau et de peur. Adossé à la lucarne, il tenait l'arme et la lampe.

Elle baissa les yeux sur le canon. Il était à un mètre. Si elle se trompait, elle serait fauchée, à bout portant. Avec un peu de chance, la balle n'atteindrait pas d'organe vital. Très lentement elle se tourna vers le vide, des deux mains elle se cramponna au muret et fit mine de soulever la jambe droite.

Alors, tout se passa très vite. Au moment où elle faisait volte-face pour bondir sur l'arme, une ombre surgit de la lucarne et saisit Tom par-derrière. Cloué par la surprise, il se figea une fraction de seconde puis se débattit et parvint à traîner la silhouette furtive hors de la tour. Dans le pâle halo de la lampe que Tom n'avait pas lâchée, Johanna aperçut un large chapeau de feutre sombre qui cachait le visage de l'individu, une cape noire d'où sortaient deux bras, deux mains gantées et des jambes noires. Elle recula tandis que les deux hommes luttaient avec acharnement au bord du précipice. Leurs cris étaient couverts par l'orage. Un bras de l'inconnu tentait d'étrangler Tom, pendant que l'autre cherchait à s'emparer du revolver. Le Néo-Zélandais était plus grand, plus épais et plus fort que son adversaire, mais l'autre déployait une énergie nerveuse et une volonté surhumaines, dans un corps à corps à l'issue incertaine.

Pétrifiée, Johanna observait la scène sans pouvoir intervenir. Un coup de feu partit, puis un deuxième. Ils n'atteignirent que le ciel en furie. « Il était chargé et prêt à servir, pensa Johanna. Le cran de sûreté était ôté ! »

La lampe et l'arme s'abattirent en même temps sur le sol de pierre, quand Tom parvint à faire basculer l'homme par-dessus son épaule. Johanna se précipita et saisit le pistolet alors que l'inconnu se relevait et s'agrippait à nouveau à son adversaire. Elle ne pouvait tirer sans risquer de blesser son défenseur. Dans la mêlée, la lampe roula dans la tour et se perdit dans les profondeurs de l'édifice, au moment où le chapeau de l'inconnu tombait à terre. Dans l'obscurité hachée par les éclairs, sous la pluie et le vent, rien ne distinguait les deux combattants.

Impuissante, terrifiée, Johanna tentait de percevoir la fantomatique silhouette qui, ahanant, soufflant, ployant sous des efforts contraires, se mouvait de quelques centimètres, butait contre le parapet et revenait sur la corniche de pierre, tel un monstre ivre ou possédé du démon.

Un cri aigu signifia la séparation des deux corps. Johanna distingua une forme gigantesque qui basculait dans le vide. Malgré la nuit, elle reconnut Tom. Elle bondit vers le parapet et se pencha sur le gouffre noir. Rien. La tempête et le néant avaient happé Hercule.

Lorsqu'elle se retourna, le revolver toujours en main, elle tâtonna et appela en vain. L'homme à la cape s'était enfui pendant le bref instant où elle s'était inclinée vers le vide.

Sur la balustrade surplombant la vallée de Vézelay, au milieu de l'orage, au faîte du mont Scorpion, Johanna était seule. Pantelante, à bout de nerfs, trempée, elle posa l'arme sur le parapet, se laissa choir sur le sol et ramassa le chapeau de l'inconnu qui venait de lui sauver la vie.

À sa grande stupeur, elle reconnut le couvre-chef de son voisin le sculpteur.

40

LES GENDARMES d'Avallon quittèrent le domicile de Johanna à 3 heures du matin. Dans la matinée débarqueraient ceux d'Auxerre, et il faudrait recommencer à raconter les événements de la tour Saint-Michel, la confession de Tom, les meurtres de Pompéi. Puis ce serait le tour du commissaire Sogliano et des carabiniers napolitains, qui viendraient l'interroger pour clore le dossier pompéien. Il se pouvait aussi que la famille de James délègue un détective de San Francisco afin de recueillir le témoignage de Johanna. Les autorités néo-zélandaises se mêleraient-elles de l'histoire ? Et la police allemande ? Johanna l'ignorait. Aux enquêteurs elle avait tu la maladie de Romane, ses cauchemars, les séances d'hypnose et la raison pour laquelle Tom avait voulu la supprimer. Elle avait dit qu'il était venu l'éliminer car il avait cru, comme pour les autres, que l'archéologue chevronnée avait percé le secret de son imposture. Elle voulait aussi tenir à distance les journalistes, pour protéger sa fille et Tom. Malgré l'horreur que lui inspiraient ses crimes et le traumatisme qu'elle venait de subir, elle ne pouvait s'empêcher d'éprouver de la compassion pour un confrère qui avait tout sacrifié à son rêve, à sa passion absolue pour l'archéologie. Il avait menti, mais le masque dont il s'était couvert n'avait fait que révéler son vrai visage et lui avait permis de devenir lui-même, c'est-à-dire le meilleur spécialiste de Pompéi de son temps, alors que sa famille de sang, la société et ses pairs lui déniaient ce droit. Certes, sa mystification l'avait rendu paranoïaque et l'avait poussé à tuer. C'était impardonnable, mais désormais elle se défendait de juger.

Sous la pluie battante, elle avait accompagné les gendarmes jusqu'à la dépouille de Tom qui gisait, disloquée, sur le bitume, près du flanc sud de la basilique, à quelques mètres du chantier de fouilles et du presbytère plongé dans le noir. Elle avait fermé les yeux pour garder de lui l'image d'un vivant, et avait songé aux références de l'Évangile qu'il avait inscrites près de ses victimes. Jean, 8, 1-11 : « Que celui d'entre vous qui est sans péché lui jette le premier une pierre. » Matthieu, 7-1 : « Ne jugez pas afin de n'être pas jugés. »

Elle s'était souvenue de ses mots sur l'unique verdict qui importât pour lui, celui de ses parents défunts. Puis, elle avait décidé de ne pas le livrer en pâture à la presse et donc au grand public.

– Les perdreaux à moustaches sont enfin partis ?

Le visage clair et soucieux de Louise Bornel apparut au bas de l'escalier. Avachie dans le canapé, grelottant malgré les vêtements secs et le barbotin tassé que la vieille dame lui avait apportés, Johanna fit signe que oui.

– Ma pauvre petite, dans quel état vous êtes ! s'exclama la voisine.

– Je suis vivante, Louise.

– Vous pouvez remercier Marie-Madeleine, qui n'a pas permis que le sang innocent soit répandu sous son toit !

– Romane a toujours de la fièvre ?

– 38,6 °C il y a dix minutes, malgré la pipette de paracétamol. Son sommeil est agité, elle tousse toujours mais elle dort. La maréchaussée ne l'a pas réveillée. Je serais vous, je ferais venir le toubib…

– Son médecin doit passer demain, enfin je veux dire aujourd'hui. Je ne sais plus où j'en suis, soupira Johanna.

– Allez vous coucher, ordonna gentiment madame Bornel. Vous êtes à bout de forces et c'est bien normal. Je vais rester surveiller la petite pendant que vous vous reposez.

– C'est très gentil mais je vais bien, je vous assure. Il est trois heures et quart du matin, grand temps que je vous libère. Vous aussi, vous devez être éreintée. Je vais m'occuper de ma fille.

– Comme vous voudrez. Je reviens plus tard, dès que j'aperçois la voiture des pandores d'Auxerre.

– Merci, Louise. J'accepte. Je ne tiens pas à ce que Romane assiste à tout ça.

Machinalement, Johanna jeta un coup d'œil au buffet de noyer dans lequel elle avait caché le chapeau de son sauveur. D'instinct, elle avait dérobé cet indice aux autorités et ne leur avait pas avoué que la silhouette de son bienfaiteur appartenait à un homme vivant dans la maison mitoyenne et dont elle ignorait le nom, le visage et surtout les motivations. Pourtant, elle rejoignait le brigadier sur la principale énigme de ces dernières heures : qui était l'homme à qui elle devait la vie ? Pourquoi était-il intervenu ? Pourquoi dissimulait-il ses traits et avait-il pris la fuite alors que, portant assistance à une personne en danger, il ne pouvait être reconnu coupable de la mort de Tom ?

Lorsque Johanna avait enfin recouvré la vigueur nécessaire pour quitter le promontoire où s'était déroulé le drame, le revolver dans la poche, le chapeau à la main, elle avait trouvé sa torche posée sur un barreau de l'échelle, comme pour lui faciliter la descente.

– Louise, dit-elle en se levant pour accompagner la vieille dame, dites-moi, le sculpteur sur bois qui habite à côté…

– Martin ?

– Martin… Est-ce son nom ou son prénom ?

– J'en sais rien ! Il s'est présenté comme Martin, c'est tout. Je ne loue pas la maison aux particuliers mais à la fondation, c'est elle qui me paye, se débrouille avec les candidatures des artistes, les sélectionne, fait les papiers et ensuite les envoie en résidence… Moi, je m'occupe de rien.

– Quand est-il arrivé à Vézelay ?

– Attendez, que je me souvienne, répondit-elle en grattant son chignon. Voyons… Vous avez emménagé ici en août… Il a débarqué un mois plus tard. C'est cela. En septembre dernier. Je ne me rappelle plus la date exacte.

– Vous le connaissez bien ? Comment est-il ?

– Ah ben, pas liant, je vous assure ! À peine « bonjour bonsoir », c'est tout ! Il fait pas de bruit, celui-là, c'est un taiseux ! Mais au fait, ma douce, pourquoi Martin vous intéresse-t-il tant, brusquement ?

Johanna n'eut pas le cœur de mentir à madame Bornel.

– Je n'en suis pas sûre, Louise, mais… dans la tour, tout à l'heure… il m'a semblé le reconnaître.

– Vous voulez dire que c'est lui qui… ? Ah ben ça, alors !

– Louise, s'il vous plaît, il ne faut rien dire tant que je n'en suis pas certaine. Il faisait si noir là-haut ! J'aimerais beaucoup lui parler… Je vais lui rendre une petite visite, ajouta Johanna en enfilant un paletot.

– Au milieu de la nuit ?

– Je ne peux pas attendre, je dois savoir si je lui dois la vie.

– Je vous accompagne ! s'exclama la veuve, au comble de la curiosité et de l'excitation.

L'orage avait cessé. Il faisait encore nuit mais le calme du ciel et l'odeur pure qu'avait laissée l'ondée rassérénèrent Johanna. La tempête semblait avoir lavé quelque chose en elle. Elle respira goulûment. Louise l'entraîna dans la maison mitoyenne, laquelle n'était pas fermée à clef. Les deux femmes grimpèrent prudemment l'escalier grinçant.

– La chambre de Martin est là, sur la gauche, murmura la vieille dame en arrivant sur le palier du premier étage.

La porte était grande ouverte.

– Regardez ! dit la propriétaire en entrant. On dirait que l'oiseau s'est envolé !

Johanna pénétra dans une petite pièce mansardée et propre. Contre un mur trônait un lit aux montants de cuivre, qui n'avait pas été défait. Devant la fenêtre, sur une table, étaient posés des outils de sculpteur et quelques morceaux de bois taillés. Une armoire dont le battant était entrebâillé laissait voir des cintres vides. Pas de vêtements ni de sac de voyage, aucun livre ou carnet de croquis. La salle de bains qui jouxtait la chambre-atelier était dénuée d'objets personnels. L'occupant des lieux avait pris la poudre d'escampette en ayant soin de ne rien laisser qui puisse l'identifier. Johanna avança vers l'établi et saisit une pièce de bois à peine marquée par le burin. Ses narines frémirent. Il régnait dans la pièce un relent de tabac froid, très particulier, comme un arôme de vieux cigare, qui lui rappelait quelque chose sans qu'elle sache quoi.

– Qu'est-ce que c'est que ce héros qui déguerpit comme un voleur ? demanda Louise. C'est pas logique !

– La chambre de Romane est juste derrière ce mur, répondit Johanna. Je…

– Que se passe-t-il ? l'interrompit une voix. Qu'est-ce que vous faites là ? Ah, c'est vous, madame Bornel ! Johanna ?

Dans l'encadrement de la porte se tenait un jeune homme maigre, en caleçon, que ses deux voisines avaient réveillé et qui les observait avec un air ahuri.

– Pardon de t'avoir sorti du lit, Jérémie, dit Johanna à l'aquarelliste. Notre présence ici serait trop longue à t'expliquer. S'il te plaît, dis-nous tout ce que tu sais sur Martin.

– Maintenant ? bâilla-t-il en regardant sa montre.

Le peintre répéta ce que Louise avait déjà dit sur le caractère sauvage, misanthrope et taciturne du sculpteur. En plus de trois mois de vie sous le même toit, à peine avait-il échangé dix phrases anodines avec Jérémie et Lucien, le troisième locataire, un poète. Il s'enfermait dans sa chambre à double tour, ne prenait jamais ses repas avec eux, sortait à n'importe quelle heure du jour ou de la nuit et ne montrait pas son travail.

– C'est un solitaire qui fuit ses semblables, conclut l'aquarelliste, mais beaucoup d'artistes sont comme ça… Ce n'est pas un défaut, juste de la timidité. La preuve, Martin est généreux : quand il est arrivé, il a absolument tenu à échanger sa chambre contre la mienne !

– Comment ça ? interrogea Johanna.

– À la base, c'est moi qui logeais ici, dans cette petite mansarde, et Martin devait prendre la suite d'un dessinateur dans une grande pièce en face, au nord, où la lumière est plus belle pour peindre. Eh bien il m'a donné sa chambre et il a récupéré cet atelier-ci ! Sympa, hein ? Tiens, l'armoire est vide, il est parti ? J'ai rien entendu !

Johanna se précipita sur la cloison contiguë avec sa propre maison et découvrit rapidement un bouchon de liège enfoncé dans le mur, caché par un petit tableau. Elle ôta le tampon et regarda par le trou. Elle vit une partie de la chambre de sa fille, c'est-à-dire le pupitre, le fauteuil en osier sur lequel elle s'asseyait pour la cérémonie des devoirs, et en face, l'armoire.

Quelques minutes plus tard, elle était de retour chez elle. Pour la première fois depuis son arrivée à Vézelay, elle tira le verrou de la porte d'entrée et tourna la clef dans la serrure. Elle monta à l'étage et entra dans la chambre de Romane. Cette dernière dormait d'un sommeil agité, Hildebert à ses pieds. Elle ôta la vieille glace ronde et opaque clouée au-dessus de la table de chevet : l'orifice creusé par le voisin était bien là, dans le mur. Mais comment le regard de l'espion pouvait-il traverser le miroir ? Elle observa l'objet ancien, piqué, parsemé de taches de rouille, qu'elle avait acheté dans une brocante. Romane adorait ce miroir qui ne réfléchissait pas, et duquel pendaient deux pompons de soie. Elle le retourna et étouffa un petit cri : l'homme avait percé le fond en bois et minutieusement effacé l'étain de la glace sur quelques centimètres, si près du cadre qu'à moins d'avoir le nez dessus, il était impossible de le remarquer.

Johanna se laissa choir sur le fauteuil en osier, horrifiée.

Elle imagina l'inconnu en train de forer la paroi avec ses outils de sculpteur, puis pénétrant chez elle en douce, montant dans cette chambre et grattant l'étain de la glace ; elle vit un œil noir de l'autre côté de la cloison, collé au mur, qui observait sa fille assise derrière le bureau, épiait sa mère, assistait à leurs conversations, leurs échanges de tendresse, entendait les cauchemars de Romane sans heureusement voir le lit, et surveillait tout ce qui s'était passé ici depuis trois mois ! Johanna frémit de terreur à l'idée que son intimité avait ainsi été violée. Elle réalisa aussi que le voisin avait sans doute dérobé la photographie du buffet, et que c'était probablement lui qui la suivait dans Vézelay. Elle se rappela l'homme au chapeau, tapi dans un coin du restaurant de la rue Saint-Étienne où elle déjeunait chaque jour avec son équipe, elle se souvint de l'ombre sans chapeau qui glissait entre les murailles du village et se terrait derrière les piliers de la nef de la basilique. Cet individu était-il un pervers ? Non. Il lui avait sauvé la vie. Un détective privé ? Absurde. Mais qui était-il, quel était son mobile et pourquoi s'était-il enfui ?

Un gémissement l'arracha à ses réflexions. Elle posa le miroir sur le siège et bondit au chevet de sa fille. Elle mit la main sur son front. Romane était brûlante. Oubliant aussitôt le sculpteur et ses mystères, elle prit la température de l'enfant : 38,7 °C. La fièvre avait encore monté d'un dixième. Les nerfs de Johanna lâchèrent en constatant que l'amélioration de la veille n'était que provisoire. À nouveau, l'état de Romane empirait. Assise au bord du lit, elle se mit à sangloter.

« Tom n'a pas osé s'en prendre à elle, songea-t-elle, il l'a épargnée, mais ses cauchemars vont finir par la tuer. Elle veut être malade… Elle refuse de revenir, elle préfère rester là-bas, sous le volcan, dans la cave, avec Livia et le philosophe… Le message du Christ n'existe pas… La phrase cachée en araméen qui pouvait la sauver… je l'ai inventée… J'ai voulu y croire… Mais ce n'était pas vrai… Romane l'a imaginée ! Et même si ma fille disait vrai, si Livia a bien recopié les mots secrets de Jésus, ils sont perdus, à jamais, car je les ai détruits. Rien, désormais, ne pourra guérir ma fille… Rien… »

À travers ses larmes, elle leva les yeux vers la sculpture de Marie-Madeleine qui trônait toujours sur les néons éteints, à peine éclairée par la veilleuse de la table de nuit.

– Premier témoin de la résurrection, apôtre des apôtres, chuchota-t-elle tout bas. Amie de Jésus, peut-être Louise a-t-elle raison. Bien que je sois une païenne, une tenace agnostique, ton esprit et ton cœur m'ont sans doute aidée, tout à l'heure, dans ton église. Je t'en remercie. Mais je t'en supplie, viens au secours de ma fille. Archange Michel, prince des milices célestes, toi qui as veillé sur moi il y a six ans, toi dont l'ardeur guerrière a guidé la main de mon sauveur, cette nuit même, dans ta tour, merci. Jamais tu ne m'abandonnes. Je t'implore maintenant de prêter ta force à ma fille. Saint Michel, permets que Romane, comme moi-même, n'entre pas maintenant dans ton royaume, celui des morts. Donne-lui le courage et la vigueur de vaincre le dragon qui vit en elle et dévore son âme. Frère Roman, nom de mes rêves d'enfant, aide l'enfant qui porte ton nom. Frère Roman, bâtisseur de la Jérusalem céleste, passion de mes luttes, frère de sang, fantôme vivant, âme libérée, penche-toi sur elle. Toi dont l'âme fut le sépulcre de Moïra, libère Livia, dont l'âme de Romane est le tombeau. Libère ma fille. Libère-moi. *Libera me.*

– Miaou.

Johanna se tourna vers Hildebert. Posté sur son séant, le gros chat observait la statue de son regard phosphorescent, les oreilles dressées, la queue oscillant sur le duvet comme un noir encensoir.

– Miaou.

À nouveau, elle posa la main sur le front de Romane. Il était toujours très chaud, le petit corps était secoué de spasmes et de quintes de toux. Refusant de se résigner, Johanna répéta les gestes qui étaient devenus ordinaires : elle tenta en vain de faire boire l'enfant, passa un linge humide sur le visage souffrant, le caressa, l'embrassa en susurrant des mots d'amour que la fillette n'entendait pas.

– Je t'aime, Romane, chuchotait-elle. Je t'aime le plus… plus que tout autre, plus que moi-même…

Un bruit sourd venant du rez-de-chaussée l'interrompit. On aurait dit le marteau de la porte d'entrée. Inquiète, elle jugea prudent d'aller vérifier. À pas de loup elle sortit de la chambre, descendit l'escalier, traversa le salon-salle à manger, éclaira la lanterne extérieure et jeta un œil à travers le judas. Personne. Elle aurait pourtant juré qu'on avait frappé… Elle tira doucement le verrou et entrebâilla la porte. Non, décidément il n'y avait personne. Mais une enveloppe était posée sur le paillasson. Elle se baissa, la saisit et sentit un petit objet dans l'emballage. L'enveloppe ne portait aucun nom. Elle sortit sur le perron.

Quelqu'un venait de déposer le paquet à l'instant, car il n'y était pas lorsqu'elle était rentrée de la maison voisine. Quel étrange facteur officiait à quatre heures et demie du matin? Elle referma la porte, alluma une lampe et s'assit dans un fauteuil, la peur au ventre.

Décachetant le pli, elle en sortit une chaîne au bout de laquelle pendait une croix en or. Il ne s'agissait pas de la croix du Christ. Livide, les yeux écarquillés, elle tenait entre les doigts un symbole qu'elle reconnut aussitôt, bien qu'elle n'en ait pas vu de similaire depuis six ans: c'était une croix à quatre branches égales, sur lesquelles étaient gravés des signes représentant les quatre éléments, l'eau, le feu, l'air et la terre, qui naissaient de quatre cercles figurant la mort et la renaissance de l'âme. Sur la paume de Johanna était posée une croix celtique.

Le souffle coupé, elle referma la main sur l'objet et fouilla l'enveloppe. Elle en extirpa une feuille de papier traversée par une écriture familière qu'elle identifia immédiatement et dont la vue faillit lui faire perdre conscience.

Johanna,

Cette fois, je te confie cette croix comme un gage de vie, de renaissance et surtout d'amour. Je sais que jamais tu ne me pardonneras, néanmoins j'ai tenté, comme j'ai pu, de me racheter. N'aie crainte, je te laisserai en paix. Je ne te demande qu'une chose: s'il te plaît, dis chaque jour à ma fille que je l'aime comme je t'aime.

Simon.

Johanna se précipita vers la porte, l'ouvrit en grand et appela Simon dans la nuit. Elle hurla dans les ténèbres, plantée au milieu de la ruelle, mais n'obtint d'autre réponse que l'appel affolé de Louise et le grognement de Jérémie qui accoururent chacun à leur fenêtre. Johanna les rassura, les pria de l'excuser et entra dans la maison aussi promptement qu'elle en était sortie.

Pendant quelques minutes, elle crut qu'elle allait s'évanouir. Buvant au goulot des rasades de marc de Bourgogne, elle tenta de maîtriser les tremblements convulsifs qui agitaient son corps. Son cerveau, lui, peinait à admettre l'impossible: Simon n'était pas mort en mer. Simon avait survécu à la Manche, au désespoir. Simon Le Meur était en vie! Le père de Romane, son amour perdu, était vivant!

Alors, elle reconnut l'odeur qu'elle avait sentie tout à l'heure, dans l'atelier: ce parfum singulier n'était pas celui du cigare mais du tabac à pipe qui imprégnait les vêtements de son ancien amant.

Elle mit un visage aux cheveux noirs et ondulés, aux yeux verts, à la peau mate sur le sculpteur qui cachait ses traits sous un grand chapeau. Elle créa un corps à l'ombre incertaine qui l'espionnait à Vézelay. Elle nomma l'homme qui, cette nuit, s'était battu avec Tom et lui avait sauvé la vie. C'était lui qui l'avait protégée, spectre invisible et bienveillant. Elle comprit enfin pourquoi son mystérieux voisin avait choisi la pièce mitoyenne avec la chambre de Romane, pourquoi il avait creusé le mur et les avait observées à la dérobée, elle et sa propre fille, pendant tout ce temps. Il avait pénétré, à plusieurs reprises, dans sa maison, dans l'abbaye où, cette nuit, il lui avait tracé un chemin de lumière. Il avait volé le portrait de Johanna et de son enfant, pour garder leur image près de lui. Pourquoi ne s'était-il jamais montré ? Que craignait-il ? Johanna n'avait pas divulgué la vérité jadis, elle avait caché à tous le secret de Simon qu'elle gardait encore en elle, aujourd'hui elle ne trahirait pas son amour ressuscité, le père de Romane ! Comment était-il ? De quoi vivait-il ? L'avait-il suivie à Pompéi ? Ces derniers mois, il était près d'elle, si près… à quelques centimètres. De l'autre côté du mur. Juste derrière le miroir. Derrière le miroir qui ne réfléchissait pas mais, tel un écran de verre, lui montrait Johanna et sa fille qu'il regardait sans oser les toucher.

Elle réalisa que de sa vigie clandestine Simon avait été informé du rendez-vous avec Tom dans l'église. Le bruit qu'elle avait entendu alors qu'elle observait la nef, c'était lui, c'était Simon qui entrait dans la basilique. Il avait sans doute assisté à toute sa conversation avec Tom, caché dans les tribunes, derrière la porte de la tour Saint-Michel. Puis il était entré… Il avait dû vider sa chambre à la hâte et s'enfuir en voiture pendant qu'elle peinait à reprendre ses esprits, là-haut, au sommet de la tour. Ensuite, il était revenu sur ses pas… Avait-il assisté, embusqué dans les ténèbres, à l'expédition de Johanna dans son atelier ? Qu'est-ce qui l'avait poussé à arracher son masque ? Où était-il, maintenant ? Elle savait qu'il était inutile de partir à sa recherche. S'il refusait qu'elle le trouvât, elle n'avait aucune chance de le découvrir. Six ans… Pendant six ans elle avait cru que Simon avait péri et que sa fille était orpheline. Six ans d'absence, de silence, de solitude, de mensonge… Se maudissant de ne pas l'avoir reconnu ou condamné à se dévoiler plus tôt, elle observa la croix d'or qu'il venait de lui offrir. Puis elle relut la brève lettre. Une colère extrême la submergea.

– Simon, tu n'as pas changé, pesta-t-elle entre ses dents. Aussi lâche que naguère. Tu préfères te déguiser plutôt que de te confronter à la réalité et aux conséquences de tes actes. Tu vis encore dans tes légendes médiévales et la nostalgie du passé. Que vais-je dire à ta fille ? Que finalement son père n'est pas mort mais qu'il a choisi de l'espionner par un trou au lieu de la serrer dans ses bras ? Que pour la deuxième fois, il a détalé comme un bandit et nous a abandonnées ? Et moi, à ma vie, tu y as pensé ? Comment vais-je pouvoir regarder Luca en face, maintenant ? Comment aimer un homme, en sachant que tu existes, que tu es là, dans l'ombre, mais vivant ? Simon Le Meur, mon amour, je te hais, si tu savais comme je te hais !

Une heure plus tard, Johanna avait achevé de vider la bouteille d'eau-de-vie. En titubant, elle s'assura que Romane dormait. Recroquevillée en chien de fusil, la fillette transpirait, les yeux clos, les lèvres entrouvertes, les joues brûlantes de fièvre. Johanna éloigna la masse noire de ses cheveux qui lui tenait chaud et la répandit sur l'oreiller. Elle enleva une couverture en chassant sans ménagement le chat qui sommeillait aux pieds de l'enfant. Elle humecta le visage de sa fille avec un gant frais, la couvrit de baisers et de larmes. Puis, chancelante, ivre d'alcool et de fatigue, elle ouvrit en grand la porte de la chambre et rallia la sienne. Elle s'effondra sur son lit comme un poids mort, tout habillée. Deux minutes plus tard, elle ronflait. Il était cinq heures quarante du matin.

Sans bruit, quatre pattes de velours noir clopinèrent sur le vieux parquet et s'introduisirent dans la chambre de Johanna. Hildebert bondit sur le corps de sa maîtresse, oreilles et queue dressées, et effleura les lèvres de la femme avec son petit museau humide. Des vrombissements prodigieux s'échappaient de la bouche et du nez de l'humain. La bête sauta sur le sol et rejoignit la chambre de la fillette. Le chat s'assit sur la descente de lit, tourna ses yeux jaunes vers l'enfant qui crachait des notes faibles et aiguës des profondeurs de son sommeil troublé. Il sauta sur la table de nuit encombrée où il fit tomber, par inadvertance, la veilleuse et les lunettes rouges qui chutèrent sur le tapis sans se briser. Il hésita, semblant calculer la distance, puis fit un bond jusqu'au pupitre de bois où il demeura assis. De là, le vieux matou s'élança avec peine sur la petite armoire en bois blanc dressée près de la porte. Du sommet de l'armoire, il sauta sur la corniche aux néons.

Semblant marcher sur des œufs, à dix centimètres du plafond,

Hildebert fit le tour de la pièce, lentement, et vint se poster près de la sculpture de Marie-Madeleine, placée trois mètres au-dessus de la tête de Romane. Avec prudence et grâce malgré son embonpoint, il enjamba la statue, sans la toucher. Puis, comme un équilibriste cheminant sur un fil, il fit volte-face et poussa de la tête la figure de la sainte sur la mince corniche de stuc. Millimètre par millimètre, le visage de bois glissa à l'horizontale et, tout en gardant sa hauteur, s'éloigna peu à peu de la couche de la fillette. Le gouttière s'arrêta, agita la queue, émit un petit miaulement et enclava son corps noir contre le mur, derrière la sainte. Il poussa. Le buste de bois chuta et vint s'écraser sur le dur plancher de chêne avec un son de bûche fendue par la hache.

Romane entendit le bruit, battit des paupières et s'éveilla en se frottant les yeux. Elle alluma la grosse lampe de chevet, chercha en vain ses lunettes et la main de sa mère.

– Miaou !

Le félin venait de s'abattre sur le lit, sur ses quatre pattes malgré le saut de trois mètres. Il s'approcha de Romane qui toussait et se frotta à son visage en ronronnant.

– C'est toi mon chat ! Qu'est-ce que c'était que ce bruit ? Où est maman ? J'ai chaud ! geignit-elle.

Dressant l'oreille, elle perçut les fabuleux ronflements qui s'échappaient de la chambre voisine.

– Elle dort, chut Hildebert, il ne faut pas la réveiller, qu'est-ce que tu fais ? Où tu vas ?

Le chat sauta sur la descente de lit, prit dans sa gueule une branche de plastique rouge et remonta sur la couche.

– Ah, mes lunettes. Merci. Je ne me sens pas bien du tout... J'ai mal à la tête... j'ai si mal...

Néanmoins, elle chaussa ses lorgnons et aperçut, sur sa gauche, la sculpture éventrée qui gisait sur le sol.

– Ouh là là, Marie-Madeleine est tombée ! Elle est toute cassée ! Maman ne va pas être contente !

Précédée par Hildebert, elle s'extirpa avec difficulté des draps, toussa, eut un vertige et se retint à la table de nuit. Le malaise passé, elle se précipita, pieds nus, vers l'objet devant lequel elle s'agenouilla. Le chat grattait le visage meurtri avec la patte.

– Arrête Hildebert, tu vas la griffer, maman veut pas, oh, elle est tout abîmée... Comment elle a pu tomber ?

Délicatement, elle saisit le vieux buste de bois dans ses petites mains. C'était la première fois qu'elle le voyait d'aussi près. Elle passa ses doigts sur les yeux en forme d'amande, sur le nez cassé par la chute et les cheveux dont l'onde était sectionnée en plusieurs endroits. Elle caressa les épaules dont la gauche était fêlée et descendit vers les étranges motifs de l'ancestral chapiteau, qui constituaient la robe de la femme blessée. Plusieurs petites bêtes, mi-oiseaux, mi-monstres familiers, s'étaient détachées du socle et étaient couchées, comme foudroyées en plein vol, sur le parquet. Lorsque Romane tâta les feuillages médiévaux, une ramure en forme de frondaison de châtaignier se sépara de l'ancien tailloir et resta dans sa main.

– Zut ! s'exclama l'enfant. Hildebert, la feuille est partie, je l'ai brisée ! Je l'ai pas fait exprès ! Il faut la recoller, je dois aussi réparer les oiseaux et son nez avant que maman se réveille ! La colle… elle est dans mon pupitre…

Suant de fièvre, Romane tenta de se relever pour aller chercher la colle mais un nouveau vertige l'en empêcha. Elle soupira, respira fort, laissa passer une quinte de toux en s'appuyant à la statue. Elle se rendit compte que sa maladresse avait provoqué un trou à la place de la feuille d'arbre. Elle mit ses petits doigts dans la brèche tandis que le chat tournait en rond autour d'elle, effleurant ses jambes et la sculpture mutilée.

– C'est bizarre, on dirait qu'il y a quèque chose dedans…

Elle observa et s'aperçut qu'un objet clair était caché à l'intérieur. Le chat se mit à miauler et à gratter le chapiteau avec frénésie.

– C'est quoi, à ton avis ? demanda la fillette.

Elle céda à la curiosité et tenta d'attraper le petit paquet.

– J'y arrive pas. Maman va me gronder mais tant pis, j'ai trop envie de voir ce que c'est !

Elle agrandit le trou, arrachant quelques pétales de bois qui, fragilisés par le temps et les traces de calcination, cédèrent facilement.

– Ça y est ! s'exclama-t-elle en extrayant l'objet de la base massive du tailloir.

Perplexe, elle examina le petit rouleau de parchemin. Au moment où elle l'ouvrit, quelque chose s'en échappa. Il s'agissait d'un os tel qu'elle en avait parfois dans son assiette, lorsque sa mère avait fini de dépiauter ses côtelettes d'agneau. Sauf que cet os-là était plus gros, noir comme un morceau de charbon, et d'étranges dessins étaient gravés sur les deux faces.

– Qu'est-ce que ça peut bien être ? demanda-t-elle à Hildebert qui, subitement calme, s'était posté sur son séant, sans lâcher l'enfant des yeux.

Elle observa attentivement les petits signes au graphisme carré puis porta la côte de mouton à ses narines, pour vérifier si elle sentait la viande rôtie. Tout son corps se mit à trembler. Elle ne lâcha pas l'ossement même quand elle fut saisie de violentes convulsions. Allongée sur le dos, à même le sol, Romane se raidit, se contorsionna, en proie à une sorte de crise d'épilepsie. Soudain, elle se figea. L'enfant se mit sur les coudes, s'assit, et contempla à nouveau l'objet. Alors, des larmes se mirent à couler sur ses joues, dans son cou, sans qu'elle puisse les arrêter.

Le bateau était perdu au milieu de la tempête. Les voiles avaient été arrachées par le vent du nord, l'aquilon, le mât fracassé, le gouvernail déréglé, et les éléments se déchaînaient sur le petit voilier. Plongeant dans le creux des vagues, remontant péniblement, lestée de gerbes d'écume qui inondaient le pont, l'embarcation se débattait en vain contre la mer furieuse. Simon avait quitté le navire à la nage après avoir esquissé un geste d'adieu avec son chapeau et vêtu, sur sa cape, l'unique gilet de sauvetage. Johanna restait seule sur le voilier qui commençait à prendre l'eau. Elle avait le mal de mer. Accrochée au bastingage, livide, trempée, grelottant de froid, elle luttait contre son cœur qui voulait s'échapper par sa bouche, ainsi que tous les organes de son corps. Désespérée, exténuée, elle ne pouvait plus guerroyer. Elle ne voulait plus se battre. « Saute, se disait-elle sous les bourrasques folles. Allez, Jo, il est temps d'en finir, d'être enfin libre ! Enjambe la corde et saute ! »

Elle s'agrippa aux filins bordant le voilier, tenta de se relever et de les enjamber pour passer par-dessus bord. À cet instant, deux bras l'empoignèrent par-derrière et la maintinrent fermement. Elle tourna la tête et vit un homme en robe de bure noire avec un scapulaire à capuche.

Le moine bénédictin portait une couronne de cheveux gris clair sous la tonsure, son front était haut, son nez aquilin, ses lèvres blêmes, comme sa peau. Ses yeux étaient couleur de pierre, dont la teinte anthracite évoquait le granite, et ses fines mains étaient tachées d'encre et de son propre sang. Serrant la femme entre ses bras, le moine se balançait sur le pont sans perdre l'équilibre, indifférent à la houle et au mouvement de montagnes russes. Muet, il l'observait en lui souriant avec tendresse. Johanna le reconnut et lui rendit son sourire. Alors des profondeurs de l'eau monta un incroyable chant latin. Tels des anges ou des sirènes invisibles, des voix multiples, masculines et féminines, aiguës ou graves, jeunes et vieilles, psalmodiaient sur différents tons :

– « *Procul recedant somnia, et noctium phantasmata.* » [Loin de nous les songes funestes et les fantômes nocturnes.]

Sans cesse, les voix d'outre-tombe répétaient en chantant :

– « *Procul recedant somnia, et noctium phantasmata.* »

Le voilier continuait sa route chaotique et bientôt, au centre de la mer, Johanna aperçut une île. Au sommet de la montagne se dressait ce qui ressemblait à un château en forme de pyramide, un manoir sombre dressé dans la brume d'où s'échappait un son de cloches lancées à toute volée, qui accompagnait la complainte aquatique de l'armée des trépassés. Accrochée au moine, Johanna scrutait l'horizon, incapable de se souvenir si la forteresse était l'abbaye du Mont-Saint-Michel ou celle de Vézelay.

Le voilier accosta sur la plage de l'île où était accroupi un homme barbu en tunique sombre. Avec le doigt il écrivait quelque chose sur le sable. Près de lui se tenait une femme debout, dont Johanna ne voyait que le dos et les longs cheveux roux qui, sous le souffle du vent, caressaient son corps nu. Le bénédictin retira ses bras, Johanna se libéra, sauta sur la grève et s'approcha de l'inconnu : il avait disparu. Elle chercha la femme rousse mais elle n'était plus là. Elle regarda autour d'elle, affolée, et aperçut une petite fille aux cheveux noirs, à la peau dorée et aux étranges yeux violets. Johanna courut vers la fillette mais cette dernière s'évanouit. Elle était seule sur le rivage. Les voix de l'au-delà s'étaient tues. Les cloches ne sonnaient plus. Le moine s'éloignait sur le bateau et reprenait la mer dans un effroyable bruit de moteur.

– Je t'en prie, ne n'abandonne pas ici, toute seule ! lui cria Johanna.

Mais frère Roman était parti. Elle baissa la tête : sur le sable, les vagues léchaient le message de l'homme.

– Non ! hurla Johanna. Pas encore ! Je dois le lire !

Les mots disparaissaient, emportés par le ressac.

– Nooooooooon !

Johanna se retrouva assise dans son lit, les yeux grands ouverts. Allongé contre son flanc, Hildebert ronronnait si fort qu'elle reconnut le moteur du bateau. Elle se frotta le front et revint péniblement à la réalité. Une barre de métal semblait s'enfoncer dans sa tempe et vriller l'intérieur de son crâne.

– Ouille, gémit-elle. Pourquoi ai-je bu tout ce marc ? Quelle heure est-il ?

Les événements de la nuit revinrent d'un bloc à sa mémoire.

– Simon ! glapit-elle. Romane !

D'un bond elle sauta du lit et se rua dans la chambre de la petite. Il était 7 heures du matin. La veilleuse gisait sur la descente de lit, la lampe de chevet brillait sur la table de nuit, éclairant le petit trou dans la paroi. La couche de l'enfant était vide.

Muette de terreur, Johanna avança et ne respira qu'en découvrant la fillette dans un angle de la chambre, que lui masquait la porte ouverte. Dès qu'elle la vit, elle eut un imperceptible mouvement de recul et réprima un cri.

Romane était agenouillée face contre le mur, collée à la cloison comme si elle avait cherché à s'enchâsser dans la muraille. Tête levée, yeux fermés, bras repliés, elle était complètement immobile. Près d'elle, sur le sol, étaient posées les barrettes de bois et de corne de Livia. Une fraction de seconde, Johanna eut l'impression d'être à nouveau à Pompéi, dans la pièce secrète, devant le cadavre figé de la jeune Romaine. La position du corps et des épingles était strictement la même.

Elle aperçut le buste de Marie-Madeleine et un rouleau de parchemin qui reposaient sur le parquet. Elle n'y prêta pas attention et se précipita près de sa fille. Elle entendit sa respiration douce et régulière. Romane n'était pas morte, elle dormait ! C'était prodigieux : la fillette dormait ! Elle lui toucha le front. Il était tiède, sans trace apparente de fièvre. Elle voulut chercher son pouls et remarqua un petit objet noir qui dépassait de la main gauche de Romane, que cette dernière maintenait, comme Livia, serrée contre son cœur. « Ce n'est pas possible, pensa Johanna. Il ne peut s'agir du papyrus. Que tient-elle là ? »

Elle se revit à Pompéi, écartant de force les doigts de Livia, saisissant le feuillet qui s'effritait et tombait en poussière. Doucement, tendrement, elle prit sa fille dans ses bras, la souleva et la porta jusqu'à son lit. Elle l'allongea sur le dos, ôta ses lunettes et tira sur ses jambes la petite chemise de nuit. Au moment où elle s'apprêtait à saisir le poignet gauche de Romane, l'enfant se tourna sur le côté et se ramassa en position fœtale, la main dissimulée sous la jambe.

Johanna soupira de dépit, remonta les couvertures et prit la température de sa fille. À sa grande surprise, toute trace de fièvre avait disparu. À cet instant, Hildebert entra dans la chambre, miaula et vint se poster près de la sculpture de bois. Rassurée sur l'état de sa fille mais inquiète de ce que sa main pouvait cacher, Johanna observa le chat avec suspicion.

– Qu'est-ce que tout cela signifie ? chuchota-t-elle au gouttière. C'est toi qui as fait tomber la statue de là-haut ?

En guise de réponse, le vieux félin posa la patte sur la tête de chêne.

– Fais voir ça, créature du démon ! dit-elle en s'approchant et en saisissant la figure estropiée.

Alors elle vit les dégâts que la sculpture avait subis en tombant, et surtout le trou béant dans le tailloir. Avec des gestes professionnels elle examina la cache, le socle et un début de réponse commença à poindre dans son esprit. À genoux sur le parquet, elle regarda sa fille à la mine paisible, aux lèvres souriantes, qui dormait comme une bienheureuse. Elle observa le chat, la statue éventrée. C'était forcément l'animal qui l'avait précipitée dans le vide. Puis son regard se posa sur le parchemin. Elle s'en empara délicatement, rallia le vieux pupitre. Elle approcha la lampe et examina le rouleau. Elle ne pouvait le dater avec précision sans analyses approfondies mais, à première vue, il lui sembla très ancien, bien antérieur à ceux de la période romane qu'elle avait l'habitude d'étudier. Sa facture était rudimentaire et grossière, la peau épaisse semblait provenir d'une chèvre et n'avait pas bénéficié des soins experts des moines. Néanmoins, sa curiosité d'archéologue fut immédiatement en émoi.

Elle retourna dans sa chambre chercher une loupe et une paire de gants fins. Lentement, elle déroula le manuscrit. Le médiocre parchemin craqua mais ne se fendit pas. Une écriture dense. Serrée. En latin.

Provence, la 5e année du règne de l'Empereur Vespasien.

Je suis vieille et malade, je vais bientôt quitter cette terre. Ce matin, Maximin est arrivé de sa ville d'Aix. Il est monté jusqu'à la grotte dans laquelle je vis depuis trois décennies, et il m'a fait communier au corps et au sang du Seigneur. Dans quelques heures je lui dirai adieu et puis je partirai, seule, dans la montagne, pour mourir en un lieu encore plus reculé que ma caverne, inconnu de tous sauf des animaux. Ainsi, on ne retrouvera pas ma dépouille. Je suis une pécheresse et non une sainte...

Johanna releva la tête. Qui avait écrit cette lettre ? Son regard glissa vers la fin du document et elle sursauta de surprise.

C'était ahurissant. Le manuscrit était de la main de Marie de Béthanie, Marie-Madeleine !

– Maman ?

9 heures du matin. Tournant le dos à sa fille, immobile derrière le pupitre de son enfance, Johanna scrutait le jour qu'elle avait vu naître. Les volets étaient entrouverts. Le miroir avait retrouvé sa place sur le mur. En ce 22 décembre, un ciel laiteux enrobait les pierres de sa blancheur mate. Peut-être y aurait-il de la neige à Noël. Ce serait merveilleux. Johanna jeta un œil au parchemin enroulé sur le bureau, caressa Hildebert qui sommeillait sur le fauteuil d'osier et se leva. Ses yeux étaient gonflés et rouges, ses cheveux en désordre, son visage creusé de cernes. Pourtant, il irradiait de joie et de lumière.

– Maman, ça va ? Tu as l'air... bizarre !

– « Sabbat d'amour, en même temps que matin de résurrection », cita la mère.

– Maman, qu'est-ce que tu dis ?

Johanna rit, s'approcha du lit et étreignit sa fille.

– Je dis que la clef de Pompéi était ici, à Vézelay, sous nos yeux, je la regardais chaque soir sans la voir... Mais tu l'as trouvée, ma chérie ! Tes cauchemars sont terminés, Livia est partie. Tu es guérie, Romane, définitivement guérie, tu peux te lever, jouer, courir !

Sans comprendre, la fillette s'assit sur son séant.

– Aïe ! s'exclama-t-elle en se frottant la jambe.

Étonnée, elle remonta son bras gauche, déplia la main et y découvrit un os noir gravé de signes étranges, sur les deux faces.

– Qu'est-ce que c'est ? demanda-t-elle. Qu'est-ce que ça fait là ?

– Tu ne t'en souviens pas ? C'est un secret, Romane, répondit la mère. Un secret très important.

La fillette saisit ses lunettes et contempla la côte de mouton en écarquillant ses yeux d'émeraude.

– Qu'est-ce qui est écrit ? s'enquit-elle en faisant la moue. Qu'est-ce que ça veut dire ?

– Je n'en sais rien. Il s'agit d'un objet très vieux et d'une langue très ancienne.

– Toi, tu sais pas lire ce qui est marqué ?

– Non. Ce n'est ni du latin ni du grec, mais de l'araméen. Et je ne connais pas l'araméen.

– Ah zut, il sert à rien, alors, ce secret ! Et si l'os est si vieux, on peut même pas le donner à ronger au petit chien de madame Bornel ?

– Non, Romane. On ne peut pas.

– Mais qu'est-ce qu'on va faire ? demanda la fillette, angoissée.

– Demander conseil à quelqu'un de très sage.

– La personne la plus sage que je connais, c'est ma copine Agathe. Mais je vois pas ce qu'elle pourra faire d'un os.

– Eh bien moi je connais quelqu'un d'encore plus sage qu'Agathe, répondit Johanna en souriant. Et j'irai le voir tout à l'heure… En attendant, que dirais-tu d'un bon petit déjeuner, ma chérie ?

– Oh oui, j'ai très faim ! Comme la Belle au Bois dormant quand elle se réveille !

– Je te prépare un grand bol de chocolat et des tartines à la confiture ?

Romane sourit d'un air malicieux en secouant la tête.

– Non, maman. Je voudrais du pâté de minotaure et une gargouille rôtie à la mandragore.

Et elle éclata de rire.

Épilogue

À GENOUX dans sa cellule, porte fermée, frère Pacifique n'entendait pas l'étrange silence qui annonçait la neige. L'échine courbée, il ne voyait pas le ciel d'un blanc opaque et restait sourd à la soudaine quiétude qui tombait sur les toits, les vignes et les rues. Terrifié, suant malgré le jour glacé, il ne remarquait pas les flocons qui s'écrasaient sur la terre grasse de Vézelay et l'enrobaient d'un linceul blême.

Étranger au monde, le moine contemplait tour à tour deux objets posés sur la table de bois et la croix clouée au mur. Ses mains parsemées de taches de vieillesse étaient jointes mais son regard errant, halluciné, perdu, ne parvenait pas à atteindre le calme immobile de la prière.

Johanna avait quitté la pièce une heure plus tôt, encore sous le choc des événements de la nuit passée, mais jubilant de la soudaine guérison de sa fille et du trésor exhumé de la sculpture de Marie-Madeleine. Elle n'avait pu masquer sa déception quand le franciscain lui avait dit qu'hélas, lui non plus ne connaissait pas l'araméen, la langue du Christ. Toutefois, il pourrait peut-être déchiffrer quelques signes, grâce à d'ancestraux ouvrages qui prenaient la poussière sur ses étagères.

– Si nous pouvions ne serait-ce qu'avoir une vague idée du contenu de cette sentence ! s'était exclamée l'archéologue en désignant l'os noir, qu'elle avait placé sur la table à côté du parchemin de Marie de Béthanie. C'est contraire aux fondements et à l'éthique de ma profession, mais j'hésite à dévoiler cette découverte au monde… Pourtant, si je le faisais, le message serait immédiatement décrypté, et Vézelay connaîtrait une célébrité jamais atteinte par le passé…

– Et vous aussi, par la même occasion, avait ajouté le cordelier.

– Certes. Mais la gloire ne m'intéresse pas.

– Je sais. Votre quête intérieure s'est depuis longtemps détournée de ce périlleux chemin.

– D'un autre côté, de quel droit priver l'humanité de ce trésor inestimable ? avait-elle ajouté en fixant le vieillard. Je ne sais quelle décision prendre… Éclairez-moi…

– Cette découverte vous dépasse, ma fille, mais elle dépasse aussi le pauvre moine que je suis.

– Consultez vos livres, mon père. La compréhension de quelques mots seulement peut nous aider ! Je vous laisse la relique et le manuscrit, qui sont plus en sécurité ici que dans ma maison, où le va-et-vient de la police est constant.

– Je vais essayer, Johanna. Mais je ne vous promets rien. Je travaillerai toute la nuit s'il le faut. Revenez demain matin.

Sitôt l'archéologue disparue, frère Pacifique avait fermé sa porte à double tour, pour la première fois de sa longue existence. Puis il avait soupiré, plutôt lâché un souffle de douleur et de culpabilité face au péché qu'il venait de commettre. Ensuite, il avait chaussé ses lorgnons, allumé la lampe près du poêle et approché du faisceau la côte de mouton gravée. Il avait menti à Johanna. Par orgueil, vanité, crainte ou sagesse ? Il l'ignorait. Il observa les petits signes au graphisme carré couvrant les deux faces de l'os. Les mots cachés de Jésus… Instantanément, il avait déchiffré les symboles en araméen, langue qu'il avait naguère étudiée en plus du latin, du grec et de l'hébreu.

La lecture de la parole perdue du Christ l'avait d'abord plongé dans une extrême perplexité. Puis, comme Marie de Béthanie vingt siècles plus tôt, les mots s'étaient emparés de son âme qu'ils avaient illuminée, avant de la darder comme une brûlure, de la torturer et de la consumer telle une feuille de papyrus.

À genoux, égaré dans son bouleversement intérieur, il ne prit pas garde à la nuit qui tombait sur la couche de neige molle. Les ténèbres prirent possession du monde sans qu'un instant il s'allongeât, et il ne toucha pas au dîner que le moine cuisinier des Fraternités de Jérusalem déposait chaque soir sur son seuil.

– Seigneur Jésus, murmura-t-il, voici donc le cinquième Évangile, le troisième Testament, ta parole ultime, la seule que tu aies écrite de ta main. Elle est si forte que tu as voulu la dissimuler tant que l'humanité et tes propres disciples, nous autres chrétiens, ne seraient pas prêts à l'entendre. Qui a sculpté la statue et y a caché ta phrase, avec la lettre de Marie de Béthanie ? Quand ? Pourquoi faut-il que ce soit à moi, vieillard près de la mort, un moine mendiant, le plus humble, le plus misérable de tes serviteurs, que tu réserves cette révélation ? Que dois-je faire de ce message ? L'enfouir dans mon cœur ou le divulguer ? C'est une responsabilité si grande ! Je crains que si je m'en ouvre au Vatican, cette parole ne disparaisse à jamais, tant elle est révolutionnaire pour notre sainte institution...

Sous la lueur de la lune, prosterné sur le plancher de sa cellule, frère Pacifique sollicita l'illumination du Christ et demanda l'aide de Marie mère de Jésus, de Marie-Salomé, Marie-Jacobé, d'Abigail, Marthe, Marie de Béthanie et de toutes les femmes que Jésus avait aimées et qui avaient aimé le Seigneur vivant. Il implora aussi le mystérieux sculpteur médiéval qui avait façonné la statue de Marie-Madeleine et y avait, à la suite de la sainte, caché le parchemin et l'os.

Le jour parut lentement dans le dos de frère Pacifique. D'abord livide, il se teinta de bleu, de rose, avec l'apparence d'un crépuscule. Mais les rayons jaunes traversèrent les pastels, le ciel acquit une transparence qui creva les nuées et le soleil imposa l'aurore.

Le vieux moine se releva. Sur sa coule brune, il enfila un paletot sombre de laine mitée, une écharpe grise en tricot. Il sortit du tiroir de la table une boîte en fer contenant du sucre, la vida, y déposa le parchemin et la côte de mouton noircie préalablement enveloppés dans son grossier mouchoir de cotonnade. Puis il camoufla la boîte dans une poche de sa bure, avant de sortir de sa cellule.

Devant le presbytère, il trébucha dans une congère. Il se remit debout, leva la tête et, enfin, s'aperçut qu'il neigeait.

– Que Ta volonté soit faite, chuchota-t-il en observant le ciel. Il est trop tôt... trop tôt encore... Le temps n'est pas venu... Je vais les cacher... Les hommes attendront le temps que tu voudras... Ils ne sont pas prêts à entendre ton testament... le testament de Dieu !

Il entra dans la cabane à outils du presbytère, en sortit avec une pioche et s'y appuya comme sur une canne. Lentement, il s'éloigna sur trois pattes, à travers le rideau de flocons qui transforma son manteau noir en aube blanche.

DES MÊMES AUTEURS

Violette Cabesos et Fréderic Lenoir

LA PROMESSE DE L'ANGE, roman, Albin Michel, 2004. Prix des maisons de la presse 2004. Le Livre de Poche, 2006.

Violette Cabesos

SANG COMME NEIGE, roman, Plon, 2003.

Frédéric Lenoir

Fiction

BONTÉ DIVINE !, avec Louis Michel Colla, théâtre, Albin Michel, 2009.

L'ÉLU, LE FABULEUX BILAN DES ANNÉES BUSH, scénario d'une BD dessinée par Alexis Chabert, Écho des savanes, 2008.

L'ORACLE DELLA LUNA, roman, Albin Michel, 2006. Le Livre de Poche, 2008.

LA PROPHÉTIE DES DEUX MONDES, scénario d'une saga BD dessinée par A. Chabert.
- Tome 1 : « L'Étoile d'Ishâ », Albin Michel, 2003.
- Tome 2 : « Le Pays sans retour », Albin Michel, 2004.
- Tome 3 : « Solâna », Albin Michel, 2005.
- Tome 4 : « La Nuit du Serment », Vent des savanes, 2008.

LE SECRET, conte, Albin Michel, 2001. Le Livre de Poche, 2003.

Essais et documents

PETIT TRAITÉ DE VIE INTÉRIEURE, Plon, 2010.

COMMENT JÉSUS EST DEVENU DIEU, Fayard, 2010.

LA SAGA DES FRANCS-MAÇONS, avec Marie-France Etchegoin, Robert Laffont, 2009. Points, 2010.

SOCRATE, JÉSUS, BOUDDHA, Fayard, 2009, Le Livre de Poche, 2011.

PETIT TRAITÉ D'HISTOIRE DES RELIGIONS, Plon, 2008, Points, 2011.

TIBET. LE MOMENT DE VÉRITÉ. 20 clés pour comprendre. Plon, 2008. Prix « Livre et Droits de l'Homme » de la ville de Nancy. Points, 2010.

LE CHRIST PHILOSOPHE, Plon 2007. Points 2009.

CODE DA VINCI, L'ENQUÊTE, avec Marie-France Etchegoin, Robert Laffont, 2004. Points, 2006.

LES MÉTAMORPHOSES DE DIEU, Plon, 2003. Prix européen des écrivains de langue française 2004. Hachette littérature, 2005.
L'ÉPOPÉE DES TIBÉTAINS, avec Laurent Deshayes, Fayard, 2002.
LA RENCONTRE DU BOUDDHISME ET DE L'OCCIDENT, Fayard, 1999. Albin Michel, « Spiritualités vivantes », 2001.
LE BOUDDHISME EN FRANCE, Fayard, 1999.
SECTES, MENSONGES ET IDÉAUX, avec Nathalie Luca, Bayard, 1998.
MÈRE TERESA, avec Estelle Saint-Martin, Plon, 1993. Pocket 1995.
LE TEMPS DE LA RESPONSABILITÉ. Postface de Paul Ricœur, Fayard, 1991.

Entretiens

MON DIEU… POURQUOI ? avec l'Abbé Pierre, Plon, 2005.
L'ALLIANCE OUBLIÉE, LA BIBLE REVISITÉE, avec Annick de Souzenelle, Albin Michel, 2005.
MAL DE TERRE, avec Hubert Reeves, Seuil, 2003. Points, 2005.
LE MOINE ET LE LAMA, avec Dom Robert le Gall et Lama Jigmé Rinpoché, Fayard, 2001. Le Livre de Poche, 2003.
SOMMES-NOUS SEULS DANS L'UNIVERS ? avec J. Heidmann, A. Vidal-Madjar, N. Prantzos et H. Reeves, Fayard, 2000. Le Livre de Poche, 2002.
FRATERNITÉ, avec l'abbé Pierre, Fayard 1999.
ENTRETIENS SUR LA FIN DES TEMPS, avec J.C. Carrière, J. Delumeau, U. Eco et S.J. Gould, Fayard, 1998. Pocket, 1999.
MÉMOIRE D'UN CROYANT, avec l'abbé Pierre, Fayard, 1997. Le Livre de Poche, 1999.
TOUTE PERSONNE EST UNE HISTOIRE SACRÉE, avec Jean Vanier, Plon, 1995.
LES TROIS SAGESSES, avec M.D. Philippe, Fayard, 1994.
LES RISQUES DE LA SOLIDARITÉ, avec Bernard Holzer, Fayard, 1989.
LES COMMUNAUTÉS NOUVELLES, entretiens avec les fondateurs, Fayard, 1988.
AU CŒUR DE L'AMOUR, avec M.D. Philippe, Fayard, 1987.

Direction d'ouvrages encyclopédiques

LA MORT ET L'IMMORTALITÉ, ENCYCLOPÉDIE DES CROYANCES ET DES SAVOIRS, avec Jean-Philippe de Tonnac, Bayard, 2004.
LE LIVRE DES SAGESSES, avec Ysé Tardan-Masquelier, Bayard, 2002 et 2005 (poche).
ENCYCLOPÉDIE DES RELIGIONS, avec Ysé Tardan-Masquelier, 2 volumes, Bayard, 1997 et 2000 (poche).

Composition IGS-CP
Impression CPI Firmin Didot, avril 2011
Éditions Albin Michel
22 rue Huyghens, 75014 Paris
www.albin-michel.fr
ISBN 978-2-226-22144-5
N° d'édition : 18270/01 – N° d'impression : 104627
Dépôt légal : mai 2011
Imprimé en France